수호자들

존 그리샴 장편소설

남명성 옮김

수호자들

The
Guardians

하빌리스

'결백을 입증해 주는 사람'
제임스 맥클로스키에게

일러두기

옮긴이 주는 괄호 안에 '옮긴이'라는 말과 함께 표기했습니다.

차
례

✝

1

차마 입에 담을 수조차 없는 범죄를 저질러 유죄 판결을 받은 듀크 러셀은 사실은 결백하다. 하지만 그는 1시간 44분 후에 억울하게 사형당할 운명이다. 이렇게 끔찍한 밤이면 시계는 늘 평소보다 더 빠르게 마지막 순간을 향해 달려가곤 한다. 나는 다른 주에서 이런 초읽기를 두 번이나 경험했다. 한 번은 절차가 끝까지 진행되어 사형수가 유언을 남겨야만 했고, 또 한 번은 기적적으로 형 집행이 취소되었다.

째깍째깍. 사형은 집행되지 않을 것이다. 어쨌든 오늘 밤은 아니다. 언젠가는 앨라배마주를 다스리는 사람들이 듀크에게 마지막 식사를 제공하고 그의 팔에 주사기를 꽂는 데 성공하겠지만, 오늘 밤은 아니다. 듀크는 사형수로 살아온 지 이제 겨우 9년밖에 되

지 않았다. 앨라배마주의 평균 사형수 수감 기간은 15년이다. 20년
을 견뎌 내는 일도 자주 있다. 애틀랜타 연방 제11 순회 항소 법원
에 접수된 항소심 서류가 1시간 안에 담당 서기의 책상에 정확히
착지한다면 사형 집행은 보류될 수도 있다. 그렇게 되면 듀크는 끔
찍한 독방으로 돌아가 다시 죽을 날을 기다리며 하루하루를 보내
게 될 것이다.

듀크는 4년 전에 내 의뢰인이 되었다. 그를 지원하는 단체에는
수천 시간에 걸쳐 무료 변론을 해 준 시카고의 대형 로펌도 있고, 하
는 일이 너무 많아서 실질적인 도움은 주지 못하는 버밍햄의 사형
반대 단체도 포함되어 있다. 4년 전 듀크의 결백을 확신하게 된 내
가 대표가 되어 앞에 나서기로 했다. 나는 현재 다섯 건의 사건 변
호를 맡고 있다. 모두 억울하게 유죄 판결을 받은 사람들이다. 적어
도 내 의견으로는 그렇다.

나는 한 의뢰인이 죽는 걸 지켜본 적이 있다. 지금도 그 사람이
무고하다는 생각에는 변함이 없다. 다만 그의 결백을 제시간 안에
증명하는 데 실패했을 뿐이다. 두 명의 목숨을 잃을 순 없다.

오늘만 세 번째로 앨라배마주 교도소의 사형수 수감동에 들어
서서 현관을 막고 있는 금속 탐지기 앞에 멈추어 선다. 교도관 둘이
인상을 쓴 채로 그들의 영역을 지키고 서 있다. 한 사람이 서류철을
손에 들고 2시간 전에 마지막으로 이곳을 찾았던 내 이름을 잊어버
리기라도 한 것처럼 나를 째려보고 있다.

"포스트, 컬런 포스트." 나는 바보 교도관에게 말한다. "듀크 러

셀을 만나러 왔습니다."

교도관은 중요한 정보라도 있는 듯 서류철을 들여다보더니 원하는 내용을 찾아내고 짧은 컨베이어 벨트에 놓인 플라스틱 바구니를 향해 고개를 까딱한다. 나는 아까처럼 서류 가방과 휴대 전화를 바구니에 담는다.

"시계랑 벨트도 풀어야 하나요?" 내가 진짜 재수 없는 놈처럼 묻는다.

"됐습니다." 교도관이 애써 화를 누르며 대답한다. 나는 탐지기를 통과해 문제가 없다는 확인을 받는다. 무죄 주장 전문 변호사인 나는 다시 한번 무기류가 없다는 적법한 확인을 받고 사형수 수감동에 들어간다. 그러고는 서류 가방과 휴대 전화를 집어 들고, 다른 교도관을 따라서 깔끔한 복도를 지나 철창으로 막힌 벽으로 간다. 교도관이 고개를 끄덕이자 스위치가 철컥 소리를 내더니 철창이 옆으로 열린다. 교도관과 나는 다른 복도로 들어선 다음 우울한 건물의 좀 더 깊은 골목으로 향한다. 모퉁이를 돌자 창문이 없는 철제 출입문 밖에 남자 여섯이 우리를 기다리고 있다. 넷은 제복을 입었고 둘은 정장 차림이다. 정장을 입은 사람 중 하나는 교도소장이다.

교도소장이 심각한 얼굴로 나를 보며 다가온다. "시간 좀 있소?"

"많지는 않아요." 내가 대답한다. 우리는 단둘이 대화를 나누기 위해 다른 사람들로부터 멀찌감치 떨어진다. 소장은 나쁜 사람이 아니다. 그저 맡은 일을 할 뿐이다. 그는 이 교도소에 온 지 얼마 되지 않았고 여기서 사형을 집행해 본 적이 없다. 그렇다 하더라도 그 역시 내 적의 위치에 있는 사람이므로 뭐가 되었든 내게서 원하는 걸 얻어 내지 못할 터다.

그는 우리가 친구 사이라도 되는 것처럼 바짝 붙어 속삭인다.

"어떤 상황입니까?"

그가 묻기에 나는 상황을 파악하듯 주위를 둘러보고는 말한다.

"아, 글쎄요, 제가 보기엔 사형 집행 상황인 것 같은데요."

"이러지 맙시다, 포스트. 우리 측 변호사들은 사형이 예정대로 집행될 것 같다고 하던데요."

"당신네 변호사들은 멍청이들이에요. 전에도 이런 얘기했잖아요."

"아, 거참, 포스트, 지금 확률이 어떻게 됩니까?"

"반반이에요." 나는 거짓으로 말한다.

내 말에 어리둥절해진 소장은 어떻게 대꾸해야 할지 확신이 없어 보인다. "내 의뢰인을 만나야겠어요." 내가 말한다.

"그러시죠." 소장이 실망한 것처럼 큰 소리로 말한다. 나와 협력하는 태도를 보이면 안 되는 그는 화를 내는 척하며 멀어진다. 교도관 하나가 문을 열자 모두가 한 걸음 물러선다.

사형 집행 대기실에 들어서니 듀크가 눈을 감은 채 간이침대에 누워 있다. 집행을 앞둔 사형수에게는 작은 컬러텔레비전이 제공되기에 원하는 건 뭐든 볼 수 있다. 음 소거가 된 텔레비전에서 산불로 난리가 난 서부 지역의 상황을 전하는 케이블 TV 뉴스가 흘러나오고 있다. 그의 사형 집행 초읽기는 전국으로 방송되는 주요 뉴스가 아니다.

사형을 집행하는 모든 주는 사형 집행일에 각자 바보 같은 의식과 절차를 거친다. 죄다 극적인 장면을 최대한 많이 연출하기 위해 만들어진 것들이다. 이곳에서는 넓은 면회실을 마련하고 가까운 가족을 불러 제한 없이 만나도록 해 준다. 밤 10시가 되면 사형수는 죽음을 맞게 될 사형장 옆방인 사형 집행 대기식로 옮겨진다. 성직자와 변호사를 제외하고 다른 사람은 함께 있을 수 없다. 10시 30분쯤 사형수에게 마지막 식사가 제공되는데, 술을 제외하고 뭐든 원하는 대로 요구할 수 있다.

"기분은 좀 어때요?" 나는 몸을 일으키며 웃는 듀크에게 묻는다.

"최곱니다. 혹시 무슨 소식 있나요?"

"아직은 없지만, 난 낙관적이라고 봐요. 곧 무슨 소식이 있을 겁니다."

듀크는 서른여덟 살의 백인으로, 강간 및 살인죄로 체포되기 전까지 음주 운전 두 번과 과속 딱지 몇 장 말고는 전과가 없었다. 폭력과 관련한 문제도 없었다. 소싯적에는 파티를 즐기고 방탕하게 놀던 사람이지만 9년 동안 혼자 갇혀 있다 보니 상당히 차분해졌다. 내가 해야 할 일은 그를 자유롭게 만드는 것이나 지금 당장은 허황된 꿈처럼 보인다.

나는 리모컨을 들어 버밍햄에서 송출하는 방송으로 채널을 바꾸되, 소리는 나지 않도록 그대로 둔다.

"확신이 아주 크신 것 같군요." 그가 말한다.

"나야 그럴 수 있죠. 죽을 사람은 내가 아니니까."

"포스트, 당신은 재밌는 사람이에요."

"마음 편하게 먹어요, 듀크."

"편하게요?" 그가 두 다리를 바닥으로 휙 돌려 디디더니 다시 웃는다. 이런 상황에서도 듀크는 정말 마음이 편해 보인다. 그가 웃으며 묻는다. "러키 스켈턴 기억하세요?"

"아뇨."

"5년 전쯤에 사형된 친구죠. 근데 마지막 식사를 세 번이나 하고 나서야 형을 집행당했어요. 세 번이나 마지막까지 갔다가 살아남았다고요. 식사로 소시지 피자랑 체리 콜라를 먹었고."

"당신은 뭘 달라고 했어요?"

"스테이크랑 감자튀김이랑 캔 맥주 여섯 개들이 한 팩이요."

"나라면 맥주는 기대하지 않겠어요."

"포스트, 날 여기서 내보내 줄 거죠?"

"당장 오늘 밤은 아니죠. 하지만 애쓰고 있어요."

"여기서 나가면 술집으로 직행해서 시원한 맥주를 뺄 때까지 퍼마실 겁니다."

"나도 같이 갑시다. 주지사가 나오셨네." 나는 텔레비전 화면에 주지사가 등장하자 볼륨을 높인다.

주지사는 여러 개의 마이크 앞에 서서 쏟아지는 카메라 조명을 받고 있다. 어두운 색 정장, 페이즐리 무늬 넥타이, 하얀색 셔츠부터 젤을 발라 꼼꼼하게 빗어 넘긴 염색 머리까지, 걸어 다니는 선거 광고판이 따로 없다. 사뭇 무거운 표정으로 그가 말한다. "저는 러셀 씨 사건을 철저하게 살펴본 다음 조사관들과 오랫동안 의논했습니다. 또 러셀 씨가 저지른 범죄의 희생자인 에밀리 브룬의 가족과도 만났습니다. 희생자 가족은 관대한 처분에 결사반대하고 있습니다. 저는 사건의 모든 측면을 고려해 러셀 씨에 대한 유죄 판결을 여전히 유효한 것으로 결정했습니다. 법원의 선고는 변하지 않을 것이며 형은 집행될 것입니다. 결정은 내려졌습니다. 러셀 씨 측이 요구하는 형 집행 정지는 이뤄지지 않을 것입니다." 그는 최대한 극적으로 선언한 다음 고개를 숙여 보이고는 천천히 카메라 앞에서 물러나며 웅장한 공연을 마무리한다. 이제 모든 건 끝났다. 사흘 전 그는 내게 고작 15분의 면담을 허락했다. 나와의 면담 직후 그는 친한 기자들을 불러 모아 그저 '사적인' 면담을 했을 뿐이라고 해명했다.

그가 사건을 철저히 살펴보았다면 듀크 러셀이 11년 전 벌어진 에밀리 브룬의 강간 및 살인 사건과 아무 관련이 없다는 걸 알 것이다. 나는 다시 음 소거 버튼을 누르고 말한다. "깜짝 소식은 없군요."

"저 사람이 사형 집행 정지를 해 준 적이 있긴 한가요?" 듀크가 묻는다.

"당연히 없죠."

요란한 노크 소리가 나더니 출입문이 벌컥 열리면서 교도관 둘이 들어온다. 한 사람이 최후의 식사를 담은 카트를 밀고 있다. 그들은 식사를 남겨 두고 사라진다. 듀크는 스테이크와 감자튀김, 그리고 얄따란 초콜릿케이크 조각을 멍하니 보더니 한마디 한다.

"맥주는 없네."

"대신 아이스티를 마시면 되죠."

듀크는 간이침대에 앉아 음식을 먹기 시작한다. 맛있는 냄새를 인식한 순간, 갑자기 지난 24시간 동안 아무것도 먹지 않았다는 사실이 떠오른다. "감자튀김 좀 드실래요?" 그가 묻는다.

"고맙지만 사양할게요."

"어차피 다 못 먹어요. 왠지 모르겠지만 식욕이 없네요."

"어머니는 어떠세요?"

듀크는 커다란 스테이크 조각을 입에 넣고 천천히 씹는다. "예상하셨겠지만, 상태가 좋지 않으세요. 많이 우시죠. 아주 끔찍한 상황이에요."

나는 주머니 속에서 울리기 시작하는 휴대 전화를 움켜쥔다. 발신자를 확인한 내가 말한다. "왔어요." 나는 듀크를 향해 웃어 보이고 전화를 받는다. 제11 순회 항소 법원의 서기는 나와 잘 알고 지내는 사이다. 그가 자기 상사가 듀크 러셀이 공정한 재판을 받았는지 결정하는 데 시간이 더 필요하다는 이유로 사형 집행을 연기한다는 명령서에 방금 서명했다는 소식을 전해 준다. 집행 연기가 언제 발표될 것인지 묻자 그는 즉시라고 답한다.

나는 내 의뢰인을 보고 말한다. "연기됐어요. 오늘은 안 죽어요. 스테이크 다 먹는 데 얼마나 걸려요?"

"5분이요." 그가 스테이크를 자르면서 활짝 웃으며 대답한다.

"10분만 기다려 줄 수 있어요?" 나는 서기에게 요청한다. "제 의

뢰인이 최후의 식사를 마치고 싶어 합니다." 우리는 옥신각신하다
가 결국 7분으로 협상을 마친다. 나는 감사 인사를 건네고 전화를
끊은 다음 다른 전화번호를 누른다. "빨리 먹어요." 내가 말한다. 듀
크는 갑자기 식욕을 되찾았는지 여물통에 머리를 박은 돼지처럼
행복해한다.

듀크에게 잘못된 유죄 판결을 받게 한 설계자는 소도시에서 근
누아른 채드 팔라이트라는 검사다. 지금 그는 800미터 정도 떨어
져 있는 교도소 행정동 건물에서 자신의 경력에서 가장 자랑스러
운 순간을 맞이할 준비를 한 채 기다리고 있다. 그는 11시 30분이
되면 브룬 가족, 지역 보안관과 함께 교도소 밴을 타고 이곳 사형수
수감동으로 와서 커튼으로 가려진 커다란 유리창이 달린 작은 방
으로 안내되리라 생각하고 있다. 그리고 그곳에서 기다리면 극적
으로 커튼이 걷히면서 들것에 묶인 채 팔에는 바늘을 꽂은 듀크의
모습을 볼 수 있으리라 기대하고 있다.

검사에게 자신이 기소한 범인의 사형이 집행되는 광경을 지켜보
는 것보다 더 큰 성취는 없다.

하지만 채드는 그런 기분을 느낄 수 없을 것이다. 전화번호를 누
르자 그가 기다렸다는 듯 전화를 받는다. "포스트입니다." 내가 말
한다. "사형수 수감동에 좀 나쁜 소식이 있어요. 방금 제11 순회 항
소 법원에서 형 집행 중지 명령이 났어요. 가랑이 사이로 꼬리를 감
추고 베로나로 다시 기어가셔야 될 것 같은데."

그는 더듬거리며 간신히 대꾸한다. "말도 안 되는 소리."

"내 말 못 들었어요, 채드? 당신의 거짓 신념은 무너지고 있어요. 당신이 듀크에게 할 수 있는 건 딱 여기까지라고요. 오늘은 정말 아슬아슬했다고 말하지 않을 수 없지만 말이죠. 제11 순회 항소 법원은 공정한 재판이라는 기본적인 개념에 의심이 생겨서 사건을 되돌려 보낸 겁니다. 다 끝났어요, 채드. 당신의 엄청난 기회를 망쳐서 유감입니다."

"이 상황이 우스워요, 포스트?"

"아, 물론이죠. 여기 사형수 수감동에는 웃음이 넘치고 있거든요. 온종일 기자들이랑 수다 떠느라 즐거웠을 텐데, 이제는 이걸로도 재미 좀 보시죠." 내가 채드를 혐오한다고 말한다면 그건 엄청나게 절제된 표현일 것이다.

전화를 끊고 나서 홀로 잔치를 벌이고 있는 듀크를 바라본다. 그가 입에 음식이 가득한 채로 묻는다. "어머니한테 전화해도 되나요?"

"안 돼요. 여기서는 변호사만 전화를 사용할 수 있어요. 그렇지만 어머니도 곧 알게 되실 겁니다. 얼른 마저 먹어요." 그가 아이스티로 음식을 넘기고 초콜릿케이크로 달려든다. 나는 리모컨을 들고 텔레비전의 볼륨을 높인다. 듀크가 접시를 박박 긁는 동안, 교도소 주변 어디에선가 기자가 헐떡이며 등장하더니 더듬더듬 사형집행이 미루어졌다는 소식을 전한다. 기자는 놀라고 혼란스러워 보인다. 그의 주위에 둘러선 모두가 마찬가지인 것 같다.

출입문 두드리는 소리와 함께 교도소장이 들어온다. 그가 텔레비전을 쳐다보더니 말한다. "이미 소식을 들은 모양이군."

"네, 소장님. 잔치를 망쳐서 죄송하게 됐습니다. 부하 직원들한 테 그만 물러가라고 하시고 제가 탈 밴 좀 불러 주십시오."

소매로 입가를 훔치던 듀크가 웃음을 터뜨리며 말한다. "소장님, 너무 대놓고 실망하시는 거 아닙니까?"

"아니. 외려 마음이 놓여요." 소장은 그렇게 말하지만 진실은 뻔 하다. 그 역시 온종일 기자들 앞에서 입을 털며 스포트라이트를 맛 보고 있었다. 하지만 종횡무진으로 멋지게 달리던 그는 골대 앞에 서 순식간에 공을 놓친 꼴이 되고 말았다.

"갈게요." 나는 듀크와 악수하며 말한다.

"고마워요, 포스트." 그가 말한다.

"연락하죠." 나는 문으로 향하면서 교도소장에게 말한다. "주지 사님께도 안부 전해 주세요."

나는 교도관의 안내를 받아 건물 밖으로 나온다. 얼굴에 서늘한 공기를 맞으니 기분이 상쾌해진다. 한 교도관이 나를 몇 걸음 떨어 진 곳에 서 있는, 아무 표시도 없는 교도소 밴으로 안내한다. 나는 차에 올라타 문을 닫고 운전사에게 말한다. "정문으로 가 주세요."

이리저리 뻗은 흘면 교도소 시설 사이를 뚫고 지나는 동안 피로 와 허기가 몰려든다. 그리고 안도감도. 눈을 감고 깊게 숨을 들이마 시며 듀크가 또 하루를 생존할 수 있게 되었다는 기적을 온몸으로 흡수한다. 일단 그의 목숨은 살렸다. 그에게 자유를 선사하려면 또 다른 기적이 필요하다.

교도소 관계자들이 아니면 알 수 없는 이유로 이곳은 지난 5시간 동안 봉쇄되어 있었다. 마치 분노한 재소자들이 바스티유 감옥 습격 때처럼 폭도로 돌변해서 듀크를 구하기 위해 사형수 수감동으로 밀려오기라도 할 것처럼. 이제 봉쇄가 풀리고 있다. 자극적인 상황은 지나갔다. 질서를 유지하기 위해 외부에서 불러왔던 추가 병력이 철수하고 있다. 내가 원하는 건 오직 하나, 교도소에서 밖으로 나가는 것뿐이다. 나는 정문 근처 작은 주차장에 차를 세워 두었다. 그곳에서 방송국 관계자들이 철수하기 위해 장비를 거두는 중이다. 나는 운전사에게 감사 인사를 하고 내 작은 포드 SUV에 올라타 서둘러 그곳을 떠난다. 고속 도로를 따라 몇 킬로미터를 달리던 나는 문을 닫은 잡화점 앞에 차를 세우고 전화를 건다.

수화기 너머의 상대방은 마크 카터라는 자다. 백인 남성에 나이는 서른셋. 베로나에서 16킬로미터 떨어진 베일리스라는 곳의 작은 임대 주택에서 살고 있다. 내 서류철에는 그의 집, 트럭, 현재 동거 중인 여자 친구의 사진이 들어 있다. 11년 전 카터는 에밀리 브룬을 강간하고 살해했다. 이제부터 내가 해야 할 일은 카터가 저지른 범죄를 증명하는 것이다.

선불 폰을 꺼내 비밀리에 알아낸 그의 전화번호로 전화를 건다. 벨이 다섯 번 울리자 그가 전화를 받는다. "여보세요."

"마크 카터?"

"누구야?"

"말해도 모를걸, 카터. 있잖아, 내가 지금 교도소에서 통화 중이거든. 듀크 러셀의 사형 집행이 방금 중지됐어. 그러니까 미안하지만 그 사건이 다시 조사 중인 상태로 전환됐다고. 혹시 텔레비전 보고 있었나?"

"너 누구야?"

"넌 분명히 텔레비전을 보고 있었을 거야, 카터. 뚱뚱한 여자 친구 옆에 질편한 엉덩이를 붙이고 앉아서 네가 저지른 짓이 법인으로 이 나라가 너 대신 듀크를 죽이길 기도하고 있었겠지. 카터, 넌 쓰레기야. 범행을 저지른 걸로도 모자라 다른 무고한 사람이 대신 죽는 걸 지켜보려고 하다니. 겁보 새끼."

"뭐? 내 앞에서 그대로 지껄여 봐."

"아, 그럴 거야, 카터. 언젠가 법정에서 보자고. 내가 증거를 찾아낼 거거든. 듀크는 조만간 풀려날 거야. 넌 감옥에 갈 거고. 오래 걸리지 않을 거다, 카터."

나는 상대방이 뭐라 말하기 전에 전화를 끊어 버린다.

2

휘발유가 싸구려 모텔비보다 좀 더 저렴하다는 이유로 나는 밤에도 외롭게 차를 몰고 달리며 많은 시간을 보낸다. 늘 그랬듯 잠은 나중에 자면 된다고 속으로 말하면서, 마치 곧 기나긴 동면에 들어가기라도 할 사람처럼. 실은 낮잠을 자주 자고 제대로 잘 때가 별로 없는데, 이런 버릇은 쉽사리 바뀔 것 같지 않다. 나는 강간범, 살인범 들이 자유롭게 활보하는 동안 교도소에서 썩고 있는 결백한 사람들을 짊어지는 일을 자처한다.

듀크 러셀은 무식한 백인들이 모여 사는 시골 마을에서 유죄를 선고받았다. 그곳 배심원들의 절반은 글자 하나 제대로 읽지 못했고, 하나같이 채드 팔라이트가 법정에 세운 두 명의 거만한 가짜 전문가에게 휘둘렸다. 첫 번째 전문가는 와이오밍주 출신의 퇴직한 시골 치과 의사로 그가 앨라배마주 베로나까지 오게 된 데에는 다 이유가 있다. 그는 멋진 정장을 갖추어 입고 권위적인 태도로 인상적인 어휘를 사용하면서 에밀리 브룬의 양팔에 생긴 깨문 흔적이 듀크의 치아 자국이라고 증언했다. 이 광대 같은 작자는 미국 전역을 돌아다니며 증언으로 먹고살았는데, 늘 검사 편에서 증언하고 쏠쏠한 대가를 챙기곤 했다. 그는 피해자의 시체에 물어뜯긴 흔적이 남을 정도로 폭력성이 보여야만 강간으로 인정받을 수 있다고 주장하는 뒤틀린 정신의 소유자였다.

듀크의 변호사는 그런 근거 없고 터무니없는 이론에 대해 당연히 반대 신문을 펼쳐야 했지만, 그는 재판 도중에 술에 취해 있거나 낮잠에 빠져 있기 일쑤였다.

두 번째 전문가는 주 정부의 범죄 연구소 소속이었다. 그의 전문 분야는 모발 분석이었다. 에밀리의 몸에서 일곱 가닥의 음모(陰毛)가 발견되었는데, 이 전문가는 그게 듀크의 것이라고 배심원단이 확신하도록 만들었다. 사실은 그렇지 않았다. 마크 카터의 음모로 추정되지만 확인하지 못한 상태다. 아직은. 에밀리가 사라지던 날 밤 그녀가 마크 카터와 있는 것이 목격되었음에도 사건을 맡았던 그곳의 촌놈들은 그를 일시적으로 용의선상에 올렸다가 그냥 넘겨 버렸다.

제대로 된 재판에서는 교흔, 이른바 물린 자국과 모발 분석이 신빙성을 상실한 지 오래다. 두 가지 다 뒤가 구리고 항상 변하는 지식 분야로, 무죄를 주장하는 피고 측 변호인들 사이에서 '쓰레기 과학'

이라는 조롱을 받고 있다. 자격이 없는 전문가들과 이들의 근거 없는 유책 이론으로 얼마나 많은 사람들이 억울하게 교도소에 갇혀 있는지 아무도 모를 것이다.

돈값하는 변호사였다면 두 전문가를 불러내 반대 신문을 하며 시간을 유익하게 썼을 테지만, 듀크의 국선 변호사는 주 정부에서 주는 3천 달러의 가치를 전혀 소화하지 못했다. 사실 그는 한 게 아무것도 없었다. 그는 형사 사건을 맡아 본 적이 없었다. 술 냄새를 풍기며 법정에 섰고, 형편없이 재판 준비를 했고, 자신의 의뢰인이 유죄라 믿었고, 재판 후에 세 번이나 음주 운전으로 적발당하는 바람에 변호사 자격까지 상실했고, 결국 간경화로 사망했다.

나는 듀크가 살았던 원래의 삶을 회복시키고 정의를 구현해야 한다.

누구도 내게 이런 일을 시키지 않았다. 언제나처럼 나는 자원해서 일을 맡았다.

나는 몽고메리로 향하는 고속 도로를 달리고 있다. 도착하려면 2시간 반 정도는 더 가야 한다. 그동안 계획을 좀 세워 볼 생각이다. 어차피 모텔을 잡아서 쉰다고 해도 잠을 이룰 수 없을 것 같다. 마지막 순간에 아슬아슬하게 찾아온 기적이 나를 과흥분 상태에 빠뜨렸기 때문이다. 나는 애틀랜타 법원의 서기에게 문자를 보내 감사 인사를 전한다. 또 지금쯤 잠자리에 들었을 내 상사에게도 문자로 소식을 알린다.

상사의 이름은 비키 골리다. 그녀는 서배너의 구도심에 있는 재단의 작은 사무실에서 일한다. 12년 전 그녀는 사비를 털어 '수호자 재단'을 설립했다. 비키는 독실한 기독교인으로 자신이 하는 일을 신의 뜻이라 여긴다. 예수께서 가라사대, 죄수들을 기억하라고 했단다. 그녀는 발로 뛰며 교도소를 찾아다니지는 않으나 무고한 죄수들을 석방시키기 위해 하루에 15시간 이상을 일한다. 오래전에 그녀는 배심원으로 선정되어 살인죄로 기소된 젊은 남성에게 사형을 선고한 적이 있었다. 2년 뒤 재판이 잘못되었다는 사실이 드러났다. 검사는 무죄를 증명하는 증거를 인멸하고 밀고자 노릇을 한 교도소 재소자로부터 위증을 얻어 냈다. 경찰은 증거를 심어 놓고 배심원단에게 거짓말을 했다. DNA 검사로 진범이 밝혀지자 비키는 자신이 운영하던 바닥재 제조업체를 조카에게 넘기고 그 대가로 받은 돈을 기반으로 수호자 재단을 시작했다.

나는 그녀가 채용한 첫 번째 직원이다. 현재 우리 말고 직원 하나가 더 있다.

재단에는 프랑수아 테이텀이라는 프리랜서도 있다. 마흔다섯 살의 흑인 남성인 그는 10대 시절 조지아주 시골에서 살려면 스스로를 프랑수아가 아니라 프랭키로 부르는 편이 더 낫다는 사실을 깨달았다. 어머니가 아이티 혈통이라 아들에게 프랑스식 이름을 지어 준 듯하나 그가 살던 시골구석의 영어 사용자들은 아무래도 이해가 잘 되지 않는 모양이었다.

프랭키는 내가 처음으로 무죄임을 밝혀낸 사람이다. 그는 다른 사람이 저지른 살인죄를 뒤집어쓰고 조지아주에서 무기 징역을 살

때 나를 만났다. 당시 나는 서배너에 있는 작은 성공회 교회의 신부였다. 우리는 그 교회의 교정 사역 활동을 통해 만나게 되었다. 그는 자신이 결백하다는 주장만 되풀이할 뿐 다른 말은 일절 하지 않았다. 그는 똑똑하고 엄청나게 박식했으며 독학으로 법률에도 통달했다. 나는 그를 두 번째 만난 날에 그의 결백을 확신했다.

나는 법조계에 입문한 초기에 돈이 없어서 변호사를 구하지 못하는 사람들을 변호했다. 수백 명의 의뢰인을 맡다 보니 변호사 일을 시작한 지 얼마 되지 않아 나는 모든 의뢰인을 유죄라고 추정하는 우를 범하고 말았다. 나는 혹시 그들이 부당하게 유죄 판결을 받은 건 아닌가, 하는 의심을 한 번도 하지 않았다. 그러다 프랭키가 모든 걸 바꾸어 놓았다. 나는 그의 수사 관련 기록을 파고들었고 그의 결백을 증명할 수 있으리라는 걸 깨달았다. 그러고 나서 비키를 만났다. 그녀는 내게 일자리를 제안했다. 급여는 내가 목사로 일하면서 받는 액수보다도 적었다. 지금도 여전히 그러하다.

이렇게 프랭키 테이텀은 수호자 재단과 최초로 계약한 의뢰인이 되었다. 14년의 감옥살이를 하는 동안 가족들은 그를 철저히 외면했다. 친구들도 모두 그의 곁을 떠났다. 그의 어머니는 그를 포함한 자식들을 친척 집 앞에 버려두고 떠나 버렸다. 그는 이후로 다시는 어머니를 만날 수 없었다. 아버지는 애당초 본 적이 없었다. 나는 그가 수감된 지 12년 만에 처음으로 면회를 간 사람이었다. 홀로 방치된 프랭키의 이야기가 끔찍하게 들리겠지만 인연이 완전히 끊긴 데 따른 좋은 면도 있었다. 일단 무죄가 밝혀지고 자유의 몸이 된 프랭키는 조지아주 정부와 그를 가두었던 책임자들로부터 거액의 보상금을 받아 냈다. 돈 때문에 그를 노릴 가족이나 친구가 없었기에 그는 아무 흔적도 남기지 않은 채 마치 유령처럼 자유 속으로 쉽사리 스며들 수 있었다. 그는 애틀랜타의 작은 아파트에 살면서 채터누가에 있는 우체국 사서함을 이용하고 대부분의 시간을 탁 트인 도로 위에서 보낸다. 재산은 남부 지방 이곳저곳의 여러 은행에 묻어 두었으므로 아무도 찾아낼 수 없다. 그는 그간의 상처로 말미암아 새로운 인간관계를 맺지 않는다. 그러면서 누가 그의 주머니를 털어 가지는 않을까 늘 두려워한다.

프랭키는 나 말고 아무도 신뢰하지 않는다. 소송을 마무리한 그는 내게 후한 수임료를 제안했다. 나는 거절했다. 그가 교도소에서 살아남아 얻어 낸 돈이었다. 나는 수호자 재단과 계약을 맺으면서 없이 살겠다고 맹세했다. 의뢰인들이 하루 2달러로 연명하는 마당에 다른 누구도 아닌 그들의 변호인으로서 풍족하게 먹고살 수는 없는 노릇이다.

몽고메리 동부에 도착한 나는 터스키기 근처의 한 트럭 휴게소로 들어선다. 오전 6시가 되지 않은 시간이라 사방은 여전히 어둡다. 자갈이 깔린 넓은 주차장을 가득 채운 거대한 트럭들은 운전사들이 잠을 자거나 아침을 먹는 동안 시동이 걸린 채 부르릉거리고 있다. 바쁘게 돌아가는 식당에 들어서니 베이컨과 소시지 냄새가 강하게 훅 밀려온다. 누군가 안쪽에서 손을 흔든다. 미리 자리를 맡아 두고 기다리던 프랭키다.

다른 때 같았으면 사내답게 서로를 끌어안으며 인사를 나누었겠지만 지금 우리는 앨라배마주의 시골 지역에 있다. 프랭키와 나는 평범하게 악수를 한다. 한 명은 흑인이고 다른 한 명은 백인인 두 남성이 북적거리는 트럭 휴게소에서 끌어안는다면 누군가 못마땅한 시선을 보낼 수도 있다. 물론 그렇다 하더라도 우리는 별로 신경 쓰지 않을 거다. 프랭키는 식당에 있는 모든 사람들의 재산을 합친 것보다 돈이 많은 데다, 교도소에서 갈고닦은 그의 몸은 여전히 날씬하고 날렵하기 때문이다. 프랭키는 먼저 싸움을 거는 법이 없다. 그는 분위기와 자신감만으로 다른 사람들을 압도하는 능력이 있다.

"축하해요." 그가 말한다. "아주 아슬아슬했던데요."

"듀크가 최후의 만찬을 막 시작하던 차에 전화를 받았어. 서둘러 식사를 마쳐야 했지."

"자신감이 넘쳐 보이셨어요."

"그런 척하고 있던 거지. 늙고 거친 변호사의 습성이랄까. 속이 얼마나 부글거렸는데."

"그나저나 배고프시겠어요."

"아, 응. 아무튼 교도소에서 나오자마자 카터한테 전화를 했어. 못 참겠더라고."

프랭키가 살짝 인상을 쓰며 말한다. "괜찮아요. 뭐, 그럴 만한 이유가 있으셨겠죠."

"좋은 이유는 아니었어. 너무 화가 나서 그만……. 그 자식은 듀크가 주사기를 꽂을 때까지 앉아서 시계만 보고 있었을 거잖아. 상상이 가? 진짜 살인범이 다른 사람이 대신 사형당하는 꼴을 관중석에서 구경하며 조용히 환호하고 있는 게? 그 자식 꼭 잡아야 해, 프랭키."

"그래야죠."

여종업원이 테이블로 온다. 나는 달걀과 커피를, 프랭키는 팬케이크와 소시지를 주문한다.

프랭키는 내가 맡은 사건들에 관해 나만큼 많이 안다. 그는 모든 파일, 메모, 보고서, 재판 기록을 읽는다. 프랭키가 좋아하는 업무는 앨라배마주 베로나처럼 그를 아는 사람이 전혀 없는 곳에 가서 정보를 캐내는 것이다. 두려움을 모르는 사람이지만 굳이 체포될 만한 위험을 무릅쓰지도 않는다. 새롭게 얻은 그의 삶은 매우 풍족하고, 특히 그의 자유는 그 무엇보다 소중하다. 그도 그럴 것이 그는 자유 없이 너무나 오랫동안 고통받았다.

"우린 카터의 DNA를 확보해야 해." 내가 말한다. "무슨 수를 쓰더라도."

"알아요. 안다고요. 작업 중이에요. 좀 쉬는 게 좋겠어요, 보스."

"언제는 안 쉬었나? 알다시피 난 변호사라 DNA를 불법으로 채취하면 안 돼."

"하지만 저는 할 수 있잖아요. 안 그래요?" 그는 웃더니 커피를 한 모금 마신다. 종업원이 내 앞에 잔을 내려놓고 커피를 따른다.

"그럴 수도 있지. 그건 나중에 논의하자고. 그 자식은 내 전화 때문에 적어도 몇 주간은 잔뜩 겁을 집어먹고 살 거야. 잘됐다. 그러다 보면 언젠가는 실수를 저지를 테고 우린 그걸 노려야지."

"이제 어디로 가세요?"

"서배너. 거기서 며칠 있다가 플로리다로 가야 해."

"플로리다라면, 시브룩 건인가요?"

"그래. 시브룩. 그 건도 맡기로 했어."

프랭키는 얼굴에 감정을 드러내는 법이 거의 없다. 눈도 잘 깜박이지 않고 목소리가 늘 차분하고 낮아서 무슨 말을 하든 그전에 깊이 생각한 것처럼 들린다. 교도소에서 살아남으려면 포커페이스가 필요했다. 오랫동안 이어지는 고독도 일상이었다. "괜찮겠어요?" 그가 묻는다. 그는 시브룩 건에 관해 생각이 다른 게 분명하다.

"그 사람은 결백해, 프랭키. 변호사도 없고."

주문한 음식이 나오자 우리는 분주하게 버터, 시럽, 핫소스를 바르고 뿌린다. 지난 3년간 재단 사람들은 시브룩 건을 두고 개입 여부에 대해 논쟁을 벌여 왔다. 재단 일을 하다 보면 이런 의견 충돌은 일상다반사다. 수호자 재단에는 미국 전역의 교도소 수감자들이 보낸 이메일이 쏟아져 들어온다. 그들은 하나같이 결백을 주장한다. 하지만 거의 대부분이 거짓 주장이기에 우리는 검토를 거듭해서 조심스럽게 지원 대상자를 추리고 결백할 가능성이 큰 사람들만 돕는다. 그럼에도 우리는 실수를 저지른다.

프랭키가 말한다. "그쪽은 상당히 위험한 상황일 수도 있어요."

"알아. 우리가 일한 게 얼만데. 근데 지금 이 순간에도 그 친구는 다른 사람 대신 감옥에 갇혀서 날짜를 세고 있잖아."

프랭키는 팬케이크를 먹으며 살짝 고개를 끄덕이지만 여전히 잘 이해되지 않은 것처럼 보인다.

내가 묻는다. "우린 해 볼 만한 싸움을 두고 절대 달아나는 법이 없었잖아, 프랭키?"

"어쩌면 이번에는 무시해야 할지도 몰라요. 사건 거절이야 매일같이 하는 일이잖아요. 게다가 다른 사건보다 이 사건이 훨씬 더 위험할 수 있고요. 이 사건 말고도 맡아야 할 의뢰인이 줄을 섰는데요."

"어째 마음이 약해진 거야?"

"그런 게 아니라 당신이 다칠까 봐 그래요. 컬런, 이날 이때까지 제 정체를 아는 사람은 없어요. 저는 음지에서 살고 일하지만, 당신은 소송 서류에 이름이 적히잖아요. 또 시브룩 같은 끔찍한 곳에서 조사도 해야 하는데, 그러다 보면 험악한 놈들의 심기를 건드릴 수도 있잖아요."

내가 미소를 지으며 말한다. "그렇다면 더욱 맡아야 할 이유가 되겠구먼."

해가 떠오르고 우리는 식당을 나선다. 주차장으로 나온 우리는 이제야 제대로 된 남자들의 포옹을 하고 작별 인사를 한다. 프랭키가 어느 쪽으로 갈지 모르지만, 그래서 나는 그가 마음에 든다. 그는 매일 아침 자유로운 상태로 잠에서 깨어나 자신의 행운에 대해 신에게 감사하고, 최신형 픽업트럭에 올라타 태양을 따라 달린다.

그의 자유로움은 내게 활력을 주는 동시에 나를 움직이는 동력
이 된다. 수호자 재단이 없었다면 그는 여태 감옥에서 썩고 있었을
것이다.

3

앨라배마주 오펠리카에서 서배너로 가는 직행 도로는 없다. 나는 고속 도로를 벗어나 아침 시간대라 점점 혼잡해지고 있는 2차선 도로를 따라 조지아주 중앙부를 꼬불꼬불 지나간다. 전에도 와본 적이 있는 곳이다. 나는 지난 10년 동안 노스캐롤라이나주부터 텍사스주까지 사형이 집행되는 지역의 거의 모든 고속 도로를 떠돌아다녔다. 한번은 캘리포니아주 쪽 사건을 맡을 뻔하기도 했지만 비키가 거절했다. 나는 비행기 타는 걸 싫어하고 재단은 내가 비행기를 타고 오가는 비용을 감당할 수 없었기 때문이다. 나는 블랙커피를 잔뜩 마시고 오디오 북을 들으며 장거리 운전을 하고 다닌다. 오랜 시간 운전을 하다 보면 조용히 깊은 생각에 잠겨 있다가도 갑자기 휴대 전화를 들고 미친 듯이 날뛰는 극단적인 상태가 반복된다.

소도시의 지방 법원 앞을 지나는데 좋은 옷을 차려입은 젊은 변호사 셋이 서둘러 건물 안으로 들어가는 장면이 눈에 들어온다. 중요한 볼일을 보러 가는 것일 터다. 얼마 전까지만 해도 그들의 모습이 내 모습이 될 수 있었다.

나는 서른의 나이에 법률가의 길을 포기했다. 물론 그럴 만한 이유가 있었다.

✝

그날 아침은 16세의 백인 남녀 아이 둘이 목이 베인 채 시체로 발견되었다는 소름 끼치는 뉴스와 함께 시작되었다. 두 희생자의 신체는 성적(性的)으로 훼손된 상태였다. 듣기로는 동네 으슥한 곳에 차를 세우고 같이 있던 피해자들이 갑자기 나타난 10대 흑인 무리에게 차를 빼앗겼다고 한다. 시간이 흐르고 나서 자동차가 발견되었다. 가해자 중 누군가 입을 열기 시작했다. 범인들이 체포되었다. 사건의 자세한 내용이 뉴스로 알려졌다.

멤피스 지역에서 살인 사건은 이른 아침 뉴스의 단골 소재였다. 간밤에 발생한 강력 범죄의 내용을 전해 듣는 데 지친 시청자들은 항상 커다란 의문을 품고 있었다. "이런 상황을 얼마나 더 견뎌야 하는가?" 하고 말이다. 그런 멤피스에서조차 이번 사건은 충격적이었다.

브룩과 나는 여느 때처럼 침대 속에서 모닝 커피를 마시며 뉴스를 시청했다. 첫 번째 보도가 나온 뒤 나는 우물거렸다. "끔찍한 상황이 생길 수도 있겠군."

"이미 끔찍해." 브룩이 고쳐 말했다.

"내 말 무슨 뜻인지 알잖아."

"당신이 저 사람들의 변호를 맡게 될 것 같아서?"

"그러지 않길 기도해야지." 내가 대답했다. 샤워기 아래로 걸어 들어가는데 속이 뒤집혔다. 어떻게든 출근을 피하고 싶었다. 식욕이 없어서 아침도 건너뛰었다. 집을 나서는데 전화벨이 울렸다. 출근을 서두르라는 상사의 전화였다. 나는 브룩에게 키스하며 말했다. "행운을 빌어 줘. 하루가 길 것 같아."

국선 변호인 사무실은 시내의 형사 사법 단지 내에 있다. 나는 8시에 사무실에 들어섰다. 사무실 분위기는 흡사 시체 보관소 같았다. 다들 각자의 사무실에 웅크리고 숨어서 눈이 마주치는 것을 피하고 있었다. 잠시 후 상사가 우리를 회의실로 호출했다. 중대 범죄 부서에는 도합 여섯 명의 변호사가 있었는데, 지역이 멤피스이다 보니 우리에게는 고객이 아주 많았다. 당시 서른 살이었던 내가 막내였고, 좌중을 쓱 둘러보니 아무래도 내가 호명될 것 같았다.

상사가 말했다. "범인은 다섯 명이라고 하고, 전부 체포돼서 지금 유치장에 있어. 나이는 열다섯에서 열일곱 사이. 두 명은 증언하기로 했고. 피해자 아이들이 남자애 차의 뒷자리에 있는 걸 보고 덮치기로 한 모양이야. 피고 다섯 명 가운데 네 명은 레이븐이라는 갱

의 멤버가 되고 싶어 했는데, 정식 멤버가 되려면 백인 여자를 강간
해야 한다는군. 금발 백인 여자. 크리시 스팽글러는 금발이었어. 리
더라고 볼 수 있는 러마 로빈슨이 명령을 내렸어. 피해자 남자애 월
포스터는 나무에 묶인 상태로 그들이 크리시를 돌아가며 강간하는
장면을 지켜봐야 했어. 포스터가 계속 소리를 지르니까 그들이 포
스터의 신체 일부를 잘라 내고 목을 그어 버렸어. 멤피스 경찰에서
증거 사진이 오는 중이야."

현실이 눈앞에 닥치자 우리 여섯 변호사들은 두려움 속에서 아
무 말도 못하고 서 있었다. 나는 걸쇠가 달린 창문을 멍하니 바라보
았다. 창문을 통해 주차장으로 머리부터 뛰어내리는 것도 그리 나
쁘지 않아 보였다.

상사가 말을 이어 갔다. "월의 자동차를 갈취해서 타고 가다가
사우스 서드에서 신호 위반을 했어. 어찌나 똑똑하신지. 경찰이 차
에 탄 세 사람을 붙잡았다가 혈흔을 보고 체포한 거야. 그중 둘이
자세한 내용을 술술 털어놨어. 그들은 다른 애들 짓이라고 주장했
지만 증언을 들어 보면 다섯 명 모두 공범이야. 오늘 아침에 부검이
진행될 거야. 당연히 우리가 거의 다 맡아야 할 거야. 오늘 오후 2시
에 법정에 첫 출두를 해야 하는데 아마 온통 난리가 나겠지. 사방에
기자들 천지고 사건의 자세한 정황들이 미친 듯이 새 나가고 있어."

나는 창문으로 조금 더 가까이 다가섰다. 상사의 목소리가 들렸
다. "포스트, 자네가 테런스 라티모어라는 열다섯 살짜리를 맡아.
듣자 하니 아직 아무 말도 안 했다는군."

다른 변호사들에게도 업무를 배분한 뒤 상사가 말했다. "지금 당장 유치장으로 가서 새 의뢰인들을 만나. 경찰한테 자네들이 없는 자리에서 신문하면 안 된다고 통보하고. 갱단 녀석들이라 본인들 변호사에게도 비협조적일 거야. 설사 협조를 하게 되더라도 오늘 당장은 아니겠지."

말을 마친 상사는 지지리도 운이 없는 우리를 흰 시럽씩 보내 말했다. "미안하네."

1시간 뒤 나는 시 유치장 입구로 걸어 들어가고 있었다. 기자로 추정되는 누군가 내게 소리쳤다. "살인범을 변호하시는 겁니까?"

나는 기자를 무시하는 척하며 걸음을 멈추지 않았다.

대기실에 들어서니 테런스 라티모어가 손목과 발목에 수갑을 차고 철제 의자에 쇠사슬로 결박된 채 대기 중이었다. 둘만 남게 되자 나는 내가 그의 사건을 맡은 변호사라며 말문을 열고는 우선 기본적인 몇 가지 질문부터 하겠다고 말했다. 라티모어는 능글맞게 웃으며 날 노려보기만 했다. 나이는 열다섯 살에 불과했지만 산전수전 다 겪은 거친 녀석이었다. 갱단 무리와 마약, 폭력 등의 전투 경험으로 다져진 상대였다. 그는 이유 불문하고 무조건 백인을 증오했고 그의 변호인인 나 역시 예외는 아니었다. 그는 주소 따위 없으니 자기 가족에게 접근할 생각일랑 꿈에도 하지 말라고 했다. 전과 기록을 살펴보니 두 차례 퇴학을 당했고 네 차례 소년원에 들어간 걸로 나와 있었다. 전부 다 폭력이 관련된 것이었다.

정오 무렵 나는 변호사를 그만두고 다른 직업을 찾아볼 준비가 되어 있었다. 3년 전 나는 로펌에 들어가지 못해서 국선 변호사가 되었다. 이후 자그마치 3년을 이 나라의 형사 사법 체계의 시궁창에서 고생스럽게 일해 오면서 애초에 왜 로스쿨에 갔는지 심각하게 자문하고 있었다. 진심으로 이유가 기억나지 않았다. 변호사라는 직업은 나로 하여금 법정 밖에서라면 가까이하지 않을 사람들과 매일같이 만나며 살게 만들었다.

우리 변호사들 중 누구도 음식을 넘길 만한 상황이 아니라서 점심은 당연히 건너뛰는 것으로 되었다. 선발된 다섯 명의 변호사들은 상사를 만나 범죄 현장 사진과 검시 보고서를 확인했다. 배 속에 음식이 들어갔다면 죄다 바닥으로 쏟아 낼 뻔했다.

대체 나는 내 인생을 가지고 무슨 짓을 하고 있었던 걸까? 형사 사건 전문 변호사로서 나는 "어떻게 유죄인 게 뻔한 사람을 변호할 수 있나?"라는 식의 질문에는 벌써 신물이 났다. 나는 로스쿨에서 가르치는 가장 모범적인 대답을 하곤 했다. "글쎄요, 누구나 자신을 변호할 권리가 있습니다. 헌법에 명시돼 있거든요."

하지만 나는 더는 그 말을 믿지 않는다. 사실 너무나 극악무도하고 잔인한 범죄를 저지른 살인범은 (1) 사형 제도를 찬성한다면 사형에 처하거나 (2) 사형 제도를 찬성하지 않는다면 종신형에 처하는 게 맞다. 그날 끔찍한 회의에서 빠져나온 나는 내가 어느 쪽을 찬성하는지 알 수 없었다.

나는 그나마 잠글 수 있는 문이라도 있는 내 작은 사무실로 갔다. 창문 밖의 도로를 바라보다가, 어느 이국적인 해변으로 떠나 멋진 삶을 살면서 걱정거리라고는 다음에 무슨 술을 마실지 고민하는 것밖에 없는 내 모습을 상상했다. 이상하게도 그런 내 꿈속에 브룩은 없었다. 그러다 책상 위의 전화가 울리는 바람에 꿈에서 깨어났다.

나는 꿈을 꾸는 게 아니라 환각에 빠져 있었다. 보이는 모든 게 슬로 모션으로 움직였고 전화도 제대로 받을 수 없었다. 간신히 "여보세요." 하며 입을 뗐다. 상대 여자는 기자라며 자신의 신분을 밝히고 살인 사건과 관련해 몇 가지 질문할 게 있다고 했다. 그녀는 마치 내가 그 사건을 두고 본인과 진지한 논의라도 펼칠 듯 굴었다. 나는 전화를 끊어 버렸다. 1시간이 지났지만 아무것도 기억나지 않았다. 몸이 마비된 듯 아팠고, 그저 건물에서 뛰쳐나가고만 싶었다. 브룩에게 전화를 걸어 용의자 다섯 가운데 하나를 맡았다는 끔찍한 소식을 전한 건 기억났다.

첫 법정 출두는 오후 2시였다. 법정이 협소해 더 넓은 장소로 변경되었음에도 여전히 너무 좁았다. 범죄율이 높은 멤피스에는 경찰이 많았는데, 그들 대부분이 그날 오후 법원 건물에 있었다. 경찰이 출입문을 막고 모든 기자와 구경꾼의 몸을 수색한 다음 안으로 들여보냈다. 경찰들이 법정 안의 중앙 통로에 두 줄로 나란히 서 있고 세 벽면에도 줄지어 서 있었다.

월 포스터의 사촌이 멤피스 소방서에서 일했다. 그는 한 무리의 동료들을 데리고 법원에 나타났다. 당장이라도 공격에 나설 준비가 되어 있는 것 같았다. 몇 안 되는 흑인들은 희생자들의 가족과 최대한 멀리 떨어진 반대편 뒤쪽 구석으로 밀려났다. 실내를 가득 메운 기자들은 카메라 소지가 허용되지 않았다. 아무 관련 없는 변호사들도 호기심으로 주위를 맴돌았다.

나는 판사실을 통해 업무용 출입문으로 비교적 쉽게 법정에 들어서서 인파를 바라보았다. 발 디딜 틈이 없었다. 팽팽하고 뚜렷한 긴장감이 흘렀다.

판사가 자리에 앉고는 조용히 하라고 말했다. 피고 다섯 명이 불려 나왔다. 똑같은 오렌지색 점프 슈트를 입은 그들의 몸을 묶은 쇠사슬이 서로 연결되어 있었다. 구경꾼들은 이들의 첫 등장을 넋을 잃고 바라보았다. 화가들은 자신들이 본 광경을 그림으로 그렸다. 경찰들이 추가로 나타나 피고들 뒤에서 줄을 지어 막았다. 피고들은 판사석 앞에 나란히 서서 발만 내려다보고 있었다. 뒤쪽에서 강하고 커다란 목소리가 들렸다. "풀어 줘라, 빌어먹을! 풀어 주라고!" 경찰들이 달려들어 남자의 입을 틀어막았다.

한 여자가 눈물을 흘리며 새된 소리를 내질렀다.

나는 다른 동료 넷을 따라 테런스 라티모어의 뒤에 가 섰다. 움직이면서 맨 앞 두 줄에 모여 앉은 사람들을 흘깃 보았다. 분명히 피해자들과 가까운 사람들일 터였다. 그들은 증오가 가득한 눈으로 나를 쳐다보았다.

의뢰인은 나를 증오했다. 그리고 의뢰인이 피해를 입힌 사람들도 나를 증오했다. 난 그 법정에서 대체 뭘 하고 있었던 걸까?

판사가 판사봉을 두드리고 말했다. "나는 이 법정의 질서를 철저히 유지할 것입니다. 첫 번째 법정 출두의 목적은 피고들의 신분을 확인하고 그들이 변호사의 조력을 받고 있는지 확인하는 것입니다. 그 이상은 없습니다. 자, 누가 러마 로빈슨 씨입니까?"

로빈슨이 고개를 들더니 뭔가를 중얼거렸다.

"나이를 말씀해 주세요, 로빈슨 씨."

"열일곱이요."

"국선 변호 부서의 줄리 쇼월터 씨가 피고의 변호인으로 지정됐습니다. 변호인을 만났습니까?"

동료인 줄리가 한 걸음 가까이 다가가 로빈슨과 그 옆의 피고 사이에 섰다. 피고들의 몸이 쇠사슬로 연결되어 있었기 때문에 변호인들이 피고의 바로 옆에 설 수 없었다. 법정에 들어오면 으레 쇠사슬과 수갑을 풀어 주지만, 이번에는 그런 배려를 하지 않는다는 점에서 판사의 심기가 여실히 드러나고 있었다.

로빈슨은 오른쪽 어깨 너머로 줄리를 힐긋 보고는 어깨를 으쓱했다.

"쇼월터 씨가 당신을 변호하길 원합니까, 로빈슨 씨?"

"흑인 변호사는 없나요?" 그가 물었다.

"당신이 원하는 누구든 변호사로 고용할 수 있습니다. 개인 변호사를 구할 돈이 있습니까?"

"어쩌면요."

"좋아요. 그럼 나중에 얘기합시다. 다음은 테런스 라티모어."

테런스는 판사의 목을 베어 버리기라도 할 기세로 판사를 쳐다보

왔다.

"나이를 말씀해 주세요, 라티모어 씨."

"열다섯이요."

"개인 변호사를 선임할 돈이 있나요?"

그가 고개를 저었다.

"국선 변호사인 컬런 포스트 씨가 당신을 변호하길 원합니까?"

라티모어는 상관없다는 식으로 어깨를 으쓱했다.

판사가 날 보더니 물었다. "포스트 씨, 의뢰인과 면담을 했습니까?"

'포스트 씨'는 대답할 수 없었다. 분명히 입을 열었는데 아무 말도 나오지 않았다. 한 걸음 물러나 판사석을 응시했다. 판사가 무표정한 얼굴로 이쪽을 응시했다. "포스트 씨?"

법정에 정적이 흘렀지만 내 귓속에서는 날카로운 소음이 울려 댔다. 무릎에서 힘이 빠지고 숨을 쉴 수 없었다. 한 걸음 더 물러난 다음 돌아서서 경찰들의 벽 사이를 비집고 빠져나왔다. 그렇게 피고석 뒤쪽까지 간 나는 낮은 스윙 도어를 무릎으로 밀어 열고 중앙 통로로 나왔다. 경찰을 한 명씩 밀치며 이동했지만 아무도 나를 막으려 하지 않았다. 판사가 "포스트 씨, 어디 가는 겁니까?"라는 식으로 물었던 것도 같은데 '포스트 씨'는 정확히 알 수 없었다.

나는 법정의 출입문을 나와서 곧장 화장실로 향했다. 그러고는 문을 잠그고 엎드려 토하기 시작했다. 아무것도 나오지 않을 때까지 구역질을 하고 세면대에서 얼굴을 씻었다. 에스컬레이터에 올라탄 기억은 어렴풋이 나는데 시간이나 공간, 소리, 움직임에 대한 기억은 전혀 남지 않았다. 법원 건물을 떠난 기억도 없다.

나는 포플러가를 따라서 동쪽으로 차를 몰아 시내를 벗어났다. 의도하지 않게 신호를 어겨서 대형 추돌 사고가 날 뻔한 걸 간신히 모면하기도 했다. 화가 난 뒤차 운전자가 경적을 울려 대는 소리가 들렸다. 그제야 법정에 서류 가방을 놓고 온 것을 알아차렸다. 웃음이 났다. 물론 가방을 다시 볼 일은 절대로 없을 터였다.

외조부모님은 내 고향인 테네시주 다이어즈버그에서 서쪽으로 16킬로미터 떨어진 곳에 있는 작은 농장에 살았다. 정확한 시간은 알 수 없지만 그날 오후 그곳에 도착했다. 그때 나는 시간 개념을 완전히 상실했었다. 작정하고 고향으로 향한 건지는 기억나지 않는다. 나중에 외조부모님이 말하길, 그 자리의 나를 보고 놀라긴 했지만 곧바로 나에게 도움이 필요하다는 걸 깨달았단다. 두 분은 여러 가지를 물었지만 나는 멍하니 허공만 바라볼 뿐이었다. 두 분은 날 침대에 눕히고 브룩에게 연락했다.

그날 밤늦게 응급 요원들이 나를 구급차에 태웠다. 브룩이 내 옆에 앉은 채로 구급차는 3시간을 달려 내슈빌 근처 정신 병원으로 향했다. 멤피스의 병원에 빈자리가 없었고, 어차피 그곳으로는 돌아가고 싶은 마음이 없었다. 이후 치료를 받고 약을 먹고 의사들과 긴 면담을 가지면서 부서진 정신을 천천히 추스를 수 있었다. 한 달 뒤 보험 회사로부터 더는 병원비를 지원할 수 없다는 연락을 받았다. 퇴원을 해야 할 시기가 되었고 나 스스로도 그곳을 벗어날 준비가 되어 있었다.

나는 멤피스의 아파트로 돌아가길 거부하고 외조부모님 집에 남았다. 브룩과 내가 관계를 정리하기로 마음먹은 것도 그 무렵이었다. 3년간 이어졌던 결혼 생활이 중간쯤 지났을 때, 우리 둘 다 여생을 함께할 수 없으며 억지를 부려 보았자 그저 절망 속으로 빠져들 뿐이라는 걸 깨달았다. 다만 이에 대해 곧바로 의논하지는 않았고, 이것 때문에 싸운 적도 거의 없었다. 하지만 어떻게 된 일인지 농장에서 보낸 암흑 같던 시기에 우리는 솔직한 대화를 나눌 용기를 찾아냈다. 우리는 여전히 서로를 사랑했지만 우리 사이는 이미 멀어지고 있었다. 처음에는 1년간 별거를 해 보기로 했으나 그마저도 물거품이 되고 말았다. 신경 쇠약에 빠진 날 두고 떠난 그녀를 단 한 번도 비난해 본 적은 없다. 나는 벗어나고 싶었고, 그녀도 마찬가지였을 뿐이다. 우리는 가슴 아프게 헤어졌지만 친구로 남자고 약속했다. 아니, 그렇게 애써 보기로 했다. 그러나 그 또한 생각대로 되진 않았다.

브룩이 내 인생에서 떠나가면서 신이 나를 찾아왔다. 신은 베니 드레이크 신부라는 사람을 통해 왔다. 그는 다이어즈버그의 내 고향 성공회 교회의 신부였다. 마흔 살쯤 된 베니는 시원시원하고 멋있고 입이 걸었다. 그는 항상 성직 칼라가 달린 검은색 재킷을 입었고, 주로 물 빠진 청바지를 받쳐 입었다. 그는 일주일에 한 번씩 나를 찾아오다가 본격적으로 내 회복을 도와주면서부터 거의 매일같이 오기 시작했다. 현관 앞 포치에서 그와 나누는 긴 대화는 내 일상이 되었다. 그를 신뢰하는 데에는 그리 오랜 시간이 걸리지 않았다. 나는 그에게 법조계로 돌아갈 생각이 없음을 고백했다. 당시 겨우 서른 살에 불과했던 나는 남을 돕는 새로운 인생을 살고 싶었다. 남은 인생을 로펌에서 일하면서 사람들을 고소하거나 죄인을 변호하거나 스트레스에 짓눌리며 보내고 싶지 않았다. 베니와 친해질수록 나는 그를 닮고 싶어졌다. 그는 내 안에서 뭔가를 보았다고 했다. 그러면서 성직사가 되는 길을 한번 고려해 볼 수 있는지 물었다. 우리는 오랫동안 함께 기도했고, 그보다 더 오랫동안 대화를 나누었다. 시간이 흐르면서 나는 신의 부름을 느끼기 시작했다.

나는 마지막으로 법정에 갔던 날로부터 8개월쯤 지났을 무렵 버지니아주 알렉산드리아로 이사했다. 그리고 그곳의 신학교에 입학해 3년간 열심히 공부했다. 나는 생활비를 벌기 위해 워싱턴 D.C.에 있는 대형 로펌에서 일주일에 20시간을 보조 조사원으로 일했다. 로펌 일은 지극히 싫었지만 그럭저럭 혐오감을 감추면서 일할 수 있었다. 로펌 일은 내가 왜 법조계를 떠났는지 매주 새롭게 되새겨 주었다.

나는 서른다섯 살에 사제 서품을 받고 서배너의 구도심에 속한 드레이턴가에 있는 성공회 교회에 배치되어 신부로 일하게 되었다. 그곳의 교구 신부는 루서 호지스라는 멋진 남자로 오랫동안 교정 사역 활동을 진행해 왔다. 그는 삼촌이 교도소에서 사망하고 나서 교도소에 수감되어 잊혀 가는 사람들을 돕기로 했단다. 서배너로 이주한 뒤 석 달 만에 나는 완벽하게 잊힌 영혼인 프랑수아 테이텀을 만났다.

2년 뒤 프랭키를 교도소에서 빼낸 일은 내게 인생 최대의 기쁨을 맛보게 해 주었다. 마침내 나는 내 소명을 찾았다. 그리고 신의 뜻이었는지 나와 같은 소명을 품고 있던 비키 골리를 만났다.

4

수호자 재단은 서배너의 브로드가에 위치한 오래된 창고의 작은 구석 자리를 사무실로 사용하고 있다. 거대한 창고 건물의 나머지는 비키가 오래전에 매각한 바닥재 회사가 쓴다. 창고 건물은 여전히 비키의 소유이고, 비키는 이 건물을 바닥재 사업을 운영하는 조카들에게 임대해 주었다. 그녀의 임대 수입 대부분은 재단 일에 사용된다.

정오가 다 되어 가는 시간에 주차를 하고 사무실로 걸어 들어간다. 열광적인 환영 행사는 기대하지 않으며 그런 분위기도 아니다. 이곳에는 손님을 맞이하는 직원이나 공간이 없다. 방문하는 의뢰인을 대접할 만한 공간 또한 없다. 모든 의뢰인이 감옥에 있기 때문이다. 비용 문제로 비서들도 고용하지 못한다. 타이핑, 파일 정리, 일정 조정도 직접 하고 전화도 받고 커피도 내리고 쓰레기도 버린다.

비키는 대부분의 점심을 근처 요양원에서 지내는 그녀의 어머니와 간단히 때운다. 그녀의 깨끗한 사무실이 비어 있다. 슬쩍 본 그녀의 책상에는 서류 한 장 지저분하게 놓여 있지 않다. 책상 뒤쪽에 있는 낮은 진열장 위에 비키와 세상을 떠난 그녀의 남편 보이드의 컬러 사진 한 장이 놓여 있다. 사업을 일으킨 보이드가 젊은 나이에 세상을 떠나자 비키가 폭군처럼 사업체를 운영했다. 그러다 사법 체계에 화가 난 그녀는 재단을 만들었다.

복도 맞은편은 재단의 소송 책임자이자 우리 팀의 전문 위원인 메이지 러핀의 사무실이다. 그녀 역시 자리에 보이지 않는다. 아마도 여기저기 흩어져 있는 아이들을 찾으러 갔을 것이다. 그녀는 아이가 넷이다. 오후면 재단 사무실 여기저기에서 그녀의 아이들을 볼 수 있다. 일단 유치원 분위기가 시작될 것 같으면 비키는 조용히 사무실 문을 닫는다. 나도 사무실에 있을 때는 문을 닫아 두지만, 사실상 나는 사무실을 지키는 경우가 거의 없다. 4년 전 우리가 메이지를 고용할 때 그녀는 타협이 불가한 두 가지 조건을 내세웠다. 하나는 필요할 경우 사무실에 아이들을 데려올 수 있도록 해 달라는 것이었다. 그녀는 아이들을 돌보아 줄 사람을 고용할 돈이 없었다. 두 번째 조건은 급여였다. 그녀는 1년 생활비로 최소 6만5천 달러가 필요했다. 비키와 내가 받는 급여를 합쳐도 그만큼에 미치지 못했지만 우리는 아이들을 키워야 하거나 생활비 걱정을 할 필요가 없었다. 우리는 두 조건에 다 동의했고, 메이지는 여전히 재단에서 가장 높은 급여를 받고 있다.

하지만 그녀의 능력에 비하면 많은 것도 아니었다. 메이지는 애틀랜타 남부의 거친 지역에서 성장했다. 노숙자 생활을 한 적도 있다고 하나 그 시절에 관해서는 구체적으로 언급하지 않는다. 두뇌가 명석해서 고등학교 시절 한 선생님으로부터 특별한 애정을 받았다. 학비 전액을 지원받아 모어하우스 대학과 에모리 로스쿨을 다녔고 완벽에 가까운 학점을 받았다. 그녀는 대형 로펌의 입사 제안을 거절하고 NAACP(전미 흑인 지위 향상 협회) 변론 재단에서 일하기를 선택했다. 그녀의 경력은 결혼 생활이 망가지면서 흐트러지기 시작했다. 우리가 변호사를 한 명 더 구하고 있다는 말을 듣고 내 친구가 그녀를 추천해 주었다.

아래층은 두 알파 우먼의 영역이다. 나는 회사에 나오면 2층에 있는, 내 사무실이라고 부르는 어수선한 방에서 시간을 보낸다. 복도 건너편에 회의실이 있긴 하나 회의가 많은 편은 아니며, 가끔 증언을 녹취하거나 무죄로 석방된 사람, 그리고 의뢰인 가족과의 면담 장소로 사용된다.

회의실에 들어서서 조명을 켠다. 한가운데에 내가 벼룩시장에서 100달러를 주고 산 타원형 식탁이 있다. 식탁을 둘러싸고 모양이 제각각인 의자 열 개가 놓여 있다. 수년간 우리가 모은 것들이다. 특정한 스타일이나 취향이 없는 게 외려 이 공간에는 어울린다. 한쪽 벽에는 명예의 전당이 꾸며져 있다. 프랭키부터 시작해 우리가 지금까지 무죄를 증명해서 구해 낸 사람들의 컬러 사진 액자 여덟 개가 줄지어 걸려 있다. 그들의 웃는 얼굴은 우리 활동의 심장이자 영혼이다. 그들은 우리가 계속 잘해 나갈 수 있도록, 시스템에 맞서도록, 또 자유와 정의를 위해 싸우도록 격려해 준다.

겨우 여덟 명. 아직 수천 명이 대기 중이다. 우리 일은 끝나지 않을 것이며, 이런 현실은 우리를 낙담하게 하면서도 우리에게 어마어마한 동기를 부여한다.

다른 쪽 벽에는 좀 더 작은 크기로 된 현재 의뢰인 다섯 명의 사진이 붙어 있다. 전부 죄수복 차림이다. 앨라배마주의 듀크 러셀. 노스캐롤라이나주의 샤스타 브릴리. 테네시주의 빌리 레이번. 미시시피주의 커티스 윌리스. 조지아주의 꼬마 지미 플래글러. 흑인세 명, 백인 두 명, 여자는 한 명이다. 인종이나 성별은 우리 일에 아무 의미가 없다. 실내 여기저기에 우리가 죄 없는 의뢰인들을 교도소에서 빼내 오던 영광스러운 순간이 담긴 기사 사진 액자들이 아무렇게나 걸려 있다. 거의 모든 사진 속에 내가 있고 도움을 준 다른 변호사들도 보인다. 몇몇 사진에는 메이지와 비키도 보인다. 사진 속 웃는 얼굴에는 전염성이 있는 것 같다.

나는 계단을 통해 한 층 더 올라 내 펜트하우스로 간다. 나는 월세를 내지 않고 꼭대기 층의 세 칸짜리 아파트를 사용하고 있다. 가구 따위는 묘사하지 않겠다. 현재의 삶에서 가장 가까운 여자들인 비키와 메이지마저 발을 디디지 않을 곳이라는 정도로만 일러둔다. 나는 평균적으로 한 달에 열흘 정도 이곳에서 지내지만 누가 보아도 그냥 버려진 곳이다. 하지만 내가 매일 이곳에 머물렀다면 아파트의 상태는 훨씬 더 엉망이었을 것이다.

나는 비좁은 욕실에서 샤워를 한 다음 침대 위로 쓰러진다.

†

죽은 듯이 2시간을 자고 아래층에서 들리는 소음에 잠을 깬다. 옷을 입고 비틀거리며 내려간다. 메이지가 활짝 웃으며 나를 힘껏 안아 준다. "축하해요." 그녀는 멈추지 않고 계속 축하한다고 말한다.

"정말 아슬아슬했다고요. 정말로. 전화가 왔을 때 듀크는 스테이크를 먹고 있었다니까요."

"식사는 다 했고요?"

"당연하죠."

메이지의 네 살배기 아들 대니얼이 달려와 나를 껴안는다. 아이는 내가 지난밤 어디 있었는지, 뭘 했는지 모르지만 늘 날 껴안을 준비가 되어 있다. 비키가 소란스러운 소리에 밖으로 나온다. 그녀도 나를 안으며 축하해 준다.

노스캐롤라이나주에서 앨버트 후버를 잃었을 때 우리는 비키의 사무실에 모여 실컷 울었다. 어색할지언정 이편이 훨씬 낫다.

"커피 한 잔 줄게요." 비키가 말한다.

그녀의 사무실은 조금 더 크고, 게임 기구며 색칠 놀이책이 쌓인 접이식 테이블이나 장난감 따위로 어질러져 있지 않아서 보통 거기에서 보고가 이루어진다. 어젯밤 초읽기 중에 두 사람과 내내 통화를 했기 때문에 그들도 자세한 내용을 이미 알고 있다. 내가 프랭키와의 만남에 대해 들려주고 나서, 우리는 듀크 사건의 다음 업무를 어떻게 진행할 것인지 논의한다. 갑자기 데드라인이 사라졌고, 사형 집행일도 사라졌고, 끔찍한 초읽기도 멈추었기에 압박은 없는 상태다. 사형수 건 같은 경우 여러 해에 걸쳐 느릿느릿 진행되다가 불시에 사형 집행일이 잡히곤 한다. 그러면 상황이 정신없이 돌아가고 밤을 새워 가며 일에 매달려야 한다. 그러다 형 집행 중지 명령이 떨어지면 그다음의 두려운 상황이 오기 전까지 다시 오랜 세월이 지나야 한다. 그렇다고 절대 늘어져 있는 법은 없다. 결백한 의뢰인들이 교도소라는 악몽에서 살아남기 위해 몸부림치고 있기 때문이다.

우리는 다른 네 사건을 두고 논의 중이다. 이 가운데 일정이 심각하게 촉박한 건은 없다.

내가 비키에게 한 질문이 우리에게 가장 불쾌한 이슈를 끄집어낸다. "재정 상태는 좀 어때요?"

그녀는 늘 그렇듯 웃으며 대답한다. "아, 우린 파산 지경이에요."

메이지가 말한다. "전화할 일이 있어서요." 그녀는 일어서서 내 이마에 입을 살짝 맞추고는 말한다. "잘했어요, 포스트."

그녀는 재정 이야기가 나오면 자리를 피한다. 비키와 나는 그걸로 그녀에게 부담을 주고 싶지 않다. 메이지는 밖으로 나가 자신의 사무실로 돌아간다.

비키가 말한다. "케이힐 재단에서 5만 달러짜리 수표를 받아서 몇 달은 더 버틸 수 있겠어요." 우리 활동을 뒷받침하려면 1년에 50만 달러 정도가 필요하다. 우리는 소규모 비영리 단체와 몇몇 개인들에게 모금과 구걸을 해서 간신히 버텨 나가는 중이다. 기금을 모으러 다닐 수 있는 배짱이 있었다면 나도 하루의 절반을 전화를 붙들고 떠들거나 편지를 쓰거나 강연을 다녔을 것이다. 우리가 쓸 수 있는 돈의 규모와 우리가 구해 낼 수 있는 무고한 사람들의 수 사이에는 직접적인 상관관계가 있지만, 내게는 돈을 구하러 다닐 시간이나 구걸할 욕구가 없다. 비키와 나는 이미 오래전에 거대 조직에서 비롯되는 골치 아픈 상황이나 비용 모금에 대한 압박을 감당할 수 없다는 판단을 내렸다. 우리는 작고 날씬한 조직을 선호한다. 그렇다. 말 그대로 우리는 군살 없는 조직이다.

성공리에 의뢰인을 빼내는 데는 오랜 시간이 필요했고, 최소 20만 달러의 현금 자금이 들었다. 돈이 더 필요한 경우에도 우리는 비용을 변통할 방법을 찾아내곤 했다.

"괜찮을 거예요." 그녀의 대답은 늘 한결같다. "보조금도 알아보고 몇몇 기부자와도 연락 중이에요. 우린 살아날 수 있어요. 늘 그랬던 것처럼."

"내일 몇 군데 전화를 좀 넣어 볼게요." 내가 말한다. 싫긴 하지만 나는 일주일에 몇 시간은 어쩔 수 없이 우리에게 온정적 태도를 보이는 변호사들에게 영업하듯 전화를 걸어 기부를 요청하곤 한다. 또 몇 군데 되지 않지만 교회에 전화를 걸어 돈을 요구하기도 한다.

물론 우리는 정식 성직자와는 거리가 멀지만 그런 척한다고 해서 우리의 노력에 크게 누가 되는 건 아니다.

비키가 말한다. "시브룩으로 가겠군요."

"네. 결정을 내렸습니다. 그 건으로 3년이나 논의를 해 왔는데 지쳐서 더는 토론을 못하겠습니다. 우리 모두 그가 결백하다고 생각하잖아요. 그 사람은 교도소에 22년이나 갇혀 있었고, 변호사도 없어요. 아무도 그를 돕지 않으니 우리가 개입해야 합니다."

"메이지와 나도 찬성이에요."

"고마워요." 사실 사건을 맡을지 말지 최종 결정을 내리는 사람은 나다. 우리는 오랜 시간을 두고 가능하면 모든 관련 사실을 아주 깊숙이 파악할 때까지 사건을 평가한다. 그리고 세 사람 가운데 한 명이라도 완강하게 반대하면 개입하지 않고 물러난다. 시브룩 건은 우리를 아주 오래 괴롭혀 왔다. 가장 큰 이유는 우리의 다음 의뢰인이 될 주인공이 누군가의 함정에 빠져 있다는 사실 때문이다.

비키가 말한다. "오늘 밤에 닭구이를 좀 할까 해요."

"오, 좋은데요. 언제 불러 주시나 기다리고 있었어요." 그녀는 혼자 살고 요리하는 걸 좋아한다. 내가 출장에서 돌아오면 사무실에서 네 블록 떨어진 데 위치한 그녀의 아늑하고 작은 집에 다 같이 모여 긴 식사를 즐기곤 했다. 비키는 내 건강과 식습관을 걱정한다. 한편, 메이지는 내 연애 문제를 걱정한다. 다만 내 사전에 연애란 건 아예 존재하지 않으니 신경 쓸 일도 없다.

5

시브룩은 플로리다주 북부의 시골 동네로, 은퇴한 사람들을 노리고 난개발되는 지역에서 멀리 떨어져 있다. 시브룩에서 남쪽으로 2시간 거리에 탬파가 있고, 동쪽으로 1시간 거리에 게인즈빌이 있다. 2차선 도로를 따라 45분만 가면 멕시코만이 나오는데 그쪽 해안은 미치광이 같은 부동산 개발업자들의 관심을 끌지 못했다. 인구가 1만1천 명인 시브룩은 루이즈 카운티의 중심이자 무시당하는 지역 전체에서 그나마 상업적으로 가장 번화한 곳이다. 이동식 주택 단지의 저렴한 생활비에 매력을 느낀 일부 은퇴자들 덕에 인구 감소는 주춤하는 형세다. 빈 건물이 보이긴 하나 중심가는 버텨 내고 있고, 마을 외곽에 규모가 큰 할인점도 몇 개 있다. 유지가 잘된 멋진 스페인식 법원 건물은 늘 바쁘게 돌아간다. 이곳에서

20여 명의 변호사가 카운터 내에서 벌어지는 일상 법률 업무를 처리한다.

22년 전 한 변호사가 자신의 사무실에서 살해당한 채 발견되었다. 그로부터 몇 달간 시브룩은 역사상 처음으로 뉴스 헤드라인에 등장했다. 희생자의 이름은 키스 루소이고 사망 당시 나이는 서른일곱이었다. 그의 시신은 책상 뒤쪽에 있었다. 온 사무실이 피범벅이었다. 머리에 12게이지 산탄총을 두 발 맞았고 얼굴 대부분이 날아갔다. 사건 현장 사진은 소름이 끼치다 못해 몇몇 배심원들에게 구토를 유발할 정도였다. 12월 운명의 날 밤, 희생자는 사무실에 혼자 늦게까지 남아 업무를 보고 있었다. 사망 직전에 사무실의 전기가 끊겼다.

키스는 시브룩에서 11년 동안 동료 변호사이자 아내인 다이애나 루소와 함께 변호사 사무실을 운영했다. 부부 사이에 아이는 없었다. 사무실을 개업하고 초기에는 두 사람 다 일상적인 법무 대행을 하며 열심히 일했다. 하지만 그들은 유언장을 작성하거나 합의 이혼 서류를 처리하는 등의 따분한 업무에서 벗어나 더 있어 보이는 일을 하길 원했다. 그들은 재판에서 사건을 처리하는 법정 변호사가 되기를 열망했고 주 단위에서 벌어지는, 즉 수익률이 좋은 불법 행위 관련 재판을 맡고 싶어 했다. 하지만 그런 쪽의 법조계는 경쟁이 매우 치열했기에 그들은 어떻게든 큰 사건을 따내기 위해 아등바등하지 않을 수 없었다.

남편이 살해당하던 시간에 다이애나는 미용실에 있었다. 3시간 뒤 남편이 집에 오지 않고 전화도 받지 않고 나서야 그녀는 그의 시신을 발견했다. 장례식이 끝나고 나서 그녀는 세상과 단절된 채 여러 달을 남편을 애도하는 데 보냈다. 그녀는 사업을 접고 건물을 매각하고 결국 집까지 판 다음 고향인 새러소타로 돌아갔다. 그녀는 생명 보험 회사로부터 200만 달러의 보험금을 수령했고, 부부의 공동 재산에서 사망한 남편의 몫도 상속받았다. 당시 생명 보험금이 수사 대상으로 거론되었으나 별도의 수사가 이루어지진 않았다. 두 사람은 결혼 당시 생명 보험을 들어 두어야 한다고 굳게 믿었다. 그래서 아내인 다이애나 앞으로도 똑같은 생명 보험이 들어진 상태였다.

처음에는 유력한 용의자가 전혀 없었다. 그런데 다이애나가 한때 부부의 의뢰인으로서 매우 불만이 많았던 퀸시 밀러라는 사람을 지목하고 나섰다. 살인 사건이 벌어지기 4년 전 키스는 퀸시의 이혼 소송을 맡았는데, 의뢰인은 결과에 만족하지 못했다. 판사는 퀸시가 감당할 수 없을 만큼의 위자료와 자녀 양육비를 지급할 것을 명령했고, 결국 그의 삶은 무너지고 말았다. 그가 항소를 위한 변호사 비용을 댈 수 없게 되자 키스는 소송에서 발을 뺐고 항소 기한은 속절없이 지나가 버렸다. 퀸시는 지역의 한 회사에서 운전사로 꽤 괜찮은 급여를 받고 있었다. 하지만 전처가 위자료 미지급을 이유로 월급을 압류하면서 회사에서 잘리게 되었다. 돈을 낼 수 없게 된 퀸시는 파산 신청을 하고 다른 곳으로 도주했지만 붙잡혔다. 그는 시브룩으로 끌려와 수감되었다. 석 달 뒤 판사는 그를 풀어 주었다. 그는 다시 도주했다가 탬파에서 마약 판매 혐의로 체포되었다. 그는 1년을 복역하고 가석방되었다.

그는 자신의 모든 문제를 키스 루소의 탓으로 돌렸다. 이는 그리 놀랍지 않은 일이었다. 그도 그럴 것이 주변 변호사들 대부분이 키스가 좀 더 적극적으로 변호할 수도 있었다며 은근히 동조했기 때문이다. 키스는 이혼 소송을 싫어했고 그런 종류의 업무는 야심에 찬 재판 전문 변호사에게 모욕이라고 여겼다. 다이애나에 따르면 퀸시는 최소 두 번 사무실을 찾아와 직원들을 위협하면서 과거 자신을 위해 일했던 변호사를 만나게 해 달라고 요구했단다. 다만 이와 관련한 경찰 신고 기록은 없었다. 그녀는 또 퀸시가 집으로 협박 전화를 걸어 오기도 했지만 전화번호를 바꿀 정도까지는 아니었다고 했다.

살인에 사용된 무기는 끝내 발견되지 않았다. 퀸시는 맹세컨대 산탄총을 소유한 적이 없다고 했지만, 그의 전처가 그에게 산탄총이 있었던 것 같다고 경찰에 진술했다. 살인 사건 2주 뒤 경찰이 수색 영장을 받아 퀸시의 차를 수색하면서 수사의 돌파구가 열렸다. 트렁크에서 플래시를 발견했는데 렌즈 표면에 아주 작게 어떤 물질이 튀어 있었다. 경찰은 그것을 혈흔이라고 추정했다. 퀸시는 플래시 또한 생전 처음 보는 물건이라고 주장했으나, 그의 전처는 그 플래시가 퀸시의 물건이 맞는 것 같다고 진술했다.

신속하게 추리가 이루어졌고 살인 사건은 해결되었다. 경찰은 퀸시가 치밀한 계획을 짠 다음 키스가 늦은 시간에 혼자 남아 일할 때까지 기다린 것으로 보았다. 경찰에 따르면 퀸시는 사무실 뒤쪽에 있는 배전함에서 전기를 끊고 열려 있던 뒷문으로 침입했다. 이전에도 사무실에 여러 번 와 보았으므로 키스가 일하는 곳을 정확하게 알고 있었다. 그는 어둠 속에서 플래시를 켜고 키스의 사무실로 쳐들어가 산탄총을 두 차례 발사한 다음 현장에서 달아났다. 현장에 뿌려진 혈액의 양을 고려하면 사무실에 있던 많은 집기들에서 혈흔이 발견되어야 마땅했다.

뒷골목으로 두 블록 떨어진 곳에 있던 캐리 홀랜드라는 마약 중독자가 사건 현장 쪽에서 달아나는 흑인을 보았다고 증언했다. 그 흑인이 기다란 지팡이 같은 걸 들고 있는 듯했으나 확실하지는 않다고 했다. 퀸시는 흑인이다. 시브룩의 주민 가운데 80퍼센트는 백인이고 10퍼센트는 흑인, 10퍼센트는 히스패닉이다. 캐리는 퀸시의 얼굴을 알아보지 못했지만 키며 덩치가 자신이 목격한 사람과 확실히 일치한다고 증언했다.

퀸시의 국선 변호인은 재판 장소를 변경하는 데 성공했다. 재판은 옆 카운티에서 열렸다. 그곳은 백인 비율이 83퍼센트였다. 배심원들 가운데 단 한 명만 흑인이었다.

사건 분석은 퀸시의 자동차 트렁크에서 발견된 플래시를 중심으로 이루어졌다. 덴버에서 온 혈흔 분석 전문가는 시체가 발견된 장소, 추정 가능한 산탄총의 발사 각도, 공격을 가한 사람과 피해자의 신장, 벽, 바닥, 책장, 낮은 캐비닛 등에 뿌려진 어마어마한 혈액의 양을 고려하면 플래시도 총격 현장에 있었던 게 분명하다고 증언했다. 플래시의 렌즈에 묻은, 정체를 알 수 없는 흔적은 '후방 비산(飛散)'이라고 불렀다. 다만 양이 너무 적어서 분석은 불가능했고 키스의 피인지 여부도 확인되지 않았다. 하지만 그런 상황에서도 혈흔 분석 전문가는 굴하지 않고 배심원들을 향해 그 흔적은 분명히 피라고 말했다. 놀랍게도 해당 전문가는 증거물인 플래시를 실제로 본 적이 없다는 사실을 인정했다. 대신 그는 수사관들이 찍은 여러 장의 컬러 사진을 자세히 살펴보면서 '철저하게' 분석했다고 했다. 플래시는 재판이 열리기 몇 달 전에 사라졌다.

다이애나는 남편이 과거 의뢰인이었던 퀸시가 어떤 사람인지 잘 알았고 그를 두려워했다며 확신에 차 증언했다. 남편이 퀸시가 무섭다고 여러 번 말했고, 심지어 가끔 권총을 휴대하기도 했다고 말했다.

캐리 홀랜드는 증인으로 출석은 했으나 퀸시를 범인으로 지목하지는 않았다. 그녀는 기소 압박을 이기지 못해 증언을 하는 건 아니며, 계류 중인 본인의 마약 혐의에 대해 관대한 처분을 제안받은 적도 없다고 말했다.

재판을 기다리던 퀸시는 게인즈빌에 있는 지역 교도소로 이감되었다. 이감 이유에 대해서 아무런 설명도 없었다. 그는 그곳에서 일주일을 보낸 뒤 시브룩으로 되돌아왔다. 하지만 그곳에 가 있는 동안 그는 지크 허피라는 재소자와 같은 감방에 수감되었고, 허피는 퀸시가 사람을 죽였다고 떠벌리면서 스스로 자랑스러워했다고 증언했다. 허피는 산탄총의 발사 횟수와 구경 등 살인 사건의 자세한 내용을 잘 알고 있었다. 그는 배심원들에게 퀸시가 사건 다음 날 차를 몰고 바다로 가서 산탄총을 멕시코만에 던졌다고 말하면서 웃더라며 증언에 양념을 치기도 했다. 반대 신문에서 허피는 자신이 관대한 처분을 받으려고 검사와 거래를 했다는 사실을 부인했다.

주 경찰의 수사관은 사건 현장이나 사무실 뒤쪽 배전함에서 퀸시의 지문이 발견되지 않았다고 증언하면서 '범인이 아마도 장갑을 낀 것 같다'는 추측성 발언을 했지만 제지당하지 않았다.

증인석에 앉은 병리학자가 사건 현장을 찍은 커다란 컬러 사진들을 보여 주었다. 피고 측 변호인은 사진들이 심각하게 편파적이고 심지어 선동적이라고 주장하며 강력히 이의를 제기했지만, 판사는 그의 의견을 무시했다. 얼굴 대부분이 날아간 채 피를 뒤집어쓴 키스의 사진을 보고 일부 배심원들은 상당한 충격을 받은 것 같았다. 사망 원인은 누가 보아도 자명했다.

퀸시 본인은 전과 기록이며 다른 법률적 문제로 증언대에 오르지 못했다. 그의 변호를 맡은 사람은 타일러 타운센드라는 신출내기 국선 변호사로 서른 살도 채 되지 않은 젊은 사람이었다. 일반적으로는 중대 범죄 재판 경험이 전혀 없는 변호인이 이 사건을 맡았다는 사실만으로 문제가 되었을 것이다. 그런데 퀸시의 변호사는 달랐다. 타운센드의 변론은 집요했다. 그는 검사 측의 모든 증인과 증거에 반론을 제시하며 공격했다. 그는 전문가들과 그들이 내린 결론에 도전했고, 그들이 제시하는 이론의 오류를 집어냈으며, 가장 소중한 증거물인 플래시를 분실한 경찰 당국을 조롱했다. 그는 플래시를 찍은 컬러 사진을 배심원들 앞에서 흔들어 보이며 렌즈에 묻은 점이 진짜 혈액인지 물었다. 그는 캐리 홀랜드와 지크 허피를 비웃으며 그들을 거짓말쟁이로 몰아붙였다. 그는 다이애나를 증언대에 올려 그녀가 무고한 미망인이 아닐 가능성을 제기함으로써 결국 그녀가 울음을 터뜨리도록 만들기도 했다. 판사가 여러 차례 제지했지만 타운센드는 절대 동요하지 않았다. 그의 물불 안 가리는 변호에 배심원들은 노골적으로 경멸 어린 시선을 보냈다. 젊은 타일러 타운센드가 검사들을 꾸짖고 판사를 무시하고 증인들에게 장광설을 늘어놓으면서 재판은 난장판이 되고 말았다.

변호인 측에서 알리바이를 내놓기도 했다. 발레리 쿠퍼라는 여성의 말에 따르면 퀸시는 살인 사건이 벌어진 시간에 그녀와 함께 있었다고 했다. 그녀는 시브룩에서 남쪽으로 1시간 거리인 허난도에 사는 싱글 맘이었다. 그녀는 술집에서 퀸시를 처음 보았으며, 둘은 만남과 헤어짐을 반복하는 사이였다고 했다. 그녀는 분명히 퀸시와 함께 있었다고 주장했지만 막상 증언대에 올라가니 겁을 집어먹은 건지 신뢰하기 힘든 모습을 보여 주었다. 그러다 검사가 그녀의 마약 전과를 들먹이자 결국 무너지고 말았다.

열정 넘치는 최후 변론에서 타일러 타운센드는 두 개의 소품—12게이지 산탄총과 플래시—을 손에 직접 들어 보이면서 두 물건을 동시에 든 채로 산탄총을 두 차례나 발사하는 행위는 불가능에 가깝다고 주장했다. 대부분 시골에 거주하는 배심원들은 변호사의 말을 이해하는 듯싶었으나 달라지는 건 없었다. 타일러는 눈물로 호소하며 무죄 평결을 내려 주기를 빌었다.

타일러가 바라는 결과는 나오지 않았다. 배심원들은 주저 없이 퀸시가 살인을 저질렀다고 판단했다. 하지만 그에게 내릴 처벌의 수위를 두고는 합의가 이루어지지 않았다. 이틀에 걸친 치열하고 열띤 토론 끝에 유일한 흑인 배심원은 가석방 없는 무기 징역 판결을 지켜 냈다. 나머지 열한 명의 백인 배심원들은 사형을 선고할 수 없다는 사실에 실망했다.

퀸시는 항소심을 진행했지만 모든 단계에서 만장일치로 유죄 평결이 유지되었다. 22년의 복역 기간 내내 그는 결백을 주장해 왔지만 아무도 귀를 기울이지 않았다.

젊은 타일러 타운센드는 그 재판의 실패로 엄청난 충격에 빠졌고 다시 회복하지 못했다. 시브룩 전체가 그에게서 등을 돌렸고 막 시작한 변호사로서의 경력은 망가져 버렸다. 항소심이 끝나고 얼마 지나지 않아 그는 모든 걸 포기하고 잭슨빌로 이주했다. 그곳에서 파트타임 국선 변호사로 일하다가 끝내 변호사 일을 그만두고 말았다.

프랭키는 타운센드를 포트 로더데일에서 찾아냈다. 그는 그곳에서 가족과 즐겁게 살면서 장인과 쇼핑센터를 개발하는 꽤 괜찮은 사업을 하고 있었다. 그에게 접근하기 위해서는 극도의 조심성과 심사숙고가 필요했다. 물론 우리는 그런 작업에 능숙했다.

다이애나 루소는 우리가 아는 한 시브룩으로 돌아오지 않았고 재혼도 하지 않았다. 하지만 확실하진 않았다. 우리가 가끔 고용하는 사설 보안 회사를 통해 비키는 그녀가 마르티니크섬(서인도 제도의 화산섬 - 옮긴이)에서 살고 있다는 사실을 1년 전에 파악했다. 돈을 다시 한번 잔뜩 뿌리면 우리가 고용한 스파이들이 깊이 조사해 더 많은 걸 알려 줄 수도 있다. 하지만 지금 당장은 그런 비용을 써도 되는지 확신할 수 없다. 다이애나와 이야기를 나누어 보아야 그저 시간 낭비일 수도 있다.

우리의 목표는 퀸시 밀러의 무죄를 밝혀내는 것이다. 진범을 찾는 일은 우리에게 중요하지 않다. 퀸시 밀러기 석방되려면 주 정부가 내린 판결을 무효화시켜야 한다. 범죄 해결은 다른 사람들의 몫이다. 다만 22년이 지난 지금 이 사건을 붙잡고 수사하는 사람은 없을 것이다. 미제 사건도 아니고 무엇보다 플로리다주 정부가 유죄 판결을 받아 낸 사건이니 말이다. 아무튼 우리의 일은 진실 규명과 관련이 없다.

6

퀸시는 최근 8년을 올랜도 외곽에서 북쪽으로 1시간 정도 떨어진 페컴이라는 지방 도시 근처에 있는 가빈 교도소에서 보냈다. 나는 교도소 사역을 하는 신부 자격으로 넉 달 전 그곳을 처음 방문했다. 그때 나는 성직 칼라가 달린 낡은 검은색 셔츠를 입고 있었다. 놀랍게도 교도소 주변에서는 변호사일 때보다 신부일 때 훨씬 더 존경을 받는다.

나는 오늘도 성직 칼라가 달린 옷을 입고 그곳 사람들에게 혼동을 일으킨다. 비키가 서류 작업을 처리해 두었으므로 나는 공식 문서에 퀸시의 변호사로 등록되어 있다. 안내 데스크에 있는 교도관이 열심히 서류를 훑어보고 내가 입은 신부 복장에 의문을 품으면서도 너무 혼란스러운 나머지 제대로 질문조차 하지 못한다. 나는 휴대 전화를 제출하고 검색대를 통과한 다음 지저분한 대기실에서 1시간을 기다린다. 그동안 타블로이드 잡지를 뒤적거리며 세상이 어떻게 될지 다시 한번 궁금해한다. 한참 뒤에 교도관에게 불려 나온 나는 첫 번째 건물을 벗어나서 울타리와 철조망을 따라 뻗은 보도를 걷는다. 워낙 여러 교도소의 내부를 보았기 때문에 이제는 가혹한 광경에 충격을 받지 않는다. 교도소들은 다양한 면에서 끔찍한 방식으로 서로 닮아 있다. 창문 없는 낮은 콘크리트 건물, 똑같은 죄수복을 입고 시간을 죽이는 재소자들이 우글거리는 운동장, 하층민을 돕기 위해 무단으로 침입한 나를 경멸의 냄새를 풍기며 노려보는 경비 교도관들. 우리는 다른 건물로 들어가 칸막이가 줄지어 설치된 긴 방에 들어선다. 교도관이 한 칸막이의 문을 열어 주고 나는 안으로 들어선다.

퀸시는 두꺼운 플라스틱 창문 너머 반대편에 이미 와 있다. 문이 닫히고 둘만 남는다. 면회를 최대한 어렵게 만들려는 심산인지, 칸막이에 구멍이 뚫려 있지 않아서 어쩔 수 없이 최소 30년은 되어 보이는 묵직한 수화기를 들고 대화를 나누어야 한다. 혹시 의뢰인에게 줄 서류라도 있다면 교도관을 불러야 한다. 교도관이 먼저 서류를 검사한 다음 그걸 가지고 반대편으로 가서 전달하는 것이다.

퀸시는 웃으며 주먹으로 창문을 두드린다. 나도 마찬가지로 인사를 건넨다. 이게 우리의 공식적인 악수 방식이다. 그는 쉰한 살이지만 흰머리만 아니면 마흔 살이라고 해도 믿을 것이다. 그는 매일같이 웨이트 트레이닝을 하고 가라테를 하고 교도소에서 제공하는 거지 같은 음식을 피하면서 군살 없는 몸을 유지하고, 또 명상을 한다. 그가 수화기를 들고 말한다. "변호사님, 우선 제 사건을 맡아 줘서 감사합니다." 눈에 금세 눈물이 고이지만 그는 감정을 이겨 낸다.

지난 15년간 퀸시는 변호사는 물론 그 어떤 법정 대리인도 없었다. 자유로운 바깥세상에다 대고 그의 억울함을 밝혀내려는 사람은 단 한 명도 없었다. 이런 상황에 놓인 사람은 참기 힘들 정도로 괴롭다는 걸 나는 오랜 경험을 통해 알고 있다. 부패한 시스템이 그를 감옥에 가두었는데 그것에 저항하는 사람은 없다. 무고한 사람으로서 견디기 어려운 무거운 짐을 짊어졌으나 아무도 그를 위해 목소리를 내지 않으니 극심한 무력감을 느낄 수밖에 없다.

내가 말한다. "그런 말은 하지 않아도 돼요. 오히려 여기 올 수 있어서 영광입니다. 내 의뢰인들은 날 포스트라고 불러요. 그러니 존칭은 생략합시다."

퀸시는 다시 웃는다. "그러죠. 그럼 저도 그냥 퀸시라고 부르세요."

"서류 작업은 끝났고 이제 난 정식으로 사건을 맡은 겁니다. 혹시 궁금한 거 있어요?"

"변호사가 아니라 신부님처럼 보이시네요. 왜 그런 칼라가 달린 옷을 입고 있어요?"

"내가 성공회 신부이기 때문이죠. 이런 옷을 입으면 좀 더 나은 대우를 받을 때도 가끔 있고요."

"일전에 그런 옷을 입은 신부님이 오신 적이 있어요. 왜 그런 걸 입는지 이해는 안 되지만."

퀸시는 아프리카 감리교 성공회를 믿는 가정에서 자랐다. 그 교회의 신부들과 주교들은 성직 칼라가 달린 옷을 입는다. 그는 10대 시절에 신앙을 버렸다. 열여덟 살에 여자 친구가 임신하면서 결혼을 했지만 단 한 번도 안정적이었던 때가 없었다. 이후에 아이 둘을 더 낳았다. 나는 세 아이의 이름, 주소, 직장을 알고 있고, 그들이 재판 이후 아버지와 한마디도 하지 않았다는 사실 또한 안다. 전처는 그에게 불리한 증언을 했다. 유일한 형제인 마비스는 착한 사람이다. 매달 면회를 오고 적게나마 가끔 돈을 보내기도 한다.

퀸시는 운이 좋아서 살아 있었다. 딱 한 명이었던 흑인 배심원이 그의 목숨을 살렸다. 그 배심원이 아니었다면 퀸시는 플로리다주가 의욕적으로 사람들을 죽이던 시기에 사형수 수감동에 갇혀 있었을 것이다.

늘 그렇듯 그에 관한 수호자 재단의 서류철은 두껍고 우리는 가능한 한 많은 걸 파악하고 있다.

"그럼 이제 뭘 해야 하나요, 포스트?" 그가 웃으며 묻는다.

"아, 할 일이 아주 많아요. 일단 사건 현장부터 시작해서 모든 걸 조사할 겁니다."

"너무 옛날 일이라……."

"그렇죠. 근데 키스 루소는 죽고 없지만 당신에게 불리한 증언을 했던 사람들은 아직 살아 있잖아요. 우린 그 사람들을 찾아내서 그들의 신뢰를 얻어 낼 거예요. 일단은 그들의 현재 입장부터 들어 볼 겁니다."

"밀고자는요?"

"글쎄요, 놀랍지만 그렇게 마약을 하고도 살아 있더군요. 허피는 또 감옥에 있어요. 이번에는 아칸소예요. 40년 인생에 19년을 감옥살이를 하고 있어요. 죄다 마약 관련 혐의입니다 ㄱ 친구부터 민나 볼 예정이에요."

"거짓말을 인정할 거라고 기대하는 건 아니죠?"

"혹시 모르잖아요. 밀고자들은 예측할 수가 없어요. 거짓말 전문 가들은 거짓말을 아무렇지 않게 생각하거든요. 그 친구는 비참한 인생을 살아오면서 각기 다른 사건에서 최소 다섯 번은 밀고자 노릇을 했어요. 경찰로부터 좋은 조건을 얻어 내기 위해서요. 우리 사건도 다르지 않아요. 당시 재판에서 배심원들에게 했던 거짓말을 여태까지 고집한들 그 사람이 얻을 게 뭐가 있겠어요?"

"경찰이 그놈을 깨끗하게 씻겨서 하얀 셔츠에 넥타이 차림으로 재판에 불러냈을 때를 절대로 잊지 못할 겁니다. 처음엔 못 알아봤어요. 교도소에서 같은 방에 있던 때로부터 몇 달 지났을 시기니까요. 제가 고백하더라면서 그놈이 입을 열었을 땐 그 자식한테 소리를 지르고 싶었어요. 경찰이 그 사람한테 범죄 현장과 관련된 것들을 자세히 알려 준 게 분명했어요. 전기를 끊은 거나 플래시를 사용한 거 등등이요. 순간 큰일이 났다는 걸 깨달았죠. 배심원들을 쳐다봤는데 증언을 믿는 것 같았어요. 전부 다요. 그 자식이 늘어놓는 거짓말 하나하나. 그리고 그거 알아요, 포스트? 전 거기 앉아서 허피가 하는 말을 들으면서 속으로 이렇게 생각했어요. '세상에, 저 자식은 진실만을 말하기로 맹세했잖아. 그럼 판사는 증인이 진실만을 말하는지 확인해야지. 검사라는 작자는 자기가 부른 증인이 거짓 증언을 하고 있고 경찰과 협상해서 잇속을 차린 것도 다 아는데. 그 다 아는 걸 배심원석에 앉은 바보들만 모르고.'라고요."

"안타깝지만 그런 일은 흔해요, 퀸시. 이 나라에서는 매일같이 교도소 밀고자가 증언을 하고 있어요. 다른 문명 국가들은 금지하고 있지만 우린 안 그래요."

퀸시는 지그시 눈을 감고 고개를 흔든다. 그가 말한다. "그 자식을 만나면 제가 아직 잊지 않고 있다고 전해 주세요."

"복수를 꿈꾸는 건 도움이 안 돼요, 퀸시. 에너지 낭비일 뿐이에요."

"그렇게 볼 수도 있죠. 하지만 전 생각할 시간이 아주 많아요. 준하고도 얘기하실 건가요?"

"그녀가 원한다면요."

"안 그럴 겁니다."

그의 전처는 재판이 있고 3년 후 재혼했다가 이혼하고 다시 결혼한 상태다. 프랭키가 탤러해시에서 준 워커라는 이름으로 사는 그녀를 찾아냈다. 그녀는 어느 정도 안정을 찾은 모습이었고, 플로리다 주립 대학교 캠퍼스에서 전기 기술자로 일하는 오티스 워커라는 남자의 재혼 상대로 살고 있었다. 그들은 주로 흑인들이 거주하는 중산층 동네에서 살고 있으며 둘 사이에 아이가 하나 있었다. 퀸시와 그녀에게는 다섯 명의 손주가 있지만 퀸시는 사진으로도 손주들을 본 적이 없었다. 손주는커녕 자식들도 재판 이후 보지 못했다. 아이들은 그의 머릿속에서 아장아장 걸어 다니던 시절에 멈추어 있었다.

"근데 왜 그녀가 나랑 얘기를 안 할 거라 생각해요?" 내가 묻는다.

"거짓말을 했으니까요. 거참, 포스트, 증인들은 하나같이 다 거짓말을 했잖아요? 심지어 전문가들까지."

"전문가들은 거짓말이라고 생각하지 않았을 수도 있어요. 그들은 과학을 잘못 이해한 상태에서 나쁜 의견을 낸 거죠."

"어쨌든 그건 변호사님이 알아내시면 되고, 준의 거짓말은 제가 장담해요. 산탄총이랑 플래시 관련해서 거짓말을 했고, 사건이 발생한 날 밤에 제가 시내에 있었다고 거짓말을 했어요."

"그녀가 왜 거짓말을 했을까요, 퀸시?"

그는 그런 어리석은 질문이 어디 있냐는 듯 고개를 절레절레한다. 그는 수화기를 내려놓고 손으로 눈을 비비더니 다시 수화기를 든다. "우린 분쟁 중이었어요, 포스트. 애초에 결혼하지 말았어야 했는데. 아무튼 루소가 이혼 소송 과정에서 절 엿 먹였고 전 갑작스럽게 양육비랑 위자료를 떠안게 됐어요. 전처는 직장이 없어서 상태가 아주 안 좋았어요. 제가 돈을 제때 못 보내니까 그 사람이 절 여러 번 고소했어요. 이혼 과정은 끔찍했지만 이후에 벌어지는 상황에 비하면 천국이더라고요. 우린 서로를 미치도록 증오하게 됐어요. 제가 살인 혐의로 체포됐을 당시 그때까지 밀린 돈이 4만 달러 정도 됐습니다. 그 돈은 아직도 밀려 있겠죠. 젠장, 또 고소하라지."

"전부인이 복수하려고 거짓 증언을 했다는 말이에요?"

"복수라기보다 증오라고 하는 게 맞을 거예요. 어쨌거나 전 평생 산탄총을 소지한 적이 없어요, 포스트. 기록을 찾아보세요."

"찾아봤어요. 없더군요."

"거봐요."

"하지만 기록은 별 의미 없어요. 특히 이곳 플로리다에서는요. 총을 구할 방법은 차고 넘치니까."

"누굴 더 믿어요, 포스트? 저예요? 아니면 거짓말하는 그 여자 예요?"

"퀸시, 당신을 믿지 않았다면 여기 오지도 않았어요."

"알아요. 알죠. 백번 양보해서 산탄총에 대한 거짓말은 이해할 수 있다 쳐요. 근데 플래시에 관해서는 왜 거짓말을 했을까요? 난 생처음 본 물건이거든요. 젠장, 심지어 재판에서 경찰이 플래시를 증거물로 제출하지도 않았는데."

"글쎄요, 만일 당신을 체포하고 기소하고 유죄 판결을 받아 내기까지 모든 과정이 결백한 사람을 함정에 빠뜨리려고 계획한 것이라면, 준에게 플래시가 당신 물건이라고 말하라고 경찰이 압력을 가했다고 봐야죠. 게다가 그녀에게는 당신을 증오한다는 동기까지 있었으니."

"하지만 제가 사형을 선고받았으면 밀린 돈을 어떻게 받아 내려고 했을까요?"

"아주 좋은 질문이네요. 그러니까 나더러 그녀가 속으로 무슨 생각을 하는지 알아봐 달라는 거잖아요."

"오, 그렇게까지 할 필요는 없어요. 그 여자 제대로 정신이 나갔으니까."

우리는 한바탕 크게 웃는다. 그가 일어서더니 기지개를 켜고 내게 묻는다. "오늘은 얼마나 있다 갈 건가요, 포스트?"

"3시간이요."

"할렐루야. 그거 알아요, 포스트? 내가 지내는 감방은 가로 2미터에 세로 3미터예요. 우리가 얘기를 나누고 있는 이 빌어먹을 구멍이랑 같은 크기라고요. 같은 방 녀석은 남부 출신의 어린 백인이에요. 마약 사범이죠. 나쁜 놈도 아니고 룸메이트로도 그리 나쁘지 않아요. 하지만 하루에 10시간을 다른 사람과 같이 우리 속에 갇혀 있는 걸 상상할 수 있겠어요?"

"못하죠."

"우린 1년 넘게 한마디도 안 했어요."

"왜요?"

"서로를 견딜 수가 없는 거죠. 백인들에게 악감정이 있어서가 아니에요, 포스트. 근데 달라도 너무 달라요. 전 모타운 음악을 듣고 그 녀석은 컨트리인지 뭔지를 들어요. 제 침대는 아주 깔끔해요. 녀석은 지독한 게으름뱅이죠. 전 마약은 손대지 않아요. 그 녀석은 늘 반쯤 약에 취해 있는 것 같아요. 도저히 못 참겠어요. 우는소리 해서

72

미안해요. 저도 투덜대는 인간이라면 아주 질색이라. 와 주셔서 기뻐요, 포스트. 제 기분이 어떤지 당신은 절대 모를 겁니다."

"당신의 변호사로 일하게 돼 오히려 내가 영광이에요, 퀸시."

"근데 왜 이런 일을 하시는 거죠? 돈도 많이 못 벌지 않나요? 저 같은 사람을 변호하는데 돈이 벌리겠냐고요."

"그러고 보니 사례금에 관해 얘기를 못했네요. 그렇죠?"

"청구서 보내세요. 그럼 절 고소할 수 있을 테니까."

우리는 동시에 웃음이 터진다. 그는 자리에 앉아 어깨와 목 사이에 수화기를 끼운다. "농담 아니고요. 진짜로 돈은 어떻게 버세요?"

"난 비영리 기관에서 일해요. 당신 말이 맞아요. 돈은 많이 못 벌어요. 하지만 돈 벌려고 이 일을 하는 건 아니에요."

"신의 가호가 있길 바랍니다, 포스트."

"다이애나 루소가 당신이 적어도 두 번 키스의 사무실에 찾아가서 그를 위협했다고 증언했는데, 맞습니까?"

"아뇨. 이혼 재판 중에 사무실에 여러 번 간 건 사실입니다. 하지만 이혼이 마무리된 후에는 안 갔어요. 제 전화를 피해서 딱 한 번 사무실에 찾아갔었네요. 솔직히 야구 방망이라도 들고 가서 흠씬 두들겨 패 주고 싶었어요. 근데 입구 쪽 접수 직원이 그 사람이 재판이 있어서 부재 중이래요. 당연히 거짓말이었죠. 그자가 타는 잘 빠진 검정 재규어가 사무실 뒤편 주차장에 있는 걸 봤거든요. 그 여자가 대놓고 거짓말을 하기에 한바탕 뒤집어 놓을까 하다가 말았어요. 그냥 이를 악물고 돌아 나왔다고요. 그 뒤로는 완전히 발길을 끊었어요. 정말입니다, 포스트. 맹세해요. 다이애나도 다른 사람들처럼 거짓말을 했습니다."

"그녀 말로는 당신이 그들 집에 여러 번 전화를 걸어 와 키스를 협박했다고 하던데요."

"그것도 거짓말이에요. 전화를 걸면 기록이 남잖아요, 포스트. 제가 그 정도로 멍청한 사람은 아니거든요. 당시 제 변호사였던 타일러 타운센드가 통신사로부터 통화 내역을 얻어 내려고 애썼는데 다이애나가 작정하고 막았어요. 타운센드가 영장을 받아 내려고 했지만 재판 과정에서 시간이 부족해서 그렇게 못했죠. 유죄 판결을 받은 다음에는 판사가 영장을 내주지 않았고요. 결국 통화 기록은 받아 볼 수 없었습니다. 그건 그렇고 타일러하고는 얘기해 봤어요?"

"아뇨. 하지만 만나 볼 겁니다. 그 친구가 어디 사는지 알아냈어요."

"좋은 친구예요, 포스트. 정말 훌륭한 친구입니다. 그 젊은이는 절 믿었고 미친 듯이 싸웠어요. 불도저 같은 친구죠. 변호사들은 죄다 나쁜 놈들이라던데, 그 친구는 착해요."

"혹시 연락하고 지내나요?"

"지금은 안 해요. 오래전에 연락이 끊겼어요. 몇 년 동안 편지를 주고받긴 했어요. 그 친구가 변호사 일을 그만둔 뒤에도요. 한번은 제 사건 때문에 자신의 정신이 망가졌다고 편지에 썼더군요. 그는 제가 결백한 걸 알았어요. 그러다가 소송에서 패하면서 시스템에 대한 믿음이 사라진 거죠. 그런 시스템 밑에서는 절대 일할 수 없다고 하더군요. 10년 전쯤에 저한테 한번 들렀었어요. 그를 다시 볼 수 있어서 좋았지만 나쁜 기억이 되살아나기도 했죠. 그가 절 보더니 울었어요. 말 그대로 울었다고요, 포스트"

"그 친구는 진범에 관한 생각이 따로 있던가요?"

퀸시가 수화기를 내려놓더니 열심히 대답을 생각하는 모양으로 천장을 바라본다. 그는 다시 수화기를 들고 묻는다. "이 수화기를 신뢰해요, 포스트?"

교도소가 변호사와 의뢰인 사이의 비밀 이야기를 도청하는 건 불법이지만 아예 불가능한 일도 아니다. 나는 고개를 젓는다. 믿을 수 없다.

"저도요." 그가 말한다. "하지만 제가 당신에게 보내는 편지는 안전하겠죠?"

"그럼요." 교도소 당국은 법률 문제와 관련한 편지를 뜯어 볼 수 없다. 그리고 내 경험상 그들은 그런 시도를 하지 않는다. 편지를 건드리면 너무 쉽게 티가 나기 때문이다.

퀸시는 질문에 대한 답을 편지로 써서 보내겠다는 식으로 손짓을 해 보인다. 나는 고개를 끄덕인다.

그는 외부로부터 안전하다고 생각할 수 있는 교도소에서 22년이란 긴 시간을 보냈지만 여전히 걱정이 많다. 키스 루소는 뭔가 이유가 있어서 살해당했다. 퀸시 밀러가 아닌 누군가 살해를 계획했고 정밀하게 해치우고 달아났다. 그러더니 공범자를 여러 명 끌어들이며 완벽하게 다른 사람을 함정에 밀어 넣었다. 누군지는 몰라도 과거에나 지금이나 머리가 아주 좋은 자들이 틀림없다. 그들을 찾는 일은 불가능할 수 있다. 다만 퀸시의 무고함을 밝혀낼 수 있다는 자신이 있기에 이 자리에 있는 것이다.

그들은 여전히 외부에서 활개를 치고 있고, 퀸시는 여전히 그들을 생각하고 있다.

우리가 이런저런 이야기를 나누는 동안 3시간이 금세 흘러간다. 책. 그는 일주일에 책을 두세 권 읽는다. 내가 풀어 준 사람들. 퀸시는 우리 재단이 석방시킨 사람들의 이야기에 매료된다. 정치. 그는 시대에 뒤떨어지지 않도록 신문과 잡지를 본다. 음악. 그는 1960년대 디트로이트 음악을 듣는다. 스포츠. 그는 작은 컬러텔레비전으로 생중계되는 경기를 본다. 심지어 하키 경기도 본다. 교도관이 문을 두드리자 나는 작별 인사를 하면서 또 오겠다고 약속한다. 우리는 창문에 주먹을 대고 인사를 나누고, 그는 또 한번 내게 감사 인사를 한다.

7

오티스 워커가 소유한 쉐보레 임팔라는 캠퍼스 끄트머리에 있는 체육관 뒤쪽 교직원 주차장에 주차되어 있다. 프랭키는 근처에 차를 세우고 기다리고 있다. 차는 2006년식으로 오티스가 신용 조합 대출을 받아 중고로 구매한 것이다. 비키가 기록을 확인했다. 오티스의 두 번째 아내인 준은 대출을 모두 갚은 도요타를 몬다. 그들의 열여섯 살짜리 아들은 아직 운전면허증이 없다.

오후 5시에서 5분이 지나자 오티스가 건물에서 나와 동료 두 명과 함께 주차장에 모습을 드러낸다. 프랭키는 차에서 내려 타이어를 살펴보는 척한다. 동료들이 흩어지면서 큰 소리로 인사를 한다. 오티스가 자동차의 문을 여는 순간 프랭키가 갑자기 나타나 묻는다. "저, 워커 씨, 잠시 시간 되시나요?"

오티스는 즉시 의심스러운 눈을 해 보이지만, 프랭키는 친근한 미소를 띤 흑인이고 이전에도 처음 보는 사람에게 접근해 본 경험이 많다. "아마도요." 오티스가 대답한다.

프랭키가 손을 내밀며 말한다. "제 이름은 프랭키 테이텀이고 서배너의 변호사 사무소에서 조사원으로 일하고 있습니다."

오티스는 의심이 더욱 깊어진 모습이다. 그는 운전석 문을 열고 도시락을 던져 넣더니 다시 문을 닫으며 말한다. "그렇군요."

프랭키는 양손을 들어 올려 항복의 몸짓을 해 보이며 말한다. "나쁜 의도는 없어요. 그냥 오래전 사건에 관해 정보를 구하는 것뿐입니다."

만일 프랭키가 백인이었다면 이쯤에서 퇴짜를 맞았겠지만 프랭키는 아무런 악의가 없어 보인다.

"말해 보세요." 오티스가 말한다.

"부인으로부터 첫 남편인 퀸시 밀러 얘기를 들으셨을 겁니다."

이름을 듣고 나자 어깨가 축 늘어지긴 했지만, 오티스는 당장은 무슨 일인지 호기심이 생기는 모양이다. "별로요." 그가 말한다. "아주 오래전 일이죠. 퀸시와는 어떤 관계죠?"

"제 상사인 변호사님이 그 사람 사건을 맡았습니다. 저희는 퀸시가 함정에 빠져 살인자 누명을 썼다는 걸 밝혀내려고 합니다."

"그렇다면 잘해 보세요. 퀸시는 합당한 벌을 받은 거니까요."

"그렇지 않아요, 워커 씨. 퀸시는 다른 사람이 저지른 범죄로 22년 동안 감옥살이를 하고 있는 거예요."

"그 말을 진짜로 믿습니까?"

"네. 저희 변호사님도 마찬가지고요."

오티스는 잠시 생각에 잠긴다. 그는 전과도 없고 감옥에 가 본 적도 없지만 사촌 하나가 경찰을 공격한 죄로 힘든 시간을 보내고 있다. 백인들의 미국에서 교도소는 나쁜 사람들이 저지른 범죄의 대가를 치르는 곳이다. 흑인들의 미국에서 교도소는 소수 인종을 길거리에서 보이지 않게 치우는 데 사용하는 창고 같은 곳이다.

오티스가 묻는다. "그럼 대체 누가 그 변호사를 죽였답니까?"

"우리도 몰라요. 영원히 모를 수도 있고요. 하지만 우린 반드시 퀸시를 구해 낼 겁니다."

"내가 도움이 될지 모르겠군요."

"하지만 당신의 부인은 도울 수 있어요. 그녀는 퀸시에게 불리한 증언을 했습니다. 분명히 당신한테도 언급한 적이 있을 겁니다."

오티스는 어깨를 으쓱하고는 주위를 둘러본다. "그럴 수도 있죠. 하지만 옛날 일이에요. 아내가 퀸시라는 이름을 입에 담지 않은 지 오래됐기도 하고요."

"부인과 얘기를 좀 나눌 수 있을까요?"

"무슨 얘기요?"

"증언에 대해서요. 부인은 진실을 말하지 않았습니다, 워커 씨. 그녀는 배심원들에게 퀸시가 12게이지 산탄총을 갖고 있었다고 증언했습니다. 살인 무기 말이에요. 근데 그 물건의 주인은 다른 사람이었습니다."

"이봐요, 난 살인 사건이 있고 한참 후에 준을 만났어요. 사실 아내는 날 만나기 전에 또 다른 남편도 있었어요. 난 세 번째 남편이라고요. 알겠어요? 아내가 젊었을 때 힘든 시절을 보낸 건 알지만, 어쨌든 우린 지금 꽤 괜찮게 살고 있습니다. 아내는 퀸시 밀러와 어떤 식으로든 엮이기 싫어할 겁니다."

"우리는 그저 도움을 요청하는 겁니다, 오티스. 그게 다예요. 우리의 형제나 다름없는 이가 이곳에서 2시간도 떨어지지 않은 곳의 교도소에 갇혀 시간을 죽이고 있어요. 백인 경찰과 백인 검사와 백인 배심원들은 그가 백인 변호사를 죽였다고 했습니다. 하지만 사실이 아니라고요."

오티스가 침을 뱉더니 자동차에 기대어 서서 팔짱을 낀다.

프랭키는 점잖게 압박한다. "저도 다른 사람이 저지른 살인죄를 뒤집어쓰고 조지아에서 14년을 복역했습니다. 저는 그런 상황이 어떤지 잘 알아요. 저는 운이 좋아서 빠져나왔지만 결백한 친구들을 남겨 두고 왔어요. 저나 당신과 똑같은 사람들이죠. 교도소에는 우리 같은 사람이 많아요. 시스템은 우리에게 불리하게 작동해요, 오티스. 우린 그저 퀸시를 돕고 싶은 것뿐입니다."

"하지만 준이 이 일과 무슨 관련이 있다는 겁니까?"

"혹시 부인이 플래시 얘기를 한 적이 있나요?"

오티스는 잠시 생각하더니 고개를 젓는다. 프랭키는 대화가 끊기지 않도록 곧장 말을 잇는다. "피 묻은 플래시가 발견됐었습니다. 경찰은 그 물건이 사건 현장에 있었다고 주장합니다. 퀸시는 본 적도 만진 적도 없는 물건입니다. 준은 배심원들에게 퀸시가 그 플래시와 아주 비슷한 걸 갖고 있었다고 증언했어요. 사실이 아닙니다, 오티스. 진실이 아니에요. 그녀는 또 배심원들에게 살인 사건이 있던 날 밤에 퀸시가 시브룩에 있었다고 했어요. 사실이 아닙니다. 그는 1시간 떨어진 곳에서 여자 친구와 함께 있었어요."

오티스는 준과 17년 전에 결혼했다. 프랭키는 준이 진실을 말하지 않았다는 사실을 오티스가 상당히 잘 알고 있으리라 짐작했기에 대놓고 묻는 편이 낫다고 생각했다.

"지금 내 아내가 거짓말쟁이라는 거예요?" 오티스가 말한다.

"아뇨. 적어도 현재는 아니죠. 하지만 당신이 조금 전에 부인이 과거에는 다른 여자였다고 말하지 않았습니까? 당신 부인은 퀸시와 전쟁을 벌이고 있었어요. 퀸시는 부인에게 많은 빚을 졌으나 갚을 수 없었어요. 경찰은 부인에게 압력을 가해 증인석에서 그를 지목하라고 종용했습니다."

"어쨌든 오래전 일이잖아요."

"바로 그게 문제란 겁니다. 퀸시에게도 똑같이 말해 보세요. 22년간 감옥살이를 한 당사자니까요."

"아내가 진실을 말하지 않았다고 칩시다. 이제 와서 그걸 인정하라는 겁니까? 말이 되는 소리를 해야지."

"그냥 부인과 얘기해 보고 싶다는 겁니다. 부인께서 어디서 일하는지 압니다. 곧바로 부인을 찾아가 만날 수도 있었지만 우린 그런 식으로 일하지 않습니다. 숨어 있다가 덮치려는 게 아니에요, 오티스. 저는 당신들의 사생활을 존중하고, 당신이 부인에게 용건을 전달해 주기를 바란 겁니다. 그게 다예요."

"이게 덮치는 게 아니고 뭡니까?"

"달리 방법이 있습니까? 이메일이라도 보내요? 전 곧 이곳을 떠날 겁니다. 부인에게 얘기하시고 무슨 말을 하는지 한번 들어 보세요."

"아내가 뭐라고 할지 다 알아요. 그 사람은 퀸시 밀러와 아무 상관이 없습니다."

"그렇지 않을 것 같은데요." 프랭키가 수호자 재단의 명함을 건네준다. "제 전화번호예요. 전 그저 호의를 부탁하는 거뿐입니다, 오티스."

오티스는 명함을 받아 앞뒤로 읽어 본다. "당신들, 교회 소속이에요?"

"아뇨. 단체를 운영하는 분이 저를 구해 준 변호사인데 신부님이기도 합니다. 좋은 분이시죠. 이런 일만 하는 분이시고요. 무고한 사람을 석방시키는 일이요."

"백인인가요?"

"네."

"그럼 나쁜 사람이겠군."

"그분이 마음에 드실 겁니다. 준도 그럴 테고요. 도와주세요, 오티스."

"너무 기대하진 말아요."

"시간 내줘서 고맙습니다."

"별말씀을."

8

수호자 재단은 다양한 목적을 위한 여러 종류의 안내 책자를 구비해 두고 있다. 만일 목표가 백인 남성이라면 내가 신부 복장으로 웃고 있는 사진을 한가운데에 넣은 책자를 사용한다. 만일 백인 여성에게 접근해야 한다면 비키의 사진이 실린 책자를 사용한다. 흑인들의 경우에는 메이지가 무죄로 밝혀진 흑인 의뢰인과 손을 맞잡은 사진이 제격일 것이다. 피부색은 문제가 아니라고 말하고 싶지만 늘 그런 것은 아니다. 우리는 특정 상대에게 처음으로 접근할 때 피부색의 도움을 받곤 한다.

지크 허피는 백인 남성이므로 나는 내 얼굴이 있는 안내 책자를 보내면서 그가 곤경에 처해 있다는 사실을 소규모 자선 단체인 우리 재단이 알게 되어 도움의 손길을 내민다는 내용의 수다스러운 편지를 함께 보냈다. 2주 뒤 나는 유선 노트 한 쪽을 찢어서 쓴 손 편지를 받았다. 관심을 보여 주어 고맙다는 내용이었다. 나는 일상적인 답장을 보내면서 혹시 뭐든 필요한 것이 있느냐고 물었다. 당연하게도 그는 다음 편지에서 돈을 요구했다. 나는 그에게 200달러를 보내면서 면회를 가고 싶다는 편지를 보냈다. 대답은 물론 예스였다.

지크는 전과가 여럿이다. 그는 세 개 주에서 교도소를 들락거렸다. 원래는 탬파 지역에서 살았지만 그의 가족은 흔적을 찾을 수 없었다. 그는 스물다섯 살에 결혼했다가 그가 마약 밀매로 붙잡혀 들어가면서 곧바로 이혼했다. 우리가 알기로 자녀는 없고, 그를 찾아오는 면회자도 없을 것으로 추측하고 있다. 3년 전 아칸소주 리틀록에서 적발되어 5년 형을 선고받고 '기회의 땅(과거 아칸소주의 별칭 - 옮긴이)'에서 복역 중이다.

그의 밀고자 경력은 퀸시 밀러의 재판에서 시작되었다. 그가 증언에 나선 게 열여덟 살 때였는데, 재판이 끝나고 한 달 뒤 마약 사용 혐의에 대해 선처를 받아 석방되었다. 처음 시도한 협상이 보기 좋게 통했던 탓에 이후로 그는 협상을 반복했다. 어느 감옥에나 어떻게든 형기를 줄이고 싶어 하는 마약쟁이가 존재한다. 경찰과 검사로부터 제대로 조언만 받으면 밀고자는 매우 효과적으로 거짓말을 할 수 있다. 배심원들은 진실만을 말하겠다고 맹세한 증인이 완벽하게 엉뚱한 얘기를 지어낸다는 사실을 좀처럼 믿지 못할 것이다.

요즘 지크는 아칸소주 북동부 목화밭 한가운데에 있는 부속 교도소에 있다. 그곳을 왜 부속 교도소라고 부르는지 정확히는 모른다. 그 교도소 역시 다른 곳들과 마찬가지로 황량한 건물과 울타리가 갖추어져 있다. 불행하게도 이 시설은 주 정부가 아닌 일반 회사에서 이익 창출을 위해 운영하고 있다. 그 말은 교도관들의 월급이 짜고, 교도관들의 수가 적고, 원래도 끔찍한 음식이 더 수준이 낮고, 매점에서는 땅콩버터에서 화장실 휴지까지 모든 물건을 두고 재소자들에게 바가지를 씌우고, 의료적 보살핌이 거의 전무하다는 말이다. 내가 보기에 미국에서는 교육과 교정을 포함해 모든 것이 부당 이득을 노리는 자들에게 좋은 먹잇감인 것 같다.

안내받아 간 곳에는 변호사들의 방문을 위해 밀폐된 면회실이 줄지어 있다. 교도관이 면회실에 나를 넣고 가둔다. 자리에 앉아 두꺼운 플라스틱 칸막이를 바라본다. 시간이 몇 분 흐르는가 싶더니 이내 30분이 훌쩍 지나간다. 하지만 나는 바쁜 사람이 아니다. 반대편 문이 열리고 지크 허피가 안으로 들어온다. 교도관이 수갑을 풀어 주자 그는 날 향해 웃어 보인다. 우리 둘만 면회실에 남자 그가 말한다. "우리가 왜 변호사 접견실에 있는 거죠?" 그는 내가 입은 옷의 성직 칼라를 보고 있다.

"만나서 반갑습니다, 지크. 시간 내 줘서 고맙습니다."

"아, 제가 시간이 남아돌아요. 그쪽이 변호사인 건 몰랐네요."

"난 변호사이면서 신부입니다. 여기서 지내는 건 좀 어떤가요?"

그가 웃으며 담배에 불을 붙인다. 면회실에는 환기 시설이 없다.

"저도 교도소깨나 겪어 봤는데 개중에 여기가 최악이에요." 그가 말한다. "주 정부 소유 시설이긴 한데 애틀랜틱 교정 공사라는 회사에 빌려줬대요. 들어 봤어요?"

"네. 그들이 운영하는 시설에 여러 번 갔었어요. 아주 끔찍하죠?"

"화장실 휴지 하나에 4달러나 해요. 1달러가 정상인데. 일주일에 하나씩 두루마리 휴지가 나오긴 해요. 근데 얼마나 거친지 한번 닦고 나면 똑바로 걷기 힘들 지경이라니까요. 당신이 그때 돈을 보내 줘서……. 내가 운이 좋았죠. 감사합니다, 포스트 씨. 여기에는 영치금을 한 푼도 못 받아 본 친구도 있어요."

소름 끼치는 교도소 문신이 그의 목을 타고 기어오른다. 눈과 볼이 푹 꺼진 그의 얼굴은 인생 대부분을 싸구려 마약에 취해 살아온 길거리 중독자의 전형을 보여 준다.

내가 말한다. "가능하면 돈을 좀 더 보내 줄게요. 다만 우리도 예산이 그리 넉넉하진 않아요."

"'우리'라는 건 누구고, 당신은 무슨 일로 여기 온 건가요? 나한테 변호사는 별 도움이 안 될 것 같은데."

"난 무고한 사람들을 구하는 일에 헌신하는 비영리 단체에서 일하고 있습니다. 우리 의뢰인 중에 퀸시 밀러라는 분이 계신데요. 혹시 그 사람 기억합니까?"

그가 낄낄거리더니 담배 연기를 후 내뿜는다. "그러니까 정체를 속이고 여기 왔다는 거네요?"

"그렇다고 대답한다면, 이길로 그냥 가 줬으면 합니까?"

"당신이 원하는 게 뭔지에 따라 다르죠." 범죄 경력이 많은 지크는 갑자기 게임이 바뀌었다는 걸 안다. 나는 그가 가진 뭔가를 원하고, 그는 이미 그 뭔가로 어떻게 이익을 볼지 계산 중이다. 그는 이전에도 이런 게임을 해 본 적이 있는 것이다.

내가 말한다. "일단 진실이 뭔지 얘기부터 하죠."

그는 웃더니 말한다. "진실, 정의, 그리고 미국이란 나라의 방식. 이런 데서 진실을 찾으려 하다니 당신은 바보군요, 포스트 씨."

"내가 하는 일이라서 그래요, 지크. 진실을 알아내야만 퀸시를 교도소에서 빼낼 수 있으니까요. 당신이 경험 많은 밀고자고 퀸시의 재판에서 배심원들에게 거짓말을 했다는 건 당신이나 나나 다 알고 있잖습니까? 퀸시는 당신에게 범죄 행위에 대해 털어놓지 않았어요. 경찰과 검사가 사건 내용을 자세히 알려 주고 미리 연습까지 시켰겠죠. 배심원들은 그걸 믿었고요. 때문에 퀸시는 자그마치 22년이나 철창 신세를 지고 있어요. 이제 그를 풀어 줘야 할 때입니다."

그는 그저 내 비위나 맞추려는 듯 씩 웃는다. "배가 고프네요. 콜라랑 땅콩 좀 사 줄 수 있어요?"

"그럼요." 이런 곳에서 면회자가 먹을 것을 사는 일은 흔하디흔하다. 내가 문을 두드리자 교도관이 한참 만에 문을 연다. 나는 교도관과 함께 걸어가서 벽에 줄지어 서 있는 자동판매기에 동전을 밀어 넣는다. 350밀리리터짜리 콜라 하나에 2달러, 봉지 땅콩 두 개에 2달러. 교도관이 날 다시 면회실로 데려가고 몇 분 뒤에 지크가 있는 쪽에 나타나서 내가 산 먹을 것을 지크에게 건네준다. "고마워요." 그가 말하고는 콜라를 마신다.

대화가 끊기지 않는 게 중요하기에 내가 묻는다. "경찰이 어떤 식으로 퀸시에게 불리한 증언을 하도록 만들었죠?"

"그들이 일하는 방식을 잘 알잖아요, 포스트 씨. 그들은 증인을 찾아요. 특히 증거가 없을 땐 더더욱. 자세한 내용이 전부 기억나지는 않아요. 너무 오래전 일이라서."

"그렇죠. 퀸시에게는 정말 오랜 시간이었을 겁니다. 퀸시의 심정을 헤아려 본 적 있나요, 지크? 교도소가 얼마나 끔찍한 곳인지 누구보다 잘 알잖아요. 결백한 사람을 평생 감옥에 가두는 일에 일조했다는 생각을 한 번이라도 해 봤나요?"

"딱히. 다른 일로 바빴거든요. 알죠?"

"몰라요. 퀸시는 풀려날 기회가 있어요. 가능성은 적지만 퀸시 같은 처지에 놓인 사람들 모두가 그렇습니다. 난 이런 일 전문가예요, 지크. 그리고 솜씨가 괜찮아요. 우린 당신의 도움이 필요합니다."

"도움이요? 제가 뭘 할 수 있는데요?"

"진실을 말하는 거요. 경찰과 검사들이 당신에게 달콤한 제안을 했기 때문에 재판에서 거짓 증언을 했다는 진술서에 서명만 하면 됩니다."

그는 땅콩을 입에 가득 넣고 씹으면서 바닥을 물끄러미 바라본다. 나는 계속 압박한다. "무슨 생각하는지 알아요, 지크. 플로리다는 멀리 떨어진 곳이고 당신은 오래된 사건에 휘말리고 싶은 생각이 추호도 없겠죠. 진실을 털어놓으면 경찰과 검사 들이 당신을 위증죄로 기소해서 다시 감옥에 가두리라 생각할 겁니다. 하지만 그럴 일은 없어요. 위증죄의 공소 시효는 이미 지났습니다. 거기에다 그 사건의 관련자들은 죄다 사라지고 없어요. 보안관은 퇴직했고. 검사도 마찬가지. 판사는 죽었고. 그쪽 시스템은 당신에게 아무런 관심도 없어요. 당신이 퀸시의 석방을 돕는다고 해서 얻을 것도 잃을 것도 없단 말입니다. 생각할 것도 없는 문제예요, 지크. 옳은 일을 하고, 진실을 말하고, 그렇게 당신의 삶이 계속되는 겁니다."

"이봐요, 포스트 선생, 난 17개월만 있으면 출소해요. 그때까지 혹시라도 일을 망칠 생각은 전혀 없어요."

"아칸소는 당신이 22년 전 플로리다 법정에서 한 일에 관심이 없어요. 여기서 위증한 게 아니잖아요. 이쪽 사람들은 전혀 관심이 없다고요. 여기 사람들은 오직 당신이 가석방으로 나가고 난 다음에 당신이 갇혔던 감방에 다른 사람을 집어넣는 데만 관심이 있습니다. 이곳 사정이 어떻게 돌아가는지 잘 알잖아요, 지크. 당신은 이런 게임에 프로니까."

그는 이런 식의 칭찬에 웃을 만큼 어리석은 인간이다. 자신의 입지가 우위에 있는 것 같은 이 상황이 마음에 드는 것이다. 그는 콜라를 마시고 새 담배에 불을 붙이더니 한참 만에 입을 연다. "잘 모르겠어요, 포스트 씨. 어쨌든 제 귀에는 아주 위험한 소리로 들려서요. 제가 왜 그런 데 말려들어야 하죠?"

"말려들면 좀 어때요? 당신이 경찰과 검찰에 충성하는 타입은 아니잖아요. 그 사람들은 당신한테 무슨 일이 벌어지든지 신경도 안 써요, 지크. 당신을 다른 세상 사람 취급한다고요. 당신 쪽에 속한 사람을 위해 좋은 일 한번 해 봐요."

대화는 한참 동안 이어지지 않는다. 시간은 아무 의미 없다. 그는 땅콩 한 봉지를 해치우고 나서 두 번째 봉지를 뜯는다. 그가 말한다. "당신 같은 일을 하는 변호사는 처음 봐요. 지금까지 죄 없는 사람을 얼마나 구했죠?"

"지난 10년간 여덟이요. 전부 무고한 사람들이었어요. 지금은 퀸시를 포함해 의뢰인이 여섯 명이에요."

"나도 빼내 줄 수 있어요?" 그가 말한다. 우리 둘 다 그 말이 우습다고 생각한다.

"글쎄요, 지크, 내가 당신의 결백을 확신한다면 시도는 해 볼 수 있을 겁니다."

"시간 낭비겠죠."

"그럴 수도 있고. 우릴 도와줄래요, 지크?"

"일이 언제 진행되는데요?"

"글쎄요, 지금 한창 작업 중이라서요. 우린 모든 걸 조사한 다음에 무효 소송을 제기할 겁니다. 다만 알다시피 그런 작업은 시간이 좀 걸려요. 지금 당장 당신이 급하게 해 줄 일은 없지만 서로 연락하면서 지내면 좋겠습니다."

"그러시죠, 포스트 씨. 그리고 가능하면 돈 좀 더 보내 주세요. 이 쓰레기장 같은 데서는 콜라랑 땅콩도 진수성찬이니까."

"그렇게 하죠, 지크. 하나 더, 단 몇 분이라도 퀸시 생각 좀 해 줘요. 당신은 그 사람한테 큰 빚을 졌잖아요."

"그러죠."

9

퀸시 재판의 배심원들 앞에서 한 흑인 남성이 어두운 거리를 뛰어가는 모습을 보았다고 증언했을 당시 캐리 홀랜드는 열아홉 살이었다. 그 흑인 남성은 퀸시와 키와 덩치가 똑같았고 막대기 같은 물건을 들고 있었다고 했다. 그녀는 한 아파트 건물 앞에 막 차를 세운 참이었는데, 세 블록 떨어진 곳에 있는 루소의 사무실 쪽에서 커다란 소음이 두 차례 들리더니 사내가 뛰어가는 걸 목격했단다. 타일러 타운센드가 반대 신문에서 그녀를 공격했다. 그녀는 그 아파트에 사는 게 아니라 그냥 친구네 집에 간 거라고 했다. 친구의 이름은? 그녀가 머뭇거리자 타일러는 믿지 못하겠다는 표정을 지어 보이며 그녀를 조롱했다. 그가 "친구 이름을 말씀해 주시면 제가 그 친구를 증인으로 부르겠습니다."라고 말하자 검사가 이의를 제기했고 판사는 이의를 인정했다. 속기록에 따르면 그녀는 친구의 이름을 기억해 내지 못했다.

타일러는 조명도 없는 어두운 골목길을 겨냥해 신문했다. 지도에서 아파트를 지목하고 그녀의 차에서 루소의 사무실까지 거리를 들어 그녀가 보았다고 주장하는 장면을 진짜로 볼 수 있었는지 의문을 제기했다. 그는 증인과 말다툼을 벌였고, 결국 판사가 개입해 신문을 중단시켰다.

타일러는 그녀가 1년 전부터 마약 사용 혐의를 받고 있다는 점을 공격했다. 그는 그녀가 혹시 압박을 받고 증언석에 올랐는지, 또 여전히 마약 중독에 시달리는지 질문했다. 게다가 그녀가 루이즈 카운티 소속 경찰과 사귀고 있는 것이 사실이냐고도 물었다. 그녀는 부인했다. 반대 신문이 길어지자 판사는 빠른 진행을 요구했다. 검사 측이 의도적으로 시간을 끌고 있다고 타일러가 항의하자 판사는 법정 모독죄를 들먹이며 그를 협박했다. 캐리 홀랜드에 대한 타일러의 반대 신문이 끝나고 나서 증인의 신뢰도에 의문을 가지는 배심원들이 생겨났다. 동시에, 그가 지나치게 그녀를 몰아붙이는 모습은 외려 그녀에게 동정심을 품게 만들었다.

재판이 끝나고 오래되지 않아 캐리는 그 지역을 떠났다. 그녀는 조지아주 콜럼버스에서 잠시 살다가 그곳에서 한 남자와 결혼해 두 아이를 낳고 이혼한 다음 어디론가 사라졌다. 비키가 책상 앞에서 1년 동안 열심히 조사한 결과, 캐리 홀랜드는 테네시주 서쪽 시골구석에서 캐리 프루잇이라는 이름으로 살고 있다는 사실을 알아냈다. 그녀는 킹즈포트 근처의 한 가구 공장에서 일했고, 시골길에 있는 이동 주택에서 벅이라는 남자와 동거 중이었다.

놀랍게도 그녀는 아무 문제도 일으키지 않고 살아왔다. 시브룩에서의 마약 사용 혐의가 유일했고, 그 전과는 사라지지 않은 채 남아 있었다. 캐리는 술이나 약물과 관련한 문제가 전혀 없었다. 이런 부분은 우리 쪽 일을 하는 데 늘 플러스가 된다.

한 달 전 프랭키는 그쪽 지역에 슬그머니 들어가 기본 정찰을 마쳤다. 그녀가 사는 이동 주택과 그 주변, 그리고 그녀가 일하는 공장의 사진을 확보했다. 킹즈포트에서 따로 고용한 사람을 통해 프랭키는 그녀에게 군인인 아들 한 명과 녹스빌에 사는 다른 아들 한 명이 있다는 걸 알아냈다. 동거남인 벅은 트럭 운전사로 전과는 없었다. 한 가지 특이한 점은, 벅의 아버지가 그들이 사는 데서 30킬로미터가량 떨어진 작은 시골 교회에서 한때 목사로 일한 적이 있다는 것이다. 어찌 보면 그들은 의외로 안정적인 가족일 가능성이 있었다.

벅을 포함해 반경 800킬로미터 이내의 누구든 그녀의 과거에 대해 알고 있을 가능성 역시 매우 낮았다. 이러면 문제가 복잡해진다. 20년 전에 잠깐 마주쳤던 퀸시 밀러와의 인연을 끄집어내 지금의 삶을 뒤집을 이유가 그녀에게 있겠는가?

나는 킹즈포트에 있는 한 팬케이크 식당에서 프랭키를 만난다. 우리는 와플을 먹으면서 사진들을 보며 이야기를 나눈다. 시골 지역에 위치한 그들의 이동 주택에는 개들이 뛰어놀 수 있는 울타리가 쳐진 마당이 딸려 있었다. 벅은 그곳에서 사냥개들을 키웠다. 벅은 그런 시골에서 필수품이나 다름없는 픽업트럭을 탄다. 캐리는 혼다를 본다. 비키가 차량 번호판을 조회해 소유권을 확인해 주었다. 두 사람 모두 선거 유권자 등록이 되어 있지 않다. 멋진 소형 낚싯배가 이동 주택 옆 지붕 아래 놓여 있다. 벅은 사냥이나 낚시에 심취한 것이 분명하다.

"집 분위기가 심상치 않아요." 프랭키가 사진들을 뒤적거리며 말한다.

"더 무시무시한 곳도 봤어." 내가 말한다. 진짜 그런 곳들이 있었다. 나는 문을 두드리면서 도베르만 같은 사냥개가 튀어나오거나 사냥총이 등장할지도 모르는 상황을 여러 번 겪었다. "일단 벅은 그녀의 과거를 모르고 퀸시에 관해서는 한 번도 들어 본 적이 없는 걸로 생각하자고. 그렇다면 그녀가 과거 일을 비밀로 덮어 두고 싶어 한다고 추측할 수 있겠지."

"그렇죠. 그러니까 집으로는 접근하면 안 되겠네요."

"출근은 몇 시에 한다고 했지?"

"몰라요. 공장 도착은 8시고 퇴근은 5시예요. 점심을 먹으러 나오진 않아요. 1시간에 9달러씩 받고 일해요. 사무직이 아니라 제조 현장에서 일하고 있으니까 업무 도중에 만날 수도 없어요."

"동료들이 있으면 말을 더 아끼겠지. 토요일 날씨가 어떻다고 했더라?"

"맑고 해가 난대요. 낚시하기 딱 좋은 날이죠."

"그러길 바라자고."

†

토요일 새벽 프랭키는 이동 주택에서 1.6킬로미터 떨어진 곳에 있는 주유소에서 기름을 넣고 있다. 이날은 우리의 행운의 날이다. 일단 우리끼리는 그렇게 정해 놓는다. 벅은 친구 하나와 낚싯배를 끌어내 호수인지 강인지 모를 곳으로 떠났다. 프랭키가 내게 전화를 걸고 나는 즉시 이동 주택에 등록된 유선 전화로 전화를 건다.

잠이 덜 깬 듯한 여자가 전화를 받는다. 나는 친절한 목소리로 말한다. "프루잇 씨, 저는 조지아주 서배너에서 일하는 컬런 포스트 변호사입니다. 시간 괜찮으신가요?"

"누구요? 무슨 일이시죠?" 졸음이 싹 달아난 목소리다.

"컬런 포스트요. 사모님께서 아주 오래전에 관여했던 재판에 관해 이야기를 좀 나누고 싶은데요."

"전화 잘못 거셨어요."

"그때는 캐리 홀랜드라는 이름을 쓰셨고 플로리다 시브룩에 사셨죠. 저한테 모든 기록이 있습니다, 캐리. 그리고 저는 어떤 폐를 끼치려고 찾아온 게 아닙니다."

"잘못 거셨다니까요."

"저는 퀸시 밀러를 대신해 말씀드리고 있습니다. 그는 당신 때문에 지난 22년을 감옥에서 보냈습니다, 캐리. 제게 30분이라도 시간을 내 주셨으면 합니다."

전화가 툭 끊긴다. 10분 뒤 나는 이동 주택 앞에 차를 세운다. 내가 총에 맞을 경우를 대비해 프랭키가 멀지 않은 곳에서 대기 중이다.

캐리가 한참 만에 나와 문을 천천히 열더니 좁은 나무 포치로 내려선다. 그녀는 날씬한 몸매에 타이트한 청바지 차림이고 금빛 머리를 하나로 묶고 있다. 화장을 하지 않았지만 꽤 예쁜 얼굴이다. 그러나 오랜 기간의 흡연으로 눈과 입가에 주름이 자글자글하다. 그녀는 손에 담배를 들고 나를 노려본다.

그녀에게는 나의 신부 복장마저 별 감흥이 없는 듯싶다. 내가 웃으며 말한다. "이런 식으로 불쑥 찾아와서 죄송합니다. 근처에 일이 생긴 김에 겸사겸사……."

"원하는 게 뭐죠?" 그녀가 내게 묻고는 담배 연기를 빨아들인다.

"제 의뢰인을 감옥에서 빼내고 싶습니다, 캐리. 그래서 당신을 찾아온 겁니다. 당신을 당황하게 하거나 해를 끼치려고 온 게 아닙니다. 벅은 퀸시 밀러라는 이름을 들어 본 적도 없겠죠? 그렇다고 당신을 비난할 순 없죠. 저라도 말 안 했을 겁니다. 하지만 퀸시는 아직도 다른 사람이 저지른 살인 사건의 범인으로 누명을 쓰고 힘든 시간을 보내고 있습니다. 그는 아무도 죽이지 않았어요. 당신은 현장에서 달아나는 흑인을 보지 못했습니다. 당신은 경찰로부터 압박을 받아서 그렇게 증언한 거예요. 그렇죠? 당신은 경찰관이랑 사귀는 사이였고, 그래서 그들이 당신을 알았습니다. 그들은 증인이 필요했고 그때 당신은 마약과 관련된 작은 문제가 있지 않았습니까, 캐리?"

"날 어떻게 찾았어요?"

"그렇다고 당신이 꼭꼭 숨은 것도 아니잖아요."

"경찰 부르기 전에 꺼져요."

나는 항복하듯 양손을 들어 올린다. "그러죠. 여긴 당신 소유지니까요. 전 이만 돌아가겠습니다." 나는 잔디밭에 명함을 던지고 말한다. "여기 제 전화번호가 있어요. 제가 하는 일이 있다 보니 당신을 잊을 수는 없습니다. 그러니 전 또 올 겁니다. 약속해요. 당신의 비밀이 절대로 주변에 알려지는 일은 없을 겁니다. 전 그저 대화를 나누고 싶을 뿐입니다. 그게 다예요, 캐리. 당신은 22년 전에 끔찍한 짓을 저질렀어요. 이제 그걸 바로잡을 때입니다."

그녀는 미동도 하지 않은 채 내가 차를 타고 떠나는 모습을 지켜본다.

손으로 또박또박 깔끔하게 쓴 퀸시의 편지가 도착했다. 쓰는 데 몇 시간은 족히 걸렸을 것 같다. 내용은 이렇다.

친애하는 포스트에게,

제 사건을 맡아 주신 선생님께 다시 한번 감사드립니다. 아무도 믿어 주지 않는 상황에서 감옥에 갇혀 있는 심정이 어떤지 잘 모르시겠죠. 요즘 저는 완전히 딴사람이 되었습니다. 이 모든 게 선생님 덕분입니다. 부디 일을 해내셔서 저를 여기서 빼내 주세요.

선생님께서는 제 사건을 맡았던 훌륭한 젊은 변호사 타일러 타운센드에게 혹시 진짜 살인범에 대한 의견이 있었는지 물었죠. 그렇습니다. 그는 플로리다의 그쪽 지방에서 키스 루소와 그의 아내가 나쁜 사람들과 엮여 있다는 사실을 알 만한 사람들은 다 안다고 제게 여러 번 말했습니다. 그들은 무슨 마약 거래상들의 변호사 노릇을 했는데, 엄청난 돈을 벌기 시작했고 그걸 눈치채는 사람들이 생겼습니다. 시브룩에는 돈이 그렇게 많지 않아요. 변호사들조차 돈이 별로 없습니다. 그래서 사람들이 의심을 하기 시작한 겁니다. 카운티의 보안관인 피츠너는 사기꾼인 데다 타일러 말로는 그 사람도 마약 밀매와 관련이 있다고 했습니다. 아마 살인 사건과도 관련이 있을 겁니다.

그 말이 사실이라는 걸 저는 압니다, 포스트. 누군가 그 빌어먹을 플래시를 제 차 트렁크에 넣은 겁니다. 그리고 전 그게 피츠너라는 걸 알아요. 사건 전체가 한 편의 각본에 따라 진행된 겁니다. 놈들은 시브룩의 흑인 남자를 엮는 일이 백인 남성을 함정에 빠뜨리기보다 훨씬 쉽다는 걸 알았던 겁니다.

어떤 친구가 저더러 이혼 소송에 루소를 고용하라고 했어요. 나쁜 조언이었죠. 루소는 제게 너무 많은 돈을 요구했고 일도 심하게 못했어요. 소송이 중간쯤 지났을 무렵 저는 그가 이혼 소송을 하기 싫어한다는 걸 알았습니다. 판사가 엄청난 위자료와 양육비를 내라고 판결했을 때 저는 루소에게 농담하지 말라고 했습니다. 그렇게 많은 돈을 낼 수 없다고 말이죠. 그 사람이 뭐라고 했는지 아세요? 더 많이 두들겨 맞지 않은 걸 다행으로 알라고 하더군요. 판사는 독실한 기독교인이고 여자 꽁무니를 쫓아다니는 남자를 극도로 싫어한다면서요. 제 전처는 제가 바람을 피운다고 했거든요. 루소는 제가 벌을 받아 마땅하다는 식으로 굴었어요.

루소 그 친구야말로 여자를 엄청 밝혔는데……. 이런 얘기는 그만두죠. 어쨌든 죽은 사람이니까.

타일러는 왜 그들이 루소를 죽였는지 몰라요. 다만 마약 조직원들과 거래를 했다고 하니 그가 어떤 식으로든 배신을 하지 않았나 싶어요. 너무 많은 돈을 챙겼거나. 밀고를 했는지도 모를 일이고요. 어쩌면 그의 부인이 가진 걸 잃고 싶지 않았는지도 몰라요. 사무실에 갔을 때 루소 부인을 몇 번 만났는데 호감형은 아니었어요. 아주 거친 사람이더라고요.

재판이 끝나고 타일러는 협박을 받았어요. 그 일로 그는 잔뜩 겁에 질렸습니다. 결국 놈들은 그를 그곳에서 몰아내는 데 성공했어요. 타일러는 나쁜 사람들 때문에 이사를 가는 거라고 했어요. 세월이 흐르고 항소심이 종료되자 그와의 변호사 계약도 끝이 났습니다. 그때 그가 시브룩의 보안관보 한 사람이 살해당했다고 제게 알려 주었습니다. 그는 루소 살인 사건과 마약 조직이 관련 있는 것 같다고 하면서도, 아마 그렇지 않을까 추측만 할 뿐이었습니다.

여기까지가 그때 말하지 못한 내용입니다, 포스트. 타일러가 생각한 진짜 살인범에 관한 얘기요. 그리고 그는 루소의 부인도 관련되어 있을 거로 생각했습니다. 아시만 그런 얘기를 밝혀내기에는 너무 늦었죠.

다시 한번 감사드려요, 포스트. 제발 이런 내용이 도움이 되기를 바랍니다. 그리고 곧 또 만나게 되기를 빌어요. 빨리 진행해 주세요.

당신의 의뢰인이자 친구,

퀸시 밀러

10

퀸시에게 불리한 증언을 했던 혈흔 전문가는 덴버에서 살인 사건을 전담했던 전직 형사로 이름은 폴 노우드였다. 그는 범죄 현장에서 몇 년간 일하다가 배지를 반납하고 좋은 정장을 몇 벌 사 입고는 전문가 증인이 되기로 마음먹었다. 대학을 중퇴한 그는 범죄학이나 과학과 관련된 학위를 딸 시간이 없었다. 그저 여기저기서 열리는 법의학 관련 세미나와 워크숍에 참석하고, 다른 전문가들의 책이나 잡지에 실린 기사를 읽었다. 그는 어느 순간 자신이 어휘력이 풍부하고, 입담이 좋고, 특정 분야에 능통한 척하며 배심원을 설득하는 데 일가견이 있다는 사실을 깨달았다. 일단 법의학 전문가로 인정받고 나자 자신의 의견이 순수 과학에 근거를 두고 있다며 지적 수준이 높지 않은 배심원들을 설득하는 일이 더욱 쉬워졌다.

노우드만 그런 게 아니었다. 1980년대와 90년대에는 형사 재판에서의 전문가 증언이 급격히 증가했다. 스스로 권위를 부여한 온 갖 부류의 그들은 나라를 헤집고 돌아다니면서 자유분방한 의견으로 배심원들에게 깊은 인상을 남겼다. 설상가상으로 인기 높은 텔레비전 범죄 드라마들에서는 법의학 수사관들을 오류 없는 과학에 근거해 복잡한 범죄 사건을 해결하는, 유능하고 똑똑한 탐정처럼 묘사했다. 드라마 속 유명한 수사관들은 피에 뒤덮인 시체만 보고도 1, 2시간 만에 범인을 잡아냈다. 실제 세상에서도 혈흔, 방화, 교흔, 섬유 조직, 깨진 유리, 두피와 음모, 족적, 탄도 검사, 심지어 지문 따위에 관한 불투명한 이론에 따라 수천 명의 형사 사건 용의자들이 유죄를 선고받고 수감되었다.

훌륭한 변호사들이 이런 전문가들의 신뢰성에 도전했지만 뒤집기에 성공하는 경우는 드물었다. 판사들은 과학에 압도당해 버렸고, 독학으로 이해하기에는 시간이 너무 적거나 아예 없었다. 압박을 받은 증인의 경우 약간의 훈련을 거쳐 제대로 이야기만 할 수 있으면 증언대에 올랐다. 시간이 흐르자 판사들은 증인이 다른 주의 다른 재판에서 전문가로 검증을 받았기 때문에 권위자임이 틀림없다는 사실을 근거로 삼기 시작했다. 항소심 재판부는 법의학 이면에 깔린 과학에 심각한 의문을 제기하지 않은 채 유죄를 확정함으로써 한몫 거들었고, 이는 전문가 증인들의 권위를 강화하는 결과를 초래했다. 그들의 이력서가 두꺼워지면서 피고를 유죄로 모는 그들의 이론도 점점 더 다양해졌다.

폴 노우드는 증언석에 앉는 횟수가 늘어날수록 더 똑똑해졌다. 1988년 퀸시의 재판이 있기 1년 전 노우드는 켄터키주의 한 개인 회사가 주최한 혈흔 분석 세미나에 하루 동안 참석했다. 그는 과정을 통과했고, 자신의 지식을 증명하는 인증서를 받아 자신이 제공 가능한 서비스 목록에 또 하나의 전문 분야를 추가했다. 그는 소름 끼치는 범죄에서 혈액이 여러 가지 복잡한 방식으로 튈 수 있다는 과학적 지식을 동원해 금세 배심원들에게 깊은 인상을 주기 시작했다. 그는 혈흔, 범죄 현장 재구성, 탄도학, 모발 분석 분야의 전문가였다. 그는 치안 기관이나 검사들과 연락하며 자신이 제공할 수 있는 서비스를 광고했고, 심지어 법의학에 관한 책까지 썼다. 그의 명성은 높아졌고 찾는 사람도 많아졌다.

25년이 넘는 기간 동안 노우드는 수백 건의 형사 사건 재판에서 증언했다. 언제나 검사 편에서 피고의 유죄를 주장했고 쏠쏠한 대가를 받았다.

그러다 DNA 검사가 도입되면서 그의 사업은 심각한 타격을 입었다. DNA 검사는 범죄 수사의 미래를 바꾸어 놓았을 뿐 아니라, 노우드나 그와 비슷한 족속들이 퍼뜨리던 쓰레기 과학에 대해 신선하고 파괴적인 검토가 필요하다는 인식을 불러왔다. DNA 검사를 통해 풀려난 무고한 사람들의 절반 이상의 경우가 검찰이 제시한 근거 없는 법의학적 추리를 기본으로 하고 있었다.

DNA 검사로 노우드의 잘못된 방식과 증언이 드러나면서 2005년 한 해 동안에만 그가 증언해 유죄 판결이 났던 세 건의 재판이 무효가 되었다. 그에게 당한 피해자 세 사람은 합쳐서 59년을 교도소에서 보낸 상태였고, 그 가운데 한 명은 사형을 기다리고 있었다. 그는 2006년 단 한 건의 재판에만 참여한 뒤 압력을 받아 은퇴했다. 늘 하던 식으로 혈흔 분석 내용을 증언한 그는 반대 신문에서 신뢰성이 없다는 평가를 받았다. 전에는 없던 일이었다. 피고 측 변호인은 그가 지난해 겪었던 세 건의 무효 판결을 건건이 자세히 설명하며 고통스럽게 되돌아보도록 만들었다. 변호인의 명석하고 잔인한 신문을 통해 흥미로운 사실이 많이 드러났다. 피고는 무죄 판결을 받았다. 진짜 살인범은 나중에 붙잡혔다. 그리고 노우드는 일을 그만두었다.

하지만 피해는 사라지지 않았다. 퀸시 밀러는 자신이 본 적도 없는 플래시에 대한 노우드의 분석 때문에 오래전에 유죄 판결을 받았다. 사건에 대한 그의 분석은 사건 현장과 플래시를 찍은 커다란 컬러 사진들에 기초를 두었다. 그는 가장 중요한 증거물에 손 한번 대지 않은 채 사진에만 의존했다. 그럼에도 그는 흔들리지 않고 플래시의 렌즈에 묻은 자국이 산탄총으로 키스 루소를 죽일 때 튄 것이라고 자신 있게 증언했다.

플래시는 재판 전에 사라졌다.

†

노우드는 사건에 관해 나와 이야기하기를 거부하고 있다. 나는 그에게 두 통의 편지를 보냈다. 그는 언급하고 싶지 않다면서 한 차례 답을 보내왔는데, 전화가 아닌 편지를 통해서였다. 그는 건강이 좋지 않고 너무 옛날 사건이며 기억이 잘 나지 않는다는 식으로 답했다. 대화해 보아야 나올 게 별로 없었다. 현 시점에서 그가 과거에 관여했던 재판 가운데 최소 일곱 건이 사기로 판명된 상태이고, 그는 쓰레기 과학의 대명사로서 주기적으로 거론되고 있다. 사형제 폐지를 지지하는 변호사들도 잊을 만하면 그를 공격한다. 심지어 고소까지 당했다. 블로거들은 그가 만들어 낸 비극을 맹비난한다. 항소심 판사들이 그의 비참한 경력을 상세히 설명할 때도 있다. 무고한 죄수들을 돕는 한 단체가 그가 증언한 모든 재판의 재심을 위해 기금을 모금하고 있지만 이런 유의 기부금을 모으는 일은 쉽지 않다. 그를 만날 수만 있다면 과오를 되돌리고 퀸시를 도와 달라고 부탁할 생각이나 아직 그는 뉘우치는 기색이 전혀 없다.

노우드와 얘기가 잘 되든 말든 우리는 반드시 우리를 도와줄 법의학 과학자를 고용해야 한다. 물론 최고의 법의학자들은 돈이 많이 든다.

나는 급한 불을 끄기 위해 며칠간 서배너에 머물고 있다. 비키와 메이지와 나는 회의실에서 법의학자 건으로 이야기를 나누고 있다. 테이블 위에는 마지막으로 남은 네 개의 이력서가 놓여 있다. 모두 최고의 범죄학자들로 흠잡을 데 없는 자격을 갖추고 있다. 우리는 일단 두 명에게 사건 내용을 보내 볼 것이다. 가장 저렴한 비용을 받는 사람은 사건 내용을 검토하고 조언을 해 주는 데 1만5천 달러를 요구하고 있다. 가장 비싼 사람은 3만 달러로 에누리를 할 수 없는 조건이다. 이런 과학자들은 지난 10년 동안 과거에 받은 유죄 판결이 무효임을 밝히는 활동이 강화되면서 엉뚱하게 수감된 사람들을 대변하는 단체들로부터 높은 인기를 누리고 있다.

우리가 최고로 뽑은 사람은 리치먼드에 있는 버지니아 커먼웰스 대학의 카일 벤더슈미트 박사다. 그는 수십 년간 학생들을 가르치면서 미국에서 최고의 법의학부를 만들어 이끌고 있다. 여러 변호사들과 얘기해 보았는데 모두가 그를 극찬한다.

우리는 전문가들, 사설 조사원들, 그리고 필요한 경우 고용하는 변호사들에게 지급할 비용 명목의 자금을 7만5천 달러 정도로 유지하려고 한다. 우리는 변호사 비용이 드는 걸 원하지 않았고, 우리와 뜻을 같이하는 변호사들에게 무료로 봉사해 달라고 읍소하는 실력을 예전부터 키워 왔다. 우리는 전국에 걸쳐 이런 변호사들로 이루어진 느슨한 조직체를 유지하고 있다. 일부 과학자들이 무고한 사람들을 돕는 일에 비용을 조금 깎아 주기도 하지만 자주 있는 일은 아니다.

벤더슈미트가 받는 기본 금액은 3만 달러다. "돈은 될까요?" 내가 비키에게 묻는다.

"그럼요." 늘 낙천적인 그녀는 웃으며 대답한다. 만일 돈이 없다면 그녀는 전화기를 붙들고 기부자들을 닦달할 것이다.

"그럼 이 사람으로 합시다." 내가 말한다. 메이지도 동의한다. 우리는 두 번째 전문가로 대화를 이어 간다.

메이지가 말한다. "이번 건에도 시동이 천천히 걸리나 봐요, 포스트. 준 워커, 지크 허피, 캐리 홀랜드에게 죄다 퇴짜를 맞았잖아요. 그러니까 당신과 말하고 싶어 하는 사람이 아무도 없다는 거네요."

여느 직장처럼 수호자 재단에도 재미로 서로를 놀리는 분위기가 존재한다. 비키와 메이지는 아주 잘 지내지만 서로를 은근히 피한다. 내가 사무실에 있을 때는 내가 그들의 손쉬운 먹잇감이 된다. 우리가 서로를 사랑하지 않았다면 우리는 서로에게 돌을 던져 대는 사이가 되었을 터다.

내가 웃으며 말한다. "그러게요. 근데 우리 일이 시작부터 빠르게 진행됐던 적이 있으면 한번 말해 봐요."

"우린 거북이지 토끼가 아니에요." 비키는 자신이 가장 좋아하는 비유를 들어 말한다.

내가 응수한다. "그렇죠. 계약서에 도장 찍는 데만 3년이 걸렸는데 한 달 만에 의뢰인을 빼내란 건가요?"

"뭐든 진전을 좀 보여 달란 거죠." 메이지가 말한다.

"내가 아직 매력 발산을 하지 않아서 그래요." 내가 웃으며 말한다.

메이지가 나를 따라 웃는다. "시브룩에는 언제 갈 거예요?"

"몰라요. 일단 최대한 미루려고 해요. 그곳에서는 아무도 우리가 개입했다는 걸 모르고, 난 그늘 속에 숨어 있는 편이 더 좋고요."

"얼마나 위험한 거죠?" 비키가 묻는다.

"잘 모르겠지만 위험 요소는 분명히 있어요. 마약 갱단은 여전히 그 지역에 있을 확률이 큰데 루소가 그자들에게 살해당한 걸 수도 있으니까요. 내가 모습을 드러내면 아마 그들도 알게 되겠죠."

"너무 위험한 것 같아요, 포스트." 메이지가 말한다.

"그렇죠. 하지만 우리가 맡았던 대부분의 사건이 위험했잖아요? 우리 의뢰인들은 누군가 방아쇠를 당겼기 때문에 감옥에 갇혀 있어요. 범인들은 멀쩡하게 살아서 경찰이 엉뚱한 사람을 잡아 가둔 걸 비웃으며 지켜보고 있고요. 그들이 절대로 원하지 않는 게 하나 있다면 바로 재심 변호사의 활동이겠죠."

"제발 조심해요." 비키가 말한다. 내게 말하지는 않았지만 두 사람은 오래전부터 걱정해 온 것이 분명하다.

"늘 조심하고 있어요. 오늘 밤에 요리할 겁니까?"

"미안해요. 브리지(카드 게임의 한 종류 – 옮긴이) 하는 날이라."

"냉동 피자는 있어요." 메이지가 말한다. 그녀는 요리를 좋아하지 않고, 집에 아이들이 넷이나 있어 주로 냉동식품에 의지한다.

"제임스가 와 있나요?" 내가 묻는다. 메이지와 그녀의 남편은 몇 년 전 별거를 시작했고 이혼을 시도했다. 일은 생각처럼 되지 않았는데, 그렇다고 다시 합치게 된 것도 아니다. 그녀는 내가 진심으로 걱정하는 것이지 주제넘게 참견하는 게 아니라는 걸 잘 안다.

"가끔 와서 아이들이랑 시간을 보내요."

"아이들과 행복하길 늘 기도하고 있어요."

"다 알죠, 포스트. 그리고 우린 당신을 위해 기도해요."

110

†

나는 내 펜트하우스에 음식을 두지 않는다. 먹지 않아 상할 게 뻔하기 때문이다. 나는 두 동료에게서 먹을 것을 얻어 내지 못하고 어두워질 때까지 일을 하다가 구도심을 뚫으며 긴 산책을 나간다. 크리스마스를 2주 앞둔 때라 공기가 차다. 서배너에서 산 지 10년 이 넘었음에도 여태 이곳을 잘 모른다. 출장을 너무 자주 다녀서인 지 이 도시의 매력과 역사에 대해서 아는 것 하나 없고, 유목민 같은 생활 양식으로 인해 친구를 만드는 일도 여의치 않다. 그런데 내가 처음으로 사귄 친구 하나가 마침 그의 집에 있고 같이 어울릴 사람을 찾는단다.

루서 호지스는 신학교에서 나를 고용하고 서배너로 이끌었다. 그는 은퇴를 했고 그의 아내는 몇 년 전 세상을 떠났다. 그는 치페와 광장에서 두 블록 떨어진 곳에 있는 교회 소유의 작은 집에서 산다. 얼른 집에서 벗어나고 싶은지 포치에 나와서 나를 기다리고 있다.

"안녕하세요, 신부님." 그와 포옹하며 내가 말한다.

"잘 왔네, 내 아들." 그가 신부님다운 경건한 말투로 화답한다. 우리는 보통 이렇게 인사를 나눈다.

"살이 빠졌군." 그가 말한다. 그는 나쁜 식습관, 수면 부족, 스트레스 등 내가 사는 방식에 걱정이 많다.

"글쎄요, 신부님은 전혀 안 빠지셨네요." 내가 대답한다. 그가 배를 쓰다듬으며 말한다. "아이스크림을 도저히 끊을 수 없어서 말이야."

"너무 배고파요. 가시죠."

우리는 팔짱을 끼고 인도를 따라 휘터커가를 걷는다. 루서는 여든이 다 되었고 만날 때마다 움직임이 둔해지는 것이 눈에 보인다. 살짝 쩔뚝거리는 게 새 무릎이 필요한 듯하지만 그는 무릎 수술은 늙은이들이나 하는 거라고 말한다. "나이를 이만큼이나 먹었다는 게 믿기지가 않아." 신부님이 즐겨 하는 말이다.

"어디 갔었나?" 그가 묻는다.

"똑같죠 뭐. 여기저기."

"사건에 대해 말해 봐." 그가 말한다. 그는 내가 하는 일에 매료되어 늘 새로운 소식을 묻는다. 그는 수호자 재단 의뢰인들의 이름을 기억하고 있다가 인터넷으로 새로운 소식이 있는지 찾아보곤 한다.

나는 퀸시 밀러 사건에 관해 언급하며 시작은 늘 쉽지 않다고 한다. 그는 주의 깊게 듣지만 여느 때와 마찬가지로 말은 별로 없다. 우리가 하는 일을 정말 좋아하고 우리 일에 관한 얘기를 여러 시간 귀 기울여 들어주는 진정한 친구를 둔 사람이 얼마나 될까? 루서 호지스를 친구로 둔 나는 축복받은 사람이다.

나는 비밀스러운 내용을 빼고 요점을 간추려 들려준 다음 그의 안부를 묻는다. 그는 매일 여러 시간 동안 교도소에 갇힌 남녀 재소자들에게 편지를 쓰고 있다. 편지 쓰기는 그에게 일종의 사역이다. 그는 그 일에 헌신적이다. 그는 주고받은 모든 편지의 사본을 꼼꼼

112

하게 보관한다. 루서의 수신자 목록에 들게 되면 생일과 크리스마스에 카드를 받는다. 혹시라도 돈이 생기면 그는 죄다 재소자들에게 나누어 보내 준다.

현재 그의 수신자 목록에는 60명이 올라가 있다. 지난주에 한 명이 사망했다. 미주리주의 젊은 남성으로 목을 매 자살했다. 그 얘기를 들려주는 루서의 목소리가 갈라진다. 죽은 남자는 편지에 자살을 몇 번 언급했고, 루서는 심히 걱정스러워했다. 그는 교도소에 수없이 전화를 걸어 도움을 요청했지만 소용이 없었다.

우리는 서배너 강가의 자갈 깔린 길을 걷는다. 우리는 작은 해산물 식당을 좋아한다. 식당은 한자리에서 수십 년째 영업 중이다. 루서는 내가 그를 처음 찾아갔을 때 나를 그곳에 데려갔다. 식당 앞에서 그가 말한다. "내가 살 거야."

그는 내 궁색한 형편을 알고 있다. "정 그러시다면요." 내가 말한다.

11

버지니아 커먼웰스는 도심에 있는 대학으로 리치먼드 시내의 대부분을 차지하고 있는 것 같다. 몹시 추운 1월 어느 날 오후 나는 웨스트 메인가에 있는 법의학과 연구실로 향한다. 카일 벤더슈미트는 지난 20년 동안 학과장을 맡아 그곳을 지배하고 있다. 그의 호화로운 연구실은 한 개 층의 구석 전체를 차지하고 있다. 나는 비서가 권하는 커피를 사양하지 않는다. 학생들이 오간다. 정확히 오후 3시가 되자 유명한 범죄학자께서 모습을 드러내더니 나를 웃음으로 반겨 준다.

벤더슈미트 박사는 70대 초반으로 호리호리하고 활력이 넘치며 젊은 시절 사교 클럽 회원이었던 때처럼 멋지게 차려입고 있다. 풀 먹인 카키색 바지부터 페니 로퍼, 버튼다운 셔츠까지. 전문가로서 여기저기서 부름을 받고 있지만, 그는 여전히 강의실을 사랑하고 매 학기 두 과목을 강의한다. 그는 법정을 싫어하고 증언대에 오르는 일을 최대한 피하려 한다. 우리가 퀸시 사건을 다시 법정에 올리게 된다고 해도 앞으로 아주 많은 시간이 필요하다는 걸 그와 나 모두 알고 있다. 대개 그가 사건을 살펴보고 자신이 알아낸 걸 보여 주고 의견을 낸 다음 다른 사건으로 넘어가는 식이고, 나머지 일은 변호사들이 알아서 하게 된다.

나는 그를 따라 작은 회의실에 들어간다. 테이블 위에 내가 3주 전에 그에게 보낸 자료가 쌓여 있다. 사건 현장 사진, 도표, 플래시를 찍은 사진, 검시 보고서, 그리고 1,200쪽에 육박하는 재판 기록까지.

나는 서류를 향해 손짓하며 묻는다. "어떻게 생각하십니까?"

그가 웃더니 고개를 흔든다. "자료를 전부 봤지만 밀러 씨가 어떻게 유죄를 선고받은 건지 모르겠더군요. 하지만 이런 경우가 드문 건 아니니까. 근데 플래시는 어떻게 된 겁니까?"

"경찰 증거물 보관 창고에 불이 났습니다. 찾을 수 없었습니다."

"알아요. 자료에서 읽었습니다. 하지만 제 말은 진짜로 무슨 일이 있었던 거죠?"

"아직 모릅니다. 화재 원인을 조사하지 않았어요. 아마 앞으로도 조사는 할 수 없을 겁니다."

"그럼 화재가 고의적이었고 누군가 플래시를 없애길 원했다고 칩시다. 그 물건 말고는 밀러 씨를 범인으로 몰 증거가 없습니다.

경찰이 그 증거물을 없애서 배심원들이 볼 수 없도록 함으로써 얻는 것이 뭐죠?"

흡사 반대 신문을 당하는 증인이 된 기분이다. "좋은 질문이군요." 나는 대답하면서 커피를 한 모금 마신다. "어차피 가정하에 얘기를 하던 중이었으니, 변호인 측 전문가가 증거물을 자세히 보는 걸 경찰이 원하지 않았다고 보면 어떨까요?"

"하지만 변호인 측에는 전문가가 없습니다." 그가 말한다.

"물론 그렇습니다. 국선 변호인밖에 없는 상태에서 제대로 변호를 받지 못하던 사건이었으니까요. 판사는 반대 신문에 나설 전문가를 구할 비용을 허락하지 않았습니다. 경찰도 그런 상황을 예측했지만 모험은 하지 않기로 한 것이겠죠. 그들은 사진만 분석하고 억측에 가까운 의견을 내 줄 노우드 같은 사람을 찾을 수 있으리라 생각한 겁니다."

"그랬을 수도 있죠."

"우리는 그냥 추측만 하고 있습니다, 벤더슈미트 박사님. 지금은 그게 우리가 할 수 있는 전부입니다. 그리고 어쩌면 플래시에 점처럼 묻은 혈흔은 다른 사람 것일 수도 있습니다."

"네." 그가 웃으며 말한다. 벌써 뭔가 알아낸 것 같다. 그는 5센티미터 크기의 플래시 렌즈를 찍어 확대한 컬러 사진을 한 장 집어 든다. "우린 이 사진을 각종 사진 화질 개선 장치로 검사했습니다. 저와 일부 동료가 같이 작업했죠. 이 자국이 인간의 혈액인지, 아니면 애초에 피가 맞는 건지조차 확인할 수 없었습니다."

"피가 아니면 대체 뭘까요?"

"그야 알 수 없죠. 제일 마음에 걸리는 점은 플래시가 범죄 현장에서 발견되지 않았다는 겁니다. 우리는 그 물건이 어디서 왔는지, 만일 렌즈에 묻은 자국이 피라면 어떻게 피가 묻게 됐는지 알지 못합니다. 묻어 있는 양이 너무 적어서 설사 검사를 한다고 해도 어떤 물질인지 알아낼 수 없을 겁니다."

"만일 후방 비산 혈흔이라고 한다면 산탄총이나 살인범 몸에도 묻지 않았을까요?"

"그럴 가능성이 크지만 정확히 알 수는 없죠. 산탄총이나 살인범이 입었던 옷을 찾아내지 못했으니까요. 하지만 범행에 쓰인 무기가 산탄총이라는 건 알 수 있습니다. 총알이 현장에 남았으니까요. 그렇게 좁은 공간에서 총을 두 발이나 맞으면 엄청난 양의 피가 납니다. 사진들이 그걸 증명하죠. 놀라운 것은 살인범이 현장을 벗어나면서 피 묻은 발자국을 전혀 남기지 않았다는 겁니다."

"발자국에 관한 기록은 전혀 없습니다."

"그렇다면 범인은 모습을 드러내지 않기 위해 엄청난 노력을 기울였다는 의미가 됩니다. 지문도 없으니까 아마도 장갑을 꼈겠죠. 신발이 남긴 흔적도 없으니 신발에 뭔가를 씌웠을 수도 있어요. 꽤 전문적인 킬러의 소행처럼 보이죠."

"갱단 조직원의 범행일 수도 있습니다."

"글쎄요, 그건 그쪽의 추측이고요. 저는 그런 추측은 안 합니다."

"플래시를 다른 손에 든 채 한 손으로 산탄총을 발사할 수 있습니까?" 나는 대답이 뻔한 질문을 한다.

"매우 어렵죠. 하지만 렌즈 직경이 5센티미터밖에 안 되는 작은 플래시라서요. 플래시를 한쪽 손에 들고 같은 손으로 산탄총의 앞부분을 붙잡아 흔들리지 않도록 할 수도 있겠죠. 그렇게 본다면 검사의 논리에 어느 정도 동의할 수도 있습니다. 하지만 저는 플래시가 애초에 현장에 있었는지가 매우 의심스럽습니다."

"노우드는 플래시의 얼룩이 후방 비산으로 묻은 혈흔이라고 증언했습니다."

"노우드가 또 틀린 거죠. 그 친구는 어디 좀 가둬 놔야 하는데."

"혹시 직접 맞서신 적도 있나요?"

"아, 그럼요. 두 번이나. 그 친구가 유죄로 만든 두 건을 제가 제대로 밝혀냈죠. 관련자들 둘은 여전히 교도소에 있지만. 노우드는 전성기 때 이 분야에서 유명 인사였어요. 그런 사람이 많았죠. 다행스럽게도 그는 일을 그만뒀지만 여전히 그자와 같은 사람들이 활개를 치고 다닙니다. 속이 뒤집힐 노릇이죠."

벤더슈미트는 경찰이나 수사관 심지어 아무나 돈만 내면 속성 훈련을 받고 졸업 증명서를 취득해 전문가를 자칭할 수 있도록 해 주는 일주일짜리 세미나들을 거칠게 비난해 왔다.

그가 말을 이어 간다. "노우드가 배심원들에게 이 얼룩이 루소의 몸에서 나온 핏자국이라고 말한 건 극도로 무책임한 짓입니다." 그는 불신과 역겨움이 가득한 얼굴로 고개를 절레절레한다. "그걸 증명할 과학적 방법은 전혀 없어요."

118

노우드는 배심원들에게 후방 비산은 공기 중에서 최대 120센티미터 이상 퍼질 수 없다고 말했다. 그러니까 총구가 희생자로부터 가까웠다는 뜻이다. 벤더슈미트는 그렇지 않다고 말한다. 피가 튀는 거리는 총격 상황마다 다르기 때문이란다. 즉, 노우드가 그토록 확신에 차서 주장한 사실이 완전히 틀렸다는 것이다. "이 사건에는 의견을 내기 어려울 정도로 지나치게 많은 변수가 개입돼 있습니다."

"그럼 박사님 의견은 뭐죠?"

"노우드가 배심원들에게 한 말에 과학적 기반이 전혀 없다, 심지어 플래시가 현장에 있던 물건인지조차 알 방법이 없다, 렌즈에 묻은 혈흔은 피가 아닐 수도 있다 등등 의견이야 많습니다, 포스트 씨. 전부 깔끔하게 정리해서 어떤 의문도 남지 않도록 해 드리겠습니다."

그는 시계를 보더니 전화 통화를 해야 한다며 자리를 비워도 괜찮겠느냐고 묻는다. 물론 나는 상관없다. 그가 전화를 하러 간 사이 나는 노트를 꺼내 답을 찾지 못한 질문을 몇 개 적어 본다. 그도 답을 안다는 보장은 없지만 그럼에도 그의 의견을 들어 보고 싶다. 그러려고 큰돈을 쏟아부은 거니까. 15분 뒤 그가 커피를 한 잔 들고 돌아온다.

"그럼 뭐가 마음에 걸리십니까?" 내가 묻는다. "과학은 잊어버리고 그냥 추측으로 얘기해 보시죠."

"그 또한 과학적인 것만큼이나 흥미롭죠." 그는 씩 웃으며 말한다. "첫 번째 질문. 만일 경찰이 밀러의 차에 플래시를 가져다 둔 거라면 왜 산탄총을 숨겨 두지 않았을까요?"

나 역시 백번도 넘게 자문해 온 것이다. "어쩌면 총이 밀러의 소유임을 증명해야 하는 부분이 걱정스러웠을 수도 있죠. 분명히 등록이 안 된 총기일 테고요. 아니면 산탄총은 플래시와 다르게 트렁크에 몰래 넣기 힘들었을 수도 있습니다. 플래시는 훨씬 작고 넣어 두기 쉬우니까요. 보안관이었던 피츠너는 자동차 트렁크를 수색하다가 플래시를 발견했다고 증언했습니다. 현장에는 다른 경찰들도 있었고요."

그가 주의 깊게 듣더니 고개를 끄덕인다. "설득력이 있군요."

"주머니에서 플래시를 꺼내 트렁크에 던져 넣는 일 정도는 식은 죽 먹기였을 겁니다. 그렇지만 산탄총은 그러기 어렵죠."

그는 계속 고개를 끄덕인다. "저도 같은 생각입니다. 다음 질문. 밀고자에 따르면 밀러는 사건 다음 날 멕시코만까지 차를 몰고 가서 산탄총을 바다에 던져 버렸다고 했습니다. 그럼 왜 플래시도 같이 안 버렸을까요? 두 물건 모두 현장에 있었는데 말이죠. 둘 다 혈액이 묻었고. 둘 다 바다에 버리지 않은 건 말이 안 돼요."

내가 대답한다. "저도 알 수 없는 일이고, 경찰이 밀고자에게 훈련을 시킨 줄거리에서 가장 큰 구멍이라고 봅니다."

"그리고 왜 물이 얕고 밀물, 썰물이 있는 바다에 던졌을까요?"

"그것도 말이 안 됩니다." 내가 말한다.

"그렇죠. 다음 질문. 왜 산탄총을 썼을까요? 산탄총은 소리가 너무 큽니다. 총성을 들은 사람이 없다는 건 킬러가 운이 좋았다는 겁니다."

"글쎄요, 캐리 홀랜드 말로는 무슨 소리를 들었다고 하던데요. 다만 그녀는 신뢰할 수 없습니다. 그들이 산탄총을 사용한 이유는 밀러 같은 사람이라면 아마 산탄총을 쓰지 않았을까 생각했기 때문일 겁니다. 프로라면 소음기가 달린 권총을 사용했겠지만, 그들이 함정에 넣으려는 사람은 프로가 아니니까요. 그들은 밀러를 원했습니다."

"같은 생각입니다. 밀러가 과거에 사냥을 했던 적이 있나요?"

"전혀 없습니다. 평생 사냥을 해 본 적이 없다고 합니다."

"총을 소유한 적은요?"

"그의 말로는 안전을 위해 집에 권총 두 자루를 두고 살았다고 했습니다. 그의 아내는 그가 산탄총을 갖고 있었다고 증언했지만, 그녀 역시 신뢰할 수 없습니다."

"아주 솜씨가 좋으시군요, 포스트 씨."

"감사합니다. 저도 나름 이쪽 분야에서 경험을 쌓았죠. 박사님도 훌륭하십니다. 이제 박사님도 사건을 파악하셨으니 경험에서 우러나오는 추측을 좀 들어 보고 싶습니다. 과학은 옆으로 치워 두고 이 살인 사건이 어떻게 된 일인지 말씀을 좀 해 주시죠."

그는 자리에서 일어나 창가로 걸어가더니 한참 동안 밖을 응시한다. "이 사건의 배후에는 머리 좋은 누군가 있습니다, 포스트 씨. 당신은 기적 없이 이 범죄를 해결할 수 없을 겁니다. 다이애나 루소는 밀러와 그녀의 남편 사이의 갈등을 매우 그럴듯하게 표현했습니다. 저는 그녀가 과장했다고 의심하지만 배심원들은 그녀를 믿었습니다. 그녀는 백인 동네에서 흑인을 범인으로 지목했습니다. 그럴싸한 동기도 있는 사람이었죠. 그들, 그러니까 음모를 꾸민 자들은 범죄 현장에 관해 아주 잘 알고, 플래시를 이용해 밀러를 범인으로 엮었습니다. 진범은 추적 가능한 단서를 전혀 남기지 않았습니다. 아주 놀라운 일이고 범인이 얼마나 철저하게 계획했는지 보여 주는 부분이죠. 만일 범인이 실수를 했다면 경찰은 못 본 척하거나 오히려 덮어 버렸을 겁니다. 22년이 지났으니 말 그대로 오리무중인 사건이 됐고 해결이 불가능해 보입니다. 범인을 찾지 못할 겁니다, 포스트 씨. 하지만 의뢰인이 무고하다는 걸 밝혀내는 데는 성공할 수도 있습니다."

"혹시 밀러가 유죄일 수도 있을까요?"

"그 말은 확신이 없다는 건가요?"

"늘 그렇습니다. 의심 때문에 밤잠을 설칩니다."

그는 다시 의자로 돌아와 앉더니 커피를 한 모금 마신다. "그럴 가능성은 낮아 보입니다. 동기가 약해요. 물론 전에 자신의 사건을 맡았던 변호사에게 증오심을 품을 수는 있습니다. 하지만 그의 머리를 날리는 건 사형장으로 직행하겠다는 거나 다름없잖아요. 밀러는 알리바이가 있습니다. 그와 범죄 현장을 연결해 줄 증거는 전혀 없어요. 경험에서 내릴 수 있는 최고의 추측은 그가 범인이 아니라는 겁니다."

"다행스러운 말씀이네요." 내가 웃으며 대꾸한다. 그는 동정심이 많은 척하는 사람이 아니고, 증언도 변호인 측보다 검사 측에서 더 많이 했다. 그는 곧이곧대로 말하고 의견이 다를 때는 동료라고 해도 다른 전문가를 비난하기를 두려워하지 않는다. 몇 분 동안 다른 유명한 혈흔 관련 사건에 관해 이야기하다 보니 금세 가야 할 시간이다.

"감사합니다, 박사님." 내가 소지품을 챙기며 말한다. "박사님이 귀한 시간 내 주신 거 잘 압니다."

"그만한 돈을 내시니까요." 그가 웃으며 말한다. 옳은 말씀이다. 자그마치 3만 달러다.

내가 문을 여는 순간 그가 말한다. "마지막으로 한 말씀드리죠, 포스트 씨. 이건 내 전문 영역과 동떨어진 이야기이긴 합니다만, 그쪽 동네 상황이 안 좋을 수도 있어요. 제가 참견할 일은 아니나 몸 조심하세요."

"감사합니다."

12

나는 일정을 적은 작은 수첩을 확인하고 다음 교도소로 향한다. 툴리 런이라는 별칭으로 불리는 교도소인데, 버지니아주 서부에 있는 블루리지산맥 기슭에 숨어 있다. 이번이 두 번째 방문이다. 인터넷 덕분에 요즘은 성범죄자가 넘쳐 난다. 성범죄자들은 여러 가지 이유로 평범한 재소자들과 잘 어울리지 못한다. 대부분의 주들은 성범죄자들을 별도 시설에 분리해 수용하며, 버지니아주는 주로 툴리 런으로 보낸다.

내가 만날 사람은 제럴드 쿡이라는 마흔세 살의 백인 남성이다. 그는 두 의붓딸을 성폭행한 죄로 20년 형을 선고받고 복역 중이다.

그렇지 않아도 선택할 의뢰인이 많기에 나는 성범죄자는 되도록 피하려고 한다. 하지만 이런 일을 하다 보니 일부 성범죄자들도 실제로는 결백하다는 걸 알게 되었다.

쿡은 망나니와 다름없는 젊은 시절을 보냈다. 툭하면 싸움을 벌이고 여자를 밝히는 술고래이자 남부 촌놈이었다. 9년 전 그는 한 여자와 결혼을 했고, 이것은 결과적으로 아주 잘못된 선택이 되고 말았다. 그들은 몇 년 동안 만나고 헤어지기를 반복하며 바람 잘 날 없는 삶을 살았다. 둘 다 한 직장에 진득하게 붙어 있지 못했다. 늘 돈이 문제였다. 여자 쪽에서 이혼 청구 소송을 걸고 일주일 뒤 제럴드는 10만 달러짜리 버지니아주 복권에 당첨되었고 이 사실을 숨기려고 했다. 그러나 여자가 복권 당첨 소식을 바로 알게 되었고 그녀의 이혼 변호사들은 흥분해서 달려들었다. 제럴드는 자신의 소중한 전리품과 함께 그 지역을 떴지만 이혼 소송은 지루하게 이어지고 있었다. 그의 관심을 받아 내고 돈을 조금이라도 더 뜯어내기 위해 그의 아내는 당시 열네 살, 열한 살이었던 두 딸과 공모해 그를 성폭력으로 고소했다. 전에는 한 번도 언급되지 않았던 혐의였다. 두 딸은 반복적 강간과 성추행을 상세하게 묘사한 서면 진술서에 서명했다. 제럴드는 체포 후 구금되었고 어마어마한 보석금이 산정되었다. 그는 줄곧 결백을 주장해 왔다.

버지니아주에서는 그런 식의 혐의에 대해 변호하는 일이 쉽지 않다. 증언대에 선 두 딸은 양아버지가 저지른 끔찍한 행위에 관해 고통스럽게 증언했다. 제럴드는 본인이 직접 증언대에 올라 반격을 시도했지만 성미가 급한 그는 증인으로 적합하지 않았다. 그리하여 그는 20년 형을 받았다. 그가 교도소에 수감될 무렵 복권 당첨금은 모조리 사라진 지 오래였다.

의붓딸 둘 다 고등학교를 마치지 못했다. 첫째는 놀라우리만치 문란하게 살다가 스물한 살의 나이로 두 번째 결혼 생활을 하고 있다. 둘째는 아이가 하나 있고 패스트푸드점에서 최저 임금을 받으며 일한다. 두 사람의 어머니, 즉 그의 전처는 린치버그 외곽에서 미용실을 운영 중인데 입이 매우 가볍다. 그곳의 우리 조사원은 두 명의 미용실 고객이 작성한 진술서를 가지고 있다. 그들은 그녀가 가짜 혐의로 제럴드를 함정에 빠뜨린 이야기를 신이 나서 떠들어 댔다고 묘사했다. 우리는 또 그녀의 전 남자 친구로부터도 비슷한 내용의 진술서를 확보했다. 그는 그녀가 너무 무서워서 헤어졌다고 말했다.

쿡은 2년 전에 교도소에서 편지를 보내며 우리의 관심을 끌기 시작했다. 우리는 일주일에 스무 통 정도의 편지를 받는데, 계속 쌓이고 밀려서 이젠 도저히 처리할 도리가 없다. 비키와 메이지, 그리고 내가 최대한 많은 시간을 들여 편지를 읽고 우리가 도울 수 없는 쓸데없는 편지를 솎아 내고 있기는 하다. 거의 모든 편지가 유죄임이 확실한 재소자들이 보내온 것들로, 시간이 남아도는 그들은 스스로 결백하다는 주장을 펴면서 장문의 편지를 보낸다. 나는 여행할 때 편지를 들고 가 자기 전에 읽는다. 수호자 재단에서 정해 둔 규칙에 따르면 모든 편지에 답장을 해야 한다.

쿡의 이야기는 설득력이 있어 보여 내가 답장을 썼다. 그와 나는 편지를 몇 통 주고받았고, 그는 재판 기록과 자료를 보내왔다. 우리는 사전 조사를 했고 그가 진실을 말하고 있을지도 모른다고 판단했다. 1년 전에 그를 방문했는데 보자마자 그가 싫어졌다. 그는 편지를 주고받으며 내가 판단한 그대로의 사람이었다. 복수하겠다는 생각에 사로잡혀 있었던 것이다. 그는 교도소를 나가서 전처와 의붓딸들의 신체에 해를 입히거나 그들에게 마약 혐의를 뒤집어씌워 그들이 감옥에 가는 꼴을 보는 걸 목표로 삼고 하루하루를 보냈다. 그는 감옥에 갇힌 그들을 찾아가는 날만을 꿈꾸었다. 나는 의뢰인들이 자유의 몸이 되었을 때 우리가 기대하는 점, 그리고 우리는 누구든 보복을 계획하는 사람과는 일하지 않는다는 점을 설명하며 그를 진정시켰다.

내가 교도소로 만나러 갔던 재소자 대부분은 차분하고, 얼굴을 맞대고 이야기하게 되었다는 사실에 고마워한다. 하지만 쿡은 호전적이다. 그는 플라스틱 유리 너머에서 나를 향해 빈정거리며 수화기를 잡고 말한다. "뭐가 그렇게 오래 걸리는 거요, 포스트? 당신은 내가 죄가 없는 걸 알잖아. 얼른 날 여기서 꺼내 줘요."

내가 웃으며 말한다. "만나서 반가워요, 제럴드. 어떻게 지냈어요?"

"뻔한 인사 따위는 집어치워요, 포스트. 내가 변태 녀석들에 둘러싸여 지내는 동안 당신들이 밖에서 뭘 하는지 알아야겠어요. 무려 7년이나 이 호모 자식들하고 싸워 왔어요. 이젠 지쳤어요. 도저히 못 견디겠어요."

나는 차분하게 대꾸한다. "제럴드, 일단 오늘 해야 할 얘기부터

할게요. 그리고 말도 꺼내기 전에 나한테 소리부터 지르는 게 영 마음에 안 드네요. 당신이 나에게 돈을 내는 것도 아니잖아요. 나는 자원봉사자입니다. 계속 이렇게 불쾌하게 굴 거면 이만 돌아가는 게 낫겠어요."

그가 고개를 숙이더니 울음을 터뜨린다. 나는 그가 흥분을 가라 앉힐 때까지 차분하게 기다린다. 그는 양쪽 뺨을 소매로 닦고는 내 시선을 피한다.

"나는 너무 억울해요, 포스트." 그가 갈라지는 목소리로 말한다.

"당신을 믿어요. 안 그랬으면 여기 오지도 않았겠죠."

"그년이 딸들을 내세워 거짓말을 했고 셋 다 그 일을 웃음거리로 삼고 있어요."

"그 말도 믿어요, 제럴드. 진짜로 믿지만 어쨌든 당신을 빼내기까지는 오랜 시간이 걸릴 겁니다. 일을 빠르게 진행할 방법은 없어요. 전에도 말했죠. 무고한 사람에게 죄를 씌우는 건 식은 죽 먹기이지만 무죄를 밝혀내는 일은 불가능에 가깝다고요."

"이게 말이 됩니까, 포스트?"

"알아요. 압니다. 근데 문제는 이겁니다, 제럴드. 당신이 내일 당장 석방된다고 했을 때 당신이 진짜 바보짓을 할까 봐 걱정돼요. 내가 여러 번 경고했잖아요. 복수할 생각일랑 품지 말라고. 혹시 여전히 그럴 생각이라면 난 이 사건에서 손 뗄 겁니다."

"그년을 죽이는 일은 없을 겁니다, 포스트. 약속해요. 이런 데 다시 들어올 정도의 바보짓은 절대 안 할 겁니다."

"하지만?"

"하지만, 뭐요?"

"하지만 무슨 짓을 할 수도 있죠, 제럴드?"

"뭔가 생각은 할 겁니다. 그년이 내게 한 짓이 있으니 대가는 치러야죠, 포스트. 그냥은 못 넘어가요."

"그냥 둬야 해요, 제럴드. 멀리 떠나서 그녀를 잊어야만 합니다."

"그럴 수 없어요, 포스트. 도저히 그년의 거짓말을 잊을 수가 없다고요. 그리고 그년의 두 딸년도. 내 뼛속 마디마디가 그것들을 증오하고 있어요. 아무 죄 없는 나는 여기 앉아 있고, 그것들은 날 비웃으며 살고. 대체 정의는 어디로 간 거죠?"

나는 신중을 기하느라 아직 그와 계약을 맺지 않았다. 수호자 재단이 근 2만 달러를 지출하고 2년이나 조사를 했지만 아직은 정식으로 개입한 상황이 아니었다. 쿡은 시작부터 우리의 걱정을 자아냈고 나는 언제든 손을 뗄 준비를 해 두고 있었다.

"여전히 복수를 원하는 거죠, 제럴드?"

그의 입술이 떨리더니 눈에 다시 눈물이 차오른다. 그가 나를 노려보더니 고개를 끄덕인다.

"제럴드, 미안하지만 거절해야겠네요. 당신의 변호를 맡을 수 없어요."

그가 갑자기 분노를 쏟아 낸다. "그럴 순 없어, 포스트!" 그가 비명을 지르듯 소리치더니 수화기를 내던지고 플라스틱 칸막이를 향해 돌진한다. "안 돼! 안 돼! 그럴 수는 없다고! 여기서 확 죽어 버릴 거야!" 그가 칸막이를 마구 두드리기 시작한다.

나는 깜짝 놀라 뒤로 물러선다.

"날 도와줘야 해, 포스트! 내가 죄가 없다는 걸 알잖아! 이대로 여기서 떠나 버리고 날 죽게 두면 안 된다고! 난 억울해! 난 결백하고 당신은 내가 죄가 없다는 걸 빤히 다 알잖아!"

내 뒤쪽 문이 벌컥 열리더니 교도관이 들어온다. "앉아." 그는 반 내 편에서 수먹으로 칸막이를 두드리는 제럴드를 향해 말한다. 교도관이 소리를 지르는 사이 제럴드 뒤편의 문이 열리더니 다른 교도관이 나타난다. 그는 제럴드의 목덜미를 붙잡아 칸막이에서 떼어낸다. 내가 문으로 살그머니 나오는 동안 제럴드가 소리친다. "난 억울해, 포스트! 난 죄가 없다고."

차를 타고 툴리 런에서 멀어지는 동안에도 그의 목소리가 귀에 들리는 것 같다.

4시간 뒤 나는 롤리에 있는 노스캐롤라이나 여성 교도소(NCCIW) 내로 들어선다. 주차장은 언제나 그렇듯 자리가 없고, 나는 이 나라의 교정 시설에 투입되는 예산이 적다며 투덜거린다. 교도소는 엄청난 규모의 비즈니스라고 할 수 있다. 일부 주에서는 그야말로 커다란 이익 창출원 역할을 한다. 확실한 건 교도소는 거대 고용주라는 점이다. 교도소를 유치할 수 있을 정도로 운이 좋은 지역에서는 그 어떤 사업장보다 많은 일자리를 제공한다. 미국에서는 200만 명이 넘는 사람이 교도소에 갇혀 있다. 이를 운영하려면 1백만 명의 직원과 800억 달러의 세금이 필요하다.

노스캐롤라이나 여성 교도소는 다른 여성 교도소들처럼 문을 닫아야 한다. 여성 범죄자는 극소수이기 때문이다. 그들의 실수는 하나다. 나쁜 남자 친구를 선택했다는 것이다.

노스캐롤라이나주는 여성 사형수를 노스캐롤라이나 여성 교도소로 보낸다. 현재 수감된 사형수는 총 일곱 명이다. 그중에 우리의 의뢰인인 샤스타 브릴리도 있다. 그녀는 이 감옥에서 32킬로미터가량 떨어진 곳에서 자신의 세 아이를 살해한 혐의로 유죄 판결을 받았다.

그녀 역시 아무 기회도 없이 성장한 슬픈 역사를 가지고 있다. 그녀는 마약 중독자 어머니에게서 태어나 위탁 가정과 보육원을 거쳐 친척 집에서 컸다. 그녀는 학교에서 쫓겨났고, 아이를 가지게 되었고, 친척 집에 얹혀살면서 여기저기서 최저 임금을 받으며 일했고, 아이를 한 명 더 가지게 된 다음 마약 중독에 빠졌다. 세 번째 아이가 태어나자 그녀는 휴식기를 가지고 노숙자 보호소에서 제공하는 숙소에서 생활했다. 그곳 사람들은 그녀가 마약에서 벗어날 수 있도록 도움을 주었다. 교회에서 나온 사람이 그녀에게 일자리를 마련해 주며 양부모처럼 그녀와 아이들을 거두어 주었고, 이후 그녀는 작은 임대 주택으로 이사를 했다. 매일 전쟁하듯 살았음에도 그녀는 개인 수표가 부도가 나는 바람에 체포되었다. 그녀는 돈을 벌기 위해 몸을 팔았고 그러면서 다시 마약 거래에도 손을 댔다.

그녀의 삶은 악몽 그 자체였다. 그래서인지 유죄 판결도 쉽게 내려졌다.

8년 전 한밤중에 그녀가 살던 임대 주택에 불이 났다. 그녀는 창문으로 빠져나와서 여기저기 찢어지고 불에 덴 몸으로 집 밖을 뛰어다니며 비명을 질렀고 이웃들이 그녀를 도우러 뛰어나왔다. 그녀의 세 딸은 화재로 사망했다. 동네 주민들은 비극을 겪은 그녀를 챙겨 주었다. 비극적인 장례식은 지역 뉴스를 장식했다. 그런데 주 정부에서 나온 방화 조사관이 동네에 등장했고, 그가 '방화'라는 말을 입에 담는 순간 샤스타를 향한 동정은 깡그리 사라지고 말았다.

재판에서 주 정부는 그녀가 화재 발생 몇 달 전부터 부지런히 보험을 들었다는 사실을 밝혀냈다. 아이 한 명당 1만 달러의 생명 보험과 임대 주택의 집기에 1만 달러의 보험이 계약되어 있었다. 한 친척은 샤스타가 그녀에게 한 명당 1천 달러에 아이들을 팔아넘기려고 했다는 증언을 했다. 방화 전문가의 의견은 명확했다. 샤스타는 짐이 많았다. 전과자에다 아빠가 다른 세 아이가 있었고, 마약 거래와 매춘 경력도 있었다. 현장에서 그녀의 이웃들은 경찰에게 그녀가 불타는 임대 주택으로 들어가려고 했지만 불길이 너무 거셌다고 말했다. 그녀는 피투성이였고, 양손에 화상을 입었고, 정신을 놓고 미쳐 날뛰었다. 하지만 방화 가능성에 관한 소문이 돌자 대다수의 이웃들이 등을 돌렸다. 이웃 가운데 세 사람은 재판에서 배심원들에게 그녀가 불길이 치솟는데도 별 신경을 쓰지 않았다고 증언했다. 한 사람은 그녀가 약에 취한 것 같았다는 추측성 발언도 했다.

7년이 지난 뒤 그녀는 독방에 갇혀 아무하고도 접촉하지 않은 채 살고 있다. 여성 교도소에서는 몸이 현금을 대신하지만, 지금까지 교도관들은 그녀를 혼자 내버려 두고 있다. 그녀는 몸이 성치 않다. 그럼에도 잘 먹지 않고, 여러 시간 동안 성경과 오래된 책만 읽는다. 그녀의 목소리는 아주 조용조용하지만 우리는 철망을 사이에 두고 이야기를 나누기 때문에 수화기가 따로 필요 없다. 그녀는 찾아와 주어 고맙다면서 메이지의 안부를 묻는다.

아이가 넷이나 있는 메이지는 서배너를 떠나는 일이 드물지만, 이곳은 두 번이나 방문해 샤스타와 친분을 쌓았다. 그들은 매주 편지를 주고받고 한 달에 한 번 전화로 이야기를 나눈다. 이제 메이지는 방화에 관해서라면 그 어떤 전문가보다 더 많은 걸 알고 있다.

"어제 메이지로부터 편지를 받았어요." 그녀가 웃으며 말한다. "아이들이 잘 지내고 있나 봐요."

"네. 메이지의 아이들은 아주 잘 지내요."

"제 아이들이 그리워요, 포스트 씨. 다른 무엇보다 그게 제일 괴로워요. 우리 아이들이 그립다는 거."

오늘은 시간이 중요하지 않다. 이곳에서는 변호사라면 얼마든지 원하는 만큼 면회를 해도 된다. 그리고 샤스타는 감방으로부터의 외출을 즐기고 있다. 우리는 그녀의 사건, 메이지의 아이들, 날씨, 성경, 소설 등 그녀가 흥미를 느끼는 모든 것에 관해 이야기를 나눈다. 1시간이 흐른 뒤 내가 묻는다. "보고서 읽어 봤어요?"

"한 글자씩, 두 번 읽었어요. 머스크로브 박사님이 솜씨가 아주 좋으신 것 같던데요."

"그러길 바라야죠." 머스크로브는 우리 쪽 방화 전문가로 주 정부가 조사한 내용을 철저히 깨뜨린 천재 과학자다. 그는 화재가 고의가 아니었다는 확고한 의견을 가지고 있다. 다른 말로 하면 방화 범죄가 아예 없었다는 뜻이다. 하지만 보고서 내용에 공감하는 판사 손에 보고서가 넘어가도록 하는 일은 어려울 것이다. 최고의 시나리오는 주지사로부터 최후의 순간에 사면을 받는 것이나 그 역시 쉽지는 않을 듯싶다.

나는 이야기를 나누는 동안 이 사건은 질 수도 있다는 생각을 다시 주입해 둔다. 현재 여섯 명인 우리 의뢰인들 가운데 샤스타 브릴리의 생존 확률이 가장 낮다.

나는 머스크로브의 보고서에 관해 이야기하려고 애써 보지만, 과학적인 내용은 심지어 내게도 가끔은 지나치게 압도적으로 다가온다. 그녀는 슬그머니 최근 읽은 로맨스 소설로 주제를 옮겨 간다. 나는 기쁜 마음으로 장단을 맞추어 준다. 교도소에 갇힌 재소자들이 얼마나 문학적으로 변하는지 가끔 놀라곤 한다.

교도관이 다가와 내게 너무 늦었다고 알려 준다. 3시간이나 수다를 떨었다. 우리는 철망에 손을 얹고 작별 인사를 한다. 늘 그렇듯 그녀는 내게 시간을 내 주어 고맙다고 말한다.

13

루소 살인 사건 당시 시브룩의 경찰서장은 브루노 맥낫으로, 우리 조사에 따르면 수사에는 별로 관여하지 못한 것으로 보인다. 플로리다주에서 각 카운티의 보안관은 가장 중요한 사법 관리이며, 카운티 내에서 특정 대도시의 경찰 업무를 제외하면 어떤 범죄에 관해서든 관할권을 행사할 수 있다. 루소의 경우 시브룩이라는 도시 경계 안에서 살해당했음에도 오랫동안 카운티 보안관으로 일해 온 브래들리 피츠너가 경찰서장인 맥낫을 밀어내 버렸다.

맥낫은 1984년부터 1990년까지 시브룩의 경찰서장으로 있다가 게인즈빌 경찰서로 옮겼다. 그곳에서 경력이 엉망이 되어 버린 그는 부동산업자로 전업했다. 비키는 윈터 헤이븐 근처의 선셋 빌리지라는 저렴한 실버타운에서 그를 찾아냈다. 그는 올해 예순여섯이고, 사회 보장 연금과 주 정부에서 주는 연금 두 가지를 받고 있다. 그는 기혼 상태이고, 성인이 된 세 자녀들은 플로리다주 남부에 흩어져 산다. 맥낫에 관한 우리의 자료는 두껍지 않다. 그가 사건 수사에 관여한 부분이 적기 때문이다. 재판에서 증언도 하지 않았고 그의 이름은 거론되지 않다시피 했다.

나는 맥낫에게 접촉하는 것으로 시브룩에 본격적인 첫발을 내딛었다. 그는 시브룩 출신이 아니었고 겨우 몇 년만 그곳에서 살았다. 내 생각에 시브룩에 그가 연락하는 사람은 없을 것 같았고, 살인 사건에도 큰 관심이 없을 것 같았다. 도착 전날에 그에게 전화를 했는데, 그는 이야기를 나눌 의지가 있어 보였다.

선셋 빌리지는 말끔한 이동 주택들이 둥그렇게 모여 있고 한가운데에 커뮤니티 센터가 있는 구조다. 주택마다 콘크리트 진입로 옆에 나무 한 그루가 그늘을 드리우고 있고, 집 앞에 세워 둔 차량은 최소 10년은 되어 보인다. 거주자들은 어떻게든 좁은 실내에서 벗어나고 싶은지 대개 포치에 나와서 모여 앉아 있다. 많은 이동 주택에 휠체어용 경사로가 설치되어 있다. 가장 바깥쪽 원을 이루는 이동 주택 주위를 지나는 나를 주민들이 조심스럽게 바라본다. 노인들 몇 명이 친절하게 손을 흔들어 보이지만 대부분은 침입자라도 쳐다보는 양으로 조지아주 번호판이 달린 내 포드 SUV를 노려본다. 나는 커뮤니티 센터 근처에 차를 세우고 커다란 지붕 구조물 아래서 느린 동작으로 셔플보드 게임을 하는 남자 노인들을 잠시 바라본다. 다른 사람들은 체커, 체스, 도미노 게임을 하고 있다.

예순여섯 살의 맥낫은 이곳에서 확실히 젊은 축에 든다. 나는 그가 파란색 브레이브스 야구 모자를 쓰고 걸어오는 모습을 발견한다. 우리는 포스터와 게시물이 10여 장 붙어 있는 벽 근처의 피크닉 테이블에 앉는다. 그는 살이 좀 쪘지만 괜찮은 몸매를 유지하고 있다. 적어도 산소 호흡기를 끌고 다니지는 않는다.

그는 왠지 방어하듯 말한다. "난 여기가 좋아요. 좋은 사람도 많고 서로 챙겨 주죠. 다들 가진 것 없는 이들이라 겉치레도 필요 없고요. 여기 사람들은 되도록 활동적으로 지내려고 해요. 할 수 있는 것도 많고."

나는 괜찮은 곳 같다는 둥 인사치레로 장단을 맞춘다. 그는 속으로는 날 의심할지 모르지만 겉으로는 딱히 그렇게 보이진 않는다. 그저 이야기가 하고 싶고 손님이 온 것이 자랑스러운 모양이다. 우리는 몇 분에 걸쳐 그의 경찰 경력에 관해 이야기를 나눈 뒤에 마침내 본론으로 들어간다.

"그래서 왜 퀸시 밀러에 관심을 두고 있죠?"

"그는 제 의뢰인이고 저는 그를 감옥에서 빼내려고 합니다."

"감옥에 간 지 오래되지 않았나요?"

"22년이요. 그 사람을 원래 아셨습니까?"

"아뇨. 살인 사건이 나고서야 알았죠."

"범죄 현장에는 가 보셨나요?"

"물론 가 봤죠. 피츠너가 번개처럼 출동해 이미 와 있었는데, 나더러 루소 부인을 집에 데려다주라고 하더군요. 아시겠지만 부인이 시체를 발견하고 911에 신고했어요. 불쌍한 부인은 상태가 말이 아니었어요. 그녀를 차에 태워서 집에 데려갔고, 친구들이 올 때까지 같이 있어 줬어요. 그런 다음 다시 현장으로 돌아왔습니다. 늘 그렇듯 피츠너가 대장 노릇을 하면서 명령을 내리고 있었어요. 내가 주 경찰에 연락해야 할 것 같다고 말했어요. 그래야 마땅했으니까. 하지만 피츠너는 나중에 부르겠다고 했어요."

"부르긴 했나요?"

"다음 날에. 시간이 필요했던 거죠. 그는 다른 사람이 사건을 맡는 걸 원치 않았어요."

"피츠너와의 관계는 어떠셨나요?" 내가 묻는다.

그는 웃고 있지만 기분이 좋아 보이지 않는다. "솔직하게 말씀드리죠." 그는 마치 지금까지는 솔직하지 않았다는 듯 말한다. "난 피츠너 때문에 잘렸어요. 그러니 나야 그 사람이 싫죠. 내가 시브룩의 경찰서장으로 채용됐을 때 그는 이미 20년째 카운티 보안관으로 일하고 있었습니다. 그는 나나 내 밑에서 일하는 경찰들을 단 한순간도 존중한 적이 없어요. 그는 카운티 전체의 경찰 사무를 틀어쥐고 경찰 배지를 단 그 누구든 자신의 영역을 침범하는 꼴을 두고 보지 않았습니다. 늘 그런 식이었어요."

"그가 왜 당신을 잘리게 했나요?"

맥낫은 헛기침을 하고는 셔플보드 게임을 하는 노인들을 바라본다. 그러더니 한참 만에 어깨를 으쓱하고는 말한다. "그걸 알려면 시골 소도시의 정치부터 이해해야 돼요. 내 밑에서 10여 명의 경찰이 일했지만 피츠너의 인력은 그 두 배였습니다. 그는 예산도 넉넉했고 원하는 건 뭐든 차지했어요. 나는 남는 걸로 버텨야 했고. 우린 사이가 좋으려야 좋을 수가 없었어요. 애초에 그 사람부터 날 위협적으로 인식했으니까. 그가 부하 직원이었던 보안관보를 한 명 해고했는데, 내가 그 친구를 시 경찰로 다시 채용했더니 피츠너가 불같이 화를 냈어요. 모든 정치인들의 두려움의 대상이었던 그가 몇 군데 선을 대자마자 난 바로 잘렸어요. 그러고는 순식간에 시브룩을 떠나야 했죠. 혹시 시브룩에 가 보셨어요?"

"아직이요."

"별로 알아낼 게 없을 겁니다. 피츠너는 오래전에 사라졌고 그 친구가 남긴 흔적은 전부 덮였을 겁니다."

내가 덥석 물기를 바라고 던지는 의도적인 말이었지만 나는 못 들은 척한다. 처음 만나는 날이니 너무 열성적인 것처럼 보이고 싶지는 않다. 일단 신뢰부터 쌓아야 하고 그러려면 시간이 걸린다. 이제 피츠너 보안관 얘기는 그만해야겠다. 나중에 이 주제로 다시 돌아올 것이다.

"키스 루소를 알고 있었나요?" 내가 묻는다.

"그럼요. 변호사들은 전부 알고 지냈죠. 작은 도시니까."

"어떤 사람이었습니까?"

"똑똑한데 건방지고 썩 마음에 드는 친구는 아니었어요. 재판을 하면서 내 부하 직원들을 괴롭힌 적이 있어서 내가 좀 싫어했죠. 뭐, 그 친구는 그냥 자기 일을 했던 거겠죠. 그는 거물 변호사가 되고 싶어 했고 바라는 대로 돼 가고 있었을 겁니다. 어느 날 갑자기 매끈한 검정색 새 재규어를 타고 있더라고요. 거기서 그런 고급 차는 그 차 한 대뿐이었을 겁니다. 소문으로는 새러소타에서 큰 건을 해결하고 거금을 만졌다고 합디다. 아무튼 겉치레를 좋아하는 친구였어요."

"부인인 다이애나는요?"

그는 괴롭다는 듯 고개를 흔든다. "불쌍한 여인이에요. 아무리 생각해도 그 여자는 참 안됐어요. 그런 식으로 남편의 시체를 발견했으니 얼마나 괴로웠을지 상상이 갑니까? 완전히 망가졌다니까."

"저로선 상상조차 할 수 없죠. 변호사로서는 어땠나요?"

"존경받는 변호사였을 겁니다. 일로는 한 번도 만나 본 적 없지만. 아무튼 눈이 번쩍 뜨일 정도로 미인이었습니다."

"재판은 가 보셨나요?"

"아뇨. 재판은 인근 버틀러 카운티에서 열렸는데, 난 거기까지 가서 재판을 지켜볼 정도의 시간적 여유가 없었어요."

"당시에 퀸시 밀러가 살인자라고 생각하셨습니까?"

그가 어깨를 으쓱하며 말한다. "당연하죠. 그렇지 않다고 의심할 이유가 없었어요. 내 기억으로는 유력한 살인 동기가 있었어요. 루소한테 악감정을 품고 있었으니까. 그 친구가 현장에서 달아나는 걸 목격한 증인이 있었던 거로 기억하는데?"

"네. 하지만 증인이었던 여성은 확실하게 그를 지목하진 않았습니다."

"또, 경찰이 밀러의 차에서 살인에 사용한 무기를 찾아내지 않았던가요?"

"그건 아니었습니다. 그들이 찾아낸 건 핏자국이 튄 플래시였습니다."

"DNA 검사 결과는 확인된 거죠?"

"아뇨. 1988년에는 DNA 검사가 없었습니다. 게다가 플래시가 분실됐습니다."

그가 내 말을 듣고 나서 잠시 생각에 잠긴다. 중요한 세부 내용을 기억하지 못하는 것이 분명하다. 그는 살인 사건이 발생하고 2년 뒤에 시브룩을 떠났고 그곳을 잊고자 노력했다. 그가 말한다. "난 늘 그 사건이 단순 명쾌한 내용이었던 걸로 기억하고 있었습니다. 당신은 다르게 생각하는 모양이군요."

"그렇습니다. 그렇지 않으면 여기 올 이유도 없죠."

"그럼 왜 이렇게 오랜 세월이 흐른 뒤에야 밀러가 결백하다고 생각하게 된 거죠?"

내 생각을 나누고 싶지는 않다. 어쨌든 당장은 그럴 때가 아니다. 나중에는 혹시 모르지만. 나는 대답한다. "검사 측 주장이 성립하지 않아서요." 나는 애매하게 대답하고는 다음 질문으로 넘어간다. "혹시 시브룩을 떠나시고 나서도 그곳에 연락하는 사람이 있나요?"

그는 고개를 흔든다. "없어요. 거기서 오래 근무한 것도 아니고. 아까도 말했지만 서둘러 그곳을 떠났던지라……. 내 경력에서 별로 내세울 만한 시기는 아닙니다."

"케니 태프트라는 보안관보를 아셨나요?"

"그럼요. 다들 잘 알고 지냈죠. 친한 사람도 있었고. 그 친구가 살해당했을 때 신문에 난 기사를 봤어요. 그때 나는 게인즈빌에서 마약 단속을 하고 있었습니다. 사진을 보니 기억나더군요. 좋은 친구였는데. 그 친구는 왜요?"

"맥낫 씨, 제가 궁금한 게 많습니다. 케니 태프트는 피츠너 밑에서 일하던 보안관보 중 유일한 흑인이었죠?"

"마약 갱들은 흑인, 백인을 가리지 않아요. 총격전이 벌어지면 더더욱."

"옳은 말씀입니다. 그냥 그 친구를 아시나 궁금했습니다."

반바지에 검은 양말, 빨간 운동화를 신은 나이 많은 신사 한 명이 다가와 테이블에 레모네이드가 담긴 종이컵 두 개를 내려놓는다. 맥낫이 말한다. "이런, 고맙네, 허비. 근데 서빙이 느리구먼."

"청구서는 따로 보내지." 허비라는 남자가 한마디 하고 사라진다. 우리는 레모네이드를 마시면서 슬로 모션으로 진행되는 셔플보드 게임을 지켜본다.

맥낫이 묻는다. "당신 친구 밀러가 루소를 죽이지 않았다면 누가 범인인데요?"

"모르겠습니다. 절대 알 수 없을지도 모릅니다. 제 일은 그저 밀러가 범인이 아니란 걸 밝히는 겁니다."

그는 고개를 흔들며 웃는다. "행운을 빌어요. 범인이 따로 있다면 그자는 20년이 넘은 세월 동안 잘도 숨어 있는 거군요. 미제 사건은 쉽지가 않죠."

"정말 그렇습니다." 나는 웃으며 맞장구친다. "근데 제가 맡는 사건이 다 그래요."

"그럼 이런 일만 하는 겁니까? 오래전 사건을 해결하고 감옥에서 사람들을 빼내는?"

"네."

"얼마나 성공했죠?"

"지난 10년 동안 여덟 명입니다."

"여덟 명 모두가 결백했다는 건가요?"

"네. 그들은 선생님이나 저처럼 아무 죄가 없었습니다."

"진짜 살인범은 몇 번이나 찾아냈습니까?"

"여덟 건 다는 아니고 네 개 사건에서만 진범을 찾아냈습니다."

"이번 건도 운이 따르길 기도하죠."

"감사합니다. 안 그래도 행운이 절실히 필요했어요." 나는 스포츠로 이야기 주제를 옮겨 간다. 그는 플로리다주의 풋볼팀인 게이터스의 팬이고 응원하는 농구팀의 성적이 좋은 걸 자랑스러워한다. 우리는 날씨나 은퇴, 약간의 정치 얘기까지 건드린다. 맥낫은 내가 만나 본 사람들 가운데 똑똑한 축에 드는 사람은 아니다. 뿐만 아니라 루소 살인 사건에도 관심이 없어 보인다.

1시간 뒤 나는 그에게 시간을 내 주어 고맙다고 말하고 다시 방문해도 괜찮냐고 묻는다. 그는 방문객이 그리운지 당연히 괜찮다고 답한다.

차를 타고 떠나면서 나는 그가 시브룩과 그곳의 어두운 역사에 관해 경고해 주지 않았다는 사실에 충격을 받는다. 그는 피츠너 보안관과의 관계가 좋지 않았던 게 분명해 보였음에도 경찰의 부패 가능성에 관해서는 일절 언급하지 않았다.

필시 그가 함구한 부분이 존재한다.

14

느릿한 출발이 두 달째 이어지던 중에 첫 번째 기회가 찾아온다. 캐리 홀랜드 프루잇이 전화를 걸어 와 이야기를 나누고 싶다고 한 것이다. 나는 일요일 아침 해가 뜨기도 전에 차를 출발시켜 장장 6시간을 달린 끝에 조지아주 돌턴에 도착한다. 서배너와 테네시주 킹즈포트의 중간쯤 되는 곳이다. 75번 고속 도로 근처에 있는 트럭 휴게소는 전에도 와 본 적이 있다. 입구가 보이는 자리에 차를 세우고 프랭키 테이텀을 기다린다. 우리가 전화 통화를 하고 나서 20분쯤 지나자 그가 내 차와 가까운 자리에 자신의 차를 세운다. 나는 그가 식당에 들어가는 모습을 지켜본다.

안에 들어간 그는 안쪽에 자리를 잡은 다음 커피와 샌드위치를 주문하고 신문을 펼친다. 테이블 위에 어느 식당에서나 볼 수 있는 다양한 양념 통과 종이 냅킨 통이 놓여 있다. 그는 신문으로 손을 가린 다음 소금과 후추가 든 양념 통을 우리가 준비한 것으로 바꿔치기한다. 어느 잡화점에서나 살 수 있는 싸구려 물건이다. 소금 통 아래에 녹음 장치가 숨겨져 있다. 주문한 샌드위치가 나오자 그는 태연하게 소금을 살살 뿌린다. 그는 내게 문자를 보내 모든 것이 잘되었고 실내에 사람이 많지 않다고 알린다.

만나기로 약속한 오후 1시가 되자 나는 프랭키에게 문자를 보내 천천히 먹으라고 일러둔다. 벅의 픽업트럭이나 캐리 프루잇이 타는 혼다의 모습은 아직 보이지 않는다. 나는 두 차량의 컬러 사진을 파일 속에 가지고 있고 그들의 테네시주 차량 번호판을 외우고 있다. 1시 15분에 트럭이 천천히 고속 도로 출구에서 나오는 모습을 보고 나는 프랭키에게 문자를 보낸다. 나는 내가 타고 온 SUV에서 내려서 식당으로 걸어 들어간다. 그러고는 프랭키가 카운터에서 계산을 하는 모습을 지켜본다. 여종업원이 그가 앉았던 테이블을 치운다. 나는 그 자리에 앉아도 되는지 묻는다.

캐리는 벅을 데리고 왔다. 좋은 신호다. 그녀가 어두운 과거를 벅에게 털어놓고 도움을 청한 게 틀림없다. 벅은 팔뚝이 굵고 수염이 하얗게 세기 시작한 건장한 사내다. 나는 겉모습만으로 그가 분노 조절이 잘 되지 않는 사람일 거라는 성급한 판단을 내린다. 두 사람이 식당으로 들어서자마자 나는 벌떡 일어나 그들에게 손을 흔든다. 우리는 어색하게 인사를 나눈다. 나는 미리 잡아 놓은 테이블로 그들을 안내한 다음, 만나 주어 고맙다면서 꼭 점심을 대접하고 싶다고 말한다. 배가 잔뜩 고팠던 나는 달걀 요리와 커피를 주문한다. 두 사람은 햄버거와 감자튀김을 시킨다.

벽은 궁금한 게 많다는 듯한 얼굴로 나를 응시한다. 내가 상황을 설명하기도 전에 그가 먼저 말문을 연다. "인터넷으로 당신네가 누군지 알아봤습니다. 수호자 재단이요. 당신은 신부인가요, 변호사인가요?"

"둘 다입니다." 나는 세상 친절한 웃음을 지으며 내 직업의 배경을 장황하게 설명한다.

그가 자랑스럽게 응수한다. "제 아버지도 목사님이었어요."

알고 있다. 그의 아버지는 블라운트빌 외곽에서 멀리 떨어진 시골의 작은 교회에서 30년 동안 목사로 일하다 4년 전에 은퇴했다. 나는 관심 있는 척 잠시 신학에 관해 이야기를 나눈다. 내가 보기에 벽은 이미 오래전에 신앙의 길에서 벗어난 것 같다. 그는 거친 외모와 달리 목소리가 부드럽고 태도도 유쾌하다.

캐리가 말한다. "포스트 씨, 저는 여러 가지 이유로 벽에게 제 과거에 대해 말하지 않았어요."

"그냥 포스트라고 불러 주세요." 내가 말한다. 미소를 짓는 그녀를 보며 나는 새삼 그녀의 아름다운 눈과 선명한 이목구비에 깜짝 놀란다. 그녀는 화장을 했고 금발 머리를 하나로 묶었는데, 다른 삶이었다면 그녀의 외모는 그녀에게 많은 기회를 약속해 줄 수 있었을 것이다.

벽이 말한다. "좋아요. 중요한 것부터 얘기하죠. 우리가 어떻게 당신을 믿을 수 있죠?" 자신이 하는 말을 몰래 녹음하고 있는 사람에게 그가 묻는다.

내가 대답하기도 전에 그가 다시 말을 이어 간다. "사실은 그때 무슨 일이 있었는지, 캐리가 무슨 짓을 했는지 들었습니다. 물론 관심이 있긴 합니다. 그렇지 않았다면 여기 오지도 않았겠죠. 그런데 영 마음이 편치 않아서요."

캐리가 묻는다. "진짜로 원하시는 게 뭐죠?"

"진실이요." 내가 말한다.

"혹시 몸에 녹음 장치를 붙이고 있다거나, 뭐 그런 건 아니겠죠?" 벅이 말한다.

나는 그의 말에 코웃음을 치고 아무것도 감출 게 없다는 듯 양손을 들어 보인다. "진정하세요. 저는 경찰이 아닙니다. 몸수색이라도 하고 싶으시면 원하시는 대로 하세요."

여종업원이 와서 커피를 리필해 주는 동안 우리는 아무 말도 하지 않는다. 점원이 돌아가자 내가 선수를 친다. "자, 제 몸에는 녹음 장치가 없어요. 저는 그런 식으로 일하지 않습니다. 제가 원하는 건 간단합니다. 이상적인 시나리오는, 당신이 제게 진실을 들려주고서 진술서에 서명하면 저는 언젠가 그걸 퀸시 밀러를 돕는 데 사용할 겁니다. 저는 다른 증인들과도 얘기를 나누고 똑같은 걸 얻어 내려고 합니다. 진실 말입니다. 저는 재판에서의 많은 증언이 경찰과 검사에 의해 조작됐다는 걸 압니다. 저는 그 모든 걸 재조합하려는 거고요. 당신의 진술이 분명히 도움이 될 겁니다. 다만 이건 큰 그림의 한 조각에 불과해요."

"선서 진술서가 뭐죠?" 벅이 묻는다.

"진실을 말하겠다고 선서하고 쓰는 문서입니다. 제가 준비할 거고 내용은 두 분이 검토해 보시면 됩니다. 그런 다음 제가 그 문서가 필요할 때까지 비밀리에 보관하는 거죠. 킹즈포트 주변 사람들은 절대로 알 수 없습니다. 시브룩은 아주 먼 곳이니까요."

"제가 법정에 나가야 하나요?" 캐리가 묻는다.

"그럴 가능성은 없어요. 퀸시가 공정한 재판을 받지 못했다고 제가 판사를 설득했다고 해 보죠. 솔직히 말해서 그것도 쉽지는 않습니다. 하지만 만에 하나 그렇게 된다면 가능성은 적지만 검사가 살인 사건을 두고 퀸시를 다시 기소하려고 할 수도 있습니다. 그렇게 되기까지 아주 오랜 세월이 걸리겠죠. 그 경우라면 당신이 증인으로 불려 나올 수도 있습니다. 하지만 그럴 일이 없는 것이, 당신은 현장에서 흑인이 달아나는 모습을 보지 못했잖습니까?"

캐리는 고개를 끄덕이지도 않고, 어떤 말도 하지 않는다. 주문한 음식이 나오자 우리는 먹을 준비를 한다. 벅은 케첩을 좋아하는 모양이다. 두 사람 모두 소금이나 후추는 원하지 않는다. 나는 달걀 요리에 소금을 뿌리고 소금 통을 테이블 한가운데에 내려놓는다.

캐리는 감자튀김을 입에 넣고 우물거릴 뿐 나와 눈을 마주치지 않는다. 벅은 햄버거를 한입 깨문다. 두 사람은 이 상황을 두고 긴 대화를 나누었지만, 아직 이렇다 할 결정을 내리지 못한 것이 분명하다. 아무래도 그녀를 좀 재촉해야 할 것 같아 내가 말한다. "누가 증언하라고 설득했나요? 피츠너 보안관입니까?"

그녀가 말한다. "저기요, 포스트 씨, 일이 어떻게 된 건지 말은 하겠지만 엮이고 싶지는 않아요. 진술서인지 뭔지에 서명하기 전에 오래, 깊게 생각해 볼 겁니다."

"이 사람이 하는 말을 당신이 대신 전달할 수는 없겠죠?" 벅이 종이 냅킨으로 입가를 닦으며 묻는다.

"세가 법정에서 대신 증언할 수는 없어요. 아마도 이게 궁금하신 거겠죠? 저희 직원들에게 이야기를 전할 수는 있지만, 제가 할 수 있는 건 그게 전부일 겁니다. 판사라면 누구나 선서 진술서를 내놓으라고 할 거예요."

"제 아이들이 걱정돼서요." 캐리가 말한다. "애들은 몰라요. 엄마가 법정에서 거짓 진술을 해서 엉뚱한 사람을 교도소에 보낸 걸 아이들이 알게 되면 너무 부끄러울 거예요."

내가 대답한다. "이해해요, 캐리. 당연히 걱정되겠죠. 하지만 반대로 아이들은 당신이 용감하게 나서서 무고한 사람을 풀어 주는 일을 돕는다는 사실을 자랑스럽게 여길 수도 있습니다. 스무 살 때는 누구나 나쁜 짓을 할 수 있어요. 근데 어떤 실수는 되돌릴 수도 있습니다. 보세요, 당신은 지금 아이들을 걱정하고 있잖아요. 퀸시 밀러는 22년이나 자신의 세 아이를 보지 못했습니다. 심지어 사진 한번 못 본 손주가 다섯이나 되고요."

두 사람은 내가 한 말을 곱씹으면서 잠시 음식에 손을 대지 못한다. 그들은 압도당했고 두려움에 빠져 있다. 이럴 때 계속 밀어붙여

야 한다. 내가 말한다. "우리가 가진 자료에 따르면 당신은 재판 몇
달 뒤에 마약 관련 혐의를 벗었어요. 피츠너가 당신더러 증언대에
서 시키는 대로 말하도록 설득했고, 그 대가로 검사가 당신을 무혐
의 처리해 주기로 한 거죠?"

캐리는 깊은 한숨을 쉬더니 벽을 바라본다. 그는 어깨를 으쓱하
더니 말한다. "그냥 말해. 우리가 햄버거 먹으려고 5시간이나 차를
타고 온 건 아니잖아."

그녀는 컵을 들어 커피를 마시려 하지만 두 손이 떨린다. 그녀는
컵을 내려놓고 자신의 접시를 옆으로 살짝 치운다. 멍하니 앞을 보
며 그녀가 말한다. "저는 로니라는 이름의 보안관보와 사귀고 있었
어요. 우린 마약을 했어요. 아주 많이. 제가 붙잡혔는데 로니가 감
옥에 가지 않도록 해 줬어요. 그러다가 변호사가 살해당했는데 몇
주 뒤에 로니가 해결할 일이 있다고 했어요. 제가 어떤 변호사 사무
실에서 달아나는 흑인 남자를 봤다고 주장하면 제 마약 범죄 혐의
가 없어질 거라고 했어요. 간단했죠. 그는 저를 피츠너의 사무실로
데려갔고, 저는 시키는 대로 말했어요. 다음 날 로니와 피츠너가 저
를 데리고 검사를 만나러 갔어요. 검사 이름은 기억나지 않아요."

"버크헤드, 포레스트 버크헤드입니다."

"맞아요. 그 사람이에요. 그 사람에게 똑같은 얘기를 했어요. 그
사람이 제가 하는 말을 녹음했는데, 마약 혐의에 관해서는 아무 말
도 하지 않았어요. 나중에 로니에게 물었더니 피츠너랑 버크헤드
가 협상했으니까 걱정하지 않아도 된다고 하더라고요. 로니와 저

는 자주 싸웠어요. 대부분 마약 관련한 일이었어요. 저는 지난 14년 동안 단 한 차례도 마약을 한 적이 없어요, 포스트 씨."

"대단하십니다. 축하드릴 일이네요."

"벅 덕분이에요. 제가 이겨 낼 수 있게 해 줬어요."

벅이 말한다. "전 맥주는 즐기지만 마약은 절대 손대지 않습니다. 아버지가 아신다면 총으로 절 쏴 버리실 테니까요."

"어쨌든 그들은 저를 재판이 열리는 버틀러 카운티로 데려갔고 저는 증언을 했어요. 기분이 좋지는 않았지만 감옥에 갇히는 건 죽도록 싫었거든요. 저는 제 자신과 퀸시 밀러 사이에서 선택을 해야 했어요. 저는 당연히 제 편이죠. 각자도생이라고들 하잖아요? 세월이 흐르는 동안 재판을 잊으려고 했어요. 젊은 변호사가 저를 바보로 만든 일도."

"타일러 타운센드요?"

"네. 그 사람. 그 사람은 절대 못 잊을 거예요."

"그러고 나서 도시를 떠났나요?"

"네. 재판이 끝나자마자 피츠너가 사무실로 부르더니 고맙다면서 현금 1천 달러를 주고 꺼지라고 했어요. 그러면서 5년 안에 플로리다로 돌아오면 배심원들에게 거짓말을 한 죄로 절 체포할 거래요. 말이 되나요? 한 보안관보가 차로 저를 게인즈빌까지 데려간 다음 애틀랜타로 가는 버스에 타라고 했어요. 이후로는 한 번도 시브룩에 돌아가지 않았고 가고 싶지도 않아요. 친구들에게도 연락 한번 안 했어요. 뭐, 친구도 별로 없지만. 떠나기 참 쉬운 곳이었죠."

벅이 위신을 세우고 싶은 듯 한마디 한다. "아내가 몇 주 전에 처음으로 제게 이 얘기를 털어놨을 때 제가 그랬습니다. '당신은 진실을 말해야 해. 그 사람은 당신 때문에 교도소에 갇혀 있다고.'"

"당신 기록에는 마약 혐의가 여전히 남아 있더군요." 내가 말한다.

"그건 첫 번째 붙잡혔을 때 남은 거예요. 그보다 1년 전에."

"그 기록도 없애야 했어요."

"알아요. 하지만 그건 너무 옛날 일이라서요. 벅과 저는 아무 문제없이 잘 지내고 있어요. 우린 둘 다 열심히 일해서 먹고살아요. 정말이지 과거 일 때문에 괴로워하고 싶지 않습니다, 포스트 씨."

"만일 선서 진술서에 서명하면 플로리다에서 위증죄로 문제가 될 수 있나요?" 벅이 묻는다.

"아뇨. 공소 시효가 이미 지났어요. 아무도 신경 쓰지 않을 겁니다. 보안관도 바뀌었고, 검사도 바뀌었고, 판사도 바뀌었습니다."

"일은 언제 진행되나요?" 진실을 털어놓아서인지 확실히 안심이 되어 보이는 그녀가 묻는다.

"아주 더디게요. 실제로 진행된다고 해도 몇 달 또는 몇 년이 걸릴 수 있습니다. 일단은 진술서에 서명하시면 됩니다."

"서명할 겁니다." 벅이 말하더니 햄버거를 한입 더 베어 문다. 입이 가득 찬 채 그가 덧붙여 말한다. "그럴 거지, 당신?"

"생각을 좀 해 봐야겠어요." 그녀가 대답한다.

벅이 말한다. "당신이 플로리다로 직접 가야 한다면 나도 같이 갈게. 누구든 문제를 일으키는 놈은 내가 다 때려눕혀 버릴 거야."

"그럴 일은 없어요. 제가 보장하죠. 캐리, 당신이 걱정해야 할 건 딱 하나예요. 아이들에게 이 일에 대해 말하는 거요. 다른 가족들이나 친구들은 영원히 알 수 없을 거예요. 퀸시 밀러가 내일 당장 감옥에서 걸어 나온다고 해도 테네시주 킹즈포트에 있는 어느 누가 그걸 알겠습니까?"

벅이 동조한다는 듯 고개를 끄덕이더니 햄버거를 한입 더 먹는다. 캐리가 감자튀김 하나를 집어 든다. 벅이 말한다. "애들이 착해요. 아, 아내가 데려온 두 애들이요. 내가 데려온 녀석들은 좀 거친데, 캐리의 아이들은 괜찮아요. 젠장, 이분 말대로 애들은 분명히 당신을 자랑스러워할 거야."

캐리는 웃고 있지만 결심이 선 것인지는 알 수 없다. 내 새로운 동맹군이 된 벅은 확신에 찬 얼굴이다.

나는 달걀 요리를 다 먹고 캐리에게 당시 시브룩의 마약 관련 상황에 관해 이것저것 묻는다. 대부분 코카인과 마리화나였는데 로니는 손쉽게 마약을 구할 수 있었다고 한다. 캐리는 로니와 사귀다 말다 하는 상태를 반복했다. 다른 보안관보는 만나지 않았다. 그리고 보안관보들이 소량으로 마약을 거래한다는 소문을 들었다고 한다. 그녀는 마약 거래에서 피츠너가 특정한 역할을 했다는 소문에 대해서는 들은 바가 없단다.

종업원이 빈 접시를 치우자 내가 계산서를 요청한다. 나는 두 사람에게 감사 인사를 하면서 앞으로 그녀가 내 줄 용기에 존경을 표한다. 나는 그녀가 결심하기 전까지는 진술서를 준비하지 않겠다고 약속한다. 주차장에서 작별 인사를 나눈 뒤 나는 그들이 차를 타고 떠나는 모습을 지켜본다. 나는 식당에 되돌아가 우리가 앉았던 자리에 가서 일부러 놓고 온 야구 모자를 가져온다. 아무도 보지 않을 때 나는 주머니 속에 든 소금 통과 후추 통을 테이블의 것들과 바꿔치기한다.

나는 5킬로미터가량을 달린 뒤 고속 도로를 빠져나와 한 쇼핑센터의 주차장으로 들어간다. 잠시 후 프랭키의 차가 내 옆에 와 멈춘다. 프랭키가 내 차의 조수석에 올라타며 활짝 웃는다. 작은 녹음기를 손에 든 그가 말한다. "종소리처럼 깔끔하게 됐어요."

물론 지저분한 방식이라고 볼 수도 있다. 그렇지만 우리는 이미 거짓말을 한 적이 있는 증인들, 배심원을 오도한 전문가들, 그리고 위증을 사주한 검사들을 상대한다. 우리는 좋은 사람들 편이나 의뢰인들을 구해 내려면 손을 더럽힐 수밖에 없다.

만일 캐리 홀랜드 프루잇이 협조를 거부하고 진술서에 서명하지 않겠다고 나오면 나는 그녀가 한 말을 재판에서 쓸 방법을 찾아낼 것이다. 전에도 해 보았던 일이다.

15

우리 손은 점점 더 더러워지고 있다. 프랭키가 버밍햄에서 사람을 구해 에밀리 브룬을 강간하고 살해한 마크 카터에게 붙여 두었다. 그는 듀크 러셀이 유죄 판결을 받은 베로나에서 16킬로미터 떨어진 베일리스라는 작은 도시에 살고 있다. 카터는 베로나에서 트랙터를 판매하는 딜러다. 그는 일이 끝나면 싸구려 술집에서 친구들을 만나 맥주를 마시고 당구를 친다.

그가 테이블에 앉아 버드 라이트 병맥주를 마시고 있는데 한 남자가 발을 헛디뎌 테이블 위로 넘어진다. 맥주병이 이리저리 날고 술이 쏟아진다. 남자가 얼른 몸을 일으키며 진심으로 사과하나 잠깐 동안 긴장이 흐른다. 남자는 반쯤 빈 술병들을 줍더니 새로 술을 사겠다며 사과를 거듭한다. 남자는 새로 사 온 술 네 병을 테이블에 내려놓고 농담을 건넨다. 카터와 친구들은 그제야 웃는다. 모든 상황이 마무리되자 우리 조사원인 남자는 구석으로 가 휴대 전화를 꺼낸다. 그의 코트 안주머니에는 카터가 마시고 있던 맥주병이 들어 있다.

다음 날 프랭키는 맥주병을 더럼에 있는 한 연구소로 가지고 가 우리가 경찰 증거 파일에서 훔쳐 낸 음모 한 가닥과 함께 넘긴다. 재단은 신속한 검사를 위해 6천 달러를 지급한다. 결과는 가히 아름다울 정도다. 이제 카터가 강간 살인 사건에 연루되어 있다는 DNA 증거가 확보된다.

듀크의 재판에서 앨라배마주 정부는 일곱 가닥의 음모를 증거로 제출했다. 모두 사건 현장에 있던 에밀리의 시신에서 나왔다고 한다. 듀크는 자신의 음모를 제출하라는 요구에 응했다. 주 정부의 전문가는 듀크가 제출한 음모와 시신에서 발견된 음모가 완벽하게 일치한다면서, 이는 듀크가 에밀리를 강간하고 교살한 확실한 증거라고 진술했다. 다른 전문가는 듀크가 피해자를 공격하면서 피해자의 신체를 여러 차례 깨물었다고 증언했다.

피해자의 몸 안이나 주변에서 정액은 검출되지 않았다. 채드 팔라이트 검사는 이에 굴하지 않고 태연하게 배심원들을 향해 듀크가 '콘돔을 사용한 것으로 보인다'라고 했다. 그런 증거는 없었고 사용한 콘돔도 발견되지 않았지만, 배심원들은 그럴 가능성이 농후하다고 생각했다. 팔라이트는 사형 선고를 받아 내기 위해 강간죄에다 살인죄까지 입증해야 했다. 범인은 희생자를 발가벗긴 상태에서 성폭행을 저지른 것 같았으나 증거가 확실하지 않았다. 음모는 가장 중요한 증거물이 되었다.

듀크의 변호사가 그때만큼은 술에 절어 있지 않았는지 판사에게 음모 분석 전문가를 별도로 고용할 수 있게 해 달라고 요청했다. 판사는 거절했다. DNA 검사를 하지 않은 이유는 변호사가 잘 몰랐거나 귀찮아서 고려하지 않은 것 같았다. 어쩌면 판사가 허락하지 않으리라 지레 짐작했는지도 모른다. 결국 일곱 가닥의 음모는 아무런 검사도 거치지 않았다.

하지만 전문가의 분석은 어찌나 확실하게 거쳤는지, 그 전문가의 증언 때문에 듀크가 사형 선고를 받았고 석 달 전에는 사형 집행 2시간 전까지 갔다가 살아났다.

이제 우리는 진실을 확보하고 있다.

베로나는 주의 중앙부에 위치해 있다. 소나무 숲으로 가득 찬, 황량하고 인적 드문 곳이다. 5천 명의 주민들에게 목재를 운반하는 트럭 운전사는 좋은 직업이고 식료품 좀도둑은 나쁜 직업이다. 주민 다섯 명 중 한 명이 무직이다. 아주 우울한 곳이지만, 내가 들러야 하는 지역들은 이렇게 세월이 휩쓸고 지나가 버린 곳들이 대부분이다.

채드 팔라이트의 사무실은 법원에 있다. 듀크가 9년 전 유죄 판결을 받았던 법정과 겨우 복도 하나를 사이에 두고 있다. 나는 전에도 여기 와 본 적이 있다. 다시는 오고 싶지 않은 곳이다. 유쾌할 거

하나 없는 만남이 될 예정이나 새삼스럽지도 않다. 검사들 대부분은 나를 경멸하며, 나 역시 상대방에게 같은 감정을 느낀다.

미리 약속한 대로 오후 1시 58분에 도착해 채드의 비서에게 멋진 미소를 보여 준다. 그녀도 나를 좋아하지 않는 것 같다. 채드가 바쁘단다. 비서는 얼굴을 찡그린, 이 세상 사람이 아니었음 싶은 어떤 판사의 끔찍한 초상화 아래 자리로 나를 안내한다. 그녀가 키보드를 톡톡 두드리는 사이 10분이 지난다. 사무실에서는 아무 소리도 들리지 않는다. 15분. 20분이 흐르자 내가 다소 무례하게 말한다. "저기요, 장거리 운전까지 해 가면서 약속 시간에 맞춰 왔는데 지금 뭐 하자는 겁니까?"

그녀는 책상에 놓인 낡은 전화기를 슬쩍 보더니 말한다. "검사님이 아직 판사님과 통화 중이셔서요."

"내가 밖에서 기다리는 걸 알고는 계신가요?" 나는 사무실 안에서도 들리도록 큰 소리로 말한다.

"네. 좀 조용히 해 주세요."

나는 자리에 앉아 10분을 더 기다린 다음 사무실 출입문 쪽으로 걸어가 문을 세게 두드린다. 사무실 안의 사람이나 비서가 뭐라고 하기 전에 문을 열고 들어가 채드가 통화 중이 아니라 창가에 서서 활기 넘치는 도시 풍경에 매료된 듯 아래를 내려다보고 있는 걸 발견한다.

"2시에 보기로 했잖아요, 채드. 뭐 하는 겁니까?"

"미안해요, 포스트. 판사님과 통화 좀 하느라. 들어오시죠."

"보시다시피 이미 들어왔어요. 여기 오느라 5시간이나 운전을 했다고요. 예의를 좀 갖춰 주면 좋잖아요."

"미안하게 됐습니다." 그가 비꼬는 투로 말하더니 큰 가죽 의자에 털썩 앉는다. 그는 나와 비슷한 나이로 지난 15년 동안 범죄자들을 기소하며 살았다. 대개 마리화나 중독자나 마약 밀매꾼이 그 대상이었다. 지금까지 그의 경력에서 가장 큰 건은 에밀리 살인 사건이었다. 석 달 전 사형이 집행될 뻔했을 때 그는 눈에 띄는 텔레비전 기자마다 쫓아가 검사라는 직업의 부담감을 토로했다.

"괜찮습니다." 내가 말하며 의자에 앉는다.

"무슨 일로 이러는 겁니까?" 그가 내게 묻더니 손목시계를 확인한다.

"우리가 DNA 검사를 좀 했습니다." 나는 대답하면서 간신히 뿌루퉁한 표정을 유지한다. 내가 원하는 건 상대방의 얼굴에 주먹을 한 방 날리는 것이다. "우리가 진범을 찾아냈습니다, 채드. 듀크 러셀은 살인범이 아니에요."

그는 당황하지 않는다. "놀랍군요."

"놀랍죠. 우린 살인범의 DNA 샘플을 얻어 내 검찰이 보관하던 음모와 비교했습니다. 당신에겐 나쁜 소식이겠네요, 채드. 당신은 애먼 사람을 잡아넣었어요."

"우리 증거품에 손을 댔다는 겁니까?"

"현명도 하셔라. 본인 잘못보다는 내 잘못에 관심이 많으십니까? 당신은 무고한 사람을 사형시킬 뻔했어요, 채드. 내 걱정은 말아요. 난 진실을 알아낸 것뿐이니까."

"어떻게 음모를 훔쳐 낸 거죠?"

"쉽던데요. 당신이 내게 준 파일 기억합니까? 1년 전 복도에서
요. 나는 이틀 동안 그 좁은 방에서 증거물을 확인했습니다. 그러던
중에 음모 한 가닥이 내 손가락에 붙어 버렸어요. 1년이 지났지만
이곳의 어느 누구도 그 사실을 알아차리지 못했습니다."

"당신은 증거물을 훔쳤어요. 믿을 수가 없군."

"훔치지 않았어요, 채드. 그냥 잠깐 빌린 겁니다. 당신이 DNA 검
사를 거부했으니 누군가는 그 일을 했어야 했습니다. 날 기소하세
요. 난 신경 쓰지 않아요. 당신은 당장 훨씬 큰 문제를 해결해야 할
겁니다."

그가 어깨가 축 처질 정도로 한숨을 내쉰다. 그는 생각을 정리
하는 데 한참이 걸린다. 마침내 그가 입을 연다. "좋아요. 진범이 누
구죠?"

"그녀가 살해당하기 전 마지막으로 함께 있는 것이 목격된 남
자입니다. 마크 카터. 그들은 고등학교 시절부터 아는 사이였습니
다. 경찰은 당연히 그자를 조사해야 했는데, 왠지 그러지 않았죠."

"그가 범인이라는 걸 어떻게 압니까?"

"DNA로요."

"DNA는 어디서 났는데요?"

"맥주병에서요. 그는 맥주광이라 빈 맥주병을 많이 남깁니다. 우
리 쪽에서 연구소로 맥주병을 보냈고, 내가 그 결과를 가져왔습니

다."

"맥주병도 훔치셨나 봐요?"

"그럼 그 건도 고소해요, 채드. 계속 그런 식으로 해 봅시다. 거울 좀 봐요. 포기할 때도 됐잖아요. 당신이 엉터리로 기소를 했다는 게 만천하에 알려질 거예요. 당신은 망신당하기 일보 직전이라고요."

그는 얼빠진 웃음을 지으며 검사들이 가장 좋아하는 말을 꺼낸다. "어림없어요, 포스트. 난 여전히 내가 제대로 기소했다고 믿어요."

"그럼 당신은 멍청한 겁니다, 채드. 나야 오래전부터 알고 있었지만." 나는 테이블에 검사 결과 사본을 툭 내려놓고 출입문으로 향한다.

"잠깐만요, 포스트." 그가 말한다. "얘기는 마저 해야죠. 만에 하나 당신 말이 사실이라면, 에, 이제 어떻게 할 거죠?"

나는 차분하게 다시 앉아 손가락을 꺾는다. 채드가 협조하도록 설득할 수만 있다면 듀크는 더 빨리 나올 수 있다. 만일 채드가 나와 맞서 싸우기로 마음먹는다면 무죄 석방까지 몇 주가 아니라 몇 달이 걸릴 수도 있다. 검사들은 대개 후자의 길을 택한다.

"이런 상황에서 벗어날 최고의 방법을 말해 주죠, 채드. 어떻게 할 건지 이 자리에서 이러쿵저러쿵하고 싶지 않아요. 이번만은 내가 모든 걸 양보하죠. 증거물인 음모가 여섯 가닥 남아 있어요. 그것들도 DNA 검사를 해서 더 많은 걸 알아내도록 합시다. 일곱 가닥 모두 듀크의 음모가 아니라면 듀크는 그냥 풀려나는 겁니다. 그

162

리고 일곱 가닥이 전부 카터의 것이라면 당신은 새로 기소할 사람이 생기는 겁니다. 만일 당신이 추가 DNA 검사에 동의한다면 상황은 부드럽게 풀릴 겁니다. 하지만 당신이 막아선다면 나는 주 법원에 소송을 걸 테고 아마도 지겠죠? 그럼 난 다시 연방 법원으로 갈겁니다. 결국에는 DNA 검사를 하지 않을 수 없다는 걸 당신도 잘알게 될 겁니다."

마침내 현실을 직시한 그는 화를 낸다. 그가 의자를 뒤로 밀쳐내며 일어서더니 창가로 걸어가 깊은 생각에 잠긴다. 거칠게 숨을쉬면서 머리를 이리저리 돌리자 그의 목에서 뚝 소리가 난다. 그는제 손으로 제 뺨을 친다. 이런 일련의 장면들에 놀라는 게 일반적일테지만 나는 더 이상 놀랄 일도 없다. 그가 말한다. "있잖아요, 포스트, 그 두 사람이 에밀리를 돌아가면서 강간했을 수도 있잖아요."

"당신은 당최 하늘을 볼 수 없는 사람이군요, 채드. 아니, 보고 싶지 않은 거겠죠." 나는 일어서서 출입문으로 향한다.

"난 내 판단을 믿어요, 포스트."

"이렇게 합시다, 채드. 2주 줄게요. 2주 뒤에도 당신이 망상에 빠져 있으면 나는 DNA 검사를 요청할 거고, 〈버밍햄 뉴스〉의 짐 비즈코와 인터뷰를 할 겁니다. 아시겠지만 짐은 그 사건을 취재한 적이 있고 내 지인입니다. 내가 그 친구에게 DNA 얘기를 하면 당신은 신문 1면에 나게 될 겁니다. 물론 당신이 꿈꾸던 등장과는 거리가 멀 거예요. 비즈코와 내가 당신을 어마어마한 바보로 그려 낼 수도 있다는 걸 명심해요, 채드. 사실 그리 어려운 일도 아니지만요."

나는 문을 열고 사무실을 떠난다. 창가에 선 채드는 넋이 나간 채 입으로 숨을 몰아쉬며 패배감이 가득한 얼굴로 나를 본다. 할 수 있다면 사진이라도 찍어 놓고 싶은 몰골이다.

나는 서둘러 베로나를 떠나 사형수 수감동을 향해 장거리 운전을 시작한다. 듀크는 DNA 검사 결과를 모르고 있다. 내가 직접 얘기해 주고 싶다. 우리의 만남은 보나 마나 아주 신이 날 것이다.

16

급하게 시브룩에 갈 필요는 없다. 퀸시의 재판과 관련된 사람들
은 죽었거나 은퇴했거나 달아났거나 묘한 상황에서 사라졌다. 두
려움의 대상은 잘 모르겠으나 그 감정만큼은 뚜렷하게 느껴졌다.

나는 프랭키를 보내 정찰을 시킨다. 그는 이틀 밤낮으로 은밀하
게 돌아다니며 할 수 있는 모든 걸 한다. 그의 구두 보고는 평소처
럼 무뚝뚝하다. "별거 없어요, 보스."

프랭키는 시브룩을 떠나 몇 시간을 운전해 보카러톤 근처 디어
필드 비치로 간다. 그는 길거리를 돌아다니고 인터넷 검색을 하고
이곳저곳을 자세히 살피고 급히 멋진 정장을 사 입고 전화를 건다.
타일러 타운센드는 그의 회사가 마무리 중인 새 쇼핑센터에서 프
랭키와 만나기로 약속한다. 쇼핑센터의 커다란 광고판에 대규모

분양 중이라는 글씨가 보인다. 프랭키는 파트너와 함께 스포츠용품점을 열기 적당한 장소를 물색 중이라고 말한다. 이번에 창업해서 아직 인터넷 홈페이지가 없다고도 둘러댄다.

타일러는 매우 친절하지만 약간 경계하는 눈치다. 그는 이제 쉰 살이고 오래전에 법조계를 떠났다. 참 잘한 결정이다. 그는 플로리다주 남부에서 부동산업으로 성공했으며 사업 수완이 좋다. 그와 아내는 10대 아이 세 명과 넓은 집에서 살고 있다. 작년에 낸 재산세만 5만8천 달러다. 멋진 수입차를 타는 그는 옷차림새에서도 부자 냄새가 난다.

프랭키의 계략은 오래가지 않는다. 페인트가 채 마르지도 않은 370제곱미터의 상점 공간에 들어서자 타일러가 묻는다. "회사명이 뭐라고 하셨죠?"

"회사가 없으니 이름도 없습니다. 매우 중요한 용건이 있어 정체를 속이고 만나자고 했습니다."

"경찰이신가요?"

"경찰이라뇨. 저는 14년을 조지아주 교도소에서 다른 사람이 저지른 살인 혐의를 뒤집어쓰고 억울하게 옥살이를 한 사람입니다. 한 젊은 변호사가 사건을 맡아 제가 결백하다는 사실을 밝혀내고 풀려나도록 해 줬습니다. 조지아주에서 보상금도 받아 내 줬고요. 저는 전과 없이 깨끗합니다. 가끔 그 변호사를 위해 일하고 있는데, 그게 최소한의 도리인 것 같더군요."

"혹시 퀸시 밀러와 관련된 일인가요?"

"그렇습니다. 방금 말한 변호사님이 그 사건을 맡고 있습니다. 우리는 당신처럼 그가 결백하다는 걸 압니다."

그는 깊은 한숨을 내쉬더니 아주 짧게 미소를 지어 보인다. 그가 커다란 창문 앞으로 걸음을 옮기자 프랭키도 그를 따라간다. 그들은 주차장에 아스팔트를 깔고 있는 일꾼들을 바라본다.

타일러가 묻는다. "성함이 어떻게 되시죠?"

"프랭키 테이텀입니다." 그가 재단에서 사용하는 명함을 내밀자 타일러는 명함을 앞뒤로 훑어본다. 그가 묻는다. "퀸시는 어떻게 지내나요?"

"올해로 22년 복역했습니다. 참고로 전 억울함을 무릅쓰고 그보다 짧은 14년을 감옥에서 보냈습니다. 간신히 제정신을 유지하면서요. 하루하루가 악몽이었습니다."

타일러는 증거물을 없애듯 명함을 돌려준다. "정말이지 전 이런 일에 말려들 시간이 없습니다. 뭘 원하시는지 모르겠지만 엮이고 싶지 않습니다. 미안하지만, 퀸시 사건은 제 인생에서 이미 끝났습니다."

"당신은 굉장한 변호사였습니다, 타일러. 신참이었지만 퀸시를 위해 죽을힘을 다해 싸웠잖아요."

그가 웃으며 어깨를 으쓱하고는 말한다. "그리고 졌죠. 자, 그만 돌아가 주세요."

"그러죠. 여기는 당신 소유지니까요. 제 보스는 컬런 포스트라는 변호사입니다. 한번 확인해 보세요. 지금까지 여덟 명의 무고한 사람에게 자유를 줬어요. 그는 안 된다는 대답을 용납하지 않는 사람입니다. 그가 조용한 데서 당신과 대화를 좀 하고 싶어 합니다, 타일러. 아무도 없는 데서요. 절 믿으세요, 타일러. 포스트는 솜씨가 좋습니다. 그리고 물러서지 않을 거예요. 그냥 15분 정도 만나 주는 게 당신으로서는 시간을 아끼고 불편을 덜 수 있는 길일 겁니다."

"그 사람, 서배너에 있나요?"

"아뇨. 지금 길 건너에 있습니다." 프랭키는 내가 있는 곳을 가리켜 보인다.

우리 세 사람은 모퉁이를 돌아 패밀리 레스토랑 같은 식당으로 걸어간다. 타일러의 회사가 짓고 있는 곳으로 아직 마무리는 되지 않았다. 일꾼들이 상자에서 여러 개의 새 의자를 꺼내고 있다. 식당 너머 길거리에는 새 건물들이 빽빽하다. 자동차 대리점, 패스트푸드점, 드라이브스루 매장, 작은 상가들, 세차장, 주유소에 은행 지점도 두 개 보인다. 플로리다주는 멋진 모습으로 뻗어 나가고 있다. 우리는 일꾼들로부터 멀찌감치 떨어진 구석에 서서 이야기한다. 타일러가 말한다. "좋아요. 무슨 얘긴지 한번 들어 봅시다."

나는 왠지 대화가 언제든 툭 끊길 것 같다는 예감에 잡담을 건너뛰고 단도직입적으로 묻는다. "퀸시가 무죄라는 걸 밝혀낼 수 있을까요?"

그는 생각해 보더니 머리를 좌우로 흔든다. "이봐요, 저는 이 건에 말려들고 싶지 않아요. 아주 오래전에 최선을 다해 그의 결백을 밝히려 시도했고 실패했습니다. 지금은 보시다시피 전혀 다른 삶을 살고 있어요. 저는 세 아이와 아름다운 아내가 있고 돈도 많고 아무 걱정이 없습니다. 전 그리로 다시 돌아가지 않을 겁니다. 미안해요."

"뭔가 위험한 게 있는 거죠, 타일러?"

"아, 알게 될 겁니다. 아니, 그럴 일은 없으셔야겠네요. 단, 당신이 제 발로 안 좋은 상황 속으로 걸어 들어가고 있다는 사실만 알아 두세요, 포스트 씨."

"제가 맡는 사건은 늘 상황이 안 좋습니다만."

그는 내가 뭘 모른다는 듯 툴툴거린다. "이번엔 차원이 다를 겁니다."

"타일러, 우린 동년배에다 둘 다 이쪽 세계에 환멸을 느껴 비슷한 시기에 일을 그만뒀습니다. 제 두 번째 직업은 제대로 굴러가지 않았고, 저는 그때 새로운 부름을 받았습니다. 저는 탈출구를 찾기 위해, 또 도움을 얻기 위해 여기저기 돌아다니며 시간을 보냅니다. 타일러, 퀸시는 지금 당장 당신의 도움이 필요합니다."

그는 더 이상 참을 수 없다는 듯 깊은 한숨을 내쉰다. "이런 일을 하다 보면 어쩔 수 없이 밀어붙여야 하는 경우도 있겠죠. 하지만 저한텐 그런 게 안 먹혀요, 포스트 씨. 좋은 하루 보내세요. 다시는 찾아오지 마세요." 그가 돌아서서 출입문으로 나가 버린다.

놀랄 일은 아니지만 채드 팔라이트는 감감무소식이다. 그는 나머지 여섯 가닥의 음모에 대한 DNA 검사에 동의하지 않을 것이다.

그는 남은 음모를 다른 증거물과 함께 깊은 곳에 넣고 잠가 버렸다. 그리고 자신이 얼마나 무서운 검사인지 보여 주기 위해 나를 증거물 훼손 혐의로 기소하겠다며 위협한다. 앨라배마주는 다른 모든 주들과 마찬가지로 그런 행위를 금지하고 있다. 단, 처벌은 제각각이다. 그는 내가 1년의 실형을 받을 수도 있다는 소식을 유쾌하게 전해 준다.

불결한 음모 한 가닥 때문에 감옥에 가야 하다니.

추가로 그는 내가 비윤리적 행위를 저질렀다며 앨라배마주와 조지아주 변호사 협회에 항의할 예정이라고도 한다. 나는 웃어넘기고 만다. 전에도 검사들에게 위협을 받은 적이 있는 데다 심지어 이번에는 참신하지도 않은 방식이다.

메이지는 유죄 판결 후 구제 청원을 위한 두꺼운 신청서를 준비한다. 절차에 따르면 신청서는 우선 베로나에 있는 주 법원에 제출해야 한다. 신청서를 제출하기 전날 나는 버밍햄으로 차를 몰고 가서 짐 비즈코를 만난다. 그는 듀크의 재판을 취재했던 경험 많은 기자다. 그는 재판이 항소심을 거치는 동안 추가 취재를 하면서 재판의 공정성에 의문을 드러냈다. 그는 특히 듀크의 변호사에 대해 거칠게 비판했다. 그 불쌍한 변호사가 간경변으로 사망하자 짐은 살인 사건을 다시 기사화하면서 재수사의 타당성을 주장했다. 그는 DNA 검사를 통해 듀크의 결백이 드러났다는 소식에 기뻐한다. 나는 마크 카터를 살인범으로 지목하지 않기 위해 조심한다. 그건 나중에 밝힐 생각이다.

우리가 신청서를 제출한 다음 날 비즈코가 쓴 긴 기사가 지역 신문의 맨 윗자리를 차지한다. 채드 팔라이트는 기사 속에서 이렇게 말한다. "저희 검찰은 여전히 범인을 제대로 체포했다고 확신하며, 무자비한 살인범 듀크 러셀의 사형을 집행하기 위해 열심히 일하고 있습니다. DNA 검사는 이번 사건에서 아무 의미가 없습니다."

오티스 워커와 두 차례의 전화 통화를 거친 프랭키는 준 워커가 퀸시 밀러와 그 어떤 걸로도 엮이지 않길 원한다는 사실을 확인한다. 그들의 혼란스러웠던 이혼은 영원히 씻을 수 없는 상처가 되었고, 그녀는 이번 일에 엮이지 않기로 단호하게 결심한 듯하다. 나쁜 기억, 그리고 오래전에 한 거짓말을 마주해야 한다는 당혹감 외에 그녀에게 남은 건 없다.

오티스는 프랭키에게 다시는 연락하지 말라고 경고한다.

그는 그러겠다고 약속한다. 지금 당장은.

17

요즘 시브룩에는 스물세 명의 변호사가 일하고 있다. 그들 개개 인에 대한 우리의 조사 자료는 그리 많지 않다. 그들 가운데 절반 정도는 루소가 살해당했을 때도 활동하고 있었다. 가장 나이가 많은 변호사는 91세의 신사로 여전히 매일 사무실까지 운전해서 출근한다. 작년에 신입 변호사 두 명이 등장해 새롭게 간판을 내걸었다. 스물세 명 모두 백인이고 여자는 여섯 명이다. 가장 영업을 잘하는 변호사는 두 형제로 그들은 지난 20년 동안 주로 파산 문제를 다루었다. 대부분의 작은 도시가 그렇듯 이 지역 변호사들도 간신히 견뎌 내는 중이다.

글렌 콜라쿠르치는 한때 플로리다주 상원 의원으로도 활동했다. 그는 루이즈 카운티와 다른 두 카운티를 합친 선거구에서 당선

되었고, 살인 사건 당시 세 번째 임기를 수행 중이었다. 키스 루소는 그의 먼 친척이었다. 그들은 탬파의 이탈리아 이민자 지역 출신이었다. 젊은 시절 콜라쿠르치는 시브룩에서 가장 큰 로펌을 운영했고 로스쿨을 졸업한 키스를 고용했다. 키스는 시브룩에 올 때 아내를 데려왔지만 콜라쿠르치는 그녀에게 일자리를 주지 않았다. 키스는 오래 버티지 못했고, 1년 뒤 메인 스트리트의 엘리베이터도 없는 한 건물의 빵집 위층에 두 칸짜리 루소 부부 법률 사무소를 차렸다.

내가 콜라쿠르치를 선택한 이유는, 그나마 우리가 그에 관해 조사를 좀 더 많이 했고 키스에 관해 더 많이 알 것 같았기 때문이다. 그러면 현재 시브룩에서 활동하는 변호사들 중에서 과거사에 대해 가장 잘 알고 있을 터다. 미리 전화했더니 그가 30분의 시간을 내주겠다고 한다.

처음으로 시브룩 시내를 달리는 것임에도 마치 아는 곳에 와 있는 듯한 기분이 든다. 다만 나는 한정적인 장소에만 관심이 있다. 한때 키스와 다이애나가 소유했고 범죄가 발생한 사무실 건물, 캐리 홀랜드가 달아나는 흑인 남자를 목격했다고 주장한 사무실 뒤쪽 골목길, 법원 건물. 나는 사무실 건물 건너편 메인 스트리트에 차를 세우고 그대로 앉아 느릿느릿 오가는 사람들을 바라본다. 문득 이들 가운데 얼마나 많은 사람이 살인 사건을 기억하고 있을지 궁금해진다. 키스 루소를 아는 사람이 몇이나 될까? 퀸시 밀러는? 그들은 이 도시가 무고한 사람을 교도소에 보내는 잘못을 저지른 사실을 알까? 물론 알 턱이 없다.

시간이 되자 나는 인도로 올라서서 사람들 사이에 섞여 목적지인 사무실까지 반 블록 정도를 걷는다. 창문에는 군데군데 벗겨진 굵은 검은색 글씨로 '콜라쿠르치 로펌'이라고 쓰여 있다. 안으로 들어서자 문에 달린 구식 종이 딸랑 울린다. 늙은 얼룩 고양이 한 마리가 먼지를 문지르며 소파에서 미끄러져 내려간다. 내 오른쪽에는 접이식 뚜껑이 달린 책상에 수동 언더우드 타자기가 놓여 있다. 마치 머리가 하얗게 센 비서가 돌아와 타이핑하기를 기다리고 있는 것처럼 보인다. 오래된 가죽과 퀴퀴한 담배 냄새는 불쾌할 뿐 아니라 대청소를 간절히 바라고 있다.

하지만 한 세기도 더 되어 보이는 예스런 풍경 속에서 놀랍게도 아주 예쁘고 젊은 아시아계 여자가 짧은 치마를 입고 웃으며 나타나 말한다. "안녕하세요. 무슨 일로 오셨나요?"

나도 웃으며 대답한다. "네. 저는 컬런 포스트라고 합니다. 콜라쿠르치 씨와 어제 통화했는데요. 오늘 아침에 만나기로 했습니다."

그녀는 웃는 동시에 얼굴을 찡그리면서 조금 더 현대적인 모양의 책상 쪽으로 다가간다. 그녀가 나지막이 말한다. "변호사님이 제게 말씀이 없으셨어요. 죄송해요. 저는 비예요."

"변호사님은 계신가요?" 내가 묻는다.

"그럼요. 바로 말씀드릴게요. 별로 안 바쁘세요." 그녀는 다시 웃더니 미끄러지듯 사라진다. 잠시 후 그녀가 나를 손짓으로 부르고, 나는 글렌이 수십 년 동안 왕 노릇을 해 온 넓은 사무실로 들어선다. 그는 손님이 와서 기쁜 듯 책상 옆에 서 있다. 우리는 신속하게 인사부터 나눈다. 그는 가죽 소파를 향해 손짓하면서 비에게 말한다. "커피 좀 부탁해." 그는 지팡이를 짚고 절뚝거리면서 두 사람이 앉을 수 있는 의자로 향한다. 그는 여든 살이 다 되었고 겉으로도 그만큼 나이가 들어 보인다. 체중도 좀 많이 나가는 것 같고 하얀 수염과 헝클어져 엉망인 흰머리는 손질이 시급해 보인다. 그러면서도 분홍색 나비넥타이와 빨간색 멜빵 덕분에 단정해 보이기도 한다.

"신부님이신가요?" 그가 내 복장을 보며 묻는다.

"네. 성공회입니다." 나는 그에게 간단하게 수호자 재단에 대해 소개한다. 그는 지팡이를 짚은 손에 수염이 난 턱을 올린 채 충혈된 녹색 눈동자로 날 꿰뚫듯 쳐다보며 내가 하는 모든 말을 흡수한다. 나는 비가 내온 커피를 한 모금 마신다. 미지근한 커피는 인스턴트 제품 같다.

비가 문을 닫고 나가자 그가 묻는다. "퀸시 밀러 사건 같은 오래된 건에 신부님이 관여할 만한 일이 있소? 정확히 어떤 일을 하는 거요?"

"잘 물어봐 주셨습니다. 그 사람이 결백하다고 생각하지 않았다면 저는 여기 오지 않았을 겁니다."

내 말에 그의 기분이 좋아진다. "흥미롭군." 그가 중얼거린다. "나는 밀러의 재판 결과에 아무 문제도 없다고 알고 있소. 목격자도 있던 걸로 기억하는데."

"증인은 없었습니다. 캐리 홀랜드라는 젊은 여성이 현장에서 산탄총으로 추정되는 물건을 들고 달아나는 흑인 남성을 봤다고 말했습니다만, 거짓말입니다. 그녀는 마약 사범이었고 감옥에 가지 않으려고 경찰과 협상을 한 겁니다. 현재 그녀는 거짓말을 인정한 상태입니다. 게다가 재판에서 거짓말을 한 건 그녀뿐만이 아닙니다."

그가 손으로 긴 머리칼을 쓸어 넘긴다. 머리를 감지 않은 건지 기름기가 흐른다. "흥미롭군."

"키스와는 가까운 사이였나요?"

그는 불만스러운 듯 끙 소리를 내며 살짝 웃는다. "나한테 원하는 게 뭐요?"

"그냥 그때 상황을 듣고 싶습니다. 재판을 지켜보셨나요?"

"아뇨. 보고 싶었지만 그들은 재판 장소를 옆 동네인 버틀러 카운티로 옮겼소. 난 그때 상원에서 일했고 아주 바빴지. 소속 변호사만 일곱 명이었고, 이 근방에선 가장 큰 로펌이었으니까. 그 시절에는 법정에 앉아서 다른 변호사들을 넋 놓고 보고 있을 시간이 없었소."

"키스와는 친척이셨죠?"

"그렇다고 봐야지. 아주 먼 사이긴 했지만. 탬파에서 그 친구 가족을 좀 알고 지냈소. 일자리를 달라고 조르기에 채용했는데 정착을 잘 못하더군. 게다가 자기 아내도 고용해 달라는데 내키지 않았소. 여기서 1년인가 일하더니 갑자기 독립하더구먼. 영 마음에 안 들었소. 이탈리아인들은 충성심을 높게 평가하거든."

"변호사로서 실력은 좋았나요?"

"이제 와서 그게 뭐가 중요하겠소?"

"그냥 궁금해서요. 퀸시 말로는 키스가 자신의 이혼 소송을 진행하면서 끔찍할 정도로 일을 못했다고 합니다. 재판 기록을 보면 그럴듯한 얘기고요. 검사는 살인 동기를 증명하기 위해 그들의 다툼을 과장하는 횡포를 부리기도 했습니다. 아무리 불만족스럽다 한들 자기 변호사의 얼굴을 날려 버리는 의뢰인이 어디 있습니까?"

"난 그런 일은 없었지." 그가 말하더니 한바탕 웃는다. 나도 용기를 내어 따라 웃어 본다. "하지만 나도 미친놈 같은 의뢰인들을 만나 봤소. 예전 일인데, 한번은 어떤 녀석이 총을 들고 찾아왔더군. 이혼 때문에 화가 난 거야. 그래도 총을 갖고 있다고 말을 하긴 했소. 사무실에 있던 모든 변호사 역시 무기를 갖고 있었으니 최악의 상황이었지. 하지만 귀엽고 조그만 비서가 그 친구를 진정시켰소. 난 귀여운 비서라면 언제든 믿는 편이오."

늙은 변호사들은 점심을 먹느니 차라리 전쟁 무용담을 늘어놓는 게 낫다고 하는 사람들이고, 나로서는 그를 부추기는 것이 최선의 길이다. "그때는 엄청나게 큰 로펌을 운영하셨잖아요." 내가 대꾸한다.

"이쪽 지역에서나 큰 거였지. 그래도 보통 일곱에서 여덟 명 정도의 변호사가 있었고, 한때는 변호사 열 명에 비서도 열 명이 넘어서 위층까지 사무실을 넓히고 의뢰인들이 현관 밖에까지 줄을 서기도 했소. 그때는 모든 게 미쳐 돌아가던 때였소. 그런데 그런 온갖 드라마에 신물이 나더군. 내 시간의 절반을 고용한 변호사들 뒤

치다꺼리에 써야 했으니. 개업해 본 적 있소?"

"지금도 일하고 있습니다. 분야가 조금 다를 뿐이죠. 오래전에 국선 변호사로 일하다 스스로 지쳐 버리고 말았습니다. 그러다 신을 마주하게 됐고 그분께서 절 신학교로 인도하셨습니다. 저는 신부로서 교회 사역 활동을 하다가 감옥에 갇힌 억울한 사람을 만났습니다. 그 일이 제 인생을 바꿨습니다."

"그 사람은 풀려났고?"

"네. 이후로 일곱 명의 석방을 도왔습니다. 지금은 퀸시를 포함해 여섯 명의 사건을 진행 중입니다."

"어디선가 읽었는데 교도소 재소자 가운데 10퍼센트가 무죄라고 하더군. 믿어지시오?"

"10퍼센트는 좀 과한 것 같지만 교도소에는 지금도 수천 명의 무고한 사람이 갇혀 있습니다."

"난 그걸 믿어도 될지 잘 모르겠단 말이야."

"백인들은 대개 믿지 않죠. 하지만 흑인들 사회에서는 그 말을 믿는 사람들을 많이 만날 수 있습니다."

주 상원에서 18년 동안 활동한 콜라쿠르치는 법률과 질서의 편에 서서 투표해 왔다. 사형 제도와 총기 소지 권리를 찬성했고, 마약에 맞서 싸우는 전사였으며, 주 경찰과 검사들이 원하는 예산에 손을 들어 주었다.

그는 말한다. "난 형사 사건에는 한 번도 용기를 내 본 적이 없소. 그쪽으로는 도통 돈이 안 돼서."

"그렇지만 키스는 형사 재판으로 돈을 벌지 않았습니까?"

그는 찌푸린 표정으로 날 노려본다. 마치 내가 선을 넘은 것마냥. 결국 그가 내뱉는다. "키스가 죽은 지 20년이 지났소. 그가 어떻게 활동했는지에 왜 그리 관심이 많은 거요?"

"왜냐하면 제 의뢰인은 그를 죽이지 않았기 때문입니다. 다른 누군가, 다른 동기를 갖고 죽였죠. 우리는 키스와 다이애나가 1980년대 말에 마약 거래상들을 변호했고, 탬파 지역에 일부 의뢰인이 있었다는 사실을 압니다. 그 사람들이 그럴듯한 용의자가 되겠죠."

"그럴 수도 있지. 하지만 그들이 이렇게 세월이 많이 흐른 뒤에 입을 열 것 같지는 않군."

"선생님께서는 피츠너 보안관과 가까우셨나요?"

그는 다시 나를 노려본다. 대놓고 나를 노려보는 그는 내가 피츠너와 마약 거래상들을 연결하는 순간 노리는 게 뭔지 알아차린다. 그가 깊게 숨을 마셨다가 내뱉더니 말한다. "브래들리와 나는 정치적 성향은 같았지만 서로 피하는 사이였소. 나는 형사 사건 쪽으로는 발을 들이지 않았으니 우리가 만날 일은 거의 없었지."

"그 사람 지금 어디 있습니까?" 내가 묻는다.

"죽었을걸. 아주 오래전에 이곳을 떠났으니까."

그는 죽지 않았고 플로리다 키스에서 잘 살고 있다. 그는 32년 동안 보안관으로 일한 뒤 은퇴해 이주했다. 그가 사는 마라톤의 침실 세 개짜리 콘도는 160만 달러나 된다. 기껏해야 연봉이 6만 달러도 되지 않았던 공무원 출신치고는 멋지게 은퇴한 셈이다.

"당신은 피츠너가 어떻게든 키스와 연결돼 있다고 생각하는 거요?" 그가 묻는다.

"아, 아닙니다. 그런 식으로 말씀드린 건 아닙니다."

당연히 그런 의미다. 콜라쿠르치는 미끼를 물지 않는다. 그는 눈을 가늘게 뜨더니 말한다. "아까 말한 여자 증인이 피츠너가 증인석에서 거짓말을 하라고 시켰다고 했나?"

만일 캐리 홀랜드가 자신이 거짓 증언을 했다고 털어놓는다면 그때는 법원에 피츠너가 증언을 강요했다는 내용을 제출해야 하니 모두가 알게 될 터다. 하지만 나는 아직 이 사람에게 아무것도 밝힐 준비가 되어 있지 않다. 내가 말한다. "저, 콜라쿠르치 씨, 지금 대화는 모두 비밀입니다. 그렇죠?"

"물론이야. 당연하지." 그는 기다렸다는 듯 맞장구친다. 15분 전까지만 해도 그는 나와 일면식도 없는 사람이었다. 그리고 어쩌면 내가 돌아가기 위해 차에 올라타기도 전에 전화를 집어 들고 누군가에게 대화 내용을 전할 수도 있다.

"그녀가 피츠너 이름을 언급하진 않았습니다. 그냥 경찰과 검사가 시켰다고만 했어요. 피츠너를 의심할 만한 그 어떤 증거도 갖고 있지 않습니다."

"그건 다행이군. 이 살인 사건은 20년 전에 해결됐소. 당신은 공연히 헛수고를 하고 있소, 포스트 씨."

"그럴 수도 있죠. 다이애나 루소와는 얼마나 알고 지내신 건가요?"

그는 그녀에 관한 건 말하고 싶지 않다는 듯 눈동자를 굴린다. "전혀 모르는 사이였소. 애초에 내가 거리를 뒀지. 그때 당시 그 여자가 일자리를 원했는데 우리는 여성 변호사를 고용하지 않았어. 그 여자는 그걸 모욕으로 받아들였고 날 극도로 혐오했소. 그녀는 키스가 날 싫어하도록 만들었어. 우린 결단코 친해질 수 없는 사이였지. 키스가 떠나고 나서 속이 후련하긴 했는데, 그렇다고 그 친구와의 연을 아예 끊을 순 없었어. 애물단지가 따로 없었다니까."

"어떤 식으로요?"

그는 내게 말해 주어야 할지, 말아야 할지 고민하는 듯 멍하니 천장을 올려다본다. 늙은 변호사는 결국 참지 못하고 입을 연다. "뭐, 일은 이렇게 됐던 거요." 그가 자세를 고쳐 앉더니 이야기를 시작한다. "옛날에는 루이즈 카운티에서 벌어지는 온갖 불법 행위를 내가 도맡았소. 규모가 큰 교통사고, 불량 제품, 의료 사고, 신의, 성실의 위배 행위 등 모조리 다. 누군가 다치면 그들은 이곳으로 오거나, 가끔은 내가 직접 병원으로 가서 그들을 만났지. 키스는 그런 사건을 맡고 싶어 했소. 왜냐하면 길거리에서 돈을 벌 수 있는 유일한 방법은 상해 사건이라는 걸 모르는 사람은 없었기 때문이지. 탬파에 있는 대형 로펌 변호사도 돈을 잘 벌지만, 규모가 큰 불법 행위 관련 사건을 맡는 편이 먹을 게 훨씬 많거든. 키스가 우리 사무실을 그만두면서 사건을 빼내 들고 나갔소. 우린 그 일로 엄청 크게 싸웠지. 아무리 그 친구가 파산 상태라 돈이 필요했다지만 그 사건은 내 로펌에서 따낸 거였단 말이지. 난 그를 고소하겠다고 위협했고 우리는 자그마치 2년을 싸웠소. 결국 그가 수임료 절반을 넘겨주겠다고 합의했지만 서로에게 악감정이 남았지. 그 한가운데에는 다이애나도 있었고."

로펌들이 싸우는 이유는 십중팔구 돈 때문이다.

"키스와는 화해하셨습니까?"

"뭐, 그렇다고 봐야지. 시간은 많이 걸렸지만 작은 도시라 변호사들끼리 잘 어울렸거든. 그 친구가 살해되기 일주일 전에 같이 점심을 먹었어. 서로 웃기도 하고 그랬지. 키스는 착한 친구고 열심히 일했소. 그저 야망이 좀 지나쳤다고 할까? 단, 그 친구 부인에게는 마음을 열지 않았소. 그래도 안타까운 마음이야 있지. 불쌍한 여자야. 얼굴이 날아가 버린 남편의 시신을 직접 발견했잖아. 키스가 한 인물 했었어. 그 여자는 충격이 너무 커서 회복이 되지 않았는지 건물을 팔고 결국 이곳을 떠났소."

"이후로는 연락이 전혀 없었나요?"

"전혀." 그는 오늘도 눈코 뜰 새 없이 보내야 한다는 듯 시계를 들여다본다. 무슨 뜻인지 잘 알겠다. 그는 서서히 말수를 줄인다. 30분 뒤 나는 그에게 감사 인사를 하고 사무실을 떠난다.

18

브래들리 피츠너는 은퇴하기 전까지 32년 동안 루이즈 카운티를 호령했다. 보안관으로 일하면서 단 한 번도 추문에 휘말리지 않고 단단하게 업무를 진행했다. 4년마다 선거를 치르면 경쟁자가 아예 없거나 있어도 무난하게 재당선되었다. 그의 뒤를 이어 보안관이 된 사람은 7년 동안 자리를 지키다가 건강이 나빠져 어쩔 수 없이 그만두었다.

현재 보안관은 윙크 캐슬이라는 사람이다. 그의 사무실은 이 지역의 법 집행 기관인 보안관실, 시 경찰서, 유치장이 모여 있는 현대적인 철골 건물에 자리 잡고 있다. 도시 외곽에 있는 건물 앞에는 밝은색으로 칠한 10여 대의 순찰차가 주차되어 있다. 건물 로비는 경찰과 사무 직원, 그리고 유치장에 갇힌 사람들을 만나러 온 슬픈 표정의 가족들로 붐빈다.

안내를 받은 나는 캐슬의 사무실로 간다. 그는 미소와 굳은 악수로 나를 맞는다. 그는 마흔 살 정도로 보이고 시골 정치인 같은 능숙한 태도를 보여 준다. 그는 루소가 살해당했을 때 이곳 카운티에 살고 있지 않았다. 그러니 그 시절에 대한 부담감이 없었으면, 하는 바람이다.

날씨 이야기로 몇 분을 흘려보내던 캐슬이 말한다. "퀸시 밀러 건이죠? 대화를 따라잡으려고 간밤에 사건 관련 기록을 좀 봤습니다. 선생께서는 신부님인가, 뭐 그렇다면서요?"

"신부 겸 변호사죠." 나는 잠시 수호자 재단을 설명한다. "저는 무고한 사람이 연루된 오래전 사건을 주로 맡습니다."

"이번에도 행운이 있기를 빕니다."

나는 웃으며 말한다. "늘 어렵습니다, 보안관님."

"그렇군요. 그래, 당신의 의뢰인이 키스 루소를 죽이지 않았다는 사실을 어떻게 증명하실 생각인가요?"

"글쎄요, 늘 그랬던 것처럼 사건 현장으로 돌아가 파기 시작해야죠. 재판에서 검사 측 증인 대부분이 거짓말을 했다는 걸 알고 있습니다. 아무리 좋게 말해도 증거가 불확실하다, 정도고요."

"지크 허피는요?"

"전형적인 교도소 내 밀고자죠. 그 사람을 아칸소에 있는 교도소에서 찾았는데 아마 증언을 번복할 겁니다. 그는 거짓말과 번복을 통해 경력을 쌓았어요. 그런 친구들에게는 흔한 일이죠. 캐리 홀랜드는 이미 진실을 털어놨습니다. 피츠너와 검사였던 버크헤드의 강압으로 거짓말을 했다고요. 그들이 그녀에게 계류 중이던 마약 혐의에 대해 좋은 조건으로 제안을 했습니다. 재판이 끝난 뒤 피츠너는 그녀에게 1천 달러를 주면서 사라지라고 했고 그녀는 시브룩으로 돌아가지 않았어요. 퀸시의 전처인 준 워커는 탤러해시에 살지만 아직은 협조를 거부하고 있습니다. 그녀는 이혼 과정에 화가 나서 퀸시에게 불리한 증언을 하고 거짓말을 했습니다. 온통 거짓말 천지입니다, 보안관님."

보안관은 처음 듣는 얘기들을 흥미롭게 받아들인다. 그러더니 고개를 흔들며 말한다. "그래도 가야 할 길이 멀군요. 살인에 쓰인 무기가 없으니까요."

"그렇습니다. 퀸시는 산탄총을 소유한 적이 없습니다. 가장 중요한 문제는 당연히 사건이 벌어지고 얼마 지나지 않아 이해할 수 없는 이유로 사라진, 혈흔이 묻었다는 플래시입니다."

"플래시는 어떻게 된 거죠?" 그가 묻는다. 자기가 보안관이면서. 묻고 싶은 사람은 난데.

"그러게요. 피츠너의 공식 발언에 따르면 플래시는 증거물 보관소 화재로 소실됐다고 합니다."

"그 말을 의심하는 건가요?"

"저는 모든 걸 의심합니다, 보안관님. 검사 측 전문가 증인이었던 노우드 씨는 플래시를 한 번도 본 적이 없습니다. 그의 증언은 엉터리입니다." 나는 가방에서 서류를 꺼내 보안관의 책상에 올려놓는다. "여기 저희가 정리한 증거 요약본입니다. 저명한 범죄학자 카일 벤더슈미트 박사의 보고서도 있습니다. 그는 노우드의 증언이 상당히 의심스럽다고 보고 있습니다. 플래시 사진을 보셨습니까?"

"네."

"벤더슈미트 박사는 플래시의 렌즈에 묻은 얼룩인지 점인지 하는 것이 어쩌면 사람의 혈액이 아닐 수도 있다고 합니다. 심지어 플래시는 사건 현장에서 발견된 것도 아닙니다. 플래시의 출처는 알 수 없습니다. 퀸시는 맹세코 한 번도 본 적 없는 물건이라고 합니다."

보안관은 보고서를 집더니 찬찬히 넘겨 가며 들여다본다. 그러다 지루해졌는지 보고서를 책상에 내려놓고 말한다. "오늘 밤에 시간이 나면 읽어 보죠. 자, 그럼 제게 원하는 것이 정확히 뭡니까?"

"도와주세요. 저는 새 증거에 근거를 둔 유죄 판결 후 구제 청원을 신청할 겁니다. 내용에는 우리 측 전문가의 보고서와 거짓말했던 증인들의 진술서를 포함할 겁니다. 보안관님이 살인 사건의 재수사를 시작해 주셨으면 합니다. 이쪽 지역에서 엉뚱한 사람이 유죄 판결을 받았다고 생각한다는 걸 법원이 알게 된다면 어마어마한 도움이 될 겁니다."

"이러지 마세요, 포스트 씨. 이 사건은 20년도 더 전에 종결됐습니다. 그것도 제가 이곳에 오기 한참 전에."

"모든 게 옛날 사건들입니다, 보안관님. 옛날 사건이자 미제 사건이죠. 제가 하는 일이 그렇습니다. 관계자들은 대부분 사라졌습니다. 피츠너도 없고 버크헤드도 없고 심지어 판사는 죽었어요. 보

186

안관님은 사건을 새로운 시각에서 들여다보면서 억울한 사람을 교도소에서 꺼내 줄 수 있습니다."

그는 고개를 흔든다. "제 생각은 달라요. 이런 사건에 말려들 수 없습니다. 젠장, 저는 어제 당신이 전화하기 전까지 이 사건에 관해 생각조차 해 본 적이 없어요."

"그러니까 더 재수사를 하는 데 명분이 서죠. 20년 전에 어떤 잘못이 있었다고 해도 보안관님은 비난받을 이유가 없잖아요. 보안관님은 그저 옳은 일을 하려고 애쓰는 훌륭한 사람으로 비칠 겁니다."

"밀러를 석방하려면 당신이 진범을 찾아내야 하는 겁니까?"

"아닙니다. 저는 그 사람이 무고하다는 것만 밝혀내면 됩니다. 우리가 해결한 사건들 가운데 절반은 진범을 찾아냈지만 늘 그런 건 아닙니다."

그는 여전히 고개를 젓고 있다. 얼굴의 미소는 사라지고 없다. "잘될 것 같지 않군요, 포스트 씨. 그러니까 당신은 안 그래도 업무가 차고 넘치는 수사관들을 현재 임무에서 빼내 이 동네 사람들도 잊고 사는 20년 전 살인 사건을 재조사하도록 지시하라는 거잖아요. 말도 안 됩니다."

"힘든 일은 제가 합니다, 보안관님. 그게 제 일입니다."

"그럼 저는요?"

"협조요. 저희를 방해하지 않으시는 겁니다."

그는 의자에 앉은 채 뒤로 몸을 젖히더니 두 손을 머리 뒤로 맞잡는다. 그는 천장을 쳐다보면서 한참을 보낸다. 마침내 그가 묻는다. "이런 사건을 진행할 때 지역 사람들은 보통 어떻게 나옵니까?"

"사건을 덮죠. 저항합니다. 증거를 숨기고요. 미친 사람처럼 맞서 싸우죠. 제가 법원에 제출하는 모든 자료를 두고 논쟁을 벌입니다. 아시겠지만 이런 사건들은 걸려 있는 판돈이 너무 크고 실수도 너무 끔찍한 것들이라 누구도 스스로 틀렸다고 인정하기 힘듭니다. 무고한 사람들이 감옥에 갇혀 있는 동안 진짜 살인범들은 자유롭게 돌아다니고 또 살인을 저지르기도 합니다. 말도 못하게 부당한 일이죠. 저는 지금까지 스스로 실수를 인정할 정도로 기개가 있는 경찰이나 검사를 만나 본 적이 없습니다. 그런데 이번 사건은 조금 다릅니다. 퀸시에게 부당한 유죄 판결을 내렸던 사람들이 더 이상 없기 때문입니다. 당신은 영웅이 될 수 있습니다."

"영웅놀이에는 관심 없습니다. 단지 시간을 할애할 이유를 찾지 못하겠다는 겁니다. 진짜로. 저는 걱정해야 할 사건들이 너무 많아요."

"물론 그러시겠죠. 하지만 제게 협조하시고 제가 하는 일이 조금 수월하게 돌아갈 수 있게 해 주실 수는 있죠. 저는 그저 진실을 찾으려는 것뿐입니다."

"모르겠어요. 생각 좀 해 봅시다."

"어쨌거나 지금 당장 요청드리는 건 이게 다입니다."

그는 여전히 이해가 가지 않고 대의를 인정할 수 없는지 깊은 한숨을 내쉰다. "뭐, 다른 건 없습니까?"

"실은 하나 더 있습니다. 어쩌면 퍼즐의 다른 한 조각이 될 수도 있는 건입니다. 혹시 케니 테프트 사망 사건에 대해 알고 계십니까? 살인 사건이 있고 나서 2년 뒤에 있었던 일입니다만."

"그럼요. 이곳에서 근무 중 사망한 마지막 경찰이었잖아요. 밖에 나가시면 벽에 그 친구의 사진이 걸려 있습니다."

"정보 공개법이네 뭐네, 하는 복잡한 절차를 거치지 않고 그 사건의 관련 자료를 좀 봤으면 합니다."

"혹시 그 건이 퀸시 밀러 사건과 관련이 있다고 보는 건가요?"

"그럴 것 같지는 않지만 모든 가능성을 열어 두고 들여다보는 중입니다, 보안관님. 제가 하는 일이 그런 겁니다. 그러다 보면 놀랄 만한 것들이 나오기도 하고요."

"그것도 생각을 좀 해 보죠."

"감사합니다."

조던이라는 이름의 소방서장은 배가 나오고 머리가 반백인 노련한 사람으로 보안관보다 훨씬 더 불친절하다. 메인 스트리트에서 두 블록 떨어진 소방서에서는 모든 일이 느리게 진행된다. 소방관 두 명이 진입로에서 반짝거리는 소방차를 닦고 있고, 실내로 들어가니 나이 많은 비서가 책상 위의 서류들을 정리하고 있다. 한참 만에 나타난 조던은 억지로 간단한 인사를 하더니 나를 1940년대 스타일의 캐비닛들이 있는 좁은 방으로 안내한다. 그는 한참 동안 오래된 서류들을 뒤지다가 1988년의 서류가 든 서랍을 찾아낸다. 서랍을 연 그는 줄지어 꽂힌 지저분한 파일을 뒤적거리다 내가 원하는 걸 발견하고 꺼낸다.

"제가 기억하기로 큰불은 아니었습니다." 그는 서류를 테이블에 올려놓으며 말한다. "직접 보시죠." 그가 방에서 나간다.

당시에는 보안관 사무실이 소방서에서 몇 블록 떨어진 낡은 건물에 있었다. 건물은 이후에 사라졌다. 수없이 많은 다른 지역과 마찬가지로 루이즈 카운티에서는 범죄 현장 증거들을 어쩌다 생긴 빈방이나 벽장 속에 아무렇게나 보관하는 일이 비일비재하다. 나는 오래된 기록을 찾아 법원의 다락방이나 숨이 턱턱 막히는 지하실을 뒤지고 돌아다니는 경험을 자주 한다.

저장 공간 부족을 완화하기 위해 피츠너는 그의 사무실 뒤쪽에 야외 이동식 창고를 설치했다. 서류를 보니 불이 나기 전에 찍은 이동식 창고의 흑백 사진이 있다. 사진 속에 보이는 하나뿐인 출입문에는 묵직한 자물쇠가 달려 있다. 창문은 보이지 않는다. 대충 깊이 9미터에 폭 4미터, 높이는 2.4미터 정도 되어 보인다. 불이 난 뒤에 찍은 사진에는 그을린 잔해 말고는 아무것도 보이지 않는다.

최초 화재 경보는 새벽 3시 10분에 울렸다. 소방관들이 출동했을 때 창고는 완전히 불길에 휩싸여 있었다. 불은 몇 분 만에 진압되었지만 건져 낸 건 없었다. 화재 원인은 '미상'이라고 적혀 있다.

조던이 말한 것처럼 큰불은 아니었다. 퀸시의 차 트렁크에서 발견된 플래시는 소실된 것으로 보였다. 아무 흔적도 찾을 수 없었다. 편리하게도 검시 보고서, 증인 진술서, 각종 도표와 사진들은 피츠너의 잠긴 책상 속에 안전하게 보관되어 있었다. 그는 퀸시 밀러를 유죄로 만드는 데 필요한 것들을 죄다 손아귀에 쥐고 있었다.

지금으로서는 화재 사건을 더 파고들 수 없다.

19

나는 일주일에 한 번씩 캐리와 벅에게 전화해 분위기를 확인한다. 그들은 내가 그냥은 물러서지 않을 것임을 깨닫고 천천히 마음을 돌리는 중이다. 내가 캐리에게 협조해도 아무런 위험이 없으리라 반복적으로 확신을 준 덕분에 우리는 일정한 수준의 신뢰를 형성하고 있다.

우리는 킹즈포트에서 가까운 한 커피숍에서 만나 오믈렛을 먹는다. 그녀가 메이지가 준비한 진술서를 읽고 나자 벅이 천천히 내용을 확인한다. 그들은 이 다음에 벌어질 일들에 관해 또다시 물어 왔고 나는 이 질문에 답하면서 1시간이 넘도록 끈질기게 그들을 설득한다. 결국 그녀는 진술서에 서명한다.

주차장에서 내가 그녀를 가볍게 안아 주자 벅도 나를 안아 준다.

우리는 이제 서로를 믿는 친구 사이이며, 나는 그들에게 퀸시를 돕기 위해 용기를 내 준 일에 감사한다. 캐리는 눈물을 흘리면서 퀸시에게 용서의 말을 전해 달라고 부탁한다. 나는 이미 그렇게 했다고 대답한다.

어머니는 고향인 테네시주 다이어즈버그 근처에 있는 가족 농장을 물려받았다. 어머니는 일흔세 살이다. 2년 전에 아버지가 돌아가신 뒤로 홀로 지낸다. 연세 때문에 걱정스럽지만, 어머니는 나보다 더 건강하며 외롭지도 않다. 어머니는 내가 떠돌이처럼 살고, 여자는 거들떠보지도 않아 근심이 많다. 어머니는 내가 가정을 꾸리는 일에 우선순위를 두지 않고, 손주를 낳아 줄 것 같지 않다는 현실을 어쩔 수 없이 받아들였다. 여동생이 이미 어머니에게 손주를 세 명 선물했으나 그들은 멀리 떨어진 곳에서 살고 있다.

어머니는 육식을 하지 않고 땅에서 나는 것으로 먹고 산다. 어머니의 정원은 어마어마하게 넓어서 수백 명도 먹여 살릴 수 있을 것 같다. 사실 실제로도 그렇다. 어머니는 지역 푸드 뱅크에 신선한 과일과 채소를 실어 나른다. 우리는 쌀과 버섯으로 속을 채운 토마토, 큼직한 흰콩, 호박 캐서롤로 식사를 한다. 푸짐하게 한 상 차렸지만, 어머니는 새 모이만큼 먹고 차와 물 말고는 아무것도 마시지 않는다. 건강하고 활기 넘치며 약을 싫어하는 어머니는 가까운 채소 접시를 내 쪽으로 밀며 더 먹으라고 권한다. 어머니는 내가 너무 말랐다면서 걱정하지만 나는 손사래를 치며 그렇지 않다고 말한다. 다른 사람들로부터도 많이 듣는 얘기다.

식사를 마친 우리는 집 앞 포치에 앉아 민트 차를 마신다. 포치는 오래전 내가 요양을 하던 때와 바뀐 것이 전혀 없고, 우리는 암울했던 그 시절을 떠올리며 이야기를 나눈다. 우리는 또 내 전처인 브룩에 관해서도 이야기한다. 어머니와 전처는 사이가 좋았고 수년간 연락하며 지냈다. 처음에 어머니는 무너진 날 떠난 그녀에게 화를 냈다. 하지만 나는 결혼할 때부터 우리의 이별은 정해진 수순이었다며 결국 어머니를 설득하는 데 성공했다. 브룩은 성공한 사업가와 재혼했다. 그들은 슬하에 토끼 같은 10대 아이 넷을 두고 있다. 어머니는 우리가 이혼하지 않았다면 펼쳐졌을 현재를 생각할 때마다 조금 힘들어한다. 나는 그럴 기미가 보이면 재빨리 화제를 돌린다.

내 독특한 생활 방식에도 불구하고 어머니는 내가 하는 일에 자부심을 느끼고 있다. 하지만 형사 사법 체계에 관해서는 별 지식이 없다. 어머니는 범죄가 만연하고 많은 사람이 교도소에 가고 많은 가족이 해체되는 현실에 우울해한다. 교도소에 무고한 사람이 수천 명 갇혀 있다고 어머니를 설득하기까지 꽤 오랜 시간이 걸렸다. 퀸시 밀러 사건은 오늘 처음 이야기하는 거라 어머니는 자세한 얘기를 들으며 좋아한다. 살해당한 변호사, 부정직한 보안관, 마약 카르텔, 완벽한 함정에 빠진 결백한 남자. 어머니는 처음에는 믿지 못하다가 이야기를 그냥 즐겁게 듣는다. 어머니에게 너무 많은 이야기를 들려줄까 봐 걱정할 필요는 없다. 어차피 우리는 플로리다주에서 멀리 떨어진 테네시주 시골구석의 어두운 포치에 앉아 있다. 게다가 어머니가 이야기를 옮길 만한 상대도 없다. 나는 어머니가 비밀을 지키리라 믿는다.

우리는 내가 맡은 다른 의뢰인들에 관해서도 이야기를 나눈다. 노스캐롤라이나주의 사형수 수감동에서 복역 중인 샤스타 브릴리는 방화를 저질러 세 명의 친딸을 살해했다는 판결을 받았다. 테네시주의 빌리 레이번은 여자 친구의 아기를 안은 채 발이 걸려 넘어졌다가 '흔들린 아이 증후군'이라고 알려진 모호한 과학 논리에 의해 유죄 판결을 받았다. 듀크 러셀은 여전히 앨라배마주의 사형수 수감동에 있다. 미시시피주의 커티스 월리스는 일면식도 없는 젊은 여성을 납치해 강간한 후 살해했다는 판결을 받았다. 그리고 열일곱 살 '꼬마' 지미 플래글러는 정신 지체를 가진 친구인데, 조지아주로부터 무기 징역을 선고받았다.

현 시점에서 이 여섯 개 사건이 내 삶이자 커리어다. 사건들은 내 생활의 일부가 되어 나와 함께 살아간다. 가끔은 사건들을 떠올리고 사건들에 대해 말하는 일이 피곤할 때도 있다. 나는 대화의 주제를 어머니에게로 돌리고 요새 포커 게임이 잘되어 가는지 묻는다. 어머니는 동성 친구들과 일주일에 한 번 포커판을 벌인다. 비록 판돈은 적지만 피 튀기는 경쟁이 벌어진다. 어머니는 현재까지 11.5달러를 땄다. 그들은 크리스마스가 되면 그동안 딴 돈을 모아 싸구려 샴페인을 마시는 파티를 열곤 한다. 다른 사람들과 한 달에 두 번 브리지 게임도 하지만 어머니는 포커를 더 좋아한다. 어머니는 또 두 군데의 독서 클럽에 소속되어 있다. 하나는 교회 아주머니들로 주로 신학 관련 책을 읽고, 다른 클럽은 별로 친하지 않은 사람들로 인기 소설을 주로 읽는다. 가끔은 쓰레기 같은 작품도 읽는다. 어머니는 교회 학교 교사로도 활동하고 양로원에 가서 노인들에게 책을 읽어 주기도 하고 여러 군데의 비영리 단체에서 자원봉사자로 일하기도 한다. 최근에 전기 차를 구입한 어머니는 전기 차가 어떻게 굴러가는지 자세하게 설명해 준다.

1년에 몇 번은 프랭키 테이텀이 찾아와 저녁 식사를 함께한다. 프랭키와 어머니는 친한 친구다. 어머니는 프랭키를 위해 요리하는 걸 좋아한다. 어머니는 지난주에 프랭키가 왔었다며 프랭키가 다녀간 이야기를 한다. 어머니는 내가 아니었다면 그가 아직 교도소에 갇혀 있으리라는 사실을 매우 자랑스럽게 여긴다. 그러다 내가 하는 일로 대화가 되돌아간다. 한때 어머니는 이런 일일랑 그만두고 좀 더 지속 가능한 일자리, 이를테면 정식 로펌 같은 데 들어가면 어떻겠느냐고 묻기도 했지만 지금은 그런 이야기가 쏙 들어가고 없다. 어머니는 연금으로 편안한 삶을 살 수 있고 빚을 질 일이 없으며 수호자 재단에 매달 적게나마 수표를 보내온다.

어머니는 10시가 되면 반드시 잠자리에 들고 8시간 이상 수면을 취한다. 어머니는 내 머리에 키스하고 나를 포치에 남겨 둔 채 들어간다. 나는 시원하고 조용한 밤에 눈을 크게 뜨고 앉아 철창 속 비좁은 침상에 누워 자고 있을 의뢰인들을 생각한다.

무고한 사람들.

20

한 달 전 제보를 받은 교도관들이 지크 허피의 감방을 급습해 사제 칼을 한 자루 찾아냈다. 감방을 수색하다 보면 마약은 꾸준히 발견되기에 별일 아닌 걸로 처리되곤 한다. 하지만 무기는 심각한 문제다. 교도관들에게 위협이 될 수 있기 때문이다. 지크는 규정을 어긴 수감자들을 가두는 지하 독방인 '동굴'에서 시간을 보내고 있다. 조기 가석방이라는 그의 꿈은 산산조각 났다. 복역 기간은 외려 늘어났다.

직책을 알 수 없는 부소장급 남자가 양복 차림으로 교도관 하나와 교도소 입구로 나를 맞이하러 나온다. 나는 검색대를 신속히 통과하고 일반 수감동과 멀리 떨어진 건물로 안내된다. 부소장이 고개를 끄덕이며 인상을 찌푸리자 즉시 문이 열린다. 내가 줄을 제대로 잡은 모양이다. 콘크리트 계단을 조금 내려가자 정사각형의 창문 없는 습한 방이 나온다. 바닥에 고정된 족쇄를 발목에 찬 지크가 금속제 의자에 앉아 나를 기다리고 있다. 우리 사이에 칸막이는 없다. 그의 양손은 자유롭게 풀려 있다. 날 보고 놀란 그가 떨리는 손으로 악수를 청한다.

교도관이 문을 쾅 닫고 나가자 지크가 묻는다. "여기는 무슨 일로 오셨습니까?"

"당신을 면회하러 온 거죠, 지크. 당신이 보고 싶었거든요."

그는 어떻게 대꾸해야 할지 모르겠다는 듯 툴툴거린다. 동굴에 갇힌 재소자들은 면회가 금지된다. 나는 담뱃갑을 꺼내며 묻는다. "한 대 피울래요?"

"아뇨, 당연하죠!" 불시에 중독자로 화한 그가 대꾸한다. 나는 담배를 한 개비 건네주며 그의 손이 떨리는 걸 알아챈다. 성냥으로 불을 붙여 준다. 그가 눈을 감더니 담배를 한번에 다 피워 버리기라도 할 것처럼 힘껏 빨아들인다. 그가 천장을 향해 연기를 내뿜더니 다시 한번 연기를 빨아들인다. 세 번을 빨아들인 그는 재를 바닥에 떨고 그제야 웃는다.

"어떻게 여기까지 들어오셨어요, 포스트? 이놈의 구덩이는 출입 금지 구역인데."

"알아요. 리틀록에 친구가 있거든요."

그가 담배를 필터까지 태우더니 꽁초를 벽에다 튕기듯 버리며 말한다. "한 개비만 더 주시죠."

나는 담배 한 개비에 또 불을 붙여 준다. 그는 얼굴이 창백하고 수척하다. 심지어 지난번에 보았을 때보다 더 마른 것 같고 목에 새 문신을 새겼다. 니코틴이 들어가자 차분해졌는지 몸 떨림도 거의 멈추었다. 내가 말한다. "교도소에서 당신의 복역 기간을 몇 달 늘리려고 한다더군요, 지크. 참 멍청한 짓이었어요. 사제 칼을 그런 식으로 숨겨 두다니."

"제가 하는 짓이 다 그렇죠, 포스트. 아시잖아요. 똑똑한 사람들은 이런 식으로 안 살겠죠."

"맞아요. 그런데 말이죠. 퀸시 밀러는 똑똑한 사람입니다, 지크. 그리고 그는 당신 때문에 아주 오랫동안 감옥에서 실형을 살고 있어요. 이제 그 친구를 자유롭게 풀어 줘야 할 때라고 생각하지 않습니까?"

우리는 내가 지난번에 다녀간 후 편지를 몇 번 더 주고받았고, 수호자 재단에서는 소액이나마 추가로 수표를 보내 주기도 했다. 하지만 그가 보내온 편지의 분위기로 보아 그는 위증을 인정할 준비가 되어 있지 않다. 그는 모래성 같은 우리의 관계에서 자신이 우위를 점하고 있는 것으로 여기고 기를 쓰고 수작을 부려 본다.

"아, 모르겠어요, 포스트. 너무 오래전 일이라서. 제가 상황을 자세히 기억하는지도 잘 모르겠고요."

"내가 자세한 내용을 적은 진술서를 가져왔어요, 지크. 그냥 서명만 하면 됩니다. 혹시 샤이너라고 기억해요? 조지아주에서 같이 복역한 마약 중독자."

그가 웃으며 대답한다. "그럼요. 샤이너 기억해요. 별 볼 일 없는 놈이죠."

"그 친구도 당신을 기억하던데요. 애틀랜타 근처에서 그 친구를 찾았어요. 잘 지내는 모양이던데. 사실 당신 처지보다 훨씬 나아요. 손 씻은 뒤로 지금까지 아무 문제없이 사는 것 같더라고요. 우리가 그 친구한테서 진술서를 받아 냈어요. 당신이 교도소에서 밀고자 노릇을 했던 것에 관해 가끔씩 수다를 떨곤 했다는 내용이에요. 당신이 퀸시 밀러를 웃음거리로 삼았다는 얘기도 있어요. 도선 출신인 프레스턴이라는 어린 친구도 여전히 교도소에 갇혀 있잖아요. 샤이너 말로는 당신이 걸프포트에서 열린 켈리 모리스 살인 사건 재판 때 당신의 연기를 재연하면서 스스로 감탄하곤 했다던데요. 알다시피 켈리 모리스는 지금도 당신 때문에 무기 징역을 살고 있죠. 우린 사건들의 진상을 확인했어요, 지크. 당신이 증언한 내용이 담긴 자료를 읽었고요. 샤이너의 말은 전부 사실이더군요."

지크가 나를 노려보며 담뱃재를 떨어낸다. "그래서요?"

"그래서 내가 하고 싶은 말은, 이제는 당신이 손을 씻고 퀸시를 도울 차례라는 겁니다. 당신에게 그 어떤 해도 끼치지 않아요, 지크. 당신은 어디에도 가지 않을 겁니다. 전에도 여러 번 말했다시피 플로리다 사람들은 오래전에 당신의 존재를 잊었어요. 당신이 퀸시에 대해 거짓 증언을 했다는 사실을 인정한다고 해도 그쪽에서는 아무도 신경 안 쓴다고요."

그는 두 번째 담배꽁초를 던져 버리더니 세 번째 담배를 요구한다. 나는 또다시 담배에 불을 붙여 준다. 그는 힘껏 연기를 빨아들이고는 우리 머리 위에 더 짙은 구름을 만들어 낸다. 그러고는 빈정거린다. "하, 모르겠어요, 포스트. 제 평판이 좀 걱정되는데 말이죠."

"굉장히 재밌네요. 하지만 내가 당신이라면 그런 걱정에 공연히 시간을 낭비하진 않겠어요. 제안 하나 하죠, 지크. 지금부터 15분만 유효하고 이후에는 절대로 받을 수 없을 제안입니다. 말했죠. 리틀록에 내 친구가 있다고. 영향력이 제법 큰 사람. 그렇지 않고서야 내가 여기 와서 앉아 있을 수나 있겠어요? 이 동굴은 면회가 금지돼 있잖아요. 내 제안의 내용은 이런 겁니다. 아칸소는 당신의 복역 기간을 6개월 추가하려고 해요. 사유는 사제 칼 소지. 이 말인즉슨, 당신이 이 쓰레기장 같은 데서 21개월을 더 썩어야 한다는 겁니다. 내 친구가 그 기간을 석 달로 줄여 줄 수도 있어요. 1년하고도 반이 공중으로 사라지는 겁니다. 당신이 진술서에 서명만 한다면."

그가 연기를 내뿜고 재를 떨더니 믿을 수 없다는 얼굴로 나를 바라본다. "농담이시죠?"

"내가 뭐 하러 농담을 해요? 어쨌거나 당신은 품위 있는 인간으로서 할 일을 해야 합니다. 물론 당신이 그런 부류의 사람과 동떨어진 인물이라는 건 서로가 알지만, 어쨌든 퀸시만 풀려나면 되니까."

"제가 20년이 지난 지금에 와서 거짓말을 했다고 털어놓은들 그 친구를 풀어 줄 판사는 없어요, 포스트. 이러지 맙시다."

"그건 내가 걱정할 일이고. 이 사건에서는 모든 증거 조각들이 도움이 됩니다, 지크. 당신은 아마 캐리 홀랜드라는 이름의 증인을 기억하지 못할 겁니다. 그녀도 위증을 했지만, 당신과 다른 점은 지금은 그걸 인정할 용기가 있다는 겁니다. 혹시 원한다면 그녀가 쓴 진술서를 보여 줄 수 있어요. 용감한 여성이죠, 지크. 이제 당신도 남자답게 행동할 시간입니다. 가끔은 진실을 말할 수도 있는 거잖아요."

"있잖아요, 포스트, 당신이 좋아지기 시작했어요."

"날 좋아할 필요까진 없어요. 난 호감형도 아니고, 또 그런 건 개의치 않으니까. 내 임무는 이리저리 얽힌 채 퀸시를 옭아매고 있는 거짓말들을 풀어내는 겁니다. 자, 말해 보세요. 18개월을 더 썩고 싶은 겁니까?"

"제가 당신 말을 어떻게 신뢰하죠?"

"'신뢰'라는 말을 당신이 하다니 어울리지 않군요, 지크. 난 정직한 사람이에요. 거짓말 따위 하지 않습니다. 당신은 그냥 모험을 걸어 보는 수밖에 없어요."

"담배 하나 더 주세요."

나는 네 번째 담배에 불을 붙여 준다. 그는 이제 차분하게 계산하면서 말한다. "당신 제안 말이에요. 문서로 만들어 줄 수 있나요?"

"아뇨. 그런 식으로 돌아가는 일이 아니에요. 아칸소의 모든 교도소가 재소자들로 넘쳐 나고 주 정부는 어떻게든 숨을 돌려야 해요. 카운티의 유치장도 만원이고 어떤 방에는 여섯 명씩 재운답니다. 정부에서는 빈 감방을 찾아내려 애쓰고 있어요. 당신에게 무슨 일이 벌어지는지는 관심도 없다고요."

"그건 맞는 말인데."

나는 시계를 본다. "내가 허락받은 시간은 30분이에요, 지크. 시간이 얼추 다 됐어요. 협상에 응할래요, 말래요?"

그는 생각하며 담배를 피운다. "제가 동굴 속에서 얼마나 더 있어야 하나요?"

"내일 나갈 수 있어요. 약속하죠."

그가 고개를 끄덕이자 내가 진술서를 내민다. 누가 보아도 책과는 동떨어진 인물인 지크를 위해 내용은 간단하게, 단어는 세 음절을 넘기지 않게 구성되어 있다. 그는 담배를 입 한쪽에 물고 눈으로 날리는 매운 연기를 참아 내며 진술서를 주의 깊게 읽는다. 재가 셔츠에 떨어지자 손가락으로 휙 튕겨 낸다. 마지막 페이지까지 읽은 그가 담배꽁초를 튕겨서 버리더니 말한다. "내용은 문제없어 보이는군요."

나는 그에게 펜을 건넨다.

"약속하는 거죠, 포스트?"

"약속한다니까요."

나는 아칸소주에서 사형제 폐지 운동으로 이름이 난 변호사와 다른 사건을 맡은 적이 있다. 그의 아내의 사촌은 주 상원 의원으로 예산 위원회 위원장이다. 그 말인즉슨 교도소를 포함한 모든 정부 기관의 예산을 주무를 수 있다는 뜻이다. 나는 부탁을 주고받는 걸 선호하지 않는다. 내 쪽에서 해 줄 수 있는 일이 거의 없기 때문이다. 하지만 이런 일을 하다 보면 다른 사람들과의 협업이 불가피하다. 줄을 잘 대면 때로는 기적이 벌어지기도 한다.

나는 아칸소주 북동부의 목화밭을 벗어나며 비키에게 전화해 소식을 전한다. 그녀는 잔뜩 흥분해서는 메이지에게도 소식을 전하러 뛰어간다.

준은 퀸시와의 악몽을 뒤로한 채 재혼했다. 제임스 로드라는 남자와의 재혼 생활은 이전보다는 조금 덜 혼란스러웠으나 그리 오래가지 못했다. 그녀는 여전히 엉망이었고 심리적으로 불안정했으며 마약을 했다. 프랭키는 펜서콜라에서 로드를 찾아냈다. 그는 전처에 관해 그다지 좋은 이야기를 하지 않았고, 맥주 몇 잔을 대접하자 우리가 바라던 이야기를 들려주었다.

두 사람은 결혼 전에 동거를 했다. 사랑과 행복이 넘치던 그 짧은 기간 동안 그들은 술도 많이 마시고 마리화나도 피웠다. 단, 아이들이 보지 않는 곳에서. 준은 몇 번인가 퀸시를 놀림거리 삼아 입에 올렸다. 그녀는 퀸시라면 죽을 때까지 진저리를 칠 것처럼 굴었다. 그녀는 로드에게 퀸시가 유죄 판결을 받도록 거짓말을 했다고 고백했다. 그러면서 피츠너 보안관과 포레스트 버크헤드 검사가 거짓 증언을 부추겼다고 했다.

로드는 사건에 엮이길 주저했다. 그러나 프랭키는 끈질기게 달라붙는 법을 알았다. 그건 우리 재단 고유의 문화였다. 슬그머니 접근해 증인들과 관계를 쌓고 신뢰 수준을 높이는 것이다. 그러면서 무고한 사람이 시스템에 의해 억울한 일을 당했다고 점잖게 알려준다. 게다가 이번 사건은 시골구석에서 백인들이 저지른 짓이다.

프랭키는 로드에게 그의 잘못은 전혀 없으며 앞으로도 아무 문제없으리라는 확신을 주었다. 준은 거짓말을 했지만 퀸시에게 끼친 피해를 인정할 의사가 전혀 없었다. 이런 상황에서 로드의 역할은 어마어마했다.

술집을 옮겨 다시 끊임없는 맥주 공세가 이어지자 마침내 그가 진술서에 서명하겠다고 했다.

21

지난 석 달간 우리는 최대한 조용히 작업해 왔다. 키스 루소를 죽인 자들이 우리의 행동을 주시하고 있는지 우리로서는 파악할 도리가 없다. 하지만 우리가 퀸시 밀러에 대한 유죄 판결 후 구제 청원을 신청하면 상황은 달라진다.

메이지가 작성한 서류는 두께가 2센티미터가 넘는다. 늘 그랬듯 유려한 문장으로 능수능란하게 주장을 펼친다. 그녀는 폴 노우드의 혈흔 분석에 관한 전문가 증언을 철저하게 해체하는 것으로 시작한다. 그녀는 노우드의 자격을 공격하고 그에 관한 매정한 평가를 열거한다. 그녀는 그가 결백한 사람을 범인으로 지목했다가 나중에 DNA 검사로 그들에게 아무 죄가 없다는 사실이 드러났던 일곱 건의 재판을 고통스러울 정도로 자세히 설명한다. 그녀는 일곱 명의 무고한 사람들이 도합 98년을 감옥에서 보냈지만 그 가운데 누구도 퀸시 밀러만큼 오래 갇혀 있지는 않았다고 하며 요점을 명확하게 짚는다.

메이지는 자신이 자초한 핏물 구덩이에 자진해서 빠져 버린 노우드를 버려 둔 채 진짜 과학을 무기 삼아 돌진한다. 바로 카일 벤더슈미트가 무대에 오를 차례다. 흠잡을 데 없는 그의 자격 증명은 주 정부가 증인으로 내세웠던 전문가와 극명한 대조를 이룬다. 그의 보고서는 불신으로 시작한다. 퀸시를 유죄로 만든 증거품은 플래시가 유일하나 플래시는 범죄 현장에서 발견되지 않았다. 따라서 플래시가 산탄총이 발사될 때 현장에 있었는지 밝혀 줄 증거는 없다. 플래시의 렌즈에 묻은 작은 얼룩이 실제로 사람의 피라는 증거 역시 없다. 작은 오렌지색 점이 진짜 혈흔인지 사진상으로 판단하는 것은 불가능하다. 산탄총의 탄도를 확인하는 것도 불가능하다. 뿐만 아니라 범인이 총을 발사할 때 플래시를 들고 있었다고 하더라도 그걸 확인하는 것은 불가능하다. 불가능한 사항이 너무 많다. 노우드의 증언은 사실 관계가 틀렸고 과학적으로 증명되지 않았고 순리에 어긋났고 법적으로 무책임했다. 노우드는 증거가 전혀 없는 중요한 사실들에 대해 추측성 발언을 했고, 모르는 부분에서도 조작된 증언을 남발했다.

벤더슈미트가 알아낸 사실에 관한 요약은 확실하고 설득력 있고 새로운 증거들로 이루어졌다. 그러나 그것이 전부가 아니다. 우리의 두 번째 전문가는 샌프란시스코의 저명한 범죄학자 토비아스 블랙 박사다. 블랙 박사는 벤더슈미트 박사와 연결 고리가 없는 다른 전문가다. 그 또한 사진과 증거품을 조사하고 재판 기록을 읽었다. 노우드와 그의 동료 사이비 과학자들에 대한 블랙 박사의 경멸은 걷잡을 수 없을 정도다. 그의 결론도 같다.

메이지의 글솜씨는 노벨상감이고 철저한 팩트로 무장한 그녀는 난공불락이다. 내가 만일 범죄자라면 그녀에게 밉보이고 싶은 생각은 추호도 없을 터다.

그녀는 피츠너의 수사를 비판한다. 비키는 정보 공개법을 이용해 플로리다주 경찰의 기록을 얻어 냈다. 기록에서 한 형사는 피츠너의 가혹함, 그리고 독단적으로 수사 전권을 통제하려는 욕구에 불만을 털어놓았다. 피츠너는 외부의 개입을 허용하지 않았고 협조 수사를 거부했다.

퀸시와 범죄를 직접적으로 연결시킬 수 있는 물리적 증거가 없었기에 피츠너는 스스로 증거를 만들어 낼 수밖에 없었다. 주 경찰에 알리지도 않은 채 그는 퀸시의 차에 대한 수색 영장을 받아 냈고, 아주 간단하게 트렁크에서 플래시를 찾아냈다.

이어서 메이지는 거짓 증언을 한 증인들을 거론한다. 캐리 홀랜드 프루잇, 지크 허피, 터커 샤이너, 제임스 로드의 진술서가 자료로 포함되어 있다. 메이지가 거짓말쟁이를 다루는 데는 절제된 잔인함이 있다. 특히 미국 검찰이 밀고자를 증인으로 활용한 데 대한 맹렬한 논평으로 분노를 쏟아 낸다.

그다음에는 동기 문제를 분석하면서 퀸시가 키스 루소와 원한

관계가 있었다는 것은 사실이라기보다 개인의 진술에 의존한 것이라는 점을 지적한다. 그녀는 전에 로펌에서 접수 직원으로 일했던 여성의 진술서를 제출한다. 그 내용에 따르면 접수계 직원은 딱 한 번 언짢아하는 의뢰인의 방문이 있었고, 그는 '살짝 동요한 상태'였다고 묘사한다. 하지만 의뢰인은 위협을 가하지 않았고 키스가 사무실에 없다고 하자 그냥 돌아갔다고도 했다. 그녀는 다이애나 루소가 배심원들에게 묘사한 더 위협적이었다는 두 번째 방문은 기억하지 못했다. 경찰에 신고한 적도 없었다. 사실 퀸시의 행동을 두고 로펌에서 불평한 사람이 있었다는 기록조차 남아 있지 않았다. 전화 협박 건은 간단한 문제다. 아무런 증거가 없기 때문이다. 다이애나는 부부의 전화 기록을 받아 보려는 변호인의 노력을 차단했고, 이후에 기록은 삭제되어 사라졌다.

마지막 부분에서는 퀸시가 직접 한 증언을 간단히 짚어 준다. 그는 당시 재판에서 증언을 하지 못했으므로 이제서야 진술서를 통해 자신의 이야기를 할 수 있게 되었다. 그는 사건과 무관함을 주장하면서, 12게이지 산탄총을 소유하거나 발사한 적이 없으며 증거물 사진이 법정에서 제시되기 전까지 플래시에 관해 아는 바가 없었다고 말한다. 그는 살인 사건이 벌어졌던 날 밤에 시브룩에 있었다는 사실을 부인한다. 그는 옛 여자 친구인 발레리 쿠퍼와 있었다는 알리바이를 당시 재판 때부터 현재까지 일관되게 주장한다. 발레리 쿠퍼도 그날 밤 퀸시가 그녀와 있었다고 반복해서 진술해 왔다. 우리는 발레리로부터 받아 온 진술서도 제출한다.

신청서는 54쪽에 이르는 깔끔하고 확실한 추론으로 이루어져 있고, 최소한 수호자 재단의 명석한 사람들 시각에서 볼 때 플로리다주가 엉뚱한 사람을 범인으로 잡았다는 사실에 아무런 의문도 남겨 두지 않고 있다. 학식 있고 공정한 판사들이 신청서를 읽고 그들이 그 내용에 질겁해 신속하게 행동함으로써 불공정한 상황을 바로잡아야 마땅하지만 그런 일은 절대로 일어나기 않는다.

우리는 소리 소문 없이 신청서를 제출하고 기다린다. 사흘이 지나자 언론의 무관심은 확실시된다. 우리도 예상했던 일이다. 어쨌거나 22년 전에 마무리된 사건이니까.

내가 플로리다주의 변호사 자격이 없어서 우리는 중부 플로리다 이노센스 프로젝트라는 인권 단체를 운영하는 오랜 친구인 수전 애슐리 그로스의 손을 빌린다. 신청서 속에서 그녀의 이름은 나나 메이지의 이름보다 더 위에 올라간다. 이제 우리의 신청서는 공식 문서가 된다.

나는 신청서 내용을 복사해 답신이 오기를 기대하며 타일러 타운센드에게 보낸다.

앨라배마주에서는 채드 팔라이트가 진짜 살인자가 아닌 나를 상대로 정의를 구현하겠다는 약속을 지킨다. 그는 내가 회원으로 속해 있지도 않은 앨라배마주 변호사 협회에 비윤리적 행위로 날 신고하고, 내 자격증이 등록된 조지아주에서도 동일한 신고를 한다. 채드는 증거물 훼손을 이유로 내 변호사 자격을 박탈해 주길 요구한다. 겨우 음모 한 가닥을 빌린 죄로.

전에도 겪어 본 일이다. 귀찮고 두려운 상황이긴 하지만 주저앉을 순 없다. 듀크 러셀이 마크 커터 대신 교도소에 갇혀 있다는 생각을 하면 밤잠을 이룰 수 없다. 나는 싸움 거리가 없어 안달이 난 버밍햄의 한 변호사 친구에게 전화를 건다. 조지아주 변호사 협회에 접수된 신고는 메이지가 처리할 것이다.

위층 회의실에서 교도소에서 보내온 간절한 내용의 편지들을 앞에 쌓아 두고 일을 하는데 메이지의 비명 소리가 울린다. 계단을 뛰어 내려가 그녀의 사무실에 들어서니 그녀와 비키가 데스크톱의 모니터를 응시하고 있다. 메시지는 바보 같은 볼드체로 쓰여 있어 알아보기 어렵지만 보낸 사람의 의도만큼은 확실히 알겠다.

당신들이 포인셋 카운티에 제출한 신청서는 흥미롭긴 하나 게니 레프트에 대한 내용이 빠져 있다. 어쩌면 그는 마약상들에게 살해당한 것이 아닐 수도 있다. 어쩌면 그는 너무 많은 걸 알았는지도 모를 일이다. (이 메시지는 5분 뒤에 삭제된다. 추적은 불가능하다. 헛수고 말길.)

우리는 메시지가 서서히 흐려져 모니터에 아무것도 남지 않을 때까지 보고 있다. 비키와 나는 의자에 앉아 멍하니 벽을 쳐다본다.

메이지가 키보드를 두드리더니 마침내 침묵을 깨고 말한다. "'패티 의 포치 아래로부터'라는 사이트에서 보내온 거예요. 신용 카드로 한 달에 20달러를 결제하면 30일간 개인 대화방에 접속해 비밀리 에 메시지를 주고받을 수 있고, 메시지는 일시적으로만 보관되며 추적은 할 수 없다네요."

나는 메이지의 말이 이해되지 않는다. 그녀는 좀 더 검색해 보더 니 알려 준다. "제가 보기엔 합법적이고 문제없는 사이트 같은데. 이런 서비스들의 서버는 대부분 동유럽에 있어요. 그쪽의 개인 정 보 보호는 훨씬 엄격하거든요."

"답장을 보낼 수 있나요?" 비키가 묻는다.

"답을 꼭 해야 할까요?" 내가 묻는다.

메이지가 말한다. "네. 답할 수 있어요. 20달러가 들지만."

"그런 건 예산 항목에 없는데." 비키가 말한다.

"이걸 보낸 사람은 cassius.clay.444라는 주소를 사용하고 있어 요. 우리가 돈을 내면 이 주소로 메시지를 보낼 수 있어요."

"아직은 아니에요." 내가 말한다. "그는 대화를 꺼려요. 아무 말 도 하지 않을 겁니다. 생각을 더 해 보죠."

익명의 제보는 무시할 수 없지만 그걸 따라가다 어처구니없이 많은 시간을 낭비할 수 있다.

†

케니 테프트가 1990년 루이즈 카운티의 외진 곳에서 살해당했을 당시의 나이는 스물일곱이었다. 그는 피츠너 밑에서 일하는 보안관보 가운데 유일한 흑인이었고 일한 지 3년째였다. 테프트와 그의 파트너였던 길머는 피츠너의 명령을 받고 코카인 거래꾼들의 창고로 의심되는 곳에 출동했다. 당시 정보에 따르면 해당 지역에 마약상들은 없었다고 한다. 테프트와 길머는 상황이 발생하리라 예상하지 않았다. 그들의 임무는 DEA(미국 마약 단속국 – 옮긴이) 탬파 지부의 요청을 받아 나선 가벼운 정찰에 불과했기 때문이다. 그곳이 실제로 마약 거래에 사용되고 있을 가능성은 매우 낮았고, 그들은 그저 쓱 한번 둘러보고 돌아와 보고만 하면 되었다.

가벼운 상처를 입고 살아남은 길머의 말에 따르면 그들은 새벽 3시에 자갈이 깔린 길을 따라 천천히 차를 몰고 가던 중에 매복 공격을 받았단다. 길 양쪽이 깊은 숲이라 상대를 볼 수 없었다. 첫 번째 총격은 길머가 운전하던 일반 승용차의 옆면으로 날아들었고 다음 순간 뒤 유리가 날아갔다. 그는 차를 세우고 재빨리 차 밖으로 몸을 던져 도랑으로 기어 들어갔다. 조수석에 앉았던 케니 테프트는 차에서 빠져나오자마자 머리에 총을 맞아 현장에서 사망했다. 그는 권총을 꺼내 들 시간조차 없었다. 총격이 멈추자 길머는 차로 기어가 지원을 요청했다.

범인들은 흔적도 없이 사라졌다. DEA 요원들은 사건을 마약 거래상들이 벌인 짓으로 간주했다. 몇 달 뒤 한 정보원은 범인들이 경찰을 공격하는지 몰랐던 것 같다고 했다. 현장에서 멀지 않은 곳에 숨겨져 있던 다량의 코카인을 지켜야 했다는 것이다.

정보원은 범인들이 남미 어딘가에 숨었을 거라고 했다. 그들을
뒤쫓아 보아야 소용없는 짓일 거라고도 했다.

22

화가 난 오티스 워커에게서 전화가 온다. 들어 보니 아내인 준의
두 번째 남편이었던 제임스 로드가 법정에서 그녀에 관해 나쁜 말
을 한 줄 알고 단단히 화가 난 모양이다. 나는 참을성을 발휘해 우
리는 아직 법정 문턱에도 들어서지 않았으며 구제 청원 서류에 로
드가 서명한 진술서가 포함된 것뿐이라고 말한다. 그러면서도 퀸
시가 유죄 판결을 받도록 법정에서 거짓 증언을 한 일에 대해 비
웃기까지 했다는 내용의 진술이 담겼음을 알리는 걸 잊지 않는다.

"그자가 아내를 거짓말쟁이라고 했다는 거요?" 오티스가 놀라
서 묻는다. "배심원들 앞에서?"

"아뇨. 아닙니다, 워커 씨. 법정에서 그랬다는 게 아니고 그런 내
용의 서류를 만들었다는 겁니다."

"그자가 왜요?"

"우리가 그렇게 해 달라고 했습니다. 우리는 퀸시를 석방시키기 위해 애쓰는 중이니까요. 그는 그 변호사를 살해하지 않았습니다."

"그럼 내 아내가 거짓말이라도 했단 거요?"

"아주 오래전에 아내분이 법정에서 거짓말을 했다는 말씀을 드리는 겁니다."

"그 말이 그 말이잖아. 20년이나 지난 일을 이제 와 왜 또 헤집어 대냐고."

"그렇죠. 20년이나 지난 일이죠. 퀸시 앞에서도 똑같이 말해 보실래요?"

"나도 변호사를 알아볼 겁니다."

"그러세요. 변호사에게 제 전화번호를 주시면 기꺼이 그쪽과 얘기하겠습니다. 하지만 돈 낭비라는 걸 잊지 마세요."

메이지는 패티의 포치 사이트에서 다시 메시지를 받는다.

바하마의 나소 부두에 '솔티 펠리컨'이라는 오래된 술집이 있다. 다음 주 화요일 정오에 그곳으로 와라. 중요한 일이다. (이 메시지는 5분 뒤에 삭제된다. 추적이 불가하니 시도도 하지 말 것.)

나는 패티의 포치 사이트에서 신용 카드 결제를 하고 joe.

frazier.555라는 아이디를 만들어 로그인한 다음 메시지를 보낸다. *혹시 총이나 경호원이 필요한가?*

10분 뒤 답장이 도착한다. *아니. 나는 평화주의자다. 술집은 늘 붐비는 곳이고 주위에 사람이 많다.*

내가 답한다. *서로를 어떻게 알아보나?*

걱정할 것 없음. 미행이나 당하지 않도록.

그럼.

토론은 논쟁이 된다. 메이지는 누군지도 모르는 사람을 만나러 가는 건 바보짓이라는 믿음을 절대 굽히지 않는다. 비키도 내켜 하지 않는다. 나는 위험을 감수할 이유가 분명히 있다는 태도를 유지한다. 사건에 관해 많은 걸 알고 있는 사람이 도움을 주고자 한다. 이 익명의 제보자는 해외에서 만날 것을 요구할 정도로 두려워하는데, 내 눈엔 뭔가 대단한 정보를 입수할 기회로 보인다.

2대 1로 내가 불리하지만 나는 어쨌든 출발을 감행해 애틀랜타로 차를 몬다. 비키는 항공편, 호텔, 싸구려 렌터카를 예약하면서 최저 가격을 찾아내는 데 선수다. 그녀는 내가 미국 내에서만 두 군데를 경유한 다음 바하마로 향하는 프로펠러 여객기를 탈 수 있도록 표를 구해 준다. 비행기에는 승무원이 딱 한 명뿐인데, 일어날 기색이 전혀 보이지 않는 무뚝뚝한 얼굴로 승무원용 좌석에 앉아 있다.

나는 이렇다 할 짐이 없어서 손쉽게 세관을 통과하고는 길게 늘어선 택시들 가운데 한 대에 올라탄다. 택시는 1970년대식 낡은 캐딜락이다. 나 같은 관광객을 겨냥한 밥 말리의 음악이 라디오에서 쩌렁쩌렁 울려 퍼진다. 운전기사는 마리화나를 피워 무는 행동으로 지역색을 드러낸다. 차가 어찌나 막히는지 심각한 교통사고가 일어날 걱정은 없겠다. 극심한 교통 체증으로 차는 움직일 생각을 하지 않고 마침내 내 인내심은 바닥이 난다. 내가 돈을 내며 차에서 내리자 기사는 손으로 가야 할 방향을 가리켜 보인다.

솔티 펠리컨은 아주 오래된 곳으로 축 처진 서까래 위에 초가지붕을 얹은 모습이다. 천장에 매달린 커다랗고 삐걱거리는 선풍기가 찔끔거리는 바람을 보내 준다. 바하마 현지인들이 잔뜩 모여 시끌벅적하게 도미노 게임을 하고 있다. 현지인보다 백인이 더 많은 걸 보니 관광객들에게 인기가 좋은 장소임이 분명해 보인다. 바에서 맥주를 한 병 사서 물가에서 열 걸음쯤 떨어진 파라솔 아래 테이블에 자리를 잡는다. 나는 선글라스를 끼고 야구 모자를 쓰고 태연하게 주위를 둘러본다. 오랜 세월 일해 오면서 나름대로 괜찮은 수사관이 되었을지 모르지만 스파이 노릇은 여전히 서툴다. 행여 누군가 내 뒤를 미행했다고 해도 나는 절대 알아차리지 못했을 것이다.

내가 바다를 바라보는 사이 시간은 정오를 지난다.

뒤쪽에서 인기척이 들린다. "안녕하시오, 포스트." 타일러 타운센드가 슬그머니 내 옆자리 의자로 다가와 인사한다. 그의 이름은 내가 예상한 사람들 목록의 맨 위에 있었다. "안녕하세요." 나는 그의 이름을 부르지 않은 채 인사를 받으며 악수를 청한다. 그는 맥주

한 병을 들고 의자에 앉는다.

그도 선글라스에 야구 모자를 썼다. 마치 테니스를 치러 가는 듯한 차림이다. 보기 좋게 태닝한 피부에, 흰머리가 좀 있지만 잘생겼다. 우리는 나이가 비슷하다. 그러나 그가 나보다 훨씬 젊어 보인다.

"여기 자주 옵니까?" 내가 묻는다.

"네. 나소에 우리 회사 소유의 쇼핑센터가 두 개 있어요. 아내는 내가 여기 일하러 온 줄 압니다."

"왜 여기서 만나자고 하셨죠?"

"잠깐 걸읍시다." 그가 일어서며 말한다. 우리는 항구에 난 길을 따라 말없이 걷다가 수백 척의 배가 정박된 커다란 부두에 도착한다. 그가 말한다. "따라오세요." 한 칸 아래 잔교(棧橋)로 내려서자 그가 멋진 배를 가리켜 보인다. 길이가 15미터가량 되는 그 배는 돛새치 같은 박제용 어류를 잡으러 먼바다까지 모험을 감행할 수 있을 것 같아 보인다. 그가 배로 펄쩍 뛰어오르더니 내게 손을 내민다.

"당신 거예요?" 내가 묻는다.

"장인어른과 공동 소유하고 있는 배죠. 한 바퀴 돕시다." 그가 냉장고에서 맥주 두 병을 꺼내더니 선장 자리에 앉아 시동을 건다. 배가 천천히 항구를 빠져나가는 동안 나는 푹신한 소파에 몸을 기대고 소금기를 머금은 공기를 들이마신다. 금세 미세한 물보라가 얼굴을 때린다.

타일러는 유명한 법정 변호사의 아들로 팜비치에서 성장했다.

그는 플로리다 대학에서 정치학과 법학을 공부하면서 8년을 보냈다. 졸업 후에는 고향으로 돌아가 가업을 이어 갈 계획이었다. 하지만 그가 변호사 시험을 치르기 일주일 전에 아버지가 음주 운전 차량에 치여 세상을 떠나면서 그의 인생 계획은 어긋나기 시작했다. 타일러는 1년간 힘겹게 상황을 정리하고 변호사 시험을 통과한 다음 시브룩에서 일자리를 잡았다.

탄탄한 미래가 보장되어 있던 그는 학업을 소홀히 했다. 대학 졸업에 그친 그의 이력서는 보잘것없었다. 방만하게 5년을 공부해 학사 학위 하나를 간신히 따냈다. 로스쿨에서도 끝에서 세 번째 성적이었지만 그저 느긋했다. 그는 말주변이 좋고 놀기 좋아하는 학생으로 이름을 날렸다. 거물인 아버지를 등에 업고 거만하게 굴기도 했다. 그러다 불시에 구직자의 처지에 놓였고 면접 기회는 많지 않았다. 시브룩의 한 부동산 기업이 그를 고용했지만 그는 고작 8개월밖에 버티지 못했다.

그는 비용 절감 차원에서 다른 변호사들과 함께 공유 사무실을 썼다. 생활비를 충당하기 위해 가난한 사람들에게 법원이 변호사를 대신 지정해 주는 사건들에 자진해서 나서기도 했다. 루이즈 카운티는 국선 변호인이 따로 활동하기에 너무 좁은 지역이라 빈곤한 피고들의 경우 판사들이 세금으로 비용을 대며 변호사를 붙여 주곤 했다. 법정에서 활약하길 원했던 그의 열망은 지역 사람들을 경악시킨 루소 살인 사건으로 그를 이끌었고, 그로 하여금 커다란 대가를 치르게 만들었다. 타일러는 체포되자마자 유죄가 인정됨으로써 다른 모든 변호사들이 손을 떼거나 외면한 퀸시 밀러의 변호를 맡게 되었다.

법정 경험이 거의 없는 스물여덟 살의 젊은 변호사였던 그가 보여 준 실력은 대가(大家)의 그것을 방불케 했다. 그는 모든 증거물을 두고 다투었고, 검사 측 증인들을 공격하며 맹렬하게 싸웠고, 그의 의뢰인이 결백하다고 굳게 믿었다.

처음 재판 기록을 읽었을 때 나는 법정에서 보여 준 그의 건방진 태도가 흥미로웠다. 하지만 나는 기록을 세 번째 읽고 나서야 모든 걸 초토화시키는 듯한 그의 변호 스타일에 배심원들이 질려 버린 것인지도 모른다는 사실을 깨달았다. 그렇지만 이 어린 변호사는 법정 변호사로서 어마어마한 가능성을 가지고 있었다.

결국 변호사를 그만두고 말았지만 말이다.

배는 파라다이스 아일랜드의 끄트머리를 스쳐 지나 한 리조트에서 멈춘다. 부두에서 호텔로 걸어가는 동안 타일러가 말한다. "이곳을 매입할까 생각 중이에요. 싸게 나왔거든요. 쇼핑센터 말고 다양한 업종을 해 보고 싶더라고요. 장인어른이 좀 보수적인 편이지만."

플로리다주의 부동산 개발업자가 보수적으로 움직인다?

나는 그의 말이 흥미롭다는 듯 고개를 끄덕인다. 사업 얘기를 듣고 있으니 편두통이 몰려온다. 금융, 시장, 헤지 펀드, 사모 펀드, 벤처 캐피털, 금리, 부동산, 채권 같은 말만 들어도 눈앞이 흐려진다. 나는 다른 사람들이 재산을 굴리는 방식 따위에 전혀 관심이 없다.

우리는 애크런에서 온 관광객처럼 천천히 호텔 로비를 가로지른 다음 엘리베이터를 타고 3층으로 향한다. 타일러가 그곳에 커다란 방을 예약해 두었다. 나는 그를 따라 멋진 해변과 그 너머의 바다가 보이는 테라스로 나간다. 그는 냉장고에서 맥주 두 병을 꺼내오고 우리는 앉아서 이야기를 나눈다.

그가 먼저 말문을 연다. "당신의 일에 감탄하고 있습니다, 포스트. 진심으로. 나야 다른 대안이 없어 퀸시 사건에서 손을 뗐지만 그가 절대로 키스 루소를 죽이지 않았다고 생각합니다. 요즘도 가끔 그를 생각합니다."

"누구 짓인가요?"

그는 한숨을 내쉬더니 맥주병을 들고 길게 한 모금 마신다. 그가 멍하니 바다를 바라본다. 우리는 테라스에 놓인 커다란 파라솔 아래 앉아 있다. 멀리 떨어진 해변에서 이따금 들리는 웃음소리를 제외하고는 주변 어디서도 사람의 움직임을 느낄 수 없다. 그가 나를 보더니 묻는다. "혹시 몸에 도청 장치가 있나요, 포스트?"

오늘은 없다. 다행스럽게도.

"걱정하지 말아요, 타일러. 난 경찰이 아닙니다."

"질문에 대답하지 않는군요."

"없습니다. 녹음기는 없어요. 몸수색이라도 해 보실래요?"

그는 고개를 까딱하더니 말한다. "네."

나는 거리낄 게 없다는 듯 고개를 끄덕인다. 내가 테이블에서 한 걸음 물러나 속옷만 남을 때까지 옷을 벗기 시작한다. 그는 내 맨몸을 충분히 살피고는 말한다. "다행이군요."

나는 다시 옷을 입고 자리에 앉아 맥주를 마신다.

그가 말한다. "미안합니다, 포스트. 하지만 조심하지 않을 수가 없어요. 나중에 가면 다 이해하게 될 겁니다."

나는 양손을 들어 올리며 말한다. "이봐요, 타일러, 난 당신이 무슨 생각을 하는지 전혀 몰라요. 그러니 그저 입 다물고 당신이 하는 말을 듣기만 할 겁니다. 당신 주장은 모든 걸 반드시 비밀에 부쳐야 한다, 이거잖아요. 물론 키스 루소를 죽인 자들이 여전히 어딘가에 살아 있고 그들은 진실이 밝혀지는 걸 두려워하고 있지만, 나는 믿어도 돼요. 알겠어요?"

그가 고개를 끄덕이며 말한다. "나도 그렇게 생각합니다. 당신은 누가 루소를 죽였느냐고 물었지만, 답은 나도 모른다는 겁니다. 그럴듯한 추측은 할 수 있어요. 사실은 생각보다 아주 많이 그럴듯하죠. 내가 하는 말을 들으면 당신도 분명히 동의할 겁니다."

내가 맥주를 한 모금 마시고 대꾸한다. "잘 듣고 있습니다."

그가 깊게 숨을 들이마시며 긴장을 풀어 본다. 술이 필요한 대목인 것 같아 나는 병에 남은 맥주를 해치운다. 그는 냉장고에서 맥주를 두 병 더 가져오더니 의자에 몸을 기댄 채 멀리 바다를 바라본다. "난 키스 루소를 아주 잘 알고 있었습니다. 나보다 열 살 정도 많았고, 성공 가도를 달리고 있었고, 오래전부터 작은 도시에 염증을 내면서 뭔가 큰 걸 꿈꾸고 있었어요. 그렇다고 그를 특별히 좋아한 건 아니에요. 사실 그를 좋아하는 사람은 없었죠. 그와 그의 아내는 탬파의 마약상들을 도우면서 큰돈을 만지고 있었고, 그곳에 아파트까지 소유하고 있었습니다. 그들이 사무실을 그만두고 시골을 떠나 더 큰물에서 놀려고 한다는 소문이 무성했죠. 그와 다이애나는 사람들과 어울리지 않았어요. 남들을 시시한 사람들 취급하고 무시하면서 따로 놀았어요. 가끔 어쩔 수 없이 상황이 좋지 않을 때는 이혼, 파산, 유언장 같은 자질구레한 일을 처리하기도 했는데 그들은 그런 일을 하찮게 여겼습니다. 퀸시의 이혼 소송을 맡은 키스는 일을 엉망으로 해 놨어요. 퀸시 입장에서는 당연히 크게 화를 낼 만한 상황이었어요. 놈들이 정말 안성맞춤인 조연 배우를 고른 것 같지 않습니까, 포스트? 불만에 가득 찬 의뢰인이 미쳐 돌아서 게으른 변호사를 죽인다!"

"그들의 계획이 제대로 먹힌 거죠."

"정말로요. 도시 전체가 충격에 휩싸였어요. 퀸시가 체포되고 나서야 모두가 한시름 놓았죠. 나를 제외한 변호사들이 죄다 잠수를 타 버려서 내가 연락을 받았습니다. 달리 방법이 없었어요. 처음에는 그 친구가 유죄인 줄 알았는데 곧 생각이 달라졌습니다. 나는 사건을 맡았고 그 사건이 내 법조계 경력을 보란 듯이 날려 버렸습니다."

"재판에서 아주 잘해 내셨잖아요."

그가 손사래를 친다. "그게 다 무슨 소용인가요. 이제는 딴세상 얘기일 뿐인데요." 그는 지금부터 심각한 상황이 펼쳐진다는 듯 몸을 팔꿈치에 바짝 기댄다. "내가 무슨 일을 겪었는지 말씀드리죠,

포스트. 이 얘기는 아무에게도 한 적이 없습니다. 심지어 내 아내에게도. 다른 데서 절대 발설하면 안 됩니다. 너무 위험한 얘기라 듣고 나면 이 얘기를 다른 곳에서 하고 싶지도 않을 겁니다. 각설하고, 재판 이후 나는 정신적, 육체적으로 진이 다 빠진 상태였습니다. 재판, 평결 따위가 역겹기 그지없었고 시스템 자체에 증오를 품고 있었달까요. 하지만 몇 주 지나니 의지의 불꽃이 되살아나기 시작했습니다. 항소심을 해야 했기 때문입니다. 밤낮으로 항소심 준비를 하면서 플로리다 대법원을 흔들어 놓을 수 있다고, 뭔가 큰일을 벌일 수 있을 거라고 스스로 주문을 외웠습니다."

그가 맥주를 마시며 바다를 바라본다. "근데 문제는 나쁜 놈들이 날 지켜보고 있었다는 겁니다. 그냥 감으로 알 수 있었어요. 나는 전화, 아파트, 사무실, 차 등등 모든 것에 편집증이 생겼습니다. 익명의 누군가로부터 두 통의 전화를 받았어요. 둘 다 섬찟한 남자 목소리로 이렇게 말했습니다. '손 떼.' 그게 다였습니다. 그냥 손을 떼라고만 했어요. 경찰을 믿을 수 없어서 신고도 못했습니다. 피츠너가 그쪽 경찰을 장악하고 있었는데, 바로 그 사람이 적이었던 겁니다. 젠장, 어쩌면 전화를 건 게 그자였을지도 몰라요.

재판이 끝나고 5, 6개월 지났나? 한창 항소심을 준비하던 중인데 로스쿨 동기 두 녀석이 나한테 좀 쉬라고 하더군요. 그 친구들이 벨리즈(중앙아메리카에 위치한 나라 – 옮긴이)로 본피시 낚시 계획을 짰습니다. 본피시 잡으러 가 보셨습니까?"

나는 본피시라는 말조차 들어 본 적이 없다. "아뇨."

"정말 재미있습니다. 얕은 바다에서 하는 낚시인데 바하마와 중미 지역 전체에서 많이 합니다. 벨리즈에 최고의 포인트가 있습니다. 친구들이 그리로 날 초대했고, 나는 휴식이 필요하다는 걸 알았습니다. 바다낚시야말로 진정한 남자들만의 여행이거든요. 아내도 여자 친구도 데려가지 않고 술을 엄청나게 마십니다. 그래서 가기로 했습니다. 둘째 날 밤에 숙소에서 멀리 떨어지지 않은 곳에서 열리는 해변 파티에 갔습니다. 대부분 현지인이었고 여자도 좀 있고 낚시하러 온 외국인도 꽤 있었는데, 다 같이 술을 마셨습니다. 그러다 상황이 잘못된 방향으로 흐르기 시작했어요. 우린 맥주와 럼주를 잔뜩 마셨지만 분명히 정신이 나갈 정도는 아니었습니다. 대학 새내기처럼 마시고 뻗을 정도는 아니었어요. 그런데 누군가 내 술에 뭘 타서 먹인 다음 나를 어디론가 데려갔습니다. 어딘지 알 수 없었고, 앞으로도 쭉 알아낼 수 없겠죠. 눈을 떠 보니 창문도 없는 콘크리트 방이더군요. 사우나마냥 엄청나게 더웠습니다. 머리가 쪼개지는 것 같고 토할 것 같았어요. 바닥에 작은 물병이 있길래 전부 마셔 버렸습니다. 속옷 바람이었어요. 그렇게 뜨거운 바닥에 앉아 몇 시간을 있는데 문이 열리더니 험상궂게 생긴 남자 둘이 권총을 손에 들고 나타났습니다. 그들은 다짜고짜 날 두들겨 팼어요. 그러고는 안대를 씌우고 양쪽 손목을 결박해서 30분 정도 흙길을 걷게 했습니다. 비틀대면서 걷는데 갈증이 심해서 죽을 것 같았습니다. 그 깡패 놈들은 열 걸음에 한 번씩 스페인어로 욕지거리를 퍼부으면서 날 앞으로 밀쳐 댔습니다. 어딘가 도착하자 그들은 내 손목에

밧줄을 감더니 위로 끌어올려 날 공중에 매달았습니다. 너무 아팠어요. 1년 뒤에 어깨 수술까지 받아야 했죠. 하지만 당시에는 그런 걸 신경 쓸 겨를이 없었습니다. 나는 나무 기둥에 부딪혀 가며 위로 끌려 올라갔고 마침내 탑 꼭대기에 도착했습니다. 그곳에서 그들이 눈가리개를 풀어 줘서 주변 상황을 확인할 수 있었습니다. 우리는 연못인지 늪인지 모를 곳의 기슭에 있었어요. 크기가 축구장만 했습니다. 걸쭉한 갈색 물속에 악어들이 득실거렸습니다. 정말, 정말 많은 악어가 있었어요. 내가 서 있는 나무 탑 꼭대기에는 인상이 험악한 사람 셋이 무장을 하고 있었습니다. 그리고 끽해야 열여덟 살이나 됐을까 싶은 비쩍 마른 애들도 둘 있었습니다. 피부가 검은 아이들은 나체 상태였습니다. 탑에 매달린 집 라인처럼 생긴 밧줄이 연못 너머까지 연결돼 맞은편 나무에 묶여 있었습니다. 악어만 없으면 집 라인이 설치된 여름철 캠프장처럼 즐거운 곳으로 보였을 겁니다. 악어만 없었다면 말이죠. 머리가 쪼개질 것 같고 가슴이 터질 것 같았습니다. 그들은 피투성이 닭이 가득 찬 자루를 집 라인에 매달아 내려보냈습니다. 자루가 물 위로 내려가면서 피가 떨어지니까 악어들이 흥분하기 시작했습니다. 자루가 연못 한가운데서 멈추자 한 남자가 줄을 잡아당겼고 죽은 닭들이 악어 떼 위로 우르르 쏟아졌습니다. 엄청나게 오래 굶은 놈들인지 미쳐 날뛰더군요.

애피타이저를 먹었으니 메인 코스가 나올 차례겠죠. 그들이 비쩍 마른 라틴계 소년 하나를 붙잡더니 손목을 집 라인에 묶었습니다. 소년은 비명을 질렀지만 그들은 아랑곳하지 않고 아이를 탑에서 밀어 떨어뜨렸습니다. 아이의 몸이 연못 위 집 라인에 매달려 아래로 내려가는 동안 비명 소리가 점점 커졌습니다. 연못 한가운데서 멈춘 아이의 발끝이 악어 떼로부터 1미터밖에 떨어져 있지 않았어요. 불쌍한 아이는 울고불고 난리를 피웠죠. 너무 끔찍했어요. 깡패 한 놈이 천천히 손잡이를 돌리자 아이의 몸이 조금씩 밑으로 내려갔어요. 아이는 미친 듯이 발버둥을 쳤습니다. 아이는 살려 달라면서 발길질을 하고 비명을 질렀지만 금세 발이 물에 잠기고 말았고 악어들이 아이의 살과 뼈를 뜯어 먹기 시작했습니다. 깡패 녀석은 손잡이를 계속 돌렸고 아이의 몸은 점점 더 아래로 내려갔습니다. 나는 사람이 산 채로 악어에게 먹히는 과정을 고스란히 지켜봐야 했습니다."

그는 맥주를 한 모금 마시더니 바다를 바라본다. "그때의 그 무서움을 표현할 길이 없습니다, 포스트. 형언할 수 없는 광경을 바라보면서 내 차례가 머지않았다고 생각할 때의 그 절대적 공포를요. 난 그만 속옷을 적시고 말았어요. 정신을 잃고 쓰러질 것 같았습니다. 뛰어내리고 싶었지만 깡패들이 날 붙잡고 있었어요. 살면서 그런 공포를 느껴 본 사람이 몇이나 될까요? 총살형을 앞둔 사람도 끔찍하다면 끔찍하겠죠. 그래도 그 경우라면 적어도 한순간에 끝나버리잖아요. 글쎄요, 산 채로 잡아먹힌다?

어쨌거나 놈들이 두 번째 소년을 줄에 매달 때 확실히 깨달았습니다. 내가 마지막 순서구나. 그리고 내가 두 사람이 죽는 모습을 지켜보는 악몽을 견뎌야 하는구나.

그때 오른쪽 건너편에 있는 작은 건물에서 웃음소리가 들렸습니다. 구경거리를 보며 웃고 있는 남자의 목소리였습니다. 이 사람들이 얼마나 자주 여기 모여 놀면서 이런 구경을 하는지 궁금했습니다. 난 탑의 발판 끄트머리로 물러섰지만 한 깡패 녀석이 내 머리채를 붙잡고 난간 쪽으로 밀쳤습니다. 깡패 놈들이 어찌나 건장하고 포악한지 힘으로는 도저히 이겨 낼 재간이 없었습니다. 그들이 하는 대로 속절없이 당할 수밖에 없었죠. 난 그들의 손아귀에서 벗어나려고 안간힘을 썼어요. 하지만 놈들이 내 머리채를 다시 움켜쥐더니 소리쳤습니다. '봐! 보라고!'

놈들은 두 번째 소년을 줄에 묶어 탑 아래로 던졌습니다. 그 소년은 더 큰 소리로 비명을 질렀습니다. 악어 떼 위에 매달린 아이는 발버둥을 치면서 '마리아! 마리아!'라고 소리쳤습니다. 놈들이 소년의 몸을 조금씩 아래로 내리자 나는 눈을 감았습니다. 아이의 살이 뜯겨 나가고 뼈가 부서지는 소리는 끔찍했습니다. 나는 정신을 잃고 말았지만 별 도움은 되지 않았습니다. 그들이 사납게 뺨을 때리면서 나를 일으켜 세우더니 집 라인에 손목을 묶고 밀어서 떨어뜨렸습니다. 다시 웃음소리가 들렸습니다. 내 몸이 연못 한가운데서 멈추자 나는 아래를 내려다봤습니다. 절대 밑을 보지 말자고 다짐했지만 마음대로 되지 않았습니다. 온통 피바다에, 부서진 뼛조각, 찢긴 살덩이밖에 보이지 않았고 미쳐 버린 악어들은 더 많은 걸 원하고 있었습니다. 내 몸이 아래로 내려간다는 걸 알아차린 순간 어머니와 여동생이 떠올랐고 그들은 내가 무슨 일을 당했는지 절대 알 수 없으리라는 생각이 들었습니다. 절대 알 수 없을 테니 그나마 다행이다 싶었습니다. 나는 비명을 지르거나 소리치거나 울지는 않았지만 발버둥은 치지 않을 수 없었습니다. 첫 번째 뚱뚱한 악어가 내 발에 달려드는 순간 누군가 스페인어로 크게 소리쳤습니다. 몸이 다시 위로 올라가기 시작했습니다.

놈들은 날 탑 아래로 내려보냈어요. 그러고는 눈가리개를 씌웠습니다. 제대로 걷지도 못하니까 골프 카트를 가져와 태웠어요. 나는 원래 있던 방에 다시 처박혔어요. 눈물과 땀으로 범벅이 돼서 콘크리트 바닥에 웅크린 채로 1시간 정도 있었으려나. 여하튼 그쯤에 놈들이 돌아왔습니다. 한 놈이 날 때려눕히고 팔을 뒤로 꺾는 사이에 다른 녀석이 내 몸에 마약을 주사했습니다. 잠에서 깨니 벨리즈에 돌아와 있었습니다. 경찰 두 명이 타고 있는 픽업트럭의 짐칸이더군요. 우리는 유치장으로 향했고 나는 그들을 따라 안으로 들어갔습니다. 한 경찰이 커피를 한 잔 주는 사이 다른 경찰이 내 친구들이 내 걱정을 아주 많이 하고 있다고 말해 줬습니다. 친구들한테는 술에 너무 취해 유치장에 갇혀 있었다고 말했답니다. 내가 보기에도 그러는 편이 제일 그럴듯해 보였습니다.

머리가 맑아진 뒤 숙소로 돌아온 나는 친구들과 얘기하면서 시간이 얼마나 흘렀는지 확인해 봤습니다. 친구들에게는 별일 아니고 유치장에 갇힌 채 재미난 모험을 좀 했다고만 말해 뒀습니다. 난 40시간쯤 납치돼 있었던 것 같고 날 이동시키는 데 배, 헬리콥터, 비행기까지 동원된 게 확실했지만 기억은 전혀 나지 않았습니다.

약물 탓이겠죠. 그길로 곧장 벨리즈를 떠나 집으로 돌아왔습니다. 앞으로는 절대 제삼 세계 국가의 공권력에 내 몸을 맡기지 않을 겁니다. 바다낚시도 끊었습니다."

그는 말을 멈추고 맥주를 몇 모금 더 마신다. 나는 너무 충격을 받아서 말문이 막힌 채 중얼거린다. "완전히 미쳤네요."

"아직도 악몽을 꿉니다. 소리를 지르며 잠에서 깨면 아내에게 거짓말을 해야 합니다. 수면 바로 아래에 빠져 있는 꿈이죠."

나는 고개를 절레절레한다.

"시브룩으로 돌아온 나는 엉망이 됐습니다. 먹지도 자지도 못하고 사무실에도 나갈 수 없었습니다. 침실에 틀어박혀 장전된 권총을 손에 쥐고 잠을 청해 보려고 했죠. 통 잠을 잘 수 없었어요. 결국 탈진해 쓰러지고 말았습니다. 죽은 두 소년이 계속 보였습니다. 그들의 비명과 괴로워하는 울부짖음이 들리고 굶주린 악어들이 미친 듯 날뛰고 뼈가 부러지고 멀리서 웃음소리가 들렸습니다. 자살까지 생각했습니다, 포스트. 정말로."

그는 병을 비우더니 냉장고로 가서 맥주를 더 가져온다. 그러고는 자리에 앉아 이야기를 이어 나간다. "가까스로 그 모든 일이 약을 탄 술을 너무 많이 마셔서 꾼 꿈이라고 생각하게 됐습니다. 한 달쯤 지나니 몸을 추스를 만해지더군요. 그때 이게 메일로 날아왔어요."

그는 가져온 줄도 몰랐던 파일에 손을 뻗는다. 그가 파일을 펼치며 말한다. "포스트, 이건 그 누구에게도 보여 준 적 없는 거예요."

그는 내게 가로세로 20센티미터 정도의 컬러 사진을 한 장 내민다. 속옷 바람의 타일러가 짚 라인에 매달려 있고 그의 발 바로 아래에 커다란 악어 한 마리가 미친 것처럼 입을 벌린 채 이빨을 삐죽 내밀고 있다. 그의 얼굴에 드러난 공포는 말로 다 할 수 없을 정도다. 아주 가까이에서 찍은 사진이라 장소나 시간을 알 수 있을 만큼 배경이 보이지 않는다.

나는 멍하니 사진을 보다가 타일러를 바라본다. 그는 뺨에 흐르는 눈물을 훔치더니 작은 목소리로 말한다. "저, 통화할 일이 좀 있습니다. 사업상. 맥주 한 병 더 드시고 있으면 15분 내로 돌아오죠. 이야기는 여기서 끝이 아닙니다."

23

나는 사진을 파일에 도로 넣어 테이블에 놓아둔다. 다시는 그 사진을 볼 일이 없기를 바란다. 테라스 끝으로 걸어가 먼바다를 바라본다. 머릿속에서 너무 많은 생각이 맴돌아 한 가지를 붙잡고 분석할 수 없다. 하지만 무엇보다 두려움이 다른 모든 걸 압도한다. 타일러가 직업을 버리게 만든 두려움. 그의 비밀을 계속 묻어 두도록 만든 두려움. 그가 납치당한 뒤 20년이 지난 지금도 내 무릎이 떨리게 만드는 두려움.

나는 깊은 생각에 빠져 그가 테라스로 돌아오는 소리조차 듣지 못한다. 그가 "지금 가장 먼저 드는 생각이 뭐죠, 포스트?"라고 말하는 바람에 나는 깜짝 놀란다. 그는 블랙커피가 든 종이컵을 들고 내 옆에 서 있다.

"그들이 왜 그냥 당신을 죽이지 않았을까요? 어차피 아무도 몰랐을 텐데요."

"당연히 나올 수 있는 질문이고 나도 지난 20년간 생각해 본 것입니다. 가장 그럴듯한 대답은 그들은 내가 필요했다는 겁니다. 그들은 유죄 판결을 얻어 냈습니다. 퀸시는 교도소로 갔고 영원히 나올 수 없을 겁니다. 그들은 그의 항소심을 걱정하고 있었을 게 분명합니다. 그들은 항소심을 준비하던 내가 겁을 먹길 바란 겁니다. 그들의 바람대로 난 겁이 났습니다. 나는 항소심에서 모든 법률적 쟁점을 다루되, 실제로는 견해를 조금 누그러뜨렸습니다. 난 항복했어요, 포스트. 대충 해치워 버렸다고요. 자료 읽어 보셨죠?"

"그럼요. 다 읽어 봤습니다. 당신이 쓴 항소장은 훌륭했어요."

"법적으로는 그렇죠. 하지만 나는 마지못해 시늉만 했습니다. 어차피 상관도 없었을 테죠. 플로리다 대법원은 내가 어떤 주장을 펼친다고 해도 판결을 뒤집을 생각이 없었어요. 퀸시는 몰랐죠. 그는 내가 여전히 그가 겪은 부당함에 화내고 있다고 생각했지만 난 이미 물러섰던 겁니다."

"법원에서는 만장일치로 판결을 재확인했습니다."

"놀랄 일도 아니죠. 나는 연방 대법원에 형식적으로 항소했습니다. 늘 그렇듯 기각당했죠. 나는 퀸시에게 끝났다고 말했습니다."

"그래서 유죄 판결 후 구제 청원을 내지 않은 겁니까?"

"그것도 그렇고, 당시에는 새로운 증거가 전혀 없었습니다. 난 수건을 던지고 떠나 버린 겁니다. 보수를 받지 못했다는 사실은 말할 필요도 없겠죠. 2년 뒤 퀸시는 교도소 소속 변호사의 도움을 받아 스스로 이의 제기를 했지만 아무런 소득도 없었습니다."

그는 돌아서서 테이블이 있는 곳으로 걸어가더니 자리에 앉는다. 그는 빈 의자에 파일을 내려놓는다. 나도 그리로 걸어가 앉고 우리는 한참을 침묵 속에 앉아 있다. 마침내 그가 입을 뗀다. "그들이 해낸 일을 생각해 보세요, 포스트. 그들은 내가 벨리즈로 낚시를 하러 간다는 걸 알았고, 내가 어디서 머물지 알았어요. 그러니 내 전화를 도청한 게 틀림없습니다. 인터넷이 있기 전의 얘기니까 메일을 해킹한 건 아니죠. 내가 마실 술에 약을 타고 납치하고 배나 비행기에 태워 그들의 작은 캠프로 데려가서 악어에게 먹이로 주는 짓을 보여 주려면 얼마나 많은 사람을 동원해야 했을지 한번 생각해 보세요. 집 라인은 쓸데없이 아주 정성 들여 만든 거였어요. 수많은 악어들이 잔뜩 굶주려 있었고요."

"제대로 된 갱단인 거죠."

"맞아요. 돈도 자원도 많고, 지역 경찰이나 국경 검문소와도 끈이 닿아 있을 겁니다. 전부 마약 밀매업자들에게 필요한 것들이죠. 그들은 내가 전적으로 협조하도록 만들었습니다. 어찌어찌 항소심은 마무리했지만 난 망가지고 말았어요. 결국 상담까지 받게 됐습니다. 상담사에게 베테랑들에게 협박을 당하고 있어 정신이 피폐해졌다고 털어놨습니다. 난 상담사의 도움을 받아서 그곳을 떠났습니다. 퀸시가 루소를 죽이지 않았다는 증거가 더 필요한가요?"

"아뇨. 더군다나 이런 내용은 더더욱 필요하지 않았습니다."

"이건 절대 입에 담을 수 없는 비밀입니다, 포스트. 그리고 이것이 내가 지금까지 퀸시를 도우려는 어떤 사람에게도 관여하지 않은 이유입니다."

"그럼 지금까지 한 얘기보다 더 많은 걸 알고 있다는 건가요?"

그는 커피를 홀짝거리며 내가 한 말을 생각한다. "그냥 내가 뭔가 조금 알고 있다고 해 두죠."

"브래드 피츠너에 관해 말해 줄 게 있습니까? 내가 보기에 당신은 당시 그와 매우 잘 알고 지낸 거 같은데요."

"당시에 피츠너가 의심되긴 했지만 그냥 소문만 돌았습니다. 날 포함해 범죄 사건 분야에서 일했던 변호사 몇몇은 다른 사람들보다 소문을 좀 더 많이 들었죠. 멕시코만에 폴리라는 작은 항구가 하나 있었습니다. 그곳 역시 루이즈 카운티에 있었으니 그의 관할 구역이었죠. 피츠너가 마약을 그곳으로 들여왔다는 소문이 있었어요. 그렇게 들어온 마약이 카운티 내의 외진 곳에 보관됐다가 북쪽인 애틀랜타로 뿌려진다는 거였습니다. 다시 말하지만, 그냥 소문이었어요. 피츠너는 한 번도 체포되지 않았고 기소도 되지 않았습니다. 시브룩을 떠난 뒤 그저 멀리서 지켜보면서 그곳의 변호사 친구 두 명과만 연락을 유지했습니다. FBI는 피츠너에게 손도 못 대더군요."

"그럼 케니 테프트는요?"

"테프트는 내가 그곳을 뜨고 얼마 지나지 않아 살해당했습니다. 하지만 실제로는 피츠너가 설명한 것과 다른 사건이라는 소문이 있었습니다. 루소 사건 때와 마찬가지로 피츠너가 수사를 총괄했고, 그는 자신이 원하면 어떤 식으로든 이야기를 지어낼 수 있었습니다. 그는 부하 직원 하나를 잃은 대가로 많은 걸 얻어 냈습니다. 성대한 장례식, 행렬, 전국에서 온 경찰들이 길거리에 줄을 섰습니다. 임무 중 순직한 경찰에 대한 영광스러운 작별 인사였죠."

"테프트 관련 이야기가 중요한가요?" 내가 묻는다. 그는 조용해지더니 바다를 바라본다. 그는 "몰라요. 뭔가 있을지도 모르죠."라는 뻔한 대답만 한다.

그를 재촉하지 않기로 한다. 이미 그에게서 기대한 것보다 훨씬 많은 걸 알아낸 것 같다. 우리는 또 이야기를 하게 될 것이다. 나는 그가 케니 테프트에 관해서는 쉽게 운을 떼지 못한다는 걸 알아차리고 일단 넘어가기로 한다.

"키스 루소는 왜 제거한 걸까요?" 내가 묻는다.

그는 뻔하지 않냐는 식으로 어깨를 으쓱한다. "어떤 연유로 갱단을 열 받게 한 거 아니겠어요? 몸에 총알이 박히는 가장 빠른 길은 밀고를 하는 겁니다. 어쩌면 DEA의 압박에 루소가 입을 털었는지도 모르죠. 루소를 제거하는 와중에 퀸시가 벼락을 맞았고 늘 하던 식으로 일이 흘러갔을 겁니다. 그들은 유죄 판결이 유지되기를 원했는데 때마침 내가 바다낚시를 떠난 거죠."

"피츠너는 은퇴해서 키스에 살고 있는데 그가 사는 멋진 콘도의 평가액이 무려 160만 달러나 되더군요." 내가 말한다. "연봉이 많아야 6만 달러이던 보안관으로서는 나쁘지 않은 액수죠."

"게다가 그는 고등학교도 제대로 안 나왔으니 투자법 같은 것도 잘 몰랐을 텐데요. 분명히 대부분의 재산이 해외에 은닉돼 있을 겁니다. 어딜 파헤치든 조심하세요, 포스트. 파다 보면 괜히 건드렸다 싶은 것들을 찾아낼 수도 있으니까요."

"파헤치는 것이 내 일의 일부죠."

"난 아닙니다. 다 지난 일입니다. 난 아름다운 아내와 10대가 된 아이 셋과 잘 살고 있다고요. 오늘 이후로는 절대 엮일 일 없을 겁니다. 행운을 빕니다만, 다시는 만나고 싶지 않네요."

"알겠습니다. 만나 주셔서 감사합니다."

"이 방은 원하면 쓰셔도 됩니다. 혹시 여기서 묵을 거면 내일 아침에 택시로 공항에 가면 됩니다."

"말씀은 고맙지만 나도 당신과 함께 돌아가겠습니다."

24

앨라배마주 형법 13A-10-129에 따르면 공식 소송 절차 중에 '물리적인 증거품을 없애거나 바꾸는' 행위를 한 사람은 조작죄로 처벌받는다. 해당 행위는 A급 경범죄로 최고 1년의 징역이나 5천 달러 벌금에 처할 수 있다. 일반적으로 경범죄 사건에서 고소인, 즉 채드 팔라이트 지방 검사는 내가 범죄를 저질렀다고 주장하는 진술서를 작성해 보안관에게 날 체포해 달라는 영장을 요구하면 된다.

그러나 채드는 요즘 겁에 질려 있다. 별거 없는 자신의 커리어에서 가장 위대한 업적이 가장 큰 망신거리로 변모할 위기에 처했기 때문이다. 그는 내년 선거에 재출마할 예정이고 유력한 경쟁자는 없다. 그렇지만 만일 그가 다른 사람이 저지른 살인 사건에서 엉뚱하게 듀크 러셀을 기소했고 사형을 집행할 뻔했다는 사실이 세상에 알려진다면 표심을 잃을 수도 있다. 그렇기에 채드는 거칠게 저항하는 것이다. 진실을 찾아내고 불의를 밝혀내는 숭고한 목표를 추구하는 대신 그는 나를 공격하고 있다. 내가 그의 잘못을 밝혀내고 무고한 사람을 풀어 주려고 한다는 이유만으로.

채드는 강인함을 증명하기 위해 베로나에서 대배심을 소집하고 나를 조작죄로 기소한다. 그는 〈버밍햄 뉴스〉의 짐 비즈코에게 전화를 걸어 이런 자신의 성과를 주저리주저리 읊어 댄다. 하지만 비즈코는 채드를 경멸하면서 왜 음모 일곱 가닥 전체에 대한 DNA 검사를 거부하는지 묻는다. 비즈코는 애당초부터 내가 기소된 사실을 보도할 생각이 없다.

앨라배마주에서 활동하는 내 친구 스티브 로젠버그는 뉴욕 출신의 과격한 변호사다. 그는 남부로 이주한 뒤에도 이상한 주위 환경에 동화되지 않은 좀 튀는 사람이다. 그는 버밍햄에서 비영리 단체를 운영하면서 수십 명의 사형수 사건을 맡아 변호하고 있다.

로젠버그와 채드는 통화를 할 때마다 쌍욕을 섞어 가며 싸우는데 그들 사이에서는 흔한 일이다. 사태가 일단락되자 양측은 내가 채드의 사무실로 가서 자수하고 절차를 밟은 다음 즉시 판사에게 가서 보석금을 논의하기로 합의한다. 나는 유치장에서 하루 혹은 이틀을 보내야 할 수도 있지만 그런 일은 걱정되지 않는다. 내 의뢰인들은 끔찍한 교도소에서 수십 년을 보냈건만 시골 감방에서 잠깐 머무는 건 일도 아닐 터다.

기소를 당하는 건 이번이 처음이다. 사실 나는 상당히 자랑스럽다. 내 책장에는 의뢰인을 위해 싸우다 투옥당한 유명 변호사들에 관한 책이 있다. 나도 그들의 일부가 될 수 있어 영광이다. 로젠버그는 미시시피주에서 모욕죄로 일주일 동안 갇힌 적이 있다. 그는 요즘도 그때 유치장에서 새 의뢰인을 많이 만날 수 있었다면서 우스갯소리를 한다.

우리는 법원 앞에서 만나 포옹을 한다. 스티브는 예순 살이 다 되어 가는데 나이를 먹을수록 점점 더 과격해 보인다. 숱 많은 회색 머리가 헝클어져서 어깨까지 늘어져 있다. 거기에 귀걸이를 차고, 귀 아래에 작은 문신까지 추가했다. 그는 브루클린에서 악돌이로 자랐고 길거리 싸움꾼처럼 변호사 생활을 한다. 두려움이 없는 그는 남부 여기저기의 시골 마을에 위치한 낡은 법원에 쳐들어가 현지인들과 섞이는 걸 좋아한다.

"겨우 사타구니 털 한 가닥 때문에 이 난리야?" 그가 웃는다. "내 털을 하나 빌려줄 수도 있었는데."

"너무 회색이라 안 될 것 같은데요." 내가 받아친다.

"터무니없어. 말도 안 되는 일이야." 우리는 법원으로 들어가 채드의 사무실로 향한다. 보안관이 부하 직원 둘을 거느리고 기다리고 있다. 한 명은 카메라를 들고 있다. 그들은 진정한 환대의 의미로, 법원에서 절차를 집행하는 흉내만 내고 유치장에 가두는 일을 일단 면제해 주는 데 동의한다. 나는 이틀 전 그들에게 내 지문을 채취해 보냈다. 나는 범인 식별용 사진을 찍을 수 있도록 자세를 취해 주고 심드렁한 표정의 보안관에게 감사 인사를 한 다음 채드를 기다린다. 마침내 우리는 채드의 사무실로 안내를 받지만 누구도 악수를 하려는 의지를 보여 주지 않는다. 로젠버그와 나는 그를 전적으로 혐오하며 그 역시 우리에게 등가의 감정을 품고 있다. 준비 단계의 대화를 억지로 주고받다 보니 채드가 다른 곳에 정신이 팔렸거나 긴장한 듯 보인다.

잠시 후 우리는 그 이유를 알게 된다. 오후 1시에 우리는 가장 큰 법정에 들어서서 피고 측 테이블에 자리를 잡고 앉는다. 채드는 반대편에 두 명의 부하 직원과 함께 자리를 잡는다. 법정은 레온 레이니 판사의 영토다. 딱딱하게 굳어 버린 화석과도 같은 그는 듀크의 재판을 진행했던 판사로 듀크에게 한 치의 너그러움도 보여 주지 않았다. 방청객은 보이지 않는다. 조지아주에서 온 한 변호사가 결백을 밝히겠다면서 음모를 한 가닥 슬쩍한 해프닝에 불과한 사건에 아무도 관심이 없기 때문이다. 어떻게든 언론의 주목을 받아 보겠다는 채드의 꿈은 이번에도 실패다.

검은 법복에 투덜거리는 백인 늙은이 대신 젊고 아주 예쁜 흑인 여성이 적갈색 법복 차림으로 판사석에 등장하더니 웃음을 지으며 인사한다. 말로 판사는 우리에게 레이니 판사가 지난주에 심장에 이상이 생겨 휴가를 떠나는 바람에 그가 돌아올 때까지 그녀가 대신 재판을 맡게 되었다고 설명한다. 그녀는 앨라배마주 대법원의 특별 지시로 버밍햄에서 왔다. 우리는 그제야 채드가 왜 긴장했는지 알아차린다. 그의 홈그라운드라는 이점이 공정한 심판의 등장

242

으로 말미암아 물거품이 되어 버린 것이다.

말로 판사의 첫 번째 업무는 내 최초 출석을 확인하고 보석금을 논의하는 것이다. 그녀는 속기사에게 기록을 시작하라는 고갯짓을 해 보이더니 기분 좋게 말문을 연다. "팔라이트 씨, 기소장을 읽어 봤는데 솔직히 말해 이번 사건은 별게 없더군요. 이런 거 말고 할 일이 많으실 텐데요. 로젠버그 씨, 귀하의 의뢰인은 DNA 검사를 마친 음모를 여전히 갖고 있습니까?"

로젠버그가 일어선다. "물론입니다, 판사님. 증거물은 여기 테이블 위에 있으며 저희는 이걸 팔라이트 씨든 누구든 현재 증거물을 보관하는 측에 돌려 드릴 의사가 있습니다. 제 의뢰인은 아무것도 조작하거나 훔치지 않았습니다. 의뢰인은 단지 음모 가운데 한 가닥을 빌린 것뿐입니다. 어쩔 수 없었습니다, 판사님. 팔라이트 씨가 DNA 검사를 거부했기 때문입니다."

"어디 봅시다." 판사가 말한다.

로젠버그는 작은 비닐봉지를 집어서 판사에게 건네준다. 판사는 봉지를 열지 않은 채로 들여다보고 이리저리 잡아당기더니 마침내 뭔가 보였는지 내려놓는다. 그녀는 얼굴을 찌푸리고 고개를 흔들며 팔라이트에게 말한다. "지금 장난하시는 겁니까?"

채드는 비틀거리며 일어나 더듬더듬 말하기 시작한다. 그는 이곳에서 지난 20년 동안 지방 검사로 일했고 일하는 내내 범죄로 기소당한 사람들에게 별 동정심을 보이지 않는, 그와 비슷한 우익 성향의 사람들로부터 보호를 받아 왔다. 레온 레이니 판사는 그의 전임 검사였다. 채드는 갑자기 공정한 운동장에서 싸워야 하는 상황에 부닥쳤는데, 그는 규칙조차 모른다.

"이건 심각한 문제입니다, 판사님." 그가 격분한 척 소리를 지른다. "피고인 포스트 씨는 파일에서 증거물을 훔쳤다고 인정했습니다. 보호를 받아야 하는 신성한 파일에서 말입니다." 채드는 거창한 단어를 굉장히 선호했고 가끔 이런 식으로 배심원들에게 깊은 인상을 주려고 했다. 그러나 재판 기록을 읽다 보면 배심원들은 대개 그의 말을 제대로 이해하지 못했다.

판사가 대답한다. "글쎄요, 내가 자료를 제대로 읽은 게 맞는다면 문제의 증거물인 음모 한 가닥은 1년 전에 사라졌다고 하는데요. 검사나 다른 누구도 사라졌다는 걸 인지하지 못하다가 포스트 씨가 얘기해 준 뒤에야 알게 된 것 아닙니까?"

"오래된 파일들을 다 지키는 일은 불가능합니다, 판사님."

판사는 한 손을 들어 올려 채드의 말을 막는다. "로젠버그 씨, 하실 말씀 있습니까?"

"네, 판사님. 포스트 씨에 대한 이번 기소를 기각해 주셨으면 합니다."

"그렇게 합시다." 그녀가 즉답한다.

채드는 입을 헤벌리고 투덜거리면서 쿵 소리와 함께 의자에 주저앉는다. 판사가 매섭게 채드를 노려본다. 어쨌든 나는 방금 혐의를 벗었다.

말로 판사는 다른 두꺼운 서류를 들어 보이며 말한다. "자, 로젠버그 씨, 제 앞에 두 달 전 당신이 제출한 듀크 러셀에 관한 유죄 판결 후 구제 청원서가 있습니다. 앞으로 미지정된 기간 동안 제가 이곳의 재판을 맡아야 합니다. 저는 이 청원 건을 진행할까 하는데요. 준비되셨나요?"

로젠버그와 나는 금방이라도 웃음이 터져 나올 것 같다. "네, 판사님." 그가 빛의 속도로 대답한다.

얼굴이 창백해진 채드가 다시 일어서기 위해 버둥거린다. "팔라이트 씨의 의견은요?" 판사가 묻는다.

"안 됩니다, 판사님. 이러지 마세요. 주 정부는 아직 답변서를 내지도 않았습니다. 어떻게 이대로 진행할 수 있단 말입니까?"

"제가 진행한다고 하면 진행하는 겁니다. 주 정부는 두 달 동안 답변할 시간이 있었습니다. 대체 왜 그렇게 시간을 끄는 거죠? 공정하지 않고 비양심적인 시간 끌기입니다. 이제 앉으시죠." 판사는 로젠버그에게 고개를 끄덕여 보이고 두 변호사는 자리에 앉는다. 모두가 깊게 숨을 몰아쉰다.

판사가 헛기침을 하고는 말한다. "쟁점은 간단합니다. 변호인 측에서는 범행 현장에서 나온 일곱 가닥의 음모에 대한 DNA 검사를 요청하고 있습니다. 관련 검사 비용은 전부 대겠다고 합니다. DNA 검사는 용의자나 피고를 특정하거나 수사 대상에서 배제하기 위해 매일같이 사용되는 기법입니다. 하지만 제가 이해하고 있기로 주 정부는 팔라이트 씨를 통해 검사를 거부하고 있습니다. 왜죠? 뭘 두려워하는 거죠? 검사 결과 듀크 러셀의 음모가 아니라고 밝혀진다면 그에게 내려졌던 유죄 판결이 잘못된 것일 겁니다. 만일 음모가 러셀 씨의 것이 맞는다면 그가 공정한 재판을 받았다고 주장하는 데 많은 도움이 될 것입니다. 저는 기록을 읽었습니다, 팔라이트 씨. 총 1,400쪽이나 되는 재판 기록과 다른 모든 자료를 말입니다. 러셀 씨에게 내려진 유죄 판결은 교흔과 모발 분석에 기반을 두고 있고, 두 가지 분석 방식 모두 신빙성이 없다는 사실이 다른 재판에서 여러 차례 반복적으로 밝혀졌습니다. 저는 이 유죄 판결에 의문이 듭니다, 팔라이트 씨. 그러니 일곱 가닥의 음모에 대해 DNA 검사를 명령합니다."

"명령에 불복하고 항소하겠습니다." 채드는 일어서지도 않은 채 대꾸한다.

"뭐라고 하셨어요? 지금 법원을 상대로 소송을 하겠다는 겁니까?"

채드는 일어서서 다시 말한다. "그런 명령에는 항소할 수밖에 없습니다."

"물론 그러시겠죠. 왜 그렇게 DNA 검사에 반대하는 건가요, 팔라이트 씨?"

로젠버그와 나는 도저히 믿을 수 없다는 표정을 주고받는다. 우리의 얼굴에는 웃음기라고는 전혀 섞여 있지 않다. 우리는 일하면서 우세한 처지에 놓인 적이 거의 없다. 게다가 판사가 검사를 닦달하는 모습은 한 번도 본 적이 없다. 우리는 놀란 표정을 숨기지 못한다.

여전히 선 채로 있던 채드가 간신히 답한다. "그냥 필요 없기 때문입니다, 판사님. 듀크 러셀은 공정한 판단을 내린 배심원들에 의해 바로 이 법정에서 공정한 재판을 받았습니다. 그런 절차는 시간 낭비에 불과합니다."

"저는 시간을 낭비하는 것이 아닙니다, 팔라이트 씨. 하지만 당신은 그러는 것 같군요. 당신은 시간을 끌면서 상황을 회피하고 있어요. 이런 식의 조작죄 기소가 그걸 증명해 줍니다. 저는 검사를 명했습니다. 만일 내 명령에 항소한다면 당신이야말로 시간을 낭비하게 될 것입니다. 협조해서 상황을 정리해 주길 요청합니다."

압도적인 얼굴로 채드를 노려보는 판사의 모습에 채드가 흔들린다. 그가 할 말을 생각해 내지 못하자 판사는 상황을 마무리한다. "앞으로 1시간 내에 일곱 가닥의 음모가 이곳 테이블에 올라와 있기를 바랍니다. 만일 음모들이 전부 사라진다면 그거야말로 참 편리한 일이 아닐 수 없겠죠."

"판사님, 제발." 채드는 이의를 제기하려고 하지만, 판사가 판사봉을 두드리고는 말한다. "휴정합니다."

채드는 당연히 협조하지 않는다. 그가 말로 판사의 명령에 최대한 시간을 끌다가 항소하면 이 문제는 결국 주 대법원으로 넘겨져 그곳에서 1년 정도의 시간을 더 끌게 될 수 있다. 대법원에는 이런 문제에 결정을 내려야 하는 마감 날짜가 정해져 있지 않기에 늑장 처리하는 걸로 악명이 높다. 특히 유죄 판결 후에 이루어지는 구제 청원의 경우는 더욱 심하다. 수년 전 그들은 듀크 러셀의 재판 후 유죄 판결을 재확인하고 그의 사형 집행일을 결정했으며 그다음에는 그의 첫 번째 구제 청원을 거부했다. 연방 법원이든 주 법원이든 대부분의 항소심 판사들은 일단 이런 유의 사건을 무시하고 본다. 이미 수십 년을 끌어온 문제이기 때문이다. 그리고 그들은 한번 피고가 유죄라는 판결을 내리면 아무리 새 증거문이 나온다고 해도 마음을 바꾸는 일이 드물다.

그래서 우리는 기다린다. 로젠버그와 나는 말로 판사가 있을 때 공판이 진행될 수 있도록 밀어붙일 수 있는 전략을 논의한다. 늙은 판사 레이니가 혹시라도 건강을 회복해 다시 판사 자리로 돌아올까 봐 두렵지만 그럴 가능성은 크지 않아 보인다. 그는 80대 초반으로 연방 판사가 되기에는 최적의 나이이지만 선거에서 뽑히기에는 조금 나이가 많다. 다만 우리는 DNA 검사 없이는 우세한 위치에 설 수 없다는 명백한 현실에 직면해 있다.

나는 홀먼 교도소로 돌아와 사형수 수감동에서 듀크를 만난다. 마지막으로 만나서 진짜 살인범을 찾았다는 소식을 전해 준 지 석 달 만이다. 커다란 희열의 순간은 이미 오래전 일이 되었다. 요즘 듀크의 기분은 원초적 분노부터 깊은 우울증까지 극과 극을 오락가락한다. 수화기로 그와 나누는 대화는 즐겁지 않다.

교도소는 갇혀 있어야 하는 사람들에게 당연히 악몽이나 다름없다. 특히 억울한 누명을 쓴 사람들에게 교도소는 일정 수준의 정신 상태를 유지하기 위해 매일 투쟁해야 하는 장소다. 결백하다는

증거가 나왔음에도 여전히 감방을 나갈 수 없는 사람은 말 그대로
미칠 지경일 터다.

25

나는 2차선 고속 도로를 따라 미시시피주인지 앨라배마주인지 모를 곳에서 동쪽으로 달리는 중이다. 소나무 숲은 죄다 똑같아 보여서 지금 내가 어느 주에 있는지 도통 알 수가 없다. 목적지는 서배너 쪽이다. 집을 떠난 지 3주째인 나는 휴식이 필요하다. 휴대 전화가 울려서 발신자를 확인하니 시브룩의 늙은 변호사 글렌 콜라쿠르치다.

전화를 받아 보니 변호사가 아니라 그의 작고 예쁜 비서인 비다. 그녀는 내가 그쪽 지역을 언제 또 방문하는지 알고 싶어 한다. 글렌은 나와 대화하고 싶지만 시브룩이 아닌 다른 곳에서 만나고 싶단다.

사흘 뒤 나는 게인즈빌에 있는 유명한 술집인 더 불로 걸어 들어

간다. 안쪽 자리에서 비가 손을 흔들더니 서둘러 자리에서 일어선다. 그녀가 앉았던 자리 맞은편에 말쑥하게 차려입은 콜라쿠르치 변호사가 앉아 있다. 파란색 시어서커 정장에 풀을 먹인 흰색 셔츠, 줄무늬 나비넥타이, 멜빵 차림이다.

비가 자리를 뜨고 나는 그녀가 앉았던 자리에 앉는다. 여종업원이 오더니 방금 전에 바텐더가 이곳만의 특별한 제조법으로 상그리아를 만들었다면서 권한다. 우리는 상그리아를 두 잔 주문한다.

"난 게인즈빌이 너무 좋아." 글렌이 말한다. "아주 예전에 이곳에서 7년 동안 살았었어. 멋진 곳이야. 여기에 훌륭한 대학도 있어. 학교는 어딜 나왔다고 했더라, 포스트? 기억이 안 나네."

내가 출신 대학을 말해 주었는지 생각나지 않는다. "테네시에서 학부를 나왔습니다. 로키 톱이라는 노래로 유명하죠."

글렌은 내 말에 얼굴을 살짝 찌푸리며 말한다. "내가 좋아하는 노래는 아니구먼."

"저도 게이터스(미국 플로리다 대학의 미식축구팀 - 옮긴이)의 팬은 아니에요."

"물론 그렇겠지." 우리는 날씨 이야기를 생략한다. 남부에서는 남자 둘이 만나면 먼저 5분 동안 날씨 이야기를 늘어놓다가 그다음에 미식축구로 화제를 바꾸어 평균 15분 정도 이야기를 이어 간다. 나는 그런 식의 시간 낭비를 피하려는 욕심에 무례함에 가까운 언행을 보인다.

"미식축구 얘기는 건너뛰시죠, 글렌. 우리가 그런 얘기나 하려고 만난 건 아니잖아요."

종업원이 얼음을 넣은 인상적인 핑크빛의 샹그리아 두 잔을 가져온다.

종업원이 돌아가자 글렌이 말한다. "그렇긴 하지. 내 비서가 당신이 제출한 청원 신청 서류를 인터넷에서 찾아내서 인쇄해 줬어. 내가 컴퓨터에 그리 능한 편은 아니라서. 흥미롭게 읽었소. 훌륭한 추론에 주장도 깔끔하고 매우 설득력 있더군."

"감사합니다. 저희가 늘 하는 일이죠."

"20년 전 일이 생각나더군. 케니 테프트가 살해되고 나서 그 사건이 피츠너가 말한 것과 다른 일이었다는 추측이 있었소. 테프트가 동료, 그러니까 피츠너의 부하들로부터 매복 공격을 당했다는 소문이 무성했어. 당신이 의심하는 바대로, 우리의 멋진 보안관께서 마약 거래에 발을 담근 것일 수도 있지. 혹시 테프트가 너무 많은 걸 알고 있었던 게 아닐까? 어쨌거나 그 사건은 20년 동안 미제 사건으로 남아 있소. 범인의 흔적도, 증거물도 전혀 없으니까."

나는 예의를 갖추어 고개를 끄덕이며 그를 독려한다. 그는 나의 반응에 따라 이야기를 이어 나간다.

"테프트의 파트너는 브레이스 길머라는 친구였어. 경미한 부상만 입고 빠져나온 친구 말이야. 스치는 총상을 입었던 걸로 아는데, 심각한 건 아니었지. 나는 오래전 소송에서 의뢰인으로 만났던 그의 어머니를 알고 있소. 길머는 테프트가 살해당한 지 얼마 지나지 않아 시브룩을 떠나 다시는 돌아오지 않았어. 오래전에 그의 어머니를 우연히 만나서 한참 수다를 떤 적이 있어. 15년은 족히 된 일인데, 그때 그녀 말로 브레이스는 자신 또한 목표물이었지만 그날 밤에 운이 좋았던 거로 생각했더군. 테프트와 그는 당시 스물일곱 살 동갑내기였고 사이가 좋았지. 테프트는 유일한 흑인 보안관보였고 친구가 많지 않았어. 게다가 그는 루소 살인 사건에 관해 뭔가 알고 있었소. 적어도 길머의 말에 의하면 그래. 혹시 길머와 얘기해 본 적 있나?"

"없습니다." 우리는 그를 찾아내지 못했다. 비키는 웬만하면 24시간 내에 누구든 찾아내는데, 브레이스 길머는 여전히 우리의 레이더망 밖에 있다.

"그럴 줄 알았지. 그의 어머니도 언제였는지 다른 곳으로 떠났소. 지난주에 윈터 헤이븐 근처 사설 양로원에서 그녀를 찾아냈소. 나보다 나이가 많아서 건강이 그다지 좋진 않지만 우린 전화로 한참 수다를 떨었어. 길머랑 얘기해 보고 싶지?"

"나쁠 건 없죠." 나는 애써 마음을 가라앉히며 말한다. 길머는 최근에 내가 가장 만나고 싶어 하는 사람이다.

글렌은 그의 명함 한 장을 내민다. 명함 뒷면에 흘려 쓴 이름이 보인다. 브루스 길머. 주소는 선 밸리의 어느 곳이다.

"아이다호인가요?" 내가 묻는다.

"그가 해병대에 있을 때 그곳 출신 여자를 만났소. 그의 어머니는 아들이 입을 열지 않으리라 생각하더군. 그는 겁을 먹고 오래전에 살던 곳에서 떠난 거야."

"그리고 이름을 바꾼 거군요."

"그런 것 같소."

"그 친구가 말하고 싶어 하지 않는데 그의 어머니는 왜 그의 주소를 일러 준 걸까요?" 내가 묻는다.

그는 검지를 들어 귀에 대고 돌리면서 여자가 미쳤다는 식으로 말한다. "아마 내가 운이 좋은 날 대화를 나눴던 모양이지." 그는 자신이 엄청나게 똑똑하면서도 기막히게 운이 좋았다는 듯 웃는다. 나는 술을 한 모금 마신다. 그의 큰 코는 빨갛고 술꾼답게 눈에 눈물이 맺혀 있다. 내 몸에도 술기운이 퍼지기 시작한다.

그는 계속 말을 잇는다. "몇 주 전에 내가 시브룩의 늙은 변호사 놈이랑 술을 마신 일이 있어. 당신은 모르는 사람이야. 우리는 예전에 함께 사무실을 운영하기도 했는데, 그는 아내가 죽으면서 재산을 좀 남기니까 일을 때려치웠어. 내가 그 친구에게 당신을 만난 일, 당신이 주장하는 내용을 말해 주고 당신이 제출했다는 신청서를 복사해 보여 줬소. 그 친구 말이, 자기는 전부터 피츠너가 엉뚱한 사람을 감방에 넣길 원했기 때문에 엉뚱한 사람을 잡은 건 아닌지 의심했다더군. 키스는 너무 많은 걸 알고 있어서 제거 대상이 됐고. 포스트, 솔직히 말해서 난 살인 사건 당시에 이런 소문이 있었다는 사실이 기억나진 않소."

이런 오래전 소문은 전혀 도움이 되지 않는다. 도시 전체가 서둘러 심판을 내렸다가 시간이 흐르고 나서 일부 사람들이 사건을 곰곰이 돌이켜 보는 일은 자연스러운 현상이다. 다만 대부분의 사람들은 누군가 유죄 판결을 받고 사건이 마무리되면 안도감을 느낀다.

필요한 내용은 다 들었고 왠지 쓸모 있는 추가 정보는 나오지 않을 것 같다. 남은 술을 비운 그의 눈꺼풀이 무겁게 내려앉는다. 그는 점심때마다 술을 마시고 오후 내내 낮잠을 잘지도 모른다.

우리는 악수를 하고 마치 오랜 친구처럼 작별 인사를 나눈다. 내가 계산을 하겠다고 말하지만, 그는 자신이 술을 더 많이 마셨다면서 사양한다. 내가 자리에서 일어나 빠져나오자 어디선가 비가 나타나 활짝 웃으며 나중에 보자고 한다.

케니 테프트는 임신한 아내 시블과 두 살배기 아이 하나를 남겨두고 떠났다. 시블은 고향인 오캘러로 돌아가 학교 선생님이 되었고 재혼해서 아이를 하나 더 낳았다.

프랭키는 밤이 내려오듯 슬그머니 잠입해 그녀의 집을 찾아낸다. 교외의 멋진 이층집이다. 비키가 사전 조사를 해 둔 덕에 우리는 시블이 고등학교 교장과 결혼했다는 사실을 알고 있다. 그들이 사는 집은 시가 17만 달러이며, 그들이 작년에 낸 재산세만 1만8천 달러다. 8년 전 집을 살 때 얻은 대출이 아직 남아 있고 두 대의 차량에도 은행 할부금이 남아 있다. 그녀와 남편은 괜찮은 동네에서 조용한 생활을 추구하는 듯하다.

시블은 자신의 삶이 방해받는 걸 원하지 않는다. 프랭키가 연락을 취하자 그녀는 죽은 남편에 관해 말하고 싶지 않다고 못 박는다.

케니의 비극은 20년도 더 된 일인 데에다, 그녀는 남편이 살해된 사건에서 헤어 나오기 위해 오랜 시간 고생을 했다. 더구나 살인범들을 잡지 못한 탓에 그녀는 마음이 더욱 괴로웠다. 그녀는 당시나 지금이나 아는 게 없다고 한다. 프랭키가 아랑곳하지 않고 더 압박을 가해 본다. 그녀가 벌컥 화를 낸다. 전화가 끊어진다. 프랭키는 일단은 물러서는 편이 낫겠다고 보고한다.

서배너에서 보이시까지는 쉬지 않고 운전해도 사흘이나 걸린다. 그래도 비행기를 타고 가는 것보다는 쉬웠을 것 같다. 나는 두 도시 사이 어딘가의 기상 상태 때문에 애틀랜타 공항에 13시간째 발이 묶였다. 그동안 비행편이 줄줄이 취소되고 있다. 나는 바에서 가까운 자리에 죽치고 앉아서 갈 곳 없는 사람들이 들어왔다가 몇 시간 뒤 비틀거리며 떠나는 모습을 지켜본다. 새삼 내가 술의 유혹에 빠지지 않는 사람임에 감사한다. 마침내 미니애폴리스에 도착한 나는 보이시까지 가는 내 비행기가 초과 예약되었다는 사실을 알게 된다. 나는 기다리고 또 기다리다가 가까스로 마지막 남은 자리를 배정받는다. 비행기는 새벽 2시 30분에 보이시에 도착하고, 렌터카 사무소가 문을 닫은 시간이라 예약해 둔 렌터카를 찾지 못한다.

짜증이 좀 날 뿐 이런 일은 대수롭지 않다. 나는 약속도 하지 않은 채 선 밸리에 와 있다. 브루스 길머는 내가 여기까지 왔다는 걸 꿈에도 알지 못한다.

이 유명한 관광지에서 제일 싼 모텔이 어디 있는지 찾는 일은 비키에게 맡겨 둔다. 새벽이 되자 나는 케첨 바로 옆에 있는, 관광지답게 낡았지만 비싼 숙소의 작은 방에 지친 몸을 끌고 들어가 몇 시간 정도 잠을 청한다.

길머는 선 밸리의 한 리조트에서 골프 코스 관리인으로 일한다. 그에 관해 많은 걸 알지는 못하지만, 브레이스 길머나 브루스 길머라는 이름으로 이혼 기록이 없는 것으로 볼 때 여전히 같은 여자와 결혼 생활을 유지하고 있다고 보아야 할 것이다. 이혼 기록 외에도 비키는 브레이스가 이름을 브루스로 바꾼 법적인 공식 기록을 찾아내지 못한다. 어쨌거나 그가 시브룩을 20여 년 전에 떠난 것은 매우 잘한 일이다. 그는 마흔일곱 살로 나보다 한 살 적다.

케첨에서 선 밸리로 차를 몰고 가는 동안 나는 산맥을 비롯한 주변 경치에서 눈을 떼지 못한다. 꿈같은 날씨다. 서배너를 떠날 때만 해도 섭씨 35도에 끈적거리는 날씨였다. 이곳은 18도에 습기라고는 전혀 찾아볼 수 없다.

리조트가 회원제로 운영되고 있어 접근이 쉽지 않다. 이럴 때 신부 복장은 큰 도움이 된다. 사제복을 입은 내가 출입문에 멈추어 서서 경비원에게 브루스 길머와 약속이 되어 있다고 말한다. 그가 서류철을 확인하는 동안 내 뒤로 차들이 밀린다. 대부분 얼른 안으로 들어가려는 골퍼들일 터다. 결국 경비원은 손짓을 하며 나를 들여보내 준다.

나는 골프용품 판매점으로 가서 길머가 있는 곳을 묻는다. 그가 일하는 사무실은 잘 보이지 않는 데 숨은 건물로 트랙터, 잔디깎이,

물 뿌리는 기계에 둘러싸여 있다. 한 일꾼에게 물어보니 테라스 아래 서서 전화하는 사람을 가리킨다. 나는 슬그머니 사내의 뒤로 다가가 기다린다. 사내가 전화를 끊자 나는 더 가까이 다가서며 말한다. "실례합니다만, 브루스 길머 씨인가요?"

돌아선 그는 나를 보더니 신부 복장을 훑어본다. 아마도 내가 그의 과거를 캐고 다니는 참견 좋아하는 변호사가 아니라 어떤 교회의 신부라고 생각하는 것 같다.

"그렇습니다. 무슨 일이시죠?"

"성공회 교회에서 나온 컬런 포스트입니다." 나는 그에게 명함을 내민다. 워낙 여러 번 해 본 일이라 언제나 타이밍이 완벽하다.

그는 명함을 살펴보더니 천천히 손을 내밀며 말한다. "만나서 반갑습니다."

"네. 반갑습니다."

"무슨 일로 오셨죠?" 그가 웃으며 묻는다. 서비스 업종에서 일하는 사람답게 고객이 우선이라는 식의 태도를 보인다.

"저는 성공회 신부이면서 동시에 억울한 사람을 위해 일하는 변호사이기도 합니다. 저는 엉뚱하게 유죄 판결을 받은 무고한 의뢰인들을 위해 일하고, 그들이 석방될 수 있도록 돕습니다. 퀸시 밀러 같은 사람들 말입니다. 퀸시 밀러는 현재 제 의뢰인입니다. 잠시 시간 좀 내 주실 수 있습니까?"

얼굴에서 웃음기가 사라진 그가 주위를 두리번거린다. "뭐 때문에 그러시죠?"

"케니 테프트에 관해서 물어볼 게 있어서요."

그가 어깨를 축 늘어뜨리면서 신음인지 웃음인지 모를 소리를 낸다. 그는 믿을 수 없다는 듯 눈을 몇 번 깜박이더니 말한다. "농담이시겠죠."

"저는 착한 사람들 편입니다. 아시겠어요? 제가 여기 온 이유는 당신을 겁주거나 당신의 정체를 밝히려는 게 아닙니다. 케니 테프트는 키스 루소 살인 사건에 관해 뭔가 알고 있었고, 어쩌면 그 비밀을 무덤까지 갖고 갔을 수도 혹은 그렇지 않을 수도 있습니다. 저는 그저 단서를 따라갈 뿐입니다, 길머 씨."

"브루스라고 부르세요." 그는 문을 향해 고갯짓을 해 보이며 말한다. "제 사무실로 가시죠."

다행히도 그의 사무실에는 다른 사람이 없다. 대부분의 시간을 사무실 밖에서 보내서인지 그의 사무실은 어수선하고, 타자 치는 일보다 스크링클러 분사 장치를 수리하는 일을 하는 사람에게 어울려 보인다. 여기저기 잡동사니가 쌓여 있고 철 지난 달력이 벽에 걸려 있다. 그는 의자를 가리키고는 자신은 책상 안쪽에 놓인 의자에 털썩 앉는다.

"절 어떻게 찾아내셨죠?" 그가 묻는다.

"어쩌다 보니 여기까지 오게 됐습니다."

"농담하지 마시고요."

"글쎄요, 엄밀히 말해서 숨지도 않으셨잖아요, 브루스. 브레이스라는 이름은 어떻게 된 겁니까?"

"얼마나 알고 있는 겁니까?"

"많이? 저는 퀸시 밀러가 키스 루소를 죽이지 않았다는 걸 압니다. 키스 루소는 마약을 거래하는 갱단에게 살해당했고, 아마도 피츠너가 그들을 보호하기 위해 사건을 덮었을 겁니다. 실제로 방아쇠를 당긴 사람을 찾아내는 건 어렵겠지만 그럴 필요가 없습니다. 전 퀸시가 살인범이 아니라는 것만 밝혀내면 돼서요."

"행운을 빕니다." 그가 모자를 벗더니 손으로 머리를 쓸어 넘긴다.

"대부분의 사건이 인내심을 요하지만, 그래도 저희는 질 때보다 이길 때가 많습니다. 전 지금까지 의뢰인 여덟 명을 교도소에서 구해 냈습니다."

"그런 일만 전문으로 하신다고요?"

"그렇습니다. 지금은 퀸시를 포함해 의뢰인이 여섯 명입니다. 혹시 퀸시와 알던 사이였나요?"

"아뇨. 그는 케니 테프트처럼 시브룩에서 자랐지만 전 알라추아 출신입니다. 한 번도 본 적이 없습니다."

"그럼 살인 사건 수사에도 참여하지 않으셨나요?"

"네. 근처에도 못 갔어요. 피츠너가 책임자였고 그 사람은 단독으로 수사를 진행했거든요."

"루소는요? 알던 사이였나요?"

"그 사람이 누군지는 알았죠. 근데 그냥 가끔 법정에서 보던 정도였어요. 좁은 동네니까요. 정말로 그가 퀸시 밀러에게 살해당한 게 아니라고 믿는 건가요?"

"네. 100프로."

그는 내 대답에 잠시 생각에 빠진다. 그의 눈과 손은 느릿하게 움직인다. 눈을 깜박이지도 않는다. 누군가 자신을 추적했다는 충격을 금세 극복한 건지 더 이상 신경 쓰지 않는 듯싶다.

내가 말한다. "물어볼 게 있어요, 브루스. 아직도 숨어서 살아요?"

그는 웃더니 대답한다. "아니요. 세월이 많이 흘렀잖아요. 아내와 전 황급히 시브룩을 떠났습니다. 야반도주나 마찬가지였죠. 무슨 수를 써서라도 거길 벗어나야 했어요. 처음 몇 년은 조심하면서 살았습니다."

"왜죠? 왜 떠났고, 뭘 두려워하는 건가요?"

"글쎄요, 포스트, 제가 입을 열어도 되는지 잘 모르겠네요. 당신이 누군지도 모르고, 당신도 절 모르잖아요. 제가 시브룩에 짐을 남겨 두고 왔다 한들 그건 그쪽 일이지 제 알 바가 아닙니다."

"알겠습니다. 하지만 뭐 때문에 여기서 들은 얘기를 다른 사람에게 하겠습니까? 당신이 퀸시 사건에서 증언을 한 것도 아닌데요. 설사 제가 원한다고 해도 당신을 시브룩으로 끌고 갈 순 없습니다. 당신은 법정에서 할 말이 없으니까요."

"그럼 왜 오셨죠?"

"전 케니 테프트가 루소 살인 사건에 관해 뭔가를 알고 있었다고 생각해요. 그리고 그게 뭔지 어떻게든 알아내고 싶습니다."

"죽은 자는 말이 없죠."

"그렇죠. 하지만 그가 혹시 당신에게 루소에 관해 뭔가 말해 준 게 있지 않나 싶어서요."

그는 한참을 곰곰이 생각하더니 고개를 흔들기 시작한다. "아무 것도 기억나지 않네요." 그는 이렇게 대답했지만 나는 그가 사실대로 말한다고 생각하지 않는다. 그는 마음이 불편한지 예상했던 반응을 보이고는 다른 주제로 말을 바꾼다. "갱단이 죽였다고 하셨는데 청부 살인이라고 보십니까?"

"뭐, 그런 셈이죠."

"어떻게 그렇게 확신하시죠? 저는 밀러가 변호사를 죽였다는 점에는 의심의 여지가 없다고 생각하는데요."

내가 어떻게 확신하냐고? 타일러가 악어 아가리 한 뼘 위에 매달려 있는 모습이 퍼뜩 머리에 떠오른다. "제가 아는 모든 걸 당신에게 말할 순 없습니다, 브루스. 전 변호사예요. 비밀 유지의 의무가 있는 사람이죠."

"어련하시겠어요. 자, 저는 지금 상당히 바쁩니다." 그가 시계를 보더니 갑자기 시간에 쫓기는 사람이라도 된 것마냥 어색한 연기를 한다. 그는 내게 이만 떠나 달라고 말한다.

"그러시겠죠." 내가 말한다. "여기서 며칠 묵을 생각입니다. 다시 만나서 얘기할 수 있을까요?"

"무슨 얘기요?"

"케니가 살해당하던 날 무슨 일이 있었는지 알고 싶습니다."

"그게 당신 의뢰인과 무슨 상관인데요?"

"그야 모르죠, 브루스. 제 일은 끝까지 파고드는 거니까요. 제 명함에 연락처가 있습니다."

26

나는 케이블카를 타고 볼드산 꼭대기까지 올라가 1,600미터 높이에서 천천히 걸어 내려온다. 내 몸은 애처로울 만큼 망가졌다. 이 부분에 관해서는 변명의 여지가 좀 있다. 우선 떠돌이 생활 때문이다. 돌아다니는 게 일상이다 보니 좋은 헬스장에서 매일 운동을 할 수 없다. 또 비키가 예약해 주는 싸구려 모텔에는 대개 헬스장 시설이 없다. 다음으로 장시간의 좌식 생활을 들 수 있겠다. 말 그대로 일어서거나 걸을 일이 없다. 마흔여덟 살이 되면서 엉덩이가 아프기 시작했는데 시도 때도 없이 운전을 하기 때문인 듯하다. 반대로 좋은 습관을 찾아보자면, 나는 최대한 적게 먹고 마시고, 담배에 손 한번 댄 적이 없다. 2년 전에 마지막으로 건강 검진을 했고 의사 말로 별 이상은 없단다. 오래전에 한 의사가 소식은 건강하게 장수하는 비결이라고 말했다. 운동도 물론 중요하지만 과도한 열량 섭취가 유발하는 피해를 뒤집지는 못한다고 했다. 나는 그의 조언을 따르기 위해 노력해 왔다.

나는 등산을 기념하기 위해 산기슭 가까이에 있는 멋진 산장에 들러 치즈버거에 맥주 두 병을 곁들여 먹으면서 햇볕을 쬔다. 이곳은 겨울에는 좀 무서울 것 같지만 7월 중순에는 천국이 따로 없을 것 같다.

브루스 길머의 사무실로 전화를 걸었는데 곧바로 자동 응답기로 연결된다. 나는 오늘과 내일 그를 좀 괴롭혀 보고 이곳을 떠날 생각이다. 여길 다시 찾진 않을 것이다. 이후에 대화할 일이 생기면 전화로 하면 된다.

케첨에서 도서관을 찾아내 편안하게 자리를 잡는다. 노스캐롤라이나주에 있는 예비 의뢰인에 관한 평가서를 포함해 읽을거리를 잔뜩 가져왔다. 조이 바는 강간죄로 7년째 복역 중이다. 그는 결백을 주장하고 있다. 그의 피해자 역시 그와 같은 입장이다. 두 사람은 그들의 관계가 합의하에 이루어졌다고 했다. 조이는 흑인이고 여자는 백인이다. 그들은 열일곱 살 때 함께 침대에 있다가 여자의 한 성격 하는 아버지에게 들켰다. 아버지는 딸에게 조이를 고소하라고 강요했고, 조이가 백인으로만 구성된 배심원단에 의해 유죄 판결을 받을 때까지 딸이 같은 주장을 되풀이하도록 했다. 이혼 후 전남편을 경멸하던 여자의 어머니는 조이가 교도소에 갇힌 뒤 그의 편을 들기 시작했다. 어머니와 딸은 지난 5년간 항소심 판사들,

그리고 조이가 결백하다는 사실에 귀 기울일 만한 사람들을 설득하기 위해 애써 왔다.

매일 이런 글을 읽는다. 나는 오랫동안 소설 한 권을 끝까지 읽는 호사를 누려 보지 못했다.

비키와 메이지는 우리가 곧 듀크 러셀을 풀어 줄 수 있으니 새 의뢰인을 맞을 준비를 해야 할 때라고 생각한다.

내가 케첨의 공공 도서관 1층에 있는 조용한 열람실 전체를 전세라도 낸 것마냥 작은 테이블에 서류를 잔뜩 늘어놓고 있는데 휴대 전화가 진동한다. 퇴근하던 브루스가 나와 이야기를 하고 싶다고 말한다.

그가 아스팔트를 따라 골프 카트를 몬다. 코너를 도니 구름 한 점 없는 완벽한 날씨에 골프를 치러 온 사람들이 눈에 들어온다. 그는 눈부시게 멋진 페어웨이가 내려다보이는 능선에서 멈추더니 브레이크를 건다.

"정말 멋지네요." 나는 멀리 보이는 산들을 바라보며 말한다.

"골프 칩니까?" 그가 묻는다.

"아뇨. 한 번도 안 쳐 봤어요. 여기서 일하시니 골프 잘 치시겠네요."

"예전엔 그랬는데 지금은 아니에요. 시간이 안 돼요. 한번 치는 데 4시간이나 걸리니 짬을 내기가 어렵죠. 오늘 아침에 제 변호사랑 얘기했습니다. 저기 보이는 10번 홀에서 골프를 치는 친구가 제 변호사입니다."

"변호사가 뭐라고 하던가요?" 내가 묻는다.

"별말 안 했어요. 이렇게 합시다, 포스트. 저는 사건에 엮일 만한 얘기는 일절 안 할 겁니다. 애초에 할 얘기 자체가 별로 없어요. 진술서에 서명도 안 할 거고, 법원에서 어떤 소환장이 오더라도 무시할 겁니다. 어차피 플로리다 법원이 절 건드릴 수도 없겠지만."

"저 역시 지금까지 말씀하신 그 어떤 것도 원하지 않습니다."

"좋습니다. 우리가 매복 공격을 당했던 날 밤 얘기가 하고 싶다고 하셨죠. 어디까지 알고 있죠?"

"우리는 플로리다 경찰에서 작성한 자료 복사본을 갖고 있습니다. 정보 공개법으로 얻어 낸 거죠. 기본적인 것, 그러니까 당신이 수사관들에게 진술한 내용은 알아요."

"좋습니다. 예상하셨겠지만 저는 모든 걸 털어놓진 않았습니다. 그때 저는 어깨에 가벼운 총상을 입고 병원에 이틀간 입원했다가 진술에 응했습니다. 덕분에 생각할 시간을 벌 수 있었죠. 저는 피츠너가 매복을 준비해 둔 곳으로 우리를 보냈다고 확신합니다. 목표는 분명 케니였을 거예요. 하지만 그들은 저까지 죽이려고 했습니다. 제가 운이 좋았기에 망정이지 안 그랬으면 놈들의 계획대로 됐을 거예요."

"운이 좋아요?"

그는 마치 "기다려."라고 말하듯 한 손을 들어 올린다.

"현장은 자갈이 깔린 좁은 도로였고, 양쪽으로 울창한 숲이 있었습니다. 새벽 3시라 매우 어두웠어요. 우리는 양옆이랑 뒤에서 공격을 받았어요. 무장한 놈들의 숫자가 그만큼 많았단 얘기죠. 정말로 끔찍했어요. 우리는 아무 생각 없이 웃으면서 차를 타고 가고 있었다고요. 근데 갑자기 뒤 유리가 와장창 날아가더니 좌우 차창으로 총알이 쏟아져 들어오면서 순식간에 아수라장이 돼 버리고 말았습니다. 어떻게 차를 멈췄는지 생각도 안 나요. 아무튼 제가 차를 세우고 기어를 주차에 둔 다음에 급하게 차 문을 열고 뛰쳐나갔어요. 그러고는 도랑으로 기어들어 갔습니다. 총알들이 제가 탄 쪽의 차 문을 뚫고 들어가 이리저리 튀었습니다. 케니가 총에 맞으며 내는 소리를 들었습니다. 머리 뒤쪽을 맞았죠. 저는 권총을 꺼내 장전했지만 어두워서 아무것도 보이지 않았습니다. 시작할 때처럼 공격은 갑자기 멈췄습니다. 숲에서 놈들이 움직이는 소리를 들을 수 있었습니다. 놈들은 달아나는 게 아니었습니다. 가까이 접근하는 중이었죠. 수풀 속에 몸을 숨기고 있던 저는 다가오는 그림자를 향해 총을 발사했습니다. 맞었어요. 저도 왕년에는 한 사격 했거든요. 놈이 비명을 지르면서 뭐라고 했어요. 근데 스페인어가 아니었습니다. 남부 깡패들이 하는 말은 들으면 압니다. 그 멍청한 녀석은 시브룩 근처에서 나고 자란 놈이었습니다. 놈들에게 예상 못한 문제가 발생한 거죠. 심한 총상을 입은 동료가 사망했을 수도 있었으니까. 놈들은 도움이 절실했지만 갈 데가 있었겠습니까? 제가 그거까지 신경 써 줄 필요도 없었고, 어쨌든 놈들은 그길로 후퇴해 숲속으로 사라졌습니다. 왼쪽 팔에 출혈이 있었지만 한참을 기다렸어요.

그러고도 꽤 시간이 흘렀나, 5분이 지났을 수도 있고 30분이 지났을 수도 있었습니다. 저는 차 반대편으로 기어가 케니의 상태를 확인했습니다. 엉망이었죠. 총알이 뒤통수를 관통하면서 얼굴의 절반이 날아갔습니다. 즉사했어요. 몸에도 총을 여러 발 맞았더라고요. 저는 케니의 총을 챙겨 도랑을 따라 6미터가량 기어가서 적당한 데 몸을 숨겼습니다. 오랫동안 귀를 기울였지만 밤의 정적 말고는 아무 소리도 들을 수 없었습니다. 달도 없는 칠흑 같은 밤이었습니다. 나중에 통신 기록을 확인해 보니 제가 4시 2분에 매복 공격을 받았다며 지원을 요청했더라고요. 케니는 죽었고. 피츠너가 처음으로 현장에 도착했는데, 그게 참 이상했어요. 그는 루소가 죽은 현장에도 제일 먼저 도착했었어요."

"어쩌면 숲에서 모든 걸 지시하고 있었는지도 모르죠." 내가 말한다.

"그럴 수도 있죠. 지원 병력이 저를 병원에 데려가 치료를 받게 했어요. 부상은 경미했어요. 찰과상 정도만 입었어요. 그런데도 진정제를 달라고 요청했어요. 병원에서 준 약을 먹고 완전히 뻗었습니다. 의사들한테 하루 이틀 정도 아무 말도 하고 싶지 않다고 했어요. 병원은 절 보호해 줬습니다. 피츠너가 진술을 받으려고 주 경찰이랑 왔을 때도 절 공격한 놈들 가운데 하나를 맞혔다는 얘기는 하지 않았습니다. 분명히 스페인어를 모국어로 쓰지 않는 놈이었어요."

"왜 말 안 했나요?"

"우리 둘을 다 죽이는 게 피츠너의 목표였어요, 포스트. 그는 케니가 뭔가를 알고 있었기 때문에 그를 제거하려고 했던 겁니다. 그리고 제가 케니와 같이 있었기 때문에 저도 없앨 필요가 있었던 거고요. 증인을 남겨 두는 위험을 감수할 수 없었으니까요. 생각해 보십시오, 포스트. 사람들 투표로 뽑혔고 지역 사회로부터 신뢰받는 보안관이 자기 부하를 둘씩이나 매복 공격으로 죽이려고 한 겁니다. 브래들리 피츠너는 그런 인간이라고요."

"그 사람 아직 살아 있는 거 아시죠?"

"신경 쓰지 않습니다. 저와 그의 인연은 20년 전에 이미 끝났으니까요."

"병원에서 진술할 때 피츠너에게 뭐라고 말했습니까?"

"놈들 가운에 하나를 총으로 맞힌 거 빼고는 전부 말했습니다. 지금까지 아무에게도 털어놓지 않았고, 내일 다시 물어본다고 해도 그런 일은 없었다고 말할 겁니다."

"아직도 두려우신가요?"

"아뇨, 포스트. 저는 두렵지 않습니다. 단지 조금이라도 위험을 감수하지 않으려는 겁니다."

"당신이 맞힌 자의 소식은 없었나요?"

"전혀 없었습니다. 인터넷도 없던 시절이라 사람 찾는 일이 훨씬 어려웠습니다. 알아봤더니 그날 탬파의 공공 병원에 들어온 사람 중에 총상자는 총 둘이었다고 하더군요. 남의 집에 침입했다가 붙잡힌 사람 하나랑 골목에서 시체로 발견된 사람 하나. 결과적으로 아무것도 알아내지 못했어요. 그래서 흥미를 잃어버렸달까요. 그 무렵 아내와 그곳을 떠나기로 한 겁니다."

"그 뒤에 피츠너는 당신을 어떻게 대했습니까?"

"똑같았어요. 그는 항상 프로에다 완벽한 경찰이자 규율을 중시하는 훌륭한 지도자였습니다. 케니의 장례식 후 그는 제게 한 달의 유급 휴가를 줬고 최선을 다해 절 걱정해 줬습니다. 그래서 그가 더 위험한 사람이란 겁니다. 주변의 존경을 받는 인물이니 그 사람이 부패 경찰이라는 사실을 선뜻 믿기 힘들죠."

"부하들은요? 그의 실체를 알았습니까?"

"우리도 의심만 했어요. 피츠너에게는 측근 같은 부하 둘이 있었습니다. 칩과 딥이라고, 형제지간인데 지저분한 일 처리를 도맡아 하는 깡패였죠. 커다란 이가 입에 한가득이고 앞니 하나가 깨진 아니라는 자가 있었어요. 사람들은 뒤에서 그를 칩이라고 불렀습니다. 딥은 아니보다 이는 작았고 두툼한 아랫입술 안쪽에 씹는 담배를 물고 다니던 아모스란 작자였습니다. 그들 밑에는 행동 대원 격인 팀원이 몇 명 있었고 일 처리 대가로 마약을 받았습니다. 하지만 그들은 그런 모든 일을 카운티의 경찰 업무와 분리해서 했습니다. 다시 말하지만, 피츠너는 보안관으로서 실력이 좋았습니다. 제가 그곳에서 일하기 전인 언젠가부터 그는 마약 조직이 제공하는 돈의 유혹에 굴복한 겁니다. 그는 항구를 보호해 주고 그리로 마약이 들어올 수 있도록 해 주고 마약을 보관할 수 있는 안전 지역을 제공했습니다. 그는 분명히 떼돈을 벌었을 테고, 칩과 딥은 물론 나머지 부하들도 제 몫을 챙겼겠죠. 저 같은 사람들은 월급에 만족하며 살았고요."

그가 지나가는 골프 카트를 향해 손을 흔들어 보이자 두 명의 매력적인 여자들이 인사를 받아 손을 흔든다. 그는 페어웨이를 돌아 여자들을 따라간다. 그러고 나서 작은 다리로 방향을 바꾸더니 나무 몇 그루가 있는 한적한 곳으로 들어간다. 조용한 데 자리를 잡자 내가 묻는다. "그래서 케니가 뭘 알고 있었나요?"

"몰라요. 말 안 하더라고요. 한번은 은근히 뭔가를 암시하는 듯싶은 말을 하긴 했는데 끝까지 제대로 알려 주진 않았습니다. 루소 살인 사건의 증거물을 포함해 수많은 증거 물품이 파괴된 화재 사건에 대해 알고 계시죠?"

"네. 사고 보고서를 봤습니다."

"케니는 어렸을 때 스파이가 되고 싶었답니다. 플로리다의 시골 마을에 사는 흑인 아이치고 이상한 꿈이었지만, 그는 스파이 책과 잡지를 아주 좋아했습니다. CIA에 들어갈 수 없게 되자 그는 경찰이 됐습니다. 그 친구는 특히 기술과 장비를 다루는 실력이 좋았어요. 예를 들어 보죠. 그의 친구 하나가 아내의 외도를 의심했습니다. 친구가 케니에게 도움을 청했고 케니는 단 몇 분 만에 친구가 사는 집의 다용도실에 전화 도청 장치를 설치해 줬습니다. 그 도청 장치에 모든 전화 통화가 녹음됐고, 친구는 매일같이 녹음된 테이프를 확인했습니다. 오래 지나지 않아 친구는 사랑하는 아내가 콧소리를 내며 내연남에게 다음에 만나자면서 약속을 잡는 걸 포착해 냈습니다. 케니의 친구는 그 둘이 한 침대에 있는 현장을 잡았고 남자를 흠씬 두들겨 팼습니다. 아내도 몇 차례 때렸다고 하고. 아무튼 케니는 자부심이 대단했어요."

"그 친구는 대체 뭘 들었던 걸까요?"

"파괴된 증거에 관한 얘기였습니다. 루소가 살해되기 며칠 전 카운티 내에서 백인들 사이에 강간 사건이 발생했는데, 희생자는 범인의 얼굴을 못 봤지만 백인이 틀림없다고 했습니다. 유력한 용의자는 칩과 딥의 조카였습니다. 강간 증거 수집용 장비는 예전 보안 관실 본부의 공간이 협소해서 다른 장소에 보관하고 있었습니다. 불이 났을 때 강간 증거 수집 장비도 다른 소중한 증거품들과 함께 사라졌습니다. 어느 늦은 밤에 케니와 제가 커피를 마시며 쉬는데, 케니가 화재가 단순 사고가 아니었다는 취지의 말을 하는 겁니다. 더 물어보고 싶었지만 호출이 들어와서 출동을 나가야 했습니다. 나중에 무슨 말이었느냐고 물었더니 칩과 딥이 건물에 불을 지르는 이야기를 나누는 걸 슬쩍 들었다더군요."

그는 말을 멈추더니 한참 침묵을 지킨다. 그의 이야기가 끝났다는 걸 깨달은 내가 묻는다. "뭐, 다른 건 없고요?"

"그게 제가 아는 전부입니다. 정말이에요. 저는 오랫동안 혹시 케니가 사무실 전화를 도청한 게 아니었나 생각했습니다. 그는 피츠너 무리가 마약으로 돈을 버는 게 아닌지 의심하고 증거를 원했습니다. DEA가 주위를 캐고 다녔고 FBI가 온다는 말도 있었습니다. 피츠너가 자백하면서 우리를 물고 들어가지는 않을까? 우리가 모두 엮일 수도 있을까? 잘은 몰라도 제가 추측하기에 케니가 뭔가를 들었던 것 같습니다."

"그건 그냥 근거 없는 추측 아닌가요?"

"그렇긴 하죠."

"어쨌든 당신은 케니가 뭘 들었는지 모른다는 거죠?"

"전혀. 아무 실마리도 없습니다."

그가 다시 카트를 출발시키고 우리는 골프 코스를 따라 돈다. 코너를 돌 때마다 산과 계곡의 멋진 풍경이 펼쳐진다. 우리는 흐르는 냇물 위 좁은 나무다리를 건너간다. 13번 홀 티박스에서 그는 나를 그의 변호사에게 소개한다. 변호사가 내게 인사를 건넨다. 그러고는 서둘러 골프를 치는 사람들 쪽으로 다시 합류한다. 자신의 의뢰인이 처한 상황보다 자신의 골프 경기에 더 관심이 많은 모양이다. 클럽 하우스에서 나는 길머에게 시간을 내 주고 친절하게 대해 주어 고맙다고 인사한다. 우리는 가까운 미래에 다시 대화하기로 약속하지만 둘 다 그럴 일이 없다는 걸 알고 있다.

길고 흥미로운 여행이었지만 별로 알아낸 것은 없다. 하지만 이일을 하다 보면 이런 경우는 비일비재하다. 케니 테프트가 뭘 알아냈는지는 몰라도 그는 비밀을 무덤까지 가지고 간 것이 틀림없다.

27

플로리다주 법에 따르면 유죄 판결 후 구제 청원은 유죄 판결을 받은 곳이 아닌 수감 중인 지역에서 신청해야 한다. 현재 퀸시는 가빈 교도소에서 복역 중이다. 문명 사회에서 최소 1시간은 떨어져 있는 페컴이라는 작은 마을에서도 30분을 더 가야 하는 곳이다. 시골의 한 순회 법원에서 그의 사건을 맡게 되었는데, 그곳 판사는 유죄 판결 후 구제 청원 제도에 대해 비관적인 견해를 가지고 있다. 그렇다고 마냥 그를 비난할 수만은 없다. 그는 근처에 있는 교도소의 소속 변호사들이 보내오는 온갖 쓰레기 같은 요구와 신청에 시달리고 있기 때문이다.

포인셋 카운티 법원은 싸구려 건축가가 디자인한 촌스러운 현대식 건물이다. 중앙 법정은 어둡고 창문도 없고 천장까지 낮아 폐소 공포증을 불러일으킨다. 짙은 적갈색 카펫이 아주 낡아 보인다. 나무 패널과 가구에 진갈색 얼룩이 져 있다. 지금까지 열 개 이상의 주에서 100군데 넘는 법정에 가 보았는데 여기처럼 우울하고 지하 동굴 같은 곳은 없다.

주 정부를 대표하는 사람은 주 검찰 총장이다. 나는 절대로 그를 만날 수 없다. 그도 그럴 것이 그 사람과 나 사이에는 1천 명이나 되는 부하 직원이 있기 때문이다. 그 가운데 운 나쁘게 뽑힌 카먼 이 달고라는 여자가 퀸시의 청원 건을 맡게 되었다. 그녀는 5년 전 스테트슨 대학의 로스쿨에 다녔고 성적은 중간 정도였다. 우리에게 는 그녀에 관한 자료가 많지 않다. 실은 그녀에 관해 많이 알 필요 가 없다. 우리의 청원에 대한 그녀의 답변서는 표준 문안에서 이름 만 바꾸어 보내온 상투적 내용에 불과하다.

그녀는 자신의 승소를 확신한다. 판사석에 앉은 사람의 성향을 보면 더욱 그렇다. 제리 플랭크 판사는 오래전부터 은퇴할 날만을 기다리며 대충 일하고 있다. 그는 너그럽게도 우리 사건의 심리를 위해 하루 전체를 지정해 두었지만, 그렇다고 해서 꼬박 8시간을 쓸 수 있다는 의미는 아니다. 법정은 텅 비어 있다. 23년이나 지난 사건에 관심을 두는 사람이 얼마나 되겠는가. 심지어 두 명의 법원 사무원조차 지루해하는 것처럼 보인다.

우리는 주위를 살피며 기다린다. 프랭키 테이텀은 우리 뒤로 여 섯 줄 떨어진 곳에 혼자 앉아 있고, 비키 골리는 주 정부 측 방청 석 다섯 번째 줄에 혼자 앉아 있다. 두 사람 다 휴대 전화로 작동시

276

킬 수 있는 소형 비디오카메라를 소지하고 있다. 출입구에는 그 흔한 경비원 하나 배치되어 있지 않다. 다시 말하지만, 이 마을 또는 이 카운티의 어느 누구도 퀸시 밀러에 관해 들어 본 적이 없다. 혹시 나쁜 편에 선 자들이 우리의 노력을 감시하고 있다면, '그들'이 누구든 그들에게는 이곳이 우리 모습을 실제로 볼 수 있는 첫 번째 기회가 될 것이다. 법정은 공개된 장소다. 누구나 마음대로 오갈 수 있다.

나와 공동 변호를 맡은 변호사는 수전 애슐리 그로스라고, 중부 플로리다 이노센스 프로젝트의 전사다. 수전 애슐리는 7년 전 나와 함께 래리 데일 클라인을 마이애미의 한 교도소에서 석방시켰다. 래리는 수호자 재단에서 무죄를 밝혀낸 두 번째 의뢰인이자 수전 개인적으로는 첫 번째 의뢰인이었다. 오늘이라도 당장 수전 애슐리에게 결혼해 달라고 말하고 싶지만, 그녀는 나보다 열다섯 살이나 어리고 현재 행복하게 약혼한 상태다.

지난주에 나는 판사에게 피고가 재판에 나올 수 있게 해 달라고 요청했다. 퀸시가 꼭 법정에 나와야 하는 건 아니나 그가 해를 보며 하루를 보내면 좋을 것 같다는 생각에서였다. 플랭크 판사는 허락하지 않았다. 그리 놀랄 일도 아니었지만. 재판 전에 그는 모든 사안에서 우리 측에 불리한 결정을 내렸다. 우리는 판사가 유죄 판결 후 구제 청원 자체를 기각할지도 모른다는 예감이 들었다. 메이지는 이미 항소를 준비 중이다. 10시가 다 되어서야 플랭크 판사가 마침내 판사석 안쪽의 보이지 않는 통로에서 나타나 자리를 잡고 앉는

다. 법정 경위가 일어서라는 안내를 하자 우리는 엉거주춤 일어선
다. 나는 주변을 둘러보면서 사람이 몇이나 있는지 세어 본다. 비키
와 프랭키 말고 다른 방청객이 넷이다. 나는 그들이 왜 이런 재판에
신경을 쓰는지 궁금하다. 퀸시의 가족은 아무도 재판에 관해 알지
못한다. 퀸시는 동생 한 명을 제외하고는 오랫동안 가족과 연락이
끊어졌다. 키스 루소는 23년 전에 죽었고 그의 가족은 당시 잡힌 살
인범이 지금까지 형을 살고 있는 걸로 알고 있을 터다.

한 백인 남성은 나이가 쉰 살 정도 되어 보이고 비싼 정장을 입
었다. 마흔 살쯤 되어 보이는 백인 남성은 검은색 데님 셔츠를 입었
다. 일흔 살 정도 되어 보이는 백인 남성은 법원 단골손님 같은 얼굴
을 하고 있는데, 무슨 일이 있어도 끝까지 버틸 것 같다. 네 번째 방
청객은 백인 여성으로 우리 뒤쪽 앞줄에 앉아 기사라도 쓰듯 메모
지를 펼쳐 두고 있다. 우리는 수 주 전에 신청서를 제출했지만 언론
으로부터 단 한 건의 연락도 받아 보지 못했다. 사실 플로리다주의
동쪽 어딘가에서 오래전에 잊힌 사건을 재조명하는 재판을 취재할
언론사가 있으리라고는 상상조차 하지 않는다.

수전 애슐리 그로스는 버지니아 커먼웰스 대학의 카일 벤더슈미
트 박사를 증인석에 올린다. 그의 의견과 그가 발견한 내용을 두꺼
운 진술서에 담아 신청서에 첨부하긴 했지만, 우리는 추가 비용을
들여 그의 생생한 증언을 법정에서 들어 보기로 했다. 그의 자격 증
명은 흠잡을 데가 없다. 수전 애슐리가 그의 이력서를 읊어 나가자
플랭크 판사가 카먼 이달고를 보며 말한다. "검찰 측은 증인의 자격

에 관해 이의를 제기하시겠습니까?"

이달고가 일어서서 짧게 대답한다. "아니요."

"좋습니다. 그럼 증인을 혈흔 분석 분야의 전문가로 인정하겠습니다. 진행하세요."

수전 애슐리는 과거 재판에서 사용했던 가로 20센티미터, 세로 25센티미터 컬러 확대 사진을 사용해 우리의 증인이 플래시와 플래시의 렌즈에 조그맣게 묻은 붉은 물질에 관해 설명하도록 유도한다.

플랭크 판사가 끼어든다. "그런데 플래시는 어떻게 된 겁니까? 이 플래시는 이번 심리에 제시되지 않는 건가요?"

증인은 자신이 증언할 수 없는 내용이라 어깨만 으쓱할 뿐이다. 수전 애슐리가 말한다. "판사님, 재판 기록에 따르면 살인 사건으로부터 한 달이 지난 후에 플래시가 경찰이 보관하던 다른 증거물들과 함께 화재로 소실됐다고 보안관이 증언했습니다."

"완전히 소실된 건가요?"

"저희가 알기로는 그렇습니다, 판사님. 주 정부 측 전문가인 노우드 씨는 바로 여기 있는 사진들을 살펴본 뒤 플래시의 렌즈에 희생자의 피가 튀었다는 의견을 제시했습니다. 증언 당시 플래시는 오래전에 사라진 뒤였습니다."

"제가 제대로 이해했다면, 플래시는 밀러 씨와 범죄 현장을 실제로 연결하는 유일한 연결 고리였고 그의 자동차 트렁크에서 플래시가 발견됨으로써 그가 유력한 용의자가 됐다는 거죠? 그리고 이런 증거를 확인한 배심원들은 충분히 유죄 평결을 내릴 수 있다고 생각한 거고요."

"그렇습니다, 판사님."

"계속하세요."

벤더슈미트는 노우드의 그릇된 증언에 대한 비판을 이어 나간다. 노우드의 증언은 과학에 근거를 둔 것이 아니었다. 왜냐하면 노우드는 비산 혈흔의 배경이 되는 과학을 이해하지 못했기 때문이다. 벤더슈미트는 노우드가 배심원들에게 말한 내용을 묘사하면서 '무책임하다'라는 단어를 여러 번 사용한다. 살인범이 한 손으로 플래시를 든 채 다른 손으로 12게이지 산탄총을 쥐고 발사했을 것이라는 식의 말은 무책임했다. 증거가 전혀 없었다. 키스가 총에 맞았을 때 앉아 있었는지 서 있었는지에 관한 증거도, 살인범이 서 있던 자리에 대한 증거도 없었다. 플래시에 튄 극소량의 얼룩이 실제 혈액이라 언급한 것도, 플래시를 증거로 사용한 것도 무책임한 행동이었다. 플래시는 범죄 현장에서 찾아낸 게 아니었으니까.

1시간이 지나자 지친 플랭크 판사에게 휴식이 필요해진다. 진짜로 졸린 건지 확실하지 않지만 눈이 게슴츠레하다. 프랭키는 조용히 뒷줄로 움직여 통로 옆자리로 옮겨 앉는다. 휴정이 선언되자 플랭크 판사가 자리를 뜨고 방청객들이 일어나 법정을 빠져나간다. 이때 프랭키가 방청객 하나하나를 비디오카메라에 담는다.

담배를 한 대 피우고 소변을 보고 아마도 잠깐의 낮잠까지 잔 듯한 플랭크 판사가 마지못해 법정으로 돌아오고, 벤더슈미트는 다시 증언석에 오른다. 벤더슈미트는 사건을 평가하던 중에 후방 비산, 즉 렌즈에 묻었다는 혈흔이라는 게 피해자의 반대쪽으로 튈 수 있는지 의심하기 시작한다. 그는 루소의 사무실 도면과 현장을 찍은 다른 사진들을 보여 주며 출입문과 살인범이 서 있었을 것으로 추정되는 지점, 그리고 키스의 시신이 있었던 장소를 근거로 들어 증언한다. 벽에 어마어마하게 튄 혈액과 살점, 뒤쪽 책장을 고려하면 두 발의 산탄총을 맞고 튄 피가 살인범을 향할 가능성은 아주 낮다고 한다. 이런 의견을 보강하기 위해 벤더슈미트는 12게이지 산탄총이 사용된 다른 범죄 현장의 사진들을 제시한다.

유혈이 낭자한 사진들을 보던 우리의 판사님께서 잠시 후 지적한다. "그만 넘어갑시다, 그로스 씨. 다른 사건 현장 사진이 이 재판에 도움이 되는지도 모르겠고."

그의 말이 맞을 수도 있다. 카먼 이달고는 반대 신문에서 혈흔 전문가마다 이견이 있을 수 있다는 점을 벤더슈미트가 인정했음을 지적함으로써 점수를 올린다.

증인이 증언대에서 내려오자 플랭크 판사는 길고 힘든 오전 시간을 보냈다는 듯 시계를 들여다보더니 말한다. "점심을 위해 휴정합시다. 2시에 재판을 재개합니다. 그땐 뭔가 새로운 게 나왔으면 좋겠군요, 그로스 씨." 그가 판사봉을 두드리고 사라진다. 나는 플랭크 판사가 이미 결론을 내린 게 아닌지 의심이 든다.

모든 주가 그렇겠지만, 특히 플로리다주에서는 유죄 판결 후 구제 청원은 새로운 증거를 찾았을 경우에만 의미가 있다. 더 나은 증거는 소용없다. 더 믿을 만한 증거도 소용없다. 퀸시의 재판을 맡았던 배심원단은 의중이 의심스러운 전문가였던 노우드의 증언을 들었다. 그리고 신출내기 변호사였던 타일러 타운센드가 노우드의 자격이나 의견에 대해 맹렬한 공격을 퍼부었음에도 만장일치로 노우드의 손을 들어 주었다.

카일 벤더슈미트와 두 번째 혈흔 전문가인 토비아스 블랙까지 동원한 우리는 더 좋은 증거를 제시한 것이지 새로운 증거를 가져온 것은 아니다. 플랭크 판사의 발언은 많은 걸 함축한다.

좋은 정장을 빼입은 남자와 검은색 데님 셔츠를 입은 사내가 따로따로 법정을 떠난다. 우리는 상황이 어떻게 돌아가는지 파악하기 위해 두 명의 사설탐정을 고용해 두었다. 프랭키가 그들에게 전화로 상황을 전달했다. 비키는 법원 가까이에 있는 단 두 개뿐인 식당 중 하나에 자리를 잡고 대기한다. 나는 나머지 한 식당으로 가 카운터 자리에 앉는다. 프랭키가 법원에서 나오더니 근처 주차장에 세워 둔 자신의 차로 걸어간다. 좋은 정장을 입은 남자가 플로리다주 번호판이 달린 매끈한 검정 벤츠 세단에 올라탄다. 검은색 데님 셔츠 사내가 올라타는 녹색 BMW에도 역시나 플로리다주 번호판이 달려 있다. 그들은 2분 간격으로 시내를 벗어나 근처 고속 도로에 있는 한 쇼핑센터 주차장으로 향한다. 검은색 데님 셔츠가 벤츠로 옮겨 타더니 어디론가 향한다. 그들은 온 데다 붉은 깃발을 꽂고 다닌다. 엉성하기는.

소식을 들은 나는 서둘러 다른 식당으로 간다. 그곳에서 비키가 감자튀김에는 손도 대지 않은 채 칸막이 자리에 앉아 있다. 그녀는 프랭키와 통화 중이다. 벤츠 차량은 19번 고속 도로에서 남쪽으로 향하고 있고 우리 편이 멀찍이 떨어져 그들을 미행 중이란다. 뒤에 따라붙은 우리 편이 차량의 번호판을 확인해 연락하고 비키는 작업을 시작한다. 우리는 아이스티와 샐러드를 주문한다. 프랭키는 몇 분 뒤 식당에서 우리와 합류한다.

마침내 우리는 직의 정체를 확인한다.

벤츠는 마이애미의 내시 쿨리라는 남성 명의로 등록되어 있다. 비키는 이 정보를 회사에 남아 있는 메이지에게 보낸다. 두 여자의 손이 키보드 위에서 번쩍거리며 날아다닌다. 몇 분 지나지 않아 우리는 쿨리가 형사 사건 전문 로펌의 파트너 변호사라는 사실을 알아낸다. 나는 마이애미에서 일하는 변호사 둘에게 연락을 취한다. 법정에 남아 샌드위치를 먹던 수전 애슐리 그로스도 아는 사람들에게 연락해 본다. 메이지도 마이애미의 아는 변호사에게 전화한다. 비키는 키보드를 두들긴다. 프랭키는 참치 치즈 샌드위치와 감자튀김을 맛있게 먹는다.

쿨리와 검은색 데님 셔츠 남자는 20분 정도 떨어진, 인구 1만8천 명의 유스티스라는 도시로 가서 한 패스트푸드점 앞에 차를 세운다. 상황은 점점 명확해진다. 두 남자는 심리를 직접 보기 위해 이곳에 왔지만 함께 있는 모습을 보이거나 남의 눈에 띄는 걸 원하지 않기에 자리를 옮겨 점심을 먹는 것이다. 그들이 식사를 하는 동안 우리가 보낸 사람이 동료와 차를 바꾸어 탄다. 쿨리가 유스티스에서 법원으로 돌아올 때 다른 차로 미행하기 위해서다.

쿨리는 열두 명이 파트너로 일하는 로펌에서 오래전부터 마약 거래상들을 변호하고 있다. 당연히 알려진 정보가 별로 없는 회사이고 홈페이지의 내용도 빈약하다. 그들에게는 광고도 필요 없다. 쿨리는 쉰두 살이고 마이애미에서 로스쿨을 나왔고 변호사 협회에 문제가 제기된 적 없는, 깔끔한 경력을 가지고 있다. 인터넷에서 찾은 그의 사진은 열 살은 더 젊어 보이는 것이 업데이트가 필요해 보이지만, 옛날에 올렸던 온라인 사진을 방치해 두는 건 흔한 일이다. 대략적인 초동 조사 끝에 우리는 그들의 회사에서 한 가지 흥미로운 사항을 발견한다. 1991년 회사를 세운 인물이 목이 그인 채 자신의 집 수영장에서 시신으로 발견된 것이다. 사건은 미제로 남아 있고 말이다. 그쪽에도 불만에 찬 의뢰인이 있었던 건가.

오후 2시가 넘었는데 플랭크 판사는 나타나지 않는다. 혹시 판사가 (1) 죽었는지, 또는 (2) 단순히 또 낮잠에 빠졌는지 법원 서기들에게 확인이라도 해야 할 판이다. 내시 쿨리가 법정에 들어와 뒤쪽에 자리를 잡는다. 우리가 자신의 자녀 이름과 그 애들이 다니는 대학까지 이미 파악했다는 사실을 그는 꿈에도 모를 것이다. 잠시 후 검은색 데님 셔츠 남자도 들어와 쿨리로부터 멀리 떨어진 자리에 앉는다. 아마추어 티가 팍팍 난다.

우리는 포트 로더데일에 있는 첨단 기술 보안 회사의 서비스를 이용하기 위해 검은색 데님 셔츠 남자의 영상을 보내고 비용을 지불한다. 이 회사는 안면 인식 기술 중에서 특히 자사가 보유한 데이터 뱅크와 이미지를 대조하는 능력이 으뜸이다. 많은 품을 들일 필요도 없다. 첫 번째 데이터 뱅크는 플로리다주 교정국 자료로 검색하는 데 11분밖에 걸리지 않는다. 검은색 데님 셔츠 남자는 미키 메르카도라는 자다. 나이는 마흔세 살이고 주소는 코럴 게이블스이며 멕시코와 미국의 이중 국적자로 중범죄를 저지른 적이 있는 전과자다. 그는 열아홉 살 때 체포되어 6년 형을 살았다. 죄명은 말할 것도 없이 마약 밀매였다. 1994년에는 체포되어 살인죄로 기소되었다. 하지만 배심원단의 의견이 엇갈려 무죄로 풀려났다.

우리가 플랭크 판사를 기다리는 사이 비키는 식당에 남아 커피를 주문하고 인터넷을 미친 듯이 뒤지고 있다. 후에 그녀가 말해 준 바에 따르면 메르카도는 프리랜서 사설 보안 고문이라고 한다. 그게 무슨 직업인지는 잘 모르겠지만.

깜짝 놀랄 만한 그들의 정체로 인해, 법정에 얌전하게 앉은 우리는 고개를 돌려 그들을 보고 이름을 부르면서 "당신들 도대체 여기 뭐 하러 온 거야?" 하고 묻고 싶은 걸 겨우 참아 낸다. 그러나 우리는 경험이 풍부한 사람들이다. 가능하면 우리가 어디까지 알고 있는지 적이 모르게 해야 한다. 지금 쿨리와 미키는 우리가 그들의 이름, 주소, 자동차 등록 번호, 사회 보장 보험 번호, 직장을 알고 있으며 여전히 조사 중이라는 사실을 알지 못한다. 아마도 그들은 나와 수호자 재단, 그리고 재단의 빈약한 인력에 관한 자료 정도는 가지고 있을 것이다. 단, 프랭키는 그림자 같은 존재이므로 절대 드러나

지 않을 것이다. 그는 법정 밖 복도에서 주변을 예의 주시하며 움직이고 있다. 이 동네에는 흑인이 거의 없기에 그는 사람들 눈에 띄기 쉽다는 점을 염두에 두면서 행동한다.

2시 17분에 모습을 드러낸 플랭크 판사는 수전 애슐리에게 우리의 다음 증인을 부르라고 지시한다. 이번 심리에서는 깜짝쇼가 허용되지 않는다. 지크 허피가 플로리다주에 돌아왔다는 사실은 이미 모두가 알고 있다. 놀라운 건 항공료를 대 주면 법정에 출두해 증언하겠다고 그가 동의했다는 점이다. 대신 위증에 대한 공소 시효가 지나 그를 기소할 수 없다는 사실을 서면으로 확인해 주어야 했다.

요즘 지크는 풀려날 생각에 마냥 행복하기만 하다. 우리는 그의 자유가 오래 지속되지 않으리라고 생각하지만, 어쨌든 그는 앞으로 손 씻고 살겠다고 다짐한다. 그는 진실만을 말할 것을 맹세한다. 세련된 교도소 내 밀고자로 거짓말을 늘어놓았을 때도 여러 번 법정에서 했던 말이다. 그는 교도소에서 퀸시 밀러와 같은 방에 있을 때 나눈 대화에 관해 말한다. 퀸시 밀러가 자신의 변호사 머리를 날려 버리고 12게이지 산탄총을 멕시코만에 버렸다며 허풍을 떨었다는 이야기다. 지크는 거짓 증언을 하는 대가로 마약 혐의가 대폭 줄어든 징역형을 받았다고 증언한다. 물론 그는 퀸시에게 한 짓에 대해 유감스럽게 생각하고 있으며 과오를 바로잡기를 바라고 있다.

지크는 증인으로서 괜찮은 대상이나 문제가 명백하다. 여러 차례 거짓 증언을 했기에 누구도, 특히 판사로서는 그가 진실을 말하고 있는지 신뢰하기 힘들다. 그렇다 하더라도 그의 증언은 우리 입장에서 매우 중요한 시도라 할 수 있다. 증인이 증언을 철회했다는 사실은 새로운 증거가 될 수 있기 때문이다. 지크가 직접 한 증언과 캐리 홀랜드의 진술서를 통해 우리는 퀸시의 재판이 공정하지 않았다고 강력하게 주장할 수 있는 충분한 탄약을 확보한다. 새로이 재판을 받게 된다면 그때 가서 훨씬 더 좋은 과학적 증거를 배심원들에게 제시하면 된다. 물론 노우드나 그와 비슷한 누구도 법정에 얼씬거리게 해선 안 된다. 우리의 꿈은 새로운 배심원단이 진실을 볼 수 있도록 하는 것이다.

카먼 이달고는 반대 신문에서 지크가 오랜 세월 다채롭게 쌓아 온 교도소 내 밀고자로서의 경력을 스스로 돌아보도록 만들면서 톡톡히 재미를 본다. 그녀는 지난 26년간 지크가 배심원들에게 거짓말을 하고 풀려난 다섯 건의 재판 기록을 확인해 준다. 지크는 거짓말을 인정하기도 하고 어떤 건에서는 거짓말을 인정하지 않는다. 결국 그는 어떤 사건에서 거짓말을 했는지 제대로 기억해 내지 못하며 혼란에 빠진다. 이 과정을 지켜보는 일은 고통스럽기 그지 없다. 우리의 판사님께서 급속도로 지루해지는 와중에도 유혈 사태는 계속된다. 이달고 검사는 기세를 올리고 훌륭한 신문 솜씨를 발휘하며 우리를 놀라게 한다.

3시 30분이 되자 플랭크 판사가 하품을 하며 눈을 가늘게 뜨는 것이 그의 정신은 이미 법정에서 떠나 버린 듯하다. 그는 진이 빠졌는지 졸음과 필사적으로 싸우고 있다. 나는 수전 애슐리에게 이만 정리하고 법정을 벗어나자고 속삭인다.

28

비키와 내가 서배너로 돌아온 이튿날 우리는 상황을 평가하기 위해 메이지와 함께 회의실에 모인다. 플로리다주는 앨라배마주와 마찬가지로 유죄 판결 후 구제 청원과 관련한 심리에 시한을 두지 않는다. 그러니 늙은 플랭크 판사는 아무 결정을 내리지 않은 채 죽을 수도 있다. 플랭크 판사가 마음속으로 이미 결정을 내렸다는 우리의 합리적 의심과는 별개로, 그는 그 결정을 입 밖에 꺼내기 전에 많은 시간을 허비할 것이다. 빨리 판결을 내리라고 재촉할 방법도 없고, 그래 보아야 오히려 역효과만 날 게 뻔하다.

한편, 우리는 감시를 당하고 있다는 점을 인정하며 이와 관련한 내용으로 열띤 토론을 벌인다. 우리는 모든 디지털 파일과 직원들끼리 주고받는 통신 내용의 보안을 상당한 수준으로 높여야 한다는 데 동의한다. 여기에 3만 달러라는 거금이 들어간다. 그렇지 않아도 괴로운 상태인 우리의 예산은 그만한 비용을 감당할 수 없다. 나쁜 놈들은 자금을 무한정 쓸 수 있고 최고의 감시 장비를 살 수 있을 텐데.

나는 그들이 서배너 주위를 기웃거리며 우리의 움직임을 감시하리라고 생각하진 않는다. 그래 보았자 지루한 작업일 테고 쓸 만한 정보도 얻어 낼 수 없을 것이다. 하지만 우리는 주위를 더 경계하고 동선을 자주 바꾸기로 뜻을 모은다. 그들은 아주 쉽게 날 미행해 나소까지 따라와 타일러 타운센드와의 만남을 포착할 수 있었다. 선 밸리와 브루스 길머의 경우도 마찬가지다. 내가 구제 청원을 신청하고 나서, 또 우리 이름이 공식적으로 알려지고 나서 그곳들을 방문했다면 말이다.

내시 쿨리에 관해서는 더 알아낸 부분이 있다. 우리는 그의 자동차, 부동산, 두 번의 이혼에 관한 공개 정보를 확보했다. 그는 돈을 아주 많이 버는 데에다 번 돈을 쓰는 일에도 열심이다. 코럴 게이블스에 있는 그의 집은 가치가 220만 달러나 된다. 그의 이름으로 등록된 차량만 최소 석 대인데 전부 독일제 수입차다. 그의 회사는 마이애미 도심의 번쩍거리는 신축 고층 빌딩에 있고, 그랜드케이맨과 멕시코시티에 지사를 두고 있다. 수전 애슐리의 친구 말로는 플로리다주 남부의 일부 마약 관련 변호사들은 해외에서 수임료를 받는다고 한다. 그들이 붙잡히는 일은 드물지만 간혹 FBI에서 탈세 혐의로 체포를 감행하기도 한다. 같은 사람이 전한 바에 따르면 배릭 앤드 발렌시아 로펌은 오래전부터 지저분한 사업을 해 오고 있으며, 의뢰인들에게 보다 위생적인 돈세탁 방법을 조언하는 일에 매우 능숙하다고 한다. 회사의 고위급 파트너 변호사 두 명은 형사 재판에서 여러 번 승리를 거둔 베테랑 법정 변호사다. 1994년에 그들은 살인 혐의로 기소된 미키 메르카도를 변호해 배심원들로부터 무죄 판결을 이끌어 냈다.

나는 내시 쿨리가 6시간이나 운전을 해서 우리가 신청한 청원 심리 절차를 보러 온 이유를 잘 모르겠다. 나를 자세히 보고 싶었던 거라면 인터넷에서 재단 홈페이지를 찾아보면 된다. 수전 애슐리도 마찬가지다. 모든 청원 관련 신청 서류, 신청 내용, 변론 취지, 판결 내용은 공개 기록으로 인터넷에서 쉽게 찾아볼 수 있다. 게다가 뭐 하러 자신의 모습을 드러내는 위험을 감수한단 말인가? 시골 구석이라 눈에 띌 위험이 적다고 치더라도 우리에게 정체를 들킬 가능성이 아예 없는 건 아닌데. 내가 추측해 볼 수 있는 유일한 이유는, 쿨리가 의뢰인의 지시를 받아 일부러 법정에 모습을 드러냈다는 것이다.

미키 메르카도는 전문 폭력배로 성인이 된 이후 내내 카르텔을 위해 일해 온 듯하다. 어떤 카르텔인지는 정확히 알 수 없다. 그는 다른 두 사람과 함께 소동이 벌어진 마약 거래 현장에서 상대 마약 거래상을 살해한 혐의로 조사를 받았지만 FBI는 혐의를 입증하는 데 실패했다.

그런데 그런 자가 날 추적한다?

나는 지나친 경계는 퀸시 밀러에게 도움이 되지 않는다는 점을 강조한다. 우리의 역할은 퀸시 밀러의 결백을 밝히는 것이지 방아쇠를 당긴 진범을 찾아내는 게 아니다.

사실 나는 두 여자에게 모든 걸 말해 주지 않았다. 타일러와 악어 이야기는 나 혼자만 알기로 한다. 그 사진은 영원히 잊을 수 없을 것이다.

타일러에 관한 우리의 토론은 온갖 아이디어와 논쟁을 거치면서 온종일 이어진다. 한편으로 나는 어떻게든 타일러에게 다시 연락을 취해 우리의 일을 상대방이 감시하고 있다는 사실 정도는 알려 주고 경고해야 한다는 생각이 든다. 다른 한편으로는 그에게 연락을 시도하는 것만으로 혹시 그가 위험에 빠지는 건 아닌지 걱정스럽다. 길머도 같은 입장이지만 타일러만큼 아는 게 많진 않다.

하루가 저물 무렵 우리는 중요한 상황인 만큼 위험을 무릅쓰기로 한다. 나는 인터넷에서 패티의 포치 사이트에 접속해 20달러를 내고 다시 한 달짜리 이용권을 구매한다. 그리고 5분 후에 자동으로 삭제될 메시지를 보낸다.

다시 나소에서 - 중요함.

아무 답신 없이 5분이 흐른다. 3시간 동안 같은 메시지를 네 번에 걸쳐 보냈는데 답이 없다.

어두워진 후 사무실을 나와 숨 막히는 더위 속에서 몇 블록을 걸어간다. 낮이 길고 습하지만 시내는 관광객들로 북적인다. 늘 그렇듯 얼른 집 밖으로 나오고 싶었는지 루서 호지스가 포치 아래에서 기다리고 있다.

"안녕하세요, 신부님." 나는 큰 소리로 인사한다.

"어서 오게, 내 아들." 우리는 보도에 서서 포옹하고 센 머리와 살찐 허리를 겨냥해 가볍게 서로를 공격한 뒤 걷기 시작한다. 몇 분이 지나자 나는 호지스의 기분이 좋지 않다는 걸 깨닫는다.

"내일 텍사스주에서 사형이 한 건 집행될 예정이라는군." 그가 설명한다.

"이런, 유감이군요."

루서는 지칠 줄 모르는 사형제 폐지 운동가다. 그가 전하고자 하는 메시지는 이렇다. '우리 모두 사람을 죽이는 것이 잘못된 일이라고 생각하면서도 왜 정부가 사람을 죽이는 건 허락하는가?' 누군가의 사형 집행이 예정되면 루서와 동료 사형 폐지론자들은 편지를 쓰고 전화를 걸고 인터넷에 글을 올리고 가끔은 교도소까지 가서 시위를 벌인다. 그는 여러 시간 동안 기도를 하고 한 번도 만나본 적 없는 살인범을 위해 슬퍼한다.

우리는 좋은 데서 식사를 할 기분이 아니어서 작은 샌드위치 가게로 들어선다. 늘 그렇듯 계산은 그의 몫이다. 그가 자리를 잡고 앉자마자 씩 웃으며 말한다. "자, 퀸시 사건의 최근 소식을 좀 들려주게."

수호자 재단은 일을 시작한 이래로 열여덟 건의 사건을 맡았고 그 가운데 여덟 명이 무죄로 풀려났다. 의뢰인 한 명은 사형이 집행되었다. 여섯 명은 현재 진행 중이다. 세 건은 의뢰인이 유죄라고 우리가 판단한 경우였다. 우리는 실수가 생기면 재빨리 손을 털고 다음 건으로 넘어간다.

열여덟 건의 사건을 진행하면서 우리는 언젠가는 행운이 찾아온다는 걸 배웠다. 우리에게 굴러들어 온 행운은 렌 더크워스라는 남자로, 그는 서배너에서 남쪽으로 1시간 정도 떨어진 시아일랜드에 산다. 그는 차를 타고 와서 우리 본부로 걸어 들어왔는데, 입구에서 손님을 맞는 직원이 없자 비키의 사무실에 고개를 들이밀고 인사를 건넸다. 비키는 으레 그렇듯 예의 바르게 대꾸했지만 매우 바쁜 상태였다. 하지만 몇 분 후 그녀는 내게 연락했다. "중요한 일일 수도 있어요." 그녀는 말한다. 결국 우리는 새로 내린 커피를 들고 위층 회의실로 자리를 옮긴다. 비키와 메이지는 노트에 받아 적고 나는 그냥 듣기만 한다.

더크워스는 일흔 살 정도 되어 보이고 검게 그을린 몸은 관리가 잘되어 있다. 골프와 테니스를 즐길 충분한 시간을 가진 편안한 은퇴자의 전형적인 모습이다. 그와 아내는 몇 년 전 시아일랜드로 이주했고 바쁘게 지내려 애쓰는 중이다. 그가 FBI에서 근무하던 1973년에 의회는 DEA를 창설했다. 책상머리에 앉아 있는 것보다 DEA 쪽이 훨씬 흥미로울 것 같기에, 그는 근무 기관을 옮기고 나머지 경력을 DEA에서 채웠으며 그 가운데 12년은 플로리다주 북부 지역을 담당했다.

우리는 지난 몇 달 동안 1980년대의 DEA 기록을 얻어 내려고 했지만 소득이 없었다. DEA는 FBI, ATF(미국 주류, 담배, 화기 및 폭발물 단속국)와 마찬가지로 자료 공개를 완강하게 거부했다. 비키가 정보 공개법에 따라 보낸 요청서에 답변으로 관련 서류 복사본이 한 장 왔지만 조사를 제외한 모든 단어가 검게 지워져 있었다.

오늘은 정말 운이 좋은 날이다. 더크워스가 말한다. "당시 마약 거래에 관한 거라면 아는 게 아주 많죠. 발설하면 안 되는 부분도 있지만."

내가 말한다. "왜 저희를 찾아오셨는지 궁금합니다. 저희는 지난 7개월간 DEA의 자료를 구해 보려고 했지만 별다른 성과를 거두지 못했거든요."

"그럴 겁니다. DEA는 수사가 진행 중이라는 이유로 감추기만 하니까요. 아무리 오래되고 다 덮은 사건이더라도 말이죠. DEA의 절차에 따르면 아무것도 얻어 내지 못할 겁니다. 설사 소송까지 가도 정보를 지킬걸요. 그게 우리가 일하는 방식이기도 하고."

"저희에게 어느 정도까지 말해 주실 수 있나요?" 내가 묻는다.

"글쎄요, 키스 루소 살인 사건에 관해서는 말할 수 있습니다. 그 사건은 20년 전에 종결됐고 DEA랑 관련된 문제가 아니니까요. 난 키스와 아는 사이였습니다. 실은 정보를 주고받던 사이라서 잘 알았어요. 그는 우리 정보원이었기 때문에 살해당한 겁니다."

비키와 메이지, 그리고 나는 깜짝 놀라 서로를 바라본다. 이 세상에서 키스 루소가 경찰의 정보원이었다는 사실을 확인해 줄 수 있는 유일한 사람이 우리 사무실의 모양이 제각각인 의자 하나에 앉아 차분하게 커피를 마시고 있다.

"누가 그를 죽였습니까?" 내가 머뭇거리며 묻는다.

"모릅니다. 근데 퀸시 밀러는 아니에요. 카르텔이 해치운 겁니다."

"어떤 카르텔이요?"

그가 잠시 말을 멈추더니 커피를 한 모금 마신다. "내가 왜 여기 왔는지 물었죠. 당신들이 밀러의 석방을 위해 힘쓰고 있다는 이야기를 전해 들었어요. 난 당신들을 지지합니다. 그들은 엉뚱한 사람이 붙잡히길 원했기에 엉뚱한 사람을 잡은 겁니다. 나는 기밀 사항을 누설하지 않고도 배경 설명을 해 줄 수 있습니다. 무엇보다 집에서 좀 벗어나고 싶었어요. 제 아내가 이 근처에서 쇼핑을 할 겁니다. 이따가 아내와 좋은 걸 먹으러 가기로 했네요."

내가 말한다. "저희는 몇 시간이고 이야기를 들을 준비가 돼 있습니다."

"좋습니다. 우선 역사부터 좀 짚어 보죠. 1970년대 중반 DEA가 창설되던 무렵 코카인이 온 나라를 휩쓸고 있었습니다. 배, 비행기, 트럭 등등 모든 수단이 총동원돼 어마어마한 양의 코카인이 쏟아져 들어왔습니다. 수요가 엄청나고 그만큼 수익도 엄청나서 생산자며 거래상 들이 감당을 못할 정도로. 그들은 중남미에 거대한 조직을 건설하고 카리브해의 은행들에 돈을 은닉했습니다. 1,280킬로미터에 달하는 해안과 수십 개의 항구를 가진 플로리다는 마약을 들여오기에 최적의 장소였어요. 머지않아 마이애미는 마약 거래상의 앞마당으로 변모했습니다. 콜롬비아의 마약 카르텔이 플로리다 남부를 주물러 댔고, 그곳은 여전히 그들의 활동 무대가 되고 있죠. 나는 그곳 일과는 일절 관계가 없었습니다. 내가 맡은 구역은 올랜도 이북이었고, 1980년쯤 그곳에서는 멕시코의 살티요 카르텔이 코카인 대부분을 장악하고 있었습니다. 살티요는 아직도 건재하지만 더 큰 조직과 힘을 합쳤어요. 그들의 지도자 대부분은 조직 간 전쟁에서 학살당했습니다. 마약 갱들은 늘 부침을 겪고 그 과정에서 대량 살상이 발생합니다. 얼마나 잔인한지 믿을 수 없을 겁니다. 어찌나 흥미진진한지."

"자세히 알고 싶진 않군요." 비키가 응수한다.

나는 타일러와 악어 떼의 모습이 떠올라 말한다. "저희는 피츠너 보안관과 루이즈 카운티에서 벌어진 일에 관한 배경은 상당히 많이 알고 있습니다."

그가 웃더니 고개를 흔든다. 마치 오래전 친구가 떠오른 것 같은 모습이다. "우리는 그 친구를 도저히 잡을 수 없었습니다. 그는 플로리다 북부에서 카르텔과 동업을 하는 유일한 보안관이었어요. 우리가 그자의 혐의를 확인하려는 순간 루소가 당한 겁니다. 그 뒤로 상황은 급변했죠. 우리 정보원들 일부가 입을 딱 다물어 버렸거든요."

"루소는 어떻게 협조하도록 만든 건가요?" 내가 묻는다.

"키스는 재미있는 친구였습니다. 야망이 컸어요. 시골구석에 진절머리를 냈죠. 돈 욕심이 많았고. 물론 실력도 아주 좋은 변호사였습니다. 그는 탬파와 세인트피터즈버그 지역에 마약상인 의뢰인들이 조금 있었고, 그들 사이에서 나름 이름을 알리고 있었습니다. 한 정보원 말로는 그가 현금 수임료를 쏠쏠하게 챙기면서 매출의 일부 혹은 전부를 속이고 심지어 해외로 돈을 빼돌린다고도 했습니다. 우리는 2년간의 그의 소득 신고 내역을 조사했습니다. 그는 시브룩의 메인 스트리트에서 버는 돈보다 훨씬 많은 돈을 쓰고 사는 게 분명했습니다. 우리는 그를 찾아가 탈세로 기소하겠다고 위협했습니다. 그는 자신이 유죄라는 걸 잘 알고 있으면서도 가진 걸 잃고 싶지 않아 했죠. 그는 일부 의뢰인들, 그러니까 주로 살티요 카르텔을 위해 돈세탁을 해 준 혐의도 있었습니다. 그는 해외의 유령 회사들을 통해 플로리다의 부동산을 사들이고 서류 처리를 하는 식으로 자금을 세탁했습니다. 크게 복잡한 작업은 아니었지만, 어쨌든 그 친구 솜씨가 아주 좋았던 건 사실입니다."

"그의 부인도 남편이 경찰 정보원인 걸 알았나요?"

더크워스는 한번 더 웃고는 커피를 마신다. 그는 전쟁 이야기를 얼마든지 늘어놓을 수 있는 사람이다. "이 대목에서 이야기가 정말 흥미로워집니다. 키스는 여자를 밝혔습니다. 물론 시브룩에서는 그런 짓을 하지 않았지만 탬파라면 이야기가 달랐죠. 탬파에 다이애나와 그 사람 소유의 아파트가 하나 있었습니다. 표면상의 이유는 업무라고 했지만 실은 키스가 그곳을 다른 용도로 사용하고 있었습니다. 그 친구를 정보원으로 끌어들이기 전에 우리는 영장을 받아 아파트와 사무실, 심지어 집에까지 도청 장치를 설치했습니다. 우리는 키스가 여자들이랑 통화하는 내용을 포함해 모든 걸 엿들었습니다. 그러다 깜짝 놀랄 일이 벌어졌습니다. 다이애나 역시 같은 짓을 하기로 마음먹은 것 같았거든요. 그녀가 만나는 남자는 마약상 의뢰인 가운데 한 사람이었는데, 마이애미에서 살티오 카르텔을 위해 일하는 예쁘장한 녀석이었습니다. 이름이 라몬 바스케스였습니다. 키스가 탬파에서 열심히 일하고 있을 때 바스케스가 두어 번 시브룩에 나타나 다이애나를 만났습니다. 그들의 결혼 생활이 어떤 상태였는지 짐작이 가시죠. 당신의 질문에 답을 하자면, 키스가 아내에게 자신이 정보원임을 밝혔는지 여부는 알 수 없습니다. 물론 우린 말하지 말라고 경고했습니다."

"다이애나는 어떻게 됐나요?" 비키가 묻는다.

"어떻게 된 일인지 카르텔은 키스가 우리의 정보원 노릇을 했다는 걸 알아냈습니다. 나는 다른 정보원 가운데 이중 첩자가 정보를 팔았다고 강하게 의심하고 있습니다. 이쪽 계통은 지저분한 사업이고 충성심은 시시각각으로 변하니까요. 돈과 산 채로 불에 타 죽을 수도 있다는 두려움은 사람들로 하여금 마음을 바꿔 먹도록 합니다. 그들은 키스를 죽였고, 다이애나는 결국 그곳을 떠났죠."

"그럼 라몬은요?" 메이지가 묻는다.

"그 친구와 다이애나는 탬파에서 한참 같이 살다가 남쪽으로 이주했습니다. 확실하진 않지만 그때 우리는 라몬이 마약 거래 사업에서 반쯤 은퇴한 뒤라 말썽거리에 얽힐 염려는 없을 거라고 생각했습니다. 마지막으로 들었을 때도 두 사람은 카리브해 어디선가 함께 지낸다고 했고요."

"재산은 넉넉했겠죠." 내가 말한다.

"네. 돈은 많았습니다."

"다이애나가 살인에 관여했나요?" 메이지가 묻는다.

"밝혀진 바는 전혀 없습니다. 남편이 죽고 생명 보험금을 챙겼고 두 사람의 공동 계좌도 있었다는 건 아실 텐데. 이런 일이야 워낙 일반적이라."

내가 묻는다. "왜 피츠너와 카르텔을 소탕하지 않았습니까?"

"글쎄요, 살인 사건 후에 사건이 사라져 버렸습니다. 우리는 한두 달 후에 대량 검거 작전을 펼쳐서 여러 사람을 기소할 예정이었고 거기에는 피츠너도 포함돼 있었습니다. 우리는 과하다 싶을 정도로 인내심을 발휘해야 했습니다. 그도 그럴 것이 그쪽 지역의 연방 검찰청을 상대하고 있었기 때문입니다. 그들은 업무가 많네, 어쩌네 하면서 핑계를 댔고, 우린 검사들을 제대로 닦달하지 못했습니다. 그 친구들이 어떤 식으로 구는지 잘 아시잖아요. 살인이 벌어지고 나서 우리 정보원들이 사라졌고 사건은 산산조각이 나 버렸습니다. 카르텔은 겁을 집어먹고 잠시 후퇴했습니다. 피츠너는 결국 은퇴했습니다. 나는 모빌로 자리를 옮겼다가 그곳에서 퇴직했습니다."

"카르텔이 누구를 시켜서 키스를 죽였을까요?" 메이지가 묻는다.

"아, 그쪽에는 총을 사용하는 폭력배가 많습니다. 그놈들은 깔끔하게 일 처리를 하는 암살자가 아닙니다. 놈들은 총알을 박아 넣는 것보다 짐승처럼 도끼로 머리를 잘라 내는 편을 택합니다. 얼굴에 산탄총 두 발? 그놈들한테는 순한 맛이죠. 그들은 입에 담기 힘들 정도로 지저분하게 살인을 저질러요. 그게 그들이 원하는 스타일이기도 하고. 현장에 증거가 남든 말든 신경도 안 써요. 범행 후에 멕시코나 파나마로 돌아가면 그만이니까. 그리되면 찾아낼 수도 없어요. 그야말로 정글 속에 숨어 버리는 거죠."

메이지가 말한다. "하지만 루소의 살해 현장은 깔끔했잖아요? 아무런 증거도 남지 않았습니다."

"그렇죠. 하지만 수사 담당자가 피츠너였지 않습니까?"

내가 말한다. "왜 당신이 피츠너를 체포하지 못했는지 이해가 잘 안 돼요. 그가 항구를 장악하고 마약을 보관하고 마약상을 보호한다는 걸 알았다면서요. 게다가 키스 같은 정보원들도 있었고. 왜 그자를 붙잡지 않았습니까?"

더크워스는 깊은 한숨을 내쉬더니 뒤통수에서 깍지를 낀다. 그는 천장을 쳐다보면서 얼굴에 미소를 띤 채 대답한다. "어쩌면 그게 내 경력에서 가장 실망스러운 부분일 수도 있겠네요. 우린 진심으로 그자를 잡고 싶었습니다. 우리랑 똑같이 법 집행에 종사하는 자가 뇌물을 먹는 것도 모자라 살면서 만날 수 있는 최고의 나쁜 놈들과 붙어먹다니 말이죠. 코카인을 애틀랜타, 버밍햄, 멤피스, 내슈빌, 남동부 전역에 뿌리고요. 그런데도 우린 해낼 수 없었습니다. 우린 첩자도 투입했어요. 사건을 제대로 만들어 냈죠. 증거도 확보했습니다. 문제는 잭슨빌의 연방 검사였습니다. 우리가 그를 독촉해 사건을 대배심으로 가져갔어야 했는데 그러지 못했습니다. 그는 자기가 사건을 총괄하겠다고 우겼지만 실력이 기대에 못 미쳤습니다. 그 과정에서 루소가 당했죠. 나는 아직도 그 연방 검사 생각을 합니다. 그 친구는 나중에 하원에도 출마했어요. 그 친구를 떨어뜨릴 생각을 하면서 투표일까지 기다리느라 힘들었죠. 나중에 듣자니 그 친구는 상냥한 얼굴로 광고에 등장하고 교통사고나 따라다니는 변호사 짓을 한다더군요."

메이지가 묻는다. "그때의 카르텔이 아직도 활동 중이란 말씀이세요?"

"대부분 그대로죠. 적어도 내가 퇴직할 때는 그랬습니다. 나는 지난 5년간 관련 업계에서 떠나 있었습니다."

메이지가 말한다. "좋아요. 루소를 죽이라고 명령한 사람들에 관해 얘기해 보죠. 그들은 지금 어디 있나요?"

"모릅니다. 일부는 죽었을 테고, 일부는 교도소에 있겠고, 일부는 은퇴해서 세계 각국의 고급 주택에서 살고 있겠죠. 또 일부는 아직도 장사를 하고 있을 테고."

"그들이 우리도 감시하고 있을까요?" 비키가 묻는다.

더크워스는 앞으로 몸을 기울이더니 커피를 마신다. 그는 한참 동안 질문에 관해 생각한다. 우리가 걱정하는 바를 알기 때문이다. 마침내 그가 입을 연다. "당연히 나는 추측밖에 할 수 없습니다. 하지만, 맞아요. 그들은 일정 수준의 감시는 하고 있을 겁니다. 어쨌든 그들은 퀸시 밀러가 무죄로 풀려나기를 원하지 않아요. 질문이 하나 있습니다." 그가 나를 향해 말한다. "만일 의뢰인이 풀려나면 살인 사건을 재수사하게 되나요?"

"아마 그렇지 않을 겁니다. 우리가 맡았던 사건 가운데 절반은 진범을 찾았지만 나머지는 그렇게 못했습니다. 이 사건 같은 경우도 못 찾을 확률이 매우 높아요. 너무 오래된 사건이라. 증거도 사라졌고. 당신 말마따나 진짜 살인범은 어디 먼 데서 잘 살고 있을 겁니다."

"아니면 죽었거나." 더크워스가 말한다. "그런 총잡이들은 카르텔에서 오래 못 버텨요."

"그들이 왜 우리를 감시할까요?" 비키가 묻는다.

"안 될 건 또 뭐죠? 당신들은 감시하기 쉬운 상대예요. 법원에 청원서를 내는 건 공개적인 행위입니다. 그런 행위를 하는 사람들을 단순히 지켜보는 건 어려운 일도 아니잖아요?"

내가 묻는다. "내시 쿨리라고 마이애미에서 활동하는 마약 관련 변호사의 이름을 들어 보셨나요?"

"못 들어 본 것 같군요. 회사 이름이 뭐죠?"

"배릭 앤드 발렌시아입니다."

"아, 알아요. 오래된 회사잖아요. 이쪽에선 알 만한 데고. 왜 물어보시죠?"

"내시 쿨리가 지난주 저희 청원 심리 때 방청객으로 앉아 있었습니다."

"그럼 그 친구를 알고 있었다는 건가요?"

"아뇨. 우리가 알아본 거죠. 그는 미키 메르카도라는 한 의뢰인과 함께 왔었습니다."

노련한 수사관인 더크워스는 우리가 두 사람의 정체를 어떻게 알아냈는지 묻고 싶은 모양이나 그냥 넘어간다. 그가 웃으며 말한다. "네. 나라면 조심하겠습니다. 그들의 감시 가능성을 염두에 둬야 안전할 겁니다."

29

스티브 로젠버그에 따르면 말로 판사는 우리가 알고 있는 이상으로 영향력이 크다. 로젠버그는 그녀가 앨라배마주 항소 법원에 기록적인 속도로 판결을 내려 달라고 로비를 한 것으로 추측한다. 베로나에서 심리가 열린 지 두 달쯤 지난 시점에 항소 법원은 만장일치로 말로 판사가 내린 음모 일곱 가닥에 대한 DNA 검사 명령을 재확인한다. 그리고 검사 비용은 채드 팔라이트 검사 측에서 부담하도록 명령한다. 주 경찰에서 나온 형사 두 명이 우리가 마크 카터의 침을 검사할 때 이용한 더럼의 연구소로 증거물을 운반한다. 나는 사흘간 전화기만 오매불망 보고 있다가 판사의 연락을 받는다.

악센트 없는 완벽한 말씨에 지금까지 들어 본 가장 아름다운 여성의 목소리로 그녀가 말한다. "자, 포스트 씨, 당신 말이 옳은 것 같네요. 당신의 의뢰인은 DNA 검사 결과 일치하지 않는 것으로 밝혀졌습니다. 음모 일곱 가닥 모두가 카터 씨의 것으로 나왔습니다."

나는 비키의 사무실에 있다. 내 표정은 통화 내용을 그대로 말해 주고 있다. 나는 잠시 눈을 감고, 비키는 조용히 메이지를 끌어안는다.

판사가 말을 잇는다. "오늘이 화요일이고, 목요일에 심리를 열면 참석할 수 있나요?"

"물론입니다. 그리고 감사합니다, 말로 판사님."

"고마워할 필요 없어요, 포스트 씨. 사법 당국은 당신에게 엄청난 빚을 지고 있습니다."

우리는 이런 순간들 덕분에 살아간다. 앨라배마주는 무고한 사람을 죽이기 2시간 전까지 갔었다. 듀크 러셀은 우리와 우리가 하는 일과 우리의 잘못된 유죄 판결을 바로잡겠다는 서약이 없었다면 무덤 속 차가운 주검이 되었을 것이다.

그러나 우리는 축하를 뒤로 미룰 것이다. 나는 즉시 서쪽으로 출발해 앨라배마주로 가면서 계속 전화 통화를 한다. 채드는 대화를 피하며 지금 너무 바쁘단다. 그는 상황을 다시 헝클어뜨리려는 시도를 할 것이다. 원체 무능한 사람이라 당장 마크 카터를 체포하는 문제부터가 걱정이다. 우리가 알기로 카터는 DNA 검사에 관해 전혀 모르고 있다. 스티브 로젠버그는 검찰 총장을 설득해서 채드에게 전화해 그가 협조하도록 만든다. 검찰 총장은 또 주 경찰에도 연락을 취해서 그들에게 카터를 감시해 달라고 요청한다.

수요일 늦은 오전, 듀크 러셀은 지난 10년간 사용해 온 침상에 누워 아무 생각 없이 소설책을 읽고 있다. 교도관이 철창 사이로 그를 보며 말한다. "자, 듀크, 갈 시간이다."

"어딜 가요?"

"집에 가야지. 판사님이 베로나에서 보자고 하신다. 20분 뒤에 떠난다. 짐 싸." 교도관이 철창 사이로 싸구려 더플백을 건네자 듀크가 소지품을 쑤셔 넣기 시작한다. 양말, 티셔츠, 속옷, 운동화 두 켤레, 세면도구. 여덟 권의 소설책도 있다. 각각 다섯 번 이상은 읽은 터라 다음에 들어올 사람을 위해 남겨 두기로 한다. 작은 흑백텔레비전과 회전 선풍기도 마찬가지다. 그가 수갑만 차고 족쇄는 차지 않은 모습으로 감방에서 걸어 나올 때 동료들이 환호를 올리며 박수를 친다. 건물 현관 출입문 근처에서는 다른 교도관들이 모여 그의 등을 두드리며 행운을 빌어 준다. 교도관 몇 명과 함께 밖으로 나오자 하얀색 교도소 밴이 기다리고 있다. 그는 오로지 앞만 보며 사형수 수감동을 떠난다. 그는 훌면 교도소 관리동 건물에서 카운티 경찰의 순찰차로 옮겨 타고 교도소를 벗어난다. 교도소 밖으로 나오자 순찰차가 멈추더니 앞자리 조수석에 앉았던 보안관보가 차에서 내린다. 보안관보가 뒷문을 열고 수갑을 풀어 주며 듀크에게 혹시 먹고 싶은 게 있는지 묻는다. 듀크는 고맙지만 괜찮다고 대답한다. 북받치는 감정이 식욕을 이기고 있기 때문이다.

4시간 뒤 그는 카운티 유치장에 도착하고, 그곳에서 내가 스티브 로젠버그, 그리고 애틀랜타에서 온 변호사 한 명과 그를 기다리고 있다. 우리는 듀크가 결백한 사람이라서 곧 풀려날 것이라고 설득해 두었고, 그래서 보안관은 협조하고 있다. 그는 우리가 비좁은 그의 사무실에서 작은 회의를 열 수 있도록 허락한다. 나는 모든 것은 아니지만 최소한 내가 아는 것들을 의뢰인에게 설명한다. 내일 말로 판사가 그의 유죄 판결을 취소하고 석방을 명령할 예정이다. 멍청한 채드는 듀크뿐 아니라 마크 카터까지 공범으로 엮어 두 사람을 다시 기소하겠다며 협박 중이다. 그의 기괴한 새 논리는 두 사람이 팀을 이루어 돌아가며 에밀리 브룬을 강간하고 죽였다는 것이다.

정작 두 사람은 한 번도 만난 적이 없다. 채드의 주장은 터무니없지만 놀랍지도 않다. 검사들은 꼼짝 못하고 피를 흘리는 상황을 맞닥뜨리면 가끔 걷잡을 수 없이 창의적인 방식으로 유죄 논리를 펴곤 한다. 하지만 10년 전 듀크의 재판이 진행될 때 마크 카터의 이름이 단 한 번도 나오지 않았다는 사실이 그 말도 안 되는 소리를 끝장낼 것이다. 게다가 잔뜩 화가 나 있는 말로 판사는 그런 헛소리에 귀를 기울이지 않을 터다. 앨라배마주 검찰 총장도 채드에게 물러서라고 압력을 가하고 있다.

그럼에도 불구하고 채드는 재소 권한을 가지고 있다. 이 점은 좀 우려스럽다. 그는 듀크가 풀려나자마자 다시 체포할 수도 있다. 내가 이런 예상하기 어려운 일들을 의뢰인에게 설명하려고 애쓰는 동안에도 듀크는 감정이 북받쳐 제대로 말을 잇지 못한다. 우리는 그를 보안관에게 넘기고 보안관은 듀크를 그가 갇힌 상태로 마지막 밤을 보내게 될 가장 좋은 유치장으로 데려간다.

스티브와 나는 차를 타고 버밍햄으로 가서 〈버밍햄 뉴스〉의 짐 비즈코와 술을 마신다. 그는 듀크의 이야기에 열광했고 온 동료들에게 소문을 퍼뜨려 왔다. 그는 내일 법정이 시끌벅적할 거라고 호언장담한다.

우리는 늦은 저녁을 먹고 베로나에서 멀리 떨어진 곳에 있는 싸구려 모텔에서 잔다. 베로나에서 머무는 것이 안전하지는 않다. 희생자의 가족은 수가 많고 친구도 많은 데다 우리는 익명의 협박 전화를 받기도 한다. 그렇지만 이런 부분을 감수하는 것도 우리 일의 일부다.

새벽 즈음에 마크 카터가 주 경찰에 체포되어 바로 옆 카운티 유치장에 수감된다. 우리가 법정에 들어가 심리를 준비하고 있는데 보안관이 그 사실을 알려 준다. 우리가 대기하고 방청객들이 모이는 동안, 창문 밖을 보던 나는 밝은색으로 칠한 텔레비전 방송국 중계 차량이 법원 앞에 서 있는 모습을 발견한다. 8시 30분, 채드 팔라이트가 몇 안 되는 부하 직원들과 도착해 아침 인사를 한다. 나는 그에게 여전히 내 의뢰인을 재소할 계획인지 묻는다. 그는 거드름을 피우듯 웃으면서 아니라고 말한다. 그는 철저하게 얻어맞았고, 아마도 밤사이 검찰 총장과 긴장감 넘치는 전화 통화를 하고 난 뒤에 기소를 포기하기로 마음먹은 것 같다.

듀크는 제복을 입은 사람들에게 이끌려 얼굴에 웃음이 가득한 모습으로 도착한다. 그는 감청색 재킷에 흰색 셔츠, 그리고 매듭을 주먹만큼 크게 묶은 넥타이를 맸다. 그는 아주 멋진 모습으로 이 순간을 즐기고 있다. 그의 어머니는 적어도 10여 명은 되어 보이는 친척들과 우리 뒤쪽 방청석 앞줄에 앉아 있다. 통로 건너편에는 짐 비즈코와 기자 여럿이 앉아 있다. 말로 판사가 사진 촬영을 허락하자 카메라들이 찰칵거리는 소리가 들린다.

말로 판사는 9시 정각에 판사석에 앉아 아침 인사를 한다. "시작하기 전에 저는 필리 보안관으로부터 이 카운티의 주민인 마크 카터라는 이름의 남성이 오늘 아침 베일리스에 있는 자택에서 에밀리 브룬을 강간하고 살해한 혐의로 체포됐다는 사실을 방청객들과 언론에 밝혀 달라는 요청을 받았습니다. 그는 구금된 상태이며 1시간 정도 후에 법정에 출두할 예정입니다. 포스트 씨, 하실 말씀이 있을 것 같군요."

나는 웃으며 일어서서 말한다. "네, 판사님. 제 의뢰인인 듀크 러셀을 대신해 저는 이 사건으로 그가 받은 유죄 판결의 취소와 의뢰인의 즉시 석방을 요청합니다."

"요청의 근거는 무엇이죠?"

"DNA 검사입니다, 판사님. 저희는 범죄 현장에서 발견한 일곱 가닥의 음모에 대한 DNA 검사 결과를 받았습니다. 러셀 씨는 음모의 주인이 아닙니다. 일곱 가닥 모두 카터 씨의 것입니다."

"제가 알기로 카터 씨는 피해자가 살아 있었을 때 마지막으로 그녀와 함께 있는 것이 목격된 사람입니다. 맞습니까?" 그녀는 채드를 노려보며 질문한다.

"맞습니다, 판사님." 나는 기쁜 마음을 꾹 누르고 말한다. "그럼에도 카터 씨는 경찰이나 검찰로부터 유력한 용의자로 지목된 적이 한 번도 없습니다."

"감사합니다. 팔라이트 씨, 이 결정에 이의 있습니까?"

그가 재빨리 일어나더니 속삭이듯 대답한다. "없습니다."

판사는 서류를 정리하며 시간을 보낸다. 마침내 그녀가 말한다. "러셀 씨, 일어서 주시겠습니까?"

듀크 러셀은 일어서서 놀란 눈으로 판사를 바라본다. 그녀가 헛기침을 하더니 말한다. "러셀 씨, 강간 및 1급 살인으로 내려진 유죄 판결을 취소합니다. 영원히 되돌릴 수 없는 결정입니다. 저는 러셀 씨가 받은 재판에 참여하지 않았습니다. 하지만 오늘 여기서 러셀 씨를 무죄로 석방하는 일에 참여한 것을 특별히 명예로운 일로 생각합니다. 공정성에 관해 중대한 과실이 발생했고, 러셀 씨는 값비싼 대가를 치렀습니다. 당신은 앨라배마주 정부로부터 부당하게 유죄 판결을 받고 10년 동안 투옥됐습니다. 감옥에서 보낸 세월은 절대 되돌릴 수 없습니다. 주 정부를 대신해 사죄의 말씀을 드립니다. 제 사과가 러셀 씨의 상처를 치료하는 데 전혀 도움이 되지 않으리라는 걸 잘 압니다. 하지만 언젠가 당신이 제 사과를 기억해 내고 그 속에서 약간의 위안이라도 찾아낼 수 있기를 기원합니다. 이 악몽을 잊고 오랫동안 행복하게 사시길 빕니다. 러셀 씨, 집으로 돌아가셔도 좋습니다."

뒤에서 판사의 발언을 듣던 가족들 사이에서 숨이 멎는 소리와 비명이 흘러나온다. 듀크는 몸을 앞으로 기울이고 양손으로 테이블을 짚는다. 나는 일어나서 울음을 터뜨린 그를 힘껏 끌어안는다. 낡아빠진 남의 옷을 입고 있는 그가 허약하고 말랐다는 사실을 새삼 깨닫는다.

채드는 우리에게 다가와 직접 사과하기에는 너무 겁쟁이였는지 옆문으로 서둘러 빠져나간다. 어쩌면 그는 남은 공직 기간 동안 듀크가 어떤 식으로 기술자들의 도움을 받아 법망을 빠져나갔는지 거짓말을 하며 살아갈지도 모른다.

법정 밖으로 나간 우리는 방송 카메라 앞에서 질문에 대답한다. 듀크는 말이 없다. 그는 그저 집에 가서 삼촌이 만들어 준 갈비 요리를 먹고 싶을 뿐이다. 나도 마찬가지로 할 말이 없다. 변호사들 대부분은 이런 순간을 꿈꾸지만 내게 이런 순간은 달콤하면서도 씁쓸하다. 한편으로는 무고한 사람을 구원하는 일에 어마어마한 만족감을 느낀다. 하지만 다른 한편으로는 이런 식의 엉뚱한 유죄 판결을 허락하는 체제에 대한 분노와 좌절을 느낀다. 대부분이 충분히 피할 수 있는 실수다.

아무 죄 없는 사람이 이제야 풀려났는데 무슨 이유로 기뻐해야 한단 말인가.

나는 사람들 사이를 뚫고 짐 비즈코가 기다리는 작은 방으로 의뢰인을 데려간다. 나는 그에게 단독 인터뷰를 약속했고 듀크와 나는 모든 걸 털어놓는다. 비즈코는 7개월 전 사형되기 일보 직전의 경험에 관한 질문으로 시작한다. 이야기를 나누던 우리는 듀크의 마지막 식사와 감방에 돌아가기 전에 스테이크와 케이크를 먹어 치우려고 미친 듯이 애썼던 대목에서 웃음을 터뜨린다. 기분 좋은 웃음이 지나가고 눈물이 그 뒤를 따른다.

†

30분 뒤 나는 두 사람을 방에 남겨 두고 법정으로 돌아온다. 그곳에는 여러 사람이 어슬렁거리며 다음으로 벌어질 드라마를 기다리고 있다. 말로 판사가 착석하자 모두 자리에 앉는다. 그녀가 고개를 끄덕이고 법정 경위가 옆문을 연다. 교도소에서 흔히 볼 수 있는 오렌지색 점프 슈트를 입고 수갑을 찬 마크 카터가 모습을 드러낸다. 그는 주위를 둘러보다가 방청석 앞줄에서 본인의 가족을 발견하고는 고개를 돌린다. 그는 피고 측 테이블에 앉아 자신의 발만 내려다본다.

말로 판사가 그를 보며 묻는다. "마크 카터 본인 맞습니까?"

그가 고개를 끄덕인다.

"제가 말할 때는 일어서 주시고 명확하게 대답해 주세요."

카터는 단단히 얼이 빠졌으면서도 안 그런 척하며 마지못해 일어선다. "그렇습니다."

"변호사가 있습니까?"

"아뇨."

"변호사를 고용할 수 있습니까?"

"얼마나 비싼지에 달렸겠죠."

"그렇군요. 일단은 제가 변호사를 지정하고 그 변호사가 유치장으로 당신을 찾아갈 겁니다. 다음 주에 재판을 재개하죠. 그때까지 보석 없이 구금될 겁니다. 자리에 앉으세요."

그가 자리에 앉자 나는 슬그머니 피고 측 테이블로 다가간다. 나는 고개를 숙이고 작은 목소리로 말한다. "여, 마크, 듀크가 거의 죽을 뻔했던 날 밤에 전화했던 사람이 바로 나야. 통화 기억해?"

그는 주먹을 날릴 기세로 날 노려보지만 수갑을 차고 있어서 그러지 못한다. 그는 침이라도 뱉을 것처럼 나를 노려본다.

"내가 널 쓰레기에 겁보라고 불렀지. 네가 저지른 범죄로 엉뚱한 사람을 죽이려고 했잖아. 그때 법정에서 보자고 약속했었는데."

"너 누구야?" 그가 으르렁거린다.

법정 경위가 우리에게 다가오고 나는 뒤로 물러선다.

수호자 재단의 직원들이 모여 간단한 기념행사로 듀크 러셀을 찍은 커다란 컬러 사진 액자를 다른 여덟 명의 먼저 풀려난 의뢰인들의 사진 옆에 건다. 별도로 비용을 들여서 찍은 멋진 사진이다. 우리의 의뢰인은 어머니네 집 밖에서 낚싯대를 옆에 세워 두고 하얀 담벼락에 기대어 포즈를 취하고 있다. 활짝 웃는 모습이다. 자유롭고 젊고 새로운 삶을 살 수 있기에 행복한 사람의 만족스러운 표정이다. 우린 그에게 새 인생을 주었다.

우리는 잠시 멈추고 서로의 등을 두들겨 준 다음 다시 일을 시작한다.

30

퀸시는 내가 그의 변호사이고 기회가 될 때마다 의뢰인을 만나는 게 내 일이라서 그를 방문한 거라 생각한다. 이번이 네 번째 면회다. 길 건너 플랭크 판사로부터는 아직 소식이 없다. 퀸시는 우리가 항의해서 이 화석 같은 늙은이가 뭐라도 하게끔 만들지 않는 이유를 이해하지 못한다. 나는 법정에서 지크 허피가 보여 준 활약을 전하면서 퀸시를 교도소에 가두는 데 일조한 일에 대해 허피가 사과했다는 말도 전한다. 퀸시는 별로 감흥이 없다. 우리는 같은 이야기로 2시간을 떠든다.

교도소를 나온 나는 남쪽으로 향하는 카운티 도로를 달린다. 도로는 금세 4차선이 되더니 올랜도가 어렴풋이 보이기 시작하자 6차선으로 넓어진다. 백미러를 보는 일은 싫지만 습관이 되었고 도저히 멈출 수가 없다. 나는 뒤따라오는 사람이 없다는 걸 안다. 설사 그들이 도청이나 감시를 한다고 해도 그런 구시대적인 수법을 쓰지는 않을 것이다. 그들은 전화기와 컴퓨터 따위를 해킹할지언정 내가 타고 다니는 작은 포드 SUV를 미행하는 데 시간을 낭비하지 않을 것이다. 재빨리 도로를 벗어나 차로 붐비는 간선 도로를 탔다가 다시 방향을 바꾸어 교외 쇼핑몰의 거대한 주차장으로 들어선다. 양쪽에 차가 서 있는 자리를 찾아 주차를 하고 평범한 쇼핑객처럼 건물 안으로 들어선 다음 800미터 정도 돌아다니다가 정확히 2시 15분에 넓은 나이키 매장으로 들어가 남성용 러닝셔츠가 걸린 곳을 찾아낸다. 타일러 타운센드가 매대 반대편에서 기다리고 있다. 그는 한 컨트리클럽의 골프 모자를 쓰고 알 없는 호피 무늬 안경을 끼고 있다.

주위를 둘러보던 그가 부드럽게 말한다. "왜 또 만나자는 겁니까?"

나는 셔츠를 살펴보며 말한다. "적을 확인했고 당신이 알아야 한다고 생각했어요."

"말해 보세요." 그는 나를 보지 않고 말한다.

나는 플랭크 판사가 진행한 심리, 내시 쿨리와 미키 메르카도가 모습을 드러낸 일, 그리고 그들이 눈에 띄는 걸 피하려고 기울인 서툰 노력 따위를 설명한다. 타일러는 두 사람이 누군지 모른다.

얼굴에 함박웃음을 띤 젊은이가 다가와 도움이 필요한지 묻는다. 나는 점잖게 직원을 돌려보낸다.

나는 타일러에게 메르카도와 쿨리에 관해 아는 걸 모조리 일러
준다. 그리고 렌 더크워스가 우리에게 DEA와 카르텔에 관해 들려
준 이야기를 요약해 말해 준다.

"당신은 루소가 경찰 정보원이 아닌지 의심했었죠?" 내가 묻
는다.

"글쎄요, 그가 살해당한 이유가 있었겠죠. 그의 아내가 생명 보
험금을 노리고 해치웠을 수도 있지만 그걸 믿을 사람은 아무도 없
을 겁니다. 아니면 수상한 구석이 있는 의뢰인과 곤란한 일이 얽
혔는지도 모르죠. 나는 그가 마약 갱들에게 당했다고 생각했습니
다. 그들은 정보원을 그런 식으로 처리하죠. 내가 벨리즈에서 봤
던 두 젊은이처럼요. 사진 기억하시죠, 포스트? 내가 집 라인에 매
달려 있던 사진."

"그 사진은 늘 생각하고 있습니다."

"나도 마찬가지입니다. 이봐요, 그들이 당신을 감시하고 있다면
우린 더는 친구 사이가 될 수 없습니다. 당신과 다시는 만나고 싶지
않습니다." 그는 날 노려보며 뒤로 한 걸음 물러선다. "아무것도 없
어요, 포스트. 알았습니까? 어떤 식으로든 연락하지 말아요."

나는 고개를 끄덕이며 말한다. "알겠습니다."

출입구로 다가간 그는 마치 커다란 총을 든 깡패들과 마주치는
걸 경계하듯 밖을 조심스럽게 살펴보고 최대한 태연하게 걸어 나
간다. 그의 발걸음이 빨라지더니 금세 시야에서 사라진다. 나는 과
거에 겪은 일로 그가 얼마나 겁먹고 있는지 깨닫는다.

궁금한 건 하나다. 우리는 얼마나 두려워해야 할까?

대답은 몇 시간 내에 도착한다.

우리는 사건을 선택할 때 많이 고민한다. 그리고 일단 사건을 맡으면 성실하게 조사하고 소송을 제기한다. 우리의 목표는 진실을 찾아내고 의뢰인을 석방시키는 것이다. 지난 12년간 아홉 번의 성공을 거두었다. 그렇지만 의뢰인을 구해 내려는 우리의 노력이 누군가를 죽일 수도 있다는 생각은 한 번도 해 보지 않았다.

교도소 내 폭력 사건이지만 매복을 당한 것이 분명했다. 어찌된 일인지 사실 파악이 쉽지 않을 듯하다. 설사 증인이 나온다고 해도 그들을 믿을 수 없다. 교도관들은 대개 아무것도 보지 못한다. 교도소 당국은 외려 사건을 덮어야 하는 입장이고 교도소에 최대한 유리한 방향으로 이야기를 왜곡한다.

그날 아침 퀸시에게 작별 인사를 하고 나서 얼마 지나지 않아 교도소 내 공장과 체육관 사이 통로에서 두 남자가 그에게 달려들었다. 그는 사제 칼에 찔리고 뭉툭한 도구로 심하게 얻어맞고 방치된 채 죽음을 기다리고 있었다. 한참 만에야 그곳을 지나던 교도관이 피바다 속에 누워 있는 그를 발견했다. 그는 구급차로 가장 가까운 병원에 이송되었다가 그곳에서 다시 올랜도의 머시 병원으로 옮겨졌다. 검사 결과 두개골이 깨지고 뇌가 붓고 턱뼈가 부러지고 어깨뼈와 쇄골이 갈라지고 치아가 빠진 데다 깊숙한 자상도 세 군데나 되었다. 그는 3리터에 육박하는 혈액을 수혈받고 생명 유지 장치를 달았다. 한참이 지나고 나서야 교도소 당국이 서배너의 우리 사무실로 연락을 했고 비키는 그가 '위중한' 상태로 목숨을 건질 수 없을 것 같다는 소식을 받았다.

그녀가 소식을 전해 왔을 때 나는 잭슨빌 우회 도로를 달리고 있었다. 나는 복잡한 다른 일을 머릿속에서 지우고 일단 차부터 돌렸다. 퀸시에게는 소식을 전할 가족이 없었다. 지금 그에게 필요한 건 변호사였다.

나는 변호사 생활의 절반을 교도소를 들락거리며 보냈고 그곳의 폭력적 문화에 익숙해졌지만 무감각해지지는 않았다. 감옥에 갇힌 남자들은 매일같이 서로를 해칠 새로운 방법을 발명해 내곤 한다.

그래도 나는 결백한 죄수를 맡은 사건이 교도소 내에 갇힌 무고한 사람을 죽이는 방식으로 무효화될 수 있다는 생각은 꿈에도 하지 않았었다. 한 방 먹었다!

퀸시가 죽으면 우리는 이 사건을 덮고 다른 사건으로 넘어갈 것이다. 수호자 재단에 그런 상황에 대한 대응책은 없다. 우리의 의뢰인이 그런 식으로 사망한 적이 없기 때문이다. 우리가 맡을 사건은 무수히 많기에 그게 누구든 이미 죽은 사람의 누명을 벗기는 데 전력을 다할 수는 없는 노릇이다. 내가 보기에 그들도 그 사실을 알고 있는 것 같다. '그들'이 누군지는 몰라도 말이다. 운전석에 홀로 앉아 찬찬히 추측해 보건대 그들은 살티요 갱단이나 그와 비슷한 존재인 듯하다. 아무튼 '그들'이라고 통칭하는 편이 낫겠다.

그들은 우리의 청원 신청 상황을 지켜본다. 가끔 우리 뒤를 밟을 수도 있고, 약간의 해킹과 도청도 있을 수 있다. 그리고 그들은 우리에 관해, 그리고 우리가 최근 앨라배마주에서 거둔 승리에 관해 분명히 알고 있다. 그들은 우리가 지금까지 거둔 성과와 우리가 소송할 능력이 된다는 점, 우리가 집요하다는 사실까지 알고 있다. 또한 퀸시가 키스 루소를 죽이지 않았다는 사실을 알고 있으며 이와 관련한 진실을 파고드는 우리를 좋아하지 않는다. 그들은 대놓고 우리와 맞서거나 우리에게 겁을 주거나 우리를 협박하고 싶어 하지 않는다. 어쨌거나 지금 당장은 그렇다. 그러면 스스로 존재를 밝히는 꼴이 되기 때문이다. 설불리 모습을 드러냈다가 다른 범죄를 저질러야 할지도 모르는데, 그들은 그런 상황을 피하고 싶어 한다. 방화나 폭탄, 총격은 상황을 엉망으로 만들고 증거를 남긴다.

우리의 조사를 멈추게 만드는 가장 쉬운 방법은 퀸시를 제거하는 것이다. 교도소에 동료가 있거나, 약간의 현금이나 혜택을 위해 일해 줄 질 나쁜 녀석들을 알고 있으면 어렵지 않게 교도소에서 암살을 지시할 수 있다. 교도소 내 살인은 주기적으로 발생하니까.

나는 의뢰인들의 교도소 생활을 확인하는 데 시간을 쓰지 않는 편이다. 그들은 결백하기에 얌전하게 지내는 경향이 있고 갱단과 마약을 피하고 교육 과정이 있으면 뭐든 배우고 일을 하고 책을 읽고 다른 죄수들을 돕는다. 퀸시는 1978년에 시브룩에서 고등학교를 마쳤지만 돈이 없어 대학에 가지 못했다. 그는 교도소에서 100

시간이 넘는 학점을 따냈다. 심각하게 규정을 위반한 적도 없었다. 또한 어린 동료 수감자들이 갱단을 피할 수 있도록 도왔다. 그런 퀸시가 적을 만들었을 리 없다. 그는 호신술을 배웠고 운동을 꾸준히 해서 스스로를 어느 정도 보호할 수 있다. 그를 죽이려면 건강한 젊은 남자 한 명으로는 불가능했을 것이다. 또한 그는 당하기 전에 상대방에게도 상처를 입혔을 게 분명하다.

올랜도의 막히는 도로 위에 선 채 나는 교도소에 네 번째 전화를 걸어 교도소장과 통화할 수 있게 해 달라고 요구한다. 소장이 내 전화를 받을 리 만무하나 나는 내가 교도소에 곧 나타나리라는 걸 소장이 알기를 원한다. 나는 열 번도 넘게 전화를 한다. 비키는 병원에서 정보를 캐내려 해 보지만 나오는 게 별로 없다고 한다. 나는 프랭키에게 전화를 걸어 남쪽으로 가라고 한다. 퀸시의 동생인 마비스에게도 연락을 취했는데, 그는 마이애미의 공사 현장에서 일하고 있어 자리를 비울 수가 없단다. 마비스는 퀸시를 걱정하는 유일한 가족으로 지난 23년간 주기적으로 퀸시에게 면회를 갔다. 그는 충격을 받고 누가 퀸시에게 그런 짓을 했는지 알고 싶어 하지만 나는 대답을 해 줄 수 없다.

신부 복장은 병원에서 잘 통하는 편이라 주차장에서 옷을 갈아입는다. 나는 바쁜 간호사에게 엄포를 놓으면서 2층의 중환자실에 접근한다. 한 명은 백인이고 한 명은 흑인인 덩치 큰 두 젊은이가 유리 벽으로 된 병실 앞 간이 의자에 앉아 있다. 그들은 교도소 경비원으로 가빈 교도소 주변에서 본 적 있는 번쩍거리는 군복 같은 제복을 입었다. 지루한 얼굴의 그들은 주변과 전혀 어울리지 않아 보인다. 나는 고분고분하게 굴기로 마음먹고 나를 퀸시의 변호사라고 소개한다.

놀랄 일도 아니지만 그들은 아는 게 거의 없다. 그들은 사건 현장에 없었고 퀸시가 구급차에 타기 전까지 그를 보지도 못했으며 그냥 구급차를 따라가 죄수가 달아나지 못하게 지키라는 지시를 따르는 것뿐이다.

그런데 퀸시 밀러는 절대 달아날 수 없다. 그는 병실 한가운데에 있는 높은 침대에 몸이 묶인 채 온갖 종류의 관, 모니터, 주사액, 기계에 둘러싸여 있다. 기관 절개관을 통해 산소가 공급되고, 퀸시의 생명을 유지시켜 주는 인공호흡기가 윙윙거린다.

백인 경비원은 퀸시가 지난 2시간 동안 세 번이나 숨이 끊어질 뻔했다고 말해 준다. 사방에서 사람들이 뛰어다니고 있다. 흑인 경비원이 동료의 말을 확인해 주면서 본인 생각이긴 하나 사망은 시간문제 같다고 말한다.

우리 세 사람은 금세 얘깃거리가 떨어진다. 두 경비원은 병원 바닥에서 자야 할지, 모텔에 방을 잡아야 할지, 아니면 교도소로 복귀해야 할지 모르는 상태다. 교도소의 업무 시간이 끝나서 상급자에게 연락도 닿지 않는다. 나는 죄수가 달아날 수 없는 상황이라는 예리한 분석을 제시한다.

의사 하나가 지나가다가 신부 복장의 나를 발견한다. 나는 잠시 옆으로 비켜서서 의사와 조용히 대화를 나눈다. 나는 환자가 가족이 없으며, 다른 사람이 저지른 죄를 뒤집어쓰고 23년 가까이 교도소에 갇혀 있었고, 내가 그의 변호사라서 일종의 책임자나 다름없다고 빠르게 설명해 본다. 의사는 너무 바빠서 내가 하는 말은 신경도 쓰지 않는다. 그는 환자가 여러 군데 상처를 입었고 뇌에 입은 손상이 가장 심각하다고 말한다. 그러면서 뇌압을 줄이기 위해 펜토바르비탈을 투여해 의학적 혼수상태를 유도했다고 한다. 환자가 살아남더라도 이후에 여러 차례의 수술을 감당해야 할 것이다. 왼쪽 위턱, 쇄골, 왼쪽 어깨를 수술로 되살려야 한다. 어쩌면 코 수술도 해야 할 것이다. 칼에 찔린 상처 하나는 폐를 관통했고, 오른쪽 눈이 심각하게 손상되었다. 다친 지 얼마 되지 않아서 뇌의 영구적 장애 수준을 예측할 방법이 없으나 '생존해도 상당한 장애'가 남을 것이다.

나는 머릿속 목록을 확인하며 퀸시의 상처들을 하나씩 짚어 주는 의사를 물끄러미 바라본다. 그러면서 어차피 죽을 텐데 뭐 하러 일일이 설명할까, 하는 무식한 생각을 한다.

내가 생존 확률이 얼마나 되는지 묻자 의사는 어깨를 으쓱하며 대답한다. 라스베이거스의 도박꾼처럼. "100분의 1이요?"

날이 어두워지자 제복 차림의 경비원들은 더욱 견디기 힘들어한다. 그들은 아무것도 하지 않고 가만히 있는 데 지쳤고, 중간에서 걸리적거리는 대상이 된 데 지쳤고, 인상을 쓰는 간호사들을 상대하는 데 지쳤고, 달아날 가망성이 전혀 없는 죄수를 지키는 데 지쳤다. 게다가 배까지 고팠다. 불룩한 허리선을 보니 가벼운 식사를 할 위인들도 아니다. 나는 복도 끝에 있는 보호자 휴게실에서 밤새 대기할 예정이고, 혹시라도 퀸시에게 무슨 일이 생기면 휴대 전화로 연락하겠다며 그들을 설득한다. 나는 그들에게 작별 인사를 하면서 죄수는 틀림없이 밤새 병실에 얌전히 갇혀 있을 거라고 약속한다.

중환자실의 침대 옆에는 보호자를 위한 의자 하나 없다. 중환자실 방문객은 환영받지 못한다. 옆에 서서 환자를 지켜보거나 환자가 말을 할 수 있는 경우에 한해서만 대화가 가능하다. 간호사들은 병실을 최대한 어둡고 조용하게 유지하기 위해 매우 공격적인 태도를 보인다.

나는 한쪽 구석에 위치한 휴게실에 자리를 잡고 뭐라도 읽어 보려고 한다. 저녁은 자판기 식품으로 때운다. 심각할 정도로 수준이 낮다. 잠시 눈을 붙이고 메일을 잔뜩 내려받아 읽는다. 자정이 되자 살금살금 다시 퀸시의 병실로 간다. 그의 심전도 기계가 이상한 조짐을 보여서 의료진이 그의 침대를 둘러싸고 있다.

이렇게 끝나는 건가? 어떤 면에서는 그러길 바라기도 한다. 퀸시가 죽기를 원하지 않지만, 그렇다고 식물인간이 되어 살아남기를 바라지도 않는다. 나는 이런 생각을 급히 머릿속에서 몰아내고 퀸시와 그를 돌보는 의료진을 위해 기도한다. 나는 휴게실로 돌아가 플로리다주가 최선을 다해 없애려고 한 남자의 목숨을 살리기 위해 미친 듯이 일하는 영웅과도 같은 의사와 간호사 들을 유리 벽 너머로 지켜본다. 아무 잘못 없는 퀸시는 비뚤어진 시스템 때문에 자유를 빼앗겼다.

나는 북받치는 감정을 추스르기 위해 스스로에게 묻는다. 이 모든 게 수호자 재단의 책임일까? 우리가 그의 사건을 맡지 않았더라도 그는 결국 여기 누워 있게 될 운명이었을까? 그렇지 않을 것이다. 그의 자유를 향한 꿈과 우리의 그를 돕겠다는 열망이 그를 목표물로 만들고 말았다.

나는 양손에 얼굴을 묻고 흐느껴 운다.

31

중환자실 보호자 휴게실에는 소파가 두 개 있다. 둘 다 어른이 누워 잘 수 없는 형상이다. 내가 앉은 맞은편에 놓인 소파는 오토바이 사고로 소름 끼칠 정도로 크게 다친 10대 아들을 둔 어머니가 사용하고 있다. 나는 그녀를 위해 두 배로 기도했다. 나는 다른 소파에서 딱딱한 베개를 베고 새벽 3시까지 자다 깨기를 반복한다. 그러다가 퍼뜩 벌써 눈치챘어야 할 내용이 머리에 떠오른다. 나는 어슴푸레한 공간에 우두커니 앉아 속으로 생각한다. '잘했다, 이 멍청이야. 왜 이제야 생각난 거야?'

누군가 외부에서 퀸시를 향한 공격을 지시했다면 퀸시는 지금 교도소에 있는 것보다 더 위험한 게 아닐까? 누구든 병원으로 걸어 들어와 엘리베이터를 타고 2층에 내려 데스크에 앉아 있는 중환자실 간호사들에게 그럴듯한 거짓말을 하고 통과하면 바로 퀸시의 병실에 들어갈 수 있다.

나는 마음을 진정시키고 지나친 편집증임을 인정한다. 지금 당장 달려올 암살자는 없다. '그들'은 '그들'이 이미 퀸시를 해치웠다고 생각하기 때문이다. 아무런 의심도 하지 않고.

도저히 잘 수가 없다. 새벽 5시 30분쯤 의사와 간호사가 휴게실로 들어오더니 아이의 어머니와 모여 조용히 이야기를 나눈다. 그녀의 아들이 20분 전에 사망했다. 내가 가장 가까운 곳에 있는 목회자였기에 나는 이 드라마에 끌려 들어간다. 그들은 내게 그녀의 손을 붙잡아 주고 친척에게 연락해 달라고 말한다.

퀸시는 버티고 있다. 아침 회진이 시작되고 나는 다른 의사를 만나 이야기를 듣는다. 변한 것은 별로 없으며 희망도 보이지 않는다. 나는 의사에게 내 의뢰인이 위험한 상황에 처한 것 같다고 알린다. 퀸시는 그가 반드시 죽길 바라는 자들에게 공격을 받았는데 그건 흔한 교도소 다툼이 아니었다. 병원에서도 이 사실을 알아 두어야 한다. 나는 의사에게 이런 내용을 의료진과 병원 보안 책임자에게 전해 달라고 부탁한다. 의사는 이해는 한 듯하나 약속은 하지 않는다.

오전 7시, 나는 중부 플로리다 이노센스 프로젝트의 수전 애슐리에게 전화를 걸어 퀸시의 상황을 전한다. 우리는 30분 동안 의견을 나누다가 이 사실을 FBI에게 알려야 한다는 결론을 내린다. 그녀는 누구에게 연락해야 할지 알고 있다. 또한 우리는 연방 법원에 플로리다주와 교정 당국을 고소하는 전략에 대해서도 논의한다. 우리는 가빈 교도소의 교도소장에게 공격 사건을 조사하도록 즉각 명령을 내려 달라고 요청하기로 한다. 나는 메이지에게 전화를 걸어 비슷한 대화를 나눈다. 늘 그렇듯 그녀는 신중하지만 연방 법원에 소송을 제기하는 일에는 망설임이 없다. 1시간 뒤 메이지, 수전 애슐리, 나는 유선상으로 삼자 회의를 한다. 그러고는 일단 몇 시간은 아무것도 하지 않고 지켜보기로 한다. 모든 전략은 퀸시가 사망하면 바뀔 것이다.

복도에 서서 통화를 하는데 의사가 날 보더니 다가온다. 나는 전화를 끊고 어떻게 되어 가고 있는지 묻는다.

그가 침울하게 대답한다. "뇌 활동 수치가 조금씩 떨어지고 있어요. 심박도 느려져서 1분에 스무 번밖에 뛰지 않습니다. 막바지에 다다른 것 같아서 누군가와 이야기를 해야 할 것 같아요."

"치료 장치의 전원을 끈다는 말씀이신가요?"

"병원에서는 그런 식으로 말하지 않지만 비슷합니다. 환자에게 가족이 없다고 하셨죠?"

"동생이 하나 있는데 여기 오기가 쉽지 않은 상황입니다. 그분이 결정을 내려야 할 것 같은데요."

"밀러 씨는 정부의 관리를 받는 분이시죠?"

"교도소에 수감 중인 죄수입니다. 20년도 넘었죠. 제발 교도소장에게 결정 권한이 있다는 말씀만은 하지 말아 주세요."

"가족이 없다면 그래야 합니다."

"젠장! 만일 교도소가 그런 결정을 내릴 수 있다면 어떤 수감자도 안전할 수 없을 겁니다. 환자 동생이 올 때까지 기다립시다. 정오까지는 올 수 있을 겁니다."

"좋아요. 병자 성사를 생각하셔야 할 수도 있습니다."

"저는 가톨릭이 아니라 성공회 신부입니다. 우리는 병자 성사를 하지 않아요."

"그럼 뭐든 사망 전에 해야 할 일이 있다면 미리 생각해 두세요."

"고맙습니다."

의사가 떠나고 나서 어제 만난 교도소 경비원 두 명이 엘리베이터에서 내린다. 나는 그들과 오랜 친구처럼 인사한다. 그들은 다시 근무를 시작하지만 아무것도 하지 않고 그냥 앉아 있다. 어제만 해도 나는 그들의 쓸모에 대해 별생각이 없었는데 지금은 그들을 만나서 기쁘다. 병실 주변에는 더 많은 병력이 필요하다.

나는 그들이 먹을 걸 거절할 리 없다고 확신하고, 지하 식당에서 아침을 사겠다고 제안한다. 그들은 와플과 소시지를 씹으며 그렇지 않아도 문제가 생겼다고 쓴웃음을 짓는다. 교도소장이 아침부터 전화를 해서는 잔뜩 성을 냈다는 것이다. 소장은 두 사람이 허락 없이 죄수만 두고 자리를 비운 일로 화를 냈단다. 결국 두 사람은 인사 기록에 벌점을 받고 30일 근신 처벌을 받았다.

그들은 퀸시를 향한 공격에 대한 소문은 들은 것이 없었고, 이 병원에서 자리를 지키고 있는 한 앞으로도 관련 내용을 들을 수 없을 터다. 다만 한 가지, 퀸시가 공격을 받은 장소는 교도소 마당에서 감시 카메라가 닿지 못하는 몇 안 되는 곳이었다고 한다. 과거에 그곳에서 다른 공격 사건도 있었다. 흑인 경비원 모스비는 오래전부터 퀸시를 알고 있었지만 요즘에는 다른 부서에서 일한다. 백인 경비원 크랩트리는 퀸시를 전혀 알지 못한다. 그도 그럴 것이 가빈 교도소의 수감자는 2천 명 가까이 된다.

아는 건 거의 없지만 두 사람은 이렇게 흥미진진한 사건과 간접적으로나마 연결되어 있다는 책임감을 즐기고 있다. 나는 그들에게 외부의 누군가 퀸시를 공격하라고 지시했으며 그는 현재 더 쉬운 목표물이 된 것 같다고 털어놓는다. 그러면서 퀸시가 철저하게 보호받아야 할 대상이라는 사실을 흘린다.

중환자실로 복귀하고 나서 제복을 입은 두 명의 병원 경비원이 마치 대통령이 입원하기라도 한 것처럼 모든 사람을 향해 인상을 쓰며 돌아다니고 있다. 이로써 무장한 네 명의 젊은이가 경비를 서게 된 셈이다. 넷 다 야구장에서 1루까지 쉬지 않고 뛰어갈 수 없을 것 같은 몸매의 소유자이나 그들의 존재만으로도 안심이 된다. 나는 아무것도 변하지 않았다고 말했던 의사와 이야기를 나눈 뒤 혹시라도 퀸시의 치료를 중단해야 한다는 얘기가 나올까 두려워 얼른 병원을 나온다.

싸구려 모텔을 찾아 샤워를 하고 이를 닦고 입고 있던 옷의 일부를 갈아입은 다음 가빈 교도소로 달려간다. 수전 애슐리가 교도소장의 비서를 괴롭혀 보았으나 특별히 얻어 낸 건 없다. 교도소장의 사무실에 쳐들어가서 대답을 받아 내겠다던 내 계획은 입구에서부터 막힌다. 교도소 안으로 들어갈 수조차 없기 때문이다. 나는 1시간가량 주위를 서성거리며 누구든 보이는 대로 협박을 해 대지만 소용이 없다. 교도소가 안전한 것은 그럴 만한 이유가 있다.

병원으로 돌아온 나는 함께 수다를 떨었던 간호사로부터 퀸시의 상태가 아주 조금 나아졌다는 이야기를 듣는다. 퀸시의 동생인 마비스는 여전히 마이애미에 있는 직장을 떠날 수 없다고 한다. 교도소장은 전화를 받지도 전화를 하지도 않는다.

점심시간이 되자 내가 동전 던지기를 제안하고 모스비가 이긴다. 크랩트리는 햄이 든 호밀빵 샌드위치를 주문하고 퀸시를 지키기 위해 남는다. 모스비와 나는 식당으로 내려가 남은 라자냐와 통조림 채소를 식판에 담는다. 사람이 너무 많아서 우리는 하나 남은 테이블에 간신히 몸을 욱여넣는다. 모스비의 배가 테이블에 눌린다. 이제 겨우 서른 살인 그는 끔찍할 정도로 뚱뚱하다. 나는 10년 뒤에는 대체 몸을 얼마나 크게 키울 작정이냐고 그에게 묻고 싶다. 아니, 20년 뒤에는? 이런 식으로 뚱뚱해지면 마흔 살에 당뇨병에 걸릴 걱정은 안 하나? 물론 이런 질문들을 입 밖에 내지 않고 마음속에 고이 묻어 둔다.

내 신부 복장을 쳐다보는 그의 시선에서 우리가 하는 일에 대한 호기심이 느껴진다. 나는 우리가 지금까지 교도소에서 풀려나도록 도운 의뢰인들의 이야기를 살짝 윤색해서 들려주며 그를 기쁘게 한다. 나는 퀸시에 관해 이야기하면서 그의 결백을 주장한다. 모스비는 내 말을 믿는 것 같으면서도 크게 신경 쓰지 않는 눈치다. 그는 시골 출신 젊은이로 일자리가 필요해서 1시간에 12달러를 받고 일할 뿐이다. 그런데 그는 그게 싫다. 자신이 울타리와 철조망 안에서 일한다는 현실이 싫다. 끊임없이 탈주를 꿈꾸는 범죄자들을 상대하는 위험한 직업이 싫다. 관료 체계와 끝도 없는 규칙이 싫다. 폭력이 싫다. 교도소장이 싫다. 계속되는 스트레스와 압박이 싫다. 이 모든 걸 시급 12달러를 받으면서 참아야 한다. 어머니가 그의 세 아이를 보아주는 동안 아내는 사무실 청소부 일을 한다.

비키는 가빈 교도소의 부패한 교도관들에 관한 뉴스 기사를 세 건 찾아냈다. 2년 전 교도관 여덟 명이 마약, 보드카, 포르노, 그리고 최고 인기 품목인 휴대 전화를 죄수들에게 팔다가 적발되었다. 한 재소자는 전화기 넉 대로 고객들에게 소매 장사를 하다 붙잡혔다. 그는 밖에 있는 사촌이 교도관에게 뇌물을 먹이고 장물 휴대 전화를 반입시켰다고 털어놓았다. 해고된 한 교도관은 이런 말을 남겼다. "시급 12달러만 받아서는 먹고살기 힘드니 뭐라도 할 수밖에 없었다."

그는 초콜릿 파이를, 나는 커피를 후식으로 시켜 놓고 내가 말한다. "이봐, 모스비, 나도 100군데 넘는 교도소를 다녀 봤으니 나름 이 바닥을 안단 말이야. 듣자 하니 퀸시가 공격당하는 걸 누가 봤다던데?"

그는 고개를 끄덕이고 말한다. "그렇대요."

"강간이나 칼로 찌르는 것처럼 진짜 나쁜 짓을 저지르려면 눈감아 줄 교도관을 미리 알아 둬야 하는 거잖아?"

그가 웃으며 고개를 끄덕인다. 나는 계속 몰아붙인다. "작년에 가 빈 교도소에서 두 건의 살인 사건이 났었잖아. 혹시 자네가 근무 중일 때 생긴 일인가?"

"아뇨."

"범인은 잡았고?"

"첫 번째 사건은 범인이 잡혔고요. 두 번째 피해자는 자다가 칼에 목이 베였는데 아직 미결이에요. 영원히 미결로 남을지도 모르죠."

"자, 모스비, 난 누가 퀸시를 공격했는지 꼭 알아내야 해. 자네나 나나 이번 사건에 교도관 한둘이 가담했다는 걸 알잖아. 내가 보기에 공격하는 동안 한 놈이 망을 봐 줬을 거 같은데?"

"그럴 수도 있죠." 그는 파이를 한입 먹더니 눈길을 돌린다. 입에 넣은 걸 삼키고 그가 말한다. "교도소에서는 안 파는 게 없어요, 포스트. 아시면서."

"난 이름이 필요해, 모스비. 퀸시를 공격한 자들의 이름. 그걸 알아내려면 돈이 얼마나 들까?"

그는 몸을 더 아래쪽으로 기울이며 배가 불편하지 않도록 고쳐 앉는다. "진짜 누군지 몰라요. 맹세합니다. 이름을 알아내고 싶으시면 누군가에게 돈을 주면 되겠죠. 그럼 그쪽에서는 이름을 알 만한 또 다른 사람에게 돈을 주는 거고요. 무슨 뜻인지 아시죠? 또 저도 몇 푼 챙기고."

"당연하지. 근데 우리가 돈 없는 비영리 단체라는 걸 잊지 마."

"5천 달러 정도 있어요?"

나는 상대방이 1백만 달러를 요구하기라도 한 것처럼 얼굴을 찌푸리지만 5천 달러면 적당한 선이다. 소문을 알아보아 줄 수 있는 사람들 가운데 일부는 재소자들이며 그들은 기본적인 측면에서 생각한다. 더 좋은 음식, 마약, 새 컬러텔레비전, 콘돔 몇 개, 부드러운 화장지. 다른 일부는 자동차를 고치기 위해 1천 달러가 필요한 교도관이다.

"돈이야 마련해 볼 순 있지." 내가 말한다. "명심해. 아주 급한 건이야."

"이름을 알고 나면 어떻게 하려고요?" 그는 마지막으로 남은 파이 덩어리를 퍼 올리며 묻는다.

"그건 알아서 뭐하게? 장기수 두 명의 복역 기간이 좀 늘어나지 않을까?"

"그럴 수도 있겠네요." 그는 입이 가득 찬 채 말한다.

"그럼 얘기 다 된 거지? 자네는 여기저기 캐 보고 난 돈을 좀 변통해 봐야지."

"좋습니다."

"그리고 이건 우리 둘이서만 알고 있자고, 모스비. 크랩트리까지 나서서 들쑤시고 다니면 좀 그렇잖아. 그 친구까지 알면 자기도 한 몫 챙겨 달라고 할걸?"

"맞아요. 그 친구가 믿을 만한지도 잘 모르고요."

"그러니까."

우리는 중환자실로 돌아와 크랩트리에게 샌드위치를 건넨다. 그는 올랜도 시 경찰관과 함께 앉아 있다. 수다쟁이 경찰은 며칠간 주위를 살펴보라는 지시를 받았다고 한다. 제복을 입은 사람 여럿이 순찰 중이라 그런지 퀸시의 신변에 관한 걱정이 덜어진다.

32

공격 사건이 벌어진 지 28시간이 흐르고 생사의 갈림길이 대여섯 차례 지나간 다음 퀸시의 상태를 보여 주는 모니터들이 안정을 찾기 시작한다. 본인은 알 수 없겠지만 그의 머릿속 움직임이 늘어나기 시작했고 심장 박동도 조금 더 강해졌다. 그렇지만 담당 의사들은 여전히 비관적이다.

나는 병원이라면 진절머리가 나서 달아나고 싶은데 환자한테서 너무 멀어질 수는 없다. 나는 휴게실 소파에서 통화를 하거나 인터넷을 하거나 시간을 죽일 수 있는 뭐든 하고 있다. 메이지와 나는 FBI에 연락하기 전에 하루만 더 기다려 보기로 한다. 연방 법원에 소송을 제기하는 일도 일단 미루어 둔 상태이나, 우리는 소송 자체를 다시 생각해 보기로 한다. 교도소장은 감감무소식일뿐더러 교도소 측과 연락 자체가 되지 않고 있다.

모스비와 크랩트리는 오후 5시에 철수 명령을 받는다. 그들을 대신해 머리가 하얗게 센 홀러웨이라는 베테랑 교도관이 왔다. 그는 친절한 스타일이 아니다. 그는 복도를 지키는 자리로 밀려난 상황이 불안한 듯 별말이 없다. 그러거나 말거나. 그래도 무장한 경비원이 지켜 주는 것이 다행이다. 어차피 나도 사람들과 이야기하는 게 지친다.

이른 저녁에 마비스 밀러가 도착하고, 나는 그를 병실로 안내해 형을 만날 수 있게 해 준다. 마비스는 금세 감정이 격해진다. 나는 얼른 밖으로 나온다. 그는 어디든 손을 대는 것이 두려워 침대 발치에 선 채 붕대로 뒤덮인 퀸시의 얼굴만 바라본다. 한 간호사가 그에게 필요한 내용을 묻는 걸 보고 나는 휴게실로 돌아와 다시 시간을 죽인다.

마비스와 저녁을 먹는다. 오늘만 지하 식당에서 세 번째 먹는 식사다. 그는 퀸시보다 여섯 살 아래로 늘 형을 우러러보며 살았다. 그들에게는 두 명의 여자 형제가 있지만 연락을 주고받지 않는다. 퀸시가 유죄 판결을 받은 뒤 여동생들이 배심원들의 결정에 따라 오빠를 죄인으로 인정하면서 가족은 둘로 갈라졌고 그들은 모든 관계를 끊었다. 마비스는 형이 함정에 빠졌다고 믿었고 그 어느 때보다 형에게 가족의 지지가 필요하다고 강하게 느꼈기 때문에 이런 상황이 몹시 화가 난다.

억지로 식사를 마친 뒤 우리는 황량한 보호자 휴게실로 돌아가는 대신 같은 자리에서 커피까지 마시기로 한다. 나는 퀸시의 안전에 관한 두려움을 토로한다. 나는 퀸시의 유죄 판결과 연결되어 있고, 우리의 조사를 두려워하는 누군가 공격을 지시했을지 모른다는 추측성 이론을 늘어놓는다. 이런 사건이 벌어지게 된 걸 두고 서툰 사과도 한다. 하지만 그는 그러지 말라고 한다. 그는 우리의 노고에 고마워하고 있다고 재차 말해 준다. 그는 형이 승리를 거두고 아무 죄를 짓지 않은 사람으로 교도소에서 걸어 나오길 꿈꾸어 왔다. 마비스는 느긋하고 호감형이고 믿음직하고 힘든 삶이나마 살아남으려 노력하는 품위 있는 면면이 퀸시를 쏙 빼닮았다. 그는 형을 빼앗아 간 시스템에 대해 씁쓸해하면서도, 언젠가 심각한 잘못이 제대로 고쳐질 것이라는 희망을 버리지 않고 있다.

우리는 커피를 마시고 나서 위층으로 올라온다. 내 소파 자리를 마비스에게 양보하고, 모텔에 돌아와 샤워를 하고 잠에 빠져든다.

모스비가 프랭키 테이텀과 만난다. 접선은 모스비의 거주지와 아주 멀리 떨어진 델토나 외곽의 한 싸구려 술집에서 이루어진다. 그는 젊었을 때 그곳을 자주 드나들었지만 지금은 그를 알아보는 사람이 없을 거라고 자신 있게 말한다. 프랭키는 모스비와 만나기로 한 곳을 미리 정찰한다. 목요일에 자정이 다 된 시간이라 조용하고 아무도 보이지 않는다.

프랭키는 상대가 흑인일 경우 친근한 환경에서 맥주 두 병만으로 그 사람의 충분한 신뢰를 얻어 낼 수 있다.

"현금으로 6천 달러가 필요해요." 모스비가 말한다. 두 사람은 안쪽에 있는 텅 빈 당구대 근처 테이블에 앉아 있다. 바에 앉은 두 남자에게는 이들의 이야기가 들리지 않는다.

"그 정도는 괜찮아요." 프랭키가 말한다. "그걸 주면 뭘 얻을 수 있죠?"

"저한테 이름 세 개가 적힌 종이가 있습니다. 둘은 살인범으로 수감된 사람들이고 가석방이 한참 남았습니다. 그들이 퀸시를 공격했습니다. 마지막 사람은 사건 당시 가까운 데 있었지만 아무것도 보지 못했다고 증언한 교도관입니다. 망을 봐 준 거겠죠. 영상은 남아 있지 않습니다. 그들은 감시 카메라에 찍히지 않는 장소를 골랐습니다. 재소자라면 뻔히 알 텐데 퀸시가 왜 그런 데 있었는지는 모릅니다. 두 달 전에 한 재소자가 그곳에서 강간을 당했습니다. 어쩌면 퀸시는 자기가 당하지 않을 정도로 강인하다고 생각하고 주의를 기울이지 않았을 수도 있습니다. 그 부분은 기회가 된다면 본인에게 물어보셔야 할 겁니다."

"두 놈에 관해 얼마나 알고 있죠?"

"둘 다 백인이고, 아리안 디콘이라는 과격한 갱단 소속입니다. 첫 번째 이름의 남자는 제가 그쪽 감방에서 일할 때 매일 보던 놈입니다. 데이드 카운티 출신인데 골칫덩어리입니다. 두 번째는 제가 모르는 자입니다. 2천 명쯤 되는 가빈 교도소의 재소자를 다 알진 못해서요. 저한텐 감사한 일이라고 해야겠죠."

"혹시 갱단이 관련된 걸까요?"

"그건 아닐 겁니다. 갱단들은 밥 먹듯이 전쟁을 벌이지만 퀸시는 그들과 거리를 뒀다고 들었어요."

프랭키는 병째로 술을 한 모금 마시고 코트 주머니에서 하얀 봉투를 꺼낸다. 그는 봉투를 테이블에 내려놓고 말한다. "여기 5천 달러입니다."

"전 6천이라고 말했는데요." 모스비는 돈에는 손을 뻗지도 않으면서 대꾸한다.

프랭키는 다른 주머니에서 지폐 다발을 꺼낸다. 하지만 돈을 테이블에 올리진 않는다. 그가 빠르게 돈을 세서 100달러짜리 지폐 열 장을 건넨다. "이렇게 6천."

모스비는 한 손으로 종이쪽지를 넘기고 다른 손으로 봉투와 현금을 챙긴다. 프랭키가 종이를 펼쳐 세 사람의 이름을 본다.

모스비가 말한다. "썰이 더 있어요. 퀸시가 쉽게 안 당한 모양이에요. 상대방한테 주먹도 꽂았대요. 첫 번째 남자는 코만 부러지고 생명엔 지장이 없답니다. 그 사람이 그날 오후에 교도소 의무실에서 치료를 받는데 그냥 싸움에 휘말렸다고만 했대요. 자주 있는 일이라 그렇게 둘러대도 꼬치꼬치 안 물어봤을 거예요. 며칠이면 그 사람 얼굴이 가라앉을 테니 저라면 최대한 빨리 움직일 겁니다. 일종의 확인 작업이랄까요."

"고맙습니다. 다른 건 없나요?"

"네. 참, 전 이제 병원에 안 나가요. 경비원들이 교대 근무 중이고 우리는 맨날 인력이 부족해서요. 이번 거래도 그렇고, 포스트 씨에게 특별히 감사하다고 좀 전해 주세요."

"그렇게 하죠. 우리도 감사합니다."

메이지에게 첫 번째 이름을, 비키에게 두 번째 이름을 주고 나는 이름 세 개를 모두 추적한다. 프랭키가 모스비에게 작별 인사를 하고 15분 뒤 우리 세 사람의 컴퓨터는 인터넷을 이 잡듯 뒤지기 시작한다.

로버트 얼 레인은 17년 전 데이드 카운티에서 여자 친구를 살해한 1급 살인 혐의로 유죄 판결을 받았다. 그전에도 경찰을 공격해 3년 형을 살았다. 존 드러믹은 마약 살 돈 60달러 때문에 자신의 할머니를 살해했다. 그는 1998년 새러소타에서 죄를 인정하고 중범죄 재판을 피했다. 두 사람 다 가빈 교도소에서 10년 정도 복역했는데, 그들의 교도소 자료는 극비 사항이라 많은 걸 알아낼 수는 없다. 메이지는 웬만한 자료는 다 해킹할 수 있지만 우리는 위법 행위는 되도록이면 피하기로 한다. 한편, 아리안 디콘 같은 교도소 내 갱단에 관한 기록 역시 작성된 게 많지 않아 소속 조직원들을 파악할 방법이 없다.

교도관은 애덤 스톤이라는 백인 남성으로 서른다섯 살이고 교도소에서 30분 거리의 작은 시골 마을에 살고 있다. 새벽 2시 15분, 프랭키가 스톤의 집을 찾아내 그의 자동차와 픽업트럭의 번호판을 확인해 보고한다. 새벽 3시, 수호자 재단 사람들은 전화 회의에서 수집한 정보를 교환한다. 우리는 레인과 드러믹의 배경을 깊이 조사하고 플로리다주의 아리안 디콘 조직에 관해 가능한 한 많은 걸 알아내기로 계획을 세운다.

우리는 외부인이 돈을 주고 퀸시에 대한 공격을 사주한 것으로 추측하고 있다. 레인과 드러믹은 루소 살인 사건과 관계가 없다. 그들은 그저 돈 몇 푼에 뒤처리를 해 주는 일꾼에 불과하다. 단, 공격 대상이 흑인이라는 사실이 그들의 작업을 더 즐겁게 만들어 준 듯하다.

새벽 5시에 병원으로 돌아온 나는 보호자 휴게실이 비어 있는 걸 발견한다. 중환자실로 다가가던 나를 데스크에 있던 한 간호사가 불러 세운다. 그나마 모두가 잠든 건 아닌 모양이다. 나는 마비스 밀러가 어디 있느냐고 묻고, 그녀는 고갯짓으로 퀸시의 병실을 가리킨다. 마비스는 간이침대에 누워 형의 곁에서 자고 있다. 주변에 다른 경비원이나 경찰은 보이지 않는다. 간호사 말로는 전날 자정 무렵에 마비스가 왜 경비 인력이 없느냐며 화를 내고 간이침대를 요구했다고 한다. 그리하여 퀸시의 병실에 접이식 간이침대를 설치하라는 병원 관계자의 허락이 떨어진 것이다. 나는 간호사에게 감사해하며 묻는다. "환자는 좀 어떻습니까?"

그녀는 어깨를 으쓱하고는 말한다. "버티고 있어요."

1시간 뒤 마비스가 몸을 뒤틀며 일어나 눈가를 비비다가 날 보더니 행복한 표정을 짓는다. 우리는 한참 전에 내린 커피를 컵에 따라서 들고 복도에 있는 접이식 의자에 앉아 일찍부터 업무를 보고 있는 의사와 간호사 들의 행진을 지켜본다. 한 무리의 의료인이 우리에게 손짓하더니 퀸시의 병실로 들어간다. 그곳에서 우리는 퀸시의 상태가 조금씩 호전되고 있다는 이야기를 듣는다. 그들은 퀸시를 며칠 더 혼수상태 속에 둘 계획이다.

마비스는 직장에서 잘릴까 봐 걱정스러운 마음에 그만 병원을 떠나고 싶어 한다. 우리는 엘리베이터 앞에서 서로를 끌어안는다. 나는 혹시 무슨 일이 있으면 연락하겠다고 말한다. 마비스는 최대한 빨리 돌아오겠다고 하지만 그는 차로 5시간이나 떨어진 데서 산다.

다양한 장비로 무장한 올랜도 경찰 두 명이 등장하자 나는 그들과 대화를 나눈다. 그들은 교도소 경비원들이 도착할 때까지 1시간 정도 주위를 순찰할 계획이라고 말한다.

나는 7시 30분에 교도소에서 메일 한 통을 받는다. 교도소장이 약간의 짬이 나서 날 만나 줄 수 있다고 한다.

나는 약속 시간인 10시보다 45분 일찍 가빈 교도소에 도착한다. 출입구의 직원에게 교도소장과 약속이 있다고 말했지만 그들은 나를 의뢰인을 만나러 온 다른 변호사같이 취급한다. 교도소에서는 당최 쉬운 일이 없다. 규칙이 아주 견고하거나 즉석에서 수정되곤 하는데, 어느 쪽이든 많은 시간을 낭비하게 만든다. 마침내 한 교도관을 따라 골프 카트에 올라탄다. 우리는 관리동 건물을 향해 달린다.

교도소장은 덩치 큰 흑인 남자로 스웨그가 넘친다. 그는 20년 전 플로리다 주립대에서 미식축구 선수로 활동했고 이후 NFL에 진출했지만 열 번째 경기 도중 무릎을 날려 먹고 은퇴했다. 그의 사무실은 제복을 입은 그의 모습을 담은 컬러 사진과 사인이 적힌 미식축구공, 그리고 미식축구 헬멧으로 만든 테이블 램프로 장식되어 있다. 패커스팀에서 선수 생활을 한 모양이다. 대단한 사람이면 누구나 그렇듯 그는 파일과 문서로 덮인 거대한 책상 앞에 앉아 있다. 그의 왼쪽에 교도소 법무팀의 변호사가 서 있다. 창백한 얼굴의 백인 관료는 손에 노트를 들고 무슨 이유가 있는지 아니면 이유 없이 그러는지 날 법정에라도 소환한 것마냥 응시하고 있다.

"딱 15분입니다." 소장이 기분 좋게 말한다. 그의 이름은 오델 허먼이다. 벽에는 적어도 세 벌의 운동복이 액자에 넣어져 걸려 있는데, 등에는 각각 다른 색으로 허먼의 이름이 새겨져 있다. 무슨 명예의 전당쯤 되나 보다.

"이렇게 시간을 내 주시다니 정말 감사하네요." 내가 재수 없게 말한다. "제 의뢰인 퀸시 밀러에게 무슨 일이 있었는지 알고 싶군요."

"아직 조사 중이라 말할 수 없습니다. 그렇죠, 버치 씨?"

버치라는 사람은 변호사답게 고개를 끄덕여 확인해 준다.

"누가 퀸시를 공격했는지 아십니까?" 내가 묻는다.

"용의자는 있지만 말했다시피 지금 당장은 조사 내용을 언급할 수 없어요."

"좋아요. 그렇게 나오시니 장단을 좀 맞춰 드리지. 이름을 거론

할 순 없으나 누가 그랬는지 알고는 있으시다?"

허먼이 바라보자 버치는 고개를 가로젓는다.

"아뇨. 아직 그런 정보는 없어요."

이 대목에서 면담은 끝난다. 그들은 사건을 숨기고 아무것도 내놓지 않을 생각이다.

"좋습니다. 이번 사건에 교도관이 연루된 건 아니고요?"

"그런 일은 없소." 허먼은 짜증스럽게 대꾸한다. 외려 어떻게 그런 충격적인 말을 꺼낼 수 있느냐는 반응을 보인다.

"그럼 공격이 발생한 지 사흘이나 지난 오늘까지도 소장님은 누가 그런 짓을 저질렀는지 알아내지 못했고, 또 그 사건에 연루된 교도소 직원은 없다고 주장하시는 거네요. 맞죠?"

"그렇소."

나는 불쑥 일어나 문으로 향한다. "내 의뢰인을 공격한 폭력배는 두 명입니다. 한 사람은 로버트 얼 레인입니다. 확인해 보시죠. 지금 그자는 눈 주위가 부어올랐고 멍이 들었을 겁니다. 퀸시가 그자의 코를 부러뜨렸기 때문이죠. 레인은 공격이 이뤄진 지 몇 시간 후 이곳 교도소 의무실에서 치료를 받았습니다. 관련 자료를 확보할 수 있도록 소환 영장을 받아 낼 테니 혹시라도 분실하지 말기 바랍니다."

허먼은 할 말을 잃고 입을 헤벌린다. 얼굴이 잔뜩 구겨진 버치 변호사는 완전히 혼란에 빠진 모습이다.

나는 문을 열고 잠시 멈추어 섰다가 마무리를 짓는다. "참, 내가

아는 게 더 있는데 그건 연방 법원에서 당신들을 박살 낼 때 전부
밝혀 드리지."

나는 문을 쾅 닫는다.

33

FBI 올랜도 지부는 메이틀랜드 교외에 위치한 4층짜리 현대식 건물에 있다. 수전 애슐리와 나는 3시에 그곳 실세들과 회의가 있어 미리 도착한다. 수전 애슐리는 지난 이틀 동안 여기저기 연락을 넣고 약속을 조율했다. 그녀는 또 퀸시 밀러에 관한 우리의 자료를 짧게 요약해 보내기도 했다. 우리는 어떤 특별 수사관을 만나게 될지 몰랐지만 귀를 기울여 줄 누군가를 찾아낼 수 있으리라고 낙관한다.

우리가 만난 특별 수사관은 애그니스 놀턴이라는 40대 초반 여자다. 그녀는 코너에 멋진 사무실을 따로 둘 만큼 영향력이 크다. 그녀의 사무실까지 가는 동안 우리는 비좁은 방에 박혀 있는 10여 명의 다른 수사관들을 지나친다. 이것만 보아도 놀턴 요원이 얼마나 상급자인지 알 만하다. 그녀의 사무실에 당도하니 대학생 같아 보이는 특별 수사관 러제스키도 있다. 커피가 제공되고 인사말이 오간 다음 내가 말문을 연다.

나는 퀸시 밀러를 대신해 수호자 재단에서 하는 일을 빠르게 요약해서 알려 주고, 마약 갱단이 루이즈 카운티의 전 보안관으로부터 도움을 받아 그를 함정에 빠뜨린 것 같다는 의견을 들려준다. 더불어 현재 유죄 판결 후 구제 청원 절차를 진행 중인데, 이에 대해 키스 루소 살인에 진짜 책임이 있는 자들이 불편한 상황이 된 것 같다는 말도 한다. 나는 마이애미에서 마약상의 변호사로 활동하는 내시 쿨리와 그의 심복 가운데 한 명인 미키 메르카도의 이름을 언급한다. 나는 이 두 사람과 신원 미상의 다른 자들이 우리 의뢰인을 살해함으로써 우리의 조사를 끝내 버리려는 사뭇 기발한 아이디어를 낸 것 같다는 추측을 내놓는다.

"그게 먹혀요?" 놀턴이 묻는다. "만에 하나 당신네 의뢰인이 죽으면 사건은 어떻게 되는데요?"

"네. 먹힐 겁니다." 내가 대답한다. "우리의 목표는 결백한 산 사람을 교도소에서 구해 내는 것입니다. 우리에겐 무덤 속에 있는 이들을 위해서까지 소송을 해 줄 시간이나 자원은 없거든요."

그녀는 동의한다는 듯 고개를 끄덕인다. 내가 말을 잇는다. 나는 퀸시의 사람 됨됨이에 대해 이야기한다. 특히 그가 범죄 조직 활동과 아무런 관련이 없다는 사실을 강조하며, 때문에 아리안 조직이 그를 공격할 하등의 이유가 없다고 한다.

"그럼 이게 다 청부 살인이다, 하는 말씀이신 건가요?" 그녀가 묻는다.

"네. 잘 아시겠지만 청부 살인은 연방 범죄고요."

적어도 내 눈에는 놀턴이 사건에 흥미를 느끼는 것이 분명해 보인다. 러제스키는 포커페이스를 하고 있으면서도 하나라도 놓치지 않으려는 눈치다. 그가 노트북을 열더니 타이핑을 시작한다.

나는 말을 이어 간다. "우리는 폭력을 행사한 두 사람의 이름을 알고 있습니다. 모두 살인죄로 복역 중인 자들입니다. 아리안 디콘이라고 들어 보셨나요?"

놀턴은 이제 미소까지 지으며 반기는 기색이 역력하다. 마약 조직, 그것도 멕시코 카르텔에다 부패한 보안관, 자신의 사무실에서 살해당한 변호사, 부당한 유죄 판결, 무고한 사람을 풀어 주기 위한 노력을 막으려는 청부 살인 시도까지. 흔히 볼 수 있는 그렇고 그런 사건이 아닌 것이다.

"그럼요." 그녀가 말한다. "근데 확실한 소득이 보장되지 않은 상태에서 교도소에 인력을 침투시키기엔 저희가 너무 바빠서요. 이름을 바로 알려 주실 건가요?"

"이름을 알려 드리면 그자들을 어떻게 하실 생각이죠?"

그녀가 커피를 한 모금 마시면서 잠시 생각하는 듯하더니 러제스키를 힐끔 본다. 그가 타이핑을 멈추고 말한다. "아리안 디콘은 미국에서 가장 큰 백인 교도소 갱단인 아리안 형제들로부터 분리돼 나왔습니다. 조직원은 1만 명으로 추정되는데, 단 조직원 명단 관리는 좀 부실한 편이죠. 그들은 갱단들이 으레 하는 짓들을 합니다. 재소자들에게 마약, 음식, 섹스, 휴대 전화를 파는 거죠. 만기 출소한 조직원 일부는 단합해서 밖에서도 조직 범죄 활동을 이어 갑니다. 아주 지저분한 녀석들이에요."

놀턴이 내게 말한다. "다시 말하지만, 저희는 담 너머 세상까지 관여하기엔 일손이 많이 부족해요."

내가 대꾸한다. "그들과 연루된 교도관도 하나 있습니다. 백인인데 망을 봐 주고 있었던 듯합니다. 그 친구라면 잃을 게 하나라도 더 있을 거 같은데, 이런 걸 약점이라고 하죠?"

그녀가 말한다. "사고방식이 마음에 드네요, 포스트."

"우리 일은 결이 같다고 할 수 있죠. 당신들은 범죄를 해결하고 사람들을 가두고, 나는 범죄를 해결하고 사람들을 빼내고."

애덤 스톤에게는 여느 날과 같은 근무일이었다. 그는 7시 59분에 출근 카드를 찍고 15분간 탈의실에서 다른 교도관 둘과 커피를 마시고 도넛을 먹었다. 그는 잠시만 한눈을 팔아도 죽자고 그에게 달려드는 범죄자들을 감시해야 하는 스트레스 가득한 하루를 시작하기 위해 굳이 서둘러 E 구역에 가서 출근 보고를 하고 싶지 않았다. 재소자들 가운데에는 마음에 드는 자들이 있었고, 그는 그들의 정감 어린 농담을 즐겼다. 하지만 그는 그렇지 않은 자들을 경멸했고 심지어 증오했다. 특히 흑인이 너무 싫었다. 스톤은 거친 시골에서 자랐다. 그곳에는 흑인 거주자가 없었고 흑인을 반기는 분위기도 아니었다. 그의 아버지는 지독한 인종 차별주의자로 모든 소수 민족을 경멸하고 그가 사회에서 상류층으로 살지 못하는 이유를 죄다 그들 탓으로 돌렸다. 그의 어머니는 고등학교 때 흑인 운동선수에게 성범죄를 당했다고 주장했지만 정식 기록은 남아 있지 않았다. 애덤은 어릴 때부터 가능하면 흑인들을 피하되 어쩔 수 없이 그들과 말을 섞어야 할 땐 기분 나쁜 말투를 사용하라고 배웠다.

하지만 교도관이 되고 난 다음에는 달리 방법이 없었다. 재소자 가운데 70퍼센트는 피부가 검거나 갈색이었고, 교도관들도 마찬가지였다. 7년이라는 교도소 근무 기간 동안 애덤의 인종 차별주의적 성향은 나날이 커져 갔다. 그는 최악의 상태에 놓인 흑인들을 목격했다. 평생 차별받고 학대받던 사람들이 우리 속에 갇힌 채 그들만의 세상을 주물럭대고 있었다. 그들은 밥 먹듯이 끔찍한 보복을 저질렀다. 보호 차원에서라도 백인들만의 조직이 필요했다. 그는 남몰래 아리안 조직을 동경했다. 수적으로 열세인 데다 끊임없이 위협을 받으면서도 그들은 피의 맹세를 나누며 살아남았다. 그는 특히 아리안 조직의 폭력성을 높이 샀다. 3년 전 그들은 면도날처럼 날카로운 사제 칼로 흑인 교도관 두 명을 공격하고 구석진 곳에 방치한 채 그들이 피를 흘리며 죽어 가는 모습을 지켜보았다.

애덤은 낮 동안 순찰을 하고, 재소자를 의무실에 데려갔다가 데려오고, 근무 시간에 맞추어 감시 카메라를 보고, 30분인 점심시간을 자체적으로 넘겨 1시간 동안 느릿느릿 밥을 먹고, 4시 30분에 퇴근한다. 시간당 12달러에, 딱히 힘든 거 없는 8시간의 업무다.

그는 연방 정부 요원들이 자신의 삶을 뒤지고 있다는 사실은 꿈에도 모르고 있다.

그가 교도소를 나서자 요원 둘이 그를 미행한다. 그는 자랑이자 기쁨인 최신형 램 몬스터 트럭을 몬다. 정품보다 큰 타이어에 검은색 휠을 달았고 차에는 티끌 하나 없다. 달마다 할부금이 650달러씩 빠져나가는데 앞으로 수년은 더 남아 있다. 더불어 그의 아내가 타는 최신형 도요타 세단에도 월 300달러의 할부금이 들어간다. 현재 사는 집에 걸린 대출만 거금 13만5천 달러다. 영장을 받아 조사해 보니 그들의 은행 잔고가 9천 달러나 된다. 요컨대 애덤과 보험 회사 사무실에서 사무 보조 아르바이트를 하는 애덤의 아내는 버는 것보다 훨씬 많은 돈을 쓰며 살고 있다.

그는 한적한 시골 주유소에 들러 기름을 넣고 돈을 내기 위해 가게 안으로 들어간다. 차로 돌아오니 청바지에 운동화 차림의 신사 두 명이 그를 기다린다. 그들은 FBI라며 이름과 신분을 밝히고 배지를 잠깐 보여 주더니 이야기를 나누고 싶다고 말한다. 제복을 입으면 평소보다 몇 곱절 더 험악해지는 천하의 애덤도 FBI 앞에서 오금이 저리는 건 어쩔 수 없다. 그의 이마에서 땀방울이 흘러내린다.

그는 두 사람을 따라 1.6킬로미터 떨어진 폐교의 텅 빈 운동장으로 향한다. 오래된 참나무 아래 한때 놀이터였던 곳 옆에서 그는 나무로 만든 야외 테이블 끝에 몸을 기대고 서서 아무렇지 않은 척하려 애쓴다. "무슨 일이시죠?"

프로스트 요원이 말한다. "몇 가지 질문이 있습니다."

"해 보시죠." 애덤이 얼간이같이 웃으며 대답한다. 그가 옷소매로 넓은 이마를 닦아 낸다.

이번에는 새거드 요원이 묻는다. "가빈 교도소에서 교도관으로 7년 정도 일했죠?"

"네. 그렇습니다."

"퀸시 밀러라는 재소자를 압니까?"

애덤은 깊이 생각해 보는 듯 얼굴을 찡그리며 나뭇가지를 응시한다. 그러더니 고개를 절레절레하며 잘 모르겠다고 답한다. "모르겠는데요. 가빈에는 죄수가 많아요."

프로스트가 묻는다. "로버트 얼 레인과 존 드러믹은 어떻습니까? 이 사람들을 만난 적이 있습니까?"

그는 금세 협조하는 미소를 지으며 말한다. "그럼요. 그 친구들은 둘 다 E동에 있습니다. 제가 요즘 거기서 근무하고 있고요."

새거드가 말한다. "퀸시 밀러는 흑인이고, 사흘 전 E동 옆 체육관과 매점 사이 골목에서 의식을 잃을 정도로 폭행을 당했습니다. 세 차례 이상 칼에 찔린 채로 방치됐고요. 공격이 벌어졌던 날 근무 중이었죠? 혹시 그 사건에 관해 아는 게 있습니까?"

"잘 모르겠습니다. 들어 본 것도 같고."

"교도소 내에서 벌어진 그런 큰 사건에 대해 모른다는 게 말이 됩니까?" 프로스트가 날카롭게 받아치며 한 걸음 다가선다.

"가빈에서는 싸움이 자주 나요." 애덤이 방어적으로 항변한다.

새거드가 묻는다. "레인과 드러믹이 퀸시 밀러를 공격하는 걸 봤습니까?"

"못 봤습니다."

"당신이 봤다는 정보를 입수했는데도요? 우리 정보에 따르면 당신은 바로 그 자리에 있었어요. 당신이 아무것도 못 본 이유는 당신이 보고 싶어 하지 않았기 때문이겠죠. 망을 봤다면서요? 당신이 디콘의 잔심부름꾼이란 걸 알 만한 사람은 다 알던데."

애덤은 배를 크게 한 방 맞은 사람처럼 거칠게 숨을 들이마신다. 그는 다시 한번 이마를 훔치며 여유로운 척 애써 웃어 보려 하지만 소용이 없다. "아니요. 말도 안 되는 소리입니다."

새거드가 말한다. "헛소리 집어치워, 애덤. 우린 수색 영장을 받아 냈고 당신의 재정 상태를 다 확인했어. 은행에 9천 달러가 있던데? 물론 부인이 1시간에 10달러를 받고 아르바이트를 한다지만, 1시간에 12달러 버는 사람치고는 돈이 너무 많은 거 아닌가? 애 둘에 부모로부터 쥐뿔도 물려받은 게 없는 사람이 비싼 휠과 좋은 집에 달에 2천 달러를 쓴다는 게 말이 되나? 식비며 전화 요금은 말할 것도 없고 말이야. 당신은 벌이보다 훨씬 많이 써 젖히고 있잖아, 애덤. 게다가 우리가 정보원한테서 확인한 바에 따르면 당신은 디콘 조직에 마약을 배달하며 추가 돈벌이도 하고 있어. 우린 내일 당장이라도 법정에서 이 모든 걸 증명할 수 있다고."

그들은 증명할 수 없을 테지만, 애덤은 그 차이가 뭔지 알지 못하는 것이 분명하다.

프로스트가 다소 부드럽게 말을 이어받는다. "당신은 연방 법정에 기소될 거야, 애덤. 올랜도의 연방 검사가 작업 중이고 내일 대배심이 열릴 거라고. 하지만 우리는 웬만하면 교도관은 손대지 않으려고 해. 당신 말고도 많은 교도관들이 물건을 배달해 주면서 뒷돈을 챙기잖아. 교도소장은 재소자들이 약에 취해 있기를 바라는 사람이니까 별로 신경도 안 쓰고. 죄수들은 제대로 걷지 못해야 얌전하게 있으니까. 교도소 상황이 어떻게 돌아가는지 잘 알잖아, 애덤. 우린 교도소 금지 품목의 밀매 따위는 신경 쓰지 않아. 우린 훨씬 중요한 걸 쫓고 있다고. 퀸시 밀러를 공격한 건 돈을 받고 한 짓이야. 외부의 누군가 사주했다는 거지. 그건 공모가 필요한 일이고 연방 범죄란 말이야."

애덤은 차오르는 눈물을 팔뚝으로 훔쳐 낸다. "전 아무 짓도 안 했어요. 그러니 절 기소하실 수 없을 텐데요."

프로스트가 대꾸한다. "이런, 우린 그런 얘기는 못 들었는데."

새거드가 이어서 말한다. "연방 검사가 당신을 가루가 되도록 깔거야, 애덤. 당신에게는 기회 자체가 없을걸. 검사 말 한마디면 교도소에서 바로 잘릴 수도 있어. 그럼 당신은 이 귀엽고 작은 몬스터 트럭과 어마어마한 타이어와 멋진 휠과 집까지 전부 날리게 될 거라고, 애덤. 젠장, 그렇게 되면 정말 끔찍할 거야."

"거짓말하지 마." 그는 센 척해 보지만 목소리가 갈라진다. 이쯤 되고 보니 두 요원은 그가 불쌍해지기까지 한다. "저한테 왜 이러세요."

프로스트가 말한다. "왜, 이게 우리 일인데, 애덤. 만일 당신이 기소되고 재판이 끝나려면 2년은 족히 걸릴 거야. 연방 검사가 원하면 더 오래 걸리겠지. 검사는 당신의 유죄 여부에는 관심도 없어. 간단해. 당신이 협조하지 않으면 당신의 신세를 조져 버릴 거야."

애덤의 고개가 위로 휙 들리면서 눈이 커다래진다. "협조?"

프로스트와 새거드는 더 말해도 되는지 모르겠다는 듯 심각한 표정을 주고받는다. 새거드가 몸을 앞으로 숙이더니 말한다. "당신은 잔챙이야, 애덤. 늘 그래 왔고 앞으로도 그렇겠지. 연방 검사는 당신과 당신이 챙긴 쥐꼬리만 한 뇌물 따위에는 아무 관심이 없다고. 그는 디콘을 원하고, 누가 퀸시 밀러를 치라고 돈을 줬는지 알고 싶어 해. 당신이 협조하면 우리도 당신을 봐줄 수 있어."

"저더러 밀고자가 되라는 건가요?"

"아니. 우리에게 정보를 제공하라는 거지. 말이 아 다르고 어 다른데. 당신 친구들한테서 정보를 모아서 우리한테 넘겨. 누가 공격을 지시했는지 알아내면 당신 기소는 없던 일로 해 줄 수 있어."

"그들이 절 죽일 겁니다." 그는 결국 눈물을 터뜨린다. 그가 양손으로 얼굴을 감싼 채 큰 소리로 울부짖자 프로스트와 새거드가 주위를 둘러본다. 시골길을 지나가는 차들이 보이지만 아무도 이쪽에 신경 쓰지 않는다.

몇 분 뒤 애덤은 정신을 차린다. 새거드가 말한다. "그들은 당신을 죽이지 않을 거야, 애덤. 당신이 무슨 짓을 하는지 모를 거니까. 우리는 늘 정보원과 일을 해. 우리는 처신을 어떻게 해야 하는

지 잘 안다고."

프로스트가 말한다. "만일 상황이 위험해지면 우리가 당신을 빼내서 연방 기관에서 일하게 해 줄게. 월급도 혜택도 두 배로 받게 해 주고." 애덤은 벌게진 눈으로 두 사람을 보며 묻는다. "이 일은 우리 사이의 비밀로 해 주실 수 있죠? 그러니까, 이 일은 아무도 몰라야 돼요. 제 와이프도요."

'우리'라는 말이 나왔다는 건 협상이 이루어졌다는 뜻이다. 프로스트가 말한다. "물론이지, 애덤. 우리가 비밀 정보원에 관해 사람들에게 발설할 것 같나? 왜 이래. 정보원을 다루는 솜씨로는 우리가 최고인데."

애덤은 한참 동안 아무 말없이 운동장만 보면서 이따금씩 얼굴에 흐르는 땀을 닦는다. 그 모습이 어찌나 불쌍한지 그를 지켜보는 두 요원의 마음이 흔들릴 지경이다. 그가 말한다. "생각 좀 해 봐도 될까요? 시간을 좀 주세요."

"안 돼." 프로스트가 말한다. "우린 시간이 없어. 상황이 빠르게 진행되고 있다고, 애덤. 만일 퀸시가 죽으면 당신은 1급 살인에 연루되고 연방 법원으로 가는 거야."

"지금은 죄목이 뭔데요?"

"살인 미수. 살인 공모. 최대 30년 형을 때릴 수 있고 연방 검사는 어떻게 해서든 30년을 꽉 채워서 구형하겠지."

그는 고개를 흔들더니 눈물을 더 쏟아 낼 기세다. 그는 갈라지는 목소리로 말한다. "말씀하신 대로 제가 협조하면요?"

"기소는 없어. 그냥 풀려나는 거야, 애덤. 그러니까 바보짓 하지 말라고."

프로스트는 협상에 종지부를 찍는다. "이건 인생을 바꿀 절호의 기회야, 애덤. 이 자리에서 제대로 된 결정을 내리면 삶은 계속되는 거야. 나쁜 결정을 하면 당신이 감시하던 야만인들이랑 같이 감옥행인 거고."

애덤이 허리를 굽히며 구역질을 할 것 같은 모습으로 말한다. "잠깐만요." 그는 놀이터였던 곳 끝으로 가더니 토하기 시작한다. 프로스트와 새거드는 도로 쪽으로 돌아선다. 애덤은 커다란 덤불 뒤에서 무릎을 꿇은 채 한참 동안 큰 소리로 토한다. 일을 마친 그는 비틀거리며 돌아와 야외 테이블에 앉는다. 셔츠는 땀에 젖었고 싸구려 갈색 넥타이에는 점심을 먹다가 튄 음식물 자국이 보인다.

"좋아요." 그가 쉰 목소리로 말한다. "뭐부터 해야 하죠?"

프로스트가 주저 없이 대답한다. "혹시 레인이나 드러믹이 휴대전화 갖고 있나?"

"드러믹은 있어요. 제가 갖다 줬어요."

"어디서 구했지?"

애덤은 털어놓기 전에 망설인다. 그가 입을 여는 순간 상황은 돌이킬 수 없게 된다. "메이홀이라는 남자가 있어요. 성만 알고 이름은 몰라요. 메이홀이 본명인지 가명인지도 모르고, 어디서 사는지 어디 출신인지도 몰라요. 한 달에 한두 번 봅니다. 그는 가빈 교도소에 있는 자기 사람들에게 전달할 물건을 가져와요. 휴대 전화랑 마약이요. 보통 알약이나 필로폰 같은 싸구려 마약이고요. 저는 물건을 반입해서 정해 준 사람에게 전달해요. 그는 한 달에 현금 1천 달러를 제게 주고 제가 따로 팔 수 있도록 약도 조금 줍니다. 교도관 중에서 저만 이런 일 하는 거 아니에요. 1시간에 12달러만 받으면서 살기는 어렵잖아요."

새거드가 말한다. "그럼, 그럼. 가빈 교도소에 아리안 디콘은 몇 명이나 되지?"

"스물다섯에서 서른 명 정도요. 아리안 형제들 조직원은 더 많아요."

"디콘 조직에 협조하는 교도관은 몇 명이야?"

"제가 알기론 저밖에 없어요. 조직마다 협조하는 교도관이 따로 있습니다. 메이홀은 다른 사람이 끼어드는 걸 싫어해요. 원하는 게 있으면 저한테만 얘기해요."

"그 친구도 교도소 출신인가?"

"분명히 그럴 겁니다. 교도소 밖에서는 디콘에 들어갈 수가 없어요."

프로스트가 묻는다. "드러믹의 휴대 전화를 빼낼 수 있겠나?"

애덤은 어깨를 으쓱하더니 다 생각이 있다는 듯한 웃음을 지어 보인다. "그럼요. 휴대 전화는 귀한 물건이라 가끔 서로 훔치기도 합니다. 그 친구가 운동장에 나가 있을 때 제가 감방에 가서 꺼내고 다른 사람이 훔친 것처럼 하면 됩니다."

"얼마나 빨리할 수 있지?" 새거드가 묻는다.

"내일요."

"좋아. 그렇게 하자고. 우리가 그 전화기를 추적하면서 새 전화기를 주지."

프로스트가 묻는다. "혹시 메이홀이라는 친구가 드러믹이 다른 전화기를 사용하면 의심할까?"

애덤은 잠시 고민한다. 상황은 여전히 깔끔하지 않다. 그가 고개를 저으며 대답한다. "아니요. 죄수들은 사고팔고 거래하고 훔치고 맞바꾸고 뭐든 다 해요."

새거드가 몸을 앞으로 숙여 손을 내민다. "좋아, 애덤. 얘기 끝난 거야. 맞지?"

애덤이 덥석 손을 맞잡는다.

프로스트가 말한다. "참, 당신 전화도 도청 중이야, 애덤. 우린 모든 걸 지켜보고 있다고. 그러니까 허튼 수작 부리지 않는 게 좋을 거야."

그들은 애덤을 야외 테이블에 남겨 두고 떠난다. 그는 완전히 넋이 나간 얼굴이다. 인생이 어떻게 이렇게 순식간에 뒤바뀔 수 있는지 어안이 벙벙하다.

34

FBI가 권력을 휘두르고 다니기 시작한 덕분에 퀸시는 좀 더 안전한 구석 병실로 옮겨졌다. 병실 출입문 위에는 보란 듯이 두 대의 감시 카메라가 달려 있다. 병원 의료진도 좀 더 긴장한 상태로 일하고, 병원 경비원들도 더 자주 눈에 띈다. 교도소에서도 매일같이 경비원을 한 명씩 보내서 몇 시간씩 복도를 감시하고, 올랜도 경찰서에서도 경찰들이 종종 들러 간호사들과 시시덕거린다.

퀸시는 하루하루 조금씩 나아지고 있다. 우리는 서서히 그가 죽지 않으리라고 믿기 시작한다. 나는 퀸시의 주치의나 다른 직원들의 이름을 편하게 부를 수 있을 만큼 그들과 친한 사이가 되었고, 그들 모두가 내 의뢰인을 정성으로 보살피고 있다. 퀸시는 더할 나위 없이 안전해졌고, 그래서 나는 길을 떠나기로 한다. 사실 병원에만 있자니 미칠 것 같다. 병원에만 앉아 있는 걸 좋아할 사람이 어디 있겠는가? 서배너는 차로 5시간 거리에 있다. 이렇게까지 집이 그리웠던 적은 한 번도 없다.

세인트오거스틴 근처를 지나는데 수전 애슐리에게서 전화가 온다. 늙은 판사 제리 플랭크가 우리가 신청한 유죄 판결 후 구제 청원을 거부한다는 판결을 내렸단다. 예상대로다. 놀라운 것은 그가 그런 짓을 할 수 있을 정도로 오래 잠들지 않고 깨어 있었다는 점이다. 최소 1년은 기다려야 할 줄 알았는데 플랭크 판사는 단 두 달 만에 일 처리를 끝내 버렸다. 사실 이건 좋은 징조다. 그래야 주 대법원에 빨리 항소할 수 있기 때문이다. 차를 세우면서까지 판사의 판결문을 읽는 게 내키지 않지만 수전 애슐리 말로 판결문이 아주 짧다고 한다. 플랭크 판사는 두 페이지의 판결문에서 지크 허피와 캐리 홀랜드의 증언 철회에도 불구하고 우리 측이 새로운 증거를 제시하지 못했다고 언급했단다. 뭐래. 우리는 순회 법원 수준에서의 패소를 예상하긴 했다. 나는 차를 몰면서 몇 분간 쌍욕을 퍼붓고는 스스로를 진정시킨다. 나도 사람인지라 판사들이 경멸스러울 때가 한두 번이 아니다. 특히 사건을 제대로 보지 못하거나 나이가 많거나 백인이면 더욱 그렇다. 그들은 대개 검사 신분으로 법조계에 입문했고, 범죄 혐의를 받는 사람에게 한 치의 동정심도 보여 주지 않는다. 그들은 기소된 사람들을 무조건 유죄 취급하며 마땅히 감옥에 보내야 한다고 생각한다. 그들의 논리에 따르면 사법 체계는 잘 돌아가고 정의는 늘 승리한다.

어느 정도 이성을 되찾은 내가 메이지에게 전화를 걸어 판결문을 읽어 달라고 부탁한다. 메이지와 나는 항소심에 대해 논의하고 그녀는 모든 걸 쏟아부어 준비하겠다고 말한다. 오후 늦게 사무실에 도착하니 항소 이유서 초안이 이미 마련되어 있다. 우리 셋은 커피를 마시며 항소 이유서 내용을 주제로 이야기를 나누고, 나는 비키와 메이지에게 올랜도에서 벌어지고 있는 일들에 대해 들려준다.

애덤 스톤은 존 드러믹의 전화를 깔끔하게 바꾸어 놓았다. 그는 감방을 수색하면서 전에 쓰던 휴대 전화를 빼내고 다음 날 드러믹에게 새 휴대 전화를 건네주었다. FBI는 신속하게 빼돌린 전화기의 통화 목록을 추적하는 동시에 새로 건네준 전화기를 도청하기 시작한다. 그들은 목표물이 함정 속으로 걸어 들어올 것이라 확신하고 있다. 메이홀에 관한 한 그들은 아무런 정보도 가지고 있지 않거나 가진 정보를 나에게 공유할 수 없거나 둘 중 하나인 듯싶다. 어쨌든 다음에 애덤과 메이홀이 만난다면 빈틈없이 감시할 계획이다.

퀸시를 공격하기 전에 드러믹은 사흘을 내리 보카러톤 북부 델레이 비치의 휴대 전화로 전화를 걸었다. 공격 다음 날에도 그는 같은 번호로 딱 한 번 전화를 했다. 하지만 그 번호가 어디론가 사라지자 추적은 막혔다. 그 번호는 베스트바이 매장에서 현금으로 판매된 30일짜리 선불 폰의 것이었다. 전화기의 주인은 조심성이 매우 컸다.

애덤은 메이홀의 전화번호를 모른다. 사실 단 한 번도 알았던 적이 없다. 때문에 메이홀이 먼저 전화를 걸어 올 때까지 추적할 도리가 없다. 그러다 메이홀에게서 전화가 온다. FBI는 애덤의 휴대 전화가 수신한 전화번호를 추적한다. 그 번호는 마찬가지로 델레이비치에 있는 한 휴대 전화로 연결되어 있다. 퍼즐이 맞추어지기 시작한다. 휴대 전화 신호를 감시하던 FBI는 95번 고속 도로를 따라 북쪽으로 향하는 메이홀의 흔적을 찾아낸다. 그가 탄 차는 델레이비치의 스킵 딜루카라는 사람의 명의로 등록되어 있다. 51세의 백인 남성으로 네 차례의 중죄를 저지르고 복역했다. 가장 무거운 죄목은 살인이었고 3년 전에 플로리다주 교도소에서 가석방되어 현재 중고 오토바이 판매점을 운영 중이다.

딜루카, 즉 메이홀은 애덤에게 퇴근 후에 교도소에서 45분 떨어진 오렌지 시티의 한 술집에서 만나자고 한다. 그들은 늘 같은 장소에서 만나 가볍게 맥주 한잔하면서 일 얘기를 나눈다고 애덤은 말한다. 애덤은 의심을 피하기 위해 사복으로 갈아입는다. 그를 담당하는 요원이 그의 가슴께에 작은 도청 장치를 테이프로 붙인다. 그는 먼저 도착해 앉을 자리를 고르고 마이크를 점검해 모든 장치가 정상인지 확인한다. FBI 요원들이 술집 뒷골목에 세워 둔 밴의 뒷자리에서 귀를 기울인다.

잠시 짧은 농담이 오가더니 진짜 대화가 시작된다.

딜루카 : 그 자식들 밀러를 안 죽였던데. 어떻게 된 거야?

애덤 : 그게 말이죠. 일이 생각대로 안 됐어요. 일단 밀러가 어찌나 반격을 잘하던지 미친 듯이 날뛰는 겁니다. 그 바람에 로버트 얼 레인의 코가 깨졌어요. 놈을 제압하는 데 몇 분이 소요됐어요. 두 사람이 놈을 쓰러뜨리기만 하고 일을 미처 끝내지 못했는데 다른 교도관이 그들을 본 겁니다. 그래서 확실하게 해치우지 못했어요.

딜루카 : 넌 어디 있었는데?

애덤 : 저도 거기 있었죠. 제가 있어야 할 곳에요. 제 구역은 제가 잘 알아요. 매복은 완벽했어요. 끝장을 못 냈을 뿐이지.

딜루카 : 어쨌든 결론적으로 그 자식이 안 죽었잖아. 그게 문제야. 처리를 못한 일에 돈을 받은 거. 내가 거래하는 신사분들 심기가 불편해.

애덤 : 그게 제 잘못은 아니잖아요. 제가 할 일은 다 했어요. 차라리 그 친구를 병원에서 처리하는 게 어때요?

딜루카 : 그것도 한 방법이지. 근데 내가 이미 가서 봤어. 제복입은 애들이 쫙 깔렸더만. 그 친구 상태도 계속 좋아지고 있고. 우리 거래의 뒤끝이 점점 더 안 좋아지는 것 같군. 그 친구를 해치웠어야 했어. 간단해. 드러믹이랑 레인한테 일을 엉망으로 처리해서 내가 무지하게 열 받았다고 전해. 성공할수 있다고 장담하더니.

애덤 : 그쪽 압박이 심한가요?

딜루카 : 알 거 없어. 그건 내가 알아서 하니까.

간단하게 대화를 마친 두 사람은 맥주를 다 마시자마자 술집 밖으로 나온다. 딜루카는 애덤에게 현금 1천 달러와 새 휴대 전화 두 개, 그리고 다량의 마약이 든 갈색 종이 쇼핑백을 건넨다. 그는 작별 인사도 없이 서둘러 사라진다. 애덤은 그가 보이지 않을 때까지 기다린 다음 요원에게 딜루카가 떠났다고 말한다. 그는 차를 몰고 길모퉁이를 돌아 뒷골목에서 요원들과 만난다.

FBI는 딜루카, 애덤, 드러믹, 레인을 청부 살인 혹은 청부 살인 미수로 기소할 수 있는 기술적, 법적 증거를 확보했다. 그들 가운데 둘은 이미 감옥에 있다. 애덤은 정보원으로서 꽤 쓸모가 있다. 무엇보다 딜루카는 진짜로 잡아야 할 놈들에게 가는 길을 안내해 줄 수 있다.

20분 정도 도로를 달리던 딜루카는 백미러 속에서 푸른 경광등을 발견한다. 그의 차는 규정 속도대로 가고 있으므로 법규를 위반한 건 아니다. 현재 가석방 상태인 그는 자유가 얼마나 귀중한지 안다. 그래서 웬만하면 규칙을 지키려고 한다. 최소한 도로 위에서만이라도 말이다. 카운티 소속 경찰이 그의 면허증과 자동차 등록증을 가져가더니 뭔가를 확인한다며 시간을 흘려보낸다. 딜루카는 좀이 쑤시기 시작한다. 돌아온 경찰이 불시에 묻는다. "음주하셨습니까?"

"맥주 한 병이요." 딜루카는 솔직하게 시인한다.

"다들 그렇게 말하지."

카운티 경찰의 순찰차 한 대가 경광등을 밝히고 추가로 도착하더니 딜루카의 차 앞에 멈추어 선다. 경찰 두 명이 차에서 내리고는 그를 아동 살해범이라도 되는 양 노려본다. 세 사람이 모여서 더 많은 시간을 죽이기 시작하자 딜루카는 열이 오른다. 마침내 경찰들이 그에게 차에서 내리라고 지시한다.

"도대체 뭡니까?" 그가 차에서 내려 문을 닫으며 항의한다. 그러지 말았어야 했다. 경찰 둘이 갑자기 그를 붙잡아 그의 자동차 보닛 위로 밀어붙이고 나머지 한 명은 수갑을 채운다.

"운전을 조심성 없이 하더군." 처음 그를 막아 세운 경찰이 말한다.

"무슨 소리야." 딜루카가 쏘아붙인다.

"입 닥쳐."

경찰은 그의 주머니를 뒤져서 휴대 전화와 지갑을 꺼낸 다음 그를 첫 번째 순찰차의 뒷자리에 거칠게 밀어 넣는다. 딜루카가 뒷좌석으로 사라지자 다른 경찰이 견인차를 부르고 FBI에 연락한다. 경찰서로 끌려온 딜루카는 대기실에서 범인 식별용 사진을 찍고 4시간 동안 앉아서 대기한다.

올랜도에서 대기 중이던 연방 치안 판사는 재빨리 두 개의 수색 영장을 발부한다. 하나는 딜루카의 아파트를, 다른 하나는 그의 차량을 수색하기 위함이다. FBI 요원들이 델레이 비치에 있는 아파트에 진입해 수색을 시작한다. 침실 하나짜리 아파트에 싸구려 가구만 몇 개 있고 여자가 있다는 흔적은 보이지 않는다. 주방 조리대에는 지저분한 접시가 수북하고, 복도에는 빨랫거리가 산더미며, 냉장고에는 맥주, 물, 차가운 고기 요리뿐이다. 거실에 놓인 커피 테이블에는 수위가 센 포르노 잡지들이 흩어져 있다. 작은 서재에서 발견한 노트북은 집 밖에 서 있던 밴으로 옮겨지고 그곳에서 기술자가 하드디스크 드라이브를 통째로 복사한다. 찾아낸 선불 폰 두 개를 요원들이 뜯어서 분석하고 도청 장치를 설치한 다음 다시 책상 위에 올려놓는다. 아파트 전체에도 도청 장치를 설치한다. 2시간 뒤 요원들이 작업을 마친다. 가장 까다로운 작업은 세간살이를 원래 자리로 되돌려 놓는 일이지만, 딜루카는 워낙 게으른 자라서 감시 요원들이 저녁 내내 아파트를 뒤지고 돌아갔다는 걸 알아차리는 일 자체가 불가능할 듯하다.

또 다른 팀은 그의 차를 수색한다. 중요한 건 찾아내지 못하지만 선불 폰 하나를 더 찾아낸다. 보아하니 딜루카는 영구 번호를 결단코 사용하지 않는 모양이다. 싸구려 선불 폰의 내용물을 뒤지던 기술자가 연락처 파일 속에서 노다지를 캐낸다. 딜루카는 열 개의 전화번호를 저장해 두었는데 그중 하나가 미키 메르카도, 즉 우리가 신청한 청원으로 열린 심리를 엿들으러 법정에 모습을 드러냈던 행동 대원이었던 것이다. 최근 통화 목록에 지난 2주 동안 메르카도와 총 스물두 건의 발신 및 수신 통화를 한 기록이 남아 있다.

그의 차 뒤 범퍼 속에 GPS 수신기가 설치되었으므로 지금 이 시점부터 차량은 감시를 벗어날 수 없다. 오후 10시, 카운티 보안관이 대기실로 들어오더니 딜루카에게 사과한다. 그는 오늘 이른 시각에 네이플스에서 은행 강도 사건이 발생했고 범인이 타고 달아난 차량이 딜루카의 것과 같았다고 해명한다. 그들은 딜루카를 의심했으나 혐의가 없다는 걸 깨달았단다. 딜루카는 풀려난다.

딜루카는 정중하지 않은 태도로 용서의 말을 하지 않은 채 최대한 빠르게 경찰서를 빠져나온다. 그는 뭔가 의심이 들어 델레이 비치로 돌아가지 않기로 한다. 또한 가지고 있던 선불 폰도 의심스러워 사용하지 않는다. 그는 차를 몰고 2시간을 달려 새러소타에서 저렴한 모텔을 찾아 들어간다.

다음 날 아침 예의 그 연방 치안 판사는 메르카도의 아파트를 수색하고 그의 전화에 대한 전자 감시를 승인하는 영장을 발부한다. 이와 함께 메르카도의 휴대폰 서비스 회사에도 영장을 발부해 통화 목록을 제공할 수 있게 한다. 하지만 미처 도청 장치를 준비하기도 전에 딜루카는 메르카도에게 선불 폰으로 전화를 건다. 딜루카는 새러소타를 떠나 코럴 게이블스까지 이동했고 FBI 요원 한 팀이 그를 추적 중이다. 그는 돌핀 애비뉴에 있는 어느 아프가니스탄 케밥 식당에 차를 세우고 안으로 들어간다. 15분 뒤 한 젊은 여자 요원이 어슬렁거리며 안으로 들어가 식사를 하면서 딜루카가 미키 메르카도와 만나 밥을 먹고 있다는 걸 확인한다.

딜루카가 애덤에게 던진 서늘한 말, 즉 그들이 병원에 있는 퀸시를 '가서 보았다는' 말 때문에 병원의 경비가 조금 더 삼엄해진다. 퀸시는 다시 병실을 다른 구석으로 옮겼고 누군가 항상 옆에서 그를 지킨다.

애그니스 놀턴 요원은 진행 상황의 일부를 내게 알려 준다. 나는 그녀에게 전화로 통화하는 것이 불안하다고 말한다. 결국 우리는 암호화된 메일을 사용한다. 그녀는 (1) 퀸시가 안전하게 보호받을 것이고 (2) FBI는 곧 메르카도를 함정에 빠뜨릴 것이라 자신한다. 한 가지 걱정스러운 것은 메르카도가 이중 국적자라서 내키는 대로 해외를 오갈 수 있다는 점이다. 혹시라도 의심이 들면 그자는 고향으로 달아나 자취를 감추어 버릴 가능성도 있다. 놀턴은 메르카도를 체포하는 것이 우리의 최종 목표라고 믿는다. 그보다 윗선의 진짜 범죄자들은 미국에 없을 가능성이 크고 사실상 기소될 일도 없다.

FBI가 전적으로 협조하고 있고 의뢰인이 여전히 목숨이 붙어 있으므로 우리는 우리의 임무인 그를 석방하는 일에 총력을 기울일 수 있다.

35

샹그리아가 나를 부른다. 글렌 콜라쿠르치는 목이 말랐는지 게 인즈빌의 더 불에서 나를 다시 만나고 싶어 한다. 나는 서배너에서 이틀 정도 휴식을 취하려다 결국 남쪽으로 길을 나서고 모험을 계속한다. 퀸시는 혼수상태에서 벗어나 지금은 정신이 멀쩡하다. 그의 활력 징후는 매일같이 좋아지고 있고, 의사들은 골절 부위 수술을 준비하기 위해 그를 중환자실에서 일인용 일반 병실로 옮기는 걸 고려하고 있다. 그들은 철통같은 보안을 들어 나를 거듭 안심시킨다. 덕분에 나는 군이 병원 복도에 멍하니 앉아 발치만 내려다보고 있지 않아도 된다.

오후 4시가 지난 시간이다. 나는 술집에 들어선다. 글렌의 커다란 술잔은 이미 절반이 비어 있다. 크고 통통한 코가 벌게져서 술잔에 담긴 액체의 색과 비슷하다. 나는 같은 걸 주문하고 그의 작고 귀여운 비서를 찾아 주위를 두리번거린다. 나는 필요 이상으로 그녀를 의식하고 있는 것 같다. 아무튼 비는 보이지 않는다.

글렌은 퀸시에게 벌어진 일을 뉴스에서 보았다며 자세한 내부 사정을 듣고 싶어 한다. 그와 비슷한 소도시의 수다쟁이 변호사들을 수백 명 알고 지내는 나는 특별히 새로운 내용을 들려주진 않는다. 교도소에서 벌어진 폭행 사건이 그렇듯 자세한 내용은 외부에 잘 알려지지 않았다. 그는 심각한 음모라도 꾸미는 듯 과장되게 속삭이며, 루이즈 카운티의 지역 주간 신문이 퀸시의 사건을 비롯해 우리가 그를 석방하려 애쓰고 있다는 사실을 취재 중임을 알려 준다. 나는 그의 말을 열심히 집중해서 듣느라 비키가 일간지든 주간지든 플로리다주에서 발행하는 신문의 절반을 늘 들여다보고 있다는 점을 말해 줄 기회를 놓친다. 그녀는 퀸시 사건에 관해 활자화된 모든 내용을 기록하고 있다. 우리는 인터넷 세상에서 살지만 글렌은 일주일에 한 번, 그것도 어쩌다 들여다보는 수준이다.

이번 만남은 술을 마시는 것 외에 다른 목적이 있다. 30분이 지나자 나는 샹그리아가 대화의 윤활유임을 깨닫는다. 그는 입맛을 다시고 소매로 입가를 훔치더니 마침내 본론으로 들어간다. "자, 그럼 얘기를 해 줘야겠군, 포스트. 나는 이 사건에 관해 밤낮으로 생각하고 있소. 진짜로 심각하게. 모든 일이 내가 주 상원으로 일하는 동시에 카운티에서 제일 큰 로펌을 운영하며 한창 잘나갈 때 벌어졌고. 뭐, 나도 여러 가지를 알고 있었으니까 말이야. 나는 피츠너가 선의 이쪽뿐 아니라 저쪽에서도 활동한다는 걸 눈치채고 있었지만 우리는 서로 지킬 건 지켰소. 무슨 뜻인지 알지? 그는 그 나름대로 일하고 투표에서 표를 얻어 냈고, 나도 똑같이 활동했어. 키스의 머리통이 날아가고 당신 의뢰인이 범인으로 몰리자 난 만족했지. 사형이 선고되길 원했어. 도시 전체가 안도의 한숨을 내쉬었다니까. 지금 생각해 보면…….”

그가 종업원을 손짓해 부르더니 술잔에 남은 술을 비우고 새로 한 잔을 주문한다. 내 술잔에는 여전히 술이 많이 남아 있다. 시간도 많겠다, 술자리가 서서히 질펀하게 오후 늦게까지 이어질 수도 있을 것 같다.

그는 숨을 고르더니 다시 이야기를 시작한다. “돌이켜 생각해 보면 상황이 들어맞지는 않지. 나는 카운티 사람들 절반과 친척 관계였고, 나머지 절반은 내가 변호를 맡았던 관계였소. 내가 마지막으로 선거에 나섰을 때 득표율이 80프로였는데, 난 20프로나 날 찍지 않았다는 사실에 화가 났을 정도였어. 이름은 밝힐 수 없지만 오래전부터 일해 온 보안관보 하나가 날 위해 사건을 처리해 주곤 했소. 사건이 종료되면 난 그 친구에게 현금으로 일정한 몫을 떼어 줬어. 구급차나 견인차 기사들도 마찬가지 입장이라 모두가 내게서 돈을 받아 갔어. 어쨌거나 그 친구는 여전히 멕시코만 가까운 곳에서 살고 있고 나랑 연락도 주고받아. 오래전에 은퇴했는데 건강이 좀 안 좋지. 하긴 여든이 다 돼 가니. 그는 피츠너 밑에서 일했고 자신에게 유리한 편이 어딘지 잘 알았어. 그는 교통, 운동 경기, 학교 문제 같은 가벼운 업무만 했어. 사실상 경찰다운 일은 안 한 거나 마찬가지고 본인 스스로도 깊이 관여하길 꺼렸지. 그냥 제복 입고 뽐내고 월급 받는 걸 좋아했던 사람이랄까. 그 사람이 그랬어. 당신 말이 옳다고, 피츠너가 마약상들로부터 돈을 받았다고, 직원 중에 그걸 모르는 사람이 없었다고 하더군. 피츠너 부하들 가운데 형제가 있었는데……."

"칩과 딥이요?"

그는 잠시 말을 멈추고 누런 이를 드러내며 살짝 웃는다. "솜씨가 제법이군, 포스트."

"우리가 좀 철저해요."

"어쨌거나 칩과 딥이 피츠너 밑에서 일하면서 상황을 정리하곤 했지. 소규모 인원이 돈을 챙겼고, 그들은 비밀도 지켰다고 생각했지만 동네가 너무 작아서 말이야."

종업원이 술잔 두 개를 들고 돌아와 내가 거의 손대지 않은 술잔을 본다. 그는 마치 이렇게 말하는 것 같다. "힘을 내라고. 여긴 진짜 술집이야." 나는 그를 향해 능글맞게 웃어 보이고 빨대로 술을 길게 빨아들인다. 글렌도 빨대로 빨아들인 술을 시끄럽게 꿀꺽 넘기고 나서 말한다. "그 친구가 그러는데 케니 테프트는 익명의 마약 조직 패거리가 죽인 게 아니래. 그때 당시 일부 보안관보들은 피츠너가 매복 계획을 짠 거라고 강하게 의심했대. 피츠너가 뭔가 알고 있는 테프트의 입을 다물게 할 필요가 있다고 생각했다는 거야. 근데 일 처리는 잘됐지만 한 가지 문제가 있었다는군. 조직원 하나가 총에 맞은 거지. 케니 테프트나 브레이스 길머가 반발 사격을 했고 녀석들 가운데 하나가 그 행운의 총알에 맞은 거겠지. 총에 맞은 놈이 병원으로 가던 중에 과다 출혈로 사망했는데, 나머지 놈들이 시체를 탬파에 있는 어떤 술집 뒤쪽에 버린 거야. 미제 살인 사건 하나가 추가된 거지. 피츠너 입장에서는 다행스러웠을 거야. 그 친구가 보안관보도 아니고 시브룩 출신도 아니라서 누구도 이상하게 생각할 수 없었으니까. 혹시 이런 비슷한 얘기를 들었소, 포스트?"

나는 아니라는 의미로 고개를 흔들어 보인다. 나는 아이다호주에서 브루스 길머가 들려준 얘기를 다른 사람 앞에서 꺼낼 생각은 추호도 없다.

그는 한번 더 길게 술을 들이켜더니 힘을 내서 이야기를 이어 나간다. "그러니까 당연히 나올 수밖에 없는 질문은 이거야. 왜 피츠너가 케니 테프트를 없애고 싶었느냐."

"그게 수수께끼죠." 내가 맞장구치며 말한다.

"글쎄, 소문에 따르면 케니 테프트는 경찰이 범죄 증거물 보관 창고에 불을 낼 계획을 눈치챘고, 불이 나기 전에 증거품 몇 상자를 빼냈다고 하더군. 물론 아무도 몰랐고 증거품을 빼내고도 겁이 나서 그걸로 뭘 하진 못했다고 하는데. 아마 그가 어떤 말실수를 했고 결국 피츠너도 알게 된 게 아닌가 싶어. 그래서 매복을 계획한 거고."

"몇 상자씩이나요?" 갑자기 입이 마르고 심장이 쿵쾅거린다. 나는 상그리아를 들이켜 속을 진정시켜 본다.

"소문일 뿐이요, 포스트. 어떤 증거품이 화재로 소실됐고, 어떤 것들을 케니 테프트가 빼냈는지는 몰라. 그냥 소문이지. 화재 당시에 플래시가 없어진 걸로 기억하는데. 당신이 제출한 유죄 판결 후 구제 청원 서류를 읽었어. 지난주에 당신네가 졌다는 기사도 봤고. 여하튼 플래시가 화재로 사라진 게 맞잖아, 포스트?"

"그렇습니다."

"근데 어쩌면 사라진 게 아닐 수도 있다는 거야."

"재밌네요." 나는 가까스로 평정심을 유지하며 말한다. "혹시 언급하신 소문에 케니가 빼낸 증거품 상자들을 어떻게 했다는 내용은 없나요?"

"그런 건 없소. 하지만 흥미로울 만한 점은 있지. 소문에 따르면 5성 장군에게나 어울릴 법한 성대한 장례식이 치러지는 동안 피츠너가 부하 두 명을 시켜서 케니의 집을 이 잡듯이 뒤졌다고 하더군. 결론적으로는 아무것도 발견하지 못했다고 하고."

"하지만 대충 짐작은 하시는 거죠?"

"아니. 뭐, 열심히 알아 보고 있소, 포스트. 난 여기저기에 정보통이 많으니까. 옛날에 알던 사람이나 최근에 알게 된 사람을 기웃거리며 알아보는 거지. 그냥 당신이 알고 싶어 할 것 같아서."

"걱정 안 되세요?" 내가 묻는다.

"무슨 걱정?"

"뭔가 커다란 비밀을 알아낼지도 모른다는 걱정이랄까요. 퀸시 밀러는 키스 루소를 죽이지 않았습니다. 살인은 마약 조직이 저질렀지만 피츠너가 허락했고 뒤처리까지 해 줬습니다. 마약 조직은 여전히 살아 있고 열흘 전에는 그들이 교도소 안에서 퀸시를 죽이려 했습니다. 그들은 우리가 과거를 파헤치는 걸 좋아하지 않아요. 그렇다면 변호사님이 조사하는 것도 좋아하지 않을 겁니다."

그가 웃으며 말한다. "그런 걱정을 하기엔 난 너무 늙었어, 포스트. 게다가 이런 일이 너무 재미있소."

"그럼 왜 게인즈빌에 있는 술집에서 몰래 만나는 겁니까?"

"시브룩에 제대로 된 술집이 없으니까 그렇지. 뭐, 나 같은 사람한테는 외려 잘된 일이겠지만. 아무튼 여기서 대학도 다녔고. 아주 마음에 드는 곳이지. 걱정되나, 포스트?"

"그냥 조심스러워한다고 해 두죠."

36

미키 메르카도에 관한 자료가 나날이 두꺼워진다. 영장을 받아 그의 소득세 신고서를 입수한 뒤 철저히 분석한다. 그의 직책은 보안 고문으로 회사에 소속되지 않은 자영업자로 표기되어 있고 동업자도 없다. 사업장 주소지는 내시 쿨리가 일하는 로펌인 배릭 앤드 발렌시아와 같은 건물이다. 작년에 신고한 총소득은 20만 달러가 살짝 넘고, 주택 대출금과 좋은 차 두 대에 대한 소득 공제도 받았다. 그는 이혼하고 혼자 살며 부양가족은 없다. 기부금 지출도 없다.

FBI는 마약을 파는 교도관이나 서로 전쟁을 벌이는 교도소 내 조직에 시간을 낭비하는 데는 관심이 없다. 하지만 애그니스 놀턴 특별 수사관은 변호사가 석방시키고자 애쓰는 무고한 사람을 범죄 조직 두목이 아리안 디콘을 고용해 죽인다는 건 도저히 참을 수 없다. 그녀는 주사위를 한번 크게 굴림으로써 스킵 딜루카를 곤경에 빠뜨려 보기로 한다. 위험이 크지만 결과에 따라 보상도 많이 챙길 수 있는 전략이다.

그녀는 연방 검사의 협조를 받아 연방 대배심에 출석해 증거를 제시한다. 존 드러믹, 로버트 얼 레인, 애덤 스톤, 스킵 딜루카는 청부 살인 미수 및 특수 폭행 혐의로 기소된다. 기소 사실은 비밀에 부쳐지고 FBI는 매복한 채 기다린다.

나는 퀸시의 새 병실 주변에서 기다리며 그가 건강을 회복할 수 있도록 돕는다. 그는 대화가 조금만 길어져도 금세 피곤해하므로 긴 이야기를 나눌 수 없다. 퀸시는 공격받은 일을 전혀 기억하지 못한다. 그의 단기 기억에는 이렇다 할 내용이 남아 있지 않다.

애덤 스톤이 먼저 나타난다. 메이홀은 금지 물품과 현금을 가지고 오는 중이다. 메이홀은 체포될 수도 있다는 생각에 만나는 장소를 바꾸기로 한다. 그는 인구 5만 명의 샌퍼드 외곽 북쪽에 있는 한 타코 음식점에서 만나자고 한다. 사복을 입은 애덤이 먼저 도착해 주차장이 보이는 곳에 자리를 잡고 타코를 주문해 먹는다. 그는 FBI로부터 본명이 딜루카인 메이홀이 지금은 은색 새 렉서스를 렌트해 타고 있다는 말을 전해 들었다. 애덤은 타코를 우적우적 씹으며 렉서스가 나타나는지 확인하기 위해 밖을 내다본다. 렉서스는 15분 늦게 도착해 애덤의 몬스터 트럭 옆자리에 멈추어 선다. 딜루카가 차에서 나오더니 서둘러 식당 옆문으로 걸어온다. 하지만 출입문으로 들어서는 데에는 실패한다. 어두운 색 양복을 입은 요원 둘이 불쑥 나타나 그를 막아선다. 그들은 배지를 보여 준 다음 쓰레기통 옆에서 기다리는 검정 SUV를 가리켜 보인다. 딜루카는 저항하거나 입을 여는 건 바보 같은 짓이라는 걸 잘 안다. 그는 고개를 떨구고 어깨를 늘어뜨린 채 순순히 요원들의 말대로 움직인다. 그는 또다시 자유로운 세상에서의 삶을 망쳐 버리고, 손목을 꽉 조여 오는 금속 수갑의 감촉을 느끼고 있다.

식당 안에 있는 애덤은 유일한 목격자로서 이 모든 드라마를 지켜본다. 그는 눈앞에 펼쳐진 광경이 전혀 달갑지 않다. 그의 세상은 다시 흔들리고 있다. 그는 FBI로부터 협력하는 대가로 기소되지 않으리라는 약속을 받아 냈다. 더 좋은 일자리도 보장받았다. 그러나 누가 이 약속을 이행할 것인지는 모른다. 딜루카가 누군가에게 소리쳐 알리기 전에 그를 체포할 계획이라고 듣기는 했다. 디콘 조직은 딜루카의 체포 사실을 몰라야 하고, 그들이 가장 좋아하는 심부름꾼이자 마약 운반책인 애덤이 이제는 FBI의 정보원이라는 사실을 알아선 안 된다. 애덤은 교도소에서의 충성심이란 하루가 다르게 변하고, 비밀은 지키기 어렵다는 사실 또한 잘 알고 있다. 그는 살해당할까 봐 겁이 나고 새로운 직업을 간절히 원한다.

그는 타코를 다 먹고 SUV가 떠나는 모습을 지켜본다. 금세 견인차가 나타나더니 딜루카가 타고 온 렉서스를 끌고 간다. 모든 것이 정상으로 돌아오자 애덤은 마지막 남은 타코를 먹어 치우고는 혹시 자신도 곧 체포되는 것이 아닌지 의심하며 자신의 트럭으로 걸어간다. 아니, 그전에 칼에 찔리고 버려져 죽을 수도 있다.

스킵 딜루카는 손목에 수갑을 찬 채 달리는 차의 뒷좌석에 앉아 1시간째 침묵을 지키고 있다. 옆에 앉은 요원도 입을 열지 않는다. 앞에 앉은 두 사람도 마찬가지다. 차창의 선탠이 아주 진해서 밖이 거의 보이지 않고 밖에서도 안에 누가 있는지 자세히 볼 수 없다.

구불구불한 도로를 따라 달리던 SUV가 마침내 메이틀랜드에 있는 FBI 건물 뒤편으로 향한다. 딜루카는 계단을 통해 두 개 층을 걸어 올라간다. 그러고는 창문이 없고 더 많은 요원이 대기 중인 방으로 행진한다. 그들은 그를 의자에 앉히고 수갑을 풀어 준다. 요원이 최소 여섯 명은 되어 보인다. 다들 대단한 위력을 뿜어낸다. 스킵은 굳이 이만한 인원이 필요한 것인지 새삼 궁금하다. 설사 그가 도주를 꾀한들 어디로 갈 수나 있겠는가? 다들 진정하라고.

한 여자가 걸어 들어오자 남자들의 몸이 굳는다. 그녀는 스킵의 맞은편에 앉지만 남자들은 그대로 서서 뭔가를 준비한다. 여자가 말한다. "딜루카 씨, 나는 FBI 특별 수사관 애그니스 놀턴입니다. 당신은 퀸시 밀러 청부 살인 미수 혐의와 특수 폭행, 그리고 다른 몇 가지 경범죄 혐의로 체포됐습니다. 방금 당신의 차량을 수색했는데 필로폰 캡슐 300개가 나왔습니다. 이것도 추후에 혐의에 추가하겠습니다. 여기 기소장이 있습니다. 한번 읽어 보시죠."

그녀는 딜루카가 앉은 테이블 쪽으로 기소장을 쓱 밀어 준다. 딜루카가 천천히 기소장을 읽어 내려간다. 그는 그다지 놀라는 기색이 없다. 외려 거드름을 피우며 스포츠 경기 결과라도 보는 양 읽고 있다. 기소장을 다 읽은 모양인지 그가 기소장을 테이블에 얌전히 내려놓고는 여자를 향해 얼간이 같은 미소를 지어 보인다. 그녀는 미란다 원칙이 쓰인 다른 종이를 그에게 내민다. 그는 종이를 읽고 아래에 서명한다. 전에도 해 본 적이 있는 일이다.

여자가 말한다. "잠시 후에 유치장으로 이송될 겁니다. 그전에 이야기를 좀 하고 싶군요. 변호사가 필요하신가요?"

"네. 두 명이요. 아니, 세 명?"

"그러시겠죠. 그럼 일단 얘기를 중단하고 내일 시작해야 할 수도 있어요. 다만 그렇게 되면 나와 이런 식의 사담은 나누지 못할 거예요. 그리고 그건 당신한테 아주 좋지 않은 선택이 될 거란 것만 말해 두죠."

"말해 보시죠." 그가 차분하게 응대한다.

"전과가 아주 화려하신데, 추가로 30년은 더 살아야겠군요. 벌써 쉰한 살이니까 죽을 때까지 철창 신세를 지겠어요."

"덕담 고맙네요."

"별말씀을. 솔직히 말해서 당신을 우리의 목표라고 할 수 없고, 우린 교도소 갱단끼리 벌이는 싸움 따위에 안달하는 것 말고도 할 일이 많아요. 하지만 청부 살인은 얘기가 다르죠. 누군가 돈을 댔다는 뜻이니까. 우리에게 누가 돈을 얼마나 줬는지 자세하게 털어놓으면 형을 줄여 주고 일이 다 끝나면 자유를 드리죠. 물론 그건 당신이 말썽을 피우지 않는다는 전제하에 가능한 일이니까 쉽지는 않겠죠."

"고맙네요."

"별말씀을. 우리의 제안이 꽤 매력적일 건데요, 딜루카 씨. 이 제안은 정확히 43분 후에 효력이 사라질 겁니다." 그녀는 말하면서 자신의 시계를 들여다본다. "이 방에서 나갈 수 없고 물론 전화 통화도 안 돼요."

"넘어갑시다. 난 쥐새끼 같은 밀고자가 아닙니다."

"물론 아니죠. 그렇다는 뜻도 아니에요. 애처럼 굴지 말아요. 그렇다고 당신이 로터리 클럽 회장도 아니잖아요. 거울 좀 봐요, 스킵. 현실을 직시하라고요. 당신은 범죄자고 전과자에다 폭력 조직원에 인종 차별주의자에 오랜 세월 바보짓이나 하면서 살아왔어요. 지금은 교도관에게 뇌물을 먹이고 동료 조직원들에게 마약이나 배달하다가 잡혔고. 이 얼마나 한심한 인생인가요, 스킵. 도대체 왜 똑똑하게 살 생각은 안 하는 거죠? 30년 여생을 짐승 같은 자들이랑 갇혀서 지내고 싶어요? 진심? 연방 감옥으로 갈 겁니다, 스킵. 농담 아닙니다. 우린 반드시 당신을 연방 교도소에 넣을 겁니다."

"이러지 마세요."

"연방 교도소라고요, 스킵. 최악 중의 최악이지. 자그마치 30년. 당신이 갈 곳에 비하면 가빈 교도소는 소풍 갔다 온 수준일걸요."

스킵은 깊게 심호흡을 하더니 멍하니 천장을 바라본다. 그는 교도소를 두려워하지 않는다. 연방 교도소라고 해도 마찬가지다. 그는 인생의 대부분을 철창 안에서 보내고도 무사히 살아남았다. 심지어 교도소에서 잘나가기까지 했다. 형제들도 교도소에 있고 이들과 단합해 서로를 보호하는 사악한 조직을 만들기로 맹세했다. 감옥에 있으면 일할 필요도 없고 돈을 쓸 일도 없다. 공짜로 삼시 세 끼를 먹을 수 있다. 마약이 넘치고, 특히 조직원이면 마약을 구하기도 쉽다. 성향만 맞는다면 섹스도 마음껏 할 수 있다.

그런데 그는 얼마 전 좋아하는 여자를 만났다. 아주 오랜만에 사랑에 빠진 것이다. 여자는 나이가 조금 있고, 부자는 아니지만 돈도 조금 있다. 그들은 동거에 대한 얘기도 하고 여행도 같이 다닌다. 가석방 상태인 스킵은 멀리까진 갈 수 없다. 여권은 꿈속 얘기다. 하지만 그녀는 잠깐이나마 그에게 다른 인생을 바라볼 수 있게 해 주었고, 그는 진정으로 교도소에 돌아가고 싶지 않다.

그는 경험 많은 전과자였기 때문에 어떻게 게임을 풀어 가야 하는지 안다. 이 터프한 여자에게는 협상의 여지가 보인다. 그가 묻는다. "그럼 몇 년이나 산다는 겁니까?"

"말했잖아요. 30년이라고."

"협상하면."

"3년에서 5년."

"3년에서 5년이면 살아남을 수 없어요. 거절하겠습니다."

"3년에서 5년도 살아남을 수 없는데, 30년은 어떻게 견디겠다는 거죠?"

"거기서 살아 봤어요. 그 동네 사정은 훤합니다."

"그야 나도 알죠."

놀턴은 일어서서 그를 노려본다. "30분 뒤에 돌아오죠, 스킵. 당신이 지금 내 시간을 허비하고 있다는 것만 알아 둬요."

그가 묻는다. "커피 좀 마실 수 있을까요?"

놀턴은 양팔을 벌리며 말한다. "커피요? 난 커피 없는데. 여기 커피 있는 사람 있어요?" 다른 여섯 명의 요원이 커피를 찾는 것처럼 주위를 둘러본다. 커피가 보이지 않자 그들은 고개를 흔든다. 그녀가 밖으로 나가고 나서 누군가 문을 닫는다. 요원 세 명이 남는다. 제일 덩치가 큰 친구가 문 옆에 묵직한 의자를 놓고 앉더니 휴대 전화를 보며 문자를 지우고 정리하기 시작한다. 다른 두 요원도 스킵과 함께 테이블에 앉아 각자 휴대 전화를 보며 뭔가 급한 일을 하기 시작한다. 실내는 조용하고 스킵은 조는 척한다.

15분이 흐른 뒤 문이 열리더니 놀턴이 걸어 들어온다. 그녀는 앉지도 않고 스킵을 내려다보며 말한다. "우리가 방금 미키 메르카도를 코럴 게이블스에서 체포했고 그 친구에게도 인생 최고의 제안을 했어요. 가능하면 빨리 머리를 굴리는 게 좋을 거예요, 스킵."

그녀는 돌아서서 다시 나가 버린다. 스킵은 간신히 평온한 표정을 유지하지만 속이 뒤틀리고 메스꺼움이 느껴진다. 머리가 핑 돌면서 눈앞이 흐려진다. FBI는 메르카도를 아는 것뿐 아니라 벌써 그를 체포했다! 그는 이곳의 분위기에 압도당하고 있다. 주위를 둘러보니 테이블에 앉은 요원 두 명이 그의 모든 움직임을 지켜보고 있다. 거칠어지는 호흡을 멈출 수가 없다. 이마가 땀으로 젖는다. 요원들은 여전히 휴대 전화로 메모를 하거나 문자를 보내고 있다.

최악의 시간이 지나간다. 그는 구역질을 참아 내기 위해 계속해서 거칠게 침을 삼킨다. 시간이 조금 더 흐른다.

10분 뒤 놀턴이 돌아와 의자에 앉는다. 이번에는 그를 무자비하게 쥐어짜 낼 거라는 명확한 신호다. 일단 그녀는 유쾌하게 시작한다. "당신은 바보예요, 스킵. 전과자가 당신 같은 상황에서 협상을 거절한다면 바보가 아니고 뭐겠어요?"

"감사합니다. 증인 보호 프로그램에 관해 얘기하죠."

그녀는 웃지 않지만 대화가 원하는 방향으로 진일보한 걸 기뻐하는 게 분명하다. 그녀가 말을 이어 간다. "얘기는 할 수 있지만 이 사건에서 증인 보호 프로그램을 사용할 수 있을진 모르겠네요."

"할 수 있잖아요. 늘 그러면서."

"그렇긴 하죠. 가정을 한번 해 봅시다. 만일 우리가 당신을 숨겨 주는 데 동의한다면 당장 뭘 말해 줄 수 있죠? 바로 이 자리에서 말이에요. 우린 이미 메르카도도 잡았는데. 그자와 직접 연락했어요? 메르카도 위에 누가 있어요? 우리에게 몇 명의 이름을 줄 수 있어요? 돈은 얼마나 받았죠? 누가 받았죠?"

딜루카는 고개를 끄덕이고 실내를 둘러본다. 그는 밀고를 싫어하고 이쪽 세계의 일을 하는 내내 경찰의 앞잡이 노릇을 한 이들을 잔인하게 처벌했다. 하지만 자신부터 챙겨야 하는 순간도 있는 법이다. 그가 입을 뗀다. "내가 아는 모든 걸 불죠. 하지만 협상 내용을 문서로 받아 둬야겠습니다. 지금 당장. 말씀하신 대로 바로 이 자리에서. 난 당신을 못 믿고, 당신은 날 못 믿잖아요."

"그럽시다. 우리가 오래전부터 사용하는 동의서의 기본 양식이 있어요. 여러 변호사가 검토한 내용입니다. 양식의 빈칸을 몇 개 채워 넣고 나서 어떻게 되는지 봅시다."

†

딜루카는 다른 방으로 자리를 옮겨 커다란 데스크톱 앞에 앉는다. 그는 진술서를 직접 타이핑한다.

6주 전쯤에 미키 메르카도라고 자신의 정체를 밝힌 사람이 저에게 접근했습니다. 마이애미에서 왔다고 했습니다. 그 사람은 제가 사는 아파트에 직접 찾아와서 문을 두드렸습니다. 저를 알거나 제가 사는 곳을 아는 사람은 거의 없는데 이상한 일이었습니다. 알고 보니 그는 저에 관해 많은 걸 알고 있었습니다. 우리는 근처 카페로 가서 이야기를 나누었습니다. 그는 제가 디콘의 조직원이라는 사실과 가빈 교도소에서 복역한 사실도 알았습니다. 그는 제 전과 기록에 대해서도 다 알고 있었습니다. 당황한 저는 그에게 몇 가지를 물어보았습니다. 그는 자신을 보안 고문이라고 소개했습니다. 그게 뭐냐고 물었더니 주로 카리브해 주변의 다양한 의뢰인을 위해 일하는 거라고 했는데, 여전히 어떤 사람인지 파악하기 어려웠습니다. 그에게 경찰이나 기관원 또는 함정에 끌어들이려는 사람이 아니란 걸 어떻게 믿을 수 있느냐고 물었습니다. 혹시 도청 장치를 몸에 달고 있지 않은지도 물었습니다. 그는 웃더니 그런 게 아니라고 했습니다. 어쨌거나 우리는 연락처를 주고받았고, 그는 저더러 사무실에 한번 와서 일하는 걸 보라고 했습니다. 자기는 합법적으로 일하는 사람이라고 했습니다. 며칠 뒤 차를 타고 마이애미 도심으로 가서, 35층에 있는 그의 사무실에서 그를 만났습니다. 멋진 바다가 보이는 사무실이었습니다. 비서도 있고 직원도 여러 명이었습니다. 다만 출입문에 회사 이름은 없었습니다. 우리는 커피를 마시면서 1시간가량 이야기를 했습니다. 그는 아직도 가빈 교도소에 아는 사람이 있느냐고 물었습니다. 저는 그렇다고 했습니다. 그는 가빈 교도소에 있는 다른 재소자를 해치우는 일이 얼마나 어려운지 물었습니다. 저는 그에게 청부 살인을 말하는 거냐고 물었습니다. 그는 그렇다고, 그런 거 비슷하다고 말했습니다. 재소자 가운데 '제거해야 할' 사람이 있다고 했습니다. 뭔지는 모르지만 제거 대상자와 메르카도의 의뢰인 사이의 거래에 문제가 생겼다고 했습니다. 그는 제거 대상자의 이름을 말해 주지 않았고, 저도 제의를 받아들인다고 하지 않았습니다. 저는 사무실을 나와 집으로 돌아왔습니다. 인터넷 검색을 해 보았지만 메르카도에 관한 내용은 찾을 수 없었습니다. 하지만 저는 그가 경찰이 아니라고 확신하게 되었습니다. 세 번째 만남은 보카러톤에 있는 한 술집에서 이루어졌습니다. 그곳에서 협상을 마무리했습니다. 그는 돈이 얼마나 드는지 물었습니다. 저는 5만 달러를 불렀습니다. 교도소에서는 그보다 훨씬 적은 금액으로도 사람을 죽일 수 있었으니 상당한 바가지였습니다. 하지만 그는 신경 쓰는 것 같지 않았습니다. 그는 목표물은 무기 징역을 선고받은 퀸시 밀러라고 했습니다. 저는 밀러가 무슨 짓을 했는지 묻지 않았고 메르카도도 말해 주지 않았습니다. 제가 보기에는 그냥 사업상 협상일 뿐이었습니다. 저는 가빈 교도소 내 디콘의 우두머리인 존 드러믹에게 연락했고 그가 모든 걸 준비했습니다. 그는 흑인, 백인 통틀어 그곳에서 가장 위험한 자로 유명한 로버트 얼 레인을 끌어들였습니다. 그들은 선금으로 각각 5천 달러를 받았고 일이 끝나면 추가로 5천 달러를 받기로 했습니다. 저는 그들을 엿 먹이고 나머지를 모두 차지하기로 했습니다. 교도소로 현금을 보낼 수 없어서 드러믹의 아들과 레인의 동생에게 현금을 넘겼습니다. 메르카도는 네 번째 만남에서 현금 2만5천 달러를 주었습니다. 저는 퀸시 밀러가 어떻게 되든 상관없이 약속된 나머지 절반을 볼 수 있을지 의심스러웠습니다. 하지만 신경 쓰지 않았습니다. 2만5천 달러도 교도소 죄수를 죽여 주는 대가치고는 엄청났기 때문입니다. 그다음에 우리가 마약 배달꾼으로 쓰는 애덤 스톤을 만나 살해를 계획했습니다. 그는 드러믹과 레인에게 메시지를 전달했습니다. 공격은 제대로 이루어졌지만 그들은 일을 마무리하지 못했습니다. 스톤 말로는 다른 교도관이 보았다고 했습니다. 메르카도는 이런 결과에 불같이 화를 냈고 나머지 돈은 지급할 수 없다고 했습니다. 어쨌든 저는 1만5천 달러를 챙겼습니다.

메르카도는 의뢰인의 이름을 언급한 적이 없습니다. 제가 아는 사람은 메르카도뿐입니다. 솔직히 말해서 묻지도 않았습니다. 이런 거래에서는 최대한 적게 아는 게 최선이란 걸 알고 있기 때문입니다. 설사 제가 물어보았다 해도 메르카도는 분명히 답을 피했을 겁니다.

마이애미에 사는 마약상이었던 제 친구가 그러는데 메르카도는 불법과 적법을 넘나드는 해결사로 마약상들이 문제를 해결할 때 고용한다고 했습니다. 밀러에 대한 공격이 이루어진 후 그와 두 번 더 만났습니다만 보고할 내용이 별로 없었습니다. 그는 병원에 있는 밀러에게 접근이 가능한지 물었습니다. 제가 병원에 가서 동태를 살폈지만 상황이 좋지 않았습니다. 메르카도는 제가 밀러의 회복 상황을 감시하면서 일을 마무리할 방법을 찾아내기를 원했습니다.

스킵 딜루카

퀸시를 살해하려는 계획이 여전히 진행되는 가운데 FBI는 결단을 내려야만 한다. FBI는 메르카도를 감시하면서 그가 윗선과 접촉하기를 기다리고 그 과정에서 필요하다면 딜루카를 미끼로 써도 좋다고 생각한다. 하지만 메르카도가 자유로운 상황에서 퀸시를 끝장낼 계획을 세우고 있다면 정말 위험하지 않을 수 없다. 가장 안전한 방법은 메르카도를 체포해 압박을 가하는 것이나, FBI의 그 누구도 그가 입을 열거나 협조하리라 생각하지 않는다.

딜루카는 독방에 갇혀 감시를 받고 있고 아무와도 연락을 주고받을 수 없다. 그는 신뢰할 수 없는 범죄자다. 그가 기회를 틈타 메르카도에게 연락을 취한다고 해서 놀랄 사람은 없다. 그리된다면 메르카도는 분명 애덤 스톤의 배신을 존 드러믹과 로버트 얼 레인에게 알릴 것이다.

애그니스 놀턴은 메르카도를 체포하고 애덤 스톤을 가빈 교도소에서 빼내기로 한다. 애덤 스톤과 그의 가족을 더 나은 직장이 기다리는 연방 교도소 근처의 도시로 이주시키는 계획이 즉시 수립된다. 딜루카를 다른 곳으로 보내 성형 수술을 받게 하고 그에게 새이름을 만들어 줄 계획도 실행된다.

다시 한번 인내는 배당금을 지급한다. 메르카도는 온두라스 여권에 '알베르토 고메스'라는 이름으로 마이애미에서 산후안으로 가는 비행기표를 예약한다. 그는 그곳에서 에어 캐리비언 항공편으로 프랑스령 서인도 제도의 마르티니크로 향한다. 그곳의 수도인 포르 드 프랑스에서 그의 뒤를 쫓느라 현지인들이 바쁘게 움직인다. 그는 감시를 당하는 줄도 모른 채 택시를 타고 산자락에 자리 잡은 한적한 휴양지인 오리올 베이 리조트로 향한다. 2시간 뒤 정부 소속 제트기 한 대가 같은 공항에 착륙한다. 비행기에서 내린 FBI 요원들이 서둘러 대기 중인 차량으로 이동한다. 안타깝게도 리조트에 남은 객실이 없다. 그 리조트는 값비싼 스물다섯 개의 객실만 운영하는데 죄다 예약이 끝난 상태다. 요원들은 4.5킬로미터 떨어진 데 있는, 그나마 가장 가까운 호텔에 체크인한다.

메르카도는 느긋하게 리조트를 돌아다닌다. 수영장 옆에서 혼자 점심을 먹고 열대 섬 콘셉트로 꾸며진 티키 바에서 오가는 사람들을 구경하며 술을 마신다. 다른 투숙객들은 대개 다양한 언어를 사용하는 유럽의 부자들이고, 의심할 만한 사람은 눈에 띄지 않는다. 그는 오후 늦게 산의 오솔길을 따라 50미터가량을 올라간다. 여기저기에 방갈로가 있다. 한 일꾼이 그에게 테라스에서 술을 한잔 내어 준다. 아래쪽으로는 반짝이는 파란색 카리브해가 멀리까지 펼쳐져 있다. 그는 쿠바산 시가에 불을 붙이고 경치를 즐긴다.

방갈로의 주인인 라몬 바스케스가 마침내 테라스에 모습을 드러낸다. 그곳에 묵고 있는 여자는 그의 오랜 파트너인 다이애나이지만 메르카도는 그녀를 만난 적도 본 적도 없다. 다이애나는 침실 안에서 기다리며 창문으로 밖을 내다보고 있다.

라몬이 의자를 끌어당기고 앉는다. 악수는 하지 않는다. "어떻게 된 거야?"

메르카도는 아무 문제없다는 듯 어깨를 으쓱한다. "아직 잘 몰라요. 내부에서 일이 제대로 마무리되지 않은 것 같습니다." 그들은 부드럽고 빠른 스페인어로 대화한다.

"그래? 거래를 마무리할 계획은 있고?"

"원하는 게 그겁니까?"

"반드시 마무리해야지. 우리 쪽 친구들이 불만족스러워하고 있어. 그들은 문제의 싹이 뽑히길 원해. 그들, 그러니까 우리는 당신이라면 이런 일쯤은 간단하게 해결할 거라고 믿었는데. 식은 죽 먹기라며. 당신은 일을 완전히 그르쳤어. 우린 거래가 깨끗하게 마무리되길 원해."

"좋습니다. 계획을 한번 세워 보죠. 하지만 쉽지 않을 건 분명해요. 그러니까, 이번엔 말이죠."

일꾼이 라몬에게 얼음물을 한 잔 가져온다. 그는 손을 흔들어 시가를 밀어낸다. 30분간의 대화 끝에 메르카도가 그곳을 떠난다. 그는 천천히 걸어서 리조트로 돌아와 수영장에서 일광욕을 즐긴다. 저녁때 한 젊은 여자와 한참 동안 즐거운 시간을 보낸 그는 우아한 다이닝 룸에서 홀로 식사를 한다.

이튿날 메르카도는 볼리비아 여권으로 산후안에 돌아온다.

37

루이즈 카운티에는 지방 자치 단체가 두 개뿐이다. 인구 1만1천 명의 시브룩, 그리고 훨씬 작은 마을 수준의 인구 2,300명인 딜런이다. 딜런은 북쪽으로 멀리 떨어진 내륙 지방으로 시간마저 잊어버린 듯한 외진 곳이다. 딜런에는 괜찮은 일자리가 없고 상업도 발달하지 못했다. 대다수의 젊은이들은 필요에 의해, 그리고 생존에 대한 열망으로 그곳을 떠난다. 이런 환경 속에서 이른바 달콤한 인생은 꿈조차 꿀 수 없다. 남은 사람들은 젊으나 늙으나 겨우 찾아낸 일터에서 나오는 쥐꼬리만 한 돈과 정부 보조금으로 아무 계획 없이 살아간다.

카운티 전체로는 인구의 80퍼센트가 백인이지만 딜런은 반반이다. 작년에 예순한 명의 학생이 그곳에 위치한 작은 고등학교를 졸업했는데, 그 가운데 서른 명이 흑인이었다. 케니 테프트는 1981년 그곳에서 고등학교를 졸업했고 그의 두 형도 마찬가지였다. 케니네 가족은 딜런에서 몇 킬로미터 떨어진 오래된 농가에서 살았다. 케니가 태어나기 전에 압류당해 경매에 나온 그 집을 케니의 아버지가 사들였었다.

비키가 정리한 테프트 일가의 얼룩진 역사는 그들이 남들보다 훨씬 고된 삶을 살았음을 보여 주었다. 오래전 부고란에서 찾아낸 내용에 따르면 케니의 아버지는 원인 불명으로 58세에 사망했다. 그다음이 케니였다. 그는 27세의 나이로 살해당했다. 1년 뒤 형이 차 사고로 죽었다. 2년 뒤 누나 라모나가 36세의 나이에 또다시 원인 불명으로 사망했다. 어머니 비다 테프트는 남편과 세 명의 자식들보다 오래 살았지만 1996년에 주립 정신 병원에 입원했다. 이후의 일에 대해서는 이렇다 할 법원 기록이 없었다. 대부분의 주와 마찬가지로 플로리다주 역시 정신 병원 수용 절차가 비밀에 부쳐지기 때문이다. 시브룩의 주간 신문의 부고란에 따르면 언젠지 모르지만 정신 병원을 나온 그녀는 '평화롭게 집에서' 사망했다. 그녀나 그녀의 남편이나 유서를 공증받은 적이 없으니 그들이 유서에 서명한 적 또한 없다고 추측해도 될 것 같다. 현재 낡은 농가 주택과 주변 2만 제곱미터의 토지는 손주들 10여 명의 공동 소유로 되어 있으며 그들 대부분은 고향을 떠난 상태다. 작년에 루이즈 카운티는 해당 부동산의 가치를 3만3천 달러로 평가했다. 단, 290달러의 세금을 내고 부동산이 경매에 넘어가지 않도록 한 사람이 누군지는 명확히 알려지지 않았다.

프랭키는 자갈이 깔린 도로 끝에서 그들의 농가를 찾아낸다. 막다른 골목이다. 오랜 시간 버려졌던 게 분명하다. 현관 포치 아래 엉성한 널빤지들 사이로 잡초가 자라 있다. 일부 덧문은 땅에 떨어져 있고 다른 것들은 녹슨 못에 간신히 매달려 있다. 묵직한 자물통이 현관과 뒷문에 채워져 있다. 깨진 창문은 없다. 양철 지붕은 제법 튼튼해 보인다.

프랭키는 농가 주위를 한 바퀴 돌아보는 것으로 만족한다. 그는 조심스럽게 잡초 사이를 지나 트럭으로 돌아온다. 그는 이틀 동안 딜런에서 냄새를 맡고 다녔고 그럴듯한 목표물을 찾았다고 생각한다.

라일리 테프트는 낮에는 딜런 중학교에서 관리 반장으로 일하지만, 진짜 직업은 그를 따르는 신자들에게 목자 노릇을 하는 것이다. 그는 시골 쪽으로 몇 킬로미터 떨어진 곳에 있는 레드 뱅크 침례 교회의 목사다. 테프트 가족의 대부분은 그곳 묘지에 묻혔는데, 일부 무덤에만 비석이라 부를 만한 게 세워져 있고 나머지는 그나마도 없다. 그가 이끄는 신자들은 100명도 채 되지 않아 목사 일만으로는 먹고살 수 없다. 때문에 학교 관리인 일을 겸하고 있는 것이다. 몇 번의 연락 끝에 그는 오후 늦게 교회에서 프랭키와 만나는 데 동의한다.

라일리는 30대 후반으로 떡 벌어진 어깨에 활짝 웃는 상을 하고 있다. 그는 프랭키를 묘지에 데려가 테프트 일가가 묻힌 장소를 보여 준다. 라일리의 아버지는 집안의 큰아들이었고, 케니와 어머니 사이에 묻혀 있다. 그는 가족의 비극적인 역사에 대해서도 들려준다. 할아버지는 58세의 나이에 알 수 없는 독극물을 먹고 죽었다. 삼촌인 케니는 살해당했다. 아버지는 고속 도로에서 차 사고로 즉사했다. 고모는 백혈병으로 36세에 죽었다. 할머니 비다 테프트는 12년 전 77세의 나이로 사망했다. "그 불쌍한 양반이 그만 정신이 나가 버렸어요." 라일리는 눈가가 촉촉해져서 말한다. "자식 셋을 먼저 보내고 미쳐 버린 겁니다. 완전히."

"그분이 할머니이신 거죠?"

"네. 근데 왜 우리 가족에 관해 알고 싶어 하시는 거죠?"

프랭키는 수호자 재단과 재단이 하는 일, 지금까지의 성공 사례, 그리고 퀸시 밀러 재심 등에 관한 언질은 미리 해 두었다. 그가 말한다. "우리는 케니 사건이 당시 보안관의 진술과 전혀 다르다고 생각합니다."

하지만 상대방은 별 반응이 없다. 라일리는 작은 교회 뒤쪽을 향해 고갯짓을 하며 말한다. "가서 뭐 좀 마시죠." 두 사람은 테프트가 사람들의 묘비 사이를 걸어 묘지를 빠져나온다. 그들은 교회 뒷문을 통해 좁은 홀로 들어선다. 라일리가 구석의 냉장고에서 작은 플라스틱 병에 든 레모네이드를 두 개 꺼낸다.

"감사합니다." 프랭키가 말한다. 두 사람은 접이식 의자에 자리를 잡고 앉는다.

"뭐가 다르다고 생각하시는데요?" 라일리가 묻는다.

"그런 소문을 전혀 들어 보지 못했나요?"

"네. 들어 본 적 없습니다. 케니 삼촌이 살해당했을 때는 그야말로 세상이 끝난 것 같았습니다. 그때 전 열다섯인가 열여섯인가 그랬는데요. 아마 10학년 때였나 싶은데. 아무튼 케니 삼촌은 제게 삼촌이라기보다 큰형 같은 존재였습니다. 그분은 제 우상이자 가문의 자랑이었습니다. 우리는 삼촌을 엄청 똑똑하고 출세한 사람이라고 생각했죠. 삼촌은 경찰이란 직업을 자랑스럽게 여기면서도, 더 위로 올라가고 싶어 했습니다. 전 삼촌을 정말 사랑했어요. 가족 모두가 그랬죠. 그분의 아내였던 시블은 예쁘고 다정한 분이셨어요. 두 분 사이에는 아이도 있었어요. 모든 일이 그분 뜻대로 돼 가는 중이었는데 살해당한 겁니다. 소식을 들었을 때 저는 바닥을 뒹굴면서 아기처럼 소리를 지르며 울었습니다. 삼촌을 따라 죽고 싶은 심정이었어요. 저도 삼촌 무덤 속에 함께 묻어 주세요, 하면서 울었어요. 정말 끔찍했습니다." 라일리의 눈에서 눈물이 흐른다. 그가 레모네이드를 한 모금 길게 마신다. "우리는 삼촌이 우연히 마약상들을 맞닥뜨렸고 그놈들에게 총을 맞은 거라 생각했습니다. 근데 20년도 더 지난 이 시점에 당신은 여기까지 와서 사건의 전말이 우리가 아는 것과 다르다고 하시는 건가요?"

"맞습니다. 우리는 케니가 피츠너 보안관 밑에서 일하는 자들로부터 매복 공격을 받았다고 생각합니다. 피츠너는 마약상들과 한 패가 돼서 돈을 긁어모았어요. 어쩌다 케니가 너무 많은 걸 알게 됐고 피츠너는 그를 의심했던 겁니다."

라일리는 프랭키의 설명을 받아들이는 데 시간이 좀 걸린다. 어쨌든 그는 내용을 잘 이해한다. 굉장히 충격적이지만 더 자세히 듣고 싶어 한다. "그렇지만 그게 다 퀸시 밀러와 무슨 관련이 있죠?" 그가 묻는다.

"피츠너는 키스 루소 변호사 살인 사건의 배후입니다. 루소는 마약상들을 변호하면서 돈을 벌었는데, DEA의 공작에 넘어가 정보원이 됐어요. 피츠너가 그 사실을 알아내고 살인을 주도했습니다. 그리고 그 죄를 퀸시 밀러에게 아주 깔끔하게 뒤집어씌웠죠. 케니는 살인 사건에 관해 뭔가 알아냈고, 그래서 목숨을 잃은 겁니다."

라일리가 웃더니 고개를 저으며 말한다. "정말이지, 엄청난 이야기군요."

"이런 소문에 대해 혹시 들어 본 적 없습니까?"

"전혀요. 알아 두셔야 할 게 있습니다, 테이텀 씨. 이곳과 시브룩 사이의 실제 거리는 24킬로미터이지만 체감상 100킬로미터쯤 떨어져 있다고 봐도 무방해요. 딜런은 완전히 다른 세상이라고요. 아주 애처롭고도 작은 마을이죠. 이곳 사람들은 하루하루 겨우 견뎌 가며 목숨을 부지합니다. 우리는 우리만의 힘든 사정이 있어요. 그러니까 제 말은 시브룩에서 벌어지는 일까지 걱정할 시간은 없단 뜻입니다. 시브룩이 아니라 다른 어디든 마찬가지예요."

"이해합니다." 프랭키가 대꾸하고는 레모네이드를 한 모금 마신다.

"그나저나 다른 사람이 저지른 살인죄를 뒤집어쓰고 14년이나 감옥에 계셨다고요?" 라일리는 믿을 수 없다는 듯 묻는다.

"네. 14년 3개월 11일이요. 그런 저를 포스트 신부님이 구해 주셨습니다. 내가 결백한 걸 알면서도 감옥에 갇혀서 잊히는 일은 얼마나 끔찍한지 몰라요. 그렇기 때문에 우리가 퀸시나 다른 의뢰인들을 위해 열심히 일하는 거고요. 같은 흑인으로서 잘 아시겠죠. 얼마나 많은 무고한 흑인들이 교도소에 들어가 있는지."

"그럼요." 두 사람은 한마음으로 레모네이드를 들이켠다.

프랭키는 계속 밀어붙인다. "아주 적은 확률이지만, 어쩌면 케니가 피츠너의 시브룩 사무실 뒤쪽에 보관하고 있던 증거물의 일부를 갖고 있었을지도 모릅니다. 과거 그와 파트너였던 친구가 최근에 우리에게 말해 줬습니다. 케니가 증거물 보관소를 불태워 증거를 없애려 한다는 계획을 엿듣고 불이 나기 전에 일부를 빼냈답니다. 피츠너가 케니를 매복 공격한 게 사실이라면 왜 그가 케니를 죽이려고 했겠습니까? 아마도 케니가 뭔가 알고 있었기 때문일 겁니다. 케니가 증거를 갖고 있었던 거라고요. 이것 말고는 피츠너의 범행 동기를 설명할 수 없어요."

라일리는 유쾌하게 이야기에 귀를 기울인다. 그가 말한다. "이쯤에서 커다란 의문이 드는데요. 그렇다고 한다면 케니 삼촌은 증거를 어떻게 했을까요? 아마도 그게 여기 오신 이유 같은데요?"

"맞아요. 케니가 증거물을 집으로 가져갔을 것 같지는 않습니다. 그렇게 하면 가족이 위험해질 수 있기 때문입니다. 게다가 그는 임대 주택에 살았으니까요."

"숙모는 그 집을 좋아하지 않았어요. 시브룩 동쪽의 새크리터리 로드였는데요. 숙모는 이사를 가고 싶어 했습니다."

"말이 나와서 그러는데요. 오캘러에 사는 시블을 찾아냈는데 그녀가 입을 열지 않고 있습니다. 단 한마디도요."

"좋은 분이시죠. 늘 웃는 얼굴로 절 대해 주셨어요. 저 역시 숙모를 오랫동안 못 봤습니다. 뭐, 앞으로도 볼 일이 있을 것 같진 않고. 자, 그럼 테이텀 씨……."

"프랭키라고 불러 주세요."

"프랭키, 혹시 케니 삼촌이 증거물을 이곳과 가까운 옛집으로 가져와 숨겼다고 생각하세요?"

"케니가 증거를 숨겨 둘 만한 장소로 추측할 수 있는 데는 몇 군데 되지 않아요, 라일리. 케니가 숨겨 둬야 할 소중한 물건을 갖고 있었다면 본인이 접근할 수 있으면서도 안전한 장소를 찾았을 겁니다. 그렇지 않겠습니까? 혹시 옛집에 다락이나 지하실이 있습니까?"

라일리는 고개를 젓는다. "지하실은 없어요. 확실하지는 않지만 다락은 있었던 것 같습니다. 본 적도 없고 올라가 본 적도 없긴 하지만." 그는 레모네이드를 한 모금 마시고 말한다. "근데 말이죠, 프랭키. 제 눈엔 다 부질없어 보여요."

프랭키가 웃으며 말한다. "아, 우리는 부질없어 보이는 짓에 일가견이 있어요. 우리는 어마어마한 시간을 들여 건초 더미를 뒤지곤 합니다. 그러다 보면 가끔은 뭐가 찾아지기도 해요."

라일리는 갑자기 부담을 느끼는 듯 남은 레모네이드를 마시고는 천천히 일어나 실내를 서성거리기 시작한다. 그는 멈추어 서서 프랭키를 내려다보며 말한다. "옛집 안으로는 못 들어가요. 너무 위험합니다."

"왜요? 오랫동안 버려진 집이라서요?"

"사람이 안 산 지 오래됐어요. 그 집엔 많은 존재가 떠돌아다니고 있습니다. 영혼, 쉽게 말해 귀신 들린 집이라고요, 프랭키. 제가 직접 봤습니다. 제 은행 잔고는 바닥입니다만 1천 달러를 줄 테니 대낮에 권총까지 쥐어 주면서 그 집에 들어가라고 해도 절대 그렇게 안 할 겁니다. 저뿐만 아니라 다른 가족들도 마찬가지일걸요."

라일리는 두려움으로 눈을 크게 뜨고 떨리는 손가락으로 프랭키를 가리켜 보인다. 순간 당황한 프랭키가 할 말을 잃는다. 라일리가 냉장고로 걸어가더니 같은 음료를 두 병 더 꺼내 하나를 프랭키에게 건네주고 의자에 앉는다. 그는 눈을 감으며 깊게 숨을 몰아쉰다. 마치 길고 장황한 이야기를 풀어낼 힘을 모으는 것 같다. 마침내 그가 이야기를 시작한다. "저희 할머니 비다 테프트는 이곳에서 15킬로미터 떨어진 흑인 거주지에서 그분의 할머니 손에 자라셨습니다. 지금은 사라지고 없는 곳이에요. 할머니는 1925년에 태어났어요. 그분의 할머니는 1870년대에 태어났는데, 그때는 많은 사람에게 노예 출신 친척이 있었죠. 그분의 할머니는 마술과 아프리카의 부두교 주술을 배웠어요. 그때는 흔한 일이었습니다. 그분의 종교는 기독교 복음과 구시대의 심령론이 합쳐진 것이었습니다. 그녀는 산파 겸 간호사로서 고약, 연고, 허브차로 거의 모든 병을 고칠 수 있었습니다. 할머니는 할머니의 할머니로부터 깊은 영향을 받았고 그분처럼 스스로 영적 지도자라고 여겼습니다. '마녀'라는 말을 사용하지 않을 정도의 지각은 있었던 거예요. 내 말 듣고 있죠, 프랭키?"

프랭키는 라일리의 말을 듣고 있으나 더 이상은 시간 낭비일 듯하다. 프랭키는 진지하게 고개를 끄덕이고 말한다. "네. 듣고 있어요. 흥미롭군요."

"비다 할머니 얘기를 하자면 책을 써도 모자라지만 얘기를 짧게 줄여서 들려 드리죠. 그분은 무시무시한 분이었습니다. 자식들과 손주들을 사랑했고 가족을 잘 통솔하시면서도 어둡고 기이한 면이 있는 분이셨죠. 그분의 딸이자 제게는 고모인 라모나는 36세에 죽었습니다. 그분의 묘비를 보셨을 겁니다. 라모나 고모는 열네 살 때 딜런에 사는 한 나쁜 놈한테 강간을 당했어요. 그놈이 누구인지 모두가 알았어요. 가족들은 불같이 화가 났음에도 사건을 보안관에게 들고 가진 않았습니다. 비다 할머니는 백인의 정의를 믿지 않았거든요. 할머니는 스스로 문제를 해결하겠노라 선언했습니다. 어느 날 밤 자정, 케니 삼촌은 보름달 아래서 부두 주술을 외는 할머니를 뒷마당에서 봤습니다. 할머니는 목에 호리병 목걸이를 걸고 맨발에 뱀 가죽을 두른 모습으로 작은 북을 두들기면서 알아들을 수 없는 말로 주문을 외웠습니다. 나중에 할머니는 라모나를 강간한 녀석에게 저주를 걸었다고 케니 삼촌에게 말해 줬습니다. 소문이 퍼지면서 딜런에 사는 흑인들은 그놈이 저주를 받았다는 걸 알

게 됐습니다. 몇 달 뒤 그놈은 차 사고가 나서 산 채로 불에 타 죽었
어요. 그때부터 사람들은 비다 할머니만 보면 슬금슬금 피했습니
다. 두려움의 대상이 된 거죠."

프랭키는 말없이 경청한다.

"세월이 흐르면서 할머니는 점점 더 이상해졌어요. 결국 어쩔 도
리가 없었습니다. 우리는 시브룩에서 변호사를 고용해 할머니를
정신 병원에 보내야 했습니다. 할머니는 화를 내고 우리를 협박했
습니다. 변호사와 판사도 협박했죠. 우린 모두 겁에 질렸습니다. 정
신 병원 사람들도 할머니를 어찌하지 못했고, 할머니는 정신 병원
을 빠져나왔어요. 할머니는 우리에게 만날 생각도, 집에 올 생각도
하지 말라고 했어요. 우린 할머니 말대로 했습니다."

프랭키가 마지못해 대꾸한다. "신문 부고를 보니까 그분이 1998
년에 돌아가셨던데요."

"연도는 맞아요. 근데 정확한 날짜는 아무도 모릅니다. 제 사촌
웬들이 걱정되는 마음에 집에 찾아갔더니 할머니가 이불을 턱 끝
까지 올려 덮은 채로 침대 한가운데에 평화롭게 누워 계셨대요. 돌
아가신 지 며칠 됐던 거예요. 할머니는 장례식을 치르지 말고 자식
들 묘 옆에 묻어 달라는 유서를 남기셨습니다. 유서에는 당신이 가
기 전에 마지막으로 집 전체에 저주를 걸어 뒀다는 내용도 있었습
니다. 이런 말을 입에 담긴 좀 그렇지만, 우리는 할머니가 돌아가셔
서 다행이라고 생각했습니다. 가족들만 모여 간단히 예만 표하고
비바람 속에서 할머니를 묻었습니다. 그런데 할머니의 관을 땅속

으로 내리는 순간 번개가 묘지에 있던 나무를 때린 거예요. 그 바람에 모두가 혼비백산했습니다. 태어나서 한 번도 겪어 보지 못한 공포였어요. 할머니의 관이 흙으로 덮이고 나서야 마음이 놓이더라고요."

라일리는 레모네이드를 마시고는 손등으로 입가를 훔친다. "할머니는 그런 분이었어요. 우린 할머니라고 불렀지만 이 동네 아이들은 마귀할멈이라고 불렀던 그런 사람이요."

프랭키는 더할 나위 없이 단호한 목소리로 말한다. "다락을 꼭 봐야겠습니다."

"제정신이 아니군요."

"열쇠는 누구한테 있나요?"

"저요. 근데 오랫동안 들어가 보지 않았어요. 전기는 옛날에 끊겼는데 가끔 밤에 불빛이 보이곤 합니다. 이리저리 돌아다니는 불빛이 보인다니까요. 그 집에 들어가는 건 어리석은 짓입니다."

"바람 좀 쐬시죠." 두 사람은 밖으로 나와 그들의 차가 서 있는 곳으로 걸어간다. 라일리가 말한다. "정말 이상합니다. 케니 삼촌이 죽은 지 20년도 더 됐고 그동안 아무도 관심을 두지 않았습니다. 근데 일주일도 안 된 사이에 당신 말고 여길 다녀간 사람이 둘이나 더 있으니 말입니다."

"저 말고 다녀간 사람이 있다고요?"

"지난주에 백인 둘이 와서 케니 삼촌에 관해 이것저것 묻더군요. 어디서 자랐느냐? 어디서 살았느냐? 무덤은 어디냐? 나는 그자들이 마음에 들지 않아 멍청한 척 아무것도 알려 주지 않았습니다."

"어디서 왔대요?"

"안 물어봤어요. 어차피 알려 줄 것 같지도 않았어요."

38

퀸시의 첫 수술은 어깨와 쇄골을 연결하는 6시간의 큰 작업이었
다. 수술은 성공적이었고 의사들도 만족한다. 나는 회복실에 누운
그의 곁에 여러 시간째 앉아 있다. 부서진 그의 몸은 잘 아물고 있
고 기억도 일부 돌아오기 시작했지만, 공격 당시는 전혀 기억해 내
지 못한다. 나는 존 드러믹과 로버트 얼 레인 또는 애덤 스톤과 스킵
딜루카에 관해 아는 걸 말해 주지 않고 있다. 그는 약물에 잔뜩 취해
있어 나머지 이야기를 듣기에 아직 적합한 상태가 아니다.

그의 병실 주변에는 24시간 경호원 역할을 맡은 사람이 한 명 이
상 지키고 있다. 병원 경비원, 교도소 교도관, 올랜도 경찰, 그리고
FBI 요원. 그들은 순서를 정해 돌아가며 근무를 선다. 나는 그들과
잡담을 즐기며 지루함을 떨친다. 나는 가끔 일련의 일들에 들어가

는 비용에 놀라곤 한다. 퀸시를 교도소에 1년 동안 가두는 데 5만 달러가 들며, 무려 23년째 그 비용이 들어가고 있다. 하지만 그 정도 돈은 지금 그의 목숨을 살려 내고 상처를 치료하는 데 납세자들이 대는 비용에 비하면 보잘것없는 액수다. 그를 지키는 경비 비용은 말할 것도 없다. 애초에 감옥에 가지 말았어야 할 무고한 사람에게 수백만 달러가 낭비되는 것이다.

어느 이른 아침, 병실의 간이침대에 누워 눈을 붙이려는 찰나 휴대 전화가 울린다. 놀턴 요원이 혹시 근처에 있느냐고 묻는다. 뭔가 보여 줄 게 있단다. 나는 차를 몰고 그녀의 사무실로 가서 그녀를 따라 넓은 회의실로 향한다. 그곳에 기술 요원 한 명이 기다리고 있다.

남자 기술 요원이 조명을 어둡게 한다. 우리는 선 채로 커다란 스크린을 바라본다. 얼굴 하나가 화면에 나타난다. 히스패닉계 남자로 예순 살쯤 되어 보인다. 강인하게 생긴 미남형 얼굴에 꿰뚫어 보는 듯한 검은 눈동자와 희끗희끗한 수염이 자리하고 있다. 애그니스가 말한다. "이름은 라몬 바스케스, 오래전 살티요 카르텔에서 간부 노릇을 했고 지금은 반쯤 은퇴한 상태예요."

"어디서 들어 본 이름인데요." 내가 말한다.

"좀 더 들어 봐요." 그녀가 스위치를 누르자 다른 사진이 나타난다. 산 중턱에 자리 잡은 작은 리조트를 위에서 내려다본 사진이다. 세상에서 가장 파란 게 아닌가 싶은 바다가 주위를 둘러싸고 있다. "여긴 그 사람이 가장 많은 시간을 보내는 장소예요. 프랑스령 서인도 제도의 마르티니크섬인데요. 오리올 베이 리조트라고, 파나마의 수많은 유령 회사 중 한 곳이 소유하고 있는 곳이죠." 그녀가 다시 스위치를 누르자 화면이 둘로 나뉘고 다른 한쪽에 미키 메르카도의 얼굴이 등장한다. "사흘 전에 화면 속 친구가 온두라스 여권으로 마르티니크섬으로 날아가 그곳 리조트에서 바스케스를 만났어요. 우리도 따라갔지만 리조트 안으로 들어가는 덴 실패했어요. 그래서 오히려 잘된 것 같지만. 아무튼 다음 날 메르카도는 볼리비아 여권으로 산후안을 거쳐 마이애미로 돌아왔어요."

퍼뜩 기억이 난다. "바스케스는 다이애나 루소의 남자 친구였잖아요." 내가 말한다.

"지금도 그래요. 그들은 그녀의 사랑하는 남편이 불시에 사망한 뒤부터 쭉 함께하고 있어요." 그녀는 다시 스위치를 누른다. 메르카도의 얼굴이 사라지고 화면 절반이 까맣게 변한다. 다른 쪽 절반은 여전히 섬의 모습을 비추고 있다. "다이애나의 사진은 없어요. 지금까지 수집한 정보에 따르면 그들은 이 리조트에서 은밀한 호화 생활을 하며 많은 시간을 보내는 듯해요. 참고로, 카리브해 주변에서 수집한 정보는 정확하지 않을 수 있다는 식의 뻔한 얘기는 생략할게요. 리조트의 실질적인 운영자는 다이애나라고 할 수 있지만 그녀는 대외 활동을 극도로 꺼리고 있어요. 그들은 세계 곳곳으로 여행도 많이 다녀요. DEA는 그들의 해외여행이 마약 밀매와 관련이 있는지, 아니면 단순히 이 섬에서 벗어나고 싶어서인지 확인하는 작업까진 못했어요. DEA는 바스케스가 전성기는 지났을지언정 여전히 고문 노릇을 하고 있는 걸로 보죠. 그가 한창 일하던 시기에 루소 살인 사건이 벌어졌으니 손수 뒤처리를 하는 걸 수도 있고. 아니면 여전히 그쪽 업계에 몸담고 있는 걸 수도 있고. 어느 쪽이든 그는 극도로 조심하고 있어요."

나는 뒤로 물러나 의자에 털썩 앉으며 중얼거린다. "루소의 부인도 관련이 있었던 거군요."

"글쎄요, 확신할 수는 없지만 그녀가 갑자기 더 의심스러워지긴 했어요. 그녀는 15년 전 미국 시민권을 포기하고 합법적으로 파나마 시민권을 얻어 냈어요. 아마 5만 달러는 들었을 겁니다. 새 이름은 다이애나 산체스이지만 다른 이름도 쓰고 있을 거라 생각해요. 여권이 몇 개인지는 아무도 모르겠죠. 그녀와 라몬의 정식 결혼 기록은 못 찾았어요. 자녀는 없는 거 같고요. 넘어가도 되나요?"

"볼 게 더 있어요?"

"아, 네."

FBI는 철저한 감시하에 메르카도의 체포를 준비했다. 그 와중에 메르카도가 말도 안 되는 실수를 저질렀다. 그가 엉뚱한 전화기를 들더니 추적이 되지 않는 번호로 전화를 걸었다. 하지만 대화 내용은 녹음이 되었다. 메르카도는 상대 남자에게 다음 날 키라에 있는 한 식당에서 점심을 먹자고 제안했다. 나는 놀라운 속도로 움직이는 FBI와 같은 편인 게 얼마나 행복한지 모른다. 놀턴은 영장을 받아 냈고 요원들이 그곳에 먼저 도착하도록 했다. 그들은 주차장에서 메르카도의 사진을 촬영했다. 또 그가 상대방을 만나 식사하는 장면을 영상에 담고 두 사람이 각자 차에 올라타는 모습도 찍었다. 최신형 볼보 SUV는 브래들리 피츠너의 이름으로 등록되어 있었다.

영상 속 피츠너는 회색 수염에 물결치는 회색 머리를 한 날씬한 모습이다. 은퇴 후의 호화 생활이 아주 잘 맞나 보다. 나이는 여든이 다 되었으나 움직임은 훨씬 젊은 사람 같다.

놀턴이 말한다. "축하해요, 포스트. 우리가 드디어 연결 고리를 찾아냈어요."

나는 너무 놀라 말이 나오지 않는다. 그녀가 말한다. "물론 점심 한 끼 같이 먹은 걸로 피츠너를 기소할 순 없지만 영장은 받아 낼 수 있으니까요. 그렇게 되면 하다못해 그자가 오줌 싸는 것까지 다 알게 될걸요."

내가 말한다. "조심하세요. 아주 약삭빠른 놈입니다."

"네. 하지만 아무리 머리가 팽팽 돌아가는 범죄자라도 멍청한 짓은 하기 마련이죠. 메르카도와 만나다니 우리에겐 선물 같은 일이네요."

"혹시 피츠너가 딜루카와 접촉한다는 단서는 없나요?" 내가 묻는다.

"전혀. 피츠너는 딜루카의 이름도 모른다는 데 내 연봉을 걸겠어요. 메르카도가 어둠의 세계에서 아리안과 접촉해 공격을 계획했겠죠. 아마도 자금은 피츠너가 댔겠지만 메르카도가 입을 열지 않는 한 증명은 할 수 없을 거예요. 그 친구들은 절대 경찰에 불지 않아요."

나는 이 상황에 압도되어 들은 내용을 어떻게 정리해야 할지 막막해진다. 내가 처음으로 보인 반응은 이렇다. "열차 사고라도 당한 것 같아요. 사흘 사이에 메르카도가 당신들을 라몬과 다이애나 루소에게 데려가더니 다시 브래들리 피츠너와 만나고."

애그니스도 고개를 끄덕인다. 그들이 이루어 낸 진전을 상당히 자랑스러워하면서도 사무적인 표정 속에 흡족함을 감추고 있다. "일부 퍼즐은 맞춰진 것 같은데 앞으로도 갈 길은 멀어요. 이제 뛰어야죠. 계속 연락할게요." 그녀는 다른 회의를 하러 나가고 남자 기술 요원도 나를 회의실에 홀로 남겨 두고 떠난다. 나는 침침한 조명 아래 한참 동안 앉아서 벽을 바라보며 갑자기 떨어진 폭탄들을 정리해 본다. 애그니스의 말대로 우리는 키스 살인 사건을 둘러싼 음모에 관해 갑자기 많은 걸 알게 되었다. 하지만 그 가운데 무엇을 얼마나 증명해 낼 수 있을까? 그리고 그것이 퀸시에게 얼마나 도움이 될까?

한참 만에 회의실을 나와 건물을 벗어난다. 차를 몰고 병원으로 돌아오니 마비스가 형 옆에 앉아 있다. 상사에게 사정을 말하고 며칠 휴가를 얻어서 병원에 머무를 수 있게 되었다고 한다. 반가운 소식에 나는 서둘러 모텔로 가서 내 물건을 챙긴다. 교통 체증 속에서 조금씩 도시를 벗어나던 나는 불현듯 한 가지 생각이 떠오른다. 어찌나 갑작스러운지 차를 도로 옆에 세우고 차에서 내려 주위를 서성거려야 할 것만 같다. 간단하면서도 아름다운 계획이 머릿속에서 모양을 잡아가는 동안 나는 계속 운전을 한다. 그리고 새롭게 절친이 된 애그니스 놀턴 요원에게 전화를 건다.

"무슨 일이죠?" 10분 만에 전화가 연결된 그녀가 사무적으로 답한다.

"피츠너를 잡을 방법은 그를 음모 속으로 빨아들이는 것뿐입니다." 내가 말한다.

"함정 수사라도 하자는 건가요?"

"비슷한데 더 잘 통할 것 같아요."

"뭔지 말해 봐요."

"혹시 딜루카의 신분을 세탁해서 다른 곳으로 보냈나요?"

"아뇨. 아직이요."

"그가 사라지기 전에 할 일이 하나 있습니다."

하이얼리아 파크 경마장에서 딜루카는 다른 관객들과 멀리 떨어진 곳에 자리를 잡고 앉는다. 그는 막 돈을 걸려는 사람처럼 마권 구매표를 손에 쥐고 있다. 그의 몸에 부착된 최신형 도청 장치는 30미터 떨어진 곳의 사슴이 기침하는 소리까지 녹음할 수 있다. 메르카도가 20분 뒤 나타나 그의 곁에 앉는다. 두 사람은 자판기에서 맥주를 뽑아 들고 다음 레이스를 지켜본다.

마침내 딜루카가 말문을 연다. "계획이 있어요. 그들이 수술을 마치고 다른 수술을 하기 전에 밀러를 다른 병실로 옮겼습니다. 밀러는 몸이 좋아지고는 있지만 한동안 병원을 떠나지 못할 겁니다.

경비원이 교대로 그의 병실 앞을 지키고 있어요. 교도소에서도 가끔 교도관들을 몇 명 보내고 있습니다. 그쪽에서부터 계획을 시작하는 겁니다. 일단 스톤의 교도관 제복을 빌려서 우리 쪽 사람이 그걸 입습니다. 그리고 밤늦게 슬그머니 들어가는 거죠. 신호에 맞춰 병원에 폭발물 신고를 합니다. 지하에서 뭔가를 진짜로 터뜨려도 되고, 단 실제로 누가 다치진 않게 하고요. 보통 그런 신청이라면 병원은 난장판이 됩니다. 총격범이 등장하면 취해야 하는 일련의 조치들이 있거든요. 혼란을 틈타 우리 쪽 사람이 밀러에게 접근합니다. 약국에서 구한 에피네프린 주사제를 쓸 겁니다. 리신이나 청산가리 같은 걸 섞어서 주사하는 거죠. 다리에 주사를 놓으면 5분 만에 끝납니다. 밀러가 깨어 있다고 하더라도 제대로 대응하긴 힘들 겁니다. 더군다나 요즘엔 밀러를 거의 잠든 상태로 두고 있어요. 작전이 밤늦게 실행될 테니 밀러가 자고 있을 가능성도 크고요. 우리 쪽 사람은 슬그머니 걸어 나와서 혼란 속으로 사라지는 겁니다."

메르카도는 맥주를 마시더니 얼굴을 찌푸린다. "잘 모르겠어. 너무 위험한 거 아닌가?"

"위험하죠. 하지만 감수해야죠. 돈만 맞으면."

"병원에는 사방에 카메라가 달렸을 텐데."

"출입문 위에 하나 있는데 병실 안에는 없어요. 우리 쪽 사람은 교도관 복장으로 들어갈 겁니다. 일단 병실에 들어가면 몇 초 만에 일을 끝내고 혼란 속으로 섞여 들 겁니다. 행여 카메라에 찍힌다고 해도 큰일은 아니에요. 그 사람이 누군지 못 알아낼걸요. 1시간 안에 그 친구를 비행기에 태울 테니까요.”

“근데 밀러는 병원에서 실력 좋은 의사들에 둘러싸여 있는데.”

“그렇죠. 하지만 몸에 독이 들어갔다는 걸 알 때쯤이면 그는 이미 죽었을 겁니다. 내 말을 믿어요. 교도소에서 독으로 세 명이나 보내 봤다고요. 다 내가 직접 만든 독으로 해냈어요.”

“그래도 잘 모르겠어. 생각을 좀 해 보지.”

“당신은 신경 쓸 거 하나 없어요, 미키. 돈 말고는요. 혹시 우리 쪽 사람이 일을 망치고 붙잡힌다고 해도 입을 열진 않을 겁니다. 약속하죠. 혹시 밀러가 살아남으면 나머지 돈은 안 받겠습니다. 하지만 교도소에서 해치우는 것처럼 싸구려는 안 됩니다. 병원은 교도소가 아니니까.”

“얼마나?”

“10만 달러. 절반은 선금, 나머지 절반은 그 친구 장례식 뒤로 합시다. 추가로 첫 번째 작업비 남은 것 2만5천도 주셔야 하고.”

“너무 비싼데.”

“사람이 넷이나 필요해요. 나 빼고 폭탄 제조할 사람까지 셋이 있어야 하니까. 교도소에서 칼로 사람 찌르는 것보다 훨씬 복잡한 일이잖아요.”

“그래도 너무 큰돈이라.”

“밀러를 죽이겠다는 겁니까, 말겠다는 겁니까?”

“당신이 고용한 친구들이 일을 망치지만 않았다면 그자는 벌써 죽었겠지.”

"그래서, 할 거요, 말 거요?"

"너무 비싸다니까."

"당신들한테는 푼돈이잖아요."

"생각 좀 해 보고."

트랙 너머 방목장 옆에 세워 둔 배달 트럭의 화물칸 속에서 요원 여럿이 두 사람의 모든 움직임을 촬영하고 오가는 대화를 녹음한다.

피츠너는 두 번째 아내와 긴 산책을 하고, 10미터짜리 매끈한 그래디 화이트 보트를 타고, 친구와 낚시를 즐기고, 매주 월요일과 수요일은 같은 멤버끼리 골프를 친다. 모든 면에서—옷, 집, 여러 대의 차, 멋진 레스토랑, 클럽—그는 상당히 부유해 보인다. 그들은 피츠너를 감시하되 그의 집으로 들어가지는 않는다. 감시 카메라가 너무 많기 때문이다. 그는 일반적인 통화를 할 때는 아이폰을 사용하고, 민감한 전화를 할 때 사용하는 선불 폰이 최소한 하나 이상은 있는 것 같다. 열하루 동안 그는 골프 코스와 선박장을 벗어나지 않는다.

열이틀째 되던 날 그는 마라톤을 떠나 1번 고속 도로를 타고 북쪽으로 향한다. 그가 키 콜로니 비치를 지날 무렵 작전이 시작된다. 계획은 메르카도가 코럴 게이블즈를 출발하자 본격적으로 돌아간다. 그가 키 라고에 먼저 도착해 스누크 베이사이드 레스토랑의 외부 주차장에 차를 세운다. 반바지에 꽃무늬 셔츠를 입은 요원 두 명이 식당에 슬그머니 들어가 물가 근처의 테이블에 앉는다. 메르카도의 자리에서 10미터쯤 떨어진 곳이다. 10분 뒤 피츠너가 볼보를 타고 도착한다. 그러고는 운동 가방을 차에 놓아둔 채 안으로 들어가는 실수를 저지른다.

메르카도와 피츠너가 해산물 샐러드를 먹는 동안 운동 가방이 볼보에서 사라진다. 가방 안에 100달러짜리 지폐 다섯 묶음이 고무줄로 단단히 묶여 들어 있다. 신권은 아니고 한참 동안 묵혀 두었던 것으로 보이는 지폐다. 총 5만 달러다. 지폐 두 묶음을 빼내고 일련번호가 기록된 다소 새것인 지폐 뭉치를 대신 넣는다. 운동 가방은 볼보의 뒷자리 바닥으로 돌아간다. 요원 두 명이 추가로 도착해 전체 인원은 열 명으로 늘어난다.

점심 식사가 끝나자 피츠너가 아메리칸 익스프레스 카드로 식비를 결제한다. 그와 메르카도는 식당을 벗어나 햇빛 아래로 나선다. 둘은 차 주변에서 잠시 머뭇거린다. 피츠너가 잠긴 차 문을 열고 운동 가방을 내린 다음 지퍼를 열어 안을 확인하지도 않은 채 메르카도에게 건넨다. 메르카도가 태연하게 가방을 건네받는 걸 보니 전에도 많이 해 본 것 같다. 메르카도가 한 걸음 내딛기도 전에 커다란 목소리가 소리친다. "움직이지 마! FBI다!"

브래들리 피츠너는 정신을 잃고 자신의 볼보 옆에 주차되어 있던 차량 쪽으로 쓰러진다. 그가 아스팔트 위를 뒹구는 사이 요원들이 메르카도에게 달려들어 가방을 빼앗고 수갑을 채운다. 브래들리가 정신을 차리고 일어선다. 멍한 얼굴의 왼쪽 귀 위에 찢어진 상

처가 보인다. 한 요원이 종이 타월로 거칠게 피츠너의 상처를 닦아
낸다. 두 용의자는 차에 태워져 마이애미로 압송된다.

39

다음 날 놀턴 요원에게서 연락이 온다. 스킵 딜루카가 새로운 신분을 수여받고 새 삶의 기회를 찾아 화성으로 향하는 비행기에 올랐다는 소식을 전해 준다. 그의 여자 친구는 나중에 따로 그를 찾아 갈 계획이다. 애그니스는 피츠너와 메르카도에 관한 최신 소식도 전해 주지만 크게 달라진 것은 없다. 내시 쿨리의 로펌이 두 사람의 변호를 맡았고, 변호사들이 작정하고 온갖 제도를 악용하면 검찰 기소는 결국 중단될 것이다. 두 피고는 보석금을 내고 석방되려 하겠지만 연방 치안 판사는 생각을 바꾸지 않을 것이다.

그녀의 목소리가 훨씬 차분해지더니 "왜 저한테 저녁 먹자는 소리를 한 번도 안 해요?"라는 말로 대화를 마무리한다.

조금이라도 머뭇거려서 약점을 잡히기 전에 나는 얼른 말한다.

"저녁 식사 어때요?" 여자 앞에서 우둔하게 구는 나는 그녀가 결혼 반지를 꼈는지조차 확인하지 않았다. 내 생각에 그녀는 마흔두 살쯤 되어 보인다. 그녀의 사무실에서 아이들 사진을 본 것도 같다.

"좋아요." 그녀가 말한다. "어디서 만날까요?"

"여긴 당신이 더 잘 알잖아요." 내가 잽싸게 대답한다. 올랜도에서 먹어 본 거라곤 머시 병원의 지하 식당에서 파는 음식뿐이다. 끔찍하지만 저렴한 음식. 나는 필사적으로 신용 카드의 사용 한도가 얼마나 남았는지 기억을 더듬어 본다. 그녀를 근사한 식당에 데려갈 수 있을까?

"어디서 묵어요?" 그녀가 묻는다.

"병원에서요. 전 아무래도 좋아요. 차가 있으니까." 나는 우범 지역에 위치한 싸구려 모텔에서 체류 중이지만 절대 그런 말은 하지 않을 생각이다. 내 차? 내 차는 작은 포드 SUV다. 타이어는 마모될 대로 마모되었고, 지금까지 1백만 킬로미터는 달렸을 터다. 갑자기 애그니스가 모든 걸 눈치챈 게 아닌가, 하는 생각이 든다. FBI는 나에 대해서도 샅샅이 조사를 했을 것이다. 아마도 내 차를 보았을 테니 그녀는 형식적으로 내가 그녀를 태우러 가는 것보다 식당에서 '만나는' 편을 선호할 것이다. 역시나 그녀의 사고방식은 내 마음에 쏙 든다.

"리 로드에 크리스트너라는 데가 있어요. 거기서 만나요. 더치 페이해요."

점점 더 그녀가 마음에 든다. 어쩌면 그녀와 사랑에 빠질지도 모르겠다. "정 그러시다면."

법학 학위를 받았고 18년이나 근무했으니 그녀의 연봉은 12만 달러쯤 될 것이다. 아니, 어쩌면 나, 비키, 메이지의 연봉을 합한 것보다 많이 받을 수도 있다. 사실 비키와 나는 월급을 받으며 일한다고 생각하지 않는다. 우리는 각자 한 달 동안 살아남기 위해 정확히 2천 달러가 필요하다. 그리고 은행 계좌에 조금이라도 돈이 남으면 크리스마스에 보너스를 받는다.

확실히 애그니스는 내가 가난하다는 걸 알고 있다.

나는 내가 가진 옷 중에서 유일하게 깨끗한 셔츠에 카키색 바지를 입는다. 사무실에서 바로 온 듯한 그녀는 평소처럼 깔끔하게 차려입고 있다. 우리는 바에서 와인을 한 잔씩 마신 다음 테이블에 자리를 잡는다. 각자 와인을 한 잔씩 더 주문하고 나서 그녀가 말한다. "일 얘기는 하지 말아요. 당신 이혼 얘기가 듣고 싶어요."

어느 정도 예상을 했음에도 갑작스러운 그녀의 말에 웃음이 터진다. "어떻게 알았어요?"

"그냥 넘겨짚은 거예요. 당신이 먼저 이혼 얘기를 해 주면 나도 내 이혼 얘기를 해 줄게요. 그러다 보면 업무 얘기를 안 하게 되겠죠."

나는 아주 오래전 일이었다며 내 과거 속으로 그녀를 이끈다. 로스쿨, 브룩을 만나 구애한 일, 결혼, 국선 변호사로서의 경력, 신경쇠약, 그로 인해 신학교에서 새로운 직업을 얻은 일, 결백한 사람들을 도우라는 신의 부름에 응답한 일까지.

종업원이 오자 우리는 샐러드와 파스타를 주문한다.

그녀는 두 번의 이혼을 겪었단다. 심각하지 않았던 이혼은 끔찍한 첫 번째 결혼의 결과였고, 심각했던 두 번째 이혼은 마무리된 지 2년이 채 지나지 않았다. 남편은 기업체 임원으로 전근이 잦았다. 그녀는 제대로 된 사회생활을 하길 원했고 이사에 질려 버렸다. 두 사람은 사랑했기에 고통스럽게 헤어졌다. 두 사람의 10대 자녀 둘은 여전히 적응 중이다.

애그니스는 내가 하는 일에 흥미를 느꼈고, 나는 기꺼이 그동안 성공했던, 그리고 현재 진행 중인 의뢰인들에 관해 들려준다. 우리는 먹고 마시고 이야기하며 즐거운 시간을 보낸다. 나는 매력적이고 지적인 여자와 함께 있어서, 그리고 병원 식당이 아닌 데서 식사를 할 수 있어서 기분이 좋다. 그녀는 자신이 하는 일과 관련 없는 내용의 대화를 갈망하는 것 같다.

하지만 티라미수와 커피를 즐기다가 우리는 다시 직면한 문제로 돌아간다. 사실 우리는 브래들리 피츠너의 대응에 적잖이 당황하고 있다. 지금까지 오랜 시간 동안 그는 범죄 현장에서 멀리 떨어진 곳에서 편안한 삶을 살았다. 그는 기소될 만한 문제에는 접근조차 하지 않았다. 그는 의심받고 조사받았지만 붙잡히기에 너무 똑똑하고 운이 좋았다. 그는 돈을 챙겨서 빠져나갔고 자금을 깔끔하게 세탁했다. 그의 손은 깨끗했다. 그는 깔끔하게 퀸시를 잡아넣었고 케니 테프트가 입을 열지 못하도록 만들었다. 그런 그가 왜 이제 와 위험을 무릅쓰고 퀸시를 죽임으로써 우리의 노력을 망치려는 음모에 스스로 뒤엉키려 했던 걸까?

애그니스는 그가 카르텔을 대신해 행동하는 것이 아닌가 의심한다. 하지만 피츠너의 경우와 마찬가지로 카르텔은 무슨 이유로 우리가 퀸시를 교도소에서 빼내려는 일에 신경을 쓴단 말인가? 23년 전 루소를 살해하기 위해 고용된 살인범의 정체를 밝히는 일에 있어서 우리는 이렇다 할 진전을 보지 못하고 있다. 혹시 기적적으로 우리가 살인범의 이름을 알게 된다고 해도 그를 카르텔과 연결 지으려면 세 번 정도의 기적이 추가로 더 일어나야 한다. 퀸시를 풀어 주는 일은 살인 사건을 해결하는 일과는 무관하다.

애그니스는 피츠너와 카르텔이 교도소에서의 공격이 쉽고 아무 증거도 남지 않으리라 생각한 것 같다고 추측한다. 그러니 단순히 힘든 시간을 보내던 거친 남자 둘을 찾아내 약간의 현금을 약속했던 것이다. 일단 퀸시가 죽으면 수호자 재단은 관련 서류를 덮고 다른 일을 찾을 테니 말이다.

우리는 어쩌면 늙은 피츠너가 자신이 오래전에 잘 덮어 두었다고 믿어 의심치 않던 사건을 공신력 있는 누군가 다시 파고 있다는 사실을 깨닫고 겁먹었을 수도 있다고 의견을 모은다. 그는 우리가 사건에서 유리한 위치에 있고, 집요함과 높은 성공 확률로 명성이 자자하다는 점을 익히 들어 알고 있다. 퀸시가 교도소에서 석방되면 풀리지 않은 많은 문제가 남게 되지만, 퀸시를 영구차에 태우면 그런 질문은 모두 묻히고 말 것이다.

피츠너는 자신이 어떤 심판도 받지 않으리라 믿었을 가능성도 실제로 있다. 오랜 세월 동안 그는 법 자체였다. 그는 법의 위아래에서, 안팎에서 활동하며 유권자들을 만족시킬 수만 한다면 뭐든 자신이 원하는 대로 해 왔다. 거액을 손에 쥐고 은퇴한 그는 스스로를 꽤 똑똑하다고 여겼을 것이다. 한 번만 더 범죄를 저지를 필요가 있다면, 설령 그것이 교도소에 있는 재소자를 공격하는 것처럼 직접적인 행동이라고 해도 일단 저질러 버리고 전혀 걱정하지 않았을 수도 있다.

애그니스는 똑똑했지만 믿기지 않는 실수를 저질렀던 다른 범죄자들 얘기로 나를 즐겁게 해 준다. 그녀는 그런 이야기로 책도 쓸 수 있다고 한다.

우리는 늦은 시간까지 추측하고 예측하고 우리의 과거를 들추며 긴 대화를 즐기느라 다른 모든 손님들이 식사를 마치고 떠났다는 사실조차 알아차리지 못한다. 종업원이 우리만 하염없이 바라보고 있는 걸 깨닫고 나서야 식당에 우리 말고 아무도 남지 않았다는 걸 알게 된다. 우리는 약속대로 더치페이를 하고 식당 앞에서 악수를 나눈 다음 다음에 또 식사를 하기로 한다.

40

FBI가 애덤 스톤과 스킵 딜루카를 체포했을 때 나는 퀸시 밀러가 아주 멋진 민사 소송 건을 얻어 냈음을 깨달았다. 공무원인 스톤의 적극적인 공모로 퀸시에 대한 공격은 주 정부에 대한 배상 청구권이 발생하는 고의적 불법 행위가 되었는데, 그건 일반적인 교도소 내 구타 행위보다 훨씬 더 소송에 적합한 대상이다. 플로리다주는 책임을 져야 할 신세였고 빠져나갈 길이 없었다. 나는 이 문제를 두고 우리와 공동으로 변호를 맡은 수전 애슐리 그로스와 오랫동안 논의했다. 그녀는 포트 로더데일에서 법정 변호사로 활동하는 빌 캐넌을 추천했다.

플로리다주에는 불법 행위로 인한 민사 소송이 넘쳐 난다. 주의 법률은 원고에게 유리하다. 배심원들은 교육 수준이 높고 역사적으로 관대하다. 판사들 대부분, 적어도 도시 지역의 판사들은 피해자들 편으로 기울고 있다. 이런 상황 때문에 공격적이면서도 성공적인 법정 변호사들이 많다. 플로리다주의 복잡한 고속 도로를 따라 서 있는 광고판들을 보면 누구나 사고를 당하고 싶어질 것이다. 이른 아침 시간의 텔레비전에서는 당신의 고통에 공감하고 있다는 장사치 같은 변호사들의 광고 폭탄이 쏟아진다.

빌 캐넌은 굳이 광고까지 할 필요가 없다. 그의 뛰어난 명성은 전국에 알려져 있다. 그는 지난 25년을 법정에서 보냈고 배심원들을 설득해 지금까지 10억 달러가 넘는 돈을 평결로 따냈다. 길거리를 훑고 다니며 구급차를 따라가 사건을 따내는 변호사들이 그에게 사건을 가져온다. 그는 그들이 그물로 건져 올린 사건 가운데 최고만을 선택한다.

나는 다른 이유로 그를 고용하기로 한다. 우선 그는 좋은 취지에 공감해 수전 애슐리의 결백한 수감자 석방 운동에 후하게 기부하는 사람이다. 두 번째로 그는 무료 변론을 옹호하며 함께 일하는 파트너 변호사나 직원들이 10퍼센트의 시간을 가난한 사람들을 위한 무료 변론에 기부하기를 바란다. 그는 지금은 전용 비행기를 타고 다니지만, 불우한 가정에서 자랐고 살던 집에서 부당하게 쫓겨나면서 짓밟혔던 고통을 기억하고 있다.

메르카도와 피츠너가 체포되고 사흘 뒤 캐넌은 퀸시를 대신해 플로리다주 교정국과 미키 메르카도, 그리고 브래들리 피츠너를 상대로 5천만 달러의 연방 소송을 제기한다. 소송에서는 가해자인

로버트 얼 레인과 존 드러믹은 물론 애덤 스톤, 스킵 딜루카도 거론하고 있지만 그들은 나중에 소송 대상에서 제외될 예정이다. 캐넌은 소송을 제기하자마자 메르카도와 피츠너의 전 재산이 카리브해 속으로 슬그머니 사라지기 전에 동결해야 한다고 치안 판사를 설득한다.

수색 영장을 받아 낸 FBI는 코럴 게이블즈에 있는 메르카도의 호화 콘도로 쳐들어간다. 그들은 권총 여러 자루와 임시로 사용될 예정이었던 여러 대의 휴대 전화, 5천 달러가 든 현금 상자, 별 정보가 없는 노트북을 찾아낸다. 메르카도는 두려움 속에 살면서 흔적을 남기는 걸 피해 왔다. 하지만 두 장의 은행 입출금 명세서를 통해 FBI는 도합 40만 달러가 들어 있는 세 개의 계좌를 찾아낸다. 그의 사무실에서도 비슷한 작업을 벌였으나 찾아낸 것은 별로 없다. 애그니스는 메르카도의 진짜 재산은 은밀한 거래를 취급하는 해외 은행에 보관되어 있으리라 추측한다.

피츠너에 대한 조사는 매끄럽게 진행되지 못한다. 그의 집을 수색하려 했지만 그의 아내가 미쳐 날뛰며 출입문을 막고 나서면서 조사가 지연된다. 결국 그녀는 수갑을 채워 유치장에 보내겠다는 위협을 들은 뒤에야 꼬리를 내린다. 은행 명세표를 찾아내 마이애미에 있는 세 개의 계좌를 찾아낸다. 남부의 멋쟁이 보안관이었던 남자는 그곳에만 3백만 달러에 가까운 현금을 쌓아 두고 있다. 다른 금융 상품 계좌에는 1백만 달러가 살짝 넘는 금액이 들어 있다. 작은 도시의 보안관 출신치고는 꽤 큰 액수다.

애그니스는 재산이 더 있으리라 생각한다. 캐넌도 같은 생각이다. 피츠너가 부정한 돈을 미국 은행에 4백만 달러나 뻔뻔스럽게 보관할 정도라면 해외에는 얼마나 숨겨 두었을지 충분히 상상이 된다. 게다가 캐넌은 그런 돈을 어떻게 찾아낼 수 있는지를 잘 안다. FBI가 카리브해의 은행들에 압력을 가하기 시작하는 사이 캐넌은 해외로 유출되는 더러운 돈을 추적하는 범죄 수사 전문 회계 법인을 고용한다.

자신감이 넘치는 캐넌이지만 섣부른 예측은 하지 않는다. 하지만 그는 새 의뢰인인 퀸시가 상당한 금액의 손해 배상금을 받게 될 것임을 확신한다. 물론 그의 로펌이 최대 40퍼센트의 수수료를 챙기게 될 것이다. 나는 수호자 재단도 조용히 몇 푼 챙겨서 전기료라도 충당할 수 있기를 바라지만 그런 일은 없다고 보아도 무방하다.

다만 퀸시는 요즘 돈에 대해 별 생각이 없다. 그는 다시 걷기 위해 노력하느라 여념이 없다. 의사들이 어깨와 양쪽 쇄골, 턱을 수술했고, 그는 상체 절반과 한쪽 손목에 깁스를 했다. 이 세 개를 새로 해 넣었고 코도 다시 세웠다. 그는 줄곧 고통에 시달리고 있지만 어떻게든 그런 얘기를 입 밖에 꺼내지 않으려 한다. 한쪽 폐와 한쪽 뇌에는 분비물 배출관도 달려 있다. 약을 많이 먹고 있어 뇌가 얼마나 제대로 활동하는지 알 수 없지만, 그는 단호히 침대를 벗어나 돌아다니려 애쓰고 있다. 그는 물리 치료가 끝나면 물리 치료사들에게 투덜거린다. 그도 그럴 것이 그는 더 많이 걷고 구부리고 마사지 받고 더 힘들게 움직이고 싶어 한다. 그는 병원을 지겨워하지만 달리

갈 데가 없다. 가빈 교도소는 재활 치료를 제공할 수 없으며 그곳의
의무실은 수준 이하다. 그는 정신이 멀쩡할 때면 교도소에 돌아갈
필요가 없도록 무죄 판결을 받아 내는 일을 두고 나와 다투곤 한다.

41

테프트 일가에 소문이 퍼져 나가자 일부 친지들은 외부인이 비다 할머니의 귀신 들린 집 주위를 들쑤시고 다닌다는 걸 영 내켜 하지 않는다. 그들은 비다 할머니가 죽기 전에 집에 저주를 걸었고 집 내부에 빠져나가지 못하는 분노한 영혼이 있다고 생각한다. 잠가 둔 문을 열면 온갖 종류의 악령들이 풀려날지도 모르고, 이런 사악한 기운은 응당 그녀의 후손들을 향할 거란다. 그녀는 자신을 정신 병원으로 보낸 사람들에 대한 원한을 품고 죽었다. 그녀는 말년에 제정신을 차리지 못할 정도로 미쳐 버렸지만 자신의 가족을 저주로 뒤덮는 일은 제대로 해냈다. 프랭키의 말에 따르면 아프리카 주술 중에는 마녀가 죽으면 멈추는 것도 있고 영원히 이어지는 것도 있단다. 물론 살아 있는 테프트가 사람들 중 그걸 확인해 보고 싶은

이는 없을 것이다.

프랭키와 나는 그의 번쩍거리는 픽업트럭을 타고 딜런으로 가고 있다. 프랭키는 운전 중이고 나는 문자를 보낸다. 그와 나 사이의 콘솔 박스에는 9밀리 글록 권총이 하나 놓여 있다. 합법적으로 구매해 프랭키 이름으로 등록한 물건이다. 만일 우리가 집 안으로 들어가게 된다면 그는 권총을 들고 움직일 생각이다.

"주술이 어쩌고저쩌고 떠드는 이야기를 진짜로 믿는 건 아니지, 프랭키?" 내가 묻는다.

"모르겠어요. 일단 집을 보기 전까지 좀 기다려 보세요. 신나서 안에 들어가고 싶지는 않을 겁니다."

"그럼 진짜로 유령이나 도깨비 따위를 걱정한다는 거야?"

"계속 그렇게 비웃어 보시죠, 보스." 그는 오른손으로 글록을 만지작거린다. "이런 거 하나 있으면, 할걸요."

"어차피 유령은 총으로 못 쏴. 안 그래?"

"쏴 본 적은 없어요. 그래도 혹시 모르죠."

"그럼 총 들고 먼저 들어가라고. 그다음에 내가 따라갈 테니까. 됐지?"

"봐서요. 안에 들어가 볼 수 있으려나 모르겠네."

우리는 애잔한 동네인 딜런을 지나 더 깊은 시골구석으로 들어간다. 자갈이 깔린 도로 끄트머리에 다 무너져 가는 집이 보이고 그 앞을 낡은 픽업트럭 한 대가 막고 서 있다. 프랭키가 속도를 줄이다가 차를 세우며 말한다. "저집니다. 오른쪽에 선 사람이 저랑 친구가 된 라일리예요. 모르긴 해도 다른 남자는 그의 사촌 웬들일 겁니다. 저 친구는 문제가 될 수도 있어요."

웬들은 마흔 살쯤 되어 보이는데, 지저분한 부츠에 청바지를 입은 노동자다. 그는 서로 소개하며 악수하는 사이에도 웃지 않는다. 그건 라일리도 마찬가지다. 두 사람 사이에 이미 많은 얘기가 오갔고 의견이 일치하지 않는다는 걸 한눈에 알 수 있다. 잠시 뻔한 인사를 주고받고 나서 라일리가 내게 묻는다. "자, 이제 어떻게 하실 겁니까? 뭘 원하시죠?"

"집 안에 들어가 둘러보고 싶습니다." 내가 대답한다. "우리가 왜 왔는지 아시잖아요."

"이봐요, 포스트 씨." 웬들은 최대한 예의를 지키며 입을 뗀다. "나는 이 집 안팎을 속속들이 다 압니다. 어릴 때 이 집에서 자랐으니까요. 비다 할머니가 돌아가신 것도 내가 발견했습니다. 할머니가 돌아가시고 얼마 지나지 않아 아내랑 애들을 데리고 여기서 살려고도 해 봤고요. 근데 그럴 수 없었어요. 이 집은 귀신이 들렸어요. 비다 할머니가 이 집에 저주를 걸었다고 한 말은 진짜라고요. 당신들은 무슨 상자인지를 찾는다면서요? 장담하건대 그런 거 못 찾아요. 집에 작은 다락이 있었던 것도 같지만 직접 보진 못했어요. 너무 무서워서 올라가 보지도 못했는데요."

"그럼 저희가 한번 확인해 보겠습니다." 나는 최대한 자신감 넘치는 태도로 말한다. "두 분은 여기 계시고 프랭키와 제가 한번 둘러볼게요."

라일리와 웬들은 날카로운 얼굴로 서로를 바라본다. 라일리가 말한다. "그게 그렇게 쉽지 않다니까요, 포스트 씨. 아무도 이 집 문이 열리는 걸 원하지 않습니다."

"아무도? 누구 말인가요?" 내가 묻는다.

"우리 가족이요." 웬들이 날카롭게 대꾸한다. "근처에 사는 사촌들이랑 다른 데로 떠난 사촌들 다 이 집을 건드리는 걸 원하지 않아요. 당신은 비다 할머니를 모르지만 할머니는 정말 여기 계신다니까요. 그렇게 만만하게 볼 분도 아니에요." 그의 목소리에 두려움이 깃들어 있다.

"말씀은 충분히 이해합니다." 나는 짐짓 심각한 목소리로 대꾸한다.

조금 전만 해도 느껴지지 않던 산들바람이 집 위로 가지를 드리운 버드나무를 스치며 지나간다. 마치 신호를 받기라도 한 것처럼 지붕 뒤에서 삐걱거리는 소리가 들리고 두 팔에 닭살이 돋는다. 우리 넷은 멍하니 집을 바라보며 깊은 숨을 몰아쉰다.

그래도 끝까지 이야기를 이어 가야 한다. 내가 말한다. "자, 친구들, 이건 그저 옛말대로 건초 더미에서 바늘 찾기입니다. 케니 테프트가 진짜로 불이 나기 전에 증거물을 챙겼는지는 아무도 몰라요. 혹시 챙겼다고 해도 그가 그걸 어떻게 처리했는지까진 알 수 없죠. 증거물은 이 집 다락에 있을 수도 있지만, 이미 오래전에 다른 데서 분실됐을 확률도 높아요. 어쩌면 이 모든 게 시간 낭비일 수 있으나 저희는 가능한 한 모든 단서를 추적하려고 합니다. 그냥 한번 쓱 둘러보고 떠날게요. 약속합니다."

"혹시 뭐라도 발견되면요?" 웬들이 묻는다.

"보안관을 불러 증거물을 제출할 겁니다. 증거물은 우리에게 큰 도움이 될지언정 두 분 가족에게는 아무런 가치가 없을 겁니다." 이렇게 가난한 사람들에게는 다락 속에 가문에서 내려오는 보석이 숨겨져 있을지 모른다는 생각 따위는 존재하지 않는다.

웬들은 한 걸음 물러나더니 깊은 생각에 잠긴 것처럼 주위를 서성댄다. 그러다 자동차 펜더에 몸을 기대고 서서 침을 뱉고는 가슴 위로 팔짱을 끼더니 말한다. "나는 생각이 달라요."

라일리가 말한다. "당장은 저보다 웬들을 지지하는 사람들이 많아서요. 그러니 웬들이 안 된다고 하면 안 되는 겁니다."

나는 양손을 펼쳐 보이며 말한다. "딱 1시간이면 돼요. 저희에게 1시간만 허락해 주시면 다시는 우리를 볼 일이 없을 겁니다."

웬들이 고개를 흔든다. 라일리는 웬들을 한번 보고 프랭키에게 말한다. "미안합니다."

나는 두 사람을 향해 대놓고 역겹다는 듯한 표정을 지어 보인다. 아마도 돈을 뜯어내려는 전략일 수 있으니 그 방식대로 해결해 볼 일이다. 내가 말한다. "좋아요. 자, 이 집은 루이즈 카운티에서 3만 3천 달러의 가치가 있다고 판정받았습니다. 1년으로 계산하면 대충 하루에 100달러쯤 되죠. 우리 수호자 재단이 이 집과 주변을 하루 200달러에 빌리겠습니다. 내일 오전 9시부터 내일 오후 5시까지요. 하루 연장할 때마다 같은 요금을 내는 조건입니다. 어때요?"

두 사람이 내 말을 듣더니 턱을 긁적거린다. "좀 싼데." 웬들이 말한다.

"하루 500달러는 어때요?" 라일리가 묻는다. "그 정도면 넘어갈 수 있을 것 같은데요."

"제발요, 라일리, 우리는 영세한 비영리 단체라고요. 주머니에서 그냥 현금이 나오는 게 아니에요. 300달러로 합시다."

"400달러. 싫으면 그만두시죠."

"좋아요. 그렇게 합시다. 플로리다주 법률에 따르면 부동산과 관련한 모든 합의는 반드시 문서로 작성해야 합니다. 내가 한 페이지짜리 임대 계약서를 마련할 테니 여기서 아침 9시에 다시 만납시다. 됐죠?"

라일리는 흡족해하는 것 같다. 웬들은 그저 고개만 끄덕한다. 이제 된 것이다.

우리는 최대한 빠르게 딜런을 떠나면서 함께 웃는다. 프랭키는 시브룩의 메인 스트리트에 세워 둔 내 차 근처에 나를 내려 주고 동쪽으로 간다. 그는 이곳과 게인즈빌 사이 어딘가의 모텔에 머물고 있지만 늘 그렇듯 자세한 내용은 모호하게 알려 준다.

나는 5시에서 몇 분이 지난 시간에 글렌 콜라쿠르치의 사무소에 들어선다. 안쪽에서 그가 전화기에 대고 으르렁거리는 소리가 들린다. 그의 매력 넘치는 비서인 비가 한참 만에 모습을 드러내더니 으레 보여 주는 웃음을 짓는다. 그녀를 따라가 보니 글렌은 책상 위며 주변에 서류 더미를 쌓아 놓은 채로 책상 앞에 앉아 있다. 그가 벌떡 일어나 마치 내가 그의 말썽꾸러기 아들이라도 되는 양 인사를 건네며 손을 내민다. 그러면서 지금이 몇 시인지 모르겠다는 듯 재빨리 손목시계를 내려다보더니 말한다. "이런 빌어먹을, 퇴근 시간이라고 우기려고 했더니 진짜 퇴근 시간이 넘었잖아. 뭘 들겠나?"

"맥주면 됩니다." 나는 독한 술을 피하려고 선수를 친다.

"맥주랑 위스키 더블 한 잔." 그가 비에게 말하자 그녀가 살그머니 사라진다. "이리 오게. 자, 이리로." 그가 소파를 가리키며 말한다. 그는 지팡이를 짚고 비틀거리며 걸어오더니 오래된 먼지투성이 가죽 의자에 털썩 주저앉는다. 나는 가운데가 푹 꺼진 소파에 앉으며 누비이불을 옆으로 밀어낸다. 내가 보기에 그는 매일 오후 술을 곁들인 점심 식사를 마치고 이 소파에 누워 코를 골며 자는 것 같다. 그가 양손으로 지팡이의 손잡이를 붙들고 주먹 위에 턱을 얹은 채 장난스럽게 웃으며 말한다. "피츠너가 감옥에 가다니 믿을수가 없군."

"저도 믿기지 않습니다. 선물 같은 일이었어요."

"어떻게 된 건지 얘기해 보게."

이번에도 내가 말하는 모든 것이 내일 아침이면 어딘가의 커피숍에서 되풀이되리라 생각하면서, 나는 FBI가 익명의 교도관 그리고 교도소 내 범죄 조직과 공모한, 역시 익명인 용의자를 잡아들인 이야기를 짧게 들려준다. 그들을 수사해서 마약상들을 위해 일하는 해결사와 피츠너를 찾아낸 이야기도 들려준다. 피츠너는 삼류 좀도둑처럼 순진하게 함정으로 걸어 들어왔다. 이제 그는 30년 징역형을 받게 생겼다.

비가 술을 가져온다. 우리는 동시에 외친다. "건배." 그의 술은 갈색인데 술잔 속에 얼음은 거의 없다. 그는 입술이 마르는 듯 입맛을 다시며 말한다. "그래, 무슨 일로 여기 오셨나?"

"보안관인 윙크 캐슬을 좀 만나고 싶어서요. 어디 있는지 찾아낼 수 있으면 당장 내일이라도요. 그동안 재수사에 관해 얘기를 하고 있었어요. 게다가 이제 피츠너가 퀸시를 살해하려 했다는 사실이 드러났으니까요." 이 정도면 내가 이곳을 찾아온 이유를 충분히 사실대로 말한 편이다. "그리고 변호사님이 궁금해서 온 것도 있습니다. 지난번에 우리가 게인즈빌에서 만났을 때 보니까 변호사님이 이 사건을 꽤 많은 시간을 들여 조사하신 것 같더라고요. 혹시 또 알아내신 놀랄 만한 얘기 없나요?"

"별로 없어. 다른 거 하느라 바빴지." 그는 하루에 족히 18시간은 일하는 듯 쓰레기 매립지 같은 형상을 하고 있는 책상을 가리켜 보인다. "케니 테프트 쪽에서는 뭐 좀 건진 것 없나?"

"뭐, 조금 있다고 봐야죠. 법률적으로 작성해야 할 서류가 있어서 변호사님께 부탁드리려고 왔습니다."

"친자 확인, 음주 운전, 이혼, 살인 사건 같은 거? 뭐든 말만 하셔. 제대로 찾아오셨으니까." 그는 자신의 농담에 큰 소리로 웃고 나도 따라 웃는다. 똑같은 말을 적어도 50년은 써먹지 않았을까.

나는 심각한 표정으로 테프트 가족과 만난 얘기와 집 수색 계획을 들려준다. 나는 100달러짜리 지폐 한 장을 내밀고 그에게 받을 것을 종용한다. 이제 그는 내 변호사가 되었고, 우리는 악수를 한다. 둘 사이에 오가는 이야기는 모두 비밀로 할 수 있다. 아니, 그래야만 할 것이다. 나는 테프트 가족에게 깊은 인상을 주면서도 간단한 한 페이지짜리 계약서와 글렌의 계좌에서 지급될 한 장의 수표가 필요하다. 물론 테프트 가족은 현금을 선호하겠지만 나는 정식 서류 처리가 더 좋다. 혹시 폐가에서 증거물을 발견한다면 물품의 확보 과정이 끔찍할 정도로 복잡해질 것이기에 서류 처리는 반드시 필요하다. 글렌과 나는 술을 마시면서 한 쌍의 노련한 변호사가 팀을 이루어 특별한 문제를 분석하듯 논의한다. 그는 경험이 많고 박식해 내가 미처 예상하지 못한 문제점들을 찾아낸다. 술잔이 비자 그는 비를 불러 술을 더 달라고 한다. 그녀가 술을 가져오자 그는 그녀에게 옛날에나 볼 수 있던 방식으로 뭔가를 속기로 받아 적으라고 말한다. 기본적인 내용에 관한 정리를 끝내고 비는 자기 자리로 돌아간다.

그가 말한다. "자네, 내 비서 다리를 너무 대놓고 쳐다보던데."

"인정합니다. 그게 뭐 잘못됐습니까?"

"전혀 잘못이 아니지. 정말 귀여운 친구니까. 그녀의 어머니인 메이 리는 우리 집 살림을 맡아서 하고, 매주 화요일 저녁에는 더할 나위 없이 훌륭한 스프링 롤을 요리하지. 오늘 자네 운이 아주 좋은 날이야."

나는 웃으며 고개를 끄덕인다. 어차피 다른 계획도 없던 참이다.

"게다가 내 오랜 친구 아치도 놀러 올 거거든. 혹시 전에 그 친구 얘기를 했는지 모르겠군. 일전에 술집에서 샹그리아 마실 때 얘기했던 것도 같은데. 그 친구랑은 이곳에서 수십 년 전에 함께 일하기도 했어. 아내가 세상을 떠나며 재산을 좀 남겨서 일을 그만뒀지. 큰 실수였지만. 그는 지난 10년 동안 아무 일도 없이 혼자 살면서 심심해했어. 은퇴는 끔찍한 짓이야, 포스트. 내가 보기에 그 친구는 메이 리한테 반한 것 같아. 어쨌든 아치는 스프링 롤을 아주 좋아하고 믿기 어려운 이야기를 잘 늘어놓는 사람이야. 그리고 와인에 미친 친구라서 와인을 잔뜩 갖고 있어. 좋은 와인을 가져올 거야. 와인 자주 마시나?"

"별로요." 글렌은 내 주머니 사정을 전혀 모르는 것 같다.

술잔 속 얼음덩이가 잘게 조각나자 그는 더 마실 준비라도 하듯 술잔을 흔들어 딸그락 소리를 낸다. 비가 초안 문서를 두 부 인쇄해 돌아온다. 우리는 몇 군데 수정을 하고, 그녀는 최종안을 인쇄하기 위해 자리로 돌아간다.

글렌의 집은 메인 스트리트에서 네 블록 떨어진 구석진 골목에 있다. 나는 시간을 죽이기 위해 몇 분 동안 차로 주변을 돌다가 집 진입로에 서 있는 허름한 벤츠 뒤에 주차한다. 아마도 아치라는 사람이 몰고 온 차일 것이다. 집 모퉁이 뒤쪽에서 그들의 웃음소리가 들리기에 뒷마당으로 직행한다. 그들은 포치에 나와서 고리버들의자에 놓인 푹신한 쿠션에 기대앉아 있다. 머리 위에서는 오래된 실링 팬 두 대가 소음을 내며 돌아가고 있다. 아치는 인사가 오가는 중에도 의자에서 일어날 생각을 하지 않는다. 나이는 글렌과 비슷한 것 같은데 건강해 보이진 않는다. 둘 다 머리가 덥수룩하고 긴 것이 한때는 나름 쿨한 스타일이었거나 이단아의 상징쯤으로 여겨지지 않았을까 싶다. 두 사람은 옷차림도 비슷하다. 되게 오래된 듯한 시어서커 정장에 넥타이는 매지 않았고 운동화를 신고 있다. 그래도 아치는 지팡이를 짚지 않는 모양이다. 와인에 대한 열정 탓인지 코는 영원히 벌건 상태일 것 같다. 글렌은 계속 버번을 고집하지만, 아치와 나는 아치가 가져온 상세르 와인을 마신다. 자신의 딸 못지 않게 아름다운 메이 리가 술상을 보아준다.

오래 지나지 않아 아치가 참지 못하고 말문을 연다. "포스트, 당신이 피츠너를 잡아넣었다고?"

나는 자기 자랑처럼 보이지 않도록 옆에서 벌어지는 일을 목격한 구경꾼 관점에서 FBI로부터 들은 내부 정보를 살짝 섞어 이야기를 들려준다. 아치는 과거에 피츠너와 자주 부딪혔다더니 피츠너에 대한 비호감을 여과 없이 드러낸다. 그는 이토록 오랜 세월이 흐른 뒤에 끝내 악당이 붙잡혔다는 사실이 믿기지 않는 것 같다.

아치는 시브룩에서 자동차가 고장 난 한 의뢰인의 이야기를 꺼낸다. 경찰은 앞좌석 밑에서 권총을 찾아냈고 무슨 연유인지 모르나 어린 의뢰인을 경찰 살인범으로 몰았다. 여기에 피츠너가 개입하더니 부하 직원들의 편을 들었다. 아치는 피츠너에게 어린 친구인데 감옥에 넣을 필요까지는 없지 않느냐고 했지만 피츠너는 아랑곳하지 않고 의뢰인을 신문했다. 경찰은 아이를 두들겨 패서 자백을 받아 냈고 결국 의뢰인은 5년 징역형을 살았다. 고장 난 차 하나 때문에 말이다. 아치는 피츠너를 향해 독설을 퍼붓는다.

두 늙은 전사들은 수없이 되풀이했을 무용담을 다시금 열심히 늘어놓는다. 나는 주로 그들의 이야기를 듣는 쪽이나 변호사 출신인 두 사람은 직업이 직업인지라 수호자 재단이 하는 일에 대해서도 관심이 많다. 그래서 나도 몇 가지 짧은 일화를 입에 올린다. 다만 테프트 가족에 대한 언급은 하지 않고, 내가 이곳에 온 진짜 이유도 알리지 않는다. 거액을 주고 계약한 내 변호사 글렌 역시 비밀을 지킨다. 아치가 상세르 와인을 한 병 더 딴다. 메이 리가 베란다에다 예쁜 술상을 차려 주었다. 술상 위로 격자 구조물을 타고 올라가는 등나무와 버베나가 보인다. 또 다른 실링 팬이 따뜻한 바람을 일으킨다. 아치는 샤블리 와인이 더 잘 어울린다고 생각했는지 샤블리 와인을 한 병 가져온다. 이쯤 되니 글렌도 혀가 마비되었는지 와인으로 바꾸어 마신다.

스프링 롤의 맛은 정말 일품이다. 술에다 환상적인 안주까지. 최근에 좋은 음식을 접하지 못한 터라 나는 테이블에 차려진 것들을 돼지처럼 먹어 치운다. 아치는 끊임없이 술을 부어 댄다. 내가 술을 자제하려는 눈치를 보이자 글렌이 말한다. "젠장, 그냥 마셔. 여기서 자고 가면 되잖아. 우리 집에 빈방 많아. 아치도 오면 맨날 자고 간다니까. 요즘 같은 때 밤에 저런 고주망태가 길바닥에 나오는 걸 누가 좋아하겠나?"

"사회에 대한 위협이지." 아치도 동의한다.

메이 리는 디저트로 달콤한 에그 번을 접시에 가득 내온다. 속에 달걀노른자와 설탕이 가득 찬 작은 빵이다. 아치는 디저트에 어울리는 소테른 와인을 한 병 내놓고 페어링에 대해 이러쿵저러쿵 떠들어 댄다. 글렌과 그는 알코올이 들어 있지 않다는 이유로 커피는 생략한다. 다음 코스는 시가다. 테이블 위에 금세 작은 시가 상자가 등장한다. 그들은 사탕 가게에 온 아이들처럼 담배를 꺼내 든다. 나는 마지막으로 시가를 피웠던 때가 언제인지 가물가물하지만 몇 모금 피웠다가 속이 뒤집혔던 건 기억난다. 그럼에도 불구하고 도전을 피하지 않는다. 대신 좀 부드러운 맛의 시가가 있는지 묻는다. 글렌은 보증을 받은 쿠바산 시가라며 코이바인지 뭔지를 권한다. 우리는 비틀거리며 버들고리 의자로 다시 자리를 옮겨 뒷마당을 향해 구름 같은 시가 연기를 내뿜는다.

아치는 다이애나 루소와 잘 지냈던 몇 안 되는 변호사들 가운데 한 명이다. 그가 그녀에 관한 말을 꺼낸다. 그는 단 한 번도 그녀가 남편의 살인 사건에 연루되었다고 의심한 적이 없다고 한다. 나는 열심히 듣기만 하고 아무 말도 하지 않는다. 그는 시브룩의 다른 모든 사람처럼 퀸시가 살인범이라고 생각했고 그가 유죄 판결을 받았을 때 안도했다. 시간이 흐르고 대화가 길어지면서 그들은 스스로 얼마나 잘못된 생각을 하고 있었는지 깨닫고 당황스러워한다. 브래들리 피츠너가 수감되었고 풀려날 것 같지 않다는 사실 또한 새삼 놀랍다.

물론 기쁜 일이다. 하지만 퀸시는 여전히 살인 누명을 쓴 채 갇혀 있고 우리의 갈 길은 아직 멀다.

마지막으로 손목시계를 힐끔거린다. 자정이 다 된 시간이다. 하지만 나는 두 사람이 자리를 뜰 때까지 아무 소리도 하지 않는다. 그들은 적어도 나보다 스물다섯 살은 더 많고 술을 진탕 마신 경험도 나보다 훨씬 많아 보인다. 나는 아치가 술을 브랜디로 바꿀 때도 용감하게 견뎌 내면서 한잔 받아 든다. 다행스럽게도 글렌이 코를 골기 시작하고 언제부터인가 나도 고개를 꾸벅거린다.

42

날씨가 거칠어진다. 지난 두 주간 플로리다주 북부에 비 한 방울 내리지 않았기에 가뭄이 아니냐는 말까지 나오고 있다. 한낮인데도 사위가 어두컴컴하고 소란스러운 가운데 우리는 서둘러 딜런을 지나간다. 나는 프랭키가 운전대를 잡은 차에 앉아 이를 악물고 침을 꿀떡꿀떡 삼킨다.

"정말 괜찮겠어요, 보스?" 프랭키가 묻는다. 똑같은 질문을 벌써 세 번은 한 것 같다.

"왜 그러는 거야, 프랭키." 내가 쏘아붙인다. "아까 말했잖아. 밤새 엄청나게 먹고 마셨고, 끔찍한 맛이 나는 시가까지 피웠고, 포치에서 시체처럼 뻗었다고. 그러다가 새벽 3시에 커다란 고양이가 가슴 위로 뛰어오르는 바람에 기절하는 줄 알았어. 그 의자가 고양이

자리인 줄 내가 어찌 알았겠어? 고양이도 나도 다시 잠들 수 없었어. 맞아. 나 지금 제정신 아니야. 눈물 나고. 온몸이 고양이 털투성이야. 죽을 것 같아."

"토할 거 같아요?"

"아직은 괜찮아. 그럴 것 같으면 알려 줄게. 당신은 어때? 아프리카 주술사가 저주를 건 귀신 나오는 집을 탐험하는 게 신나?"

"그럼요." 프랭키는 내가 괴로워하는 모양이 재밌는지 권총을 어루만지며 웃는다.

라일리와 웬들이 집 근처에서 기다리고 있다. 바람이 몰아치고 금방이라도 비가 쏟아질 것 같다. 나는 두 사람에게 임대차 계약서 사본을 한 장씩 주고 기본적인 사항을 알려 준다. 하지만 두 사람의 신경은 온통 돈에 쏠려 있다. 나는 그들 중 아무나 찾을 수 있는, 콜라쿠르치 로펌 계좌에서 출금되는 수표를 넘겨 준다.

"현금으로 준다면서요?" 웬들이 수표를 보더니 인상을 쓰며 말한다.

나 또한 인상을 쓰며 변호사 톤으로 대답한다. "현금에 의한 부동산 거래는 위법입니다." 플로리다주에서도 내 말이 맞는지 확신할 수 없지만 최대한 권위적으로 말한다.

프랭키는 트럭 짐칸에서 2.4미터 길이의 접이식 사다리와 어제 산 반짝거리는 새 쇠지레를 꺼낸다. 나는 플래시 두 개와 스프레이형 방충제를 집어 든다. 우리는 웃자란 잡초 사이를 지나서 무너져 가는 현관 앞 포치 계단으로 다가가 집을 바라본다. 웬들이 손으로 가리키며 말한다. "한 층에 방이 두 개씩 있어요. 아래층에는 서재와 침실이 있습니다. 계단은 오른쪽 서재 쪽에 있어요. 위층에는 침실만 두 개 있고요. 아마 그 위에 다락이 있을 텐데, 확실하진 않아요. 다시 말하지만 저는 한 번도 올라가 본 적이 없고, 가고 싶지도 않습니다. 사실은 다락의 존재에 관해 물어본 적도 없어요. 아래층 안쪽에는 나중에 덧붙여 지은 공간이 있고 거기 주방과 화장실이 있어요. 그 위쪽에는 아무것도 없고요. 어쨌든 살펴보세요."

주저하는 모습을 드러내지 말자고 마음먹으면서 나는 팔다리에 방충제를 뿌린다. 집 안은 진드기와 거미, 그리고 이름조차 들어 본 적 없는 끔찍한 벌레들이 득실거릴 것이다. 프랭키도 나에게서 건네받은 스프레이형 방충제를 몸에 뿌린다. 그러고 나서 사다리를 문가에 기대어 둔다. 사다리가 필요할지 여부는 아직 모른다.

라일리는 과장되어 보이지만 어쩌면 진심일 수도 있는, 망설이는 태도로 열쇠를 들고 앞으로 나서더니 묵직한 자물쇠에 꽂는다. 자물쇠가 탁 튀면서 풀린다. 그는 재빨리 뒤로 물러선다. 테프트가의 두 사람은 바로 튈 준비가 된 듯하다. 멀지 않은 곳에서 번개가 치자 우리 모두 깜짝 놀란다. 하늘에서 우르릉 소리가 나더니 시커먼 구름이 소용돌이친다. 내가 용기를 내서 발로 현관문을 밀자 삐걱 소리가 나며 문이 열린다. 숨을 몰아쉬던 우리는 불길한 존재가 뛰쳐나오지 않는 데 안도한다. 나는 라일리와 웬들에게 돌아서서 말한다. "좀 이따 봅시다."

갑자기 커다란 소리와 함께 문이 쾅 닫힌다. 프랭키는 깜짝 놀라

"젠장!" 하고 소리를 지르고, 나도 엄청나게 놀란다. 라일리와 웬들이 눈을 똥그랗게 뜨고 입을 헤벌린 채 뒤로 물러선다. 나는 "너무 재밌는데."라고 말하는 것처럼 억지로 웃어 보이면서 다시 문을 연다.

잠시 기다려 본다. 아무것도 나타나지 않는다. 이번에는 문이 쾅 닫히지 않는다. 내가 플래시를 켜자 프랭키도 나를 따라 플래시를 켠다. 그는 왼손에 플래시를, 오른손에 쇠지레를 들고 있다. 권총은 엉덩이 쪽 주머니에 있다. 그의 얼굴을 슬쩍 보니 겁에 질린 것이 분명하다. 감옥에서 14년을 견뎌 내고 살아남은 사람이 말이다. 나는 문이 닫히지 않도록 고정시킨 다음 집 안으로 들어선다. 13년 전에 비다가 사망한 이후로 이 집은 접근 금지 구역이나 마찬가지였을 텐데 웬만한 가구를 누가 다 가져가 버린 모양이다. 그리 나쁘진 않지만 퀴퀴한 냄새가 진하게 풍긴다. 곰팡이 천지인 마룻바닥에 서 있는 것만으로도 온갖 종류의 끔찍한 박테리아를 들이마시는 듯하다. 우리는 플래시를 비추며 왼쪽에 있는 침실을 살펴본다. 매트리스에 먼지와 흙이 잔뜩 쌓여 있다. 아마도 비다는 여기서 죽었을 것이다. 부서진 램프 갓, 낡은 옷가지, 책, 신문지 따위가 더러운 바닥을 뒤덮고 있다. 우리는 서재 안으로 들어가 플래시를 비추며 살펴본다. 1960년대 물건으로 보이는 텔레비전 한 대가 화면이 깨진 채놓여 있다. 벽지는 찢어졌고 먼지와 오물이 더께로 쌓였으며 사방에 거미줄이 쳐져 있다.

우리가 플래시로 좁은 계단을 비추면서 위층으로 올라가려는데 세찬 비가 양철 지붕을 때리기 시작한다. 시끄러운 소리에 귀가 다 먹먹할 정도다. 바람이 달려들어 벽을 흔든다.

내가 세 계단쯤 올라가고 프랭키가 뒤따라오는데 또다시 현관문이 쾅 닫힌다. 우리는 비다가 남겨 둔 정체 모를 영혼들과 함께 집 안에 갇힌다. 나는 잠깐 멈추어 섰다가 다시 움직인다. 숙취로 불편한 속이 뒤집어질 것 같고 심장이 폭발하기 일보 직전이지만 이 모험의 대장으로서 두려움을 드러내서는 안 된다.

오늘 일을 비키와 메이지에게 들려주면 얼마나 재미있어할까?

로스쿨에서 가르쳐 주지 않은 일 목록에 이번 사건을 추가해야겠다.

계단 꼭대기까지 올라가자 흡사 사우나에 들어온 것처럼 후덥지근하다. 캄캄하지만 않다면 뜨겁고 끈적거리는 안개가 눈에 보일 것만 같다. 비와 바람이 지붕과 창문을 때리면서 어마어마한 소음을 낸다. 우리는 오른편 침실로 들어선다. 가로와 세로가 각각 4미터밖에 되지 않는 좁은 공간으로 매트리스 하나와 망가진 의자, 그리고 너덜너덜해진 러그가 전부인 곳이다. 우리는 천장에 플래시를 비추며 다락으로 통하는 문이나 입구가 있는지 살펴보지만 아무것도 보이지 않는다. 소나무 판자로 된 천장은 하얀 칠이 심하게 벗겨져 있다. 구석에서 뭔가 움직이더니 병이 쓰러진다. 나는 그쪽에 플래시를 비추며 말한다. "조심해. 뱀이야!" 길고 굵은 검은색 뱀은 독사는 아닌 것 같지만 지금 이 상황에서 그게 뭐가 중요하겠는가? 뱀은 똬리를 틀지 않고 있다. 슬그머니 기어서 움직이면서도 우리를 향해 다가오진 않는다. 그저 뜻밖의 침입자들에 어리둥절한 모양이다.

나는 뱀을 자극할 생각은 없다. 뱀이 무서워 죽겠는 건 아니다. 하지만 프랭키는 권총을 뽑아 든다.

"쏘지 마." 내가 소음을 뚫고 외친다. 우리는 얼어붙은 채 한참 동안 뱀에다 플래시를 비춘다. 땀에 젖은 셔츠가 등에 들러붙고 숨소리가 점점 거칠어진다. 뱀이 러그 아래로 스르륵 미끄러져 들어가더니 눈앞에서 사라진다.

빗줄기가 잦아들면서 정신이 좀 든다. "거미는 안 무서워?" 내가 뒤에다 대고 묻는다.

"입 좀 닥치세요!"

"조심해. 사방에 거미가 깔렸어."

뱀이나 다른 뭐가 있는지 바닥을 살피면서 방에서 되돌아 나오는데 맹렬한 벼락이 가까운 곳에 떨어진다. 순간 악령이나 독을 내뿜는 동물에게 죽임을 당하기 전에 심장 마비로 죽겠구나, 하는 생각이 든다. 눈썹에서 땀방울이 떨어진다. 프랭키나 나나 셔츠가 완전히 땀범벅이다. 다른 침실에 가 보니 작은 아기 침대가 있고 그위에 낡은 녹색 군용 담요가 덮여 있다. 다른 가구나 비품은 보이지 않는다. 벽지가 눅눅하다. 창밖을 내다보니 쏟아지는 빗줄기 사이로 라일리와 웬들이 트럭 안에 앉아 폭풍을 피하며 집을 쳐다보고 있다. 트럭 앞 유리에서 와이퍼가 바쁘게 왔다 갔다 한다. 귀신이 나올까 봐 차 문을 단단히 잠가 두었을 게 분명하다.

우리는 또 뱀이 있을지 모르니 쓰레기들을 발로 치우며 이동한다. 천장을 확인해 보지만 다락으로 통할 만한 입구는 보이지 않는다. 나는 케니 테프트가 상자들을 천장에 넣고 아예 막아 버렸거나 나중에 자신이 찾으러 올 때까지 보관해 둔 게 아닌가 추측해 본다. 그 옛날에 그 사람이 뭘 어떻게 했는지 내가 어찌 알겠는가?

프랭키가 손잡이가 달린 작은 문을 찾아냈다. 아마도 벽장인 것 같다. 그가 문을 가리키며 날 부른다. 나더러 문을 열라는 의미인가 보다. 나는 손잡이를 붙잡고 가볍게 흔들었다가 힘껏 잡아당긴다. 문이 벌컥 열리면서 내 앞에 사람 유골이 선 채로 나타난다. 프랭키는 어지러운지 한쪽 무릎을 꿇고, 나는 옆으로 비켜나 결국 토하기 시작한다.

빗줄기가 집을 더욱 거칠게 때린다. 우리는 한참을 폭풍이 몰아치는 소리에 귀를 기울이고 있다. 스프링 롤, 맥주, 와인, 브랜디, 그 밖의 모든 걸 게워 내고 나니 훨씬 낫다. 프랭키도 정신을 수습해 본다. 우리는 다시 벽장을 향해 천천히 플래시를 비춘다. 유골은 비닐 끈 같은 것에 매달려 있는데, 발가락이 바닥에 닿을락 말락 한다. 유골 아래쪽에 시커먼 기름 같은 것이 찐득하게 고여 있다. 오랜 시간 동안 썩고 남은 피와 장기의 흔적일 것이다. 목을 맨 것 같지는 않다. 비닐 끈은 목이 아닌 가슴을 지나 팔 아래로 묶여 있고, 두개골이 왼쪽으로 기울어져 있다. 아래를 향한 텅 빈 눈구멍은 마치 이 집의 모든 침입자를 영원히 무시하려는 것처럼 보인다.

루이즈 카운티가 결단코 바라지 않을 또 다른 미제 사건이 등장하는 순간이다. 저주에 걸려 집주인조차 무서워서 들어가지 않는 집보다 시체를 감추기 좋은 곳은 없다. 어쩌면 자살일 수도 있다. 우리는 이 사건을 캐슬 보안관과 동료들에게 넘길 것이다. 이건 다른 사람들이 해결할 문제다.

나는 문을 닫고 최대한 확실하게 손잡이를 제자리로 돌린다.

그리하여 우리에게 두 가지 선택이 남는다. 살아 있는 뱀이 있는 침실로 돌아가거나, 죽은 게 확실한 사람이 있는 벽장이 있는 두 번째 침실에 남는 것이다. 우리는 두 번째를 선택한다. 프랭키는 쇠지레를 이용해 손이 간신히 닿는 천장의 나무 판을 뜯어낸다. 우리가 맺은 부동산 계약서에는 집을 훼손해도 된다는 조항이 없지만 누가 신경이나 쓸까? 두 집주인은 집 밖에 세워 둔 트럭 안에 앉아서 겁이 나 안으로 들어오지도 못하고 있는데. 해야 할 일이 있음에도 나는 벌써부터 몸이 피곤해진다. 프랭키가 천장을 조금씩 뜯어내는 사이, 나는 조심스럽게 계단을 따라 내려와 현관문을 다시 연다. 빗줄기가 너무 굵어 서로의 얼굴이 보이지 않지만 나는 라일리와 웬들을 향해 고개를 끄덕여 보인다. 나는 사다리를 들고 위층으로 올라간다.

프랭키가 네 번째 나무 판을 뜯어내자 오래된 과일 병들이 든 상자 하나가 요란한 소리를 내며 쏟아져 내리더니 발치에서 산산조각 난다. "멋지군." 내가 소리 지른다. "천장에 뭔가 있어요." 느낌이 온 프랭키가 미친 듯이 나무 판을 뜯어내자 금세 침실 천장의 3분의 1이 조각나 바닥으로 떨어진다. 나는 조각들을 구석으로 던져 둔다. 다시 올 일은 없으니 가지런히 정리할 필요도 없다.

나는 사다리를 펼쳐 놓고 조심스럽게 위로 올라가 천장에 난 구멍 속으로 몸을 밀어 넣는다. 허리께까지 천장으로 올라가서는 천장 속 다락에 플래시를 비추어 본다. 창문이 없어 칠흑처럼 어두운 천장 속은 비좁고 퀴퀴한 냄새가 진동한다. 높이는 1미터를 겨우 넘는 정도다. 오래전 다락치고는 놀라울 정도로 깔끔하게 정리되어 있다. 그건 주인이 사용하지 않았다는 증거이기도 하고, 케니가 20년 전에 이곳을 아예 봉해 버렸을 수 있다는 증거이기도 하다.

프랭키와 나는 천장 안에 똑바로 일어설 만한 공간이 없어서 천천히 바닥을 기어간다. 머리 바로 한 뼘 위에서는 빗줄기가 양철 지붕을 때리고 있다. 서로 얘기라도 나누려면 소리를 질러야 한다. 프랭키가 한쪽으로 가고 나는 다른 쪽으로 천천히 움직인다. 우리는 두꺼운 거미줄을 뚫고 기어 다니면서 혹시 또 뱀이 있을까 봐 구석구석을 조심스럽게 살펴본다. 깔끔하게 쌓아 둔 소나무 판자들이 있다. 아마도 한 세기 전에 집을 지을 때 남겨 둔 자재가 아닐까 싶다. 오래전 신문지도 잔뜩 쌓여 있다. 맨 위에 놓인 신문의 날짜는 1965년 3월이다.

프랭키가 내지르는 소리를 듣고 나는 쥐새끼처럼 허둥지둥 그쪽으로 기어간다. 내 청바지의 무릎께에 먼지가 두껍게 들러붙어 있다.

프랭키가 너덜너덜해진 담요 아래에서 똑같이 생긴 세 개의 종이 상자를 찾아냈다. 그가 플래시로 상자에 붙은 라벨을 가리키자 내가 얼굴을 바짝 들이대고 확인한다. 손으로 쓴 글씨는 잉크가 희미해졌지만 내용은 확실히 읽을 수 있다. *루이즈 카운티 보안관실 – 증거 파일 QM 14.* 상자 세 개는 모두 두꺼운 갈색 포장 테이프로 봉해져 있다.

상자들이 조금이라도 움직이기 전에 나는 휴대 전화를 꺼내 시커먼 사진을 10여 장 찍는다. 케니는 혹시라도 천장으로 비가 새어 들어와 젖을까 봐 상자들을 나무판자 더미 위에 올려놓았다. 다락은 놀라울 정도로 밀봉이 잘되어 있는 것 같다. 이렇게 폭우가 쏟아지는데도 건조한 상태를 유지할 수 있다면 지붕은 아주 훌륭하게 제 역할을 해내는 것이다.

상자들은 그리 무겁지 않다. 우리는 조심스럽게 종이 상자들을 구멍이 뚫린 곳으로 옮긴다. 내가 먼저 내려가고 프랭키가 상자들을 내게 건네준다. 상자들을 침실로 내려놓은 다음 나는 주변 상황을 다시 사진으로 찍어 남긴다. 우리는 뱀과 유골이 있는 집에서 재빨리 빠져나온다. 주저앉은 현관 앞 포치로 비가 들이치고 있어서 우리는 상자들을 현관문 안쪽에 두고 날씨가 개기만을 기다린다.

43

루이즈 카운티를 포함한 세 개 카운티의 재판은 플로리다주 제 22 지역 법원에서 맡고 있다. 현재 선출직 검사는 패트릭 맥커친이라는 시브룩의 변호사로 법원에 사무실을 두고 있다. 18년 전 로스쿨을 졸업했을 때 그는 바쁘게 돌아가는 글렌 콜라쿠르치의 로펌에서 신입 변호사로 일을 시작했다. 그가 정치계에 발을 들여놓기로 하면서 두 사람은 우호적인 관계로 헤어졌다.

글렌은 나를 안심시킨다. "내가 그 친구한테 말해 줄 수 있다니까."

그는 할 수 있고 실제로도 그리한다. 그가 맥커친의 관심을 끄는 사이 나는 늘 일이 바쁘신 캐슬 보안관님을 전화로 추적한다. 그는 정신없이 바쁘긴 하나 내가 아침에 겪은 모험을 들려주며 브래들리 피츠너가 없애려던 오래전 증거물 상자를 확보했다고 하자 큰 관심을 보인다.

지난밤 과음에도 아무렇지 않아 보이는 글렌은 기회를 포착하고 입맛을 다시며 달려든다. 오후 2시에 우리는 글렌의 사무실로 모인다. 나, 프랭키 테이텀, 패트릭 맥커친, 캐슬 보안관이 모여 앉고 구석에서 비가 서기 역할을 한다.

그동안 맥커친과 나는 오로지 문서로만 우회적으로 연락을 주고받았다. 1년 전쯤에 내가 통상적인 절차에 따라 퀸시 사건의 재수사를 요청했고 그는 정중하게 거절했다. 역시나 그리 놀랄 일은 아니었다. 나는 캐슬 보안관에게도 수사를 재개해 달라고 요청했으나 그는 별로 관심이 없었다. 그때부터 최근까지 진행된 내용을 요약해서 두 사람에게 전송하고 있었으니 그들은 돌아가는 상황을 알고 있을 것이다. 아니, 알고 있어야 마땅하다. 보아하니 그들은 내가 보낸 메일들을 이제야 확인한 것 같다. 어쩌면 그들은 피츠너가 체포되기 전까지는 너무 바빴다가 피츠너가 체포되는 충격적인 사건이 벌어지고 나서야 이 일에 관심이 생긴 걸지도 모른다.

현재 그들은 이 사건에 착 달라붙어 있다. 그들이 갑자기 관심을 보이는 이유는 사라졌다가 나타난 증거물 상자 때문이다.

나는 이 자리에 앉아 있는 사람 중에서 누가 책임자인지 몰라 어색하게 시간을 흘려보낸다. 글렌은 누구보다 주인 노릇을 하고 싶어 하지만 나는 정중하게 그를 옆으로 밀어낸다. 나는 우리가 어떻게, 왜 케니 테프트에게 관심을 두게 되었는지에 관한 설명은 생략한다. 나는 케니의 가족에게 접촉해 집 사용 계약을 맺고 비용을 지불하고 오전에 그 오래된 집에서 한바탕 난리를 겪은 일에서부터 운을 뗀다. 비가 다락 바닥에 놓인 상자를 찍은 사진들을 확대 인쇄해 가져오고 내가 모두에게 보여 준다.

"상자를 열어 봤습니까?" 보안관이 묻는다.

"아뇨. 상자는 여전히 봉해 둔 상태입니다." 내가 대답한다.

"어디 있습니까?"

"지금 당장은 말씀드리지 않겠습니다. 우선 어떻게 진행할지 합의부터 하시죠. 그전에는 증거물을 보여 드릴 수 없습니다."

"그 증거물들은 우리 부서의 재산입니다." 캐슬이 말한다.

"과연 그럴까요?" 내가 대꾸한다. "그럴 수도 있고 아닐 수도 있어요. 보안관님과 보안관님의 경찰서는 불과 2시간 전만 해도 그 상자들의 존재조차 알지 못했습니다. 보안관님이 사건에 관여하기 싫다며 재수사를 거절하는 바람에 수사가 진행되지 않았던 건 알고 계시죠?"

맥커친도 주장하고 싶은 바가 있는지 나선다. "저도 보안관님과 같은 의견입니다. 시기가 언제였든 증거물이 경찰서에서 도난당한 물건이라면 경찰이 소유하는 게 맞습니다."

글렌도 받아칠 내용이 있는지 과거 부하 직원으로 일했던 맥커친에게 말한다. "패트릭, 바로 그 경찰이 20년 전에 물건을 없애려고 했던 거잖아. 천만다행으로 포스트가 찾아낸 거고. 자, 여러분 시작부터 주도권 다툼을 하는 겁니까? 우린 합의를 하고 합의한 내용을 이행해야 합니다. 나는 포스트 씨와 그가 일하는 조직을 대변하기 위해 이 자리에 왔습니다. 포스트 씨가 이 증거물에 상대적으로 집착할 수도 있다는 점을 용서해 주기 바랍니다. 증거물 상자 속에 든 것들이 의뢰인의 결백을 증명해 줄 수도 있어서 그런 거니까요. 과거에 시브룩에서 벌어졌던 일을 돌이켜 생각해 보면 그는 걱정할 만한 권리가 있습니다. 자, 다들 크게 심호흡 한번 하고 시작합시다."

다 같이 숨을 크게 몰아쉰다. 곧이어 내가 말한다. "우리가 계획을 세워 합의하고 그 후에 함께 상자를 개봉할 것을 제안합니다. 물론 모든 과정은 영상으로 촬영돼야 합니다. 만일 상자에 플래시가 있다면 카일 벤더슈미트 박사와 토비아스 블랙 박사에게 분석을 의뢰하고 싶습니다. 그들이 제출한 보고서 사본을 갖고 계시리라 생각합니다. 저희 쪽 분석이 끝나면 증거물을 넘겨 드릴 테니 그때 주 범죄 연구소로 가져가시면 됩니다."

"지금 당신네 전문가들이 플로리다주 정부의 전문가들보다 더 낫다고 말하는 겁니까?" 캐슬 보안관이 묻는다.

"당연하죠. 기억하실지 모르겠는데 주 정부는 폴 노우드라는 엉터리를 증언대에 세웠습니다. 지난 10년간 그가 했던 증언과 주장들의 실체가 철저하게 뒤집혔는데도 퀸시 사건에서는 여전히 그의 의견이 영향을 주고 있습니다. 현재 그는 이쪽 업계에서 쫓겨난 상태입니다. 여러분, 죄송하지만 저는 다른 것은 몰라도 이 건만큼은 주 정부를 신뢰하지 않습니다."

"저는 우리 범죄 연구소가 이 증거물을 다룰 수 있다고 확신합니다." 맥커친이 말한다. "노우드는 당시 주 정부에서 일하던 사람이 아니었습니다."

맥커친이 말하자 글렌은 대꾸해야겠다는 의무를 느낀다. "우리 말을 통 듣지 않는군, 패트릭. 어떻게 할지는 내 의뢰인이 정하는 거야. 합의하기 싫으면 증거물을 못 보는 거지. 그럼 우린 증거물을 가지고 플랜 B로 갈 수밖에 없어."

"그게 뭔데요?"

"글쎄, 상세한 것까지 정하지는 않았지만 플랜 B에 따른다면 포스트 씨는 이곳을 떠나 독립적인 전문가들이 상자를 분석할 수 있도록 하겠지. 당신들은 배제되는 거고. 그게 당신들이 원하는 바인가?"

나는 일어서서 캐슬과 맥커친을 노려본다. "저는 협상하러 여기 온 것이 아닙니다. 여러분들 말투가 마음에 들지 않아요. 태도도 그렇고. 상자들은 안전한 데 잘 숨겨 놨어요. 당분간 사라졌다가 제가 준비되면 공개할 겁니다." 내가 출입문으로 다가가 문을 여는 순간 맥커친이 말한다. "잠깐만요."

종이 상자들은 먼지를 떨어냈음에도 오랜 세월을 겪은 티가 난다. 상자들이 글렌의 회의실에 있는 긴 테이블에 나란히 놓여 있다. 삼각대에 얹은 카메라 한 대의 렌즈가 상자들을 향해 있다. 우리는 옹기종기 모여 상자들을 멍하니 보고만 있다. 내가 첫 번째 상자에 손을 올리고 말한다. "제가 보기에 QM은 퀸시 밀러를 뜻하는 것 같습니다. 직접 개봉해 주시죠." 내가 보안관에게 작은 주머니칼을 건네며 말한다. 상자를 만질 때 반드시 껴야 하는 수술용 장갑도 한 켤레 건넨다. 비가 카메라의 녹화 버튼을 누르고, 프랭키는 자신의 휴대 전화로 촬영을 시작한다.

캐슬 보안관이 칼을 잡더니 상자 위쪽을 밀봉한 테이프의 한가운데를 가르고 그다음 옆면에 붙은 테이프를 찢는다. 그가 상자의 뚜껑을 열자 모두가 긴장한 채 안에 뭐가 들었는지 보려고 고개를 숙인다. 처음 보이는 물건은 투명 비닐봉지에 들어 있다. 피투성이가 된 하얀색 셔츠다. 캐슬은 봉지를 그대로 들어 올려 카메라 앞에다 보여 준 다음 붙어 있는 꼬리표를 읽는다. "사건 현장, 루소, 1988년 2월 16일."

그는 비닐봉지를 테이블에 내려놓는다. 안에는 군데군데 찢어진 셔츠가 들어 있다. 23년이 지난 지금 혈액은 검은색에 가깝게 변해 있다.

그다음으로 상자에서 나온 투명 비닐봉지에는 대충 뭉쳐서 쑤셔 넣은 정장 바지가 있다. 바지에도 역시 검은 얼룩이 있다. 캐슬이 꼬리표를 읽는다. 같은 내용이다.

다음 물건은 검은색 쓰레기봉투로 감싼 편지지 크기 정도의 상자다. 그는 조심스럽게 비닐을 벗기고 상자를 테이블에 내려놓은 다음 개봉한다. 얼룩진 복사 용지, 리걸 패드, 메모지, 그리고 싸구려 펜 네 자루와 새 연필 두 자루가 나온다. 꼬리표를 보니 루소의 책상에서 수거한 물건들이라고 적혀 있다. 전부 피가 묻어 있다.

보안관은 네 권의 법률 서적을 하나씩 꺼낸다. 꼬리표에는 루소의 책장에서 가져온 것들이라고 적혀 있다.

다음은 가로세로 30센티미터 정도 되는 종이 상자다. 상자는 두 개의 비닐 지퍼 백으로 이중 포장되어 있다. 캐슬은 조심스럽게 지퍼 백을 벗겨 내다가 안에 뭐가 들었는지 알아차리기라도 한 듯 잠시 멈칫한다. 모두가 갈색 종이 상자를 응시하고 있다. 테이프로 밀봉되지 않았지만 종이 뚜껑의 끝부분이 접힌 채 닫혀 있어 상자가 절로 열리지는 않는다. 캐슬이 천천히 뚜껑을 열고 속에 든 밀봉된 비닐봉지를 꺼낸다. 그가 비닐봉지를 테이블에 내려놓는다. 그 안에 작은 검정 플래시가 들어 있다. 길이 30센티미터 정도에 렌즈 직경은 5센티미터 정도 되어 보인다.

"이건 열어 보지 말죠." 내가 말한다. 심장이 밖으로 튀어나올 것 같다.

캐슬이 동의하듯 고개를 끄덕인다.

글렌은 사무실의 주인으로서 지휘권을 가진 듯 발언한다. "여러분, 일단 착석해 주시고 정리를 좀 해 봅시다."

우리는 테이블 한쪽 끝으로 가 앉는다. 프랭키가 다른 쪽 끝으로 가더니 휴대 전화 촬영을 중단한다. 비가 말한다. "저는 계속 찍을게요."

"그래요." 내가 대답한다. 모든 대화를 기록으로 남겨야 할 것 같다.

우리 넷은 몇 분간 다양한 자세로 휴식을 취하면서 생각을 정리해 본다. 나는 플래시를 한번 보고는 고개를 돌려 버린다. 플래시를 입수했다는 사실이 무슨 의미인지 머릿속에서 제대로 정리되지 않는다. 마침내 맥커친이 침묵을 깬다. "질문이 있습니다, 포스트."

"네."

"당신은 1년이 넘도록 이 사건에 매달렸어요. 우리는 아니고. 피츠너가 이 증거물을 없애고 싶어 했는데, 당신이 생각하는 가장 그럴듯한 이유는 뭐죠?"

내가 말한다. "글쎄요, 그걸 설명할 수 있는 이론은 딱 하나인데요. 이런 판단을 내리는 데 카일 벤더슈미트 박사의 의견이 큰 도움을 줬습니다. 박사님 말에 따르면 이번 사건에 개입한 사람들 가운데 아주 교활하고 똑똑한 법조인이 있을 거라더군요. 플래시는 피츠너가 차 트렁크에 넣어 둔 거였고 아주 조심스럽게 사진으로 촬영했습니다. 여러분도 사진을 봤을 겁니다. 피츠너는 폴 노우드 같은 엉터리 전문가를 이용해 먹을 줄 알았습니다. 노우드라면 플래시를 직접 조사하지 않고 퀸시가 어둠 속에서 총을 쏠 때 사용했다는 식의 검사 측 논리를 배심원들에게 그대로 전달할 게 뻔했으니까요. 피츠너가 플래시를 없애려고 한 이유는 노우드보다 더 숙련된 변호인 측 전문가가 플래시를 조사하고 진실을 밝힐 것을 염려했기 때문입니다. 피츠너는 또한 백인 동네에서 재판을 받는 흑인은 쉽게 유죄 판결을 받으리라는 것도 잘 알았습니다."

세 사람은 내 말을 한참 동안 생각해 본다. 이번에도 맥커친이 침묵을 깨뜨리며 묻는다. "어떻게 할 겁니까, 포스트?"

내가 대답한다. "혈액이 저렇게까지 많이 묻어 있으리라 생각하지 않았어요. 이거야말로 선물이 아니고 뭐겠어요. 가장 좋은 방법은 플래시를 벤더슈미트 박사가 조사하도록 하는 겁니다. 단, 박사님이 여기 와서 작업하는 건 아니고 버지니아 커먼웰스 대학에 있는 박사님의 대규모 실험실에 보내서요."

맥커친이 말한다. "만일 플래시에 묻은 혈흔이 옷가지에서 나온 피와 일치한다면 퀸시는 범죄와 관련이 있는 인물이란 건가요?"

"그럴 수도 있죠. 하지만 그럴 일은 없을 겁니다. 플래시는 피츠너가 차에 심어 둔 것이지 범죄 현장에 없었을 겁니다. 이건 제가 장담합니다."

글렌도 한마디 끼어들고 싶어 한다. 그가 맥커친에게 말한다. "내가 보기에는 두 가지 문제가 있네. 하나는 퀸시의 결백을 확인해서 석방하는 문제, 또 하나는 진짜 살인범을 기소하는 문제. 일단 첫 번째는 긴급 사항일 테고. 두 번째는 아예 불가능할 수도 있어. 피츠너가 현재 수감 중이긴 하나 그자를 살인 사건의 진범과 연결시키는 건 쉽지 않아 보여. 어때? 내 말에 동의하나, 포스트?"

"네. 저도 당장은 피츠너를 살인 사건과 엮는 건 신경 쓰지 않습니다. 그 사람은 우리에게 선물을 준 거나 다름없고 오랫동안 갇혀 있을 겁니다. 저는 인력이 닿는 한 퀸시 밀러를 가장 신속하게 교도소에서 나오게 하고 싶습니다. 그리고 여러분의 도움이 필요합니다. 전에도 이런 상황을 겪어 봤습니다. 지방 검사가 협조해 주면 일이 훨씬 빠르게 처리되더라고요."

"그렇게 해 주게, 패트릭." 글렌이 질책한다. "안 그럼 일이 틀어질 수도 있어. 퀸시라는 친구는 23년 전에 이 카운티 때문에 억울한 누명을 쓴 채 감옥살이를 하고 있어. 이제 그 잘못을 바로잡을 때라고."

캐슬 보안관이 웃으며 말한다. "분부대로 하죠. 검사 결과를 가져오는 대로 재수사를 시작하겠습니다."

나는 하마터면 테이블 너머로 달려들어 그를 껴안을 뻔했다.

맥커친이 말한다. "그렇게 하시죠. 다만 전 과정을 사진과 동영상으로 촬영해서 보관해 주시길 요청드립니다. 다른 재판에서 누군가를 기소할 때 필요할 수도 있으니까요."

"물론입니다." 내가 대답한다.

캐슬이 말한다. "자, 그럼 다른 상자 두 개도 마저 열어 보죠."

글렌이 지팡이로 바닥을 짚고 벌떡 일어서며 말한다. "한번 보자고. 어쩌면 내가 저지른 비리가 저 속에 묻혀 있을 수도 있으니까."

우리는 긴장 섞인 웃음을 띠며 일어선다. 프랭키가 헛기침을 하고는 말한다. "저기요, 보스, 벽장 얘기 잊지 마시고요."

잊고 있었다. 나는 보안관을 보며 말한다. "일을 복잡하게 만들어 미안합니다, 보안관님. 근데 프랭키와 제가 테프트가의 빈집에 들어갔다가 우연히 뭘 발견했습니다. 위층 벽장에서요. 그걸 시체라고 부를 수 있는지……. 해골만 남아 있었거든요. 그러니까, 뼈만요. 되게 오래된 게 아닌가 싶은데."

캐슬이 얼굴을 찌푸리며 말한다. "세상에, 엎친 데 덮친 격이구면."

"안 만지고 눈으로만 살펴봤고요. 두개골 같은 데 총알이 관통한 듯한 흔적은 없었습니다. 단순 자살일 수도 있어요."

"마음에 쏙 드는 추리로군요, 포스트."

"참고로, 옷가지는 전혀 남아 있지 않았습니다. 테프트 일가 사람들에게도 아직 말 안 했어요. 그냥 다 알아서 하시면 될 겁니다."

"눈물 나게 고맙네요."

44

글렌은 프랭키와 나를 그의 집 포치에서 벌어지는 중국 음식 파티에 초대하지만 우리는 꽁무니를 뺀다. 나는 오후 늦게 시브룩을 떠난다. 프랭키는 소중한 화물을 지키는 일을 돕기라도 하듯 내 뒤를 바짝 따라온다. 증거물은 내 옆자리, 내가 눈으로 볼 수 있는 곳에 놓여 있다. 수십 년이 지나도록 한 번도 손길이 닿지 않은 플래시가 들어 있는 작은 상자 한 개. 그리고 피투성이 셔츠가 든 비닐봉지 한 개. 우리는 쉬지 않고 3시간을 달려 날이 어두워질 무렵 서배너에 도착한다. 나는 옆에 두고 잘 수 있도록 내가 사는 아파트에 증거물을 보관한다. 비키는 닭고기를 굽는 중이다. 프랭키와 나는 배가 고파 죽을 것 같다.

우리는 저녁을 먹으면서 리치먼드까지 차로 갈지 비행기로 갈지

의논한다. 나는 공항 보안 검색대에 증거물을 내보여야 한다는 사실이 내키지 않아 비행기로 가는 걸 반대한다. 지루해하던 공항 보안 요원이 기다렸다는 듯 피투성이 셔츠에 달려들지도 모를 일이다. 누가 플래시에 손을 대려 한다는 생각만 해도 끔찍하다.

그리하여 우리는 좀 더 믿음직하고 공간이 넓은 프랭키의 픽업트럭을 타고 새벽 5시에 출발하기로 한다. 프랭키가 먼저 운전대를 잡고 나는 내 차례가 될 때까지 눈을 붙여 본다. 프랭키는 주 경계선을 넘어 사우스캐롤라이나주에 들어서자마자 꾸벅거리며 졸기 시작한다. 이제는 내가 운전석에 앉는다. 우리는 플로렌스에서 방송하는 R&B 음악 채널에 라디오 주파수를 맞추고 마빈 게이의 노래를 따라 부른다. 패스트푸드 드라이브인 매장에서 비스킷과 커피를 산 우리는 달리는 차 안에서 아침을 먹는다. 정확히 24시간 전에 어디 있었는지를 생각하면 웃음을 참을 수가 없다. 우리는 천장 속에서 겁에 질린 채 유령의 공격을 기다리고 있었다. 프랭키는 벽장에서 갑자기 유골이 튀어나왔을 때 내가 격렬하게 토하던 모습을 떠올리더니 너무 웃겨서 제대로 먹지도 못한다. 나는 그가 반은 기절했던 걸 상기시킨다. 그는 한쪽 무릎이 꺾였고 손으로는 권총을 잡았다는 걸 인정한다.

오후 4시가 다 되어서야 우리는 리치먼드 시내에 도착한다. 카일 벤더슈미트는 모든 준비를 마치고 팀원들과 대기 중이다. 우리는 그를 따라 넓은 실험실로 들어간다. 그는 우리에게 두 명의 동료와 두 명의 기술자를 소개한다. 그를 포함한 다섯 사람은 모두 수술용 장갑을 끼고 있다. 비디오카메라 두 대가 준비되어 있는데, 하나는 테이블 위에서 아래를 비추고 있고 다른 하나는 테이블 한쪽 끝에서 이미 촬영 중이다. 프랭키와 나는 한발 물러선다. 하지만 단 한 장면도 놓치진 않을 것이다. 테이블 위의 카메라가 찍는 영상을 우리 앞의 고화질 스크린에서 실시간으로 확인할 수 있기 때문이다.

카일은 테이블 끝에 설치된 카메라에다 대고 실내에 있는 모든 사람들의 이름, 날짜, 장소, 검사 목적을 밝힌다. 그는 상자를 비닐봉지에서 꺼내 천천히 열고, 그 속에서 플래시가 든 더 작은 비닐봉지를 꺼내면서 무심하게 자신의 행동을 말로 설명한다. 그는 비닐봉지를 열어 증거물을 가로세로 1미터가 조금 안 되는 하얀색 세라믹 판에 내려놓는다. 그러고는 자로 플래시의 길이를 잰다. 길이는 28센티미터다. 그는 플래시의 바깥 부분이 알루미늄으로 보이는 가벼운 금속으로 되어 있다고 말한다. 표면에 질감이 느껴지는 무늬가 새겨져 있어 매끄럽지 않으며, 때문에 지문을 채취하기는 어려울 것 같다고 설명한다. 그는 잠시 교수가 되어 매끈한 표면에 남은 보이지 않는 지문은 만지지만 않으면 수십 년 동안 남아 있을 수 있다고 우리에게 알려 준다. 단, 표면이 외부에 노출된 상태에서는 지문이 금세 사라질 수도 있단다. 그는 배터리를 빼내기 위해 플래시의 뒤쪽 뚜껑을 비틀어 연다. 홈에서 녹 조각들이 떨어져 내린다. 그가 플래시를 부드럽게 흔들자 D형 배터리 두 개가 내키지 않는다는 듯 떨어져 나온다. 그는 배터리에 손을 대기 전에 가끔 배터리에 지문이 남아 있는 경우가 있다는 설명부터 해 준다. 지능적인 절

도범이나 여타의 범죄자들이 플래시에 남은 지문은 깔끔하게 지우면서도 배터리에 묻은 건 깜박하는 일이 있다는 것이다.

나 역시 한 번도 생각해 본 적이 없다. 프랭키와 나는 눈길을 주고받는다. 우리에게는 뉴스 속보감이다.

카일이 맥스라는 동료를 소개한다. 알고 보니 지문 분야에서는 그가 더 뛰어난 모양이다. 맥스가 두 개의 배터리 위로 허리를 숙이면서 진행 상황을 설명하는 역할을 넘겨받는다. 그는 배터리가 대체로 검은색이기 때문에 활석과 유사한 고운 흰색 가루를 사용하겠다고 설명한다. 그는 작은 솔을 이용해 능숙한 솜씨로 배터리에 가루를 묻히더니 혹시라도 지문이 남아 있다면 피부에서 나온 기름기에 가루가 들러붙을 거라고 말한다. 처음에는 가루가 붙지 않는다. 그는 배터리를 살살 뒤집어 가루를 더 뿌린다. "빙고." 그가 말한다. "지문이 나온 것 같네요."

무릎이 후들거려서 어딘가에 앉아야겠다는 생각이 든다. 하지만 그럴 수가 없다. 모두가 날 주시하고 있기 때문이다. 벤더슈미트 박사가 말한다. "변호사님, 어떻게 할까요? 지문이 나왔는데 계속 진행하는 건 좋은 생각이 아닐 수도 있지 않습니까?"

나는 어떤 게 옳은 판단인지 생각해 내기 위해 안간힘을 써 본다. 몇 달 전까지만 해도 우리가 진짜 살인범을 찾아낼 수 있으리란 생각은 꿈에도 하지 않았다. 그런 우리가 방금 전에 살인범의 지문일지도 모를 흔적을 찾아내다니.

내가 말한다. "네. 여기서 중단하죠. 어쩌면 법정에서 사용해야 할 수도 있으니까요. 지문 채취 작업은 플로리다주 범죄 연구소에서 하는 편이 더 나을 것 같습니다."

"저도 같은 생각입니다." 카일이 말한다. 맥스도 고개를 끄덕인다. 역시 전문가들이라 증거물이 훼손될 가능성에 대해 잘 이해하고 있다.

내가 제안을 하나 한다. "혹시 사진으로 찍어서 바로 그쪽으로 보낼 수도 있을까요?"

"그럼요." 카일이 어깨를 으쓱하더니 기술자를 향해 고개를 끄덕인다. 그러고 나서 내게 말한다. "지문의 주인공을 얼른 확인하고 싶은 모양이군요. 그렇죠?"

"맞습니다. 가능하다면요."

남자 기술자가 발음하기도 어려운 명칭이 적힌 고화질 카메라 비슷한 기묘한 장치를 가져온다. 그들은 30분가량 지문을 근접 촬영한다. 나는 시브룩의 윙크 캐슬 보안관을 통해 주 정부 범죄 연구소의 담당자 연락처를 알아낸다. 캐슬 보안관은 일이 어떻게 되어가고 있는지 궁금해하지만 나는 일단은 함구한다.

사진 촬영을 마친 카일은 배터리를 비닐봉지에 담는다. 그러고 나서 플래시의 렌즈로 관심을 돌린다. 나는 플래시를 찍은 사진을 1천 번도 넘게 보았기 때문에 루소의 피라고 알려진 얼룩이 렌즈에 여덟 군데 묻어 있다는 걸 안다. 그 가운데 세 개는 조금 커서 지름이 3밀리미터 가까이 된다. 카일은 이 세 얼룩 가운데 가장 큰 것을 긁어내 일련의 검사를 할 것이다. 근 23년을 말라붙어 있던 거라 채취가 쉽지 않다. 그와 맥스는 신경 외과 의사처럼 조심스럽게 플래시의 윗부분을 분해하고 렌즈만 떼어 내 커다란 배양 접시에 올린다. 카일은 계속 말로 설명을 하며 움직인다. 작은 주사기를 이용해 약간의 증류수를 렌즈에 묻은 가장 큰 핏자국에 떨어뜨린다. 프랭키와 나는 그 장면을 스크린을 통해 지켜본다.

물이 핏자국과 잘 섞이더니 연한 붉은빛을 띤 액체가 렌즈에서 떨어져 나와 배양 접시로 흘러내린다. 벤더슈미트와 맥스는 동의하듯 서로 고개를 끄덕인다. 그들은 얻어 낸 표본에 만족해한다. 그들이 수술용 장갑을 벗는 동안 기술자가 접시를 가져간다.

카일이 내게 말한다. "우리는 셔츠에 묻은 혈액에서도 작은 표본을 얻어 내 양쪽을 비교할 겁니다. 그런 다음 몇 가지 실험을 통해 표본을 분석할 겁니다. 단, 시간이 좀 걸립니다. 오늘 밤에 계속 진행합니다."

설사 시간이 걸린다 한들 내가 무슨 말을 하겠는가? 나야 지금 당장 내 마음에 드는 결과가 나왔으면, 하고 바라지만, 그와 맥스에게 그저 감사하다는 말만 할 뿐이다. 프랭키와 나는 건물에서 나와 리치먼드 시내를 돌아다니며 카페를 찾아본다. 우리는 아이스티와 샌드위치를 먹으면서 혈흔과 관련 없는 얘기를 하려고 애쓰지만 잘 되지 않는다. 만일 플래시에서 채취한 표본이 셔츠에 묻은 혈액과 일치한다면 진실은 불확실하고 여전히 알 수 없는 상황이 남게 된다.

하지만 만일 양쪽 표본이 각각 다른 곳에서 비롯된 것이라면 퀸시는 풀려날 수 있다. 걸을 수만 있다면. 한참 걸리겠지만.

그렇다면 지문은? 만일 플래시가 진짜로 사건 현장에 있었다는 것이 사실로 밝혀진다면 모를까, 그렇지 않다면 지문과 실제로 방아쇠를 당긴 사람이 자동으로 연결되지는 않는다. 만일 양쪽 표본이 다르다면 플래시는 사건 현장에 없었고 피츠너가 퀸시의 차 트렁크에 넣어 둔 것이리라. 아니, 그렇게 추측할 수 있다.

프랭키와 나는 서배너부터 리치먼드까지 장시간 차를 몰고 오는 동안 테프트 가족에게 벽장의 유골에 관해 말해 주어야 하는지 의견을 주고받았다. 우리가 캐슬 보안관에게 유골에 대해 언급했을 때 그는 별 반응을 보이지 않았다. 한편으로 테프트 가족에게 오래전에 사라진 친척이 있을 수도 있고, 유골이 그 미스터리를 풀어 줄 수도 있다. 그러나 또 한편으론 집 때문에 이미 잔뜩 겁을 먹고 있는 그들이 무시무시한 의문의 유골이 발견되었다고 해서 특별히 더 관심을 보일 것 같지도 않다.

우리는 커피를 마시다가 유골 이야기를 우리만 알고 있긴 너무 아깝다고 결론짓는다. 프랭키가 라일리 테프트의 전화번호를 확인하고 그에게 전화를 건다. 막 학교에서 일을 마치고 나서려던 라일리는 우리가 증거물을 가지고 멀리까지 와 있다는 사실에 놀란다. 프랭키는 집에서 가지고 나온 물건 대부분은 보안관이 가지고 있지만 우리가 필요한 것은 챙겼다고 알려 준다. 그는 혹시 가족 가운데 10년 전쯤에 행방불명된 사람이 있는지 묻는다.

라일리는 왜 그런 걸 물어보는지 되묻는다.

프랭키는 슬쩍 웃으며 눈을 반짝이더니 어제 아침에 우리가 집에서 증거물 말고 무엇을 더 찾아냈는지 알려 준다. 그러면서 동쪽 침실 벽장에 유골이 있었는데, 가슴에 비닐 끈을 맨 상태로 모양이 그대로 보존되어 매달려 있었다고 설명한다. 자살이 아닐 확률이 높다, 즉 살해당한 것 같긴 하다, 그러나 목을 매단 것 같지는 않고 어쨌든 확실한 내용은 별로 없다, 하는 사족도 붙인다.

라일리가 충격을 받은 듯한 반응을 보이자 프랭키는 웃음을 참지 못하고 끅끅대며 웃는다. 라일리가 프랭키의 말을 믿지 못하고 놀리지 말라고 한다. 둘의 말이 길어진다. 프랭키의 설명이 점점 진지해진다. 그러면서 자기 말이 사실이며, 그 집 벽장에 가서 보면 바로 알 거라고 말한다. 더불어 라일리와 웬들이 가능한 한 빨리 유골을 수습해 제대로 매장해 주어야 할 거라고 말한다.

라일리는 프랭키의 말에 소리를 지르며 욕을 퍼붓는다. 라일리가 진정된 다음 프랭키는 나쁜 소식을 전하게 되어 미안하지만 알고 싶어 할 것 같아서 연락했다고 말한다. 그리고 보안관이 곧 연락을 취하고 둘러보러 올 거라고도 말해 준다.

프랭키는 전화기에 귀를 기울이다가 씩 웃고 말한다. "아뇨. 아니에요, 라일리. 나라면 불태우지 않을 겁니다."

라일리가 욕설을 퍼붓자 한참을 듣던 프랭키는 전화기를 귀에서 뗀다. 그가 같은 말을 되풀이한다. "자, 자, 그만해요, 라일리. 집에 불을 지르지는 마세요."

전화를 끊으면서 프랭키는 조만간 그들이 집을 불태워 버릴 것 같다고 확신한다.

45

우리는 벤더슈미트 박사가 강의를 끝내고 사무실로 돌아오는 오전 11시까지 기다려야 한다. 프랭키와 나는 카페인에 잔뜩 취해 그의 사무실에서 그를 기다리고 있다. 그가 화색을 띠며 사무실로 걸어 들어온다. 그러고는 말한다. "당신이 이겼어요!" 그는 의자에 풀썩 앉더니 나비넥타이를 만지작거리며 기쁜 표정으로 멋진 소식을 전한다. "일치하지 않아요. 심지어 사람 피도 아니에요. 아, 루소의 셔츠에는 사람의 피가 많이 묻어 있습니다. 단, 세상 사람들의 절반인 O형이지만 여기까지밖에 알 수 없어요. 말했다시피 이곳에서는 DNA 검사를 할 수 없는데, 다행스럽게도 DNA 검사까지 할 필요가 없습니다. 플래시에 묻어 있던 건 동물의 혈흔이에요. 토끼, 아니면 그와 비슷한 작은 포유동물의 피로 추측됩니다. 보고서를 작성할 때는 과학적으로 온갖 어려운 말과 용어를 섞어서 하겠지만 우리끼리는 쉽게 얘기해도 되겠죠. 밤새 이 작업에 매달려 있느라 일이 좀 밀렸어요. 저는 2시간 뒤에 비행기를 타러 가야 합니다. 근데 별로 놀란 것 같지 않네요, 포스트."

"네. 놀라지 않았습니다, 박사님. 그냥 진실을 알게 돼서 안심했습니다."

"그 사람 풀려나겠죠?"

"쉽지만은 않을 겁니다. 과정을 잘 아시잖아요. 그를 석방하려면 법정에서 몇 달을 처절하게 싸워야 한다는 거. 하지만 우린 이길 겁니다. 감사합니다."

"당신은 정말 힘든 일을 해냈어요, 포스트. 전 그냥 과학자에 불과합니다."

"그럼 지문은요?"

"좋은 소식은 그 지문이 퀸시의 지문이 아니라는 겁니다. 나쁜 소식은 피츠너의 지문도 아니라는 거고요. 지금은 누구의 지문인지 알 수 없지만 플로리다주 범죄 연구소가 조사 중입니다. 간밤에 플로리다주의 데이터베이스에 넣고 돌려 봤는데 아무것도 안 나왔어요. 배터리를 만진 사람의 지문이 등록돼 있지 않다는 뜻일 수도 있어요. 그러니까 누군지 알 수 없는 거죠. 피츠너의 아내이거나 가정부이거나 그의 부하 직원일 수도 있어요. 아예 못 찾을 수도 있습니다."

프랭키가 말한다. "하지만 그거야 상관없지 않습니까? 만일 플래시가 살인 현장에 없었다면 진범이 그걸 사용하지 않았다는 것이니까요."

"맞는 말씀입니다." 카일이 말한다. "그럼 어떻게 된 것일까요? 제가 추측하기로는 피츠너가 토끼를 잡아서 그 피를 플래시에 뿌린 것 같습니다. 저라면 약국에서 파는 커다란 주사기로 1.5미터 거리에서 렌즈에 뿌렸을 겁니다. 피가 아주 그럴듯하게 퍼지면서 묻었겠죠. 그러고는 장갑 낀 손으로 플래시를 말린 다음 주머니에 넣고 퀸시의 차량 수색 영장을 받아서 차 트렁크에 접근해 몰래 넣어뒀을 겁니다. 그는 소위 전문가라는 폴 노우드의 존재를 알고 검사가 그를 고용하도록 했습니다. 노우드는 돈만 주면 무슨 말이든 했을 테고, 두꺼운 이력서를 뽐내며 그 도시로 간 그자가, 이렇게 말해도 될지 모르겠지만 세련되지 못한 그곳의 배심원들을 설득한 거죠. 제 기억으로는 대부분 백인이었는데."

"백인 열한 명에 흑인 한 명이었습니다." 내가 덧붙인다.

"선정적인 살인 사건이 벌어졌고 다들 정의 구현에 목말라 있었죠. 동기를 가진 완벽한 용의자가 나타나자 기발한 함정을 판 겁니다. 그 결과로 퀸시는 간신히 사형을 피해 교도소에 처박히게 됐어요. 그리고 23년 뒤 당신이 이렇게 진실을 찾아냈고요, 포스트. 당신은 상을 받아야 마땅해요."

"고맙습니다, 박사님. 하지만 우린 상 같은 건 주고받지 않아요. 그냥 풀려나는 거죠."

"정말 즐거운 경험이었어요. 멋진 사건이었고요. 당신이 필요하다고 하면 언제든 달려가겠습니다."

✝

리치먼드를 떠나면서 나는 가장 좋아하는 간호사에게 전화를 걸어서 퀸시를 바꾸어 달라고 부탁한다. 나는 그에게 그를 무죄로 석방해 줄 수 있는 소중한 증거를 확보했다고 간단하게 언급한다. 더불어 그가 빠르게 풀려날 가능성은 적지만 앞으로 몇 달은 그를 빼내기 위한 여러 가지 법률적인 시도를 할 거라고 말해 준다. 그는 감정을 억누르며 기뻐하고 또 감사한다.

그가 교도소에서 공격을 받은 지 13주가 지났고 매일같이 건강이 호전되고 있다. 전보다 좀 더 잘 알아듣고 말도 빨라졌으며 어휘도 다양해지는 중이다. 한 가지 큰 문제는 재활 치료가 가능하면 최대한 천천히 이루어져야 한다는 사실을 본인이 인지하지 못하고 있다는 점이다. 그가 퇴원할 수 있을 정도로 건강해진다는 건 교도소로 돌아가야 한다는 뜻이다. 나는 치료를 맡은 사람들에게 충분한 시간을 들여야 한다고 여러 차례 강조했다. 그러나 환자는 더디게 진행되는 치료에 지쳤고, 병원 생활에 지쳤고, 수술과 바늘과 각종 관에 지쳤다. 그는 일어나서 달리고 싶어 한다.

프랭키가 남쪽으로 차를 모는 동안 나는 메이지, 수전 애슐리, 빌 캐넌과 긴 통화를 한다. 다양한 아이디어가 나오자 메이지가 전화 회의를 연다. 모든 참여자가 1시간 동안 브레인스토밍을 한다. 메이지가 최고로 기발한 아이디어를 내놓는다. 그녀가 한참 전부터 고심해 오던 속임수가 섞인 방법이다. 플로리다주 법률에 따르면 유죄 판결 후 구제 청원서는 복역 중인 재소자가 갇혀 있는 곳의 카운티에 제출해야 한다. 늙은 플랭크 판사는 포인셋 카운티의 시골 구석에 있는 가빈 교도소에서 밀려드는 시시한 서류에 파묻힌 상태다. 그는 이런 상황에 지쳐 동정심을 발휘하지 못하고 있으며, 새로운 증거를 코앞에 가져다 바쳐도 알아보지 못하고 있다.

하지만 현재 퀸시는 가빈 교도소에 갇혀 있지 않다. 그가 입원해 있는 올랜도는 인구 150만 명에 43명의 순회 판사가 있는 오렌지 카운티의 한복판에 위치한다. 만일 오렌지 카운티에서 유죄 판결 후 구제 청원을 다시 신청한다면 주 정부는 이런 행위를 두고 포럼 쇼핑(재판받을 법원을 유리한 쪽으로 선택하는 것 - 옮긴이)을 하고 있다고 주장할 테지만, 우리 입장에서는 손해 볼 게 없다. 법원을 바꾸는 데 성공하면 우리는 새 증거물을 새 판사이자 대도시 출신의 다양성을 갖춘 사람에게 제출할 수 있게 될 것이다. 그러려면 우선 처음에 제출한 구제 청원을 두고 플랭크 판사가 내린 기각 판결에 대한 항소부터 취하해야 한다. 해당 소송은 석 달째 탤러해시 최고 법원에 아무 진전 없이 묶여 있다.

메이지와 나는 이어지는 이틀 동안 구제 청원 신청서 수정안을 준비하고 첫 번째 신청서를 취소한다. 그 사이 플로리다주 범죄 연구소가 카일 벤더슈미트와 동일한 결론을 내렸다는 좋은 소식이 날아든다.

테프트 가족과 그들의 집 벽장 속 유골에 관한 새 소식은 없다.

내가 좋아하는 간호사가 올랜도에서 전화를 걸어 와 (1) 퀸시의 좌상 중 한 군데가 덧났고 (2) 턱이 제대로 치료되지 않아 수술을 한 차례 더 해야 한다는 소식을 전한다. 사무실에 샴페인이 있었다면 한 치의 망설임 없이 터뜨렸을 만한 소식이다.

나는 "제발 그 사람 퇴원시키지 마세요."라는 말로 대화를 마친다.

우리는 즉시 수전 애슐리의 안마당인 오렌지 카운티 순회 법원에 항소를 제기한다. 법원은 어떤 판사에게 사건이 배당되는지 비밀로 하기에 우리는 누가 재판을 맡게 될지 알 수 없다. 플로리다주는 청원서에 2주 내로 답변을 주면 된다. 그들은 상대적으로 간결하고 작은 움직임으로 그럴 가치조차 없다는 듯 대응한다.

수전 애슐리는 신속한 심리를 요청한다. 이 과정에서 사건을 맡은 판사가 안시 쿠마르라는 38세의 미국 이민 2세대로 부모님이 인도 이민자들이라는 사실을 확인한다. 소수 인종이 재판을 맡았으면 했는데 그 바람이 이루어진 것이다. 그는 심리에 대한 우리의 요구를 받아들인다. 이는 좋은 신호다. 나는 서둘러 올랜도로 향한다. 나는 프랭키의 픽업트럭에 앉아 있다. 이유는 프랭키가 내 포드가 더는 안전하지 않다고 생각하기 때문이다. 특히 내가 전화기에다 소리를 질러 대며 차를 지그재그로 몰 때는 더욱 그러하단다. 그래서 프랭키가 운전을 하고 나는 되도록이면 소리를 지르지 않기로 한다.

프랭키는 요즘 다른 이유로 필수적인 존재가 되었다. 그는 퀸시와 가까워져서 병원에서 몇 시간이고 퀸시와 시간을 보낸다. 그들은 야구 경기를 보고 패스트푸드를 먹고, 별일 없을 때는 병원 직원들을 괴롭힌다. 간호사들은 두 남자가 저지르지도 않은 범죄로 오랫동안 교도소에서 복역했다는 걸 알기에 그들의 짓궂은 농담을 못 들은 척 넘어가 준다. 프랭키 말로는 어떤 간호사들은 기다렸다는 듯 농담을 받아치기도 한단다.

이번에도 플로리다주 정부는 카먼 이달고를 내려보내 사건을 맡게 한다. 그녀는 1천 명의 주 법무 장관실 소속 변호사 가운데 재수 없이 뽑기에 걸린 일개 변호사일 뿐이다. 주 검찰의 잘나가는 검사들 사이에서 결백을 주장하는 장기수 관련 사건은 인기가 높지 않다.

우리는 짧게 끝날 심리를 위해 오렌지 카운티가 매우 자랑스러워하는, 시내의 고층 건물 속 법원 신청사 3층의 현대식 법정에 모인다. 쿠마르 판사는 따뜻한 웃음으로 변호사들을 맞이하고 서로 좋게 잘 대해 줄 것을 주문한다.

카먼이 먼저 나서서 주 법령에 모든 유죄 판결 후 구제 청원은 재소자가 감금된 카운티에서 이루어져야 한다고 명시되어 있음을 멋지게 주장한다. 수전 애슐리는 어떤 면에서는 우리 의뢰인이 여전히 가빈 교도소 소속일 수 있지만 현재 그곳에 있지 않다는 주장으로 맞받아친다. 지난 15주 동안 그는 이곳 올랜도에 있었으며 언제 퇴원할 수 있을지도 알 수 없다고 말한다. 이 문제에 관해서는 양측이 이미 같은 내용을 준비 서면으로 제출했는데, 쿠마르 판사가 양쪽의 준비 서면 말고도 우리가 제출한 두꺼운 신청서 전체를 읽었다는 사실이 금세 명확해진다.

쿠마르 판사가 끈기 있게 듣더니 말한다. "이달고 씨, 신청인 측이 주 정부를 법률상 허점에 빠뜨린 것 같은데요. 재소자가 교도소에서 임시로 나와 있을 때 주 법령이 구제 신청을 어디에 해야 하는지 정확하게 명시하지 않은 것 같습니다. 제대로 당하셨어요!"

"하지만 판사님……."

쿠마르 판사는 천천히 양손을 들어 올리면서 따뜻한 웃음을 짓는다. "자, 자리에 앉아 주세요, 이달고 씨. 감사합니다. 우선 저는 이 구제 청원을 여러 이유로 받아들이고자 합니다. 첫 번째이자 가장 중요한 이유는, 제가 보기에 주 법령은 이 구제 신청이 포인셋 카운티에서 이뤄져야 한다고 요구하진 않는다고 봅니다. 둘째, 저는 이 사건에 관심이 많습니다. 특히 최근 벌어진 상황 변화를 보면 더욱 그렇습니다. 저는 모든 자료를 읽었습니다. 신청인 측이 제출한 첫 번째와 두 번째 구제 청원 신청 서류, 주 정부의 답변 내용, 루이즈 카운티의 전 보안관을 포함한 사람들이 연방 법원에 기소된 사건 자료, 교도소 내에서 청부 살인을 실행하고자 공모한 것으로 추정되는 자들을 기소한 사건 자료까지 전부 읽었습니다. 그리고 제가 이 사건을 기각하지 않는 세 번째 이유는 퀸시 밀러가 다른 사람이 저지른 살인의 누명을 쓰고 교도소에서 23년을 보냈을 가능성이 매우 큰 것 같다는 생각이 들기 때문입니다. 물론 저는 아직 결론을 내리진 않았다는 사실을 말씀드리며, 이번 구제 청원을 두고 증거에 기반한 양쪽의 주장을 들어 볼 것을 기대하고 있습니다. 그로스씨, 정식 심리는 언제 준비될 것 같습니까?"

수전 애슐리 그로스는 앉은 채로 답변한다. "내일이요."

"이달고 씨의 의견은 어떻죠?"

"판사님, 제발 이러지 마세요. 저희는 아직 신청서에 대한 정식 답변도 제출하지 않았습니다."

"아, 아뇨. 제출하신 것 같은데요. 지난번 구제 청원에 대해 답변 내셨잖아요. 이미 검사 측 컴퓨터에 들어 있습니다. 그냥 조금 고쳐서 즉시 제게 제출하세요, 이달고 씨. 정식 심리는 오늘로부터 3주 후에 이 법정에서 열겠습니다."

다음 날 이달고는 주 대법원으로 달려가 쿠마르의 명령에 대한 집행 정지를 청구한다. 일주일 후 플로리다주 대법원은 단 두 문장으로 우리 편에 유리한 판결을 내린다. 우리는 결전을 향해 나아가고 있고, 이번에는 우리 말에 귀를 기울여 줄 판사를 만난 것 같다.

46

우리는 빌 캐넌의 제안에 어안이 벙벙하다. 그는 유죄 판결 후 구
제 청원 심리 때 법정에서 우리 측 대표를 맡고 싶다고 말한다. 그는
이번 심리를 몇 달 뒤에 있을 연방 소송에 대한 훌륭한 사전 조율의
기회로 보고 있다. 그는 싸움을 걸고 싶어 몸이 근질거리는지 증인
들을 미리 만나 얘기를 해 보고 싶어 한다. 수전 애슐리는 서른셋의
젊은 변호사로 법정 경험은 제한적이나 영리하고 빈틈이 없다. 나
라면 그녀를 AA급으로 평가할 것이다. 캐넌은 명성으로 보면 이미
명예의 전당에 등극한 인물이다. 수전 애슐리는 기꺼이 그에게 발
언권을 양보하고 두 번째 자리에 앉는 것을 영광으로 생각한다. 나
는 증언대에 설 가능성이 있어 아쉬움 하나 없이 변호사 역할을 내
려놓고 방청석 맨 앞줄에 자리를 잡는다.

우리 팀이 이길 것 같은 예감에 비키와 메이지는 사무실을 며칠 비우고 심리를 보기 위해 올랜도로 차를 몰고 온다. 프랭키가 그들과 함께 방청석 앞줄에 앉는다. 수호자 재단이 모두 모였다. 그리고 온 사람이 하나 더 있다. 루서 호지스 목사도 우리가 실제로 활동하는 모습을 보러 서배너에서 왔다. 그는 우리가 이 사건을 처음 맡았을 때부터 돌아가는 상황을 알고 있었고 오랜 시간 퀸시를 위해 기도했다. 핑크색 시어서커 정장을 차려입은 글렌 콜라쿠르치가 예쁜 비를 데리고 도착한다. 그 역시 많은 기도를 했는지는 의문이다. 그의 옆에 패트릭 맥커친도 앉아 있다. 글렌에 따르면 그는 우리가 구제 청원에서 승리하면 퀸시를 재소하지 않기로 했다고 한다.

수전 애슐리가 관련 내용을 기자들에게 뿌린 덕분에 사건이 널리 알려졌다. 늙고 부패한 보안관이 음모를 꾸며 무고한 사람을 교도소에 20년 이상 가두어 두었다는 이야기는 놓치기 아까울 것이다. 현재 이 억울한 일을 당한 당사자가 풀려나기 위해 애쓰는 중이며 해당 보안관이 수감되었다는 대목은 기삿거리를 더욱 풍성하게 한다. 법정 여기저기에 기자들이 깔렸고, 구경꾼도 스무 명 이상 몰려들었다. 위치나 규모에 상관없이 모든 법정에는 단골손님들이 있다. 딱히 할 일이 없고 호기심은 많은 사람들 말이다.

쿠마르 판사는 별다른 의례 없이 판사석에 앉아 관계자들에게 인사를 건넨다. 그가 주위를 둘러보지만 퀸시의 모습이 보이지 않는다. 이틀 전 판사는 우리의 요청을 받아들여 퀸시가 자신의 심리에 직접 참석할 수 있도록 허락했다. 지금까지 쿠마르 판사는 우리가 요청한 모든 걸 받아들였다.

"들어오시라고 하세요." 판사가 법정 경위에게 말한다. 배심원석 옆 출입구가 열리더니 경찰 한 명이 들어온다. 지팡이를 짚고 수갑을 차지 않은 퀸시가 그 뒤를 따라 들어온다. 그는 내가 어제 사 준 하얀색 셔츠와 황갈색 바지 차림이다. 그는 23년 만에 처음으로 넥타이를 매고 싶어 했지만 나는 넥타이는 필요 없다고 말했다. 배심원들이 있는 것도 아니고 판사만 있는 데에다, 아마 판사도 검은 법복 속에 넥타이를 매고 있지 않을 것이기 때문이다. 그는 몸무게가 적어도 20킬로그램은 빠진 것 같고 몸의 운동 기능이 아직 완전하게 회복된 것 같지도 않지만 정말 멋져 보인다. 주위를 둘러보던 그는 혼란스럽고 확신이 없는 듯한 얼굴이다. 누가 그를 비난할 수 있겠는가? 그러다 날 보더니 웃음을 짓는다. 그는 다리를 끌며 우리 쪽으로 걸어오고, 경찰은 그를 수전 애슐리와 빌 캐넌 사이에 놓인 의자로 안내한다. 나는 그들 바로 뒤쪽 방청석 첫째 줄에 편안하게 앉아 있다. 나는 퀸시의 어깨를 두드리며 정말 멋지다고 말해 준다. 그는 고개를 돌리고 눈물이 고인 눈으로 나를 본다. 잠깐이나마 이런 식의 자유를 맛보는 것만으로 그는 이미 상당히 압도당한 듯싶다.

우리는 퀸시의 심리 참석을 두고 교도소 당국과 잡음이 있었다. 그를 치료하는 의사들은 할 일을 마쳤고 그는 퇴원할 준비가 되었다. 이는 교도소로 가는 티켓을 끊은 것이나 다름없다. 수전 애슐리는 퀸시를 포트 마이어스 근처의 재활 시설이 있고 경비가 느슨한 곳으로 보내 달라고 요청해 둔 상태다. 퀸시를 치료한 의사들은 지속적인 추가 재활 치료가 필요하다는 의견을 담은 문서를 잔뜩 제공했다. 우리는 가빈 교도소가 모든 재소자에게 위험한 곳이며 특히 퀸시에게는 더욱 그러하다며 열심히 주장하고 있다. 빌 캐넌도 탤러해시의 교정 당국자들에게 거칠게 항의하는 중이다. 하지만 그들은 캐넌이 제기한 5천만 달러짜리 소송에서 패할 위기에 처한 처지라 협조하지 않으려 한다. 가빈 교도소장 오델 허먼은 관대한 조치라도 되는 양 그에게 보호 감호 조치를 취해 주겠다고 한다. 보호 감호라는 건 독방에 가두는 것 그 이상도 이하도 아니다.

퀸시가 한 번 정도만 더 뭔가에 감염되면 더할 나위 없겠으나, 그가 가장 최근의 감염 증세로 죽다 살아났기 때문에 이런 생각은 속으로 삼키고 있다. 그는 19주째 병원에 머물고 있고, 프랭키에게 차라리 교도소에 돌아가는 편이 낫겠다는 말을 여러 번 했단다.

우리는 자유 말고는 원하는 게 없으며, 이제 곧 그 원하는 자유를 얻어 낼 수 있다. 다만 그게 언제가 될지는 알 수 없다.

빌 캐넌이 일어나서 연단에 올라 발언한다. 쉰네 살인 그는 숱 많고 멋진 흰머리에 검은색 정장 차림으로 배심원이나 판사로부터 원하는 건 뭐든 뽑아낼 수 있는 법정의 지배자 같은 자신감을 보여 준다. 풍성한 바리톤 목소리는 수십 년간 다듬어 온 게 분명하다. 그의 웅변은 완벽하다. 그는 우리가 세계 최고의 법률 시스템의 토대인 진실을 거의 다 찾아낸 상황이라고 설명하는 것으로 말문을 연다. 누가 키스 루소를 살해했는지 혹은 살해하지 않았는지에 관한 진실. 플로리다주 북부의 작고 부패한 마을에서 오래전에 은폐된 진실. 나쁜 사람들에 의해 교묘하게 덮인 진실. 그 진실은 무고한 한 남자를 23년이나 감옥에 가두고 난 후에야 밝혀졌다.

캐넌은 정리한 내용을 보고 읽을 필요가 없다. 그는 노트에 적은 글을 보기 위해 말을 멈추고 아래를 내려다보지 않는다. 말 사이가 뜨거나 '어'나 '아' 같은 뜸을 들이는 말을 하는 법이 없고, 문장이 조화롭지 않게 깨지지도 않는다. 그는 세련된 산문체로 즉석에서 연설을 한다. 그는 흔히 볼 수 없는, 최고로 숙련된 변호사들만의 전략을 구사한다. 그의 말은 간결하고 반복이 없고 명료하다. 그는 사건을 설명한 다음 쿠마르 판사에게 이제부터 우리가 무엇을 증명할 것인지 말한다. 10분도 되지 않는 시간 동안 그는 분위기를 조성하고 그가 특별한 사명을 부여받았으며 거부당하지 않으리라는 확신을 준다.

이어 등장한 카먼 이달고는 배심원들이 이미 판단을 끝낸 사건이라는 사실을 법정에 있는 모든 이들에게 상기시킨다. 퀸시 밀러는 오래전에 공정한 재판을 받았고, 배심원들은 만장일치로 그에게 유죄 판결을 내렸다고 말한다. 심지어 배심원 한 명을 제외하고 모두가 사형에 찬성했다는 말도 한다. 우리가 왜 소송을 다시 해야하는가? 우리의 사법 체계는 부당한 추가 부담에 혹사당하고 있으며, 애초에 같은 사건을 수십 년 동안 다루도록 고안된 것이 아니다. 만일 우리가 죄를 지은 살인자들이 새로운 사실을 찾아내고 새로운 증거를 주장할 수 있도록 허락한다면 애초에 제대로 된 첫 번째 재판이 무슨 소용이 있는가?

그녀의 발언은 더 간단하다.

캐넌은 시작부터 드라마를 쓰겠다고 마음먹고 루이즈 카운티의 보안관인 윙크 캐슬을 증인석으로 부른다. 윙크는 작은 종이 상자를 들고 증인석으로 간다. 선서가 끝난 뒤 캐넌은 상자 속 내용물에 대해 설명한다. 투명 비닐봉지 안에 플래시가 들어 있다. 그는 플래시를 꺼내 속기사 옆 테이블에 놓는다. 윙크는 플래시를 어떻게 손에 넣게 되었는지 말한다. 캐넌은 글렌의 사무실에서 상자를 여는 우리의 모습을 담은 화면을 공개한다. 누가 보아도 재미있을 이야기라 사람들이 즐거워하는 가운데, 특히 판사가 매우 흥미롭게 지켜본다. 캐슬은 원인을 알 수 없는 화재를 비롯해 이곳의 역사에 관해서는 잘 모른다고 답변한다. 그는 자신이 근무하는 동안 루이즈 카운티의 상황이 현대화되었다고 말할 수 있게 된 점을 자랑스러워한다.

요컨대 마약상들은 사라지고 이제 우린 깨끗하다!

반대 신문에서 카먼 이달고는 증거물 상자가 아주 오랫동안 사라진 상태였다는 사실을 캐슬이 인정하도록 함으로써 작은 점수를 얻어 낸다. 증거물의 관리 연속성에 어마어마한 시간적 틈이 발생한 것이다. 과거에 형사 재판의 연장선상에서 증거품이 제시되었다면 중요한 내용으로 인정받았을 수도 있겠지만 지금은 아무런 소용이 없다. 그녀가 신문을 끝내자 쿠마르 판사는 윙크에게 추가적인 질문을 한다. "이 플래시를 주 정부 범죄 연구소가 조사했나요?"

윙크는 그렇다고 답한다.

"연구소에서 작성한 보고서가 있습니까?"

"아뇨, 판사님. 아직 없습니다."

"증거물을 조사한 범죄학자의 이름을 압니까?"

"네, 판사님."

"좋습니다. 지금 당장 연락해서 그분께 내일 아침 법정에 나와 달라고 부탁했으면 합니다."

"그렇게 하겠습니다, 판사님."

나는 두 번째 증인으로 부름을 받아 증인 선서를 한다. 이 일을 시작한 이래로 네 번째 하는 직접 증언이다. 증인석에 앉아 바라보는 법정은 사뭇 다르다. 가슴이 방망이질하는 상태에서 집중하는 동시에 느긋해지려 애쓰는 증인에게 모두의 시선이 꽂힌다. 나도 모르게 말을 주저하게 된다. 그러지 않으면 엉뚱한 말이 불쑥 튀어 나올 것 같기 때문이다. 진실되게. 설득력 있게. 명확하게. 내가 증인에게 일러 주는 뻔한 조언들은 멀리 사라져 버린다. 적어도 순간적으로는 그렇다. 다행스럽게도 솜씨가 뛰어난 법정 변호사가 내 편이고, 나는 우리 팀과 증언 과정을 미리 연습해 두었다. 증인석에서 반쯤 설익은 이야기를 늘어놓는 내게 캐넌 같은 변호사가 수류탄을 집어 던지는 모습은 상상조차 하고 싶지 않다.

나는 플래시를 찾아낸 이야기를 상세히 진술하면서도 그 사이에 있는 일부 상황은 뭉텅 잘라 낸다. 나소에서 타일러 타운센드를 만난 일이나 아이다호주에서 브루스 길머를 만난 얘기는 아예 생략한다. 5분 만에 삭제되는 메시지, 아프리카 주술, 벽장에서 찾아낸 진짜 유골에 대해서도 언급하지 않는다. 나는 케니 테프트가 너무 많은 걸 알게 되는 바람에 살해당했을지도 모른다는 소문을 들은 늙은 변호사가 해 준 이야기를 중심으로 증언한다. 그래야 내가 테프트 가족을 찾아가 소문을 캐기 시작한 타당한 이유가 성립되고, 그러다 운 좋게 이 모든 걸 알아냈다는 결과를 이끌어 낼 수 있다. 캐넌은 버려진 집을 찍은 사진과 내가 다락에서 찍은 어두운 사진들, 그리고 귀신이 사는 집에서 프랭키가 상자들을 끌고 나오는 모습을 찍은 동영상을 커다란 스크린에 띄워 보여 준다. 나는 증거물을 가지고 리치먼드까지 가서 벤더슈미트 박사를 만난 이야기를 자세히 진술한다.

반대 신문에서 카먼 이달고는 증거물의 관리 영속성에 관한 의심을 키우기 위한 일련의 질문을 던진다. 아뇨. 저는 증거품이 든 상자들이 얼마나 오래 다락에 있었는지도 모르고, 누가 그것들을 그곳에 두었는지도 모르고, 케니 테프트가 화재 전에 상자들을 직접 빼낸 것인지도 확실히 알지 못하고, 그가 상자들을 열어서 증거물에 손을 댔는지도 알지 못합니다. 내 답변은 정중하고 전문적이다. 카먼 이달고는 검사로서 할 일을 하는 것뿐 이 자리에 있는 게 내키지 않는다.

그녀는 케니 테프트에 관한 소문의 근원지가 어디였는지 질문하며 나를 압박한다. 이에 나는 기밀의 출처를 보호해야 할 의무가 있다고 답변한다. 물론 저는 지금 말하는 내용보다 많은 걸 알고 있지만, 어쨌거나 저는 변호사이고 기밀을 어떻게 취급해야 하는지 잘 이해하고 있습니다. 그녀는 증인에게 질문에 대답할 것을 명령해 달라고 판사에게 요청한다. 캐넌이 이의를 제기하며 변호사의 업무 결과물의 존엄성에 대한 짧은 강의를 늘어놓는다. 쿠마르 판사는 이달고의 요청을 기각하고 나는 퀸시의 뒷자리로 돌아온다.

카일 벤더슈미트 박사도 법정에 와 있다. 그는 빨리 이곳을 벗어나고 싶어 한다. 빌 캐넌은 그를 우리 측 다음 증인으로 불러내 지루한 자격 확인 절차를 밟는다. 잠시 후 쿠마르 판사는 카먼 이달고에게 묻는다. "진심으로 증인의 자격을 확인해야 한다고 생각합니까?"

"아닙니다, 판사님. 주 정부는 증인의 자격을 인정합니다."

"감사합니다." 쿠마르는 누구도 닦달하지 않은 채 법정을 통제하는 일을 즐기는 것 같다. 그는 판사로 임명된 지 3년밖에 되지 않았으나 기량이 뛰어나고 자신감이 넘쳐 보인다.

캐넌은 과거 재판의 배심원들이 폴 노우드로부터 들었던 잘못된 증언을 건너뛴다. 그 내용은 메이지가 서류로 자세히 작성해 제출했기 때문이다. 대신 진짜 증거에 관해 파고든다. 이제 우리는 플래시와 튄 얼룩을 실제로 보고 있으니 추측성 판단을 할 필요가 없다. 벤더슈미트는 커다란 스크린에 자신이 최근에 촬영한 사진을 보여 주며 23년 전 재판에서 제시된 증거 사진과 비교해 준다. 플래시의 렌즈가 빛에 노출되지는 않았지만 시간이 흐르면서 렌즈에 튄 혈흔의 색이 흐려졌다. 그는 커다란 혈흔 자국 세 개 가운데 자신이 표본을 채취한 자국을 가리킨다. 더 확대한 사진이 제시되고 더 많은 법의학 용어가 등장한다. 벤더슈미트의 증언은 금세 지루한 과학 수업이 되어 버린다. 어쩌면 내 유전자 속에 과학이나 수학과 관련한 내용이 별로 없기 때문일 수도 있다. 하지만 내가 지루한지 그렇지 않은지는 중요하지 않다. 판사님께서는 증언을 잘 받아들이고 있다.

카일은 기본적인 내용에서 시작한다. 인간의 혈액 속 혈구는 동물의 혈구와 다르다. 스크린에 커다란 두 개의 사진이 나오고 벤더슈미트는 다시 교수로 화한다. 왼쪽 그림은 렌즈에서 채취한 혈액 속 적혈구를 크게 확대한 것이다. 오른쪽 그림은 비슷하지만 작은 포유동물인 토끼의 피에서 뽑아낸 적혈구다. 인간 역시 포유동물이며 인간의 적혈구는 토끼와 마찬가지로 핵이 없다. 파충류와 조류는 적혈구에 핵이 있지만 인간은 그렇지 않다. 교수가 노트북을 두드리자 스크린의 그림이 변하고 우리는 적혈구의 세계 속으로 빠져든다. 적혈구의 핵은 작고 둥근 모습으로 적혈구의 본부 역할을 한다. 핵은 적혈구의 성장과 재생을 관장한다. 핵은 세포막에 둘러싸여 있다. 이런 식으로 강의는 이어진다.

우리가 제출한 신청서에 벤더슈미트의 보고서 전체가 첨부되어 있고 그 안에는 이해하기 쉽지 않은 세포와 혈액에 관한 내용도 잔뜩 들어 있다. 고백하건대 나는 전체 내용을 읽지 않았다. 그런데 왠지 쿠마르 판사는 전부 읽었을 것 같다.

어쨌든 중요한 건 동물의 적혈구는 종에 따라 완전히 다르다는 것이다. 벤더슈미트는 퀸시의 차에서 브래들리 피츠너가 찾아낸 플래시의 렌즈에 묻은 피는 작은 포유류의 것이 틀림없다고 한다. 그는 그것이 인간의 피가 아니라고 단정 짓는다.

우리는 두 표본에 대한 DNA 검사를 굳이 하지 않았다. 그럴 이유가 없기 때문이다. 우리는 키스의 셔츠에 묻은 피가 그의 것이라는 사실을 안다. 또 우리는 렌즈에 묻은 피는 키스의 피가 아니란 사실을 안다.

캐넌과 벤더슈미트가 증언을 통해 한 팀으로 활약하는 걸 지켜보는 건 흡사 잘 짜인 댄스 루틴을 관람하는 것과 같다. 심지어 두 사람은 어제까지 일면식도 없었던 사이다. 만일 내가 5천만 달러짜리 소송에 걸려 피고 측 변호인이 되었다면 얼른 조정 신청부터 하겠다.

오후 1시가 다 되었고 벤더슈미트는 카먼이 던지는 일련의 바보 같은 질문을 인내심을 가지고 받아넘긴다. 꼬챙이처럼 마른 몸을 보니 판사님께서는 점심 생각이 별로 없는 것 같지만 나머지 사람들은 허기가 져 온다. 우리는 1시간 반 동안 휴정하기로 한다. 프랭키와 나는 카일을 차로 공항에 데려다주는 길에 재빨리 드라이브스루 매장에 들러 햄버거를 산다. 카일은 심리 결과가 나오는 즉시 알고 싶다고 한다. 그는 자신이 하는 일은 물론 이번 사건에 애정이 크고, 어떻게든 퀸시를 석방시키려고 한다. 몹쓸 과학이 퀸시에게 억울한 옥살이를 시켰고, 카일은 엉망이 된 상황을 제대로 깔끔하게 되돌리고 싶다.

†

지난 7개월간 지크 허피는 자유를 만끽하면서 어떻게든 다시 체포되지 않으려고 노력했다. 그는 아칸소주에서 가석방 중이었기 때문에 아칸소주를 벗어나려면 감찰관의 허가를 받아야 했다. 그는 약물을 끊은 상태이며 앞으로도 그렇게 하기로 마음먹었다고 말했다. 한 비영리 단체가 그에게 최초 생계비로 1천 달러를 빌려주었다. 그는 세차장, 햄버거 가게, 잔디 관리 회사에서 아르바이트를 했다. 그는 생존을 위해 일했고 대출금의 절반을 갚았다. 수호자 재단은 그에게 비행기표를 사 주었고, 그는 햇볕에 그을린 훨씬 건강해진 모습으로 증인석에 출석했다.

그가 늙은 판사 플랭크가 진행한 첫 번째 심리에서 한 증언은 칭찬할 만했다. 그는 자신의 거짓말을 인정하고 피츠너와 나쁜 시스템을 비난하면서 자신이 무슨 짓을 하는지 인지하고 있었다고 말했다. 한때 그는 교도소에 밀고자로 투입되었고 그 임무를 멋지게 완수했다. 하지만 이제 그는 자신의 거짓말을 깊이 뉘우치고 있다. 모두가 가슴 아파하며 경계를 푼 순간 지크는 법정 건너편에 앉은 퀸시를 보며 말한다. "미안합니다, 퀸시. 나 살겠다고 그랬습니다. 그러면 안 됐는데. 내 한 몸 살겠다고 거짓말을 하고 당신을 교도소로 보냈어요. 정말 미안합니다, 퀸시. 용서를 바라진 않겠습니다.

내가 당신이라도 용서 못할 거예요. 나는 그저 내가 저지른 일이 미안할 뿐입니다."

퀸시는 고개만 끄덕일 뿐 대답하지 않는다. 그는 나중에 내게 뭐라도 한마디 하고 싶었고 용서해 주고 싶었지만 법정에서 허락 없이 말하는 게 두려웠다고 털어놓을 것이다.

반대 신문에 나선 카먼이 법정에서 그의 화려한 거짓말 전력을 들추어냄으로써 지크는 호되게 당한다. 언제 거짓말을 멈추게 되었는가? 멈추긴 했는가? 왜 지금은 당신이 거짓말을 하지 않는다고 믿어야 하는가? 이런 식이다. 그러나 그는 과거에도 이와 같은 신문 과정을 겪어 보았기에 적절하게 대처한다. 그는 여러 번 반복한다. "네. 전에 거짓말을 했다는 걸 인정합니다. 하지만 지금은 거짓말을 하는 게 아닙니다. 맹세합니다."

우리 측 다음 증인은 캐리 홀랜드 프루잇이다. 캐리와 벅이 올랜도까지 먼 거리를 차를 몰고 오도록 설득하는 일은 쉽지 않았다. 하지만 수호자 재단이 디즈니 월드 가족 입장권이라는 후한 선물을 내놓자 협상이 마무리되었다. 수호자 재단의 재정 상태는 디즈니 월드 가족 입장권을 구할 수 있을 만큼 여유롭지 않지만 늘 그랬던 것처럼 비키는 어떻게든 돈을 구해 낸다.

빌 캐넌의 완벽한 인도 아래 캐리는 퀸시 밀러가 재판을 받던 당시 자신의 슬픈 역사를 기억해 낸다. 그녀는 사건 현장에서 막대기 같은 걸 손에 든 채 달아나는 흑인 사내를 목격한 적이 없다. 사실 그녀는 아무것도 보지 못했다. 아무것도 듣지 못했다. 그녀는 피츠너 보안관과 당시 검사였던 포레스트 버크헤드의 강압으로 재판에 나가 거짓말을 할 수밖에 없었다. 그녀는 거짓 증언을 했고, 다음 날 피츠너는 그녀에게 현금 1천 달러를 주며 곧바로 버스를 타고 떠나라고 하면서 플로리다주에 돌아오면 위증죄로 감옥에 보내겠다고 위협했다.

캐리는 증언을 시작하고 몇 마디 꺼내자마자 눈물부터 쏟는다. 목소리마저 갈라진다. 증언 중반쯤에 그녀가 거짓말을 했다는 대목에 이르자 그녀는 눈물을 쉴 새 없이 흘리며 미안하다고 한다. 당시 그녀는 너무 어렸고 혼란스러웠고 마약에 손을 댔고 나쁜 경찰 남자 친구를 만났고 돈이 필요했다. 이제 그녀는 15년 동안 마약을 하지 않은 상태로 하루도 빠짐없이 열심히 일한다. 하지만 그녀는 퀸시를 여러 번 떠올렸다. 그녀가 울먹이자 우리는 그녀가 진정하기를 기다린다. 맨 앞줄에 앉은 벅도 뺨에 흐르는 눈물을 닦아 낸다.

쿠마르 판사는 휴정을 선포하고 우리는 1시간의 휴식을 취한다. 그런데 판사에게 사무실에서 처리해야 할 급한 일이 생겼다며 서기가 사과의 말을 전한다. 마비스 밀러도 막 도착해 형과 반갑게 인사를 나눈다. 이 장면을 멀리서 경비원이 지켜본다. 나는 메이지, 비키와 앉아 지금까지 진행된 증언을 분석한다. 한 기자가 다가와 소감을 묻지만 나는 답변을 거절한다.

오후 4시 30분에 심리가 재개된다. 빌 캐넌은 오늘 우리의 마지막 증인을 불러낸다. 나는 퀸시가 받을 충격을 줄이기 위해 증언 직전에 증인이 누군지 말해 준다. 캐넌이 '준 워커'라는 이름을 부르자 퀸시는 고개를 돌려 나를 본다. 나는 웃으며 안심하라는 듯 고개를 끄덕여 보인다.

프랭키는 쉽게 지치는 사람이 아니다. 특히 우리에게 협조해야 하는 유색 인종을 괴롭혀야 할 때는 더더욱 그렇다. 그는 몇 달이 넘도록 조금씩 탤러해시의 오티스 워커와 관계를 다져 왔고 그렇게 준과 닿게 되었다. 처음에 그들은 저항했다. 퀸시의 변호사들이 그의 첫 부인에 대해 했던 기분 나쁜 말에 관해서 여전히 화가 가라앉지 않은 상태였다. 하지만 프랭키는 기회가 있다면 오래전 거짓말을 바로잡아야 하지 않느냐며 준과 오티스를 오랜 시간 설득했다. 퀸시는 아무도 죽이지 않았지만 준은 진짜 살인범인 한 무리의 백인들을 도와준 셈이었다.

그녀는 앉아 있던 세 번째 줄에서 일어나 증인석으로 똑바로 걸어간 다음 법원 서기의 도움을 받아 선서한다. 나는 준과 시간을 보내면서 그녀에게 법정에 앉아 위증했다는 사실을 인정하는 일은 쉽지 않을 거라고 일러 주었다. 그러나 위증 사실을 인정한다고 해서 처벌받진 않을 거라는 점 역시 장담했다.

그녀는 퀸시를 향해 고개를 끄덕여 보이고 입술을 깨문다. 한번 해 보자. 그녀는 이름과 주소를 말하고 자신의 첫 번째 남편이 퀸시 밀러였다고 말한다. 둘이 세 아이를 얻었지만 그들의 결혼은 씁쓸한 이혼으로 끝났다고 한다. 그녀는 우리 편이고 빌 캐넌은 그녀를 존중한다. 그가 책상에서 어떤 서류를 집어서 그녀에게 건넨다.

"자, 워커 부인, 아주 오래전 부인의 전남편인 퀸시 밀러가 살인 혐의로 재판받던 때로 돌아가 보도록 하겠습니다. 그 재판에서 부인은 검사 측 증인으로 나와 몇 가지 증언을 했습니다. 제가 해당 증언 내용을 살펴보도록 하겠습니다. 괜찮겠죠?"

준은 고개를 끄덕이고 조용히 답한다. "네."

캐넌은 돋보기안경을 고쳐 쓰고 재판 기록을 들여다본다. "검사가 부인에게 이렇게 물었습니다. '피고 퀸시 밀러가 12게이지 산탄총을 소유하고 있습니까?' 그리고 부인의 대답은 이랬습니다. '그런 것 같습니다. 그는 권총이 몇 자루 있습니다. 저는 총은 잘 모릅니다만, 네, 퀸시는 큰 산탄총을 갖고 있어요.' 자, 워커 부인, 당신의 대답은 진실이었습니까?"

"아뇨. 그렇지 않습니다. 저는 우리 집 주변에서 산탄총을 한 번도 본 적이 없고, 퀸시가 산탄총을 갖고 있다는 사실을 알고 있지 않았습니다."

"좋습니다. 두 번째 증언을 보겠습니다. 검사는 부인에게 이렇게 질문했습니다. '피고가 사냥과 낚시를 즐겼습니까?' 그리고 부인의 대답은 이렇습니다. '네. 사냥을 자주 가지 않지만 가끔 친구들과 숲에 갔습니다. 대개는 새와 토끼를 잡으러 갔습니다.' 자, 워커 부인, 이 증언은 진실했습니까?"

"아뇨. 그렇지 않습니다. 저는 퀸시가 사냥을 한다는 사실을 전혀 몰랐습니다. 삼촌과 낚시를 좀 했지만 사냥을 다니지 않았습니다"

"좋습니다. 세 번째 증언을 보죠. 검사는 부인에게 플래시를 찍은 컬러 사진 한 장을 보여 주고 퀸시가 그런 물건을 갖고 있는 걸 본 적이 있는지 물었습니다. 부인의 대답은 이렇습니다. '네. 이건 그이가 자동차에 두고 사용하는 것처럼 생겼습니다.' 자, 워커 부인, 이 대답은 진실했습니까?"

"아뇨. 그렇지 않습니다. 저는 그렇게 생긴 플래시를 한 번도 본 적이 없습니다. 그런 기억도 없고 퀸시가 그런 플래시를 쓰는 걸 본 적도 없습니다."

"감사합니다, 워커 부인. 마지막 질문입니다. 재판에서 검사는 부인에게 키스 루소가 살해되던 날 밤에 퀸시가 시브룩 근처에 있었느냐고 물었습니다. 부인의 대답입니다. '그럴 겁니다. 누가 그러던데 퀸시를 가게에서 봤다고 했습니다.' 워커 부인, 이 대답은 진실했습니까?"

그녀는 떨리는 목소리로 대답하기 시작한다. 그녀는 마른침을 삼키며 자신의 전남편을 똑바로 본다. 그러고는 이를 악물고 말한다. "아뇨. 그렇지 않습니다. 그날 밤에 퀸시가 어디 있었다는 얘기를 누구에게도 들은 적이 없습니다."

캐넌이 말한다. "감사합니다." 그는 서류를 책상 위에 던지듯 내려놓는다. 카먼 이달고는 어떻게 해야 할지 갈피를 잡지 못하는 듯 천천히 일어선다. 그녀는 머뭇거리며 증인을 바라보고는 이내 이 증인에게서는 점수를 얻어 낼 수 없다는 사실을 깨닫는다. 그녀는 절망스러운 얼굴로 말한다. "질문 없습니다, 판사님."

쿠마르 판사가 말한다. "감사합니다, 워커 부인. 내려가셔도 좋습니다."

준은 곧바로 증인석에서 내려오지 못한다. 내 앞에 앉은 퀸시가 갑자기 의자를 뒤로 밀치고 일어선다. 그는 지팡이도 짚지 않은 채 빌 캐넌 뒤를 지나 비틀거리며 준에게 다가간다. 그녀는 겁을 집어먹고 머뭇거린다. 짧은 순간 우리 모두는 재앙이 벌어질까 봐 얼어붙는다. 그때 퀸시가 양팔을 벌리고 준이 그의 품에 안긴다. 세 명의 아이를 낳고 살다가 서로를 증오하게 되었던 두 사람이 모르는 사람들 앞에서 다시 서로를 꼭 안아 준다. "정말 미안해." 그녀는 몇 번이고 속삭인다. "괜찮아." 그도 속삭인다. "괜찮아."

47

비키와 메이지는 퀸시를 꼭 만나고 싶어 한다. 그들은 퀸시의 사건을 오랫동안 다루었고 그의 삶에 관해 많은 걸 알고 있으면서도 정식으로 인사를 건넬 기회가 없었다. 우리는 법원에서 나와 퀸시가 환자이자 재소자 신분으로 머무는 머시 병원에 모인다. 퀸시는 재활 시설이 있는 신관의 병실로 옮겨졌지만 우리는 지하 식당에서 그를 만난다. 그를 감시하는 건 올랜도 경찰서 소속 경찰이다. 그는 멀찌감치 앉아 지루함을 달래는 중이다.

23년 동안 교도소 음식을 먹어 온 퀸시는 이 식당의 끔찍한 음식에 별다른 불만이 없다. 그는 샌드위치와 감자튀김이 먹고 싶다고 말한다. 그가 시킨 음식을 가져왔더니 퀸시, 비키, 메이지가 오늘 법정에서의 일들에 대해 신나게 떠들고 있다. 프랭키는 퀸시 바로 옆에 앉아 뭐든 도울 준비가 되어 있다. 루서 호지스도 가까운 곳에서 순간을 즐기며 함께할 수 있어 행복해한다. 퀸시는 같이 저녁을 먹자고 권하지만 우리는 늦은 밤에 따로 해야 할 일이 있다.

퀸시는 준과의 만남으로 받은 감동이 아직도 가라앉지 않은 모양이다. 너무 오래 그리고 깊이 그녀를 미워했던 그는 자신이 그녀를 그토록 빨리 용서할 수 있었다는 사실에 놀라고 있다. 자리에 앉아 그녀가 거짓말을 했다는 사실을 털어놓는 모습을 보는 순간 알 수 없는 무엇이 그에게 다가왔단다. 어쩌면 그건 성령이었는지도 모른다. 순간 그는 더는 그녀를 미워할 수 없었다. 그는 눈을 감고 신에게 그의 모든 증오를 가져가 달라고 빌었다. 그러자 번개처럼 그의 양어깨를 짓누르던 무게가 사라졌다. 그는 한 자락의 숨을 내쉬며 진정한 해방감을 맛볼 수 있었다. 그는 지크 허피와 캐리 홀랜드를 용서하면서 그가 짊어지고 있던 짐들이 멋지고 아름답게 사라지는 기분을 느꼈다.

루서 호지스는 웃으면서 고개를 끄덕인다. 그건 그만의 메시지다.

퀸시는 샌드위치를 먹고 감자튀김을 몇 개 먹더니 아직 입맛이 돌아오지 않았다고 한다. 그는 어제 체중을 쟀을 때 70킬로그램이었고 원래 몸무게인 90킬로그램에는 많이 미치지 못한다고 말한다. 그는 내일은 또 어떤 일이 벌어질지 궁금해하지만 나는 지레 짐작하지 않으려 한다. 내가 보기에 쿠마르 판사는 증인 신문을 모두 마치고 심리를 종결한 후 결단을 내릴 것이다. 판결이 내려지기까지 몇 주 또는 몇 달이 걸릴 수도 있다. 판사는 모든 면에서 우리 측 의견에 공감하는 것처럼 보이지만, 나는 오래전부터 최악의 상황을 기대하는 법을 경험으로 익혀 왔다. 결코 정의가 신속하게 이루어지기를 기대해서는 안 된다.

쉬지 않고 1시간을 떠들고 났더니 경찰이 시간이 다 되었다고 알려 준다. 우리는 차례로 퀸시와 포옹을 하고 내일 아침에 다시 만나기로 약속한다.

빌 캐넌의 로펌은 플로리다주의 여섯 개 대도시에 사무소를 두고 있다. 올랜도 지사를 운영하는 파트너 변호사는 의료 사고의 암살자라는 별명을 가진 코넬 졸리로 무능한 의사들 사이에서 공포의 대상이다. 그는 의사 여러 명을 재정적으로 망가뜨렸고, 현재도 여러 사건이 진행 중이다. 그가 받아 낸 판결과 조정은 그에게 올랜도에서 사치스러운 지역의 고급 주택을 살 수 있는 수단을 제공했다. 따로 울타리를 쳐서 외부와 독립된 구역에는 터무니없을 정도로 멋진 집들이 그늘진 길거리를 따라 늘어서 있다. 우리는 회전 교차로의 진입로에 들어서면서 한쪽에 세워 둔 벤틀리, 포르쉐, 벤츠 쿠페를 발견한다. 졸리가 타는 자동차들의 값은 수호자 재단의 연간 예산보다 더 비싸다. 맨 앞에 자랑스럽게 세워져 있는 낡은 비틀은 먼저 도착한 수전 애슐리 그로스의 차일 것이다.

보통 수호자 재단 사람들은 이런 동네의 저택에서 이루어지는 저녁 초대를 거절하곤 하지만, 빌 캐넌의 초대는 거절할 수 없다. 게다가 우리는 이럴 때 아니면 잡지에서나 볼 수 있는 집을 구경할 기회를 쉽게 가질 수 없는 사람들이기도 하다. 턱시도를 입은 사내가 현관 앞에서 우리를 맞이한다. 나는 현실 세계에서 집사를 처음 만나 본다. 우리는 집사를 따라 아치형 천장으로 된 거대한 응접실을 지난다. 응접실이 일반 사람들의 집보다 더 크다. 그제야 우리는 갑자기 입고 있는 옷에 신경이 쓰인다.

프랭키는 초대를 사양하는 침착성을 발휘했다. 그는 퀸시, 루서 호지스와 텔레비전으로 야구 경기를 볼 계획이다.

코델이 다른 방에서 티셔츠에 지저분한 골프 반바지, 그리고 슬리퍼 차림으로 달려 나오자 우리는 옷차림에 관해 잊어버린다. 그는 맥주가 든 녹색 병을 손에 들고 우리와 열렬한 악수를 나눈다. 마찬가지로 반바지 차림인 빌 캐넌이 나타나고 우리는 두 사람을 따라 동굴처럼 복잡한 집 안을 지나서 뒤쪽 테라스로 간다. 그곳에서는 작은 배들이 경주를 벌일 수 있을 정도로 넓은 수영장이 내려다보인다. 수영장 한쪽 끝에는 열다섯 명 정도는 너끈하게 잘 수 있을 것 같은 작은 별채가 딸려 있다. 하얀 정장을 빼입은 한 신사가 우리에게서 음료 주문을 받아 가고 우리는 삐걱대며 돌아가는 실링 팬 아래의 그늘로 안내를 받아 이동한다. 수전 애슐리가 화이트 와인을 마시며 우리를 기다리고 있다.

"여러분을 제 아내에게 소개하고 싶은데 아내가 지난달에 떠나서요." 코델은 버들고리 의자에 털썩 앉으며 큰 소리로 말한다. "세 번째 이혼입니다."

"난 네 번째인 줄 알았는데." 캐넌이 심각하게 말한다.

"그럴 수도 있지. 난 끝장난 것 같아." 코델은 끝내주게 놀고 끝내주게 일하고 끝내주게 파티한다. 그리고 끝내주게 솔직한 사람이다. "전부인이 이 집을 달라는데, 결혼 직전에 혼전 합의서라는 물건에 사인을 받아 뒀단 말씀이야."

"다른 얘기하면 안 돼?" 캐넌이 말한다. "우리 로펌은 코델의 다음번 이혼에 겁을 잔뜩 먹고 있어요."

이 대목에서 우리가 어떤 얘기를 할 수 있을까? "우린 법정에서 멋진 하루를 보냈습니다." 내가 말한다. "빌에게 감사드립니다." 비키, 메이지, 수전 애슐리는 눈만 동그랗게 뜨고 어떤 말을 해야 할지 몰라 두려워하는 것 같다.

캐넌이 말한다. "진실이 우리 편이면 늘 도움이 되죠."

"맞는 말씀이야." 코델이 덧붙인다. "난 이 사건이 아주 마음에 들어요. 난 우리 회사 소송 위원회 위원인데, 빌이 이 사건을 제안했을 때 내가 그랬죠. '당연히 해야지.'라고요."

"소송 위원회가 뭔가요?" 내가 묻는다. 코델은 우리 편이고 수다스럽다. 우리는 그에게서 많은 걸 배울 수 있을 것이다.

그가 말한다. "우리가 제기하는 모든 소송은 여섯 개 지사에서 일하는 수석 파트너들이 모여서 만든 위원회가 점검해야 합니다. 우리는 쓰레기 같은 사건도 많이 보고, 좋은 사건이지만 도저히 이길 수 없거나 돈이 너무 많이 들어가는 사건들도 많이 보죠. 우리는 최소 1천만 달러는 보상받을 가능성이 있는 사건만 맡거든요. 간단하죠. 1천만 달러의 가능성이 보이지 않으면 그냥 버리면 됩니다.

퀸시는 그보다 훨씬 더 받아 낼 수 있어요. 여러분은 공모 혐의가 있는 플로리다주로부터 상한선 없이 보상을 받아 낼 수 있다고요. 일단 보안관의 은행 계좌에 400만 달러를 동결시켜 둔 상태죠. 해외 은닉 자금은 더 많을 테고. 게다가 카르텔도 있잖아요."

"카르텔?" 내가 묻는다.

아까 그 흰 정장 차림 남자가 은쟁반을 들고 돌아와 우리가 마실 음료를 내려놓는다. 나는 맥주, 메이지는 화이트 와인이다. 비키도 화이트 와인인데, 내가 그녀를 알게 된 이래로 그녀가 술을 사양하지 않은 건 이번이 두 번째다.

빌이 말한다. "물론 완전히 새로운 시각은 아니지만 우리도 이런 식으로 해 본 적은 없어요. 우리가 협조 관계를 맺고 있는 멕시코시티의 한 로펌이 마약 거래상들의 자산을 캐 보고 있거든요. 아시다시피 좀 아슬아슬한 작업이긴 합니다. 하지만 그들이 은행 계좌를 찾아내서 자산을 동결하는 데 부분적으로 성공했어요. 살티요 카르텔은 늙은이들이 날아가면서 새로운 얼굴이 꽤 등장했지만 주요 인물은 여전히 공개적으로 알려져 있습니다. 우리 계획은 이쪽에서 원하는 판결을 얻어 낸 다음 우리가 자산을 찾아내는 어디서든 그걸 집행하는 겁니다."

"카르텔을 고소하는 건 왠지 위험할 것 같은데요." 내가 말한다.

코델이 웃더니 말한다. "담배 회사, 총기 제조업체, 대형 제약 회사를 고소하는 것보다는 나을 겁니다. 못된 의사들이나 그들을 감싸고 도는 보험사는 말할 것도 없고요."

메이지가 말한다. "그럼 퀸시 밀러가 적어도 1천만 달러는 받아 낼 수 있다는 말씀이세요?" 그녀는 믿을 수 없다는 듯 느릿느릿하게 묻는다.

캐넌이 웃으며 말한다. "아뇨. 우리는 장담은 절대 안 해요. 잘못 될 수 있는 가능성이 농후하니까요. 소송이 그렇잖아요. 주사위를 굴려 봐야 알죠. 주 정부에서는 합의를 보려고 할 테지만 피츠너는 그렇지 않을 겁니다. 자기 돈을 지키려고 끝까지 발악할 거라고요. 단, 좋은 변호사를 고용하더라도 교도소 안에서 싸워야 할 겁니다. 나는 그냥 퀸시 건이 가능성이 크다는 얘길 하는 겁니다. 물론 우리 수수료는 빼야겠지만."

"옳소." 코델이 병에 남은 맥주를 들이켜며 말한다.

"얼마나 오래 걸릴까요?" 비키가 묻는다.

빌과 코델은 서로를 한번 보더니 어깨를 으쓱한다. 빌이 대답한다. "2년에서 3년? 내시 쿨리의 로펌도 소송 능력이 좋으니까 나름대로 싸움이 좀 될 겁니다."

나는 수전 애슐리가 이야기를 주의 깊게 듣는 모습을 지켜본다. 수호자 재단과 마찬가지로 그녀가 운영하는 비영리 단체는 진짜 로펌과 수수료를 나누어 가질 수 없지만, 그녀는 빌 캐넌이 받아 낸 수수료의 10퍼센트를 중부 플로리다 이노센스 프로젝트에 기부하겠다고 약속했다는 사실을 내게 은밀히 얘기해 주었다. 그녀는 자신이 받은 기부금의 절반을 다시 우리에게 넘겨주겠다고 약속했다. 나는 멕시코의 우리 측 변호사들이 어마어마한 금액이 들어 있는 카리브해 은행의 계좌를 압류하지만 큰돈이 아래로 흐르고 흐르면서 쪼개지고 쪼개져 결국 수호자 재단은 몇 천 달러만 손에 쥐는 상상을 하다 순간적으로 미쳐 버릴 것 같다는 생각이 든다.

우리가 모금하는 돈의 액수와 우리가 풀어 줄 수 있는 결백한 사람들의 숫자 사이에는 직접적인 관계가 있다. 만일 우리가 뜻밖의 횡재를 거둔다면 우리는 재단을 재편하고 더 많은 사람을 고용할 수 있다. 어쩌면 나도 타이어를 새로 갈거나, 아니면 아예 괜찮은 중고차를 한 대 뽑을 수도 있다.

술은 우리가 느긋하게 즐기면서 가난한 재정 상황을 잊을 수 있도록 도와준다. 만찬이 준비되는 동안 우리는 계속 술을 마신다. 변호사들은 술을 마시면 엉뚱한 얘기를 쏟아 내곤 한다. 코델은 CIA 출신 스파이를 고용해 의료 과실을 저지른 보험 회사에 깊숙이 침투시켰던 일화를 들려준다. 그 남자는 세 건의 엄청난 판결에 기여하고 들키지 않은 상태로 보험 회사에서 퇴직했다고 한다.

캐넌은 자신이 스물여덟 살 때 처음으로 1백만 달러짜리 판결을 얻어 냈으며, 그것은 아직도 플로리다주 최연소 기록으로 남아 있다는 얘기를 들려준다.

다시 코델이 배턴을 이어받아 자신이 비행기 추락 사고를 겪었을 때 이야기를 늘어놓는다.

하얀 정장 남자가 만찬 준비가 끝났다고 알려 주자 나는 안도한다. 우리는 집 안에 있는 여러 다이닝 룸 가운데 하나로 향한다. 그곳 온도는 바깥보다 훨씬 시원하다.

48

안시 쿠마르 판사는 오늘도 미소가 가득한 얼굴로 판사석에 착석해 아침 인사를 한다. 우리는 모두 긴장한 채 자리에 앉아 조속히 하루를 시작하고 싶은 마음으로 상황이 어떻게 흘러갈 것인지 생각하며 기다리는 중이다. 쿠마르 판사가 빌 캐넌을 내려다보며 말한다. "어제 휴정한 뒤 저는 탤러해시 주 범죄 연구소의 소장님과 전화 통화를 했습니다. 그분 말씀이 타스카 씨라는 분석 요원이 오늘 오전 10시에 이 법정에 출석할 거라고 했습니다. 캐넌 씨, 다른 증인이 있습니까?"

빌이 일어서더니 말한다. "네. 추가 증인을 신청합니다. 애그니스 놀턴은 FBI 올랜도 지부의 특별 수사관이며, 다섯 달 전에 발생한 잔인하기 그지없는 퀸시 밀러 공격 사건을 책임지고 수사했습니다. 놀턴 요원은 해당 사건에 관한 수사와 그 사건이 이 재판과 어떤 연관이 있는지 증언할 준비가 돼 있습니다."

나는 애그니스와 이른 아침 식사를 함께했다. 그녀는 어떤 방식으로든 돕고 싶어 했다. 하지만 쿠마르 판사가 대외 비밀이 포함될 것이 뻔한 그녀의 증언이 필요하다고 볼지는 다소 의심스럽다.

어제 휴식 시간에 내가 이미 언급해 두었기 때문에 판사도 이런 상황이 올 것임을 알고 있다. 그는 한참 동안 어떻게 할지 고민한다. 카먼 이달고가 천천히 일어나며 말한다. "판사님, 제 의견으로는 그런 식의 증언이 이 재판에서 어떤 도움이 될지 모르겠습니다. FBI는 키스 루소 살인 사건의 수사나 퀸시 밀러의 기소와는 아무런 관련이 없습니다. 제가 보기에는 시간 낭비입니다."

"동의합니다. 저는 기소장, 소송 서류, 신문 기사를 읽었고, 밀러 씨를 살해하려는 시도에 음모가 있다는 사실을 압니다. 놀턴 요원, 기꺼이 증언해 주시겠다고 해 주셔서 감사하지만 증언은 필요 없을 것 같습니다."

나는 고개를 돌려 애그니스를 본다. 그녀는 웃고 있다.

판사가 판사봉을 두드리고 10시까지 휴정을 선언한다.

타스카 씨는 플로리다주 정부에서 31년간 혈액을 연구하고 있다. 양측은 그의 전문성에 동의한다. 카먼은 그가 주 정부의 전문가이기 때문에 인정할 수밖에 없고, 우리는 그의 증언을 원하기 때문에 그를 인정한다. 카먼은 그를 직접 신문하지는 않겠다고 말한다.

자신이 아닌 우리가 청원을 신청한 당사자라는 게 그 이유다. 빌 캐넌은 문제될 게 없다고 하면서 바로 증인에게 질문을 한다.

신문은 몇 분 만에 끝난다. 빌이 묻는다. "타스카 씨, 셔츠에서 채취한 혈액을 테스트했고 플래시의 렌즈에서 채취한 혈액 표본을 분석하셨죠?"

"그렇습니다."

"그럼 카일 벤더슈미트 박사가 작성한 보고서를 읽어 보셨습니까?"

"네. 그렇습니다."

"벤더슈미트 박사를 아십니까?"

"압니다. 저희 쪽 분야에서는 상당히 저명한 분입니다."

"셔츠에 묻은 피는 인간의 피고 플래시의 렌즈에서 검출된 피는 동물의 피라는 그의 결론에 동의하십니까?"

"네. 그 점에는 아무런 의심도 없습니다."

순간 캐넌은 내가 전에 법정에서 한 번도 보지 못한 행동을 한다. 그는 웃기 시작한다. 증언을 계속하는 것이 불합리하다는 느낌의 웃음이다. 우리 의뢰인을 유죄로 몰기에는 증거가 너무 부족하지 않느냐는 웃음이다. 잘못된 판결을 어떻게든 유지하려는 플로리다주와 그들의 애처로운 노력에 대한 웃음이다. 그는 양팔을 흔들어 보이며 묻는다. "저희가 여기서 뭘 하는 겁니까, 판사님? 저희 의뢰인을 범죄 현장과 연결할 수 있는 유일한 증거는 바로 그 플래시였습니다. 이제 우리는 플래시가 현장에 없었다는 사실을 알게 됐습니다. 그 물건은 우리 의뢰인의 것이 아니었습니다. 플래시는 범죄 현장에서 발견된 것이 아닙니다."

"추가 증인 있습니까, 캐넌 씨?"

여전히 즐거워하는 캐넌이 고개를 젓고 연단에서 내려온다.

판사가 묻는다. "이달고 씨, 증인이 있습니까?"

그녀는 손을 흔들어 대답을 대신하더니 가장 가까운 출입문으로 달아날 준비를 한다.

"양측의 최종 발언을 들어 볼까요?"

빌은 우리 측 테이블 옆에 멈추어 서더니 말한다. "그럴 필요 없습니다, 판사님. 지금까지 충분히 얘기했다고 생각하며 조속히 판결이 내려지기를 원합니다. 퀸시 밀러는 퇴원을 해도 되는 상태라 내일이면 교도소로 돌아가야 합니다. 이 얼마나 억지스러운 일입니까? 그는 교도소에 갈 하등의 이유가 없는 사람입니다. 지금도 그렇고 20년 전에도 그랬습니다. 그는 플로리다주 정부의 엉뚱한 기소로 유죄 판결을 받았으며 그러니 마땅히 자유롭게 풀려나야 합니다. 지연된 정의는 정의라고 할 수 없습니다."

내가 저 말을 얼마나 여러 번 들었던가. 기다림은 내가 하는 일에서 늘 겪는 장애물 가운데 하나다. 무고한 사람을 다루는 재판이 시간은 아무 문제도 아니라는 듯 길게 늘어지는 경우를 수없이 보았다. 그럴 때마다 나는 거만한 판사들을 강제로 교도소에 주말 동안 가두어 둘 수 있기를 수백 번 기도했다. 사흘 밤만 그렇게 해 본다면 그들의 직업의식은 놀라울 정도로 투철해질 것이다.

"오후 1시까지 휴정하겠습니다." 판사가 웃으며 말한다.

캐넌은 리무진을 타고 그의 전용 비행기가 대기 중인 공항으로 달려간다. 휴스턴에서 있을 분쟁 조정 회의에서 그와 동료들은 개발 비용으로 부정 행위를 한 제약 회사를 닦달할 것이다. 그는 현기증이 날 정도로 기대에 차 있다.

우리 팀의 나머지 사람들은 법원 건물의 한 카페에 모여 있다. 커피가 나올 무렵 루서 호지스가 합류한다. 벽에 걸린 커다란 시계가 10시 20분을 가리키고 있는데 초침이 멈춘 것처럼 보인다. 기자 한 명이 불쑥 끼어들더니 퀸시에게 몇 가지 질문을 할 수 있는지 묻는다. 나는 안 된다고 말하고 기자를 복도로 데리고 나가 잠시 몇 마디 나눈다.

커피를 두 잔째 연거푸 마실 때쯤 메이지가 묻는다. "잘못될 일은 없는 거죠?"

잘못될 일은 많다. 우리는 쿠마르 판사가 유죄 판결을 무효화할 거라고 확신하고 있다. 그렇지 않다면 굳이 오후 1시에 심리를 다시 열 필요는 없기 때문이다. 만일 그가 퀸시에게 불리한 판결을 내릴 거라면 그냥 며칠 기다렸다가 우편으로 결과를 통보하면 된다. 심리는 분명히 우리 쪽에 유리하게 진행되었다. 증거도 우리 편이다. 판사도 친절하다. 아니, 적어도 지금까지는 그랬다. 아직 주 정부 측이 포기하지 않았을 뿐이다. 나는 쿠마르가 영광의 일부를 나누어 가지기를 원하는 것이 아닌지 의심하고 있다.

하지만 그는 정상적인 절차를 밟기 위해 퀸시를 교도소로 돌려보낼 수도 있다. 아니면 사건을 루이즈 카운티로 돌려보내 그쪽 사람들이 퀸시를 다시 망쳐 놓을 때까지 기다리라는 명령을 내릴 수도 있다. 퀸시를 올랜도의 교도소에 가두고 주 정부에서 제기하는 항소심을 기다리도록 할 수도 있다. 나는 카메라가 지켜보는 가운데 퀸시가 법원에서 바로 석방되리라는 기대는 하지 않는다.

시계가 꼼짝도 하지 않는 것 같아서 그쪽은 쳐다보지 않으려 애쓴다. 정오다. 우리는 시간을 보내기 위해 샌드위치를 깨작거린다. 12시 45분. 우리는 법정으로 돌아가 다시 조금 더 대기한다.

1시 15분. 쿠마르 판사가 판사석에 나와 장내를 정리한다. 그는 속기사에게 고개를 끄덕여 보이더니 묻는다. "양측은 추가할 내용이 있습니까?"

수전 애슐리는 고개를 흔들어 없다는 시늉을 해 보이고 카먼 역시 같은 행동을 한다.

판사는 판결문을 읽기 시작한다. "피고인 퀸시 밀러는 플로리다주 형사 소송법 3.850 조항에 의해 유죄 판결 후 구제 청원을 신청하면서, 제22 지역 법원에 의해 자신에게 내려졌던 살인 유죄 판결을 무효화할 것을 요청했습니다. 플로리다주 법률은 새로운 증거를 재판부에 제출할 수 있는 경우, 또 원래 재판에서 제대로 주의를 기울였음에도 확보할 수 없었던 증거물이 있는 경우에만 구제 청원이 가능하다고 확실하게 밝히고 있습니다. 그리고 새로운 증거가 있다고 주장하는 것만으로는 부족하며, 새로운 증거는 반드시 증명할 수 있고 결과를 바꿀 수 있어야만 합니다. 새로운 증거의 예로는 증인의 증언 철회, 무죄를 증명하는 증거물의 발견, 원래 재판 당시 알려지지 않았던 새로운 증인의 발견 등을 들 수 있습니다.

이 사건에서 세 명의 증인인 지크 허피, 캐리 홀랜드 프루잇, 준 워커가 증언을 철회했고, 그들은 회유를 받아 재판에서 부정확한 증언을 했다고 분명히 증명해 보였습니다. 본 법정은 그들 모두가 강력하고 신뢰할 수 있는 증인이라고 확신합니다. 퀸시 밀러를 살인 현장과 연결하는 유일한 물리적 증거는 플래시라고 추정할 수 있는데, 그 플래시는 재판 당시 확인할 수 없었습니다. 증거품을 찾아낸 피고 측 변호인들은 정말 대단하다고 하지 않을 수 없습니다. 양측 전문가들이 플래시에 묻은 혈흔을 분석한 결과 그 물건은 살인 현장에 없었고 피고의 자동차 트렁크에 일부러 넣어 둔 것 같다는 점이 증명됐습니다. 플래시는 피고의 무죄를 주장할 수 있는 가장 중요한 증거입니다.

이에 살인 유죄 판결을 무효로 하며 피고에게 내려졌던 징역형을 즉시 취소합니다. 밀러 씨를 루이즈 카운티에서 다시 기소해 재판하려고 할 수도 있겠지만, 제가 보기에는 그렇지 않을 겁니다. 만일 그렇게 된다고 해도 그건 추후에 별도의 절차를 밟아 진행될 것입니다. 밀러 씨, 변호인들과 함께 일어서 주시겠습니까?"

퀸시는 지팡이도 잊은 채 벌떡 일어선다. 내가 그의 왼쪽 팔꿈치를, 수전 애슐리가 그의 오른쪽 팔꿈치를 붙잡는다. 판사는 말을 이어 나간다. "밀러 씨, 당신에게 잘못된 판결을 내려서 20년 넘게 가

둔 사람들은 오늘 이 법정에 없습니다. 제가 알기로 그 가운데 일부는 사망했다고 합니다. 다른 이들은 이리저리 흩어졌습니다. 그들이 언젠가 오심에 관한 책임을 지게 될 것인지 저는 모릅니다. 저는 그들의 뒤를 추적할 권한이 없습니다. 하지만 저는 적어도 당신이 우리의 법률 체계에 의해 끔찍한 학대를 당했다는 사실을 인정하지 않을 수 없습니다. 그리고 저 역시 그 체계의 일부로서 당신에게 벌어진 일에 대해 사과드립니다. 저는 보상 문제를 포함해 당신이 공식적으로 무죄 확정 판결을 받아 낼 수 있도록 기꺼이 도움을 드리도록 하겠습니다. 행운이 있기를 빕니다. 이제 집으로 돌아가셔도 좋습니다."

퀸시는 고개를 끄덕이며 중얼거린다. "감사합니다."

무릎이 떨리자 그는 다시 자리에 앉아 양손으로 얼굴을 감싼다. 우리는 그를 둘러싸고 모인다. 수전 애슐리, 마비스, 메이지, 비키, 프랭키까지. 그리고 한참 동안 아무 말없이 한바탕 눈물을 흘린다. 프랭키만 울지 않는다. 그는 14년 만에 교도소를 떠나면서도 눈물한 방울 흘리지 않았다.

법복을 벗은 쿠마르 판사가 우리를 보러 온다. 우리는 그에게 깊은 감사를 표한다. 그는 한 달 또는 여섯 달 또는 몇 년 동안 기다릴 수도 있었고, 퀸시에게 패소 판결을 내린 뒤 우리를 불투명하고 무의미한 항소심의 굴레 속으로 던져 넣을 수도 있었다. 그는 20년 넘게 교도소에 갇혔던 무고한 사람을 풀어 줄 기회를 다시 가질 수 없다는 걸 알기에 이 순간을 음미하고 있다. 퀸시는 쿠마르

와 포옹하기 위해 일어선다. 그렇게 시작된 포옹은 주변 사람들에게 전염된다.

전체로 보면 열 번째 성공이고 지난 1년 새 두 번째로 받아 낸 유죄 취소 판결이다. 성공할 때마다 나는 카메라와 기자들을 보며 무슨 말을 할지 생각한다. 퀸시가 먼저 감사하다고 말한다. 그는 아무 계획도 없다고, 계획을 세울 시간이 없었다고, 그저 갈비 요리에 맥주를 먹고 싶을 뿐이라고 말한다. 나는 안전한 내용의 인터뷰를 하고 잘못이 있는 사람들을 탓하지 않기로 한다. 나는 신속하게 올바른 판단을 내려 준 쿠마르 판사에게 감사한다. 나는 질문을 많이 받을수록 일을 그르치기 쉽다는 걸 알기에 10분이 지난 후 모두에게 감사 인사를 하고 자리를 뜬다.

프랭키는 진작에 픽업트럭을 주차장에서 빼내 도로에서 대기 중이다. 나는 비키와 메이지에게 서배너에서 몇 시간 뒤에 보자고 말한 다음 픽업트럭 조수석에 앉는다. 퀸시가 뒷문으로 올라타며 묻는다. "이건 또 뭡니까?"

"클럽 캡이라고 픽업트럭인데 좌석이 두 줄이에요." 프랭키가 차를 출발시키며 대답한다.

"이거 백인 젊은이들한테 큰 인기라던데." 내가 말한다.

"내 친구들도 많이 타요." 프랭키가 방어하듯 말한다.

"그냥 운전이나 해요." 퀸시가 자유를 만끽하며 말한다.

"교도소에 가서 소지품 챙겨 올래요?" 내가 묻는다.

두 사람 모두 웃는다. "나 새 변호사를 구해야 할까 봐요, 포스트." 퀸시가 말한다.

"그러세요. 그 어떤 변호사도 나보다 싸게 일하지는 않을 테니까."

퀸시는 앞으로 몸을 숙인다. "자, 포스트, 우리에겐 아직 할 얘기가 남았잖아요. 내가 주 정부로부터 받는 보상이 얼마나 될까요? 무죄로 풀려나면 받을 수 있잖아요."

"해당 5만 달러요. 1백만 달러도 넘을 겁니다."

"언제 받을 수 있죠?"

"몇 달 걸려요."

"아무튼 받는 건 확실한 거죠?"

"거의 그렇죠."

"변호사 선임 수수료는 얼마나 되죠?"

"없어요."

"아, 그러지 말고요."

프랭키가 말한다. "진짜예요. 나도 조지아에서 꽤 큰 돈을 받았는데 포스트는 한 푼도 챙기지 않았어요."

그러고 보니 나는 두 명의 흑인 백만장자와 함께 앉아 있다. 하지만 그들의 재산은 말로 다 할 수 없는 대가를 치른 결과다.

퀸시는 다시 몸을 뒤로 기댄다. 그러고는 한숨을 내쉬고 웃으며 말한다. "믿을 수가 없어요. 오늘 아침에 일어날 때만 해도 별생각 없었거든요. 그냥 그 사람들이 날 교도소로 다시 끌고 가면 어떡하나 하는 생각뿐이었어요. 근데 우리 어디로 가요, 포스트?"

"누군가 마음을 고쳐먹기 전에 플로리다를 벗어날 겁니다. 그게 누군지는 묻지 말아요. 나도 누군지, 어딘지, 어떻게, 왠지 모르니까. 그냥 서배너에 콕 박혀서 며칠 숨어 있자고요."

"그럼 누군가 날 찾아올지도 모른다는 겁니까?"

"그렇지는 않을 거예요. 하지만 일단 안전하게 행동하자는 거죠."

"마비스는요?"

"마비스에게는 서배너에서 만나자고 했어요. 우린 오늘 저녁에 갈비 요리를 먹을 거예요. 내가 맛집을 알거든요."

"갈비 요리에 맥주 한잔하고 싶어요. 여자도 있으면 좋겠어요."

"글쎄요, 앞에 두 가지는 내가 해결할 수 있는데." 내가 말한다. 프랭키는 세 번째에 관해 뭔가 아이디어가 있을 수도 있다는 것처럼 나를 슬쩍 본다.

30분 동안 자유를 즐긴 퀸시는 붐비는 고속 도로 길가에 있는 햄버거 가게에서 멈추어 달라고 부탁한다. 우리는 다 같이 가게로 들어선다. 나는 탄산음료와 감자튀김을 주문한다. 퀸시는 가게 앞쪽 창문 근처 자리에 보통 사람처럼 앉아 음식을 먹는 느낌을 설명하려 애쓴다. 자유롭게 가게를 드나드는 기분. 메뉴에 있는 걸 마음대로 주문하는 기분. 허락을 구하지 않고 화장실에 가고 그곳에서 끔찍한 일이 벌어질지도 모른다는 걱정을 하지 않는 기분. 불쌍한 퀸시의 감정 상태는 엉망이고 걸핏하면 눈물을 쏟아 낸다.

다시 픽업트럭에 오른 우리는 혼잡한 95번 고속 도로로 합류하고 이스트 코스트를 향해 천천히 움직인다. 우리는 퀸시에게 음악을 고르라고 한다. 그는 초기 모타운 레코드의 노래들을 좋아한다. 나도 그것들이 마음에 든다. 퀸시는 프랭키의 삶에 깊은 관심을 보이고, 교도소에서 나온 뒤 처음 몇 달 동안 어떻게 살았는지 알고 싶어 한다. 프랭키는 돈은 물론이고 새로 사귀게 될 친구들을 조심하라고 경고한다. 그러다 퀸시가 꾸벅꾸벅 졸기 시작하고 차 안에는 음악만이 흐른다. 잭슨빌 외곽 도로를 타고 조지아주 경계까지 32킬로미터 정도 남겨 두었을 때 프랭키가 중얼거린다. "젠장."

고개를 돌린 내 눈에 파란 불빛이 보인다. 퀸시가 잠에서 깨어나 경광등을 보는데 내 가슴이 무너진다. "과속했나?" 내가 묻는다.

"그런 것 같습니다. 세심하게 신경 쓰지 못했어요."

경광등이 달린 두 번째 순찰차가 합류한다. 이상하게도 순찰 대원들이 차에서 내리지 않는다. 좋은 징조일 리 없다. 나는 가방에서 성직 칼라를 꺼내 셔츠 깃에 끼운다.

"아, 신부 행세를 하시는 건가요." 퀸시가 말한다. "난 기도나 해야겠네요."

프랭키가 묻는다. "그거 하나 더 없어요?"

"당연히 있지." 내가 성직 칼라를 내민다. 프랭키는 성직 칼라를 착용해 본 적이 한 번도 없었다. 내가 대신 그의 목에 칼라를 둘러 주고 모양을 잡을 수 있도록 도와준다.

마침내 첫 번째 순찰차에서 경찰이 내리더니 운전석 쪽으로 다가온다. 그는 흑인에 보잉 선글라스를 끼고 고속 도로 순찰대 모자까지 완벽하게 갖추고 있다. 탄탄한 몸매, 깔끔한 옷매무새, 웃음기라고는 전혀 찾아 볼 수 없는 얼굴이다. 말 그대로 무지하게 냉혹해 보인다. 프랭키가 창문을 내리자 경관이 깜짝 놀란 듯 그를 바라본다.

"왜 운전을 이렇게 하시죠?" 경찰이 묻는다.

프랭키는 어깨를 으쓱하고 아무 말도 하지 않는다.

"저는 조지아에서 넘어온 백인 양아치인가 싶었는데요. 흑인 신부님이셨다니요." 그는 조수석에 앉은 나를 보고 목에 두른 성직 칼라를 확인한다. "백인 신부님도 계시고."

그는 뒷좌석에서 눈을 감은 채 기도에 푹 빠져 있는 퀸시를 발견한다.

"차량 등록증과 운전면허증 주세요." 프랭키가 서류를 건네준다. 경찰이 순찰차로 돌아간다. 시간이 흐르고 우리는 아무 말도 하지 않는다. 경찰이 다시 차로 다가온다. 프랭키가 차창을 내린다. 경찰은 차량 등록증과 운전면허증을 돌려준다.

경찰이 말한다. "신께서 그냥 보내 주라고 하시네요."

"주님을 찬양합니다." 감격한 퀸시가 뒷좌석에서 말한다.

"흑인 신부님께서 백인 신부님과 픽업트럭을 타고 고속 도로를 총알처럼 달리시다니. 틀림없이 무슨 연유가 있으시겠죠."

나는 명함을 한 장 건네며 손으로 퀸시를 가리킨다. "이 사람은 조금 전 23년 만에 교도소에서 석방됐습니다. 올랜도에서 우리가 이 사람이 결백하다는 걸 밝혀냈고 판사님께서 석방하셨어요. 우리는 이 사람을 서배너에서 며칠 묵게 할 겁니다."

"23년이요."

"그리고 저는 조지아에서 다른 사람이 저지른 살인 사건의 누명을 쓰고 14년을 살았습니다." 프랭키가 말한다.

경찰이 날 보더니 말한다. "신부님은요?"

"저는 아직 감옥에 갇힌 적이 없습니다."

경찰은 명함을 돌려주며 말한다. "따라오세요." 그가 순찰차에 다더니 경광등을 켠 채로 시동을 걸고 앞장서서 달린다. 우리는 앞뒤로 경찰의 에스코트를 받으며 시속 130킬로미터로 달리기 시작한다.

- 끝

감
사
의
말

영감은 두 가지 원천에서 비롯되었다. 하나는 캐릭터고 다른 하나는 줄거리다.

처음은 캐릭터였다. 약 15년 전 나는 오클라호마주에서 어떤 사건을 조사하다가 센추리온 재단이라는 표시가 붙은 서류 상자를 우연히 발견했다. 나는 그때만 해도 무고한 죄수 석방 운동에 관해 전혀 아는 것이 없었고, 센추리온에 관해서도 전혀 들어 본 적이 없었다. 나는 주위에다 물어보는 걸 시작으로 결국 뉴저지주 프린스턴에 있는 그들의 사무실까지 방문하게 되었다.

제임스 맥클로스키는 1980년 당시 신학교 학생 신분으로 센추리온 재단을 창립했다. 그는 교도소 목사로 일하면서 결백을 주장하는 한 재소자를 만나게 되었다. 제임스는 그 재소자의 무죄를 밝히고 석방시키는 데 성공한 뒤 또 다른 사건을 맡게 되었다. 일은 계속해서 이어졌다. 이런 식으로 40년 가까이 제임스는 대개는 혼자서 전국을 돌아다니며 사라진 단서를 파헤치고 도망 다니는 증인을 만나고 진실을 조사했다.

지금까지 예순세 명의 남녀가 제임스와 헌신적인 센추리온 재

522

단 구성원들 덕분에 자유를 되찾았다. 그들의 인터넷 홈페이지를 방문하면 훨씬 더 풍성한 이야기를 읽어 볼 수 있으니 한번 방문해 보길 바란다. 혹시 남는 돈이 좀 있다면 그들에게 수표를 보내 주어도 괜찮을 듯싶다. 돈이 많을수록 결백한 사람들이 많이 풀려날 수 있으니 말이다.

슬프게도 《수호자들》의 줄거리는 실화에 바탕을 두고 있으며, 텍사스에서 복역했던 조 브라이언이라는 재소자의 이야기를 다루고 있다. 30년 전에 조는 아내를 살해했다는 누명을 썼다. 그 끔찍한 범죄는 조가 2시간 떨어진 곳에 있는 호텔에서 잠들어 있던 날 밤에 발생했다. 수사는 시작부터 엉망이었다. 진범은 확인되지 않았지만 1996년에 자살한 전직 경찰이 범인이라는 유력한 증거가 있기는 했다.

기소장을 보면 조가 아내를 죽인 동기조차 제대로 적혀 있지 않았다. 그도 그럴 것이, 애초에 조에게서는 살해 동기를 찾아볼 수 없었다. 둘의 결혼 생활에는 아무 문제가 없었다. 그를 범죄와 연결하는 유일한 물리적 증거는 그의 자동차에서 발견된 낯선 플래시였다. 한 전문가는 플래시의 렌즈에서 발견된 작은 얼룩이 '후방 비산'으로 묻은 혈흔이며 희생자의 피라고 배심원들 앞에서 증언했다. 이렇게 범죄 현장에서 발견되지 않은 플래시는 그 전문가로 인해 그곳에 있었던 것이 되고 말았다.

전문가의 증언은 과학이 아닌 추측에 근거를 두고 있었다. 그는 아마도 조가 살인을 저지른 후에 핏자국을 없애기 위해 샤워를 했을 것이라고 추리했지만 이에 대한 아무런 증거도 제시하지 못했다. 이때부터 전문가가 자신의 주장에서 한발 물러서기는 했다.

조는 오래전에 무죄로 풀려났어야 했지만 그러지 못했다. 그의 사건은 텍사스주 형사 항소 법원에 묶여서 늘어지고 있었다. 그는 일흔아홉 살이었고 건강이 점점 나빠지고 있었다. 2019년 4월, 그는 일곱 번째로 가석방 심사에서 탈락했다.

2018년 5월, 〈뉴욕 타임스〉와 〈프로퍼블리카〉가 공동으로 조의 사건을 2부에 걸쳐 다루었고, 이는 가히 최고의 수사 보고서였다. 패멀라 콜로프 기자는 범죄와 기소, 그리고 사법 체계의 붕괴 등 모든 측면에서 멋지게 사건에 파고들었다.

제임스 맥클로스키와 조 브라이언이 제공해 준 그들의 이야기에 감사한다. 다만 제임스가 사건의 진상을 30년 전에 알아냈더라면, 하는 커다란 아쉬움이 남는다. 패멀라 콜로프가 해낸 멋진 일과 그 덕분에 훨씬 많은 사람들의 관심을 받아 낸 일 역시 감사한다.

끝으로 폴 카스텔레이로, 케이트 거몬드, 브라이언 스티븐슨, 마크 메슬러, 매디 들론, 디어드리 인라이트에게도 감사의 말을 전한다.

†

The
Guardians

†

수호자들

1판 1쇄 발행	2023년 1월 27일
1판 2쇄 발행	2023년 2월 21일
지은이	존 그리샴
옮긴이	남명성
발행인	황민호
본부장	박정훈
책임편집	강경양
기획편집	김순란 김사라
마케팅	조안나 이유진 이나경
국제판권	이주은 한진아
제작	최태순
발행처	대원씨아이㈜
주소	서울특별시 용산구 한강대로15길 9-12
전화	(02)2071-2094
팩스	(02)749-2105
등록	제3-563호
등록일자	1992년 5월 11일
ISBN	979-11-6979-308-7 03840

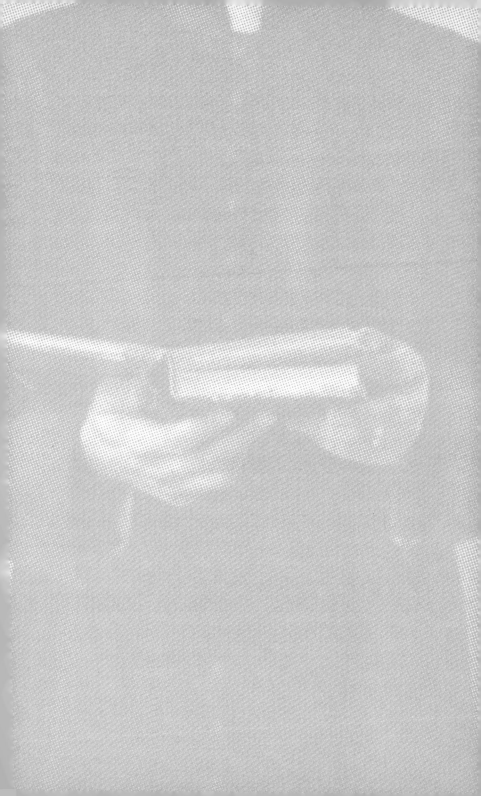

†

The
Guardians

†